国家社会科学基金重大项目
“《文心雕龙》汇释及百年‘龙学’学案”
（批准号：17ZDA253）阶段性成果

「龙学」前沿书系

《文心雕龙》再探

戚良德 主编

韩湖初 著

長江出版傳媒
崇文書局

图书在版编目（CIP）数据

《文心雕龙》再探 / 韩湖初著. -- 武汉 : 崇文书局, 2023.8
（龙学前沿书系）
ISBN 978-7-5403-7401-3

Ⅰ. ①文… Ⅱ. ①韩… Ⅲ. ①《文心雕龙》一研究
Ⅳ. ① I206.2

中国国家版本馆 CIP 数据核字 (2023) 第 121504 号

丛书策划：陶永跃
责任编辑：陶永跃　陈金鑫
封面设计：杨　艳
责任校对：董　颖
责任印制：李佳超

《文心雕龙》再探
WENXINDIAOLONG ZAITAN

出版发行：长江出版传媒　崇文书局
地　　址：武汉市雄楚大街 268 号 C 座 11 层
电　　话：(027)87677133　　邮政编码：430070
印　　刷：湖北新华印务有限公司
开　　本：880mm×1230mm　1/32
印　　张：16.75
字　　数：390 千
版　　次：2023 年 8 月第 1 版
印　　次：2023 年 8 月第 1 次印刷
定　　价：108.00 元

总 序

《文心雕龙》是一部什么书？

戚良德

四十年前的1983年，中国《文心雕龙》学会在青岛成立，《人民日报》在同年8月23日以《中国〈文心雕龙〉学会成立》为题予以报道，其中有言："近三十年来，我国出版了研究《文心雕龙》的著作二十八部，发表了论文六百余篇，并形成了一支越来越大的研究队伍。"因而认为："近三十年来的'龙学'工作，无论校注译释和理论研究，都取得了丰硕的成果。"至少从此开始，《文心雕龙》研究便有了"龙学"之称。如果说那时的二十八部著作和六百余篇论文已经是"丰硕的成果"，那么自1983年至今的四十年来，"龙学"可以说取得了令人瞩目的巨大成就。据笔者统计，目前已出版各类"龙学"著述近九百种，发表论文超过一万篇。然而，《文心雕龙》是一部什么书？这一看起来不成问题的问题，却在"龙学"颇具规模之后，显得尤为突出，需要我们予以认真回答。

众所周知，在《四库全书》中，《文心雕龙》被列入集部"诗文评"之首，以此经常为人所津津乐道。近代国学天才刘咸炘在其《文心雕龙阐说》中却指出："彦和此篇，意笼百家，体实一子。故寄怀金石，欲振颓风。后世列诸诗文评，与宋、明杂说为伍，非其意也。"他认为，《文心雕龙》乃"意笼百家"的一部子书，将其归入"诗文评"，是不符合刘勰之意的。无独有偶，现代学术大家刘永济先生虽然把《文心雕龙》当作文学批评之书，但也认为其书性质乃属于子书。他在《文心雕龙校释》中说，《文心雕龙》为我国文学批评论文最早、最完备、最有系统之作，而又“超出诗文评之上而成为一家之言”，从中“可以推见彦和之学术思想”，因而“按其实质，名为一子，允无愧色”。此论更为具体而明确，可以说是对刘咸炘之说的进一步发挥。王更生先生则统一“诗文评”与“子书”之说，指出“《文心雕龙》是‘文评中的子书，子书中的文评’”，并认为这一认识“最能看出刘勰的全部人格，和《文心雕龙》的内容归趣”（《重修增订文心雕龙导读》）。这一说法既照顾了刘勰自己所谓“论文”的出发点，又体现了其“立德”“含道”的思想追求，应该说更加切合刘勰的著述初衷与《文心雕龙》的理论实际。不过，所谓“文评”与“子书”皆为传统之说，它们的相互包含毕竟只是一个略带艺术性的概括，并非准确的定义。

那么，我们能不能找到更为合乎实际的说法呢？笔者以为，较之“诗文评”和“子书”说，明清一些学者的认识可能更为符合《文心雕龙》一书的性质。明人张之象论《文心雕龙》有曰：“至其扬榷古今，品藻得失，持独断以定群嚣，证往哲以觉来彦，盖作者之章程，艺林之准的也。”这里不仅指出其“意笼百家”的特点，更明白无误地肯定其创为新说之功，从而具有继往开来之用；所谓“作者之章程，艺林之准的”，则具体地确定了《文心雕龙》一书的性质，那就是写作的章程和标准。清人黄叔琳延续了张之象的这一看法，论述更为具体：“刘舍人《文心雕龙》一书，盖艺苑之秘宝也。观其苞罗群籍，多所折衷，于凡文章利病，抉摘靡遗。缀文之士，苟欲希风前秀，未有可舍此而别求津逮者。”所谓“艺苑之秘宝”，与张之象的定位可谓一脉相承，都肯定了《文心雕龙》作为写作章程的独一无二的重要性。同时，黄叔琳还特别指出了刘勰“多所折衷”的思维方式及其对“文章利病，抉摘靡遗”的特点，从而认为《文心雕龙》乃“缀文之士”的“津逮”，舍此而别无所求。这样的评价自然也就不“与宋、明杂说为伍”了。

清代著名学者章学诚在其《文史通义》中则有着流传更广的一段话：“《诗品》之于论诗，视《文心雕龙》之于论文，皆专门名家，勒为成书之初祖也。《文心》体大而虑周，《诗品》思深而意远；盖《文心》笼罩群言，而《诗品》深从六艺溯流别也。”这段话言简意赅，历来得到研究者的肯定，因而经常被引用，但笔者以为，章氏论述较为笼统，其中或有未必然者。从《诗品》和《文心雕龙》乃中国文论史上两部最早的专书（即所谓“成书”）而言，章学诚的说法是有道理的，但“论诗”和“论文”的对比是并不准确的。《诗品》确为论“诗”之作，且所论只限于五言诗；而《文心雕龙》所论之“文”，却决非与“诗”相对而言的“文”，乃是既包括“诗”，也包括各种“文”在内的。即使《文心雕龙》中的《明诗》一篇，其论述范围也超出了五言诗，更遑论一部《文心雕龙》了。

与章学诚的论述相比，清人谭献《复堂日记》论《文心雕龙》可以说更为精准：“并世则《诗品》让能，后来则《史通》失隽。文苑之学，寡二少双。”《诗品》之不得不“让能”者，《史通》之所以“失隽”者，盖以其与《文心雕龙》原本不属于一个重量级之谓也。其实，并非一定要比出一个谁高谁低，更不意味着“让能”“失隽”者便无足轻重，而是说它们的论述范围不同，理论性质有异。所谓“寡二少双”者，乃就“文苑之学”而谓也。《文心雕龙》乃是中国古代的“文苑之学”，这个“文”不仅包括“诗”，甚至也涵盖“史”（刘勰分别以《明诗》《史传》论之），因而才有“让能”“失隽”之论。若单就诗论和史论而言，《明诗》《史传》两篇显然是无法与《诗品》《史通》两书相提并论的。章学诚谓《诗品》"思深而意远"，尤其是其"深从六艺溯流别"，这便是刘勰的《明诗》所难以做到的。所以，这里有专论和综论的区别，有刘勰所谓"执一隅之解"和"拟万端之变"（《文心雕龙·知音》）的不同；作为"弥纶群言"（《文心雕龙·序志》）的"文苑之学"，刘勰的《文心雕龙》确乎是"寡二少双"的。

令人遗憾的是，当西方现代文学观念传入中国之后，我们对《文心雕龙》一书的认识渐渐出现了偏差。鲁迅先生《题记一篇》有云："篇章既富，评骘遂生，东则有刘彦和之《文心》，西则有亚理士多德之《诗学》，解析神质，包举洪纤，开源发流，为世楷式。"这段论述颇类章学诚之说，得到研究者的普遍肯定和重视，实则仍有不够准确之处。首先，所谓"篇章既富，评骘遂生"，虽其道理并不错，却显然延续了《四库全书》的思路，把《文心雕龙》列入"诗文评"一类。其次，《文心》与《诗学》的对举恰如《文心》与《诗品》的比较，如果后者的比较不确，则前者的对举自然也就未必尽当。诚然，《诗学》不同于《诗品》，并非诗歌之专论，但相比于《文心雕龙》的论述范围，《诗学》之作仍是需要"让能"的。再次，所谓"解析神质，包举洪纤，开源发流，为世楷式"，这四句用以评价《文心雕龙》则可，用以论说《诗学》则未免言过其实了。

鲁迅先生之后，传统的"诗文评"演变为文学理论与批评，《文心雕龙》也就理所当然地成了文学理论或文艺学著作。1979年，中国古代文学理论学会在昆明成立，仅从名称便可看出，中国古代文论已然等同于西方的所谓"文学理论"。作为中国古代文论的代表，《文心雕龙》也就成为继承和发扬中国古代文学理论的重点研究对象。在中国《文心雕龙》学会成立大会上，周扬先生对《文心雕龙》作出了高度评价："《文心雕龙》是一个典型，古代的典型，也可以说是世界各国研究文学、美学理论最早的一个典型，它是世界水平的，是一部伟大的文艺、美学理论著作。……它确是一部划时代的书，在文学理论范围内，它是百科全书式的。”一方面是给予了崇高的地位，另一方面则把《文心雕龙》限定在了文学理论的范围之内。这基本上代表了20世纪对《文心雕龙》一书性质的认识。

实际上，《文心雕龙》以“原道”开篇，以“程器”作结，乃取《周易》“形而上者谓之道，形而下者谓之器”之意。前者论述从天地之文到人类之文乃自然之道，以此强调“文”之于人类的重要性和必要性；后者论述“安有丈夫学文，而不达于政事哉”，强调“摛文必在纬军国，负重必在任栋梁”，从而明白无误地说明，刘勰著述《文心雕龙》一书的着眼点在于提高人文修养，以便达成“纬军国”“任栋梁”的人生目标，也就是《原道》所谓“观天文以极变，察人文以成化，然后能经纬区宇，弥纶彝宪，发挥事业，彪炳辞义”。因此，《文心雕龙》的“文”，比今天所谓“文学”的范围要宽广得多，其地位也重要得多。重要到什么程度呢？那就是《序志》篇所说的：“唯文章之用，实经典枝条：五礼资之以成，六典因之致用，君臣所以炳焕，军国所以昭明。”即是说，社会生活的各个方面——政治、经济、军事、法律、制度、仪节，都离不开这个“文”。如此之“文”，显然不是作为艺术之文学所可范围的了。因此，刘勰固然是在“论文”，《文心雕龙》当然是一部“文论”，却不等于今天的“文学理论”，而是一部中国文化的教科书。我们试读《宗经》篇，刘勰说经典乃“恒久之至道，不刊之鸿教”，即恒久不变之至理、永不磨灭之思想，因为它来自于对天地自然以及人事运行规律的考察。“洞性灵之奥区，极文章之骨髓”，即深入人的灵魂，体现了文章之要义。所谓“性灵镕匠，文章奥府”，故可以“开学养正，昭明有融”，以至“后进追取而非晚，前修久用而未先”，犹如“太山遍雨，河润千里”。这一番论述，把中华优秀文化的功效说得透彻而明白，其文化教科书的特点也就不言自明了。

明乎此，新时代的“龙学”和中国文论研究理应有着不同的思路，那就是不应再那么理所当然地以西方文艺学的观念和体系来匡衡中国文论，而是应当更为自觉地理解和把握《文心雕龙》以及中国文论的独特话语体系，充分认识《文心雕龙》乃至更多中国文论经典的多方面的文化意义。

自　序

本书收集继《文心雕龙美学思想体系初探》(以下简称《初探》)之后研究《文心雕龙》以及有关问题的论文三十来篇。感谢老天爷让我活到八十多岁。当初《初探》作为“敲门砖”(提升职称的硬件)仓促而成，回想起来未免汗颜。自然，该书并非一无是处。如：提出应把刘勰的文学思想与儒家传统文道观区别对待；首次提出《辨骚》篇的“博徒”和“四异”应为褒义；具体论述《文心》的理论体系应属朴素唯物论。但有些确属滥竽充数之作。现在有机会出版《再探》弥补，多少有些安慰。书中关于《文心雕龙》的主要内容及其对传统的继承和对后世的影响，本书大体都接触到了。其内容大体如下：

首篇讨论《文心雕龙》“文德”说的意蕴和价值，提出：刘勰视“文”(通“纹”)不离“道”和“德”(“德”是“道”在具体事物中的依存)，而“道”和“德”也有赖于“文(纹)”才能得以显现，从而充分肯定“文”的意义和价值。而人类社会出现后处于宇宙的中心地位，经过人类的杰出代表——“圣人”的努力探索创造出人文的光辉伟业。在西方美学史上，康德把审美判断视为从认识主体性走向伦理主体性的和谐中介。这与刘勰的“文德”说肯定“圣人”的作用可谓异曲同工。《初探》把刘勰的文学美学思想与黑格尔的美(艺术)是“理念感性显现”说作比较，与此同旨。由此可一窥刘勰在世界美学史上的重要地位。

接着便是依“枢纽”五篇的次序评介《文心》的理论体系。首先关于《文心》之“道”，笔者赞同学界主流的意见，认为义近道家自然之道：视“道”为宇宙本体，道之用是自然如此，故刘勰文学理论可称“文道自然”说，意蕴丰富，意义重大。“枢纽”继有《征圣》《宗经》两篇，笔者赞同牟世金先生之说：其旨首先树立“儒家经典这个标”，不过为其建构其理论体系服务。一些学者的理解不同，故细辨析。其后便是《正纬》《辨骚》，笔者认为：前者论述应该吸收纬书的“事丰奇伟，辞富膏腴”；后者通过辨析经、骚异同，指出屈骚为文学发展的榜样。由此构成刘勰文学理论的总纲。笔者对《辨骚》篇的“博徒”“四异”略有心得，反复辨析。众家均从范文澜之说，训释该篇的“博徒”为赌博之徒或引申义浪子、贱者，不少学者对“四异”亦持贬义。笔者经反复探索，认为该篇是论述文学的继承发展的，与赌博无涉，“博徒”应训“博通之徒”“博学之徒”；且“四异”也不应视为贬义。早在二十世纪《初探》已作阐述，但没有引起注意，于是旧事重提，重申己见，以引起学坛注意。笔者先后提交《再辨》《三辨》《四辨》等论文，反复辨析。贬义论者称“博徒”没有训褒义的实例，其实远在天边，近在眼前。笔者首次举《知音》篇称楼护为“博徒”，并引《汉书·游侠传》称其博诵医经、本草、方术，并无赌博行为，且曾为京兆史“甚得名誉”，可证楼护的确是“博学之徒”。笔者还仔细审视“四异”的“荒淫之意”训贬义实为望文生义，并引史学家范文澜赞扬屈原对融合我国古代南北巫史文化的重大贡献，以及当代美学家李泽厚、刘纲纪高度评价屈骚的特色及其在我国美学史的伟大成就，足证“四异”不应视为贬义。

再接着三篇是接《初探》的话题继续探讨《文心雕龙》理论体系的性质。《再论》申述其朴素唯物主义性质：《原道》篇首称自有天地便有万物，其生长变化自然如此。不应把它与魏晋玄学的“无”

即主宰宇宙变化、带有神秘性质的“绝对精神”等同。该篇称“圣人”对“道”的探索，从伏羲到孔子莫不“原道心”“研神理”，经历了长期艰苦探索，可见“圣人”并非天生就知“道”。至于把一些尚未认识的事物变化统称为“神理”即“神妙的道理”，可以理解，不应视为“荒诞”。辨析《文心》理论体系的总论与分论，不存在体与用的矛盾。另一篇文章则进一步指出：由质文相称→情采相符→执正驭奇→风情气骨与奇文壮采相统一是刘勰总结的文学发展规律，贯穿于全书的整个理论体系，《文心雕龙》不愧为我国古代独一无二的体大、思深、虑周的文学理论巨著。再有一篇是针对有论者称《文心雕龙》为“心道二元”的理论体系，辨析其混淆概念，不能成立。

继其后是一组五篇探索《文心雕龙》生命美学思想的文章。目前学术界对此少有论述探讨。先是《略论》和《再论》，前者首先指出：《文心雕龙》的“枢纽”源于华夏远古的“北斗崇拜”，“枢纽”即作为宇宙天体的“天枢”化生宇宙万物并呈现为千姿百态之美，由此形成了把文学作品比喻为生命有机体的思想。中西美学均有此传统，俗称“生命之喻”，其要义是有美的感性形式和体内蕴含生气的灌注。《文心雕龙》不但以人体各个部分如神、气、体、骨等比喻文艺作品构成部分，并强调它们有如“百节成体，共资荣卫”而构成生命有机体，还从上述要义的两方面探讨《文心》如何继承和发展了我国的传统思想，从而构建其理论体系，足见其在世界美学史上的重要地位。接着两篇是阐述《文心雕龙》如何继承和发展远古华夏的生命美学思想。先是《〈文心雕龙〉之“道”溯源》指出《文心雕龙》之“道”继承老子思想而来。《文心》之“道”与老子之“道”一脉相承，源自远古华夏的生命意识。它被视为万物及其美的本源，是先民对生命实践活动的体验、认识的结晶和反映，显示了华夏先民生命实践活动的伟大活力。《文心雕龙》之“道”正是由此而来。接着一篇是论述《文心雕龙》对我国远古华夏的生命美学意识的继承和发展，首先指出继承远古华夏的“北斗崇拜”具有本体论的意义：《文心雕龙》首篇《原道》正是从本体论的高度提出“文德”说，称万物有其质自然有其文，可知质文相称乃是宇宙普遍规律。进入人类社会演进为情采相符、衔华佩实，这是贯穿该书理论体系的主线。而且“枢纽”还有方法论的意义。如由“枢纽”的旋转有序、阴阳交替引申出“造化赋形，支体必双”，故为文讲究“奇偶适变”。又如引申为关键、源头和法则等义。如称“志气”和“辞令”为“神思”的“关键”和“枢机”。该文还详细剖析中西“生命之喻”的要义，即均具有美的具体感性形式和体内均灌注生气的具体体现。最后一篇《从〈山海经〉到〈文心雕龙〉》，文章归结为三方面：一是《山海经》所记载和蕴含的远古华夏的“北斗崇拜”，《文心雕龙》理论体系的建构及其方法论正源于此；二是《山海经》视宇宙万物皆有生命，异形异禀，这与《文心雕龙》视文艺作品为丰富多彩的生命有机体一脉相承；三是作为《文心》理论体系主干的“道→圣→文”正源自《山海经》的“唯圣人能通道”的思想。以上只是一些初步的探索，以祈抛砖引玉，得到专家和读者指教。

《初探》已经提出刘勰不同于儒家传统文道观的问题。本书的《论苏轼对刘勰〈文心雕龙〉的继承和发展》进一步探讨了苏轼如何继承和发展了《文心雕龙》的文学理论。苏轼把“道”理解为自然之道而非儒家之道，反对为文虚伪矫饰；认为“美者同于生物而不同于所生”，反对文艺创作千篇一律。这些均与《文心雕龙》的文学思想一脉相承。特别是苏轼反对儒家只把“文”作为载道工具，对“辞达”说作了全新的诠释。他指出在写作过程中心物交融，达到左右逢源的境界，由此令人获得审美感受。这是首次对文艺审美规律深入浅出的揭示。这些对于刘勰的文学理论而言，无疑是大大发展了。明代后期李贽、徐渭和袁宏道等文学解放思潮的代表人物都十分崇敬苏轼，视为自己的先导，可见其对后世影响深远。

本书研究《文心雕龙》的最后一篇文章，从三方面探讨该书对后世巨大而深远的影响：一是它不但在当时产生了重大影响，而且是唐以后一千多年士人为文的重要教材。这一影响是潜在的，也是深远的和难以估量的。二是它的理论与范畴具有前瞻性，甚至远远走在创作实践的前头，成为重大文学思潮和运动的思想武器。如唐代古文运动、新乐府诗歌运动，其指导思想和发展方向，刘勰早就提出了。三是其理论体系体大思深，在我国古代可谓空前绝后。其后的演变与发展基本上没有离开其框架和范围，同时不断丰富和革新，从而成为在世界上具有我国民族特色的文学美学理论体系。

本书还有以下的内容：一是关于《灭惑论》的写作时代，至今有齐、梁两说，前者从版本考察言之凿凿，后者反驳亦有根有据。笔者难以分辨是非，但认为如从产生的社会背景研判，则问题迎刃而解：应是梁武帝大力推行崇佛反道政策后激化了一系列社会矛盾，道教徒到了生死存亡的关头而奋起反抗，用《三破论》揭露佛教“破身”“破家”“破国”的危害，影响巨大。由此始有刘勰奉旨撰《灭惑论》反驳。可见其应是撰于天监年间后期。二是关于《刘子》撰者的论争。笔者撰文两篇：一篇是评述争论的，一篇是认为撰者应为刘勰，仅供参考。

本书附录三篇，一篇是评述吾师中山大学邱世友教授的著作《文心雕龙探原》，另一篇是怀念与邱师的情谊。笔者在中山大学读书时邱师授古代文论课，毕业后到华南师范大学工作，得与邱师一同从事中国古代文学理论和《文心雕龙》的教学研究数十年，十多次陪同邱师参加学术研讨活动，是为幸焉。邱师的学术人品在学界享有盛誉，笔者体会更深，故撰文怀念。还有一篇是本人发表在《文学评论》的代表作《“生命之喻”探源》，虽非专论《文心雕龙》，但也有关系。笔者敝帚自珍，一并收入。收入本书的文章，大多进行了修改订正。有个别章节修改较大，是为了加深文意。

语云：王婆卖瓜，自卖自夸。本人自知国学根基浅薄，缺乏雄心壮志，《初探》之后并无出版续集的打算，只知做一天和尚撞一天钟，文章一篇一篇地写。大概每年一篇，现收集起来竟三十来篇。适逢山东大学戚良德教授约请为其主持的国家社科基金重大项目撰写研究《文心雕龙》的书稿，自然应允。本人不敢自夸。以上如实把本书的内容作一简介，读者阅后或视为值得一读，是为幸焉。

又笔者于中国《文心雕龙》学会年会结识台湾游志诚教授，相谈甚欢。尝就“博徒”“四异”及《刘子》作者问题请教，幸得回复赐教，现辑其论述数则，附于相关论文之后。游兄又赠笔者百万字巨著《〈文心雕龙〉与〈刘子〉跨界论述》，喜甚。见其论证《刘子》必为刘勰撰，论证十分有力，深为佩服，狗尾续貂撰文一篇。现征得游兄应允，一并收入本书，并致谢意。

是为序。

韩湖初谨记

2022 年 11 月

目　录

刘勰的生平与著述

附录

“文之枢纽”辨析

刘勰《文心雕龙》“文德”说的意蕴和价值

——从与康德的比较看其世界历史地位

一、《文心雕龙》的“文德”说充分肯定“文”的意义，顺应审美意识觉醒的时代潮流，意义重大

《文心雕龙·原道》篇（下引该书只注篇名）之“道”是自然之道，这是该书文学理论体系的基石。这已是“龙学”界的共识。该篇首称“文之为德也大矣，与天地并生”。对此一般解释为“文之体与用”即文之功能、意义巨大[①]。张少康教授指出这不够准确，并作详细辨析。此处“德”应训“得道”[②]。《管子·心术》：“德者，道之舍。”[③]指事物的本性。如《庄子·达生》篇把鸡、狸的本性称为“鸡德”“狸德”；“文”通“纹”，指色彩与线条交错而成的美的感性形态。《易·系辞下》：“物相杂，故曰文（纹）。”[④]《礼记·乐

① 詹锳：《文心雕龙义证》，上海：上海古籍出版社，1989年，第2页。

② 张少康：《文心雕龙新探——刘勰文学理论体系及其渊源》，济南：齐鲁书社，1987年，第24页。

③ 黎翔凤撰，梁运华整理：《管子校注》，北京：中华书局，2004年，第770页。

④ 黄寿祺、张善文：《周易译注》，上海：上海古籍出版社，2007年，第420页。

记》："五色成文（纹）而不乱。"[①]（"不乱"即做到多样的统一）。故句意应为："文"能够使"道"（宇宙本体）通过万物的美的感性形态得以显现，其意义是多么深广长远啊！[②]这里，"道"—"德"—"文"三者的关系是：首先，"道"是宇宙本体，"德"是"道"在具体事物中的依存（唐陆德明《经典释文》："德，道之用。"[③]），是事物生存和发展的依据(《庄子·天地》："物得以生，谓之德。"[④])，故"道"是普遍的，而"德"则已演变为具体事物的特质。如文中所说的日月、山川、虎豹、花卉，可见二者不能等同。其次，就"德"与"文"来说，是内容与形式的关系：万物具备了本质特性即"德"，还须"文"即美的外在感性形态始能体现。可见，一方面"文"不能离开"道""德"而孤立存在；另一方面"道""德"也须有赖于"文"才能得以具体的美的形态显现，从而得以发扬光大，可见其意义重大。故曰："文之为德也大矣。"继称天地万物莫不有"文"，如：天有"日月叠璧"，地有"山川焕绮"，山林泉石有其美妙音韵，虎豹花卉有其美丽之姿。归根到底，这一切"盖道之文也"，即都是宇宙本体"道"的感性显现。这样，刘勰第一次在中国美学史上把"道—德—文"三者联系起来考察，既把"文"看成是宇宙本体的"道"的具体显现，强调它不能离开"道""德"而孤立存在，否则便丧失其存在的意义和价值。如南朝离开内容、片面追求形式之美的浮艳文风。又指出"道""德"须有赖于"文"才能感性地显现，从而顺应审美意识觉醒的时代潮流，充分肯定"文"即事物

---

① 陈成国：《礼记校注》，长沙：岳麓书社，1986 年，第 281 页。

② 冯春田：《文心雕龙释义》，济南：山东教育出版社，1986 年，第 1—8 页。

③ ［唐］陆德明撰，黄焯汇校：《经典释文汇校》，北京：中华书局，2006 年，第 719 页。

④ 陈鼓应：《庄子今注今译》（最新修订版），北京：商务印书馆，2007 年，第 363 页。

的美的感性形式的意义和价值，大大提高了其地位。笔者尝撰文认为：刘勰所说的文道观及其意蕴与黑格尔的“美是理念的感性显现”说是相通的，认识上基本一致[①]。再以之比较康德在西方美学史上的地位，意犹未尽，故再撰本文。

关于《原道》篇的“道”，长期以来学术界有种种不同的理解。如：儒家之道、道家之道（笔者认为“自然规律”说可归入此说）、佛道、儒玄相融之道等等[②]。其实，关于这个问题，郭绍虞先生早已指出：“《原道篇》所说的道，是指自然之道，所以说‘文之为德与天地并生’。《宗经篇》所说的道，是指儒家之道，所以说：‘经也者，恒久之至道，不刊之鸿教也。’”[③]故“道”应是兼有儒、道两家之义，并不矛盾。问题在于二者是如何统一的？如果从“道”—“德”—“文”的序列来看，问题也就迎刃而解。《原道》篇首段称天地万物莫不有文（即美的感性形态）曰“夫岂无外饰，盖自然耳”，可见“道”是指宇宙万物的本原，故其第一义应是道家之道（自然规律）；该篇接着说人类“为五行之秀，实天地之心”，他所论之“文”为“人文”，于是“道”这一范畴便进入了人类社会，具有儒家之道的伦理意义。其赞语云：“道心惟微，神理设教。光采玄圣，炳耀仁孝。”说的就是这个意思。杨明照先生于此有详论，如：指出《文心雕龙》所称赞的历代“圣人”中，尤其推崇周公、孔子（特别是孔子）；从该书上下文看，《原道》篇的“圣因文而明道”的“道”，指的便是儒家圣人之道（如《杂文》篇“唯《七厉》叙贤，归以儒道”）；

---

① 参见拙著：《文心雕龙美学思想体系初探》，广州：暨南大学出版社，1993年，第156—170页。

② 何懿：《专题研究综述·原道》，杨明照主编：《文心雕龙学综览》，上海：上海书店，1995年，第137—146页。

③ 郭绍虞：《中国文学批评理论中“道”的问题》，《照隅室古典文学论集》下编，上海：上海古籍出版社，1983年，第35页。

评价作家作品以儒家的仁、孝为尺度，如《诸子》篇批评商鞅、韩非“弃孝废仁”[①]。再看《程器》篇所表述的“摛文必在纬军国，负重必在任栋梁”，是典型的儒家入世思想。可见是指儒家之道了。牟世金先生对诸家之说反复辨析后指出：该书首篇“原道”论的实质是“天地万物都自然有‘文’”[②]，十分正确。故《原道》篇之“道”是“物自有文”的宇宙自然万物的普遍规律。而云“道沿圣以垂文，圣因文而明道”，无疑是指人类社会而言，可见已进入儒家之道的范畴（并在《宗经》篇进一步发挥）。我们不妨结合“德”字的来历演变，或有助于这个问题的理解。季镇淮先生指出：“德”字卜辞未见，是“周人新提出的，在思想的发展史上算是进了一步”；金文“德”字从直从心，从字形上看，其涵义“是把心思放端正”，且在行为上表现出来。“在经典里，‘德’字只有伦理学上的意义”。《洪范》《大学》“都是指的人的行为”；并对“文”与“德”的关系作如下解释：“努力地做叫‘文’（忞），做得对叫‘德’；原动力是心。所以对于行为说，德是发之于内，文是表之于外，提到‘文’是不能不联想到‘德’的。”[③]可见“德”是对人类社会而言的。因此，《原道》篇的“道”先是指“物自有文”的宇宙普遍规律，进入人类社会便是指“德”，由此探究“人文”的意义和价值。

回顾这个问题的讨论，可以说，把握上述的逻辑演进关系是极其重要的。试问：如果抽掉了“物自有文”的自然之道，岂不是也抽掉《文心》这座理论大厦的基石？反之，如果离开了人类社会而停留在对自然规律的认识，刘勰又怎能探究“人文”的社会价值和建构文学美学理论体系？这也就是刘勰的高明、伟大之处了。这一

---

① 杨明照：《学不已斋杂著》，上海：上海古籍出版社，1985年，第478—480页。

② 牟世金：《雕龙集》，北京：中国社会科学出版社，1983年，第218页。

③ 季镇淮：《来之文录》，北京：北京大学出版社，1992年，第31—32页。

点，我们通过对他与康德的比较会认识得更为清楚。

二、康德的审美判断四契机把美学的认识从认识论转向本体论，把偏重认识自然转向人类社会自身，意义重大

我们知道，康德的批判哲学是西方哲学史上最早全面论述主体性的学说。他深入探索了人类的创造活动，分别写了《纯粹理性批判》和《实践理性批判》，全面地研究了人类认识主体性和伦理主体性的原理。此后又发现二者并不能穷尽人类主体性的全部内容，于是进一步研究人类的审美主体性，并把它看作是认识主体性和伦理主体性走向和谐的中介。概言之，在欧洲哲学美学史上康德首先把对美学的认识与探讨从认识论转向本体论，把以往偏重认识自然转向人类社会自身，意义重大，影响深远。他山之石，可以攻玉。这里拟先对康德的审美判断四契机学说略作介绍，并与刘勰的"文德"说再作比较，以一窥其历史贡献。

康德所说的审美"判断力"，即欣赏、品鉴、趣味。根据李泽厚先生的阐述，他从四个方面对审美判断作了如下界定。

（一）从"质"来说，它是超越功利的主观快感。判断事物是否美，不同于对事物作出逻辑推论（认知），而是借助想象力作出情感判断，看它是否引起主体的快感。如说"花是美的"就不同于"花是红的"：前者只作为形式引起主观的快感，不涉及花的内容及其与人类的利害关系，不同于后者可以使人获得知识。但这种审美快感与生理的和道德的快感又都不同：它是欣赏美的对象所引起的美感。由于它是超越功利（不涉及利害关系）的自由的精神活动，因此，"美只适用于人类"[①]。这样，康德把美感同生理的、道德的快感都作了区别，纠正了历史上经验派和理性派把它们混淆的错误。

---

① ［德］康德：《判断力批判》，宗白华译，北京：商务印书馆，1964年，第46页。

（二）从“量”来说，审美判断虽不凭概念却是具有普遍性的愉快。如说“这酒对我是快适的”，它是感官的满足，并不要求别人赞同；但如果说“这玫瑰花对于我是美的”，就显得可笑了，因为美并不限于个人，它要求普遍有效。康德在美学史上首次把审美称之为“判断”，堪称卓识。那么，这个普遍性从何而来呢？首先，它不是来自概念的普遍性和逻辑判断，只是显示出主体的一种“心意状态”，是无利害的，它有理由期待别人的赞同。可见这是一种主观的普遍性。那么，是判断在先还是愉快在先？康德认为这是解决问题的“一把钥匙”[①]。他认为：如果快感在先，就只能属于个人的生理感官满足，不会有普遍性。因此不能是快感在先。审美判断之所以具有普遍性，是由于它所传达的主观的“心意状态”虽是感觉的形式，却包含一定的理性内容：它是人的想象力和知解力处在“自由”的协调状态中的产物。所谓“自由”，即二者的关系不是僵死固定的，而是处于非确定的运动之中。这一分析抓住了美感的心理特征及其主要构成因素的关系，深入到了人类社会所特有的心理领域。

（三）从“关系”来说，审美判断具有“无目的的合目的性”。康德认为：如果审美时先有主观的目的就会导致利害感，就不成其为审美判断。同时，因为不是对客体的认知，不涉及功用价值，可见也没有客观的目的。但是，在审美判断中主体的想象力与知解力的和谐的活动（或译“游戏”）同客体对象的单纯形式，二者之间“是相互契合的，就仿佛这是某种意志的安排”，可见它又符合目的。他说：审美判断“只把一个对象的表象连系于主体，并且不让我们注意到对象的性质，而只让我们注意到那决定与对象有关的表象诸

① ［德］康德：《判断力批判》，宗白华译，第54页。

能力底合目的的形式”[1]。也就是说，审美时对象的外在形式唤起人的情感愉快（人的诸心理功能的自由活动），这就是它的合目的性，但这是一种主观的合目的性。由于没有预先特定的目的，所以说它是“无目的的合目的性”。这一点是康德的“美的分析”的中心。这里的“关系”，“实际上是人与自然相统一的一种独特的形式”[2]。

当然，康德说美不涉及利害、概念和目的，如此一来便没有内容的地位，而只有单纯的形式了。后来的形式主义美学正是片面发展了这一点。康德大概对此也有自知之明，于是提出了纯粹美（自由美）和依存美的分别，并强调：“前者是事物本身固有的美，后者却依存于一个概念（有条件的美）。”[3]前者如贝壳、图案、相框；后者如一个人、一匹马、一座建筑物的美，则以一个目的和完善的概念为前提，须先知道它应当是什么。由此他进一步提出美的理想问题，并认为：理想是建立在理性基础之上的，它涉及整个的对象和整个的主体，因此，没有生命、没有内容的自由美不能成为理想美，只有依存美才是理想美，而且强调说“美只适用于人类”，得出了“美是道德的象征”[4]的结论。因为只有人才能结合着理性的纯粹观念及想象力的巨大力量，才能把理性和道德的善在最高合目的性的联系中结合起来。

（四）从“模态”（或译“方式”）来说，鉴于审美判断的普遍性（即必然性）不是来自概念和经验，可见它既不是理论上的客观必然性，也不是实践上道德的必然性，而只能是“一切人对于一

---

① ［德］康德：《判断力批判》，宗白华译，第66页。

② 李泽厚：《康德的美学思想》，《美学》（第一期），上海：上海文艺出版社，1979年，第45页。

③ 朱光潜：《西方美学史》，北京：人民文学出版社，1979年，第357页。

④ ［德］康德：《判断力批判》，宗白华译，第201页。

个判断的赞同的必然性"[1]。具体地说，就是人类先验存在的"共通感"——所谓"人同此心，心同此理"。因此审美判断虽然是个别的、主观的，却具有普遍有效性。他所说的"共通感"是主观唯心的，但强调了美感的社会性，把美感"与'人类集体的理性'即社会性联系起来了"，如说"在共通感中必须包括所有人共同感觉的理念""美只经验地在社会中才引起兴趣"。正如李泽厚指出的："这个'共通感'不是自然生理性质的，而是一种具有社会性的东西"，"它既是个体所有的（人的自然性），同时又是一种先验的理念（人的社会性），它要求在个体感性自然中展示出社会的理性的人"[2]。

综观康德的四契机说，从哲学上说，其一，所论审美判断是超越功利的主观快感，实际上关系"作为主体自身内部的人（理性）与自然（感性）的统一"；其二，所论美感中的想象力和知解力的关系，实质是美感的主观性和社会性的关系，并突出了人的心理因素；其三，所论的"关系"，"实际上是人与自然相统一的一种独特形式"。"非功利""无目的"这两个最重要的审美心理特征，早在英国经验派美学就已有探讨，康德把它们"集中、突出并总结在'无目的的目的性'这样一个哲学高度上，作为美的分析的中心，以与《纯粹理性批判》《实践理性批判》相连系，完成了他的哲学体系"[3]；其四，所论的"共通感"，尽管离开了人类的社会实践而缺乏根基，但从哲学的高度把审美的根源归结为社会性，远远超越前人。概言之，他重视的并不是自然界的星空，而是人、人的理想和人类社会，是人类"主体所特有的自由自觉的创造活动"，他的名言是"人就

---

① ［德］康德：《判断力批判》，宗白华译，第 75 页。

② 李泽厚：《康德的美学思想》，《美学》（第一期），第 45 页。

③ 李泽厚：《康德美学思想》，《美学》（第一期），第 42、45 页。

是现世上创造的最后目的”[①]。他的最大的特点和贡献就是把对审美判断的探索由自然转向人类社会，由客体转向主体，由认识论转向本体论，而且把它看成是人类从认识主体性走向伦理主体性的和谐中介，因而贡献巨大，影响深远。

三、刘勰和康德不约而同地深入探讨了审美主体性的构成诸因素，“英雄所见略同”

由康德的贡献我们就不难理解刘勰“文德”说的重大意义。因为，从《原道》篇第一层次的自然之道进入到第二层次的伦理之道，意味着偏重认识自然转向人类社会，由认识论到本体论的转变和过渡。玄学的产生标志着中国哲学史上“从汉代的宇宙论转向了本体论”的重大转变[②]，在玄学的影响下，刘勰的理论体系完成了这一转变，也就不足为奇了。正因为如此，当笔者把刘勰的“文德”说与康德略加对照时，就发现二者有惊人的相似。限于篇幅，这里仅就二者对审美主体性的理解和崇高与“风骨”的论述比较申述如下。

第一，二人不约而同地深入探讨了审美主体性，在美学史上具有开创意义。

康德认为，“审美主体性的本质就是人的创造力的自由和谐”。即“把人类审美活动看成高度体现了人的主体创造能动性的行为”[③]。我们知道，人类的主体性可分为认识主体性和伦理主体性，前者指人类如何深入认识自然与社会、历史与现实、个人与群体、创造主体与本能自我之间的各种矛盾；后者则是指人类如何全面地

---

① 雨田：《论康德美学审美主体性的核心及其作用》，《外国美学》第8辑，北京：商务印书馆，1992年，第57页。

② 汤用彤：《魏晋玄学论稿》，北京：人民出版社，1957年，第48—49页。

③ 雨田：《论康德美学审美主体性的核心及其作用》，《外国美学》第8辑，第58页。

解决这些矛盾，由此体现人类伦理主体性的完善与否。康德既不同于前此法国的理性派美学把审美判断与逻辑判断相互混同，也不同于前此英国的经验派美学把审美判断与人类的理性、道德互相割裂。他认为“审美主体性就是上升到哲学高度的审美判断力”；审美判断力是“人类理解力和想象力和谐统一的结果”。它“能够以审美情感的力量把人的各种创造能力结合成和谐的整体”，其核心是那种“强有力地从真的自然所提供给它的素材里创造一个像似另一个自然来”①的“自由想象”。他坚持认为：构成艺术家的心意能力主要是想象力和理解力。②综言之，康德揭示了审美想象力与理智相统一的本质，从而为深入研究人类审美活动的本质提供了可靠的依据。

说到刘勰，《文心·序志》篇先称人类“肖貌天地，禀性五才”“超出万物，亦已灵矣”。赞语又云“（人）生也有涯，无涯惟智。逐物实难，凭性良易”。继云七岁时尝梦随孔子，于是自觉肩负起历史的使命：注解经典“马、郑诸儒，弘之已精”，“唯文章之用，实经典枝条”；而当时文坛“文体解散，辞人爱奇”，于是“搦笔和墨，乃始论文”。对这一番话，我们是否可以联系从汉代重视道德实践到魏晋六朝重视审美的风气转变，可以理解为探索由认识论到本体论、由伦理主体性向审美主体性的转变？这里起码有两点值得注意：一是既视文章“实经典枝条”，即看到了文学（审美）与伦理主体性的联系（但又不等同），又抨击南朝文风（“辞人爱奇”），实质上是批评这种文风只看到文学（审美）的特殊性（美、美感）而离开了人类的伦理主体性。二是进而指出：魏晋的文论著作其弊

---

① ［德］康德：《判断力批判》，宗白华译，第160页。

② 雨田：《论康德美学审美主体性的核心及其作用》，《外国美学》第8辑，第39—40页。

端是"未能振叶以寻根，观澜而索源"，且申述《文心》之作"本乎道，师乎圣，体乎经"云云。刘勰所说的"圣"指的是人类历史上的伟大代表人物，如成汤、大禹、周公、孔子，因此也就具有人类认识主体性走向伦理主体性的意义。由此，即使不能说刘勰的理论体系达到了康德哲学体系的高度，至少在内在逻辑上说是相通的。它与康德既不同于否定审美理性内容的经验派美学，也区别于看不到审美特殊性的理性派美学，难道二者不是一致的吗？刘勰运用玄学"举本统末"的思辨方法，吸收前人对文学理论的认识成果构建起庞大的文学美学理论体系。这与康德把英国经验派所总结的美感的"非功利""无概念"等特征，总结上升为哲学高度，并和法国理性派强调理性内容的内容统一起来，建构起庞大的美学理论体系，岂不是异曲同工？可以说，刘勰的理论体系在一定程度上兼有认识主体性与实践主体性的双重品格，在我国古代美学史上意义重大。这无疑类似于康德在西方美学史上的地位。当然，他们的探索都在很大程度上离开了人类的物质生产的实践活动的巨大作用，这是时代的局限，不必苛求。

第二，对审美主体的特殊性及其构成诸因素的认识，可谓"英雄所见略同"。

首先，二人都把审美想象力同认识的想象力作了区别，并把想象力和理解力作为审美判断（鉴赏）力的主要构成因素。

康德说："我所了解的审美观念就是想象力里的那一表象，它生起许多思想而没有任何一特定的思想"，"没有言语能够完全企及它，把它表达出来"[①]。而《文心雕龙·神思》篇所说的艺术想象活动中"思表纤旨，文外曲致，言所不追，笔固知止"，《隐秀》

---

① ［德］康德：《判断力批判》，宗白华译，第160页。

篇的“夫隐之为体，义生文外”，与康德的认识并无二致。可见他们都自觉地认识到审美判断不同于概念逻辑判断。

其次，二人都认为其主要构成因素是想象力和理解力。

康德认为审美判断是“人类理解力和想象力和谐统一的结果”，它“能够以审美情感的力量把人的各种创造能力结合成自由和谐的整体”。他坚持认为：构成天才（艺术家）的心意能力主要是想象力和理解力[①]。由此揭示了审美想象力与理解力统一的本质。而刘勰所强调艺术家的天赋，如《体性》篇说“才有天资”、《神思》篇说“神思方运，万涂竞萌”“我才之多少，将与风云而并驱矣”，可见“才”主要是指自由想象力。他又认识到这种自由想象力其中包含理性，本质上是一种理性思维。如指出它离不开平时的“积学”“酌理”“研阅”；创作不管快慢不同，“并资博练”，均需“心总要术”，“研虑方定”。《总术》篇说为文之事“思无定契，理有恒存”，前句说的是没有固定的框框，这与想象的自由性有关；后句说的是其中包含规律，说明它离不开理性。在《文心雕龙》中多处“情”与“理”互文，均指内容，可见在本质上视为理性思维。又称“志气统其关键”“神用象通，情变所孕”，这与康德把情感视为审美想象的核心与动力殊途同归。该篇赞云“物以貌求，心与理应”，这无疑与康德的“无目的又符合目的”，即客体对象唤起主体的想象力和知解力的自由活动似乎是“相互契合”的。

再次，二人都强调艺术想象的自发性与自由性。

康德十分强调审美判断的自发性与自由性。他说：鉴赏“只对于自主性提出要求”，“是完全不能通过论证根据来规定的，好像

---

① 雨田：《论康德美学审美主体性的核心及其作用》，《外国美学》第8辑，第40页。

它只是主观的东西那样"。[①] 在他看来，审美判断是人们自主地和自发地作出判断，它不需要、也不接受概念或经验的规定，每个人都应该自主地张开想象的翅膀自由翱翔，根据"美的表象"的丰富内涵再创造出千姿百态的美的世界。康德的这一认识不但符合审美鉴赏的规律，而且为后人从审美心理学和从哲学、艺术社会学与审美心理学相统一的角度，研究审美活动开辟了新领域，意义重大。与此相通，刘勰在《神思》篇就指出艺术想象"思接千载""视通万里"的自由性（突破时空限制）的特点；《物色》篇"诗人感物，联类不穷。流连万象之际，沉吟视听之区"，说的就是诗人展开想象的翅膀自由翱翔；又强调文学创作时"入兴贵闲"，即强调没有预先的目的或规定，让主体超越功利而自主地和自发地进入自由想象。所说的是想象的自由性。这与康德所论并无两样。

最后，二人都强调艺术想象的创造性。

康德很重视作为审美主体性核心的自由想象的创造性。他认为，艺术高于自然。从形式上来说"美的表象"是创作主体对自然素材予以改造的结果；从内容上说自由想象充满创造主体的热情和理想，它深化和扩展了自然素材的意义[②]。而刘勰《神思》篇所说"神与物游"的"物"是指自然物进入人脑的映象，与康德"从真的自然"提供素材意思一致；而且还指出："拙辞或孕于巧义，庸事或萌于新意。视布于麻，虽云未费，杼轴献功，焕然乃珍。"说的正是艺术想象的创造性的功效（不但内容上有新意，且具有美的价值）。可见它是一种包含各种因素的创造能力。《知音》篇生动地描述了鉴赏中"知多偏好，人莫圆该"的主观性的特点，从表面上看，他

---

① ［德］康德：《判断力批判》，宗白华译，第 125、127 页。

② 雨田：《论康德美学审美主体性的核心及其作用》，《外国美学》第 8 辑，第 43 页。

对此略有微词，实际上是针对“深废浅售”的“俗鉴之迷”者而发。而且所论是由鉴赏上升为要求客观公正的文学批评，自然如此。他提出文学批评的最高要求是“见异，唯知音耳”，无疑是认为作品的价值正体现在审美主体的创造性。这就从另一个角度肯定了艺术想象是主体创造性的活动。

第三，更令人注目的是，在两人的理论体系中占有重要地位的崇高论（崇高接近我国传统中的“阳刚”之美）和“风骨论”，也有着惊人的相通之处。

康德认为：崇高与美（自由美，接近于我国传统中的“阴柔”之美）除了都具有令人愉快、不涉及利害和概念、主观的合目的性和普遍性，有两点是不同的：一是美（自由美）只同对象的质的表象（形式）相联系；而崇高则只同对象形式上无限的量的表象相联系，如大海茫茫，崇山峻岭。二是美（自由美）的快感是直接的，是主、客体处于和谐契合的状态；而崇高则是间接的，其快感是由主体面对客体心灵受到震撼（痛感）转化而来。由此认为：崇高感的根源不在物，而在主体的内部和意识，当人的审美想象力将人类道德的崇高性带到自然表象中，并使之成为后者的主导力量，才能获得崇高感。[①]此刻，人类的道德感已由意志的自由转化为现实事物的外在形态，同时，人也以情感态度肯定了自己的创造能力和本质。可见他强调的是崇高感中的道德性质和理性基础。因此，他说：“如果没有道德观念的发展，对于有修养准备的人是崇高的东西，对于无教养的人却只是可怕的。”[②]他强调人应有高尚的人格情操和道德感、使命感。这一思想十分宝贵。

---

① 雨田：《论康德美学审美主体性的核心及其作用》，《外国美学》第8辑，第45页。

② 朱光潜：《西方美学史》，第372页。

关于"风骨"问题，学界长期有争论。主要有"风喻情志，骨喻文辞"和"风即文意，骨即文辞"两说。根据《风骨》篇所说"怊怅述情，必始乎风"和"情之含风，犹形之包气"，可知"风"属情感（"气"）的范畴。对此学者意见比较一致。而"骨"则争议较大，也比较复杂。不过，据《风骨》篇云"辞之待骨，如体之树骸"和"若瘠义肥辞，繁杂失统，则无骨之征也"，可知其根本的是指"事义"。而要对"事义"作清晰严密的阐述，文辞和结构必须精确、严密，故云"结言端直，则文骨成焉"。张少康教授援引除《风骨》篇外《文心雕龙》论及"文骨"的地方共十四处，指出"所说均非指文辞"，"说明骨的含义是指作品的思想内容所显示出来的义理充足、正气凛然的力量"。[1] 应该说，这是相当有说服力的。同时，《风骨》篇又以非常突出的地位论"气"，强调了"重气之旨"，这是我们不应忽视的。深一层说，"风"与"骨"的关系，"风"是主要的、主导的。这一点，历代不少学者都注意到了。如：明人曹学佺云"此篇以风发端，而归重于气，气属风也"；黄叔琳评云"气是风骨之本"；纪昀则称"气即风骨，更无本末"。[2] 为什么呢？首先，从刘勰举司马相如"气号凌云"的辞赋作为"风力遒"和鹰隼的"翰飞戾天"比喻"骨劲而气猛"的例证来看，"风"除了情感饱满，还有想象力丰富之义。文学作品是离不开艺术想象力的，故"骨"自然离不开"风"。其次，对"事义"的阐述是否正确是同人格相关的，于是又生出了"骨"的另一层含义：它"体现作家正直高尚人格"，而且"作家对'事义'的阐述是伴随着强烈的情感的"，因此"风骨"的根本含义应是"主体的人格情感力量对作为真善统一体的'事义'的把握"，"是生命、情感向外表现的力量（"风"）

① 张少康：《文心雕龙新探——刘勰文学理论体系及其渊源》，第128页。

② 黄霖编著：《文心雕龙汇评》，上海：上海古籍出版社，2005年，第99、100页。

和理性内在的凝聚的力量（“骨”）两者的统一在艺术作品中的现实，它追求着一种表现了主体人格的崇高艺术上高度凝炼的力之美”，“鲜明地体现了《易传》的积极进取精神，显示了中华民族审美理想的重要特征”[①]。不难看出，刘勰之论“风骨”，与康德之论崇高，都是强调它的道德性质和理性基础，强调它是人以情感态度肯定了自己的创造能力和本质，可谓深相契合。两人都是强调主体的人格精神，是主体压倒、超越客体的气势和力量在艺术中的体现，在历史上均有开创意义。我们知道，在英国经验派美学那里曾把美与崇高看成是审美对象的客观属性（康德早期也曾受此影响），康德则把崇高的本质看成是人类以情感态度肯定了自己的创造能力，从而纠正了前者的错误；而刘勰虽非“风骨”一词的首创者，但他首次将之引入文学理论并作出详细阐述：一方面主体的人格情感体系体现为崇高的风格，另一方面主体对真善美统一体的“事义”的把握所体现的义理逻辑力量，并以之针砭齐梁的柔弱文风。这在中国美学史上无疑也具有开创意义，并对后世产生深远的影响。

最后，现代中外艺术理论一致强调艺术是真善美的统一，其实康德和刘勰的理论早已包含这一思想。如上所述，康德的审美主体性是以想象力和理解力的统一为前提的。想象力追求的是从单一走向众多、从有限走向无限（自由），而理解力则要求从众多走向单一、从杂乱走向整一、从偶然的现象走向体现本质的整体（规律）。在审美判断中，想象力和理解力互相渗透和互相作用：一方面，审美想象力在综合和超越“美的表象”，无拘无束、自由驰骋，充满蓬勃的生气与活力；另一方面，理解力则无时不在为想象提供内在的尺度，使之朝着合目的的方向飞翔，即主体以自由想象和情感体

① 李泽厚、刘纲纪：《中国美学史》第二卷下，北京：中国社会科学出版社，1987年，第731—732、737—738、746—747页。

验的方式在其心灵深处听取理性之音，它以潜在的形式引导审美主体的创造达到“无目的的合目的”，并评判“审美对象”的价值和意义①。可见艺术是真（自然客体，规律）、善（自由，人的目的）和美的形式的创造的统一。而刘勰在《宗经》篇所提出的评价为文的“六义”标准，其第一、三项的“情深”“事信”为真，第二、四项的“风清”“义直”为善，第五、六项的“体约”“文丽”为美，正与真善美的标准一致。刘勰评价历代作品正是从真善美的统一的角度去评价的。

鉴于以上认识，在新世纪来临之际，让《文心雕龙》走向现代、走向世界，这既是时代的要求（必然），也是我们的职责和使命。

附言：本文系1995年5月提交给台湾师范大学主办的《文心雕龙》国际学术研讨会的论文，会后收入该次会议论文集（台湾师范大学国文系主编，台北：文史哲出版社，1999年6月）。笔者另有《刘勰与黑格尔美学方法论》(《古代文学理论研究丛刊》第18辑，徐中玉主编，上海：上海古籍出版社，1997年7月）。其中论刘勰部分《论〈文心雕龙〉的研究方法》，载《华南师范大学学报》（社会科学版）1991年第1期，被“人大复印报刊资料”全文转载。拙著《文心雕龙美学思想体系初探》收入几篇刘勰与黑格尔比较的文章，亦可视为本文的姐妹篇。

---

① 雨田：《论康德美学审美主体性的核心及其作用》，《外国美学》第8辑，第39页。

《文心雕龙》“文道自然”说的理论意义

——兼评魏伯河先生对“龙学”界的批评

一、《文心雕龙·原道》篇“文道自然”说的主要意蕴

牟世金先生尝云：“若不知‘原道’之‘道’为何物，便无‘龙学’可言。”[①] 诚哉斯言！《原道》篇首称日月山川的美丽形态“盖道之文也”，继称人有人文乃“自然之道也”，又称云霞花卉自有其美，并非外饰，“盖自然耳”。[②] 其说可称“文道自然”说，意蕴丰富深厚，意义重大。笔者尝撰文论及[③]，但认识肤浅，现再作探讨，并向方家和读者请教。

（一）《原道》篇首称日月山川的美丽形态“盖道之文”，是说“道”为宇宙本体，乃万物之本原。而“文”通“纹”，《易·系辞下》：“物相杂，故曰文。”[④] 刘师培称：“三代之时，凡可观可象、秩然有章者，咸谓之文。”[⑤] 故文（纹）指事物的感性形态之美。故知《原道》篇称人有人文乃“自然之道”以及云霞花卉自有其美“盖自然耳”，

---

① 牟世金：《文心雕龙研究的回顾与展望》，《文心雕龙学刊》第 2 辑，济南：齐鲁书社，1984 年，第 44 页。

② 范文澜：《文心雕龙注》，北京：人民文学出版社，1958 年，第 1 页。

③ 参见拙文《略评〈文心雕龙〉的“文道自然”说》，《华南师范大学学报》（社会科学版）1986 年第 1 期，“人大复印报刊资料”曾全文转载。收入拙著《文心雕龙美学思想体系初探》，广州：暨南大学出版社，1993 年。

④ 高亨：《周易大传今注》，济南：齐鲁书社，1979 年，第 593 页。

⑤ 顾易生、蒋凡：《先秦两汉文学批评史》，上海：上海古籍出版社，1990 年，第 2 页。

是从用来说，此乃自然如此、自来如此。由此可见，该篇从道之体、用的论述，分别为本体论和起源论的范畴术语。道是万物的本原，它不会孤立存在，只存在于万物之中，故《管子·心术》篇称“德者，道之舍”[①]，它是道在具体事物中的存在和显现，指事物的性质、特质。可见，一方面文不离道；另一方面，道以文显。刘勰说“文之为德”“与天地并生”[②]，是说“文”能使“道”具体显现为万物的千姿百态之美，其作用是多么伟大啊，自有天地以来便是如此的了。曹丕的《典论·论文》称“文章”乃“经国之大业，不朽之盛事”[③]，李泽厚、刘纲纪指出：刘勰称“‘文’之‘德’是‘与天地并生’的，把对于‘文’的属性、本质、功能的探讨提到宇宙起源论的高度。这是魏晋以来强调‘文’的重要性的思想发展，也是第一次最为明确地把‘文’提到了‘与天地并生’的地位”[④]。而魏伯河先生称：“自然之道”“本来只是一般叙述语言”，从中“探求所谓的‘微言大义’，就难免走向歧途。”[⑤] 但这是两位当代美学大师根据文本和我国古代文化传统分析而得出的结论，并非妄测乱评。

（二）刘勰所说的“自然之道”是指宇宙万物普遍的自然规律，近于老庄的“自然之道”，但所说“人文”所体现的“道”则是指儒家的具体社会政治之“道”，即“把老庄那种哲理性的‘自然之道’具体化为儒家之‘道’，又把儒家之‘道’上升为普遍的自然规律

---

① 黎翔凤撰，梁运华整理：《管子校注》，北京：中华书局，2004 年，第 770 页。

② 范文澜：《文心雕龙注》，第 1 页。

③ 郭绍虞主编：《中国历代文论选》第 1 册，上海：上海古籍出版社，2001 年，第 159 页。

④ 李泽厚、刘纲纪：《中国美学史》第二卷下，北京：中国社会科学出版社，1987 年，第 681 页。

⑤ 魏伯河：《〈文心雕龙〉“文之枢纽”新探》，《中国文论》第 5 辑，济南：山东人民出版社，2019 年，第 79 页。

之体现”，“这一认识主要是继承和发展了荀子和《易传》的思想而来”[①]。邱世友也指出：《文心雕龙》的“自然之道”“其渊源是老庄及《周易》之《系辞》《彖传》中具有唯物主义因素的那部分”[②]。罗宗强也认为：《原道》篇的“原道”“原于自然”[③]。它的主要倾向是唯物的。

（三）它是构建《文心雕龙》理论体系的基石和贯穿整个理论体系的主线。根据《序志》篇的说明：《文心》的理论体系是由“文之枢纽”5篇、文体论“论文叙笔”20篇和创作论“割情析采”19篇三大块构成。牟世金指出：“枢纽”前三篇《原道》《征圣》《宗经》“首先树立本于自然之道而能‘衔华佩实’的儒家经典这个标”，作为“文学创作的金科玉律”和“评论文学的最高原则”[④]；文体论“既在全书总论中提出的基本观点指导之下写成的”，也是“总结了前人丰富经验的基础之上，进而所作理论上的提炼和概括”[⑤]，由此“建立‘割情析采’”即从情与采两个方面剖析问题的“一整套理论体系”[⑥]。可见《原道》篇的“自然之道”即万物有质、自然有文的宇宙普遍规律[⑦]，乃是《文心》理论体系的基石，也是贯穿“整

---

① 张少康：《文心雕龙新探——刘勰文学理论体系及其渊源》，济南：齐鲁书社，1987年，第28—29页。

② 邱世友：《文心雕龙探原》，长沙：岳麓书社，2007年，第14页。

③ 罗宗强：《魏晋南北朝文学思想史》，北京：中华书局，1996年，第310页。

④ 陆侃如、牟世金：《文心雕龙译注》上册，济南：齐鲁书社，1981年，“引论”，第43页。

⑤ 牟世金：《雕龙集》，北京：中国社会科学出版社，1983年，第187页。

⑥ 牟世金：《雕龙集》，第234页。

⑦ 牟世金：《雕龙集》，第218页。

个理论体系的主线”[①]。笔者视为对“龙学”研究的“重大贡献”[②]，魏先生却反问刘勰“最终推原出”的竟然是“这样一个尽人皆知的浅显道理吗”“未免令人生疑”[③]。鉴于罗宗强指出“衔华佩实”“此一标准贯串全书”[④]，与“质文相称”“情采相符”范畴同义，且《文心》“原道”即“原于自然（自然之道）”[⑤]，可证牟说经得起检验。而魏先生未举实例反驳，还讥笑这不过是“抓住某一个或几个片言只语索求所谓‘微言大义’”的“典型的个案”，“把它当作刘勰论文的最高标准”，“难免走向歧途”[⑥]。但评论东汉文学时魏先生又肯定“华实所附”“与刘勰在《征圣》篇里所标示的文章最高标准‘衔华佩实’同义”[⑦]，自相矛盾，令人诧异。

（四）它具有方法论的意义。《老子》曰：“人法地，地法天，天法道，道法自然。”[⑧]意为道无所效法，以自己为法。[⑨]可见“自然”具有方法论的意义。首先，文体论方面，刘勰从本体论的高度指出：万物各有其性，于是形成各种文体的特点。如《通变》篇称：

---

① 牟世金：《雕龙集》，第234页。

② 参阅拙文《再论〈文心雕龙〉的生命美学思想》，中国《文心雕龙》学会编：《论刘勰及其〈文心雕龙〉》，北京：学苑出版社，2000年，第64页。

③ 魏伯河：《走出“自然之道”的误区——读〈文心雕龙·原道〉札记》，《中国文论》第4辑，上海：上海古籍出版社，2018年，第77页。

④ 罗宗强：《魏晋南北朝文学思想史》，第276页。

⑤ 罗宗强：《魏晋南北朝文学思想史》，第310页。

⑥ 魏伯河：《〈文心雕龙〉“文之枢纽”新探》，《中国文论》第5辑，济南：山东人民出版社，2019年，第79页。

⑦ 魏伯河：《正本清源说“宗经”——兼评周振甫先生的有关论述》，《中国文论》第3辑，上海：上海古籍出版社，2016年，第63页。

⑧ 朱谦之：《老子校释》，北京：中华书局，1984年，第103页。

⑨ 张岱年主编：《中华的智慧——中国古代哲学思想精粹》，上海：上海人民出版社，1980年，第21页。

文章譬诸草木，皆根植于土壤“臭味晞阳而异品”[①]，即形成不同的作品。如《明诗》篇说：“人禀七情，应物斯感，感物吟志，莫非自然。”[②]各种文体一旦确立，便会自然形成各自的文辞特点。如《章表》篇指出：由于章、表是上报朝廷和表明心迹的，故“骨采宜耀”[③]（骨力和辞采应该显耀）。《丽辞》篇论云“夫心生文辞，运裁百虑，高下相须，自然成对”[④]，即文辞的对偶并非有意追求，而是自然如此。《镕裁》篇称多余的文辞有如“骈拇枝指，由侈于性”[⑤]，即并非出自本性，故需剪除。其次，创作论方面，《定势》篇称：文体一旦确定便会“即体成势”，即形成相应的“体势”：“势者，乘利而为制也。如机发矢直，涧曲湍回，自然之趣也”[⑥]；《附会》篇强调“原始要终，疏条布叶，道味相附，悬绪自接”[⑦]，即文章的首尾配合，枝条扶疏，树叶舒展，内容与味道的配合，纷繁的头绪会自然衔接。最精彩的是对灵感的论述。《神思》篇不但对创作构思的形象思维“神与物游”的“思接千载”“视通万里”作了生动的描述，而且指出“陶钧文思，贵在虚静”，平时加强“积学”“酌理”“研阅”和“驯致”的功夫，写作时保持平静的心态，“秉心养术，无务苦虑；含章司契，不必劳情”[⑧]，那么灵感自然而至。我们知道，陆机的《文赋》曾对灵感作了生动的描述，但最后老实承认“吾未识乎开塞之所由”[⑨]，即不知灵感怎样才会到来。西方

---

① 范文澜：《文心雕龙注》，第 519 页。

② 范文澜：《文心雕龙注》，第 65 页。

③ 范文澜：《文心雕龙注》，第 408 页。

④ 范文澜：《文心雕龙注》，第 588 页。

⑤ 范文澜：《文心雕龙注》，第 543 页。

⑥ 范文澜：《文心雕龙注》，第 529—530 页。

⑦ 范文澜：《文心雕龙注》，第 652 页。

⑧ 范文澜：《文心雕龙注》，第 493、494 页。

⑨ 郭绍虞主编：《中国历代文论选》第 1 册，第 175 页。

从古希腊柏拉图以来乃至近代，把灵感视为神灵的降临。刘勰的“自然灵感”论已经从感性上升到理性，比之高明多了。又《养气》篇强调“吐纳文艺，务在节宣”，“意得则舒怀以命笔，理伏则投笔以卷怀”[①]，即要掌握节奏，不可勉强而为，也是运用了自然方法论。

至于《原道》篇所说黄河、洛水有龙献图、龟负书而产生八卦和“九畴”，“谁其尸之，亦神理而已”[②]，有论者视为唯心神秘之说。罗宗强指出：人世之事，其中之奥妙，“往往未被认识，难以言说。既以其为本然，又因其难以言说，故视之为神妙莫测，乃称之为‘神理’”[③]。针对有人认为“神理”是指佛性，邱世友详考刘宋宗炳及其后郗超、王融等诗文中的“神理”，认为均非指佛性。又举《情采》篇称“五色杂而成黼黻”云云乃“神理之数”，是指自然成对，指出《明诗》篇的“神理共契”是指“矛盾对立之理”，以及《原道》篇的龙献图、龟负书云云，可视为宇宙万物自然变化即“神理之数”的展现：“自然，就其微妙变化说是神，就其变化的规律性是理”[④]。可见，其主要倾向是唯物的。

正如李泽厚、刘纲纪指出：“刘勰的以‘自然’为根基的美学思想，是中国古代唯物论在美学上的卓越表现，至今也还闪烁着它的不灭的光辉。”[⑤]

二、“文道自然”说意义重大

郭绍虞早已指出：在韩愈以前，关于文与道的关系有两种主张：“一种是偏于道”，如荀子、扬雄；“另一种则较偏于文”，如刘勰。

---

① 范文澜：《文心雕龙注》，第 647 页。

② 范文澜：《文心雕龙注》，第 2 页。

③ 罗宗强：《魏晋南北朝文学思想史》，第 271 页。

④ 邱世友：《文心雕龙探原》，第 7 页。

⑤ 李泽厚、刘纲纪：《中国美学史》第二卷下，第 678 页。

后者所说的“道”，“似不囿于儒家之见者”[①]。可惜未作进一步发挥。早在先秦时期，《荀子·儒效》篇就称“圣人也者，道之管也。天下之道管是矣”，“故《诗》《书》《礼》《乐》之归是矣”[②]，强调客观世界的各种规律、历代治理的经验方法“集中统一于圣人”和全面反映于儒家经典著作中[③]。《非相》篇则强调“凡言不合先王，不顺礼义，谓之奸言”[④]。到汉代扬雄《法言·吾子》篇则称：“舍五经而济乎道者，末矣！”[⑤]由此形成儒家征圣宗经的传统文道观。它视道为封建社会制度及其人伦教化，把文作为明道载道的工具，却轻视文的审美特性及其能动作用。它适应封建统治的需要，被定为正统，经历了漫长的岁月，曾经起过进步的作用。如唐宋古文运动，就是以它作为思想武器批判齐梁的浮艳文风和北宋初年西昆体的形式主义。但随着历史的发展逐渐暴露其局限性。到了北宋古文运动的柳开、石介抨击晚唐至宋初的华靡文风，推崇韩愈，取其学道却舍其好文，如石介称道统之外没有文统，根本否定了文的作用。到了南宋的道学家，更视文为“玩物丧志”“作文害道”，宣称“文皆是从道中流出”，彻底否定文的作用。这样，也就走到否定文的历史反面。[⑥]

刘勰的“文道自然”说则不同。纪昀指出：它“标自然以为宗”，

① 郭绍虞：《照隅室古典文学论集》上编，上海：上海古籍出版社，1983年，第174页。

② ［清］王先谦撰，沈啸寰、王星贤点校：《荀子集解》，北京：中华书局，1988年，第133页。

③ 顾易生、蒋凡：《先秦两汉文学批评史》，第128页。

④ ［清］王先谦撰，沈啸寰、王星贤点校：《荀子集解》，第83页。

⑤ 汪荣宝撰，陈仲夫点校：《法言义疏》，北京：中华书局，1987年，第67页。

⑥ 参看拙著《文心雕龙美学思想初探》，广州：暨南大学出版社，1993年，第55—57页。

称“齐梁文藻，日竞繁华”，“自汉以来，论文者罕能及此”，“所见在六朝文士之上”[①]。为什么呢？他说：“文以载道，明其当然；文原于道，明其本然。识其本乃不逐其末。”[②]“本”指道之体，是从本体论的高度审视：“文原于道”即美本是事物本身的属性，而齐梁文藻则是矫饰外加的，故刘勰的见识在六朝文士之上。这就指出了刘勰的“文道自然”说与儒家传统文道观的不同，可谓眼光独到。儒家传统文道观虽在历史上起过进步作用，但它把文视为载道的工具，而看不到它本是事物本身的属性，并没有认识到“文”所具有的独立性和能动作用（即一方面文不离道，另一方面道藉文显）。因此，唐代的韩愈、柳宗元和宋代的欧阳修，重道却不轻文，故能成功。黄侃继承和阐释了纪昀的上述思想，其释《原道》云“彦和之意，以为文章本由自然生，故篇中数言自然”，“与后世言文以载道者截然不同”，这是从体来说道乃文之本原；其释“形立则章成矣，声发则文生矣”云“彦和之意，盖谓声采由自然生，其雕琢过甚者，则寖失其本，故宜绝之”[③]，则是从用来说，文的产生是自然如此。而齐梁浮艳文风“雕琢过甚”“寖失其本”，是由矫饰的、外加的，非由本性，故应摒弃。这与纪昀、刘勰可谓“心有灵犀一点通”。

苏轼继承和发挥了刘勰的“文道自然”说。朱东润先生早已指出：苏氏父子“始摆脱羁勒，为文言文，此不可多得者”[④]。苏轼不同于传统儒家文道观，把“道”理解为与刘勰相同的自然之道。

---

① ［梁］刘勰撰，［清］黄叔琳注，纪昀评：《文心雕龙辑注》，北京：中华书局，1957年，第23—24页。

② ［梁］刘勰撰，［清］黄叔琳注，纪昀评：《文心雕龙辑注》，第23页。

③ 黄侃：《文心雕龙札记》，上海：华东师范大学出版社，1996年，第3、5页。

④ 朱东润：《中国文学批评史大纲》，上海：上海古籍出版社，1957年，第112页。

如说南方人由于“日与水居，则十五而得其道”[①]，显然指自然万物的规律。他对孔子的“辞达”说作了新的发挥，指出“辞达”不但要求对事物“了然于心”，而且还要“了然于口与手”，即能够充分表达，而前者是“千万人而不一遇”的，因此做到“辞达”，“则文不可胜用矣”；又称文章的价值有如“精金美玉”[②]。这是强调文的巨大作用和价值。他还把“自然之道”所具有的宇宙本体论和方法论创造性地运用于深入探索文艺创作规律及其审美特点。如称“山川之有云雾，草木之有华实”，自然“充满勃郁而见于外”，这与刘勰的万物有质自然有文的认识一脉相承；又自称山川之秀美、人文之遗迹等“杂然有触于中，而发于咏叹”[③]，是从道之用来说，自然如此。又自评“吾文如万斛泉源，不择地皆可出”，“常行于所当行，常止于不可不止”[④]；又赞谢民师之作“大略如行云流水”，“文理自然，姿态横生”[⑤]，也是自喻[⑥]。苏轼本身是集诗、词、赋和书法、绘画于一体的艺术家，论述十分精彩。

到了明清时期，刘勰的“文道自然”说更为进步文艺理论家继承和发挥，获得了新的生命活力。如明代后期，儒家的传统文艺观已经成为文艺发展的主要障碍，文坛上掀起了波澜壮阔的文学解放思潮。其主要理论代表李贽提出“童心”说：“夫童心者，真心也”，认为人的初心是纯真美好的，只是后天受了“道理闻见”（封建礼

---

① ［宋］苏轼：《日喻》，颜中其编著：《苏轼论文艺》，北京：北京出版社，1985年，第39页。

② ［宋］苏轼：《答谢民师推官书》，颜中其编著：《苏轼论文艺》，第111页。

③ ［宋］苏轼：《南行前集序》，颜中其编著：《苏轼论文艺》，第41页。

④ ［宋］苏轼：《自评文》，颜中其编著：《苏轼论文艺》，第117页。

⑤ ［宋］苏轼：《答谢民师推官书》，颜中其编著：《苏轼论文艺》，第111页。

⑥ 参阅拙文：《论苏轼对刘勰〈文心雕龙〉文学理论的继承和发展》，《华南师范大学学报》（社会科学版）2005年第4期。

教教育），“童心既障”而失却真心，变成“以假人言假言”。可见他提倡“童心”是要求摆脱封建礼教的束缚，以新兴市民的反封建的思想观察社会和反映生活。他认为：“天下之至文，未有不出于童心焉者也。”[①]意思是说，优秀之作都是摆脱了封建礼教思想束缚的。又称：“世之真能文者”，其始“皆非有意于为文也”，是身有所感，胸有积愤，而且到了“蓄积既久，势不能遏”，才愤然挥笔“诉心中之不平”[②]。这显然是对《文心·情采》篇的“风雅之兴，志思蓄愤”[③]和苏轼的为文“如万斛泉源，不择地皆可出”之说的发挥。在他看来，艺术的最高境界是“化工”，有如“风行水上之文，决不在于一字一句之奇”，“若夫结构之密，偶对之切；依于理道，合乎法度；首尾相应，虚实相生”等等，“皆不可以语于天下之至文也”[④]。他进一步说：“盖声色之来，发于情性，由乎自然，是可以牵合矫强而致乎？故自然发于情性，则自然止乎礼义，非情性之外复有礼义可止也。惟矫强乃失之。”[⑤]说到底，有什么样的情性，便有什么样的格调，“有是格便有是调，皆情性自然之谓也”。“然则所谓自然者，非有意为自然而遂以为自然也。若有意为自然，则与矫强何异？”[⑥]。由此他坚决反对“牵合矫强”。可见，李贽继承苏轼，把刘勰的“文道自然”的方法论发挥到淋漓尽致的地步。公安派袁宏道所说“物之传者必以质，文之不传，非

---

① ［明］李贽：《童心说》，张建业主编：《李贽文集》第一卷，北京：社会科学文献出版社，2000年，第92页。

② ［明］李贽：《杂说》，张建业主编：《李贽文集》第一卷，第91页。

③ 范文澜：《文心雕龙注》，第538页。

④ ［明］李贽：《杂说》，张建业主编：《李贽文集》第一卷，第90页。

⑤ ［明］李贽：《读律肤说》，张建业主编：《李贽文集》第一卷，第123页。

⑥ ［明］李贽：《读律肤说》，张建业主编：《李贽文集》第一卷，第124页。

曰不工，质不至也”[①]，与《文心·情采》篇的质文相称观点一致。袁宏道称：“物之传者必以质。”文学创作第一步是“博学而详说”，第二步是“久而胸中涣然，若有所释”，第三步是“机境偶触”即灵感忽至，写来得心应手，“文忽生焉”[②]。这可视为刘勰的质文一致和苏轼自称文如泉涌说的具体诠释。袁宏道提倡的“真”和“独抒性灵”是公安派创作论的大旗，强调“从自己胸臆流出”，“本色独造”而非“粉饰蹈袭”，这是对刘勰、苏轼和李贽的继承和发展[③]。

清人叶燮自称其带有总结性的我国古代诗歌理论著作《原诗》“专征之自然之理”[④]，可见是以自然方法论作为其指导思想的。开近代风气之先的龚自珍也继承了刘勰和苏轼、李贽的上述思想，并作进一步发挥。他提出“尊情”说：诗歌之作始于“尊情”即由情之所致，胸有感触，悲歌慷慨，使“情畅于声”[⑤]。而要“尊情”必先“尊心”，就是保持一颗天生无邪的“童心”，遵循自己的个性，敢说敢为，做到“心术不欺，言语不伪”，其作乃是“不得已而有者”[⑥]。他抨击“天教伪体领风花”[⑦]，痛恨文坛充斥“伪体”。他

---

① ［明］袁宏道：《行素园存稿引》，钱伯城笺校：《袁宏道集笺校》，上海：上海古籍出版社，1981 年，第 1570 页。

② ［明］袁宏道：《行素园存稿引》，钱伯城笺校：《袁宏道集笺校》，第 1570—1571 页。

③ 参阅成复旺等：《中国文学理论史》第三册，北京：北京出版社，1987 年，第 159—170 页。

④ ［清］叶燮：《己畦文集序》，《丛书集成续编》第 152 册，台北：新文丰出版公司，1989 年，第 446 页。

⑤ ［清］龚自珍：《长短言自序》，《龚自珍全集》，上海：上海人民出版社，1975 年，第 232 页。

⑥ ［清］龚自珍：《述思古子议》，《龚自珍全集》，第 123—124 页。

⑦ ［清］龚自珍：《歌筵有乞书扇者》，《龚自珍全集》，第 490 页。

还认定自己所处的时代已由“康乾盛世”转入犹如“日之将夕”的“衰世”[①]，所产生的“情”必然是哀怨、愤怒之情。由此提出“受天下之瑰丽，而泄天下之拗怒”[②]的极则，呼吁诗人反映时代的危机，抒发哀怨愤怒之情。他自称与生俱来的“忧患”“不逐年华改，难同逝水徂”[③]。他认为，处于“衰世”，“不祥之气郁于天地之间”[④]，如此“外境迭至，如风吹水，万态皆有，皆成文章”[⑤]。这是结合时代环境对李贽“童心”说的发挥[⑥]。王国维则说：诗词有“造境”和“写境”，大诗人“所造之境，必合乎自然；所写之境，亦必邻于理想”，因为无论“如何虚构之境，其材料必求之于自然；而其构造，亦必从自然之法则”[⑦]。这是运用自然方法论对词论创作的高度概括和总结。

三、魏先生批评“龙学”界十多位名家大师，实则有误

魏伯河先生严厉批评二十世纪以来大陆“龙学”界把“自然之道”“误为”刘勰所“原”之“道”，实为未能明了“自然之道”乃“道”之异名。

首先批评清代大学问家纪昀点评《原道》篇“标自然以为宗”是“概念错误”：所谓“自然”“只是一个形容词”，“怎么能成为刘勰所标举的文学之‘宗’呢”？“刘勰既明言其所‘宗’为儒

---

① ［清］龚自珍：《尊隐》，《龚自珍全集》，第87页。

② ［清］龚自珍：《送徐铁孙序》，《龚自珍全集》，第166页。

③ ［清］龚自珍：《赋忧患》，《龚自珍全集》，第478页。

④ ［清］龚自珍：《赋忧患》，《龚自珍全集》，第478页。

⑤ ［清］龚自珍：《与江居士笺》，《龚自珍全集》，第345页。

⑥ 参阅黄霖：《中国文学批评通史》（近代卷），上海：上海古籍出版社，1996年，第20—35页。

⑦ 王国维：《人间词话》，姚淦铭、王燕主编：《王国维文集》第一卷，北京：中国文史出版社，1997年，第141、142页。

家经典，怎么可能在推原文章产生时另外再标举一个‘宗’出来呢！一宗二主，有是理乎？”[①] 这里魏先生犯了两个错误：一是不明“自然”乃“道”之异名，并非形容词，而是一个哲学范畴（名词），指宇宙本体，它是万物的本原，故“标自然以为宗”；二是刘勰的“宗经”是宗奉儒家经典作为文章的典范，而不是作为文章的本原，魏先生却说“一宗二主”，显然混淆了二者。钱锺书《管锥编》称“乾，元亨利贞”：“《正义》：‘天者，定体之名；乾者，体用之称。’故《说卦》云‘乾，健’者，言天之体以乾为用。”[②] 这里“天”指道之体，乾（健）乃道之用。还引柳宗元称“二者不可斯须离也”，即体、用二义是不可分的[③]。可见自纪昀以来“龙学”界肯定刘勰的“文道自然”说是正确的。有些学者过分强调二者的区别[④]，魏先生引以为据，显然值得商榷。还发现诸家把《原道》篇的“自然之道”都是译为“这是自然的道理”而不是“这就是‘自然之道’的”[⑤]，如获至宝。不足为据。

魏先生接着批评对“龙学”有重大贡献的北京大学教授黄侃。其云“彦和之意，以为文章本由自然生，故篇中数言自然”，这是从体来说，自然（道）为文章的本原；又云“盖人有思心，即有言语，既有语言，即有文章”[⑥]，这是从用来说，文章的产生乃是自然而然。

---

① 魏伯河：《走出“自然之道”的误区——读〈文心雕龙·原道〉札记》，《中国文论》第 4 辑，第 73 页。

② 钱锺书：《管锥编》第一册，北京：中华书局，1979 年，第 8 页。

③ 钱锺书：《管锥编》第一册，第 9 页。

④ 陈伯海：《〈文心〉二题议》，《文心雕龙学刊》第 2 辑，济南：齐鲁书社，1984 年，第 124 页。

⑤ 魏伯河：《走出“自然之道”的误区——读〈文心雕龙·原道〉札记》，《中国文论》第 4 辑，第 70 页。

⑥ 黄侃：《文心雕龙札记》，第 3 页。

这是对《原道》篇的“盖道之文也”和“自然之道也”“盖自然耳”的具体诠释，完全正确。继云：“案庄、韩之言道，犹言万物之所由然。文章之成，亦由自然，故韩子又言圣人得之以成文章。韩子所言，正彦和所祖也。”[①]魏先生称“这种说法是颇为成问题的”，批评黄侃把刘勰的文原论引向“自然”，再引向老庄和韩非，“与《原道》篇文句多出于《易经》的事实明显相悖”[②]；又引《情采》篇的“详览庄、韩，则见华实过乎淫侈”和“诸子之徒，心非郁陶，苟驰夸饰，鬻声钓世，此为文而造情也”[③]为据，认为刘勰“对庄、韩并不怎么欣赏”[④]。最后还说黄侃在“道—圣—文”的系统中“抽换了‘道’的概念，把刘勰作为文学本原的‘道’说成了老庄乃至韩非所阐述的‘道’”，“误人不浅”[⑤]。此处不过两三百字，其错误之处有五：一是把《情采》篇的“详览庄、韩”云云理解为刘勰对庄、韩严重不满，有违原意。该篇称“庄周云‘辩雕万物’，谓藻饰也。韩非云‘艳采辩说’，谓绮丽也”[⑥]，刘勰反对的是脱离内容片面追求形式美。他所处的时代是审美思潮觉醒的时代，他对这一时代潮流是接受的，不能理解为刘勰完全反对追求形式美。他对庄、韩强调“藻饰”和“绮丽”并无贬义。又“华实过乎淫侈”句，

---

① 黄侃：《文心雕龙札记》，第4页。

② 魏伯河：《走出“自然之道”的误区——读〈文心雕龙·原道〉札记》，《中国文论》第4辑，第74页。

③ 范文澜：《文心雕龙注》，第538页。

④ 魏伯河：《走出“自然之道”的误区——读〈文心雕龙·原道〉札记》，《中国文论》第4辑，第74页。

⑤ 魏伯河：《走出“自然之道”的误区——读〈文心雕龙·原道〉札记》，《中国文论》第4辑，第74页。

⑥ 范文澜：《文心雕龙注》，第537页。

牟世金注称“华实”是复词偏义，只指华[①]，句意为不应华而不实。又《韩非子·解老》云“有以淫侈为俗，则国之伤也”[②]，故知“华实过乎淫侈”句意谓：“华与实的关系如流于淫侈（也就是华而不实）就会成为过失”[③]，魏先生理解为贬义，与原旨不合。二是《情采》篇的“诸子之徒”是承上文“辞人”（辞赋家）而言，并非指包括庄、韩的诸子。从《诸子》篇对诸子的称赞，可知此处不应理解为批评庄、韩。三是《史记·老子韩非列传》称庄子“其要本归于老子之言”、称韩非子“喜刑名法术之学，而其归本于黄（帝）老（子）”，可见黄侃把刘勰的自然论引向庄、韩和黄帝言之有据，而魏先生却以为非，又未举理据，不能服人。四是从《原道》篇反复强调所原之道乃是“自然”“自然之道”，可见与老、庄的“自然”一致，显然比视为源自《易经》更为直接，不能以后者否定前者。五是《原道》篇的“道—圣—文”系统中，其云“道沿圣以垂文，圣因文而明道”[④]，一个“沿”字说明黄侃没有偷换概念，倒是魏先生由“宗经”逆向“推演”出《原道》所原的道只能是儒家之道，分明有违原旨。如此种种，要说“误人不浅”，应是魏先生自己！

范文澜先生称“（《原道》篇）所谓道者，即自然之道，亦即《宗经》篇所谓恒久之至道”，再结合《征圣》《宗经》二篇，“自指圣贤之大道而言”，“与空言文以载道者殊途”；继赞纪昀称誉刘勰所见“在六朝文士之上”以及“文以载道，明其当然；文原于道，

① 陆侃如、牟世金：《文心雕龙译注》下册，济南：齐鲁书社，1982年，第146页。

② ［清］王先慎撰，钟哲点校：《韩非子集解》，北京：中华书局，1998年，第153页。

③ 詹锳：《文心雕龙义证》，上海：上海古籍出版社，1989年，第1156页。

④ 范文澜：《文心雕龙注》，第3页。

明其本原”为“识其本乃不逐其末”，称引其“标自然以为宗”。[①]魏先生大批一通，其实不知自己错了，其误有三：一是说范文澜“率先把‘自然之道’当成了一个独立的哲学术语，影响甚大”[②]，“自然之道”本来就是哲学范畴，即道之异名，魏先生不过是重复自己的错误。二是范文澜已明言《原道》之道乃是自然之道，这与黄侃称其与老、庄的自然之道一致，魏却视为“矫正了黄侃之失”[③]，可谓无中生有。三是批评范文澜“把《原道》之所谓‘道’与《宗经》篇的‘恒久之至道’混同”[④]。与此相同，郭绍虞也说，《原道》之道是指自然之道，“所以说‘文之为德与天地并生’”；《宗经》之道，是指儒家之道，“所以说：‘经也者，恒久之至道，不刊之鸿教也’”，故《文心》之道“兼有此二义”。魏先生也批评说：“这样随文解读，肯定是违背刘勰本意的”，如此一来，“便直接打乱了‘道—圣—文’三位一体理论架构的统一性”[⑤]。其实“肯定”违背刘勰本意的是魏先生。张少康早已指出：“刘勰认为儒家的社会政治之‘道’乃是对作为普遍的自然规律的哲理之‘道’的具体运用和发挥，这也是‘六经’之所以有崇高地位之原由。这样，刘勰就把老庄那种哲理性的‘自然之道’具体化为儒家之‘道’，又

① 范文澜：《文心雕龙注》，第3—4页。

② 魏伯河：《走出“自然之道”的误区——读〈文心雕龙·原道〉札记》，《中国文论》第4辑，第75页。

③ 魏伯河：《走出“自然之道”的误区——读〈文心雕龙·原道〉札记》，《中国文论》第4辑，第75页。

④ 魏伯河：《走出“自然之道”的误区——读〈文心雕龙·原道〉札记》，《中国文论》第4辑，第75页。

⑤ 魏伯河：《走出“自然之道”的误区——读〈文心雕龙·原道〉札记》，《中国文论》第4辑，第75页。

把儒家之‘道’上升为普遍的自然规律之体现。”[①]可见只有进入人类社会后由“圣人”总结的社会人伦之道才是儒家之道。因此，范文澜、郭绍虞都是随着“道”在不同历史阶段的演进而说，而魏先生却反过来由《宗经》篇的儒家之道逆向推论认定《原道》篇之道非儒家之道不可，这才“肯定是违背刘勰本意的”。刘永济称“文心原道，盖出自然”“舍人论文，首重自然”，并指出：“此所谓‘自然’者，即道之异名。”[②]这是正确的。魏先生却批评“此说明显受到纪昀、黄侃之说影响，但又有所发展”，把“纪昀笔下的文学批评术语一变而为纯粹的哲学术语了”[③]。魏先生又批评王元化把“道心”“神理”也是“视为同一概念，显然是不妥的”[④]，其实二者同义。王运熙指出：“刘勰把自然之道和儒家之道溶合起来，归于一致，实际乃是当时玄学自然与名教合一思想的反映。刘勰在《原道》篇中论述了作为各体文章的渊源和规范的《六经》，是本于道同时又是用来明道的，这就为文章以及作文必须宗经的合理性和重要性，奠定了理论基础。”[⑤]这本是深刻的见解，魏先生却批评说：“此说正面了《原道》篇的实际，但并没有走出‘自然之道’的误区”，把“自然之道”“看作了与儒家之道同一层次的概念”[⑥]，又是重复自己的错误；

---

① 张少康：《文心雕龙新探——刘勰文学理论体系及其渊源》，济南：齐鲁书社，1987年，第28页。

② 刘永济：《文心雕龙校释》，北京：中华书局，1962年，第1、2页。

③ 魏伯河：《走出“自然之道”的误区——读〈文心雕龙·原道〉札记》，《中国文论》第4辑，第75页。

④ 魏伯河：《走出“自然之道”的误区——读〈文心雕龙·原道〉札记》，《中国文论》第4辑，第76页。

⑤ 王运熙：《文心雕龙探索》，上海：上海古籍出版社，1986年，第56页。

⑥ 魏伯河：《走出“自然之道”的误区——读〈文心雕龙·原道〉札记》，《中国文论》第4辑，第76页。

又称牟世金把"自然之道"即"万事万物必有其自然之美的规律"作为刘勰论文的一个基本观点，试问刘勰"通过《宗经》进而《征圣》、最终推原出来作为全书压卷的就是这样一个尽人皆知的浅显道理吗？"[①]；又批评吴调公"把圣人之所以成为规范的原因归结为符合于自然之道"，其缺陷"也是把'自然之道'当成了专用名词，并曲为之说"[②]；批评祖保泉也是把"自然之道""看作了专用术语"，"无法将其与宗经、崇儒统一起来"[③]；批评周振甫"把自然之道当成专门术语"[④]；批评杨明照"其观点与范文澜颇为类似"[⑤]。究其根源，都是由于不明"自然之道"乃道之异名。再如，陆侃如称："自然是客观事物，道是原则或规律。自然之道就是客观事物的原则或规律。"[⑥]魏先生批评说："我国古代之所谓自然，从未有作'客观事物'解者。自然作世间万物解，应该是西学传入之后的事。"[⑦]既然是"现代解释"，自然用现代人的语言。至于所说"自然作世间万物解"是"西学传入之后的事"，值得商榷。唐人司空图《诗品》

---

① 魏伯河：《走出"自然之道"的误区——读〈文心雕龙·原道〉札记》，《中国文论》第4辑，第77页。

② 魏伯河：《走出"自然之道"的误区——读〈文心雕龙·原道〉札记》，《中国文论》第4辑，第76页。

③ 魏伯河：《走出"自然之道"的误区——读〈文心雕龙·原道〉札记》，《中国文论》第4辑，第76页。

④ 魏伯河：《走出"自然之道"的误区——读〈文心雕龙·原道〉札记》，《中国文论》第4辑，第76页。

⑤ 魏伯河：《走出"自然之道"的误区——读〈文心雕龙·原道〉札记》，《中国文论》第4辑，第76页。

⑥ 陆侃如：《文心雕龙论道》，《陆侃如古典文学论文集》，上海：上海古籍出版社，1987年，第835页。

⑦ 魏伯河：《走出"自然之道"的误区——读〈文心雕龙·原道〉札记》，《中国文论》第4辑，第75页。

其“自然”云“俯拾即是，不取诸邻”[①]，意谓文学创作可从中吸取材料，“自然”显然含有“世间万物”之意；其“精神”云：“生气远出，不着死灰。妙造自然，伊谁与裁？”[②]意谓：艺术作品中的生气勃勃的景象，是从“自然”即“世间万物”吸取材料创作而来。可见“自然”作“世间万物”解早已有之，魏先生上述之说不能成立。

总之，魏先生严厉批评20世纪以来大陆“龙学”界把“自然之道”“误为”刘勰所“原”之“道”，此说“风靡数十年，误导了大量后学和一般读者”，对它进行清理，是“一个迫切的任务”[③]，“并借以完成三十余年未了之心愿”[④]。可惜魏先生连“自然之道”是个哲学范畴也没有搞清楚，起步就错了。所谓一步错，满盘皆落索！魏先生把“龙学”界十多位名家大师都批评了，试图“还原”其“本来面目”，“分析”其“发展演变”和“长期流行的原因”，就显得非常困难了。

四、魏先生批评“龙学”界忽视或误读文本，批评失实

魏先生严厉批评“龙学”界“误读文本或脱离文本、任意发挥无限引申”，并称对它进行清理，“使龙学研究走出误区，回到尊重文本、实事求是的正确科研途径上来”[⑤]。这是严重失实的批评。笔者作为一个“龙学”界的老兵，数十年来在高校从事相关研究和

① 郭绍虞主编：《中国历代文论选》第2册，上海：上海古籍出版社，2011年，第205页。

② 郭绍虞主编：《中国历代文论选》第2册，第205页。

③ 魏伯河：《走出“自然之道”的误区——读〈文心雕龙·原道〉札记》，《中国文论》第4辑，第64页。

④ 魏伯河：《走出“自然之道”的误区——读〈文心雕龙·原道〉札记》，《中国文论》第4辑，第65页。

⑤ 魏伯河：《走出“自然之道”的误区——读〈文心雕龙·原道〉札记》，《中国文论》第4辑，第64页。

教学（给本科和研究生开设《文心雕龙研究》选修课），曾任《文心雕龙》学会理事多年，十多次参加中国《文心雕龙》学会的年会和国际研讨会（最近两次年会因身体和年龄原因未能赴会），和“龙学”界的许多学友一起见证了二十世纪八十年代以来“龙学”的蓬勃发展。总的来说，并没有魏先生所说的严重情况，即使有也是个别的（有年会和研讨会的论文集可查）。魏先生所举例子，最主要和最典型的也就是他自己批评“龙学”界肯定“文道自然”说的例子，如上所述，是魏先生自己错了。其次魏先生所举的例子是《正本清源说“宗经”》一文所举周振甫先生的例子。虽不无道理，但不少是值得商榷的。如周先生指出：刘勰的“征圣”“宗经”是从为文的角度着眼的，就很有见地。又如魏先生认定“宗经”是“文之枢纽”的“核心”，由此对周先生的解说进行批评，这也是值得商榷的（笔者拟另文商榷）。此外未见其他例子。可见魏先生对“龙学”界的严厉批评是言过其实和经不起检验的。不过，笔者仔细检验，发现倒是魏先生相当符合自己对“龙学”界的严厉批评和指责的。

例 1：《原道》篇先用近半篇幅一而再、再而三曰“道之文”“盖自然”和“自然之道也”，前者是之道之体，后二者是道之用。这是研究“自然之道”的主要文本依据。魏先生却连其体、用二义也没有弄清就遍批“龙学”界，能说是重视文本吗？

例 2：魏先生称：“《原道》中的道是源于《易经》、神秘微妙的‘天道’（或称‘神道’）”[①]。但查《宗经》篇云“夫《易》惟谈天，入神致用”[②]（《易经》探究天道即自然之道，既精深微妙，

---

① 魏伯河：《正本清源说“宗经”——兼评周振甫先生的有关论述》，戚良德主编：《中国文论》第 3 辑，上海：上海古籍出版社，2016 年，第 60 页。

② 范文澜：《文心雕龙注》，第 21 页。

又能在实际中运用）；《书记》篇云“阴阳盈虚，五行消息，变虽不常，而稽之有则也”[①]（宇宙万物变化无常，但细究是有规律的）；《征圣》篇云“夫鉴周日月，妙极机神”[②]（圣人全面考察天地变化，深入其中奥妙之处），说明《易经》和刘勰均认为天道并非神秘莫测。

例 3：为了证明自己认为“枢纽”五篇中《宗经》是核心的观点，魏先生指出刘勰的文学史观视商周文学为“顶峰”：“（刘勰）认为最理想的是以经书为代表的商周之文，这是中国文学发展的顶峰”[③]；又称“《辨骚》之辨，是辨别”，是“指出其地位次于五经”[④]。完全无视《辨骚》篇盛赞屈骚的十篇作品后高度评价“故能气往轹古，辞来切今，惊采绝艳，难与并能矣”[⑤]。牟世金指出：“（这）不仅是全书所评作品之无以复加者，即使对《诗经》，也没有作如此之高的具体评价。”[⑥]魏先生又援引《时序》篇论证“商周文学顶峰”论，完全无视该篇盛赞“屈平联藻于日月”和屈骚“笼罩《雅》《颂》”[⑦]。正如罗宗强指出：刘勰的文学史观“极重视历史的承传，而又强调发展与新变”[⑧]。

例 4：魏先生称《原道》篇的“写作思路”是：“为了‘矫讹翻浅’（《通变》）而力倡‘宗经’，为使‘宗经’主张具有神圣性，才

---

① 范文澜：《文心雕龙注》，第 458 页。

② 范文澜：《文心雕龙注》，第 15 页。

③ 魏伯何：《正本清源说“宗经”——兼评周振甫先生的有关论述》，《中国文论》第 3 辑，第 66 页。

④ 魏伯河：《〈文心雕龙〉“文之枢纽”新探》，《中国文论》第 5 辑，济南：山东人民出版社，2019 年，第 82 页。

⑤ 范文澜：《文心雕龙注》，第 47 页。

⑥ 牟世金：《文心雕龙研究》，北京：人民文学出版社，1995 年，第 200 页。

⑦ 范文澜：《文心雕龙注》，第 672 页。

⑧ 罗宗强：《魏晋南北朝文学思想史》，第 306 页。

向上‘征圣’进而‘原道’”[①]。由此证明刘勰所“原”之道只能是儒家之道。但该篇明明说“道沿圣以垂文，圣因文而明道”，可知在“道—圣—文”系统中，道（自然之道）是出发点，一个“沿”字意义十分明确，岂能逆向推演出《原道》之道是儒家之道！

以上数例足以说明:“误读文本或脱离文本、任意发挥无限引申”最严重、最典型者正是魏先生自己，却批评“龙学”界的名家大师，洋洋洒洒，可惜到头来竹篮打水一场空，原来是自己错了却不自知！

① 魏伯河：《走出“自然之道”的误区——读〈文心雕龙·原道〉札记》，《中国文论》第4辑，第65页。

“自然”乃“道”之用，故为“道”之异名

——复魏伯河先生

《中国文论》转来魏伯河先生对拙文有关批评的答复：《再谈“走出自然之道的误区”——兼答韩湖初先生的驳议》(以下简称《驳议》)[①]。该文承认笔者批评魏先生把《文心雕龙·情采》篇的“诸子之徒”的“诸子”称为百家诸子是错误的(应是指辞赋家)，也说自己批评“龙学”界“误读文本或脱离文本、任意发挥无限引申”的估判“过于严重”。其实笔者认为魏先生的批评根本是错误的。“龙学”大师把“自然”理解为“道”之异名并没有错。而且，笔者还列举数例指出：严重“误读”“脱离”文本并作“任意发挥”者正是魏先生自己。至于魏先生批评拙文副标题“有失严谨”，理由是魏先生对笔者论述刘勰的“文道自然”说并未涉及。笔者征求了友人的意见，认为拙文的标题没有问题。正标题为“《文心雕龙》‘文道自然’说的理论意义”，副标题为“兼评魏伯河先生对‘龙学’界肯定该说的错误批评”。这里的“该说”是指《文心雕龙》的“文道自然”说。它具有丰富的意蕴和重大意义。纪昀的“标自然以为宗”、黄侃的“文章本由自然生”等正是肯定和继承其说而来。而魏先生批评纪昀、黄侃等“走入误区”，笔者正是对此的反批评，副标题并无不妥。笔者认为，学术研究首先要准确把握学科的基本范畴，否则会误入歧途。涂光社教授称：“范畴是反映认识对象性质和分

① 魏伯河：《再谈“走出自然之道的误区”——兼答韩湖初先生的驳议》，戚良德主编：《中国文论》第9辑，济南：山东人民出版社，2021年，第79页。

类的思维形式，是各个学科的基本概念。"各门学科如果没有相应的范畴系列参与"就无法进行"[1]。这里要强调的是：范畴的含义不能停留在词语的本义去理解。如道的本义为道路，作为哲学范畴则有特定的意义：指宇宙本体，兼有体、用二义。笔者所说"秀才见了兵，有理说不清"，《驳议》称笔者以"秀才"自喻，对魏先生似有不敬之意。这里不过是比喻，意思是要说清道理，要用一些范畴，而"兵"一时难以理解，"秀才"便"有理说不清"了。故不必对号入座。笔者与魏先生之争，根本的分歧在于：魏先生认为"自然"只是一般的叙述语言，不承认其作为哲学范畴（指宇宙本体，兼有体、用二义，故是道之异名），并遍批"龙学"大师。《驳议》数千言，却没有谈及这一根本问题。现拟对此作一梳理说明，再谈有关几个问题的意见。

一、道、自然（自然之道）以及体、用的概念和范畴汉代早已有之，魏晋时期已经普遍运用

当代哲学界把老子之"道"概括为两方面的内容："一方面'道'作为世界的总根源演化出天地万物，一方面'道'作为世界的总根据决定着天地万物"。"在西方近代，有人把关于宇宙生成演化的学说称为'宇宙论'，把关于存在的根据的学说称为'本体论'。这两个概念虽然是后有的，这两种学说却是古已有之，不仅西方有，而且我国也有。老子关于'道'的学说就包含了'宇宙论'问题和'本体论'问题"，"这是老子在中国哲学史上的突出贡献"。[2]"本体论"指道之体，如老子称道为"天下母"（52章）和"天地根"

① 涂光社：《中国古代范畴发生论》，北京：人民教育出版社，1999年，第2页。

② 张岱年主编：《中华的智慧——中国古代哲学思想精粹》，上海：上海人民出版社，1980年，第19页。

（6 章）；“宇宙论”指道之用，如老子所说的“道法自然”（25 章）、“百姓皆曰‘我自然’”（17 章）。汉代王充《论衡·自然》也称“自然之道”。由于体、用密不可分，故自然与道同训，为道之异名。《驳议》称：“道”与“自然”“并非在同一层级，更非同义复指”，否则便“成了‘道’自己效法自己，是很难讲通的”[①]。其实“道法自然”的道指体，自然指用，“法自然”即以自然为法，句中的“自然”“不是今天所谓的自然界，而是自然如此的意思”[②]。故不存在讲不通的问题。

到了魏晋时期，道、自然更是常用的哲学范畴，二者同训。阮籍《乐论》和王弼《老子道德经注》等的“自然”“自然之道”，均是如此。可见魏先生所谓二者“并非在同一层级”不能成立。再看魏先生所引徐复观先生之说：此之所谓“自然”，“只说明前件与后件的密切关系，密切到后件乃前件的‘自己如此’，不代表任何特定思想内容”。徐先生又称《文心雕龙·原道》及其他各篇所出现的“自然”“均属此类”。但《原道》的“自然”“自然之道”显然已经是作为哲学范畴来使用，或指体、或指用，怎能又说“不代表任何特定思想内容”？《驳议》又引钱锺书先生称“自然”意为“自然而然的道理”，“只是平常的叙述语句”，“实为汉魏以来之常语”。[③]所谓“汉魏以来之常语”，也就是指魏晋玄学视自然为道之异名（或训体或训用），已经不是“平常的叙述语句”。我们知道，“名教”与“自然”是魏晋时期的热门话题。“名教”指封建伦理规范，“自然”指宇宙本体，即“道”。无论嵇康、阮

① 魏伯河：《再谈“走出自然之道的误区”——兼答韩湖初先生的驳议》，戚良德主编：《中国文论》第 9 辑，第 82 页。

② 张岱年主编：《中华的智慧——中国古代哲学思想精粹》，第 22 页。

③ 魏伯河：《再谈“走出自然之道的误区”——兼答韩湖初先生的驳议》，戚良德主编：《中国文论》第 9 辑，第 82、83 页。

籍的重自然轻名教，还是王弼的名教出于自然，都是把自然作为哲学范畴，训道之体或道之用。上文已经指出：老子的哲学思想已经包含了“本体论”（即体）和“宇宙论”（即用）两方面的意蕴。《驳议》称“刘勰本人并无体用二分观念”，是笔者“强为分说”[①]。请问：这是否是魏先生经研究的结论？上述《原道》篇先从道之体、次从道之用的论述，层次清晰，足见刘勰的“体用二分观念”是客观存在，并非笔者“强为分说”。魏先生说《原道》篇首段称天地、日月、山川之文是“道之文”分明是“道之用”，虽然理解颠倒（详下），实际上承认《文心雕龙》已有体、用二分的观念。再看《文心·论说》篇称何晏、夏侯玄和王弼等玄学代表人物之作为“师心独见，锋颖精密，盖论之英也”。范注考《列子·仲尼》篇张注引夏侯玄曰：“天地以自然运，圣人以自然用，自然者道也。”[②]前两个“自然”指“道”之用，第三个明确“自然”与“道”同训。可见魏晋时期“自然”已经作为哲学范畴，作为“道”之异名，具有特定的内容。我国古代的范畴往往由“约定俗成”，从先秦到魏晋乃至后世，这些范畴内涵是一脉相承的。

二、魏先生对道的体、用理解不清而误读《原道》篇“盖道之文”为“道之用”

首先，笔者发现魏先生对道、体理解有误，因见魏先生喜引钱锺书先生之言，为了说明问题，便引《管锥编》相关内容：“《正义》：‘天者，定体之名；乾者，体用之称。故《说卦》云‘乾、健’者，言天之体以乾为用。’”[③]笔者释云：这里“天”指道之体，乾（健）

① 魏伯河：《再谈“走出自然之道的误区”——兼答韩湖初先生的驳议》，戚良德主编：《中国文论》第9辑，第93页。

② 詹锳：《文心雕龙义证》，上海：上海古籍出版社，1989年，第685页。

③ 钱锺书：《管锥编》第一册，北京：中华书局，1979年，第8页。

指道之用。并引柳宗元称“二者不可斯须离也”[①]。这里笔者对道的体、用的解释并无不妥，竟然被《驳议》称为“无法令人理解他所说的体、用”是什么？笔者困惑。魏先生又称所引“大谈所谓‘体、用’，与《文心雕龙》并无直接关系，通过其大作，并无法令人理解他所说的体、用是什么。因为‘以其昏昏’，是不可能‘使人昭昭’的”。[②]其实，如果理解笔者上述引文，也就不会对《原道》篇首段的“盖道之文”错误解读为“道之用”。

《驳议》还称：《原道》篇的“盖道之文”即“（道）在世间的艺术性的具现”，“分明是‘道之用’”。好一个“分明是”！魏先生自己错了而不自知，还讥笑笔者“忽然又成了‘道之体’”[③]，还说“夫复何言”！魏先生称“‘用’是‘体’的外在表现”[④]。“用”是指道化生万物及其演变是自然如此、自己如此。这里并没有说演变过程，可见“分明是”指道之体而非道之用。《驳议》还有一段文字激烈批评笔者，看起来“振振有辞”，火力全开。其实是建立在对道、体、用和自然的理解混乱之上的！请看魏先生称：“持‘自然之道’说者明明将‘自然之道’视为‘道’之本身，亦即道之体，如黄侃先生所说‘所谓道者，如斯而已’；又如刘永济先生所说‘此所谓自然者，即道之异名’，怎么到了韩先生笔下，又仅成了‘道之用’？”那么，魏先生认为黄侃、刘永济没有错？

① 韩湖初:《〈文心雕龙〉“文道自然”说的理论意义》，戚良德主编:《中国文论》第8辑，济南：山东人民出版社，2020年，第58页。

② 魏伯河：《再谈“走出自然之道的误区”——兼答韩湖初先生的驳议》，戚良德主编：《中国文论》第9辑，第93页。

③ 魏伯河：《再谈“走出自然之道的误区”——兼答韩湖初先生的驳议》，戚良德主编：《中国文论》第9辑，第93页。

④ 魏伯河：《再谈“走出自然之道的误区”——兼答韩湖初先生的驳议》，戚良德主编：《中国文论》第9辑，第92页。

只是笔者错了？明明是黄侃、刘永济和笔者都是"持'自然之道'说"，都是视自然为道之用，故为道之异名，并非到笔者才是如此。魏先生却称笔者"似乎把何为'体用'弄颠倒了"[①]。这里"似乎"一词，说明并无把握，自己先已失去了底气，竟然还有勇气反问笔者"弄清楚了吗？"如此解说"与其力挺的黄、刘解释还能一致吗？"[②]笔者之说，明明与黄侃、刘永济一脉相承，怎能说不一致？其实黄侃、刘永济和笔者并不存在体用颠倒的问题，倒是魏先生"弄颠倒了"。魏先生一方面说"刘勰本人并无体用二分观念"，是笔者"强为分说"；另一方面又称笔者把《原道》篇首段和次段的体、用关系"弄颠倒了"[③]。既然体用不分，又何来把二者关系"弄颠倒"？其实，罗思美先生早已指出：这里"'道之文也'的'道'，指'道'之本体，而'自然之道'的'道'，则是'自然之"理"'，意谓'一切是自然而然的道理'"[④]，即是从道之用来说。也就是说，该篇继称作为"天地之心"的人乃"有心之器"，"心生而言立，言立而文明，自然之道也"和"盖自然耳"，才是从道之用来说。可见视"道之文"的"道"指道之体早已有之，是学界的共识，并非笔者的个人见解；魏先生理解为"道之用""分明是"错了！令人吃惊的是，魏先生竟然还认为笔者"昏昏"，反问笔者对"何为'体、

---

① 魏伯河：《再谈"走出自然之道的误区"——兼答韩湖初先生的驳议》，戚良德主编：《中国文论》第9辑，第93页。

② 魏伯河：《再谈"走出自然之道的误区"——兼答韩湖初先生的驳议》，戚良德主编：《中国文论》第9辑，第93页。

③ 魏伯河：《再谈"走出自然之道的误区"——兼答韩湖初先生的驳议》，戚良德主编：《中国文论》第9辑，第93页。

④ 罗思美：《刘勰、庄子自然观之比较》，中国《文心雕龙》学会编：《文心雕龙研究》第3辑，北京：北京大学出版社，1998年，第3页。

用’弄清楚了吗？”[①]可见魏先生把黄侃、纪昀和笔者都说成错误，是由于不承认“自然”乃指道之用，故为道之异名。魏先生既然承认“体用不二”[②]，岂不是承认自然乃道之异名？自然既已约定俗成为学界的共识，这是不以个人意志为转移的。纪昀“标自然为宗”、黄侃称“文章本由自然生”，都是说文章之美应出自本性（自然如此），非由外饰，故应师法自然。而浮艳文风均非出自本性，而是矫饰的、外加的，故应批判纠正。吴林伯先生释云：“自然者，动之自然而然，毫无矫揉造作于其间，故又谓之‘无为’，即‘顺自然’。”[③]吴先生“解释”自然为“毫无矫揉造作”，正与纪昀、黄侃等一致。再说，魏先生既然把《原道》篇的“道之文”视为“道之用”而非“道之体”虽属错误，但已把道、体、用、自然作为哲学范畴使用。《驳议》对“自然”的解释之一是“用作哲学术语”。“道之用”不就是哲学术语吗？又怎能停留在其本义去理解？这是争论的根本分歧。

魏先生称：《文心雕龙》“并无体用二分的观念”，韩先生“强为分说，还自以为得了独家之秘，动辄指责别人‘错误’”[④]。实在是无稽之谈。如果魏先生真正理解体用并无二分，也就不会犯视“道之文”为道之用的错误。至于说笔者自以为得了“独家之秘”，这不过是魏先生以己度人罢了。《驳议》开头不是接受笔者批评魏先生把《诠赋》篇的“诸子”误为诸子百家的诸子吗？笔者还要指出：魏先生称《论说》篇里“就明确表示对战国时期的‘聃周当路，与

① 魏伯河：《再谈“走出自然之道的误区”——兼答韩湖初先生的驳议》，戚良德主编：《中国文论》第9辑，第93页。

② 魏伯河：《再谈“走出自然之道的误区”——兼答韩湖初先生的驳议》，戚良德主编：《中国文论》第9辑，第91页。

③ 吴林伯：《文心雕龙字义疏证》，武汉：武汉大学出版社，1994年，第421页。

④ 魏伯河：《再谈“走出自然之道的误区”——兼答韩湖初先生的驳议》，戚良德主编：《中国文论》第9辑，第93页。

仲尼争涂(途)'现象的严重不满"[①]。该篇明明说是魏正始年间之事，怎么移花接木到战国时期?

其次，魏先生反复称"自然"乃是道之异名不过是刘先生的"一家之言"[②]。魏先生自称退休后"集中阅读了这些年发表的有关龙学论著，发现在所谓'自然之道'问题上"，"时至今日仍在流行"："目前不仅进入各种辞典、学案等高文典册，而且还被作为定论、通识"[③]。这里所说的"自然之道"，也就是刘永济先生所说"自然"乃"道之用故为道之异名"。既然已经被作为"定论""通识"，怎么又变成了只是刘先生的"一家之言"？魏先生连续撰文批评"龙学"大师们走进"自然之道"的"误区"，还追溯其演变过程，深挖其根源，所批判的不就是因为"龙学"大师"提出、认同或支持'自然之道'"[④]？这正与刘永济先生所说"自然"作为道的异名一致。难道说魏先生对此不知道吗?如果仅仅是刘先生的"一家之言"，又何必如此大动干戈?这反过来说明"自然"乃道之异名已经成为"龙学"界的共识（已经写入词典），刘永济先生不过是转述，并不是"一家之言"！这里不妨引罗宗强先生解释老子所说的"道法自然"："非谓'道'之外尚有一'自然'，乃谓道遵循自然而然之法则而存在，是则器外无道，道之文，就是天地万物之文，刘永济先生已非常精辟地指出这一点，谓：'此篇论文原于道之义，既

---

① 魏伯河：《走出"自然之道"的误区——读〈文心雕龙·原道〉札记》，戚良德主编：《中国文论》第4辑，上海：上海古籍出版社，2018年，第69页。

② 魏伯河：《再谈"走出自然之道的误区"——兼答韩湖初先生的驳议》，戚良德主编：《中国文论》第9辑，第86页。

③ 魏伯河：《走出"自然之道"的误区——读〈文心雕龙·原道〉札记》，戚良德主编：《中国文论》第4辑，第65页。

④ 魏伯河：《再谈"走出自然之道的误区"——兼答韩湖初先生的驳议》，戚良德主编：《中国文论》第9辑，第85页。

以日月山川为道之文，复以云霞草木为自然之文，是其所谓道，亦自然也。’（《文心雕龙校释》）而彦和所谓‘神理’‘道心’，实亦‘自然之道’之意。”[①]罗宗强先生称赞刘永济先生这段论述“非常精辟”，对于“自然”乃是道之用，故为道之异名，应该说讲得很清楚了。看来，魏先生对道的体、用的理解认定自己是绝对正确的，是难以站住脚的。

三、魏先生的三则批评，值得商榷

第一则：关于纪评“齐梁文藻，日竞雕华”是否存在时间上的“错位”。

《驳议》批评笔者和学界“在对历史时间的把握上即有明显错位”，理由是《文心雕龙》并未批评齐梁文学，称笔者“未能免俗”，是跟着纪昀犯了“低级错误”[②]。如此认定于理不通。首先，《文心雕龙》虽然没有直接批评梁代文学，但梁代的文风与齐一脉相承。《宗经》篇云：“是以楚艳汉侈，流弊不还，正末归本，不其懿欤？”该书刊行于梁代，刘勰说到梁代流弊“还”了吗？没有。因此纪评称“齐梁文藻，日竞雕华”，这是纪昀的概括，并没有错。同样，《序志》篇称：“去圣久远，文体解散，辞人爱奇，言贵浮诡，饰羽尚画，文绣鞶帨，离本弥甚，将遂讹滥。”“离本弥甚”一语分量很重。这段话如此强烈批评“浮诡”文风，显然包括梁代。齐梁文风一脉相承，纪昀没有错。据牟世金先生考证：《文心雕龙》一书，清人刘毓崧称“自来皆题梁刘勰著”[③]，完成于梁武帝天监元

---

① 罗宗强：《魏晋南北朝文学思想史》，北京：中华书局，1996年，第271页。

② 魏伯河：《再谈“走出自然之道的误区”——兼答韩湖初先生的驳议》，戚良德主编：《中国文论》第9辑，第87页。

③ 牟世金：《刘勰年谱汇考》，成都：巴蜀书社，1988年，第58页。

年（五〇二）[1]。此时已经进入梁代。传称该书“既成，未为时流所称”，故负书于沈约车前求誉。那么，书成得到重视还有一段时间，不排除其间进行修改补充。《序志》篇所说“将遂讹滥”也说明这股文风到梁代没有停止，故刘勰愤然批判。再说，“齐梁文藻，日竞雕华”，齐梁文风一脉相承，这是纪昀的概括，怎能说纪昀就不能做这样概括？至于《驳议》所说不少后人“动辄称刘勰如何激烈地批判齐梁浮艳文风”，也许不够准确，但那是后人的事，不能说是纪昀的错。而且，从《序志》篇批评这股浮艳文风“离本弥甚，将遂讹滥”来看，语气很重，显然包括梁代。可见，所谓时间上“错位”之说，值得商榷。魏先生给纪昀和笔者所扣的“低级错误”的帽子，只好奉还。这条纪评多年来得到不少方家赞誉，本人亦认为见解精到，竟然被《驳议》批评为未能“免俗”。所谓入乡随俗，可见随俗未必皆非；“凡俗必反”未必皆是。笔者对纪评并不盲目迷信。如纪评称：“词赋之源出于《骚》，浮艳之根亦滥觞于《骚》，辨字极为分明。”[2]魏先生引此以证，认为刘勰“对楚辞的总体评价高于五经”是错误的[3]。但《辨骚》篇称赞屈《骚》“观其骨鲠所树，肌肤所附，虽取镕经意，亦自铸伟辞”，并列举《离骚》等作品大赞为“气往轹古”；《时序》还称“笼罩《雅》《颂》”。而且，《文心·诠赋》篇云：“宋发巧谈，实始淫丽。”可见刘勰视“淫丽”（即浮艳之风）始于宋玉而非屈骚。祖保泉先生指出：《文心》全书除《辨骚》篇外，“大约尚有十篇提到了屈原或《离骚》，没有一处对屈原之作有贬

① 牟世金：《刘勰年谱汇考》，第 87 页。

② 黄霖编著：《文心雕龙汇评》，上海：上海古籍出版社，2005 年，第 24 页。

③ 魏伯河：《〈文心雕龙〉“文之枢纽”新探》，戚良德主编：《中国文论》第 5 辑，第 81 页。

义”[①]。可见以这条纪评视屈骚为“浮艳之根”的证据是不能成立的。魏先生竟引以为据，是否也“未能免俗”？

第二则：关于司空图《诗品》所说的“自然”的理解。

《驳议》称：“‘俯拾即是’者，犹今言信手拈来也；‘妙造自然’者，即所谓臻于化境也。韩先生为饱学宿儒，且对美学研究有素，不知何以穿凿如是？”[②]关于“俯拾即是”，看来魏先生只知其一，不知其二。今学界称诗人所生活其中的世界自然万物，即“自然”品的“俯拾即是，不取诸邻”为“第一自然”；称诗人从“第一自然”搜集材料经提炼加工而创造出的“臻于化境”的艺术世界即“精神”品所说的“妙造自然”为“第二自然”。可见“自然”品的“自然”包含了世间万物之意，这也就是“俯拾即是”之意，并非笔者“穿凿”。魏先生批评陆侃如先生称“自然是客观事物”说：“我国古代之所谓自然，从未有作‘客观事物’解者。自然作世间万物解，应该是西学传入之后的事。”[③]这里“应该是”是魏先生的主观推断，不能作为逻辑推断的前提。老子所说的“道法自然”（25章），上文引夏侯玄所说“天地以自然运”，自然是指天地万物自己变化、自己如此之意。可见陆侃如先生没有错，何必吹毛求疵？

第三则：《原道》篇首称“无识之物”等为“道之文”，魏先生以此否定文字、文章等为“道之文”，显然错误。

《驳议》称：《原道》首段泛论天地万物之“文”，认为“此处之‘文’”，“只是‘文采’，还远不是文章，而且连文字也不是”。而黄侃先生“将其径直解作‘文章’，与《原道》第一段泛

---

① 祖保泉：《文心雕龙选析》，合肥：安徽教育出版社，1985年，第98页。

② 魏伯河：《再谈“走出自然之道的误区”——兼答韩湖初先生的驳议》，戚良德主编：《中国文论》第9辑，第82页。

③ 魏伯河：《走出“自然之道”的误区——读〈文心雕龙·原道〉札记》，戚良德主编：《中国文论》第4辑，第75页。

论天地万物无不有文（文采）的题旨不合"，而且"此处之'道'只是一般所说的'道理'，与作为天地万物包括人文之本根的道并非同一概念"，"是说不通的"。[①]上文已经辨析："此盖道之文也"是从道之体来说，天地、日月、山川之文皆是"道之文"。既称"无识之物"，自然不包括人文。但并不等于说人文并非"道之文"。其继云："心生而言立，言立而文明，自然之道也"，并用反问句"有心之器，其无文欤"？肯定作为"天地之心"的人亦有人文。这是从道之用来说。由于道的体用是不分的，故人文也是"道之文"。魏先生不承认自然乃道之用，故为道之异名，说"只是一般所说的'道理'"[②]，否认包括文字、文章的人文也属于"道之文"。这正是问题根本分歧所在。魏先生反复批评黄侃和笔者都是如此，笔者已经说明：这里的"文"通"纹"，原指由色彩、线条交错而成的事物之美的感性形态，并引刘师培称："三代之时，凡可观可象、秩然有章者，咸谓之文。"[③]魏先生对此视而不见。为了说明问题，笔者再引顾易生、蒋凡两位先生详述"文（纹）"字的原始意义后指出："引而伸之，凡是有纹理和色采相杂的事物，大自然的森罗万象，人类社会的丰富的文化，包括精神文明与物质文明，都可以称作文。诸凡道德规范、社会秩序、政治礼仪、典章制度、诗歌、音乐、舞蹈、言辞、书籍、图画、刺绣、雕刻等等，都可以归属'文'

---

① 魏伯河：《再谈"走出自然之道的误区"——兼答韩湖初先生的驳议》，戚良德主编：《中国文论》第9辑，第88、84页。

② 魏伯河：《再谈"走出自然之道的误区"——兼答韩湖初先生的驳议》，戚良德主编：《中国文论》第9辑，第88页。

③ 韩湖初：《〈文心雕龙〉"文道自然"说的理论意义》，戚良德主编：《中国文论》第8辑，第50页。

的范畴。”[①]可知“文”通“纹”，意蕴丰富，并非不包括文字文章。可见魏先生称人文不属于“道之文”不能成立。

四、其他值得商榷之处

《驳议》称：“在当今民主开放的学术氛围中，更应倡导平等讨论，任何企图‘定于一尊’的想法和做法都是不可取的。”《驳议》对笔者称魏先生“不明‘自然’乃道之异名”大为不满[②]，重申“学术乃天下之公器”，视“自然”为“道之异名”只是刘永济先生“一家之言”，这就怪了。“不明”即不明白、不懂得、不认知。魏先生当然知道刘永济先生所说自然乃道之异名，但在笔者看来，并不明白、不认知其中道理，故不认同。如果明白、认知其中道理，也就不会反对。并无不当。魏先生以“学术乃天下之公器”否定“自然”为“道之异名”，才是“一家之言”。上文已经辨析：视“自然”为“道之异名”已经成为约定俗成的传统和学界共识，怎能说是某个人的“一家之言”！问题是：魏先生所举的理据，说来说去，就是停留在“自然”的本义去理解，不承认它已经上升为哲学范畴，具有“道之用”的特定含义。具体来说，“自然”作为“道之用”是指宇宙本体的“道”化生万物及其变化本来如此、自己如此。这里是特指，与本义是有区别的。例如：人是泛指人类，而黑人、华人则特指某一类人。不应停留在前者（泛指）去批评后者（特指）错误。至于魏先生批评笔者以刘永济之说“作为标准划线站队”，实属无稽。请看魏先生称：明确表示不同意“自然之道”即“刘勰所‘原’之‘道’者颇不乏人”。如徐复观、吴林伯、陈伯海、张

① 顾易生、蒋凡：《先秦两汉文学批评史》，上海：上海古籍出版社，1990 年，第 40 页。

② 魏伯河：《再谈“走出自然之道的误区”——兼答韩湖初先生的驳议》，戚良德主编：《中国文论》第 9 辑，第 86 页。

少康、刘凌等诸位先生[①]。这才是"划线站队"，只不过是魏先生的一厢情愿，这里所说"明确表示不同意""自然之道"即刘勰所"原"之"道"，与魏先生不认同"自然乃道之用故为道之异名"并不等同。以张少康先生来说，虽然对"心生而言立，言立而文明"的"自然之道"没有作为"道之用"解读错误，但指出："刘勰所讲的'道'有宇宙万物的本质规律之含义，因此也包含了'自然之道'的因素"；"神理"也是一种"自然之道"（虽仍有神秘、唯心的一面）[②]。可见张少康先生视刘勰"所'原'之'道'为自然之道"，没有否认自然是道的异名。陈伯海先生的情况也是如此。故二人的"划线站队"并不能成立。吴林伯先生已经作古，魏先生之说是近年之事，谈不上明确表态支持上述魏先生之说。刘凌先生未见详细评述，不作妄评。更有甚者，魏先生认为"龙学"界视道为自然之道为"走入误区"，先后列举了纪昀、黄侃、范文澜、郭绍虞、杨明照、周振甫、王元化、祖保泉、王运熙、陆侃如、牟世金等十多位"龙学"大师逐个点名批评[③]。笔者至今未见有反对刘永济"自然乃道之异名"而赞成魏先生之说者，又何来《驳议》所说笔者对"凡不认同"者"均为无理取闹"？笔者与魏先生的争论才开始，笔者不敢说自己绝对正确，但对魏先生的批评未必皆非。

笔者再举一个例子。魏先生称："《原道》中的道是源于《易经》、神秘微妙的'天道'"，笔者对此"横加抨击"，并引鲁迅称"其说汗漫，不可审理"和王元化先生认为刘勰的"宇宙构成论

---

① 魏伯河：《再谈"走出自然之道的误区"——兼答韩湖初先生的驳议》，戚良德主编：《中国文论》第9辑，第89页。

② 张少康：《文心雕龙新探——刘勰文学理论体系及其渊源》，济南：齐鲁书社，1987年，第36页。

③ 魏伯河：《走出"自然之道"的误区——读〈文心雕龙·原道〉札记》，戚良德主编：《中国文论》第4辑，第74—77页。

和文学起源论都采取了极其混乱而荒诞的形式并充满神秘精神”[①]，并讥笑笔者质疑“《易经》和《文心·原道》篇视天道为神秘不可知，这不是违反文本原旨吗？”还称“不可知”是笔者强加的[②]。查阅辞典可知：神秘包含不可知的意义。魏先生既称“天道”为“神秘微妙”，可见笔者加上“不可知”未为错误。而且，视《文心雕龙》为神秘不可知主要是根据《原道》篇中的“神理”，但对此学界已有新的认识。如罗宗强先生指出：“所谓‘神理’‘道心’，实亦‘自然之道’之意。盖万物何以如此，本自有其本然之道理，而其中之奥妙，往往未被认识，难以言说。既以其为本然，又因其难以言说，故视之为神妙莫测，乃称之为‘神理’。如河图洛书之说。”[③]邱世友先生也指出：“自然就其微妙变化说是神，就其变化的规律性说是理。神理不是指支配一切、派生一切的最高精神存在。”[④]李泽厚、刘纲纪两位先生指出：“在中国哲学史和美学史上，像刘勰《文心雕龙》所表现的这种重视感性物质自然界的鲜明的唯物论思想是很难得的。”又称：“刘勰的以‘自然’为根基的美学思想，是中国古代唯物论在美学上的卓越表现，至今也还闪现着它的不灭的光辉。”[⑤]虽不能说其中一点神秘因素也没有，但其主要方面是唯物的。魏先生所引王说为1979年之事（鲁迅先生就更早了）。其后罗（1996年）、邱（2007年）和李、刘（1987年）等在十多年后已提出新说，

① 魏伯河：《再谈“走出自然之道的误区”——兼答韩湖初先生的驳议》，戚良德主编：《中国文论》第9辑，第93页。

② 魏伯河：《再谈“走出自然之道的误区”——兼答韩湖初先生的驳议》，戚良德主编：《中国文论》第9辑，第94页。

③ 罗宗强：《魏晋南北文学思想史》，第271页。

④ 邱世友：《文心雕龙探原》，长沙：岳麓书社，2007年，第7页。

⑤ 李泽厚、刘纲纪：《中国美学史》第二卷下，北京：中国社会科学出版社，1987年，第677—678页。

认为并不神秘不可知。魏先生引旧说为证，显然是落后了，不足以说明问题。魏先生引了鲁、王之说后称不应徒为口舌之争而“打住”。

此外还有不少问题值得商榷。既然“学术乃天下之公器”，那就让读者和方家去评议吧。

附言：本文载《中国文论》第10辑，为避免重复和充实内容，收入本书删除个别章节并作了一番修改。

如何理解《文心雕龙》的“征圣”“宗经”思想

——兼论牟世金先生的重大贡献及魏伯河的有关点评

一、牟世金首次揭示《文心》原道、征圣、宗经的真谛及其理论体系三大部分的内在联系，贡献重大

牟世金先生在20世纪80年代先出版了《雕龙集》，完成了首部《文心雕龙》全书的译注，继而有《文心雕龙研究》问世，成果卓著。在笔者看来，在三方面的贡献令人瞩目。

首先，牟先生指出：刘勰论文尽管带有浓厚的儒家思想，但“毕竟是一个文论家，而不是传道士”。《文心雕龙》毕竟是一部文学理论著作，而不是“敷赞圣旨”的五经论。即使在该书最集中、最着力推崇儒家圣人著作的《征圣》《宗经》中，“并没有鼓吹孔孟之道的具体主张”。他“既不是在一切问题上都从维护儒家观点出发，也没有把文学作品视为孔孟之道的工具而主张‘文以载道’”。[①]如《奏启》篇就对儒、墨两家以禽兽为喻对骂各打五十大板，并不偏袒儒家[②]。《诸子》篇同情和称赞诸子“身与时舛，志共道申”，评价也比较客观，没有“独尊儒术”。《征圣》《宗经》两篇，前者“主要讲征验圣人之文，值得后人学习”；后者“则强调儒家经

---

① 陆侃如、牟世金：《文心雕龙译注》上册，济南：齐鲁书社，1981年，“引论”，第40页。

② 陆侃如、牟世金：《文心雕龙译注》上册，“引论”，第41页。

典的伟大”，“建言修辞，必须宗经”，“大都是言过其实的”[①]。《宗经》篇的“文能宗经，体有六义”，是强调从“情深”“风清”“事信”“义贞”“体约”和“文丽”六个方面向儒家经典学习，“全都是从写作的角度着眼的”，称这是“刘勰所论学习儒家经典的全部价值”，也是“‘征圣’‘宗经’的全部目的”[②]。

其二，牟先生指出：《原道》篇之“道”即“自然之道”，“是指万事万物必有其自然之美的规律”[③]。儒家经典之所以值得后人学习，“主要是因为它体现了自然之道”。由此“首先树立本于自然之道而能‘衔华佩实’的儒家经典这个标”，为其论文提供“理论根据”[④]，并指出“以内容为主而情采兼顾、文质并重”是其“整个文学理论体系的一条主线”[⑤]。也就是说，有质自然有文乃是宇宙普遍规律，它演进到人类社会文学领域便演进为情采一致、衔华佩实，成为《原道》《征圣》《宗经》三篇中“提出的核心观点”，是“文学创作的金科玉律”和“评论文学的最高准则”[⑥]。可见，刘勰的文学理论体系，是打着儒家思想旗号，以“自然之道”为基石、以衔华佩实为主线建构起来的。

其三，牟先生还首次揭示该书具有纲领性质的“枢纽”论、文体论和创作与批评论三者之间的内在联系。根据《序志》篇的说明，该书的理论体系由三大部分构成：从首篇《原道》至《辨骚》五篇为“文之枢纽”，是为纲领；从《明诗》至《书记》二十篇为“论文叙笔”的文体论，论述各种文体的源流演变，解释其名称，选出代表作品，

---

① 陆侃如、牟世金：《文心雕龙译注》上册，“引论”，第38—39页。

② 陆侃如、牟世金：《文心雕龙译注》上册，“引论”，第41、42页。

③ 陆侃如、牟世金：《文心雕龙译注》上册，“引论”，第36页。

④ 陆侃如、牟世金：《文心雕龙译注》上册，“引论”，第43页。

⑤ 牟世金：《雕龙集》，北京：中国社会科学出版社，1983年，第176—177页。

⑥ 陆侃如、牟世金：《文心雕龙译注》上册，“引论”，第43页。

总结其写作规律；从《神思》至《程器》二十四篇论文学的创作与批评，谓之“割情析采，笼圈条贯”，即从内容与形式两方面剖析文学创作与批评的种种问题。牟先生还指出：《原道》篇称“道沿圣以垂文，圣因文而明道”，即自然之道通过圣人体现而为文章，圣人通过文章来体现自然之道，由此“创立了‘原道’‘宗经’相结合的基本文学观”，“然后据以检验历代作家作品，进而建立起‘割情析采’的一整套理论体系”[①]。其中文体论，“不仅仅是论述文体，更主要的还是分别总结晋宋以前各种文体的写作经验”[②]。“刘勰的文学观点，主要是从古代大量优秀作品中总结、提炼出来的”。根据这些经验，他才建立起“‘割情析采’的一整套理论体系”[③]；而论创作与批评的“割情析采”部分，“既是在全书总论中提出的基本观点指导之下写成的，也是在‘论文叙笔’中总结了前人丰富经验的基础之上，进而所作理论上的提炼和概括”，是“贯通全书的基本思想和纲领”[④]。概言之，刘勰是“以‘衔华佩实’‘质文相称’为纲来建立其整个理论体系”，其理论根据是《情采》篇所说的“文附质”“质待文”即质文相称范畴[⑤]；而“有其物，就必有其形；有其形，就必有其文”，这就是《原道》篇所说的“道”，“是指万物自然有文的法则或规律”[⑥]。这就首次揭示《文心》理论体系构成的三大部分的内在联系：“枢纽”的“原道”“宗经”是其基本观点；贯穿其整个理论体系主线的“衔华佩实”，既是由质文相称的自然之道演进而来，又是总结和提炼前人各种文体的写作经验

---

① 陆侃如、牟世金：《文心雕龙译注》上册，“引论”，第46页。

② 陆侃如、牟世金：《文心雕龙译注》上册，“引论”，第45页。

③ 牟世金：《雕龙集》，第234页。

④ 牟世金：《雕龙集》，第187页。

⑤ 陆侃如、牟世金：《文心雕龙译注》上册，“引论”，第60页。

⑥ 牟世金：《雕龙集》，第218页。

的结晶，并贯穿创作与批评论。

笔者认为，牟先生的上述研究成果具有重大意义。它首次揭开了长期笼罩在该书《原道》《征圣》《宗经》之上的神圣面纱，不再把它与儒家传统的原道、征圣、宗经思想混为一谈，在“龙学”界可谓振聋发聩[①]。牟先生称：周振甫已经指出“刘勰的《原道》，完全着眼在文上”[②]，显示了高尚的谦虚品德，但仍以牟先生的阐述最为详细、全面和深刻。随后周振甫先生也称：刘勰的《宗经》显然不是“要求用儒家思想”和“要求用经书的语言”来写作[③]。罗宗强先生也指出：“（刘勰）宗经的目的，是要提倡文章的雅正”[④]；“雅丽”与“衔华佩实”，《征圣》篇只略一带过，“其实此一标准贯串全书”[⑤]。这就从不同角度出发印证了牟先生的上述见识。可知刘勰的“宗经”是从文学角度出发而不是为宣传儒家思想，这已逐渐成为“龙学”界的共识。牟先生首次深入揭示了其意蕴以及构成其体系的三大部分的内在联系。牟先生不仅详细论证了“文质并重”“情采一致”是刘勰文学理论体系的主线[⑥]，而且指出在有质自然有文（才有自然美）的命题中，“美是物的属性”[⑦]，而“文质并重”“情采一致”正是由“质文相称”（有质自然有文）范畴演进而来。这是首次揭示《文心》理论体系的美学性质和意蕴，意

---

① 拙文：《〈文心雕龙〉“文道自然”说的理论意义——兼评魏伯河先生对龙学界肯定该说的错误批评》，《中国文论》第 8 辑，济南：山东人民出版社，2020 年，第 53 页。

② 陆侃如、牟世金：《文心雕龙译注》上册，“引论”，第 35—36 页。

③ 周振甫：《文心雕龙注释》，北京：中华书局，1981 年，第 28 页。

④ 罗宗强：《魏晋南北朝文学思想史》，北京：中华书局，1996 年，第 278 页。

⑤ 罗宗强：《魏晋南北朝文学思想史》，第 276 页。

⑥ 牟世金：《文心雕龙研究》，北京：人民文学出版社，1995 年，第 177 页。

⑦ 牟世金：《文心雕龙研究》，第 221 页。

义重大。其后，当代美学大师李泽厚、刘纲纪阐释《原道》篇首句“文之为德也大矣”称：“刘勰认为‘文’之‘德’是‘道’的表现，从而又认为‘文’之‘德’是‘与天地并生’的，把对于‘文’的属性、本质、功能的探讨提到宇宙起源论的高度。这是对魏晋以来强调‘文’的重要性的思想发展，也是第一次最为明确地把‘文’提到了‘与天地并生’的地位，并由此出发对‘文’的本质展开了过去所未见的系统的哲学论证。”① 可见牟先生的揭示在“龙学”研究史上的意义重大。

但牟先生把《正纬》《辨骚》两篇排在总论之外，总体上把握“文之枢纽”五篇的思路和意蕴似有欠缺。牟先生称“所谓总论，应该是贯穿全书的基本论点，或者是建立其全部理论体系的指导思想”，不同于“枢纽”，且认为“只提出两个基本的主张：‘原道’‘宗经’”，从而把《正纬》《辨骚》两篇排除出总论之外②：称《正纬》篇“和文学关系不大”③，无论是正纬书之伪或论其“有助文章”，“都是为了‘宗经’”④；强调《辨骚》是一篇“楚辞论”，“实为‘论文叙笔’之首”⑤。

其实，《序志》篇云：“《文心》之作也，本乎道，师乎圣，体乎经，酌乎纬，变乎骚，文之枢纽，亦云极矣。”可见刘勰视“枢纽”五篇为一个整体，逻辑连贯，脉络清晰，其思路并非到“宗经”而止，而是还要通过“酌乎纬”和“变乎骚”来阐述文学如何发展演变。因此，随着诗赋作品的大量涌现，文学发展进入了自觉追求

---

① 李泽厚、刘纲纪：《中国美学史》第二卷下，北京：中国社会科学出版社，1987年，第681页。

② 牟世金：《雕龙集》，第224页。

③ 陆侃如、牟世金：《文心雕龙译注》上册，第32页。

④ 牟世金：《文心雕龙研究》，第196页。

⑤ 牟世金：《雕龙集》，第224页。

美的新时代,《正纬》篇不仅要正谶纬之伪,还要"酌乎纬",即吸取纬书"事丰奇伟,辞富膏腴"的优点;《辨骚》篇则通过明辨《诗经》与屈《骚》的异同总结文学的发展应该"变乎骚"(像屈《骚》发展《诗经》那样)。罗宗强教授指出:"盖纬书只提供了事之奇与文采之富的借鉴,而诗赋等文学式样所最需要的风情气骨、奇文壮采,还有待于楚辞来作为榜样。而这风情气骨、惊辞壮采,正是刘勰文学思想枢纽之不可或缺之一方面。"[①]可见"刘勰的文学思想的主要倾向并不仅仅是宗经","文学自觉的思潮在他的文学思想中也留下了印记。宗经之外,他又提出了正纬和辨骚。酌乎纬,辨乎骚,与宗经一起,构成他文学思想的核心"[②]。其实"枢纽"即户枢与纽带,是带动全局之意,故不应把《正纬》《辨骚》两篇视为"附带论及""和文学关系不大"[③],从而排除在《文心》思想的核心内容(即总论)之外。牟先生又详细辨析《辨骚》篇"是一篇全面的楚辞论"[④]。其误有四:一是篇名为"辨骚",明明指所论全部为屈原的作品,而并非包括宋玉乃至汉初一些作家的作品。其中四同、四异之辨完全是就经书与屈骚而非与整个楚辞比较,故能得出"执正驭奇"的新变法则。如果是包括宋玉等人的楚辞,则不能得出这样的结论。二是问题不在于该篇是否可以视为楚辞论,而是刘勰是否把它作为文体论来论述。《序志》篇明明说属于"枢纽"。如果视为文体论则应置于《明诗》篇之后而不是其前。三是该篇显然没有按照该书文体论的格式撰写。四是"枢纽"即户枢、纽带,意谓关键、带领全局,显然有总论之意。牟先生自己也说:

① 罗宗强:《魏晋南北朝文学思想史》,第 279 页。
② 罗宗强:《魏晋南北朝文学思想史》,第 278 页。
③ 陆侃如、牟世金:《文心雕龙译注》上册,第 32 页。
④ 牟世金:《文心雕龙研究》,第 225 页。

"《辨骚》篇总结楚辞（笔者按：应为屈《骚》）的写作经验，提出了'酌奇而不失其贞，玩华而不坠其实'的著名论点，成为具有普遍意义的创作原则，也体现了刘勰主张华实相胜的中心思想。"[①]可见其具有总论的性质。

不过，令人注目的是，牟先生不但肯定"同于经典"的四同，而且认为"异于经典"的"四异"从字面上很难理解"博徒""荒淫"等词语为褒而非贬，但实质上是"贬而实扬"，是"贬其局部而肯定由这些局部构成的整体"[②]。这里所谓"贬其局部"而"肯定"其整体的提法十分勉强，笔者并不苟同，但敬佩牟先生从整体而不是仅是局部着眼的眼光。牟先生还指出：《辨骚》篇总结的"酌奇而不失其贞，玩华而不坠其实"乃是"具有普遍意义的创作原则，也体现了刘勰主张华实相胜的中心思想"[③]。可见该篇总结的"执正驭奇"原则与贯穿《文心》理论体系的主线"衔华佩实"是一致的。这么说来，也就应在总论之列了。牟先生还指出：刘勰的"变乎骚"的"变"，"是发展变化的变，而其实质是由经典之文变为文学艺术之文"。"这种变化既是对儒家五经而言，新变而成的又是'惊采绝艳'的文学作品，则不必'皆合经术'，或不须完全'依经立义'"[④]。如此一来，"宗经是论文的宗经，变则是必然的规律，而'变乎骚'又是讲由经典之文变为文学之文，都是从'文'出发。"[⑤]由此，《辨骚》篇与《征圣》《宗经》两篇的思路就衔接了。应该说，这些论述可谓得刘勰之"用心"。而魏伯河先生称：牟先生的"所

---

① 牟世金：《雕龙集》，第243页。

② 牟世金：《文心雕龙研究》，第228页。

③ 牟世金：《雕龙集》，第243页。

④ 牟世金：《文心雕龙研究》，第229页。

⑤ 牟世金：《文心雕龙研究》，第230页。

有论述""只不过是为了证明《辨骚》篇不属总论而是属于文体论这样一个并不可靠的结论"[①]。不知魏先生看过牟先生的上述论述没有？如此以偏概全，并非对前辈学者应有的尊重态度。

二、《文心》理论体系的建构以自然之道为基石，以情采相符为主线，以酌纬、变骚为文学发展方向

首先，"枢纽"五篇之首《原道》之"道"应训"自然之道"。而魏伯河先生称："《原道》中的'道'是源于《易经》、神秘微妙的'天道'（或称'神道'）"，而非自然之道。[②]这有违原旨，也有违"龙学"界主流的共识。

探究《文心雕龙·原道》之道，首先不能脱离文本。该篇首称日月山川之"文""盖道之文"，次说人有"人文"乃"自然之道"，再说动植万物以及"无识之物"与人类皆"郁然有彩""盖自然耳"。可见应训自然之道无疑。这也是自纪昀以来"龙学"界的共识。这里的"自然""自然之道"兼有体、用二义。从体来说，它是宇宙本体，是世界万物生成演变的总根源；从用来说，宇宙万物的生成、变化自来如此，自然如此。它有如下特征：（1）源自《易传》的阴阳变化之道，也包含道家的自然之道的意义；（2）进入人类社会演进为儒家之道；（3）主要倾向是唯物的，其中所说"神理"接近自然神论的神秘观念，但在全书中是次要的；（4）在中国唯物论美学史上具有划时代的重大意义。[③]

当今学界认为《易经》虽有唯心的因素，但主要倾向是唯物的。

---

① 魏伯河：《〈文心雕龙〉"文之枢纽"新探》，《中国文论》第5辑，济南：山东人民出版社，2019年，第75页。

② 魏伯河：《正本清源说宗经——兼评周振甫先生的有关论述》，《中国文论》第3辑，上海：上海古籍出版社，2016年，第60页。

③ 李泽厚、刘纲纪：《中国美学史》第二卷下，第679页。

《易经》认为万物变化既是千变万化，又有规律可循，《文心》正是继承这一思想而来。《宗经》云“夫《易》惟谈天，入神致用”，是说《易经》探究天道精深微妙，又能在实际中运用；《书记》更云“阴阳盈虚，五行消息，变虽不常，而稽之有则也”，是说《易经》根据阴阳法则细究宇宙万物，尽管变化无常，还是有规律的。可见刘勰认为天道变化是有规律可寻的。就拿多少带有神秘色彩的“神理”来说，邱世友教授指出：“自然就其微妙变化说是神，就其变化的规律性说是理。神理不是指支配一切、派生一切的最高精神存在。”[①]李泽厚、刘纲纪对此有详细阐述[②]。魏先生严厉批评“龙学”界不少论著“不能或不愿、不敢正视文本实际，而是发挥己意强作解人”[③]，上述文本无论《易经》还是刘勰均视天道并不神秘，魏先生却视而不见，称《原道》之道为“神秘微妙”，还严厉批评“龙学”界无视文本，实属荒谬，也是学界闻所未闻！试问：《原道》篇称从伏羲到孔子等圣人“莫不原道心”“研神理”云云，如果“道心”“神理”神秘微妙，圣人又何必枉费心机去“原”和“研”？而且圣人“原”“研”所得的著作（即“经”）不过是一笔糊涂账，而魏先生却极力主张刘勰是“宗经”的，又有什么意义？既然“宗经”的“经”不可靠，《文心》又有什么意义？这不是制造混乱又是什么？

《文心·原道》之“道”应训自然之道，进入人类社会便演进为儒家之道。范文澜、郭绍虞、张少康等“龙学”名家指出了这一点。魏先生却作逆行理解：“尽管我们看到的文本，是由《原道》到《征圣》再到《宗经》，是循着‘道沿圣以垂文’的关系，呈顺流而下之势，

① 邱世友：《文心雕龙探原》，长沙：岳麓书社，2007 年，第 7 页。

② 参见李泽厚、刘纲纪：《中国美学史》第二卷下，第 623—626 页。

③ 魏伯河：《正本清源说“宗经”——兼评周振甫先生的有关论述》，《中国文论》第 3 辑，第 59 页。

而在刘勰的构思和写作中，其实是由《宗经》到《征圣》再到《原道》的，是循着‘圣因文而明道’的方向，呈逆流而上之势。”① 如此说来，刘勰的“构思和写作中”的思路竟然与写出来的文本是背道而驰的，由此对“道—圣—文”的理论架构竟作逆向的解读，遍批“龙学”界名家大师：批评郭绍虞指出《原道》之“道”是指自然之道、《宗经》之道是指儒家之道“直接打乱了‘道—圣—文’三位一体理论架构的统一性”，“肯定是违背刘勰本意的”②。《原道》篇的“圣因文而明道”的前句是“道沿圣而垂文”，即自然之道经圣人的“原”“研”所得而体现在其著作即“经”，故进入人类社会便演进为儒家之道。魏先生却把其逻辑进程颠倒为“文”→“圣”→“道”，“道沿圣而垂文”是顺流而下却变成了逆流而上，竟然如此理解，真是令人眼界大开。如此说来，《序志》篇所说“本乎道”（即为基石和出发点）的“自然之道”却变成终点。张少康教授早已指出：“刘勰认为儒家的社会政治之‘道’乃是对作为普遍的自然规律的哲理之道的具体运用和发挥。”这样，刘勰“就把老庄那种哲理性的‘自然之道’具体化为儒家之‘道’，又把儒家之‘道’上升为普遍的自然规律之体现。”③ 也就是说，只有进入人类社会后由“圣人”总结的社会人伦之道才是儒家之道。魏先生却反复强调“自然之道”，“只是出现于叙述语句中的一般语词”④，不承认它已经是一个哲学范畴，还反过来由《宗经》篇的儒家之道逆向推定《原

① 魏伯河：《〈文心雕龙〉“文之枢纽”新探》，《中国文论》第 5 辑，第 79 页。

② 拙文：《〈文心雕龙〉“文道自然”说的理论意义——兼评魏伯河先生对龙学界肯定该说的错误批评》，《中国文论》第 8 辑，第 60 页。

③ 张少康：《文心雕龙新探——刘勰文学理论体系及其渊源》，济南：齐鲁书社，1987 年，第 28 页。

④ 魏伯河：《走出“自然之道”的误区——读〈文心雕龙·原道〉札记》，《中国文论》第 4 辑，上海：上海古籍出版社，2018 年，第 70 页。

道》篇之道非儒家之道不可。必须指出：这才肯定是“违背刘勰本意的”。请问：如果把“本乎道”说成是本于儒家之道，难道《原道》篇称万物皆有美丽之姿“盖自然耳”属于儒家之道吗？请问：“道沿圣以垂文”的“沿”字义明明是顺流而下，怎能作逆向而上之意？《文心雕龙》的逻辑思维是严密的，今人赞誉该书“体大思精”，决非浪得虚名。王运熙、杨明引唐代刘知几称赞其“折衷群言、见识圆通全面”，引明胡应麟赞其“议论精凿”，引清章学诚赞其“体大而虑周”“笼罩群言”，一致称赞《文心雕龙》“体系完整，论述精密”[①]。学界一致认为该书体系庞大、内容丰富，思虑周密、逻辑严密。《原道》篇明明说：“心生而言立，言立而文明，自然之道也”，意谓言（文）为心声，于是有人类的文明。怎能把该书视为言（文）与心相违的著作？《原道》篇的“道沿圣以垂文”，明明说圣人之作是由圣人“原道心”“研神理”而来，这里的逻辑次序怎可逆转？魏先生却作逆向理解，则变成了该书是心思与语言文字相违的著作，如此则《文心雕龙》岂不是思路不清、逻辑混乱之作，试问还有何价值？又教人如何研究？

其次，魏先生称：《宗经》是“枢纽”的“核心”或“主轴”，其余四篇为“附属物”：《原道》和《征圣》两篇“只是为突出《宗经》的地位而做的铺垫”，《正纬》《辨骚》“则是为给《宗经》主张廓清道路而作”[②]。这些说法均有违原旨。关于“枢纽”前三篇的思路，《序志》篇说得很清楚：先是“本乎道”即从自然之道出发，继而“师乎圣”即以圣人为师、“体乎经”即以“经”（圣人著作）为作文

① 王运熙、杨明：《魏晋南北朝文学批评史》，上海：上海古籍出版社，1989年，第329页。

② 魏伯河：《〈文心雕龙〉“文之枢纽”新探》，《中国文论》第5辑，第75、73页。

的榜样。其中"道"—"圣"—"文"的逻辑思路是逐渐推进的关系，不可逆转：如果没有"原道"即圣人对"道心""神理"的艰苦探索，其著作"经"有何价值则无从谈起。既无价值，又何来"征圣""宗经"？可见《原道》《征圣》是《宗经》的基石和前提，并非"附属物"和"铺垫"。至于魏先生称《正纬》《辨骚》"则是为给《宗经》主张廓清道路而作"：前者"不过是附带论及"纬书"可酌"[①]，后者是"辨析楚辞（应是屈骚，下同）的地位次于五经"，由此牢固地树立"'宗经'的大旗"[②]，均有违原旨。前者揭示谶纬内容荒诞诡谲，不足配经，但指出随着诗赋大量涌现的文学潮流，应该吸取纬书的"事丰奇伟，辞富膏腴"。后者魏先生称该篇之"辨"，即"辨析楚辞与五经的异同，指出其地位次于五经"[③]；经过一番"辨"和"正"，明确了纬书和楚辞均非所"宗"之"经"，由此牢固地树立"'宗经'的大旗"。这又是无视文本断章取义的解读。因为该篇先是首句"奇文郁起"，后列举十篇屈骚作品，赞其"气往轹古"云云即压倒经典作品。还有《时序》篇盛赞"屈平联藻于日月"和屈骚"笼罩《雅》《颂》"。该篇如此大段极赞屈骚，白纸黑字，魏先生竟然视而不见，还批评别人"完全无视文中大段辨析文字的存在，进而忽略了刘勰对《离骚》评价的分寸感，甚至把'博徒'与'四异'之类贬词也强解作褒义"[④]。如此等等。"奇文郁起""气往轹古"，以及"笼罩《雅》《颂》"，刘勰明明说屈骚远远超过经典，这些都是事实，难道魏先生要否定吗？

---

① 魏伯河：《〈文心雕龙〉"文之枢纽"新探》，《中国文论》第5辑，第73页。

② 魏伯河：《〈文心雕龙〉"文之枢纽"新探》，《中国文论》第5辑，第82、81页。

③ 魏伯河：《〈文心雕龙〉"文之枢纽"新探》，《中国文论》第5辑，第82页。

④ 魏伯河：《〈文心雕龙〉"文之枢纽"新探》，《中国文论》第5辑，第83页。

学术界对该篇总结屈骚与经书的四同均认为是肯定的，但对四异的理解尚有分歧。该篇名为“辨骚”，《序志》篇称“变乎骚”，周振甫先生说得好：“‘变乎骚’的主要精神，不是要用儒家思想来贬低楚辞的创作，恰恰相反，是要用楚辞的新变来论证文学的发展。”[①] 经辨析“表面上是承接《宗经》辨别楚骚与经书的同异，实际是经过这种辨别来研究文学的新变，只有经过辨别才能认识它的新变，‘辨’和‘变’是结合的，而以‘变’为主。”[②] 该篇既然前面极赞屈骚“奇文郁起”、后又盛赞所列举屈骚十篇作品压倒经典，还有《时序》篇盛赞屈骚有如日月和“笼罩”《诗经》，其中四异也就不能视为贬义的了[③]。刘勰反复强调屈骚超过了经典，堪称文学新变的榜样。魏先生却视而不见，认定是为辨析其地位“次于”五经，还引纪昀称屈骚是“浮艳之根”。如此又怎能从中总结文学发展的新变规律？

三、刘勰视文学由“枢纽”带动、受自然和社会的影响向前发展，且有自身的继承创新规律

魏先生称：刘勰之所以把“宗经”“作为其主要的文学主张”，一是“出于对儒家经典发自内心的崇拜”，在他看来，五经是“取之不尽用之不竭的宝库”；二是“作为矫正文坛弊端的利器”，即《通变》篇所说“矫讹翻浅，还宗经诰”，“使文学发展回到健康的大

---

① 周振甫：《文心雕龙注释》，北京：人民文学出版社，1981年，“前言”，第28页。

② 周振甫：《文心雕龙注释》，第42页。

③ 拙文：《四辨〈辨骚〉之“四异”“博徒”》，《中国文论》第7辑，济南：山东人民出版社，2020年，第108页。

路上来”[①]。还臆造“商周文学顶峰论”，可见魏先生视刘勰为主张回归到商周时代。但上述诸说均经不起检验。

首先，刘勰认为，文学是不停地向前发展的，永无止境。《时序》篇概括从黄帝以来十个朝代的文学发展说：“蔚映十代，辞采九变。枢中所动，环流无倦。”（综观十个时代文学是不停发展的。就如天枢的转动，永远不会停止。）可见文学不会停留在商周时代，也不会恢复到商周时代。魏先生引《通变》篇概括从黄、唐“淳而质”到宋初的“讹而新”，其趋势是“由质及讹，弥近弥澹”，称：“最理想的是以经书为代表的商周之文，这是中国文学发展的顶峰。在此之前，文学走的是上坡路，在此之后，则逐步走的是下坡路了。”由此认为刘勰“把‘宗经’作为自己的主要文学主张，处处依经立义，甚至认为‘百家腾跃，终入（五经）环内’”。[②]如此解读完全经不起推敲。《宗经》篇所说的“百家腾跃，终入环内”，是说诸子百家无论怎样驰骋活跃，归根到底总是跳不出经书的范围。笔者的理解，其含义：一是五经是“群言之祖”（各种文体的源头）；二是五经是为文的榜样，故说“文能宗经，体有六义”；三是写作文章可从五经中吸取丰富养料。不应理解为文章（文学）到五经就是“顶峰”而不再向前发展了。《辨骚》篇盛赞屈骚“奇文郁起”，屈骚的十篇作品“气往轹古”；还有《时序》篇称其“联藻于日月”和“笼罩《雅》《颂》”，难道说还不算超越商周文学？可见，称刘勰视“商周文学”为“顶峰”实为主观臆造。

至于魏先生引徐复观先生称：五经是中国文化的基型、基线，

---

① 魏伯河：《〈文心雕龙〉“文之枢纽”新探》，《中国文论》第5辑，第76、77、77页。

② 魏伯河：《正本清源说“宗经”——兼评周振甫先生的有关论述》，《中国文论》第3辑，第66页。

中国文学是“以这种文化的基型、基线为背景而逐渐发展起来的”。既然称为“基型”“基线”，岂不是后来还有发展吗？怎么又说是“顶峰”？至于说汉赋系统脱离文化的“基型”“基线”而另辟疆域，后者便会“发出反省规整的作用”[①]，细检刘勰论汉赋的演变发展，与实际情况不符。

其一，所谓基型，顾名思义只能有一个，但我国诗歌不能说只有《诗经》一个基型。《楚辞》作为南方楚地的歌谣，从时间上说不会晚于《诗经》。范文澜先生指出：“以《离骚》为首的《楚辞》，与《诗》三百篇起源不同。”[②]《诠赋篇》论述“赋”的源起指出：作为《诗经》“六义”之二：“赋者铺也，铺采摛文，体物写志也。”开始与比、兴同被视为写作手法，作为一种文体还不够成熟。到了“灵均唱骚，始广声貌”，它“受命于诗人，而拓宇于《楚辞》”，赋也就开始发展成为一种文体。到了汉朝，不少作家继续创作，陆贾开了头，贾谊承其绪，枚乘、司马相如继续发展，王褒和扬雄顺势推波逐浪，枚皋、东方朔以后，辞赋家可以把一切事物都写进赋里。成帝时献到宫廷的作品就有一千多首。可见“信兴楚而盛汉矣”。范文澜先生指出：屈骚使巫史“两种文化合流，到西汉时期《楚辞》成为全国性的文学，辞赋文学灿烂地发展起来”，“标志着中国古代文学向前大进了一步”[③]。顾炎武《日知录》卷二十一《诗体代降》称：“《三百篇》之不能不降而《楚辞》，《楚辞》之不能不降而汉魏……势也。”《辨骚》篇首论其继轨《风》《雅》，但已成为一种独立文体，并对后世的影响要大于《诗经》，学习屈骚成为时代的潮流。可见，认为我国诗歌的源头和发展只有《诗经》一个基型，

① 魏伯河：《〈文心雕龙〉“文之枢纽”新探》，《中国文论》第5辑，第78页。

② 范文澜：《中国通史简编》修订本第一编，北京：人民出版社，1964年，第286页。

③ 范文澜：《中国通史简编》修订本第一编，第285页。

并不符合实际。

其二，在赋的形成发展中，屈原把儒家思想镕铸入《楚辞》起了关键的作用。他把体现儒家思想的史官文化与富有想象力的巫官文化合流而形成辞赋系统（包含汉赋）看作伟大的贡献，不应视为“脱离文化的基型基线而另辟疆域”给以否定。沈约在《宋书·谢灵运传论》评述汉代和建安以后“原其飚流所始，莫不同祖《风》、《骚》”，锺嵘的《诗品》中把五言诗分为“源出于”《诗经》（《国风》《小雅》）和《楚辞》两大流派，而且后者的人数多于前者，说明后者已经成为时代的潮流。刘勰在《时序》篇云：“爰自汉室，迄至成、哀，虽世渐百龄，辞人九变，而大抵所归，祖述《楚辞》，灵均余影，于是乎在。”故知汉赋的出现标志我国文学发展进入自觉追求美的新阶段。在其后的数百年中，它的影响要大大超过《诗经》，贡献是积极的、巨大的。《文心·物色》称“《诗》《骚》所标，并据要害”，故后世作家“莫不因方以借巧，即势以会奇”（《诗经》和《楚辞》的特点就是善于抓住客观事物的要点，后世的作家都不敢在这点上与它们较量。无不依照这种方法学其巧妙，顺着文章气势显示自己的特点）。三位影响巨大的理论家一致把以屈骚为代表的《楚辞》看成在文学史上具有与《诗经》同等地位，“英雄所见略同”。唐人殷璠在《河岳英灵集》说他选择的标准是“既闲新声，复晓古体；文质半取，《风》《骚》两挟”，足见其历史地位。清人龚自珍有诗云：“《庄》《骚》两灵鬼，盘踞肝肠深。”可见其影响深远。由此说明：对辞赋产生重大影响的是屈骚，其影响是正面的、积极的，不应理解为由“基型”“基线”发生的“规整”作用。

其三，刘勰认为，文学的发展演变有内因和外因，前者即《通变》篇所说“通”（承传）与“变”（新变）；后者则是社会和自然环境的影响，《时序》和《物色》两篇有详细论述。我们没有看到以五经为“基型”“基线”如何“发出反省规整的作用”。再看刘勰对汉赋的总体评价，不但称赞那些大赋“京殿苑猎，述行叙志，并体国经野，义尚光大”，认为那些描写京城和宫殿，叙述苑囿和狩猎，或者记载远行，抒发自己抱负，都是关系到国家大事，意义广大，写得典雅、宏大，加以肯定；而且对于描写花草鸟兽的小赋，也赞其“拟诸形容，则言务纤密；象其物宜，则理贵侧附”，即那些描写花草鱼虫的小赋也触兴致情，在情和物的变化中二者结合，描写细致周密，也给以积极的评价。刘勰还称所列举十家作品为“辞赋之英杰”。可见总体评价是肯定的和积极的。要说汉赋系统“脱离文化的基型基线而另辟疆域”，由此受由基型基线“规整”，不知从何说起。至于汉赋在其发展过程中，出现浮艳的文风，这也就是《宗经》篇所说的“楚艳汉侈，流弊不还”，这并非总体评价。刘勰认为这既违背了美乃是事物属性的规律，而不能是外加的、矫饰的，也丧失了诗歌自身的讽喻传统，必须纠正。没有说及“基型”“基线”如何发挥“规整”作用。牟世金先生指出：刘勰在《原道》篇所阐释的万物有质自然有文的规律，“肯定要有其物，才有其形；要有其形，才有其文，才有其自然的美”，可见“美是物的属性”①。《情采》篇称：“圣贤书辞，总称文章，非采而何？”他把圣贤著作说成是皆有文采，不过是强调文学创作必须做到“情采相符”。可见刘勰不但顺应自觉追求美的时代潮流，而且还为之找到理论依据，并“以内容为主而情采兼顾、文质并重”作为贯穿其“整个文学理论体系的一条主线”②。刘勰清醒地认识到：在文学从质朴趋向华丽的发展过程中，由宋玉开始片面追求形式美的浮艳之风抬头，其后愈演愈烈。这种文风，其形式之美是矫饰的，并非出自事物本

---

① 牟世金：《雕龙集》，第221页。

② 牟世金：《雕龙集》，第176—177页。

身的属性，故必须批判和纠正。《诠赋》篇就指出：所谓“登高能赋”，就是看到外界事物引起内心的情感，又通过作者的情感来表现外界事物，由此赋必须做到“丽词雅义，符采相胜”，即华丽的文辞和雅正的内容相结合，做到“文虽新而有质”。这是“立赋之大体”（作赋的根本法则）。而“逐末之俦，蔑弃其本，虽读千赋，愈惑体要。遂使繁华损枝，膏腴害骨，无贵风轨，莫益劝戒”，指责那些颠倒本末的辞赋家放弃根本，即使作赋千篇反而更迷惑而没有抓住根本。结果就像花朵太多妨碍了枝叶，过于肥胖伤害了骨骼。所作的赋既没有讽喻的作用，失去了劝惩的意义。批判这种浮艳文风既违背赋体必须符合质文相称、情采相符的原则，有的作家写了一千多首赋，结果写出来的赋丧失了《诗经》的讽谏传统，没有劝惩教育的意义。汉代的思想家扬雄早年“尝好辞赋”，自己也创作多首辞赋，希望发挥辞赋的“讽谏”作用，结果“讽”而反“劝”，适得其反。他把赋分为“诗人之赋”和“辞人之赋”，肯定前者“丽以则”即合乎法度，否定后者“丽以淫”即泛滥过度。晚年后悔不再作赋。他揭露汉赋创作的弊端并反思其不良倾向[①]。可见汉赋创作的不良倾向受到思想家和文论家的批判：一是片面追求华丽；二是丧失了诗歌的讽谏传统和劝诫教育的意义。其出发点是违背了美应出自事物的属性和诗歌本身的讽谏传统。要说这是由“基型”“基线”而发出的“规整”，恐怕比较勉强。

其次，魏先生还引纪评“词赋之源出于《骚》，浮艳之根亦滥觞于《骚》，辨字极为分明”，把屈骚视为后世的“浮艳之根”[②]。其实《诠赋》篇说得很清楚：“宋发巧谈，实始淫丽。”祖保泉先生早已指出：除《辨骚》篇外，《文心》“大约尚有十篇提到了屈

① 王运熙、杨明：《魏晋南北朝文学批评史》，第545页。

② 魏伯河：《〈文心雕龙〉“文之枢纽”新探》，《中国文论》第5辑，第81页。

原或《离骚》，没有一处对屈原之作有贬义”[1]。可见，被刘勰视为“浮艳之根”的是宋玉而非屈原。《时序》篇称“屈平联藻于日月”，无疑是最高的评价，故知刘勰不会把屈骚视为“浮艳之根”。《宗经》篇的“正本归末”和《通变》篇的“还宗经诰”并不是要回到经书素醇质朴的老路，而是主张创新发展。

刘勰认为，从楚汉“侈而艳”到魏晋的“浅而绮”，再到宋初的“讹而新”，其趋势“由质及讹，弥近弥澹”，是不好的，因为它违背了质文相称、情采相符的原则，但“艳”“绮”“新”并非完全贬义，而是贬中有褒，说明从楚汉的“侈而艳”开始，文学发展到了一个自觉追求形式美的新阶段。但又变成了“侈”“浅”“讹”，是走过头了，事物之美变成矫饰的、外加的，并非事物的本性，故刘勰认为必须批判和纠正。因此，《宗经》篇提出“正本归末”和《通变》篇提出“矫讹翻浅，还宗经诰”，意思是要回到商周文学“情采相符”“衔华佩实”的正道，而不是回到经书素醇质朴的老路。一些同是主张刘勰以“宗经”是其文学思想的核心的论者，有意无意忽略了《通变》篇所说“凭情以会通，负气以适变”，要求创作出“采如宛虹之奋鬐，光若长离之振翼”的“颖脱之文”。赞语“望今制奇，参古定法”，可见“参古”只是手段，不是回到经书的老路，而是根据时代要求创作出“颖脱之文”，也就是文采如虹霓的拱背、光芒如凤凰的飞腾的雄奇壮丽的“奇文”，而不是恢复到商周文学的老路。罗宗强先生把《文心》“文之枢纽”五篇的逻辑演进概括为：原道（原于自然）→征圣、宗经（法古）→酌纬、变骚（新变）：“原道”为“原于自然”，“征圣”“宗经”为“法古”，“酌纬”“变骚”

① 祖保泉：《“文之枢纽”臆说》，《文心雕龙学刊》第1辑，济南：齐鲁书社，1983年，第98页。

为“新变”[①]。这与《通变》篇所说的“参古定法，望今制奇”一致：“参古”即“法古”只是手段，“制奇”即新变才是目的。可见“宗经”即“法古”只是其理论体系的中间环节，魏先生却视为“核心”“主轴”，其余四篇为“附属”，还一口咬定“龙学”界陷入“误区”(而且十分严重)，自己深陷错误泥潭而不自知。葛洪在《抱朴子·均势》篇指出：“古者事事醇素，今则莫不修饰，时移世改，理自然也。”他公开说《尚书》不及后代的诏册奏议之“清富赡丽”，《诗经》不及《上林》《羽猎》等赋“博富”。萧统《文选序》称：“盖踵其事而增华，变其本而加厉。物既有之，文亦宜然。”可见社会在发展，时代在前进，今胜于古，这是当时思想家、文论家的共识。否则，他的理论还有什么价值？可见《征圣》《宗经》不过是打着复古法古的旗号进行创新，《宗经》篇的“正末归本”并非回归商周文学的老路。

① 罗宗强：《魏晋南北朝文学思想史》，第310页。

是“正本清源”，还是制造混乱？

——评魏伯河先生的《正本清源说“宗经”》

鉴于魏先生对周振甫先生的《文心雕龙注释》“正本清源”，本文有必要对该书作一简要评介。继而对魏先生“正本清源”的依据以及与周先生的有关论争作详细的评述；最后列举魏先生有关《文心雕龙》“宗经”思想的系列错误解说，足见其名为“正本清源”，实为给“龙学”研究制造混乱。

一、《文心雕龙注释》资料丰富，汇校、注、评于一炉，时有精辟见解，质量、水平均为一流

周振甫先生的《文心雕龙注释》一书约42万字，开头有前言介绍；各篇有原文、校勘、注释、前人汇评和著者的说明（类似题解）五部分，时有精辟见解，兼顾普及和研究的需要，是一部高质量、高水平、深受欢迎的注释本。这并非笔者的个人之见，而是与几位“龙学”朋友交流的结论。该书出版于1981年。第一版就印了六万册左右，数量巨大，影响深远。笔者尚未作深入的研究，现只作扼要的评介。

“前言”部分，周先生指出：沈约写了《棋品序》而没有为《文心雕龙》写序。他注重和欣赏的是声律，而这只是该书五十篇之一。萧统把经子史都排斥在文之外，对刘勰均纳入文中“自然无法欣赏”。可见该书在当时并没有得到重视。只有到了初唐，声律论发展成为律诗，且论文不再受到萧统把经子史排斥于文外的拘束，于是得到史家刘知几的称誉。到中唐，韩、柳领导古文运动主张征圣、宗经，

虽与刘勰一致，但韩、柳反对骈文而提倡古文，故该书不为古文家赏识。只有到了晚唐，古文与骈文之争缓和，人们才看到该书的价值。陆龟蒙称赞它“探本质论，规模宏大”“开户牖，有创见”，比刘知几显得全面了。至宋代欧阳修继承韩、柳的古文运动，加上道学家重道轻文，该书又被冷落。黄庭坚只赏识其“讥古人，论文病”。到了明代又重新得到重视。张之象序中赞其为“扬榷古今，品藻得失，持独断以定群嚣，证往哲以觉来彦。盖作者之章程，艺林之准的也”。把它提高到“艺林之准的”的高度。到了清代，更受重视。章学诚称赞它“体大而虑周”“笼罩群言”；谭献更赞为文苑“寡二少双”的理论著作。周先生概述该书经漫长的历史渐受重视最终推崇备至，要约而言明。这也是其他的注释本少见的。

“说明”部分对各篇的思想内容均作简要的阐述，时有精辟见解。如指出：“刘勰的《原道》，完全着眼在文上。”[①] 一句“完全着眼在文上”，得到牟世金先生的注意和赞同，因为其时学术界并未完全拨开笼罩在“征圣”“宗经”上的迷雾[②]。又如指出《辨骚》篇“表面上是承接《宗经》辨别楚骚与经书的同异，实际是经过这种辨别来研究文学的新变，只有经过辨别才能认识它的新变。‘辨’和‘变’是结合的，而以‘变’为主”[③]。十分精辟，常为论者引用。再如，详细分析《论说》篇继承了唐玄奘的真能立、真能破与似能立、似能破；所说“徒锐偏解，莫诣正理”，“偏解”即似能立、似能破，“正理”即真能立、真能破。如此解说比一般称受佛家因明学的影响显然进了一层，非有深厚功力者不能为。

① 周振甫：《〈文心雕龙〉的原道》，《光明日报》1962 年 12 月 30 日。

② 陆侃如、牟世金：《文心雕龙译注》上册，济南：齐鲁书社，1981 年，“引论”，第 35—36 页。

③ 周振甫：《文心雕龙注释》，北京：人民文学出版社，1981 年，第 42 页。

在校勘方面，该书汇集诸家著述进行校勘，亦有收获。如《哀吊》篇的“汝阳王亡”，据《御览》作“汝阳主”，再引《后汉书·皇后纪》称汝阳主刘广为和帝女，封汝阳长公主，指出应为“汝阳主(公主)”[①]。又如《书记》篇云“赵至叙离，乃少年之激切也”，周先生据《文选》李周翰注称“考其始末，是（吕）安所作”[②]。这就纠正了刘勰以为是赵至之误，亦纠正范注失考。可见校对认真，功力深厚。

“评”（汇评）部分，辑录了明代杨慎、曹学佺，清代黄叔琳、纪昀等人评注，供研究、供参考。如《原道》篇引纪评称“彦和以此发端，所见在六朝文士之上”；又称“文以载道，明其当然；文原于道，明其本然，识其本乃不逐其末”。[③]这对于理解刘勰的“文道自然”说的意义很有帮助。

当然，个别地方值得商榷。如把第五十篇《序志》作为该书体系的第五部分。其实只是介绍撰写该书的缘由、背景、结构和研究方法等等，并非其理论体系的构成部分。有的注释如《征圣》称“妙极生知，睿哲惟宰”，解释为“圣人天生就懂得道”[④]，视为客观唯心主义的表现[⑤]。从《原道》篇称“圣人”经“原道心”“研神理”等终于认识“道”，可知“圣人”并非天生就知“道”。这里“知”训智，指经过观察、研究，变得充满智慧。

以上不过是简单的介绍，并非全面深入的评价，但其成就和贡献是巨大的。

---

① 贾锦福主编：《文心雕龙辞典》（增订本），济南：济南出版社，2010 年，第 217 页。

② 周振甫：《文心雕龙注释》，第 285 页。

③ 周振甫：《文心雕龙注释》，第 10 页。

④ 周振甫：《文心雕龙注释》，第 16 页。

⑤ 周振甫：《文心雕龙注释》，第 22 页。

二、关于刘勰是否主张“用儒家思想来写作”的论争和对两汉文章学术的评价，周先生言之有理，魏先生的反驳不能成立

魏先生称，周先生认为：刘勰“不主张用儒家思想来写作，还认为依傍儒家思想是写不出好作品的”，主要论据有二：一是“刘勰并不认为只有圣人才能认识‘道’”；二是“刘勰对西汉以后诸子和东汉文学评价不高”。[①]综观双方的论争，周先生之说有理有据，而魏先生的反驳不能成立。

（一）刘勰并非认为只有圣人才能认识道，周先生指出诸子也能认识道

魏先生称：由刘勰所“征”的“圣人”为周、孔，所“宗”之“经”为儒家经籍，故《原道》所“原”之道“只能是儒家所宗奉的道”；又据刘勰把鬻熊、老子称为贤而非圣，因此不能把他们的道“看得高于或至少等同于儒家圣人之道”。[②]周先生则指出：《诸子》篇称赞诸子“入道见志”和楚国先人鬻熊“知道”，可见刘勰认为“不光是圣人认识道，诸子也认识道”。[③]道是指宇宙本体即万物产生和变化的本原，是客观存在，各家各派对它的探索有不同的认识。老子的探讨被视为代表我国古代对道认识的最高水平。一般所说的儒家之道，是指儒家总结的人类社会的人伦之道，并不包括自然界。而魏先生却称《原道》之道“只能是儒家所宗奉的道”，将对道的探索视为儒家的专利，有违常理。魏先生以视为子书为据称刘勰对

---

① 魏伯河:《正本清源说“宗经”——兼评周振甫先生的有关论述》，戚良德主编:《中国文论》第 3 辑，上海：上海古籍出版社，2018 年，第 60 页。

② 魏伯河:《正本清源说“宗经”——兼评周振甫先生的有关论述》，戚良德主编:《中国文论》第 3 辑，第 60 页。

③ 周振甫：《文心雕龙注释》，第 196 页。

《道德经》"没有认同其说"，还"表明其坚定的尊儒抑道的立场"[①]。《诸子》篇明明称赞诸子"入道见志"，称赞老子"以冠百氏"（即超越包括儒家在内的诸子百家）；《情采》篇还称赞《道德经》"五千精妙"，足见认为刘勰"抑道"完全是违反文本字义的解读。至于魏先生还把"李实孔师"说成"不过是'三人行，必有我师'之'师'而已，并非传道之师"[②]。既然老子对道的认识超过孔子，那么为何孔子不会向他问道请教呢？

可见周先生认为刘勰称赞诸子"入道见志"，并非只有圣人和儒家才能认识"道"，符合刘勰的原旨，不能视对道的体认为儒家的专利。

（二）关于西汉子书不如先秦诸子的原因，魏先生把刘勰说成认为是诸子"去圣未远"；而周先生则指出与时代环境相关

魏先生称：刘勰对战国诸子评价较高，是因为他们"去圣未远"。"这和评价《离骚》时所说的'岂去圣之未远，而楚人之多才'（《辨骚》）是同样口吻"，后来的子书不如先秦"主要是离开圣人愈来愈远造成的"[③]。其实屈骚成就的原因，刘勰说得很清楚：主观上是"楚人之多才"，即屈原的个人才华；客观上则是《时序》篇所说"故知炜烨之奇意，出乎纵横之诡俗也"。"炜烨之奇意"即屈骚的特色，与战国纵横家"诡俗"的社会风气密切相关。《诸子》篇称："自六国以前，去圣未远，故能越世高谈，自开户牖。两汉以后，体势浸弱，虽明乎坦途，而类多依采。"周先生解释说："先

① 魏伯河：《正本清源说"宗经"——兼评周振甫先生的有关论述》，戚良德主编：《中国文论》第3辑，第60页。

② 魏伯河：《正本清源说"宗经"——兼评周振甫先生的有关论述》，戚良德主编：《中国文论》第3辑，第60页。

③ 魏伯河：《正本清源说"宗经"——兼评周振甫先生的有关论述》，戚良德主编：《中国文论》第3辑，第61—62页。

秦时代的诸子，自开门户，所以多创获；两汉以后，儒家定于一尊，著作多依傍儒家，弄得体势浸弱，不如先秦了。”[①] 这里说明二者成就高低与时代环境变迁分不开：前者社会环境比较宽松，易于“自开门户”和发挥独创性；后者因朝廷独尊儒术，于是学术著作“多依傍”儒家，缺乏独创性。刘勰总结说：此“远近之所变也”：“远”指先秦诸子“自开门户”；“近”指汉代子书“类多依采”儒家。前褒后贬。后者指的只能是朝廷独尊的儒学，故可作为依傍儒家思想写不出好作品的证据。而魏先生却称：“刘勰认为宗经、崇儒对文学的发展有益无害，还可以从他对西汉文学的评论得到证明。”[②] 如此解说显然与事实不符。至于还称周先生对此“已经承认”，周先生已经驾鹤西去，无从辩解，幸好白字黑字尚在。周先生明明解释说：子书“不如先秦”，其原因是“儒家定于一尊”、著述“类多依采”儒学。怎么变成了“刘勰认为宗经、崇儒对文学的发展有益无害”的证据？

（三）关于对东汉文章学术评价的“存而不论”和“渐靡儒风”

关于对东汉文章文学的评价，《时序》篇的评论可分为四段：首段“光武中兴，深怀图谶，颇略文华”和末段“降及灵帝”称“乐松之徒，招集浅陋”云云，贬义无疑；次段称赞明帝和章帝时期“崇爱儒术，肄礼璧堂，讲文虎观”，有所肯定；三段称和帝至桓帝出现大批作家：“磊落鸿儒，才不时乏，而文章之选，存而不论”，还总结“盖历政讲聚，故渐靡儒风者也”。魏先生和周先生对其中“存而不论”和“渐靡儒风”的理解针锋相对，是争论的焦点。笔者试作辨析如下。

---

① 周振甫：《文心雕龙注释》，“前言”，第26页。

② 魏伯河：《正本清源说“宗经”——兼评周振甫先生的有关论述》，戚良德主编：《中国文论》第3辑，第63页。

《时序》篇列举了班固、傅毅等系列作家为“磊落鸿儒”，却对他们的作品“存而不论”。周先生的理解是“受儒家影响的作家，就写不出好文章来了”[①]，可见“渐靡儒风”是不好的。而魏先生则认为“这完全歪曲了刘勰的原意”，认为文风“稍改前辙”“渐靡儒风”是好的。理据有二：一是关于“存而不论”，魏先生引陆侃如、牟世金的译文为:“其中文章做得好的，就不必一一列举了。”[②]这里“好的”是另加的。既然刘勰称他们是“磊落鸿儒”，自然不会没有好作品。故原意可能不是说他们没有好作品，而是指“渐靡儒风”影响之下写不出好作品，或写出的不算是好的作品，故“存而不论”。李泽厚、刘纲纪也称：刘勰“并不认为儒学占统治地位的时候文章就必定繁盛。如他对汉代和帝、安帝到顺帝、桓帝这一时期的文学评价就不高，认为‘磊落鸿儒，才不时乏，而文章之选，存而不论’”[③]。可见“渐靡儒风”不见得是好的。魏先生举证之二称:“须知所谓‘华实所附’，与刘勰在《征圣》篇里所标示的文章最高标准‘衔华而佩实’同义”，“决非贬斥‘渐靡儒风’”[④]。但魏先生又称:“衔华而佩实”“只是一个比喻句”，如果“离开了《宗经》，而在前两篇中抓住一个或几个片言只语索求所谓的‘微言大义’，就难免走向歧途”[⑤]。既说只是“一个比喻句”，没有什么普遍意义，又称为“文章最高标准”，自相矛盾，怎能作为证据？而且，这里

① 周振甫：《文心雕龙注释》，“前言”，第 27 页。

② 魏伯河:《正本清源说“宗经”——兼评周振甫先生的有关论述》，戚良德主编:《中国文论》第 3 辑，第 62—63 页。

③ 李泽厚、刘纲纪：《中国美学史》第二卷下，北京：中国社会科学出版社，1987 年，第 611 页。

④ 魏伯河:《正本清源说“宗经”——兼评周振甫先生的有关论述》，戚良德主编:《中国文论》第 3 辑，第 63 页。

⑤ 魏伯河：《〈文心雕龙〉“文之枢纽”新探》，《中国文论》第 5 辑，济南：山东人民出版社，2019 年，第 79 页。

的"华实所附，斟酌经辞"是泛指写作，与"衔华佩实"并非同义。

从上述刘勰对东汉文章学术的评价看，首段和尾段均为贬义，只有二、三段有所肯定，其中对"存而不论"和"渐靡儒风"理解各有不同，见仁见智。可见总体上是评价是不高的。关于"渐靡儒风"，如果结合刘勰评价的标准来看（详下），很难说是褒义的。由此魏先生所举两条证据，前者有不同的理解，见仁见智；后者则自相矛盾，不足为据。可见魏先生所说：刘勰认为"只有'渐靡儒风'才能写出"好作品[1]，缺乏理据的支持。

至于魏先生引《杂文》篇评崔瑗"唯《七厉》叙贤，归以儒道"称：刘勰宗经、崇儒思想的倾向是"何等强烈"[2]。其实刘勰对由枚乘首创的"七"这种文体评价不高，称为"讽一劝百"。一个"唯"字只是个别例子，而且是"文非拔群"，并不影响对东汉文章学术的总体评价，顶多说明周先生"认为依傍儒家思想是写不出好作品的"说得过于绝对。由此而称刘勰的宗经、崇儒"何等强烈"，显然是拔高了。对比称赞诸子"百家飚骇"，称赞魏晋玄学代表为"论之英也"，才可见刘勰的倾向是"何等强烈"！

（四）刘勰不但以独创性作为评价文章学术的重要标准，而且对儒家思想束缚学术发展蕴含批评

郭预衡先生指出："刘勰重视独到的观点，是贯彻于《文心雕龙》全书的。"[3]这一原则贯穿刘勰对各个历史时期学术论著的评价。《诸子》篇均以一句话概括春秋战国诸子的独创性：如"孟轲膺儒以磬折，

---

① 魏伯河：《正本清源说"宗经"——兼评周振甫先生的有关论述》，戚良德主编：《中国文论》第3辑，第63页。

② 魏伯河：《正本清源说"宗经"——兼评周振甫先生的有关论述》，戚良德主编：《中国文论》第3辑，第64页。

③ 郭预衡：《文心雕龙评论作家的几个特点》，《文学评论》1963年第1期。

庄周述道以翱翔”“墨翟执俭确之教”“申商刀锯以制理”，十分简练和准确。称赞战国诸子能“越世高谈，自开户牖”，即具有独创性。都是以独创性为标准而作出褒贬评价。

再看刘勰对战国、魏晋和两汉及江左学坛的评论：《时序》篇称战国时期“六经泥蟠，百家飙骇”，是说儒家经籍如龙曲伏于泥土不受重视，致使诸子突破其束缚有如暴风骤起；《论说》篇称赞魏晋玄学的代表作“师心独见，锋颖精密，盖论之英也”，则是指汉末以来历经天下大乱，学术界不再受繁琐和僵化的儒学的禁锢，在老庄思想影响下玄学应运而生，独创性得到充分发挥，由此刘勰予以高度赞扬。而对两汉的学术，则批评为“体势浸弱”“类多依采”，也是指其缺乏独创性。刘勰认为战国和魏晋摆脱儒学思想束缚学术思想就能迅速发展，而定儒家于一尊的两汉则独创性大受阻碍，其中正隐含针对儒家思想对学术的束缚作用的批评。可见刘勰并非如魏先生所说认为儒家思想对学术的影响“有益无害”，只不过不好说、也不能直接说。刘勰能有如此见识是很难得的。至于《论说》篇称汉宣帝在白虎观召集群儒讲论五经“述圣通经，论家之正体也”，只是从文体写作的角度肯定，而“述圣通经”正是指其缺乏独创性。《论说》称江左玄论“虽有日新，而多抽前绪”，也是指出其缺乏独创性。可见周先生所说“依傍儒家思想是写不出好作品”言之有据。

魏先生称刘勰在《论说》篇“就明确表示对战国时期‘聃、周当路，与尼父争涂’现象的严重不满”[①]。这里指魏晋时期老庄思想的影响足与儒家分庭抗礼，魏先生竟然张冠李戴为战国时期，其时玄学尚未出现。而且结合下文对玄学代作的高度评价，可见对老、庄并无贬义，却说是“严重不满”，背离原意。

① 魏伯河：《走出“自然之道”的误区——读〈文心雕龙·原道〉札记》，《中国文论》第4辑，上海：上海古籍出版社，2018年，第69页。

（五）章太炎先生的“五朝学”佐证刘勰对两汉的文章学术评价不高

周先生指出：章太炎“极力推崇玄学，推崇五朝学”，同刘勰一致。[①] 章太炎的《国故论衡》列出魏晋玄学系列作家称“其辞往往陵轹二汉”，认为魏晋之文高于两汉唐宋，“可以为百世师”[②]。足见其评价之高。这与刘勰《诸子》篇列举称赞诸子“入道见志”；《论说》篇列举玄学代表作，高度评价为“师心独见，锋精密颖，盖论之英也”，可谓心灵相通，评价远高于两汉。而魏先生应该是看到的，似乎没有注意。

三、魏先生关于《文心雕龙》的“宗经”思想的系列解说，有待商榷

魏先生自号对周振甫先生的《文心雕龙》研究进行“正本清源说‘宗经’”，笔者考察魏先生关于刘勰“宗经”思想的解读，多与原旨不符。略举数例辨析如下。

（一）对《文心雕龙》的“原道”与“宗经”理解混淆不清

魏先生号称对周先生的“龙学”研究“正本清源说‘宗经’”，却对《文心雕龙》的“原道”与“宗经”混淆不清。如称：刘勰提出“本乎道”“体乎经”，由此“寻根”“索源”，“不会把文的本原”追溯到孔子儒学以外的其他学派[③]。这又是一个失误。《文心·原道》篇称天地、日月、山川之文“盖道之文也”；《序志》篇称“本乎道”，道均指宇宙本体，即宇宙万物的总根源。而《征圣》《宗经》

---

① 周振甫：《文心雕龙注释》，“前言”，第9页。

② 周振甫：《文心雕龙注释》，“前言”，第10页。

③ 魏伯河：《走出“自然之道”的误区——读〈文心雕龙·原道〉札记》，《中国文论》第4辑，第65页。

两篇论证的都是应宗奉儒家经典为作文的典范，最后还总结学习经典的“宗经”六义原则：“情深”“风清”“事信”“义直”“体约”和“文丽”，根本没有探索“文的本原”的踪影。魏先生却混淆二者，而且并非偶然。如批评纪昀称赞《原道》篇“标自然以为宗”说：“刘勰既明言其所‘宗’为儒家经典，怎么可能在推原文章产生时另外再标举一个‘宗’出来呢！一宗二主，有是理乎？”[①] 显然是把宗奉儒家经典与探索“文的本原”二者混淆了！

（二）《文心·原道》之道虽源于《易传》的思想材料，但已经过加工改造，不应把二者混同

魏先生称《原道》之道“只能是儒家所尊奉的道”，如“《原道》全篇，内容和文字主要取资于《易经》，在在鲜明”，“直至十九世纪末期少有争议”。[②] 意谓学术界一直视《原道》之道是儒家之道，这有违事实。《易经》是一部远古占卜的书，包括《经》和《传》。其中记载了许多上古社会和自然现象的珍贵资料。刘勰的《原道》吸取了《易传》的思想材料，不少学者早已指出这一点。但刘勰并非简单重复拼凑，而是经过加工改造和发展。魏先生引王毓红先生之言称：“刘勰《原道》的写作，‘直接使用已有的文本《易》——既用其语言、人物，也用其思想内容’”[③]。他却没有引王先生详细对比二者后的结论：“刘勰创作《原道》篇的过程实质上是使用

① 魏伯河：《走出“自然之道”的误区——读〈文心雕龙·原道〉札记》，《中国文论》第4辑，第73页。

② 魏伯河：《走出“自然之道”的误区——读〈文心雕龙·原道〉札记》，《中国文论》第4辑，第65页。

③ 魏伯河：《走出“自然之道”的误区——读〈文心雕龙·原道〉札记》，《中国文论》第4辑，第66页。

《易》文本里碎片般言辞进行重构的过程。”[①] 魏先生却对此视而不见。牟世金先生视为《文心》理论体系基石的“物自有文”的规律，正是刘勰对《易传》的思想材料进行加工改造和概括的结果，已经根本不同。如文艺界所说“源于生活，高于生活”，即作家从生活中吸取材料，经过提炼、概括和典型化创作出来的艺术形象，就不能把二者混同了。

（三）对“道→圣→经（文）”的逆向解读，缺乏根据

魏先生称：“尽管我们看到的文本，是由《原道》到《征圣》再到《宗经》，是循着‘道沿圣以垂文’的关系，呈顺流而下之势。而在刘勰的构思和写作中，其实是由《宗经》到《征圣》再到《原道》的，是循着‘圣因文而明道’的方向，呈逆流而上之势。”[②]。魏先生不是刘勰，已经过去一千多年了，怎么知道刘勰构思和写作中是“逆流而上”的？对此没有提供任何证据。《原道》篇明明说“道沿圣以垂文（即“经”）”，即无论构思和写作都是沿着“道→圣→文”的方向，魏先生则作逆向的解读，一是完全离开文本字义，一个“沿”字字义由顺流而下变成完全相反的“逆流而上”，《序志》篇的“本乎道”岂不是也变成了“本乎经”；二是逻辑上倒果为因：刘勰的“道→圣→文”的本意是圣人经“原道心”“研神理”一番功夫，于是撰写的著作即“经”体现了自然之道。此处上句是因，下句是果。魏先生却倒果为因。如此一来，一部《文心雕龙》也就真假难辨。

① 王毓红：《一个〈文心雕龙·原道〉篇的神解》，中国《文化雕龙》学会编：《文心雕龙研究》第9辑，保定：河北大学出版社，2011年，第221页。

② 魏伯河：《〈文心雕龙〉“文之枢纽”新探》，《中国文论》第5辑，第79页。

（四）《宗经》篇并非“枢纽”的“核心”或“主轴”，其余并非“附庸”或“铺垫”

魏先生称：“宗经”是刘勰“主要的文学思想”，是该书“枢纽”五篇的“核心”或“主轴”，其余四篇均处于“附属地位”。[①]《原道》《征圣》两篇“只不过是《宗经》的铺垫”[②]；《正纬》篇只是说纬书有可“酌”之处，《辨骚》篇不过是经过辨析“指出其地位次于五经”，二者均非所“宗”之“经”[③]，有违《序志》篇对“枢纽”五篇的说明：“盖《文心》之作也，本乎道，师乎圣，体乎经，酌乎纬，变乎骚，文之枢纽，亦云极矣。”意谓：《文心》理论体系的建构，以自然之道（即有质自然有文的宇宙规律）为基石，以圣人为宗师，以儒家经典为写作典范，参酌、吸收纬书，像屈骚之于《诗经》那样变化发展。五篇是一个整体，它们是平行并列而非附庸的关系。请看：《征圣》《宗经》论证“圣人”的著述“经”，由于符合《原道》篇所阐述的自然之道，故称为作文的典范。要是没有《原道》，它们便失去依据。如果缺少《正纬》《辨骚》，刘勰的文学思想便不再发展了。《正纬》篇虽然批判纬书的荒诞内容，但是也强调应吸收纬书的“事丰奇伟，辞富膏腴”；至于魏先生称“《辨骚》之‘辨’，是辨别，即辨析楚辞与五经的异同，指出其地位次于五经”，即并非所“宗”之经[④]。查阅文本，该篇辨析屈骚与经书的同异后列举出十篇屈骚作品，赞其“能气往轹古”“难与并能”，而且《时序》篇还称赞屈骚“笼罩《雅》《颂》”即远超《诗经》，怎么能说视屈骚“次于五经”？这又是离开文本的随意解读。如果它们“是为给《宗经》

① 魏伯河：《〈文心雕龙〉“文之枢纽”新探》，《中国文论》第5辑，第75页。

② 魏伯河：《〈文心雕龙〉“文之枢纽”新探》，《中国文论》第5辑，第79页。

③ 魏伯河：《〈文心雕龙〉“文之枢纽”新探》，《中国文论》第5辑，第82页。

④ 魏伯河：《〈文心雕龙〉“文之枢纽”新探》，《中国文论》第5辑，第82页。

主张廓清道路而作"[1]，岂不是还要继续"宗经"，要走回头路？说到底，正如牟世金先生指出："刘勰首先树立本于自然之道而能'衔华佩实'的儒家经典的这个标，不过是为他自己的文学观点服务。"[2]可见把"宗经"视为《文心雕龙》的主要思想与该书的实际不符。

（五）把孟、荀的文辞特点"理懿而辞雅"说成"衡鉴文辞"的标准显然错误，关于刘勰主张"弃邪而采正"的解说亦有违原旨

魏先生称：刘勰在"衡鉴文辞时""首先标举的也是'孟、荀所述，理懿而辞雅'"，可见把孟、荀的文辞特点作为"衡鉴文辞"的标准；继称"对诸子中属于儒学体系的各家评价很高，反之则加以贬斥"[3]。从逻辑上说，既然"理懿而辞雅"是孟、荀的文辞特点，怎能成为衡鉴文辞的标准？《诸子》篇就列出十家诸子的文辞特点，如果各以自己的特点为标准，也就有十套标准。如以各自的特点为标准评判，只能是互相排斥、否定，岂不乱套了？再者，既然说是某家"属于儒学体系"，它又怎能成为诸子的一家？至于说对诸子中不属于儒学体系"则加以贬斥"，则是魏先生自己的推想。上文已经指出：刘勰重视的是独创性，因此对并不属于儒家思想体系的各家不但没有排斥，反而予以高度评价。周振甫先生指出：刘勰"对墨家取其俭确，对名家取其课名实，对农家取其治地利，对阴阳家取其治天文，对法家取其制法等等"，只对"法家的弃孝废仁，名家的白马非马"加以反对。[4]可见魏先生上述之说与刘勰原旨不符。如果只能肯定"属

① 魏伯河：《〈文心雕龙〉"文之枢纽"新探》，《中国文论》第5辑，第73页。

② 陆侃如、牟世金：《文心雕龙译注》上册，济南：齐鲁书社，1984年，"引论"，第43页。

③ 魏伯河：《正本清源说"宗经"——兼评周振甫先生的有关论述》，戚良德主编：《中国文论》第3辑，第61页。

④ 周振甫：《文心雕龙注释》，第197页。

于儒学体系的”，反之则排斥，这与汉武帝的“罢黜百家，独尊儒术”有何不同？

关于《诸子》篇所说子书的“踳驳”即驳杂，刘勰主张“弃邪而采正”。周先生具体分析有三种情况：一是寓言和神话，二是诡辩，三是弃孝废仁。刘勰“要抛弃的只是‘弃孝废仁’和诡辩”[①]，没有摈弃寓言和神话，而魏先生却说成“吸取其合于儒道的部分，摈除其不合儒道的部分”[②]。鉴于儒家对神话传说是不认同的（详下）。如此说来，连寓言神话都摒弃了。这是强加给刘勰的。

（六）称《辨骚》主张“全盘接受并作为标准”，与文义不合

魏先生又称：刘勰“主张向诸子学习”，这种学习“远不是像‘凭轼以倚《雅》《颂》’（《辨骚》）那样可以全盘接受并作为标准”[③]。根据上文称“对诸子中属于儒学体系的各家评价很高，反之则加以贬斥”，则《辨骚》篇对属于儒学体系的便评价很高，反之则排斥。我们知道，我国古代南北有巫、史文化之别：史重人事，长于征实；巫事鬼神，富于想象。孔子是“不语怪、力、乱、神”的，对神话传说是排斥的。故经过儒家后学整理的典册，很多神话传说被删除了；而南方则巫风仍然盛行[④]。屈原的伟大贡献就是接受北方先进的礼乐传统和儒家的理性精神，并把它与南方绚丽多姿、奇幻无比的神话世界融为一体。刘勰对此给以很高的评价，并从中总结出“执

---

① 周振甫：《文心雕龙注释》，第196、197页。

② 魏伯河：《正本清源说“宗经”——兼评周振甫先生的有关论述》，戚良德主编：《中国文论》第3辑，第61页。

③ 魏伯河：《正本清源说“宗经”——兼评周振甫先生的有关论述》，戚良德主编：《中国文论》第3辑，第61页。

④ 范文澜：《中国通史简编》修订本第一册，北京：人民出版社，1964年，第282页。

正驭奇”“酌奇”的文学新变规律。[1] 可见刘勰对儒家排斥神话传说是不认同的，因此谈不上刘勰对凡属于儒学体系的均认同吸收，反之则排斥；二是对屈骚的“奇”，刘勰是肯定的，主张吸取的，但必须遵循《诗经》质文相称的原则而不能片面追求艳丽。该篇“凭轼以倚《雅》《颂》”后还有“酌奇而不失其贞（正），玩华而不坠其实”，即“执正驭奇”“酌奇”，主张从屈骚绚丽多姿的神话世界中吸取营养，但又强调不能离开《诗经》质文相称的传统而走上片面追求艳丽华美的邪路。魏先生篡改为“全盘接受并作为标准”，完全离开了文本的字义！

（七）“微言大义”之讥，有失客观

魏先生称：“如果离开了《宗经》，而在前两篇中抓住某一个或几个片言只语索求所谓‘微言大义’，就难免走向歧途。”并举了两个“典型的个案”：一是把“自然之道”作为哲学术语，另一是把“本来只是个比喻句的‘衔华佩实’当作刘勰论文的最高标准”。[2]

关于前者，李泽厚、刘纲纪指出，“文”通“纹”，这个范畴在春秋时代已经出现，它指“色彩、线条的交叉组合结构所呈现出来的形式的美”[3]。“文之为德”的“德”指“道”在个别事物中的依存（即事物的本质），意为：事物的美的感性形态令“道”得到充分具体显现，使世界自有天地以来便是一个美的世界。李、刘两位美学大师称赞刘勰“把对于‘文’的属性、本质、功能的探讨提到宇宙起源论的高度”，这是“魏晋以来强调‘文’的重要性的

① 参见拙文：《“四辨〈辨骚〉之‘四异’‘博徒’——兼论屈原对融合我国古代南北巫史文化的伟大贡献》，《中国文论》第7辑，济南：山东人民出版社，2020年。该文收入本书。

② 魏伯河：《〈文心雕龙〉“文之枢纽”新探》，《中国文论》第5辑，第79页。

③ 李泽厚、刘纲纪：《中国美学史》第一卷，北京：中国社会科学出版社，1984年，第299页。

思想发展，也是第一次最为明确地把‘文’提到了‘与天地并生’的地位，并由此出发对‘文’的本质展开了过去所未见的系统的哲学论证”[①]。这与牟金先生称《原道》之“道”，“是指万物自然有文的法则和规律”[②]，并视为《文心雕龙》理论体系的基石，可谓异曲同工。魏先生既缺乏对“文”字的丰富的美学意蕴的认识，又没有结合时代背景进行考察，却讥笑上述名家的科学结论，且没有提供论据，谁人相信？

关于后者，牟世金先生指出：“衔华佩实”是“刘勰在《原道》《征圣》《宗经》三篇总论中提出的核心观点”，是“作为文学创作的金科玉律，也就是刘勰评论文学的最高准则”[③]。罗宗强先生也指出：“关于‘雅丽’和‘衔华佩实’，刘勰在《征圣》中只略一带过，而其实此一标准贯穿全书。”[④]两位前辈是在译注或研究全书的基础上得出的结论。既说“衔华佩实”如果作为“刘勰论文的最高标准”就会“走上歧途”，上文又作为刘勰“决非贬斥‘渐靡儒风’”的论据，如此便自相矛盾，值得商榷。

结束语

文章写到此，意犹未尽。以下再谈谈三点意见。

第一，关于“正本清源”。其实这是一个对周先生的龙学研究全盘否定的结论。要下这样的判断，首先自己应先有深入的研究。周先生的龙学研究，本文已以《文心雕龙注释》为其代表进行评介，可知贡献巨大。以周先生所指出的刘勰《原道》“完全着眼在文上”来说，可谓卓识远见，得到牟世金先生的肯定。周先生进而指出：“《宗

① 李泽厚、刘纲纪：《中国美学史》第二卷下，第681页。

② 牟世金：《雕龙集》，北京：中国社会科学出版社，1983年，第218页。

③ 牟世金：《雕龙集》，第232页。

④ 罗宗强：《魏晋南北朝文学思想史》，北京：中华书局，1996年，第276页。

经》是宗法经书，即学习经书怎样‘明道’。”[①]罗宗强先生指出：“宗经不是载道，不是明圣人之道，而是宗圣人的作文之法，只是宗经书的写法而已。”[②]既然“宗经”只是宗奉经书为作文之法，足见周先生认为刘勰“不主张用儒家思想来写作”言之有据。而且结合《宗经》篇最后总结向经典学习的“六义”即“情深”“风清”“事信”“义直”“体约”“文丽”原则，足证其说符合原旨。而魏先生对两位龙学名家的支持视而不见，文中对周先生的两条主要论据的反驳不能成立。可见魏先生所说刘勰认为“只有渐靡儒风”才能写出好作品，也就没有多少说服力，因为刘勰并没有主张用儒家思想指导作文的意思。上文已经简介周先生的《文心雕龙注释》是一部高质量、高水平的著作，对龙学研究作出了重大贡献，这就说明：魏先生所扣的大帽子“正本清源”是错误的。

第二，如此根本错误的判断，笔者认为一是对前辈缺乏应有的尊敬和谦虚学习的态度；二是运用的方法是以偏概全，攻其一点，不及其余，不足为训。魏先生自称二十多年来“屡经拜读，受益颇多”，笔者对此表示怀疑，因为文中对其成就只字未提。连钱锺书先生都在《管锥编》序中称赞说“数请益于周君振甫，小叩辄发大鸣，实归不负虚往”[③]，可见周先生水平和名望之高。上文已对其著《文心雕龙注释》作简要评介，尚未包括《文心雕龙选译》《文心雕龙今译》等书。上文亦引证牟世金和罗宗强两位龙学名家的佐证，魏先生亦视而不见，说明根本没有什么研究就作出上述有失客观和公正的结论。

再举一个例子。魏先生称：牟世金先生“所有论述，只不过是

---

① 周振甫：《文心雕龙注释》，第15页。

② 罗宗强：《魏晋南北朝文学思想史》，第282页。

③ 钱锺书：《管锥编·序》，北京：生活·读书·新知三联书店，2001年，第1页。

为了证明《辨骚》篇不属于总论而是属于文体论这样一个并不可靠的结论”[①]。好一个“所有论述”！既然牟先生的所有“龙学”研究都是为了“证明”这样一个“并不可靠的结论”（笔者也不赞同），可见其所有研究一无是处。这是一个多么令人震惊和心寒的结论！请问魏先生看过牟先生的“所有”的“龙学”研究著作吗？牟先生不但和陆侃如先生首次合译了《文心雕龙》全本五十篇，而且独力操刀对该书的写作背景、体系结构、主要内容和范畴以及刘勰的生平、人生观等等作了详细介绍和评述，其后又在北京人民文学出版社出版了《文心雕龙研究》，汇总其研究成果。其中有专门章节对屈骚在由《诗经》至汉赋的发展中所起的承前启后作用进行了详细而深入的辨析，实际上是补充和纠正了其有关《辨骚》篇仅属文体论的认识。牟先生又著《刘勰年谱汇考》，等等。大概魏先生知道自己说得过分了，近来改口称自己对“物自有文”的规律“并无异议，认为牟先生对于龙学之贡献可谓多矣、大矣”[②]。知错能改，善莫大焉。既然如此盛赞牟先生，为什么2019年说牟先生的“所有论述”只不过是为了“证明”《辨骚》篇“不属于总论”？牟先生被誉为大陆龙学研究的三大家之一，研究成果丰硕并得到学界的称誉，为什么作出上述基本否定牟先生龙学研究的结论？

第三个问题，魏先生称：20世纪的龙学研究中“不少论著往往不能或不愿、不敢正视文本实际，而是发挥己意强作解人，对刘勰的宗经主张做出种种违背原意的解说”[③]。魏先生针对龙学界认为《文心雕龙》之道是自然之道的主流认识，认为是“走入误区”，并“追

① 魏伯河：《〈文心雕龙〉“文之枢纽”新探》，《中国文论》第5辑，第75页。

② 魏伯河：《再谈“走出自然之道的误区”——兼答韩湖初先生的驳议》，戚良德主编：《中国文论》第9辑，济南：山东人民出版社，2021年，第90页。

③ 魏伯河：《正本清源说“宗经”——兼评周振甫先生的有关论述》，戚良德主编：《中国文论》第3辑，第59页。

溯”其演变，深挖其“根源”，笔者已撰文反驳。[1]现再详细列出魏先生脱离文本、自己“发挥己意强作解人”对有关刘勰“宗经”思想的错误解读评说，由此可见：“不敢正视文本实际”“发挥己意强作解人”者，正是魏先生自己！奇怪的是，魏先生如此批评龙学界却未见举出多少实际例子。也许魏先生说例子就在文章的论述之中，这不能成立。文章的论述，最主要的就是否定“自然”乃“道之异名”只是一家之言。以上所论，错误之处请方家、读者和魏先生指教。

---

① 参见韩湖初：《〈文心雕龙〉“文道自然”——兼评魏伯河先生对龙学界肯定该说的错误批评》，《中国文论》》第8辑，济南：山东人民出版社，2020年。

《文心雕龙·辨骚》篇“博徒”“四异”再辨析

——兼论对该篇篇旨和刘勰文学理论体系的解读

《辨骚》篇历来是《文心雕龙》研究的热点之一。该篇称《楚辞》“乃《雅》《颂》之博徒”，自范注释为“人之贱者”，众皆从之。早在二十世纪笔者就提出应释“博通之徒”，但至今注释大多仍从范说。又对该篇“四异”的理解，至今仍针锋相对。二者关系对该篇和该书理论体系的理解，意义重大。故短笔再陈，祈望方家和读者指教[①]。

一、“博徒”和“四异”应训褒义

关于“博徒”一词，自范文澜引《史记·信陵君列传》谓“博徒，人之贱者”[②]，至今多释为“赌博之徒”或其引申义，如：“赌徒”（贱者）[③]、“浪子”[④]、“博弈之徒，浪荡儿”[⑤]、《雅》《颂》中的“浪

① 拙文《〈辨骚〉新识》，《中州学刊》1987年第6期，收入拙著《文心雕龙美学思想体系初探》，广州：暨南大学出版社，1993年。拙著还收入《论〈辨骚篇〉“执正驭奇”思想在刘勰文学理论体系中的地位》，论旨大致相同，后者载《文心雕龙研究》第1辑，北京：北京大学出版社，1995年。

② 范文澜注：《文心雕龙注》，北京：人民文学出版社，1958年，第54页。

③ 陆侃如、牟世金：《文心雕龙译注》，济南：齐鲁书社，1981年，第51页；戚良德：《文心雕龙校注通译》，上海：上海古籍出版社，2008年，第47页。

④ 张灯：《文心雕龙新注新译》，贵阳：贵州教育出版社，2003年，第35页。

⑤ 祖保泉：《文心雕龙选析》，合肥：安徽教育出版社，1985年，第86页。

荡之子”[①]、“低贱之人”[②]、“博荡之徒”和“放荡之徒”[③]，等等。笔者认为，均值得商榷。从词义本身和全书考察，应训“博通之徒”“博学之徒”。

先说字义。《说文》：“博，大通也。”“博”有大、广、通达和众多、丰富诸义。如“博文”谓“多晓古代遗文”，“博古”谓“博通古事”。据此则“博徒”应释“博通之士”。如汉代有“博士”之官，不能释为“赌博之士”。“徒”字义为“同类之人”，并无贬义。如贾谊《过秦论》“……之徒通其意”，“徒”与下文“朋”同义，为中性词。《文心》也有多处“徒”字：《才略》篇称“吉甫之徒”“文亦师矣”、《知音》篇称“桓谭之徒”、《时序》篇称“史迁、寿王之徒”等，均无贬义。此处是论文学发展演变的，与局戏、博弈似搭不上关系。其次，《史记·屈原列传》称屈原“博闻强志，明于治乱，娴于辞令”，这里显然包括娴熟经书；又赞“《国风》好色而不淫，《小雅》怨诽而不乱，若《离骚》者，可谓兼之矣”，指能继承《诗经》；称其缅怀圣王“以刺世事，明道德之广崇，治乱之条贯，靡不毕见”，指继承儒家的政治理想；还称“其文约，其辞微”“其称文小而其指极大，举类迩而见义远”，即文风和手法与经典一脉相承。刘勰对司马迁的上述评价是熟悉的，有时还引用，怎会把楚辞说成是《诗经》的“赌徒”或“浪子”？

更有力的证据是《知音》篇称楼护为“博徒”：“至如君卿唇舌，而谬欲论文：乃称史迁著书，咨东方朔。于是桓谭之徒，相顾嗤笑。彼实博徒，轻言负诮，况乎文士，岂可妄谈哉？”意谓：西汉人楼护（字君卿）博学善辩，但信口说司马迁著书要咨询东方朔，结果被讥笑。

① 郭晋稀：《文心雕龙注译》，兰州：甘肃人民出版社，1982年，第51页。
② 王运熙、周锋：《文心雕龙译注》，上海：上海古籍出版社，1998年，第36页。
③ 李明高：《文心雕龙译读》，济南：齐鲁书社，2009年，第5页。

可见评论作品不能随便胡来。“博徒”指楼护无疑。而上述诸家均把此处“博徒”释为“赌徒”或“低贱之人”，这就冤枉古人了。查《汉书·游侠传》：楼护为齐人，少随父为医，出入贵戚家，诵医经、本草、方术数十万言，后为经传，为京兆吏数年，甚有名誉。为人短小精辩，论议常依名节，听者皆竦。由于能言善辩论，长安号曰“谷子云（谷永）笔札，楼君卿唇舌”。可见楼护学识广博，并无赌博行为，堪称“博通之徒”，而非“赌博之徒”，亦非“博荡之徒”“放荡之徒”。《论说》篇亦云“君卿唇舌，颉颃万乘之阶，抵巇公卿之席”，也赞楼护能言善辩。上述两处足证《辨骚》篇的“博徒”应释“博通之徒”。

再说“四异”。该篇首段称：楚辞于《诗经》之后“奇文郁起”，又“奋飞辞家之前”，这是从文学发展角度的高度评价。接着批评汉人以经书为标准对楚辞的褒贬并不正确，并比较二者认为有四同、四异：前者即“典诰之体”“规讽之旨”“比兴之义”和“忠怨之辞”；后者即“诡异之辞”“谲怪之谈”“狷狭之志”和“荒淫之意”。学者一致认为“四同”为褒义，而对“四异”的解释则大相径庭。毕万忱、李淼认为：“四异”即《楚辞》“异乎经典”的“夸诞”，它们是“屈原作品中的神话传说、奇特怪异的景物、异域的风俗、优美的象征、奔放丰富的幻想”。这些“正是屈原作品所代表的一种新的文学思潮，也就是它的积极浪漫主义特色”[①]；又《文心》中“诡”“谲”并非全是贬义，如《体性》篇称“笔区云谲，文苑波诡”、《宗经》篇称《诗经》“藻辞谲喻”，《谐隐》篇称“谐隐”“谲辞饰说”[②]，均以褒义运用。贬义说则认为：前二异是“对屈赋中运用神话表示不满”，后二异是“对屈原的根本之志及屈赋

① 毕万忱、李淼：《文心雕龙论稿》，济南：齐鲁书社，1985年，第68页。

② 参见毕万忱、李淼：《文心雕龙论稿》，第71页。

的艺术表现特点，明白地提出了非议”[1]。有的还认为，“异”“怪”“狷狭”“荒淫”以及作为“四异”总评的“夸诞”都是贬词[2]。

笔者认为：对“四异”到底是褒还是贬，应作具体分析。其一“诡异之辞”为“托云龙，说迂怪，丰隆求宓妃，鸩鸟媒娀女”，即《离骚》中驾八龙、载云旗，让云神寻找洛水之神宓妃，请鸩鸟为媒娶娀女；其二“谲怪之谈”为“康回倾地，夷羿弹日，木夫九首，土伯三目”，即共工怒触不周山、后羿射太阳、有人九个脑袋、地神三只眼，分别见《天问》《招魂》与《远游》，此二异均指作品中融入古代神话传说。《正纬》篇已经指出：古代神话“事丰奇伟，辞富膏腴”，“无益经典而有助文章”，为文应从中吸收养料。刘勰应是不会否定的。其三“狷狭之志”为“依彭咸之遗则，从子胥以自适”，指屈原决不同污合流，最后投江明志。这在《离骚》《橘颂》以及《卜居》《渔父》中均有表现。有不少论者认为贬义，如把“狷狭之志”释为“急躁而狭隘的心胸”[3]。但近来韩泉欣引《论语·子路》：“子曰：不得中行而与之，必也狂狷乎！狂者进取，狷者有所不为也。”《孟子·尽心下》对此有解释：“孟子曰：孔子不得中道而与之，必也狂狷乎！狂者进取，狷者有所不为也。孔子岂不欲中道哉？不可必得，故思其次也。”由此“可见儒者对于狷狭之志也并非持否定态度”[4]。其四“荒淫之意”即“士女杂坐，乱而不分，指以为乐，娱酒不废，沈湎日夜，举以为欢”，说的是：《招

---

① 石家宜：《“变乎骚”是探得〈辨骚〉真义的钥匙》，《〈文心雕龙〉系统观》，南京：江苏古籍出版社，2001年，第128页。

② 卢盛江：《〈文心雕龙·辨骚〉辨析》，《古代文学理论研究》第7辑，上海：上海古籍出版社，1982年，第134页。

③ 陆侃如、牟世金：《文心雕龙译注》，第52页。

④ 韩泉欣：《〈文心雕龙·辨骚〉读解刍议》，《文心雕龙研究》第6辑，北京：学苑出版社，2005年，第185页。

魂》《大招》为招楚怀王之魂而对楚国宫殿的华丽陈设和娱乐生活作铺陈和夸张的描写。不应理解为屈原提倡荒淫，刘勰也不至于误解屈原提倡荒淫而贬斥他。但被理解为“那是荒淫的意思”[①]，“更是一种荒淫的意味”[②]，这是望文生义了。以“鸩鸟媒娀女”来说，难道可以理解为屈原真的想娶娀女？可见“四异”并非贬义。[③]

二、不能离开上下文和全书孤立地理解“博徒”和“四异”

笔者要强调的是：对“博徒”和“四异”不能离开全篇上下文作孤立的理解。详审文意，该篇可分五层：第一层从文学发展的角度高度评价楚辞；第二层批评汉人以经书为准绳对楚辞同者褒、异者贬；第三层继而比较楚辞与经书有“四同”“四异”，特点是“夸诞”（四异），它“体宪三代”即继承《诗经》，由此得出“《雅》《颂》之博徒”“辞赋之英杰”的结论，并列举具体作品印证，赞其“取镕经旨”“自铸伟辞”超过前人；第四层反观汉赋对楚辞的继承仅停留于形式，不足为训。《才略》篇亦称司马相如学屈、宋“洞入夸艳，致名辞宗”，但“理不胜辞”，扬雄说他“文丽用寡”，与下文强调“不复乞灵于长卿”意同；第五层总结《诗》与《骚》和《骚》与赋承传的正反经验教训，指出文学的新变规律是“酌奇而不失其贞”即“执正驭奇”。理解该篇旨意的关键是：该篇“实现了从道德批评向美学批评的转变”[④]。他先批评汉人“鉴而弗精，玩而未核”（鉴、玩二字精当）；继而从《诗》→《骚》→赋的承传得失确立

① 陆侃如、牟世金：《文心雕龙译注》，第52页。

② 张灯：《文心雕龙新注新译》，第35页。

③ 按：近来笔者再探其旨，认为对此持贬义者实在是望文生义以致误解甚至冤枉古人，实在不应该，对此拟另文辨析。

④ 韩泉欣：《〈文心雕龙·辨骚〉读解刍议》，《文心雕龙研究》第6辑，第184页。

楚辞为文学新变的典范。此乃该篇之旨。据此从上下文考察"博徒"和"四异"，则均为褒义；反之，则文意无法连贯，自相矛盾。

先看"博徒"。既然上文高度赞美楚辞"奇文郁起"，"四同"和"体宪三代"说明它能承继《诗经》，这些都是不能理解为贬义的。既然如此，怎么会继而又贬为"赌徒""贱者"？既然贬为《诗经》的不肖继承者，下文又怎会赞其"取镕经旨"，能"执正驭奇"？须知"四同""体宪三代""博徒""取镕经旨"与结论"执正驭奇"是连贯一气的。如果其中之一为贬义，便文意不通，逻辑混乱。

"四异"也是如此。其一，如果"四异"为贬义，怎会接着对所举楚辞作品赞为"朗丽""绮靡""瑰诡而惠巧""耀艳而深华"？其二，"四异"的"诡异之辞"和"谲怪之谈"，指楚辞作品中融入古代神话传说。这不是与《正纬》篇主张为文应从古代神话传说中吸收养料自相矛盾吗？其三，比较"四同""四异"后所说"故论其典诰则如彼，语其夸诞则如此"，"四同"显然指楚辞继承经书，"四异"则指其特点是"夸诞"。从上文赞其"奇文郁起""楚人多才"，直至下文"自铸伟辞"，以及对《楚辞》作品的一系列高度评价，甚至"气往轹古""难与并能"，和最后总结的"执正驭奇"，是一气呵成的。如果"四异"、"夸诞"为贬义，其文意便是：上文赞为"奇文郁起"，中间的"四异"和"夸诞"视为贬义，而下文又誉为"自铸伟辞"和"驭奇"的榜样。其逻辑便可简化为："奇文郁起"（褒义）→四异（贬义）→"夸诞"（贬义）→"自铸伟辞"（褒义）→"气往轹古"（褒义）→"执正驭奇"（褒义）。如此褒了又贬，贬了又褒，岂不可笑？一篇文章竟然如此自相矛盾，刘勰又怎能建构起体大、思精、虑周的理论体系？其四，如果"四异""夸诞"为贬义，楚辞又怎能树为"执正驭奇"即文学新变的典范？怎么还赞为"金相玉质，艳溢锱毫"（以金为质，以玉为饰，片言只语也艳采四溢）？

其实，贬义论者对上述矛盾也看到了，并作了不同的解释，但没有多少说服力，而且他们的解释也往往互相矛盾。如牟世金先生的“贬而实扬”说：“博徒”“夸诞”和四异的“谲怪”“狷狭”“荒淫”等“应该说都是贬辞”，要分辨其中的褒贬是“徒劳无益的”，“只能从总体上究其实质”：“这些词就都是对楚辞的肯定，不过是贬而实扬，是贬其局部而肯定由这些局部构成的整体”，并解释说：“刘勰不能和自己过不去，对‘异乎经典’者不便直接称赞”，“盖不得已也”[①]。所谓“贬其局部”而“肯定整体”，真是令人摸不着头脑。至于所谓“不便直接赞扬”更难说得通。如“奇文郁起”“自铸伟辞”“气往轹古”“难与并能”和《时序》篇赞其“笼罩《雅》《颂》”等等，难道不是“直接赞扬”？张志岳先生则说：四异“无疑都是贬辞”，与下文的“赞美”“是全面而鲜明的”，并解释说：上文的否定“是就个别现象来说的”，而下文的肯定“则是就总的情况来衡量的”[②]。据此，则刘勰的逻辑是从个别的事例得出普遍的结论。石家宜先生认为此说和刘勰的原意“大相径庭”，应是“后褒前贬”，并解释说：刘勰作为理论家“有他保守的一面”，作为鉴赏家“一接触到屈原的作品，就那样情难自禁地迸发出他的赞美和感慨”，还称在中外史上这种情况“屡见不鲜”[③]。但以《文心》评论的数以百计的作家作品对照其理论体系，除了个别事例，大体是一致的（本文已举不少例子）。可见要说刘勰的“理论原则”与“鉴赏实践”的矛盾是普遍的和基本的，怎能说得通？还有论者称：

① 牟世金：《文心雕龙研究》，北京：人民文学出版社，1995 年，第 228 页。

② 张志岳：《〈文心雕龙·辨骚篇〉发微》，中国《文心雕龙》学会编：《文心雕龙研究论文集》，北京：人民文学出版社，1990 年，第 404—405 页。

③ 石家宜：《“变乎骚”是探得〈辨骚〉真义的钥匙》，《〈文心雕龙〉系统观》，第 131 页。

《辨骚》一篇是“复杂的、矛盾的”，并“推而广之”称该书许多篇章中“都可以看到这种矛盾的复杂情况”[①]。此说更可商榷。首先，既然对《辨骚》篇理解尚有分歧，怎能把一方之说作为定论“推而广之”？其次，笔者对该书和有关研究论著略有浏览，并未见到所谓“许多篇章”互相矛盾的情况（论者亦未举一例），而互证的例子则多矣。不妨再举数例：《比兴》篇赞云“楚襄信谗，而三闾忠烈”，《程器》篇更以“屈、贾之忠贞”说明“岂曰文士，必其玷欤”称赞近乎完美无缺；《时序》篇云“屈平联藻于日月”，以日月为喻，更是无以复加了。可见刘勰对屈原的志向不会有贬义。再看文学发展观：《通变》篇概括自古以来的文风演变为：由远古的“淳”“质”“辨”到“丽”“雅”“侈”“艳”再到“浅”“绮”“讹”“新”，尽管对后者有所不满，但总体上还是肯定的。赞云“文律运周，日新其业”，《时序》篇也指出“时运交移，质文代变”，详论文学随社会演变而不断发展，称赞楚辞“笼罩《雅》《颂》”。这些论述与《辨骚》篇树立《楚辞》为文学新变榜样一致。须知文学的创新发展观乃是《文心》理论体系的主要支柱之一。如果四异、“夸诞”为贬义，则楚辞之“奇”被否定了，文学发展的脉络被割断了，作为刘勰文学理论体系支柱之一的“执正驭奇”这根重要支柱，也就被抽掉了[②]。

三、从《文心》理论体系及其背景考察“博徒”与“四异”

笔者认为，对“博徒”“四异”应从《文心》的理论体系去理解。

---

① 卢永璘：《刘勰称得上屈原的“知音”吗——〈文心雕龙·辨骚〉析疑》，《文心雕龙研究》第6辑，第178页。

② 参阅拙文：《论〈辨骚篇〉“执正驭奇”思想在〈文心雕龙〉理论体系中的地位》，《文心雕龙研究》第1辑。

其《序志》篇称从《原道》至《辨骚》五篇为“文之枢纽”：“本乎道，师乎圣，体乎经，酌乎纬，变乎骚”。“文之枢纽”，是为总论（或称纲领）。这是理解该书理论体系的钥匙。

关于《文心》所本之“道”，牟世金早已反复指出：“主要指万物有质自然有‘文’”的自然规律[①]。《原道》篇首句云：“文之为德也大矣，与天地并生者何哉？”至今注释大多直接把“德”训为性质、功用或意义等等，均没有把该字的本义表达出来。《原道》之“道”上承老子和《淮南子·原道训》而来，是我国古代最高的哲学和美学范畴，指宇宙本体；而“德”指事物的特质，是“道”的载体。故此处“德”应训“得”（“得道”）[②]。“文”通“纹”，指事物由纹理和色彩交错而形成的美的感性形态。据此，首句意谓：“文”使事物之质即“德”具有美的感性形态，从而“道”得以美的感性显现，其意义多么伟大啊！自有天地以来便是如此的了。继称：根据万物自然有文的规律，人乃“有心之器”即有思想感情，故亦有“人文”，并概述“圣人”历经“原道心”“研神理”的探索，所作乃是体道之文。孔子“镕铸《六经》”，“雕琢情性，组织辞令”，堪称“质文相称”“情采相符”的典范。接着以《征圣》《宗经》两篇具体论证“圣人”之文“乃含章之玉牒，秉文之金科”“衔华而佩实”，五经“义既埏乎性情，辞亦匠于文理”，故为文应“征圣”“宗经”，并总结“宗经”“六义”原则；继而再以《正纬》篇论“酌乎纬”：谶纬应予批判，但为文可从纬书的神话传说吸收养料；《辨骚》篇论“变乎骚”：文学的新变应如《骚》之于《诗》那样“执正驭奇”。可见，从《原道》之“道”的“质文相称”到《征圣》《宗

① 牟世金：《雕龙集》，北京：中国社会科学出版社，1983 年，第 187 页。

② 张少康：《文心雕龙新探——刘勰文学理论体系及其渊源》，济南：齐鲁书社，1987 年，第 24 页。

经》的情采相符、"衔华佩实"再到《正纬》《辨骚》的辨纬酌奇、"执正驭奇"，乃是"枢纽"五篇的逻辑进程和该书体系的纲领。罗宗强归结为：自然之道→法古→创新[①]，即以自然之道为其逻辑起点，以"法古"为中介，终点和目的是创新，一目了然。牟世金还在译注全书的基础上首次揭示其总论、文体论与创作论的内在联系：它"以'衔华而佩实''文质相称'为纲来建立其整个理论体系"[②]；其创作论既是在全书总论的基本观点"指导之下写成的"，也是在文体论总结前人写作经验"进而所作理论上的提炼和概括"[③]。这无疑是重大贡献。

但在笔者看来，对"枢纽"五篇的研究存在看重前三篇而轻视或忽略后二篇即"酌乎纬""变乎骚"的倾向。如敏泽先生肯定刘勰把《辨骚》列入"枢纽"并作了"极高的评价"，但又认为这是和它"依经立义""取镕经意"分不开，而且《诗》《骚》比较的四同说明他"没有摆脱汉儒依经立论的缺陷"；而四异"无疑是贬词"，"实际上还是以儒家典雅的'正'为旨归"，赞同纪昀"词赋之源出于骚，浮艳之根亦滥觞于骚"的评点，并归之为"崇经抑骚的观点"[④]。"崇经"是事实，"抑骚"显然不确。上文已引刘勰不少"崇骚抑经"之言。刘永济肯定"枢纽"五篇"义脉仍相流贯"，但又称后两篇其旨为"翼圣而尊经"[⑤]，如此岂不成了附庸？王运熙则称：《辨骚》篇之列入"枢纽"，是为了矫正汉赋以来的"浮诡""讹滥"的不良文风，"强调必须以儒家经典文风为准则，批判吸收从《楚

① 罗宗强：《魏晋南北朝文学思想史》，北京：中华书局，1996年，第311页。
② 牟世金：《雕龙集》，第247页。
③ 牟世金：《雕龙集》，第187页。
④ 敏泽：《中国文学理论批评史》，北京：人民文学出版社，1981年，第190页。
⑤ 刘永济：《文心雕龙校释》，上海：中华书局，1962年，第10页。

辞》开始的奇辞异彩”，表现出“崇经抑骚的思想”，“实际上是酌骚”①。所论有其合理因素，但刘勰不是“抑骚”，也不仅提倡“酌骚”，而是说“变乎骚”，树为文学新变的榜样。近有论者更认为：“变乎骚”之“变”，“主要含义恐不是肯定、褒扬这种‘变’，而是主张往回‘变’，‘变乎骚’中的‘骚’是‘变’的宾语，即约束和匡正‘骚’对‘经’的偏离”②。本来，牟世金对《辨骚》有不少精彩的见解，但对酌纬、辨骚的认识则有所不足。如指出楚辞在经—骚—赋发展中“处于枢纽的地位”，给后世文学创作“以典范作用”③，但又称《辨骚》属“《楚辞》论”④，“枢纽”后两篇“不可能具有总论的性质”⑤；刘勰“是以儒家经典为论文之枢纽”⑥；“原道”和“宗经”的结合“就构成《文心雕龙》完整的基本文学观点”⑦，等等。总之，刘勰的文学理论就是跳不出“宗经”的圈子，“酌奇”“驭奇”的思想不见了。但仅仅如此认识显然是不够的。

蒋凡先生早已指出：《正纬》篇从文学角度认为纬书“自有价值”，且称之为“奇”，与《辨骚》篇赞《骚》为“奇文郁起”，其论“重在‘文’”，而“枢纽”前三篇“重在‘理’”⑧。蔡钟翔先生等也指出，刘勰认识到“如果只是株守经典的传统，文学就不能创新，为了实现新变，就必须吸收异乎经典的成分”，《正纬》《辨骚》

① 王运熙：《文心雕龙探索》，上海：上海古籍出版社，1986年，第62—63、10页。

② 卢永璘：《刘勰称得上屈原的“知音”吗——〈文心雕龙·辨骚〉析疑》，《文心雕龙研究》第6辑，第176页。

③ 牟世金：《文心雕龙研究》，第200页。

④ 牟世金：《文心雕龙研究》，第196页。

⑤ 牟世金：《文心雕龙研究》，第99页。

⑥ 牟世金：《文心雕龙研究》，第98页。

⑦ 牟世金：《雕龙集》，第231页。

⑧ 蒋凡：《〈文心雕龙〉研究的若干问题》，中国《文心雕龙》学会编：《文心雕龙学刊》第1辑，济南：齐鲁书社，1983年，第465页。

正是为此而作。他把与经典同者称为“正”、异者称为“奇”建立起这对范畴，主张“执正以驭奇”，反对“逐奇而失正”，这是《文心》的“一个重要的基本观点”①。周振甫指出：《辨骚》承接《宗经》，辨别楚骚和经书的同异，“实际是经过这种辨别来研究文学的新变”，“‘辨’和‘变’是结合的，而以‘变’为主”②。学界对此大多认同。孙蓉蓉近来研究的结论也与上述大体一致：《辨骚》篇主旨“并不在宗经，而是在于重文”，正是由于四异，刘勰才给予楚辞“高度赞赏”。③徐丽霞综引王更生、王礼卿的研究，其结论也与上述殊途同归：该篇为“深究文学通变规律之篇章”；它“研究‘六经’以后文学新变的途径和趋向，总结‘经’‘骚’的经验教训”，据此“提出指导文学创作的基本原则”④。罗宗强说得最为中肯：刘勰“并不仅仅是宗经”，又提出了正纬和辨骚，与宗经一起“构成他文学思想的核心”，“盖纬书只提供了事之奇与文采之富的借鉴，而诗赋等文学式样所最需要的风情气骨，奇文壮采，还有待于楚辞来作为榜样”⑤。论者多以《通变》篇的“矫讹翻浅，还宗经诰”作为刘勰恢复“宗经”的论据，其实他要求的是遵循经典内容与形式一致原则，而不是走回头路。请看下文他要求创作出“采如宛虹之奋鬐，光若长离之振翼”的“颖脱之文”，正是有如楚辞那样“郁起”的“奇文”。可见对《文心》理论体系的理解，不应停留在“宗

---

① 蔡钟翔、黄保真、成复旺：《中国文学理论史（一）》，北京：北京出版社，1987 年，第 263 页。

② 周振甫：《文心雕龙注释》，北京：人民文学出版社，1983 年，第 42 页。

③ 孙蓉蓉：《“宗经”还是重文》，《古代文学理论研究》第 21 辑，上海：华东师范大学出版社，2003 年，第 101 页。

④ 徐丽霞：《〈文心雕龙·辨骚〉初探》，《文心雕龙研究》第 5 辑，保定：河北大学出版社，2002 年，第 175 页。

⑤ 罗宗强：《魏晋南北朝文学思想史》，第 279 页。

经”而忽略《正纬》《辨骚》。

只要考察魏晋六朝的文学思潮，就会发现：《文心》的理论体系并非从天而降，它是时代意识的产物。由此《正纬》《辨骚》两篇的意义也就更为彰显。众所周知，诗歌由周代《诗经》的四言演变为战国《楚辞》的六言，发展为汉代的五言，其后出现了建安、太康、永嘉三个高潮，以及玄言诗、山水诗等流派；而由楚辞演变而来的赋体到了汉代呈现空前繁荣的局面，其后也有发展。文学观念则从先秦的“文”（含文史哲）→两汉的“文章”（文学，指诗赋）与“文学”（学术）→六朝的“文”（近于纯文学）与“笔”（近于杂文学）。可见人们对于文学特点的认识逐渐走向自觉。概言之，主要有三：一是文学的抒情特点，二是凭虚构象、想象丰富，三是追求奇采丽辞和声律和谐。关于其一，先是陆机的《文赋》突破汉代《毛诗序》“发乎情，止乎礼义”的框框，提出“诗缘情而绮靡”；继而萧绎在《金楼子·立言篇》中把“吟咏风谣，流连哀思”作为区别“文”与“笔”的主要特征，称“文者”须“情灵摇荡”；萧纲更在《诫当阳公大心书》中称“文章且须放荡”，即不受礼教的束缚。而“情性”之“吟咏”“摇荡”“放荡”，乃是有感于社会生活或自然景物的变化迁移自然而发。他们的共同特点就是不谈教化。其后锺嵘《诗品序》更深入指出：由于四季物候和社会生活的种种矛盾激荡人们的心灵，到了“非陈诗何以展其义，非长歌何以骋其情”，终于发而为诗。其二和其三也是时代的共识。萧子显《南齐书·文学传论》称“属文之道，事出神思，感召无象，变化不穷”，即指文学创作注重构思，运用形象思维，变化无穷；萧统《文选序》的选文标准是“事出于沈思，义归乎翰藻”，“沈思”即指文学创作中的艺术想象活动，“翰藻”指语言词藻之美。萧绎在《金楼子·立言篇》称“文者，维须绮縠纷披，宫徵靡曼，唇吻遒会，情灵摇荡”，强调的是文辞华丽、音韵流畅和情感充沛。沈约为求声律的和谐之美提出“声病说”，为后来唐代格律诗的形成打下基础。文学理论方面也百花竞放。《序志》篇就点评曹丕的《典论·论文》“密而不周”、曹植的《与杨德祖书》“辩而无当”、应玚的《文质论》“华而疏略”、陆机的《文赋》“巧而碎乱”、挚虞的《文章流别论》“精而少功”，李充的《翰林论》“浅而寡要”，指出其共同缺陷是“各照隅隙，鲜观衢路”，也注意到桓谭、刘桢、应贞、陆云等人在各自文章也有论及，但均“未能振叶以寻根，观澜而索源”。刘勰于是吸收众家精华，融会贯通，寻根索源，以“枢纽”为纲，统领文体论和创作论，建构起体大、思精、虑周的理论体系。其论述之深与广为同时代理论家望尘莫及。如关于文学的抒情特点，不但《情采》篇强调“为情而造文”，批判辞赋“为文而造情”的不良倾向，而且以《时序》和《物色》两篇分别讨论社会和自然界的变迁引起人的心灵感触发而为诗，其论述的深度不及锺嵘，但广度过之。又如关于文学的想象特点，以《神思》篇作为创作论之首篇详而论之。如指出其始终不离物象（“思理为妙，神与物游”）、跨越时空（“思接千载”“视通万里”），以情感为动力、以语言为物质外壳（“志气统其关键，辞令管其枢机”）以及其能动作用（拙辞“或孕巧义”、庸事“或萌新意”），等等。所论详细而深入，不但在我国古代空前绝后，而且与当代西方对艺术思维的认识基本一致，令人赞叹。又如刘勰主“和”的声律论，邱世友先生指出：它是永明体创作实践的阶段性成果的体现，但没有停留在具体的声病规范，而是上升为“超越历史”的普遍原则，“涵盖各个历史时期”，包括五言和近体五、七律绝及宋元明清词等，可谓无所不在[①]。再如风骨论，

① 邱世友：《文心雕龙探原》，长沙：岳麓书社，2007年，第195页。

《风骨》篇等深入详论“风骨”的铸造和意义，强调“风骨”与“辞采”兼备，并以之作为评论历代诗作的主要标准和创作方向。唐人殷璠《河岳英灵集·自序》云“贞观末标格渐高，景云中颇通远调，开元十五年后声律风骨始备矣”。此处“声律”泛指文辞之美，可理解为“辞采”。可见从初唐至唐玄宗开元十五年足足一百多年，唐诗沿着刘勰“风骨”与“辞采”兼备的大方向，终于达到内容与形式的完美统一。其理论意义可见一斑。其他方面也有不少精彩的论述。

有一种观点认为：刘勰的理论属杂文学观念的文章学理论。此自有其道理。但须知我国古代文学家往往又是政治家，入仕乃是人生之路。该书用近半篇幅论述奏章论说之类的文体，都是封建时代入仕为官必须熟习的。我们不必、也不能要求刘勰建立起基于今天纯文学观念的文学理论体系。而且，还须看到：该书创作论 20 多篇所论神思、物色、风骨、定势、夸饰、声律、丽辞、事类、比兴、练字，其“着眼点差不多都在文学的特点上”。可见，论述时刘勰心中“浮现的是文学的种种特点，是文学的发展过程中已经表现出来的种种特点启发了他，为他的理论阐释提供了依据”[1]。

总之，《文心雕龙》不但总结了文学发展的历史经验，而且融会了文学自觉时代的意识。“枢纽”的《正纬》《辨骚》两篇体现了这一点。明乎此，“博徒”“四异”也就不应理解为贬义。因为，如果“博徒”为贬义，也就否定了楚辞对《诗经》的继承；如果“四异”为贬义，则楚辞之“奇”也就没有什么理论价值可言。如此一来，该书的理论体系岂不是前后矛盾、失去根基、残缺不全的？它又有多少价值可言？

① 罗宗强：《魏晋南北朝文学思想史》，第 268 页。

附记

笔者2008年11月到安徽芜湖参加中国《文心雕龙》学会第十届年会期间，看到江苏大学李金坤先生宣称：他在《苏州教育学院学报》2004年第2期发表的《〈辨骚篇〉“博徒”“四异”正诠——兼论刘勰“执正驭奇”的创作原则》（下称《正诠》）认定《辨骚》篇的“博徒”“四异”为“褒美之词”，“可谓发前人所未发之‘新见’”[①]，大为诧异。——因为，早在1987年拙文《〈辨骚〉新识——从博徒、四异谈到该篇的篇旨和归属》（下称《新识》），已经提出“博徒”应训“博通之徒”，并逐一辨析“四异”应为褒义。李先生还“称赞”这一见解，怎么如此“健忘”，竟然宣称这是他的“新见”呢？

其实，近年笔者已经注意到《正诠》一文，但尚未采取行动，现在则不得不说了。李先生自称发表“新见”的《正诠》尝称誉笔者首次把“博徒”释为“博通雅颂之士（或弟子）之义”为“石破天惊”“非同凡响”，“甚获我心”，接着笔锋一转：“所憾其论证尚欠全面充分耳”。所谓“尚欠”到底“欠”在哪里？李先生没有说，接着便单刀直入自称：“拟就此深究之，以求得较为明晰而圆满的答案”。笔者浏览其文，自然也有一些不错的论述。如认为《文心》全书中的博明、博采、博练、博学、博弈、博览、博通、博喻、博雅、博塞、沉博等，“皆可作《辨骚》篇‘博徒’之有力佐证”（惜未注明这些词语出自何篇何处，令人不无疑惑），至于是否比笔者的“全面充分”和“深究”，读者自可查阅比较。回顾发表于1987年《中州学刊》第6期的拙文《新识》，先从“博徒”之“博”义为博通、“徒”字并无贬义，并引《知音》篇、《论说》篇和《汉

---

① 李金坤：《〈辨骚篇〉“博徒”“四异”终究是“褒词”——李定广先生〈求新须先求真〉商榷文之商榷》，中国《文心雕龙》学会编：《文心雕龙研究》第8辑，保定：河北大学出版社，2009年，第327页。

书·游侠传》有关楼护的材料为证（详下）；继而结合“四同”“四异”逐一辨析应为褒义；最后论证该篇不同于汉儒以儒家思想为标准对楚辞同者褒、异者贬，而是通过四同、四异的比较总结文学发展的新变规律。还辨纪评所说“浮艳之根亦滥于骚”之非和《辨骚》篇应属“枢纽”（总论）而非文体论：前者认为刘勰肯定楚辞既能继承《诗经》又能实现文学的新变，堪称“执正驭奇”的典范，而汉赋仅得楚辞的皮相而失其精神，可谓“逐奇失正”，不足为训，二者正形成鲜明的对比，足见纪评之误；后者一是着眼于“枢纽”五篇是思想连贯的整体，二是《辨骚》篇所总结“执正驭奇”是“具有普遍意义的创作原则”，故应属“枢纽”（总论）。可以说，《正诠》一文的内容大多都谈到了，并不见得比拙文“全面充分”和“深究”。特别要严肃指出的是，正如李定广先生所说：引《知音》篇称楼护为“博徒”以证《辨骚》篇的“博徒”为褒词，这是《正诠》的“最主要的论据”（对此李金坤先生也是认同的）[①]。而这条“最主要的论据”（笔者按：还有《论说》篇称赞楼护能言善辩和《汉书·游侠传》关于楼护博学善辩的记载），早已见拙文《新识》。于是笔者原先的疑问也就解开了：李金坤先生尽管大赞笔者的上述见解为“石破天惊”“非同凡响”，但为什么没有注明出处？如果不是看过笔者的论著，读者便会以为上述材料都是李先生首次运用的。果不其然，过了十多年了，李先生便“宣称”笔者的上述见解是他的“新见”了。关于“四异”也是如此：拙文也逐一辨析应为褒义，《正诠》所论也不见得比之“全面充分”和“深究”，但李先生也都说成是他的“新见”了。其实毕万忱、李淼早在1979年和1985年已认为“四

① 李定广：《求新须先求真——就〈辨骚〉“博徒”“四异”新解问题与李金坤先生商榷》，《汕头大学学报》2005年第2期。

异"是刘勰对屈原作品浪漫主义特色的评价，并非贬义[①]。尽管笔者的论证与毕、李思路不同，但其提出时间要早，故不敢自视为"发前人所未发之新见"。关于刘勰"执正驭奇"思想，笔者亦早于上世纪末论及（见上文）。2000年镇江召开《文心雕龙》研讨会期间笔者认识李金坤先生，尝摄影留念，并赠拙著《文心雕龙美学思想体系初探》请教。从李先生"称赞"笔者关于"博徒"的见解可知，李先生是看过笔者的论著或文章的。

《正诠》还称，据李先生的"初步统计"：自20世纪60年代以来，仅国内发表的研究《辨骚》篇的论文就有50余篇，认为"博徒"与"四异""皆为贬词"。笔者与毕、李提出"博徒"与"四异"应为褒义均为"60年代以来"，为什么被排除在外？像吉林大学这样的名牌大学学报岂能忽略？又如南开大学卢盛江教授的《〈文心雕龙·辨骚〉辨析》一文1982年发表在《古代文学理论研究》丛刊第7辑（上海古籍出版社），就引了毕、李肯定"四异"为褒义之说；笔者全面肯定"四异"为褒义和探讨"执正驭奇"的文章《论〈辨骚篇〉"执正驭奇"思想在刘勰文学理论体系中的地位》也发表于1995年《文心雕龙研究》第1辑。

最后，关于李定广先生的商榷文章，有一点笔者十分赞同，就是：关于"博徒""四异"的理解，可谓"牵一发而动全身"。它不只是个别词语的褒贬义问题，而是影响到"全新理解和定义刘勰的整个楚辞观"，甚至影响到"对刘勰奇正观、宗经与通变观的理解"，"关涉到刘勰理论体系的全局"[②]。近年《辨骚》篇仍然成为"龙学"

---

① 毕万忱、李淼：《刘勰对屈原作品浪漫主义特色的评价》，《吉林大学学报》1979年第6期。

② 李定广：《求新须先求真——就〈辨骚〉"博徒""四异"新解问题与李金坤先生商榷》，《汕头大学学报》2005年第2期。

研究的“热点”，笔者十分高兴。希望“博徒”与“四异”问题继续引起关注和争鸣。

本文为提交中国《文心雕龙》学会第十届年会的论文，载《文心雕龙研究》第9辑，保定：河北大学出版社，2011年。

《汉书》本传佐证《知音》篇楼护并非赌徒

——三辨《文心雕龙·辨骚》“博徒”“四异”和篇旨

自笔者于二十世纪八十年代提出《辨骚》篇的“博徒”应训“博通之徒”[①]。至本世纪初引起反响：先是李金坤先生赞为“非同凡响”[②]，继有李定广先生批评不能成立[③]，李金坤撰文反驳[④]；至2008年笔者向芜湖《文心雕龙》学会年会提交论文和发言“再辨”[⑤]，

---

① 参见拙文：《〈辨骚〉新认识——从“博徒”“四异”谈到该篇篇旨》，见《中州学刊》1987年第6期。收入拙著：《文心雕龙美学思想体系初探》，广州：暨南大学出版社，1993年。拙著还收入《论〈楚辞〉对我国南北文化融合的贡献和刘勰对它的理论总结》《论〈辨骚篇〉“执正驭奇”思想在刘勰文学理论体系中的地位》两文，论旨大致相同。后者载中国《文心雕龙》学会编：《文心雕龙研究》第1辑，北京：北京大学出版社，1995年。

② 李金坤先生先在《镇江师专学报》2001年第2期发表《刘勰〈辨骚〉篇新探》，继而在《文学遗产》2004年第1期发表《〈辨骚篇〉“博徒”“四异”正诠》，两文训“博徒”为褒义及所引《汉书》楼护本传佐证。（参见本书《〈文心雕龙·辨骚篇〉“博徒”“四异”再辨析——兼论对该篇篇旨和刘勰文学理论体系的解读》）

③ 李定广：《求新须先求真——就〈辨骚篇〉“博徒”“四异”新解问题与李金坤先生商榷》，《汕头大学学报》2005年第2期。

④ 李金坤：《〈辨骚篇〉“博徒”“四异”终究是“褒词”——李定广先生〈求新须先求真〉商榷文之商榷》，中国《文心雕龙》学会编：《文心雕龙研究》第8辑，保定：河北大学出版社，2009年。李文宣称，是他认定“博徒”四异为“褒美之词”，乃“发前人所未发”。

⑤ 参见拙文《〈文心雕龙·辨骚篇〉“博徒”“四异”再辨析——兼论对该篇篇旨和刘勰文学理论体系的解读》，载中国《文心雕龙》学会编：《文心雕龙研究》第9辑，保定：河北大学出版社，2011年，第118—137页。

又在《信息交流》撰文简介[①]，且与涂光社教授、李明高先生等切磋；继有张灯先生赐教认为“务应作贬词解”[②]，以及刘凌先生诘难驳议[③]，得益良多。鉴于问题重大，关系到对《文心》理论体系的理解和把握，故撰本文“三辨”，以求教于师友和读者。

一、“博徒”应训“博学之士”，而非“赌博之徒”

《辨骚》篇称屈骚“乃《雅》《颂》之博徒”，自范注引《史记·信陵君列传》“博徒，人之贱者”（贬义），学术界多从之[④]。在笔者看来，此训令人费解。该处是论屈骚与经书的关系的，与赌博无涉。或引申为贱者，但于训诂失据。笔者认为应训“博通之徒”（褒义），由此该篇论屈骚与经书的四同指能继承、四异指能创新，结合该篇对屈骚的高度评价及全书理论体系考察，豁然通解[⑤]。龙学名家邱世友师为拙著所撰序言认为：如此训解，则“楚辞的奇采而不失贞正”，既“合乎《诗经》‘情深而不诡’之义”，也“合乎‘望今制奇，参古定法’的通变原则”。由此总结的“执正驭奇”充分体现“文学发展的规律和奇正的辩证关系”。本书专论这一命题，视为《文心》体系的“核心因素”，贯穿文学史观和创作论。前此虽然也有论者接触这一命题，但“没有那么深刻”和“那么系

① 拙文：《〈辨骚篇〉“博徒”应训“博通之徒”说》，镇江市图书馆中国《文心雕龙》资料中心编：《信息交流》2009年第2期。

② 张灯：《“博徒”务应作贬词解——致韩湖初先生》，《信息交流》2010年第1期。该文收入张灯：《文心雕龙新注新译》，贵阳：贵州教育出版社，2003年。

③ 刘凌：《学术规范与“博徒”“四异”释义纷争》，《信息交流》，2010年第2期。

④ 参见本书《〈文心雕龙·辨骚篇〉“博徒”“四异”再辨析——兼论对该篇篇旨和刘勰文学理论体系的解读》一文。

⑤ 拙著：《文心雕龙美学思想体系初探》，第99—101页。

统”[①]。由此博通说渐受重视。如涂光社教授虽不尽认同，但肯定“博徒”“有褒义可以成立”，而训“赌徒”则“难以确解和疏通文义”[②]；李明高先生也对“赌徒”之训表示异议[③]。显然，所谓“‘博徒’务应作贬词解”[④]的结论为时尚早。

笔者不敢自视此说为“确论”，却被论者批评为：“无视本训，把一个复合词拆开，各找一个义项拼合成符合己意的‘新解’，这是典型的望文生训，违背训诂规范。”[⑤]连扣“无视本训”“望文生训”和“违背训诂规范”三顶帽子。但帽子也扣得太随意和太过分了。须知汉语的词语由字构成，故训诂一般先析字义而后释词意，此乃惯例。查辞书“博”训大也、通也（通达多闻）和众多，均为褒义；另训邑名，或通簙（局戏），为中性。笔者检索《四部丛刊》“博徒”有 403 例（其中有重复，数例乃《诗经·鲁颂·泮水》“戎车孔博，徒御无斁”的误读），博均训通簙（局戏），义为博弈、博戏。这里应予区别的是：如果旨在赌输赢并以为业、为习，是为赌博之徒（赌徒），贬义无疑；如果作为智力游戏，则属中性（有的还略有褒义）。贬义论者或据检索众多古籍计得“博徒”69 例[⑥]、或引古籍近 10 例[⑦]，宣称古籍中均为贬义。如引古籍以证儒者视博

---

① 拙著：《文心雕龙美学思想体系初探》，“序”，第 3 页。

② 涂光社：《小议“自然之道”“神理”和“博徒”》，《信息交流》2010 年第 1 期。

③ 李明高：《文心雕龙译读》，济南：齐鲁书社，2009 年，第 191 页。

④ 张灯：《“博徒”务应作贬词解——致韩湖初先生》，《信息交流》2010 年第 1 期。

⑤ 刘凌：《学术规范与“博徒”“四异”释义纷争》，《信息交流》2010 年第 2 期。

⑥ 刘凌：《学术规范与“博徒”“四异”释义纷争》，《信息交流》2010 年第 2 期。

⑦ 李定广：《求新须先求真——就〈辨骚篇〉“博徒”“四异”新解问题与李金坤先生商榷》，《汕头大学学报》2005 年第 2 期。

戏“废事弃业”“神迷体倦”，称“考之史籍，儒家一向反对博戏”[①]。其实那是行为过度以致玩物丧志、害己误人，不能一概而论。涂光社已引《论语·阳货》云：“饱食终日，无所用心，难矣哉！不有博弈者乎？为之犹贤乎已”[②]，可见儒家祖师孔子称“博弈”为“贤”（相对而言），可见论者此说不能成立。又如《淮南子·兵略训》称：如果君王政策措施得当，取信于民，尽可享受“弹琴瑟”“敦六博”的乐趣。此处“六博”即一种博弈游戏，并无贬义。黄山有一道风景名曰“仙人对弈”，如果解说为“两个仙人赌博”，岂不是大煞风景？王更生先生[③]和涂光社先生[④]均训《辨骚》篇的“博徒”为并无贬义的“博弈之徒”，难道都“违背训诂规范”？《汉语大词典》云：“博徒：赌徒，指低下者。”这是把“博徒”作为“赌博之徒”的简称而训，没有看到还可训博弈、博戏之徒，实可商榷。论者引《史记·袁盎晁错传》“吾闻剧孟博徒”称：“可见在宋齐时代，确实是将‘博徒’理解为‘赌徒’的”[⑤]。明明裴骃集解“如淳曰博荡之徒，或曰博戏之徒”，怎么却成了“确实”是指“赌徒”？《史记·游侠传》载“剧孟行大类朱家，而好博”，贬义论者均训博为赌博：或称剧孟行为最像朱家“喜欢赌博”[⑥]，或称若博训广博则两名“赌

---

① 刘凌：《学术规范与“博徒”“四异”释义纷争》，《信息交流》2010年第2期。

② 涂光社：《小议“自然之道”“神理”和“博徒”》，《信息交流》2010年第1期。

③ 王更生：《文心雕龙读本》，台北：文史哲出版社，1991年，第78页。

④ 涂光社：《小议“自然之道”“神理”和“博徒”》，《信息交流》2010年第1期。

⑤ 刘凌：《学术规范与“博徒”“四异”释义纷争》，《信息交流》2010年第2期。

⑥ 李定广：《求新须先求真——就〈辨骚篇〉“博徒”“四异”新解问题与李金坤先生商榷》，《汕头大学学报》2005年第2期。

徒”岂非成为学者了？[①] 笔者则可反讥：如博只能训赌博，则“博士”岂非成了“赌博之士”？其实，本传载朱家“用侠闻”（以游侠闻名），并无赌博行为，故知剧孟“行大类朱家”（行为很像以游侠闻名的朱家）；“而好博”应逗号分开，博即博弈，与下文“多（称美，喜好）少年之戏”大致同义，并无贬义。本传还载：西汉吴楚反叛时太尉喜得剧孟，此事“天下骚动”，“若得一敌国云”。其母死，“自远方送丧盖千乘”，及孟死，“家无余十金之财”。很难想象，一个赌徒竟有如此受人尊崇的行为、声誉和道德境界。李明高先生引《晋书·裴秀（附子頠）传》“頠深患时俗放荡，不遵儒术”，何晏、阮籍“口谈浮虚，不遵礼法”，认为“博徒”应训“博荡之徒”或“放荡之徒”[②]。《三国志·魏书·王粲传》载：阮籍“才藻艳逸，而倜傥放荡，行己寡欲，以庄周为模则”；萧纲《诫当阳公大心书》称：“立身之道，与文章异：立身先须谨重，文章且须放荡。”“放荡”，意谓不拘传统礼法，任性而行，不受陈规旧矩的束缚，亦无贬义。结合屈骚既继承传统，又不受束缚而能创新来看，此训不失为一种好的见解。但考虑到具体语境，笔者仍自视“博通说”为优（详下）。

查《文心》诸篇以“博”字构词者40余例：《征圣》“博文”2例、《正纬》“博练”、《辨骚》和《知音》“博徒”2例；《诠赋》“博通”；《铭箴》3例：“刻博”（雕刻棋局）、“博弈”和“博而患繁”；《杂文》“博雅”2例；《史传》“博雅”“博练”；《诸子》“博喻”“博明”；《诏策》“责博”；《檄移》“喻博”；《奏启》“博雅”“博见”；《议对》3例：“博古”“末博”“博士”；《谐隐》

---

① 张灯：《“博徒”务应作贬词解——致韩湖初先生》，《信息交流》2010年第1期。

② 李明高：《文心雕龙译读》，第49页。

"博举"；《神思》3例："博练""博见""博而能一"；《体性》"博喻""事博"；《通变》"博览"；《定势》"博采"；《情采》"博不溺心"；《事类》3例："所见不博""博见""综学在博"；《练字》"博学"；《附会》"博则辞叛"；《总术》"博塞"2例；《才略》"博识"；《知音》3例："博徒""博见""沉博"。其中《诏策》的"责博"与《铭箴》的"刻博""博弈"及《总术》的"博塞"均训博弈，《附会》的"博"与"约"对举，称为文"约则义孤，博则辞叛"，是特定语境下的贬义，其余近40例均不离褒义的大、通、众多的本训。"徒"字训门徒或同类之人，并无贬义（或训"空"义，与本文所论无关）。除《情采》篇的"诸子之徒"从特定语境应有贬义（详下），它如《才略》篇的"吉甫之徒"、《知音》篇称"桓谭之徒"，《时序》篇有"史迁、寿王之徒"等四处共称引人物有应贞、傅玄、张载、张协、张亢、范晔父子等均为名家，均无贬义。《艺文类聚》卷四十六引《汉书·百官表》注"博士之官"云："博者，博通于艺事也。"可见刘勰以"博"与"徒"二字构成的"博徒"（徒、士义同）应为褒义并不奇怪。当然，如果仅此而言，难免有"望文生义"之嫌。现有《知音》篇称楼护为"博徒"，其义为博学善辩；又有《论说》篇论及楼护为褒义为证（详下），不知如何便违反"训诂规范"？

说到"训诂规范"，笔者认为：规范从实践中归纳出来，又对实践起指引、指导而不是代替的作用。须知词语的运用，有一个从不那么规范到逐渐规范的过程。原先一些词语运用可能不那么规范，也不能用后来的规范判定其原意，最终还是要结合语境分析而定。论者反问：刘勰之前"博辩、博学等义已有'博士''博达''博综'等词表示；《文心·诠赋》篇也已有'博通'一词准确表达"，何必搞出一个"博徒"？"这不是成心跟读者过不去吗？刘勰真的会糊涂到此等地步吗？”[1] 试问：运用词语是否只能按前人的“规范”用法，否则就是“糊涂”或“跟读者过不去”？此说首先不符合事实。“博徒”既见于《辨骚》篇，还见于《知音》篇，要说刘勰“搞出一个‘博徒’”来跟读者过不去，这不是很可笑吗？既然“博士”合乎规范，为何“博徒”违反规范？我们怎能“规范”刘勰只准用“博士”而不能用“博徒”？

二、《汉书》本传是佐证《知音》篇的“博徒”并非赌徒而为褒义说的有力内证

有学者认为：训“博徒”为褒义缺乏例证。更有论者称：遍搜古今文献典籍，就是没有训褒义的例子。可偏偏漏了《文心雕龙》。可谓“远在天边，近在眼前”。该书《知音》篇称：“君卿（楼护字君卿）‘唇舌’，而谬欲论文：乃称史迁著书，咨东方朔。于是桓谭之徒，相顾嗤笑。彼实‘博徒’，轻言负诮，况乎文士，岂可妄谈哉？”论者讥讽笔者“大喜过望”，以为找到了“内证”和“主要证据”，“却是自己主观推断出来的”，并称：“如已落空”，“褒义说还何所支撑？”[2]

《知音》篇称楼护为“博徒”应训褒义并非笔者“主观推断”出来的。笔者查《汉书·游侠传》载：楼护，字君卿。少随父为医，出入贵戚家。诵医经、本草、方术数十万言。人称“谷子云笔札，楼君卿唇舌”，言其见信用也。议论常依名节，听者皆竦。长者咸爱之。后辞其父，学经传，为京兆吏数年，甚得名誉。论者不是强调说词语的具体含义“只能在特定语境中体现、揭示”吗？[3] 贬义

① 刘凌：《学术规范与“博徒”“四异”释义纷争》，《信息交流》2010 年第 2 期。
② 刘凌：《学术规范与“博徒”“四异”释义纷争》，《信息交流》2010 年第 2 期。
③ 刘凌：《学术规范与“博徒”“四异”释义纷争》，《信息交流》2010 年第 2 期。

论者根据检索振振有词：此处“博徒”非训贬义的“赌徒”不可。但只要结合此处的语境理解，显然不通。因为，这里涉及两个问题：一是刘勰怎样看待“博徒”与“文士”？二是《论说》篇和《汉书》对楼护到底是褒还是贬？只要弄清二者，问题也就迎刃而解。

先说前者。贬义论者认为刘勰称楼护为“博徒”，其义为赌徒[①]，或“浅薄之辈”[②]，或“轻贱的人”[③]，均为贬义，地位不如“文士”。特别要指出的是：《汉书》本传赌徒的记载，也与“浅薄之辈”根本不是一类人。如按贬义理解，文意便混乱不通了。贬义论者认为：“彼（指楼护）实‘博徒’，轻言负诮，况乎文士，岂可妄谈哉？”两句说成“属因果顺承关系”，“属语义转折”[④]。由“况”字可知二句为递进关系，此乃语法常识，显然错误。《新华字典》释“况”云：“文言连词，表示更进一层。”以《知音》篇的文意来说，试问：如果楼护是个“低微浅薄之辈”，他“轻率而言”，对于“已有名声的文人学士”，又有什么借鉴意义？论者称：褒义说者“不得不承认，《知音篇》是将楼护作‘反面教员’，却又‘肯定’此‘博徒’竟是指‘博雅通学’”[⑤]。如此说来，未免可笑。查李金坤先生称楼护为“反面教员”的原意是这样的：“刘勰旨在借楼护虽有辩才，但为了论文之需，却有意违背事实的例子，强调论人品文必须谨慎、实事求是的道理”。其意“虽将楼护作为自己立论的‘反面教员’”，

① 刘凌：《学术规范与“博徒”“四异”释义纷争》，《信息交流》2010 年第 2 期。

② 张灯：《文心雕龙新注新译》，贵阳：贵州教育出版社，2003 年，第 469 页。

③ 李定广：《求新须先求真——就〈辨骚篇〉“博徒”“四异”新解问题与李金坤先生商榷》，《汕头大学学报》2005 年第 2 期。

④ 刘凌：《学术规范与“博徒”“四异”释义纷争》，《信息交流》2010 年第 2 期。

⑤ 刘凌：《学术规范与“博徒”“四异”释义纷争》，《信息交流》2010 年第 2 期。

但仍“肯定”楼护是“博雅通学之‘脱口秀’式的‘博徒’”[①]。这里说楼护“为了论文之需”而“有意违背事实”与原意不符（故被讥笑），但称刘勰立论于“论人品文”着眼，视楼护为“知音”的“反面教员”，这没有错，并没有否定他博学善辩之意。这里显然是递进关系的复句：“知音”实在不易，博学如楼护尚且因随意乱说人被人讥笑，何况“文士”？文中“博徒”楼护显然高于“文士”，否则没有借鉴意义。现贬义论者演绎其文意为：既承认楼护是个“反面教员”，又称其为“博雅通学”。如此未免断章取义，并不可取。

次说《论说》篇及《汉书》对楼护的记载及其褒贬问题。笔者及其后李金坤先生引《汉书·游侠传》并无赌博行为等记载，以证《知音》篇的楼护并非赌徒。论者反驳说：该篇的“博徒”“并非实指‘赌徒’，乃是引申义‘低贱者’之意”；所载“护少随父为医”“出入贵戚家”，为官免职后“被视为‘闾巷’之人”，“可见史上确是视其为‘低贱者’的”[②]。上已指出，这里把“博徒”引申为贬义的“低贱者”，文意显然不通。再说，《汉书》载楼护“随父为医”“出入贵戚家”和被视为“闾巷”之人，怎见得史上“确是”视为“低贱者”？闾巷（闾为里门，巷为小街）义近今天的草根、基层，有时还含褒义。如《三国志·魏书·夏侯玄传》的“孝行存乎闾巷”；又如《史记·游侠列传》称：“至如闾巷之侠，修行砥名，声施于天下，莫不称贤。”怎能把“闾巷”一概视为贬义？至于论者又称：“《游侠传》但言‘君卿唇舌’，无有‘博雅通学’；‘诵医经、本草、方术数十万言’也难称‘博雅’，在儒士看来，恐怕是贱者所学”[③]。

---

① 李金坤：《〈辨骚篇〉“博徒”“四异”终究是“褒词”——李定广先生〈求新须先求真〉商榷文之商榷》，中国《文心雕龙》学会编：《文心雕龙研究》第8辑，第329页。

② 刘凌：《学术规范与“博徒”“四异”释义纷争》，《信息交流》2010年第2期。

③ 刘凌：《学术规范与“博徒”“四异”释义纷争》，《信息交流》2010年第2期。

此处令人困惑重重：一是学医经、本草为人治病，怎见得是被儒士视为“贱者所学”？二是明明说“诵医经、本草、方术数十万言”，怎能说还不算博学？三是本传载楼护与谷永（字子云）俱为五侯上客，长安号曰“谷子云笔札，楼君卿唇舌”。谷永乃西汉名臣：曾举方正直言，对策上第，擢光禄大夫。曾任大司马长史，先后任安定太守、凉州刺史和北地太守，最后官至大司农。《奏启》篇赞其《谏仙》（即《说成帝距绝祭祀方术》）与贾谊的《务农》、晁错的《兵事》等等“理既切至，辞亦通畅”，为奏疏的典范。试问：一个赌徒或“低贱者”能够与官居上品且文笔卓越的人齐名吗？再者，论者删除了本传“长者咸爱重之”“学经传，为京兆吏数年，甚得名誉”和“论议常依名节，听者皆竦”三处明明为褒义的文字，这就足以说明：论者所说的“贱者所学”和“史上确是视其为‘低贱者’”乃是断章取义；特别是“长者咸爱重之”“甚得名誉”绝对是褒义。请看：一个博通经术、能言善辩、受人爱重、“甚得名誉”和“见信用”的人，经一番删改剪接，竟变几乎一无是处了。

此外，笔者还引《论说》篇的一段论述：“陆贾籍甚，张释傅会，杜钦文辨，楼护唇舌，颉颃万乘之阶，抵嘘公卿之席，并顺风以托势，莫能逆波而溯洄矣”。对此贬义论者认为“皆为贬语”[①]，称该篇“谈到‘楼护唇舌’，也有‘顺风以托势’的批评，毫无称赞之意”[②]。“颉颃”二句或译为“翩翩作态表演于万乘帝王玉阶之下，侃侃而辩炫耀于公卿大臣衽席之间”[③]，贬义无疑。按：“颉颃”本义直项（人颈强直称强项），比喻倔强，不屈服。《淮南子·修务训》有“有严志颉颃之行者”句，“严志”与“颉颃”连用；《文选》有赞东

① 张灯：《“博徒”务应作贬词解——致韩湖初先生》，《信息交流》2010年1期。

② 刘凌：《学术规范与“博徒”“四异”释义纷争》，《信息交流》2010年第2期。

③ 张灯：《文心雕龙新注新译》，第177—178页。

方朔"颉颃以傲世"句，褒义；又引申为不相上下、相互抗衡。《晋书·文苑序》称"潘（岳）、夏（侯湛）连辉，颉颃名辈"（见《辞源》第三版词条）。既然"颉颃"本义为强项，则倔强乃出自本性，上述《淮南子》等例句均无贬义，故训贬义失据。再说，前句"颉颃万乘之阶"指的是陆贾、张释之，陆贾两番奉旨劝说赵佗取消称帝，维护国家的统一，张释之言秦亡汉兴之理而被文帝称善，怎能说是"翩翩作态表演"？后句"抵嘘公卿之席"指杜钦、楼护，贬义论者注谓"抵嘘谓侃侃而辩，有吹嘘炫耀意"，亦视为贬义。结合本传记载被誉为"唇舌"即能言善辩，应是褒语，怎可等同于贬义的"吹嘘炫耀"。杨明照先生云："按'嘘'当作'巇'。《鬼谷子》有《抵巇》篇，陶弘景注云：'抵，击实也。巇，衅隙也。'今本作'嘘'，盖误山为口，而又缺戈旁耳。"[①] 其意谓论辩善于抓住对方的漏洞，应有褒义。注家大多未引。笔者以杨说为是，且有褒义。再说，这段话是刘勰论述"说"这种文体的发展演变时说的。其谓：战国时"辩士云涌，纵横参谋"，"说"的作用"重于九鼎""强于百万之师"，但到了汉朝一统，"辩士弭节"，像郦食其游说齐王田广而被烹，蒯通游说刘邦几乎被投入汤锅；继云："虽复陆贾藉甚，张释傅会，杜钦文辨，楼护唇舌，颉颃万乘之阶，抵嘘公卿之席；并顺风以托势，莫能逆波而溯洄矣。"从"并""莫"可知"顺风"云云并非仅指楼护，而是陆、张、杜、楼四人。史载陆贾有辩才，以客从刘邦定天下，奉命著秦亡汉兴之故，成《新语》十二篇，两番奉旨出使南越说服赵佗取消称帝，维护了国家统一；张释即张释之，《史记》本传载为官十年未得升迁，后见文帝，先是听不下去，继言秦亡汉兴之理，"文帝称善"，乃拜为官；杜钦，西汉大将军王凤的幕僚。

---

① 杨明照：《文心雕龙校注拾遗补正》，南京：江苏古籍出版社，2001年，第185页。

《汉书》载杜常常说服王凤用其谋“补过将美”，有《说王凤》八篇；楼护前已介绍。综观四人，均以辩说为能，且对国家社会有所裨益和贡献，尤其陆贾说服赵佗取消称帝、维护国家统一无疑更是“说”的成功范例，褒义无可置疑。鉴于此处上下文一气呵成，不应视为前后不一。该篇接着所举例子也为正面，并总结称：“说”这种文体，“必使时利而义贞，进有契于成务，退无阻于荣身”，即要有利时政，意义正当，有助政务，又不妨碍自己的荣退。最后还批评陆机谓“‘说’‘炜烨以谲诳’，何哉？”也就是说：刘勰认为陆机把“说”定义为说得漂亮而欺骗，这真不像话。故知“顺风托势”云云，是说四人到了汉初只能因势而行，再不能像战国时代那样靠“说”力挽狂澜，并无贬义。贬义论者把二句译为：“可惜都只有顺风随势的趋从，却已不见逆流奋进的精神了”[①]，无疑把上述四人视为没有骨气的人。鉴于刘勰是把他们作为正面例子而列举的，不应理解为贬义。贬义论者的理解和阐释显然没有结合具体的人和事，有望文生义之嫌。

以上《汉书》楼护本传的记载、《知音》篇称楼护为“博徒”（博学之徒）以及《论说》称楼护“君卿唇舌（能言善辩）”，“颉颃万乘之阶，抵嘘公卿之席”，三者语义一致。它们已经构成科学研究中的“证据链条”。故由楼护到底是赌徒（或低贱者），还是博通之士？这是褒义说与贬义说争论的焦点。现在从《汉书》楼护本传的记载、《论说》篇的称赞和《知音》篇称楼护为“博徒”其义为博学之士，刘勰对楼护到底是褒是贬？《辨骚》篇的“博徒”训博通之士是否成立也就有答案了。可见《知音》篇称楼护为“博徒”作为褒义说的“最主要的论据”是经得起检验的。它并未“落空”，

① 张灯：《文心雕龙新注新译》，第 178 页。

“博徒”应为褒义可以“确论”。

三、从《文心》理论体系看“博徒”和“四异”

《辨骚》篇历来是龙学研究的热点，“博徒”之辨“牵一发而动全身”，正如有论者所说，影响到对刘勰的楚辞观、奇正观、通变观和宗经思想乃至“理论体系的全局”的理解[①]。其中如何认识四同、四异乃是关键。

周振甫早已指出：该篇承接《宗经》篇辨别楚骚和经书的同异，“实际是经过这种辨别来研究文学的新变”，“‘辨’和‘变’是结合的，而以‘变’为主”[②]。学术界对此大多认同。四同即“典诰之体”“规讽之旨”“比兴之义”和“忠怨之辞”。所谓“典诰之体”，张立斋《文心雕龙注订》云：“原述尧舜禹汤，得《尚书》典诰之体要，非体裁之谓。”[③]可知是指《尚书》所载的治国之道；“规讽之旨”指讽谏传统；“忠怨之辞”指其虽遭佞臣排斥而怨恨仍不改忠君爱国之心；“比兴之义”指创作方法。可见四同指屈骚继承经书，学术界一致视为褒义。对四异则有褒、贬两说，至今仍相持不下。一是字义的辨析，二是如何理解“变乎《骚》”？四异即“狷狭之志”“诡异之辞”“谲怪之谈”和“荒淫之意”。近有论者称：“狷狭之志”的“狭”义为陋、为小、为隘，故“决无褒义”；“刘勰受儒家思想影响”，对“荒淫之意”采取“排斥”态度。由此其余二异“也就不可能另有褒义”。论者又列举《文心》一书的“谲诡”“诡异”“诡滥”“采滥词诡”，以及《宗经》篇“六义”的“诡”“杂”“诞”“淫”，认为均为贬义，还称该书“从未以‘怪’为佳”，故“谲怪”不能

① 李定广：《求新须先求真——就〈辨骚篇〉“博徒”“四异”新解问题与李金坤先生商榷》，《汕头大学学报》2005年第2期。

② 周振甫：《文心雕龙注释》，北京：人民文学出版社，1983年，第42页。

③ 张立斋：《文心雕龙注订》，北京：国家图书馆出版社，2010年，第32页。

视为褒义。“足见”刘勰对四异“确乎是持批评态度”；“如四异也是肯定，则与前文语境不合。这也是此前学界共识，大家并未看走眼”[①]。其实，早在二十世纪八十年代，祖保泉、蔡钟翔、毕万忱与李淼及笔者等等，均不停留字眼的褒贬而持褒义说，论者既不检索，也不查看，便称视四异为褒义“与前文语境不合”为“此前学界共识”，岂不奇怪？又不知所谓“大家”到底指谁？如毕、忱认为：“实质上”已从积极浪漫主义的角度对屈骚作了“深刻的揭示”和“较高的评价”[②]。该篇比较四同、四异后称“故论其典诰则如彼，语其夸诞则如此”，可见四异即“夸诞”，正与首段称屈骚继《诗经》之后“奇文郁起”呼应，“奇”正是指其浪漫主义特色。祖保泉分析指出：刘勰视屈骚为“奇”，称其既“取镕经意”又“自铸伟辞”，“骨鲠所树”是赞其“忠烈思想”，“肌肤所附”是指其“雄奇的想象、瑰丽的神话、怪诞的虚构和耀艳的词采”，这些正是其“积极浪漫主义特色”[③]。在笔者看来，所谓“狷狭之志”：字义为急躁而狭隘，但屈原之“志”只有一个，即忠贞爱国，决不随波逐流，最后以死明志。学识如班固亦批评为“露才扬己，忿怼沉江”，试问当时又有多少人理解？故应视为对世俗之见的概括，骨子里并无贬意。它正表现了屈原的崇高和伟大。中外一些积极浪漫主义作品的主人公往往也孤高自傲、反抗世俗和不愿随波逐流，不应一概视为贬义。对屈原也应如此。“荒淫之意”乃是《招魂》对楚国宫廷生活场面所作的铺陈夸张描写，其旨为招楚怀王之魂而作（怀王被骗到秦国最终客死异乡而魂不得归），隐藏其后的是屈原忠君爱国的深挚感情，难道刘勰对此不察而斥责？至于“诡异之辞”“谲怪之谈”，

① 刘凌：《学术规范与“博徒”“四异”释义纷争》，《信息交流》2010年第2期。

② 毕万忱、李淼：《文心雕龙论稿》，济南：齐鲁书社，1985年，第66页。

③ 祖保泉：《文心雕龙选析》，合肥：安徽教育出版社，1985年，第97—98页。

指屈骚引入神话传说，《正纬》篇已经阐述：神话传说“事丰奇伟，辞富膏腴”，“无益经典而有助文章”。刘勰又怎会随即自打嘴巴，视为贬义？以“鸩鸟媒娀女”来说，难道可以理解为屈原真的想娶娀女？可知对“异于经典”的四异即“夸诞”不应视为贬义。韩泉欣近来也指出：该篇引述一系列屈骚作品“主要也是从‘异’上立论”，即诗、骚相较“曰‘奇文’，曰‘夸诞’（即虚荒诞幻的构思表达），曰‘惊采绝艳’，就是对屈骚的艺术特质的一种体认、把握和描述”。《知音》篇又说：“昔屈平有言：‘文质疏内，众不知余之异采’。见异，唯知音耳。”可见他把“见异”视为文学批评家必具的品质本领，并视自己为屈原的异代知音[①]。鲁迅《汉文学史纲要》指出：“（屈骚）较之于《诗》，则其言甚长，其思甚幻，其文甚丽，其旨甚明，凭心而言，不遵矩度。”此可视为“夸诞”的注脚。鲁迅还指出：“故后儒之服膺诗教者，或訾而绌之，然其影响于后来之文章，乃甚或在三百篇以上。”[②]如果刘勰一看到屈骚有异于《诗经》者便否定，他又怎能成为杰出的文学理论家？可见，所谓“足见”刘勰对四异“确乎是持批评态度”，所言不“确”，大可商榷。

至于近有论者把《序志》篇所说的“变乎骚”理解为：“不是肯定、褒扬这种‘变’，而是主张往回‘变’，‘变乎骚’中的‘骚’是‘变’的宾语，即约束和匡正‘骚’对‘经’的偏离”[③]；或称刘勰“痛心‘情采’的异化，并欲以儒经救弊”[④]。显然，贬义论认为刘勰视屈骚异于《诗经》的新变是否定的。如此一来，“变乎《骚》”便变成“往

① 韩泉欣：《〈文心雕龙·辨骚〉读解刍议》，中国《文心雕龙》学会编：《文心雕龙研究》第6辑，北京：学苑出版社，2005年，第186页。

② 鲁迅：《汉文学史纲要》，南京：译林出版社，2018年，第35页。

③ 卢永璘：《刘勰称得上屈原的“知音”吗——〈文心雕龙·辨骚〉析疑》，中国《文心雕龙》学会编：《文心雕龙研究》第6辑，第176页。

④ 刘凌：《学术规范与“博徒”“四异”释义纷争》，《信息交流》2010年第2期。

回变”的了。对此，蔡钟翔等早已指出：刘勰认识到“如果只是株守经典的传统，文学就不能创新，为了实现新变就必须吸收异乎经典的成分”，《正纬》《辨骚》两篇正是为此而作。他把“同于经典”的称为“正”“异乎经典”者称为“奇”，建立起奇正这对范畴；主张“执正以驭奇”，反对“逐奇而失正”[①]。近来孙蓉蓉也认为：刘勰对四异“非但没有否定之意，反而还给予高度赞赏”，道理在于：如果仅有四同，它充其量不过是《诗经》的翻版或附声；正是由于有了四异“才能使它取得如此高的艺术成就”[②]。徐丽霞综引王更生、王礼卿的研究，其结论也与上述褒义说殊途同归：《辨骚》篇为“深究文学通变规律之篇章”：它“研究‘六经’以后文学新变的途径和趋向，总结‘经’‘骚’的经验教训”，据此“提出指导文学创作的基本原则”[③]。如王礼卿认为：刘勰视《离骚》“取镕经意，自铸伟辞”为“得变之体，成变之奇”[④]；王更生认为：该篇先后举“四同”“四异”，而“体宪三代，风杂战国”二语，“尤得屈骚法古创新的精神”[⑤]。以上诸家均认为四异应为褒义，可谓异曲同工，并从中总结文学新变的规律，屈骚乃为榜样。笔者这里再补充几点意见。

其一，从该篇上下文意看，如果视“博徒”“夸诞”“四异”为贬义，便会文意混乱：上不能承首段“奇文郁起”，也与继而批

① 蔡钟翔、黄保真、成复旺：《中国文学理论史（一）》，北京：北京出版社，1987年，第263页。

② 孙蓉蓉：《“宗经”还是重文》，《古代文学理论研究》第21辑，上海：华东师大出版社，2003年，第101页。

③ 徐丽霞：《〈文心雕龙辨骚〉初探》，中国《文心雕龙》学会编：《文心雕龙研究》第5辑，保定：河北大学出版社，2002年，第175页。

④ 徐丽霞：《〈文心雕龙辨骚〉初探》，中国《文心雕龙》学会编：《文心雕龙研究》第5辑，第175页。

⑤ 王更生：《文心雕龙读本》，第65页。

评汉人同者褒、异者贬自相矛盾；下不能接"自铸伟辞"及对楚辞作品的高度赞扬，最后所总结"执正驭奇"的文学新变法则更无从谈起。故牟世金先生尽管称这些词"应该说都是贬辞"，但又认为"贬而实扬"：一是"四同"指"典诰"，"四异"指"夸诞"，从逻辑上看，前者指"取镕经意"，后者指"自铸伟辞"，刘勰"本无尊此卑彼之意，以楚辞为《雅》《颂》之'博徒'，也不可能有低贱之意"；二是他指出楚辞"轩翥诗人之后，奋飞辞家之前"的历史地位，亦"毫无贬意"；三是从"夸诞"→"伟辞"→"惊采绝艳"是"不可分割"的，"怎能在其间插一个极不协调的'博徒'，而与'气往轹古'等评自相矛盾？"[①]《辨骚》篇讲经典与楚辞之别，"很可能是指楚辞的文学性有违于经典而言"，而他对此又"充分肯定"，可见"这些词都是对楚辞的肯定"，"是贬而实扬"，用的是"褒其实而贬其表"的"论证方式"。刘勰不能和自己的"宗经"主张"过不去"，"盖不得已也"[②]。牟说未必尽当，但指出一个事实：把"博徒"等词视为贬词逻辑上不通。

其二，从齐梁的时代风气考察。事物的发展，正如萧统《文选序》所说"踵其事而增其华"，文风亦然。这是时代的共识。《通变》篇赞云："文律运周，日新其业。"刘勰赞屈《骚》"奇文郁起""笼罩《雅》《颂》"，即超越《诗经》，是把从《诗经》到艳丽新奇的楚辞及其后的文学发展看成是从正到奇的必然发展，并力求从中总结新变的规律。《序志》篇云"古来文章以雕缛成体"，认为自古文章都是靠雕饰文采而成的。《文心》一书就是用华丽的骈文写成。追求艳丽新奇已是齐梁时代的潮流，刘勰怎会逆潮流而行？他反对的是离开内容追求艳丽新奇，而不是一概否定"奇"。可见不会否

① 牟世金：《文心雕龙研究》，北京：人民文学出版社，1995 年，第 227 页。

② 牟世金：《文心雕龙研究》，第 227—228 页。

定四异。

其三，从刘勰的通变观、奇正观考察。论者或以《通变》篇的“矫讹翻浅，还宗经诰”作为恢复“宗经”的论据，但只要细看下文便知：他要求创作出来的，就是“采如宛虹之奋鬐，光若长离之振翼”的“颖脱之文”，岂不就是有如楚辞“郁起”的“奇文”？其赞云：“望今制奇，参古定法”，可知后者是为了向前发展，是为了创新，而不是走回头路。又如正与奇，刘勰认为二者相反相成，相得益彰，变化无穷。《定势》篇云：“奇正虽反，必兼解以俱通”；主张“执正以驭奇”，反对像“新学之锐”那样“逐奇而失正”，即离开内容片面追求新奇。蒋凡指出：他从纬书之“奇”引出《离骚》“奇文”，“从而展现了文学中不同于现实主义的另一广阔领域”[①]。足见其视野开阔，高瞻远瞩。

其四，从其理论体系考察。根据《序志》篇的说明，《文心》理论体系分为三大块：《原道》至《辨骚》前五篇为“枢纽”论即总论；从《明诗》至《书记》20篇为“论文序笔”即文体论；《神思》至《程器》24程篇为“割情析采”即创作论。牟世金指出：“原道”的“道”即“自然之道”是“全书的指导思想”[②]，主要指万物有质自然有“文”的规律[③]；创作论的“割情析采”是在文体论“论文序笔”的基础上进行的“理论概括”[④]，其旨为“以内容为主而情采兼顾、文质并重”[⑤]。它是整个理论体系的“主线”[⑥]。这样也

① 蒋凡：《〈文心雕龙〉研究的若干问题》，中国《文心雕龙》学会编：《文心雕龙学刊》第1辑，济南：齐鲁书社，1983年，第464页。

② 牟世金：《文心雕龙研究》，第157页。

③ 牟世金：《文心雕龙研究》，第162页。

④ 牟世金：《雕龙集》，北京：中国社会科学出版社，1983年，第180页。

⑤ 牟世金：《雕龙集》，第176页。

⑥ 牟世金：《雕龙集》，第234页。

就首次揭示了三大块的内在联系。但学术界对“枢纽”五篇以往存在重视“征圣”“宗经”而忽视《正纬》《辨骚》的倾向。近年罗宗强教授指出：刘勰“并不仅仅是宗经”，正纬和辨骚与宗经一起“构成他文学思想的核心”：“辨骚，便是辨骚之价值。骚之价值何在？便是情与奇。刘勰对情之深挚与辞之奇伟是不反对的。从《正纬》通向《辨骚》这便是顺理成章的事了。盖纬书只提供了事之奇与文采之富的借鉴，而诗赋等文学式样所最需要的风情气骨，奇文壮采，还有待于楚辞来作为榜样”[①]，并进而把“枢纽”五篇的逻辑进程概括为：原道→征圣、宗经→酌纬、变骚，换言之便是：原于自然→法古→新变[②]。准此，则原道（原于自然）为逻辑起点，征圣、宗经（法古）为中介，而酌纬、变骚（新变），乃是逻辑终点和目的。可见，求新求变，乃是刘勰理论体系之旨，一目了然。怎能把刘勰视楚辞之异于《诗经》的“奇”视为否定的，把他的文学理论视为主张“往回变”？

综上所论，如《辨骚》篇“博徒”训博通之徒，则全篇和《文心》理论体系则豁然通解。

附言：本文为提交2011年3月在武汉大学举行的“百年龙学国际学术研讨会暨中国文心雕龙学会第十一次年会”的论文。原标题为《三辨〈文心雕龙·辨骚〉篇的“博徒”“四异”和篇旨》，后收入李建中、高文强主编的大会论文集《百年龙学的会通与适变》，哈尔滨：黑龙江人民出版社，2011年。

---

① 罗宗强：《魏晋南北朝文学思想史》，北京：中华书局，1996年，第279页。

② 罗宗强：《魏晋南北朝文学思想史》，第310页。

四辨《辨骚》之“四异”“博徒”

——兼论屈原对融合我国古代南北巫史文化的伟大贡献

笔者早在20世纪80年代已经提出《文心雕龙·辨骚》（下引只注篇名）的“四异”“博徒”应训褒义而非贬义，且反复辨析[①]。近日整理文稿，回顾屈原对融合我国古代南北文化的伟大贡献，再阅《时序》篇称屈骚“笼罩《雅》《颂》”即远超《诗经》，则“四异”“博徒”应为褒义而非贬义。现为之说，并向专家和读者请教。

一、屈原对我国古代南北文化融合的伟大贡献

我国古代文化原有南北之别。著名史家范文澜指出：“黄炎族掌文化的人叫作史，苗黎族掌文化的人叫作巫。黄炎族与一部分苗黎族混合成华夏族，巫史两种文化并存，互相影响也互相斗争”；又称“史重人事，长于征实；巫事鬼神，富于想象。”[②]巫史本是一家，

---

① 拙文：《〈辨骚〉新识——从博徒、四异谈到该篇的篇旨和归属》，原载《中州学刊》1987年第6期，收入拙著《文心雕龙美学思想体系初探》（广州：暨南大学出版社，1993年）。2009年笔者重申这一观点（见《〈辨骚篇〉“博徒”应训“博通之徒”说》，镇江图书馆《信息交流》2009年2期），有论者对此质疑，笔者先后向中国《文心雕龙》学会2009年芜湖年会和2011年武汉年会提交有关“博徒”“四异”的“再辨析”和“三辨”的论文，分别见学会会刊《文心雕龙研究》第9辑（保定：河北大学出版社，2011年）和李建中、高文强主编《百年龙学的会通与适变》（哈尔滨：黑龙江人民出版社，2011年）。

② 范文澜：《中国通史简编》修订本第一编，北京：人民出版社，1964年，第282页。

但北方的巫较早转为史，而南方则巫风仍存。这是由于我国北方常年干旱且有水患，其民勤劳质朴，成熟早，少幻想，故北方的史官文化崇尚"征实"精神。两周春秋时北方的巫已被史代替，且史官世代相传。儒家所传经书实际上是两周史官所藏典册，经过了孔子所说"不语怪、力、乱、神"即儒家的理性精神的整理①，故神话传说保存较少；而南方则山清水秀，烟雨朦胧，农作物较易生长，温饱大致无忧，故其民多幻想，信鬼神，巫风盛行。《汉书·地理志》称楚地"信巫鬼，重淫祀"。王逸在《九歌序》中称："昔楚地南郢之邑，沅、湘之间，其俗信鬼而好祀"；祀则"必作歌乐鼓舞以乐诸神"，且"必以灵巫主之，而观众合之"②。可见已经形成为一种传统的群众性娱乐活动，不同于原始宗教迷信。它较少道德规范和理性束缚，感情抒发热烈奔放，想象奇瑰变幻，而且由于环境优美而追求华美艳丽，显得不同于北方的史官文化③。春秋时期时北方已经形成先进的礼乐制度，是文明进步的标志。《孟子·滕文公上》说："陈良，楚产也，悦周公、仲尼之道，北学于中国。"楚人对北方也多自称"荆蛮"，承认北方的先进。早在春秋之前，南北文化已有交流。《左传·昭公二十六年》载："召伯逐（赶走）王子朝"，王与几个宗族首领带领族人"奉周之典籍以奔（逃亡）楚"。此举大大促进南北巫史文化的交融。从《左传》所载楚国君臣能引用《诗经》作为外交辞令和屈原所述三代事迹与卜辞、金文典籍所载大体一致，可见其时北方文化已经广泛传播至南方。到战国时期，南北的巫史文化都达到了成熟时期，且相互交融。屈原创《楚辞》，

---

① 范文澜：《中国通史简编》修订本第一编，第320页。

② 姜亮夫：《楚辞通故》第二册，济南：齐鲁书社，1986年，第836页。

③ 参阅拙文：《论〈楚辞〉对我国古代南北文化融合的贡献和刘勰对它的理论总结》，《文心雕龙美学思想体系初探》，第85页。

"在文学上使两种文化合流，到西汉时期《楚辞》成为全国性的文学，辞赋文学灿烂地发展起来。"[1]这是屈原对我国古代南北文化交融的伟大贡献。屈原是怎样做到这一点的呢？

首先，屈原接受了北方先进的礼乐传统和儒家的理性精神，不但融入自己的人格理想，而且在人生实践中忠贞不渝。屈原的社会政治理想与儒家思想一脉相承。《史记·屈原传》称：屈原"上称帝喾，下道齐桓，中述汤武，以刺世事，明道德之广崇，治乱条贯，靡不毕见。"这里所说正是儒家的社会政治理想。屈原推崇尧舜汤武周公孔子之道，力陈"依前圣以节中"（《离骚》）；强调"重仁以袭义兮，谨厚以为本"（《怀沙》），正是儒家的社会政治理想；屈原"长太息以掩涕兮，哀民生之多艰"（《离骚》），所流露正是儒家的民本思想，显然与同时生活在南方的老、庄对儒家的仁义礼教采取否定态度不同。《离骚》称"纷吾既有此内美兮，又重之以修能"，也是来自儒家所强调的氏族贵族的"修身"传统。更难能可贵的是，屈原把儒家的仁义礼教思想和理性精神以及积极入世态度熔铸为自己的人格理想。在他那里，儒家的仁义礼教再也不是抽象的政治道德观念，儒家的积极入世态度再也不停留在"用行舍藏"的两可态度，而是至死不渝的人生信仰。当他受到重用时固然不遗余力为之筹谋奔走，而被排斥流放时也决不放弃，反而表现为坚定不移的人生追求：四方呼号，上下求索，乃至披肝沥胆、直问苍天。当他一旦明白自己的人格理想和人生追求为周围污浊世界所不容时，就毅然选择死亡——而且是如此坚定，义无反顾："宁赴湘流，葬于江鱼之腹中，安能以皓皓之白而蒙世俗之尘埃乎？"（《渔父》）这是多么地令人敬慕而又难以企及！总之，屈原把儒家的社会政治理想和实践理性精神人格化、情感化，并熔铸为感人至深的

① 范文澜：《中国通史简编》修订本第一编，第285页。

艺术形象。在其前乃至其后的古代，无人能及。

其次，屈原在其作品中所创造的绚丽奇特的世界，既融入北方儒学的社会理想和道德精神，又保持南方原有神话奇瑰多姿的形式之美的传统，是南北文化融合的结晶。这是屈原的伟大创造和贡献。它已不是原始宗教和神话所带有浓厚神秘色彩的群体情感，也不是北方儒家道德伦理的抽象说教，而是一种既有象征意义、又有多义意蕴的情感符号，是优美动人、能够唤起丰富想象的艺术形象。如山鬼、河伯，已经不再狰狞恐怖和神秘莫测，而是容貌姣好、美丽多姿，富有人情味。屈原所创造的"香草美人"固然继承了儒家"比德"说的诗教传统，但其本身就是优美的艺术形象。当代著名美学家李泽厚、刘纲纪指出："屈原的美学思想是北方儒家理性主义的美学同南方充满奇丽的幻想、激越的感情、原始的活力的巫术文化相结合的产物"，《离骚》"把最为生动鲜艳、只有在原始神话中才能出现的那种无羁而又多义的浪漫想象，与最为炽热深沉、只有在理性觉醒时刻才能有的个体人格和情操，最完美地溶化成了有机整体"[①]。由于南方文化巫风的影响，屈原作品具有"艳说""异采"的特点，突出地表现为对奇瑰艳丽的形式之美的追求。在我国古代传统文化中，屈骚对感官声色之美的追求可谓最为大胆。在具体的艺术创造中，往往表现想象丰富、构思奇诡、辞采绚丽，显然不同于崇尚质朴的北方史官文化。随着社会的发展，它更迎合人们生活的审美需要。鲁迅在《汉文学史纲要》指出：到了游说之风盛行的战国，纵横家"遂竞为美辞，以动人主"，"余波流衍，渐及文苑，繁辞华句，固已非《诗》之朴质之体式所能载矣。"[②]刘勰在《时序》

---

① 李泽厚、刘纲纪:《中国美学史》第一卷，北京: 中国社会科学出版社，1984年，第373页。

② 鲁迅:《鲁迅全集》第九卷，北京: 人民文学出版社，2005年，第385页。

篇称："观其艳说，笼罩《雅》《颂》"，"故知炜烨之奇意，出乎纵横之诡俗也"。指出到了战国时期，春秋时代"赋诗言志"之风已被学习屈骚的"美辞""繁辞华句"所代替。刘勰与鲁迅可谓"英雄所见略同"。

二、刘勰视屈骚远超《诗经》，"四异""博徒"不应视为贬义

论者称：刘勰"征圣""宗经"思想十分坚定并贯通全书，对屈骚的肯定"极有分寸"，更未将它与《诗经》"相提并列"，如"四异""博徒"视为褒义，则与"整体语境柄凿难合"①；又有论者称：不应"误认为刘勰对楚辞的总体评价高于五经"②。论者不知或无视《辨骚》和《时序》两篇对屈骚的高度评价。

请看《辨骚》篇对屈骚十例的高度评价：《骚经》《九章》"朗丽以哀志"、《九歌》《九辩》"绮靡以伤情"、《远游》《天问》"瑰诡而惠巧"、《招魂》《大招》"耀艳而深华"、《卜居》"标放言之致"和《渔父》"寄独往之才"，最后极赞其"气往轹古，辞来切今，惊采绝艳，难与并能"；又《时序》篇云"观其艳说，则笼罩《雅》《颂》"，李曰刚先生《文心雕龙斟诠》"笼罩，覆盖之意"③，即远远超越《诗经》。众家译文大抵如此，唯张灯先生译为贬义的"淹没《诗经》的原有格调"④，显然有违原意。论

---

① 刘凌：《学术规范与"博徒""四异"释义纷争》，《古代文化视野中的文心雕龙》，长春：吉林大学出版社，2010年，第101、102页。

② 魏伯河：《〈文心雕龙〉"文之枢纽"新探》，《中国文论》第5辑，济南：山东人民出版社，2019年，第81页。

③ 引自詹锳：《文心雕龙义证》，上海：上海古籍出版社，1989年，第1664页。

④ 张灯：《文心雕龙新注新译》，贵阳：贵州教育出版社，2003年，第422页。

者称"笼罩"云云"只是就辞采'艳说'而言，并非整体比较"[1]。该句乃是承上以日月为喻就整体而言（张灯先生译为"用丰富藻采叙写了日月"[2]显然有误），怎能说"并非整体比较"？牟世金先生称：如此评价是"全书所评作品之无以复加者"，"轹古""切今"二句"指楚辞的气概和文辞是空前绝后的，故云：'惊采绝艳，难与并能。'"特别是"轹古""包括《诗经》以至全部儒家圣人的著作在内，就是十分不寻常的评论了"[3]。怎能对此视而不见说"极有分寸"和并非"高于五经"？不但不是"相提并列"，还远远超过呢！

明辨刘勰视屈骚远超《诗经》，则"四异""博徒"应为褒义。《辨骚》篇首称"奇文郁起"，接着批评汉人"方经"即简单机械地把屈骚与经书比较为"褒贬任声，抑扬过实"，再经自己具体比较则有"四同"与"四异"：前者为"典诰之体""规讽之旨""比兴之义"和"忠怨之辞"，后者为"诡异之辞""谲怪之谈""狷狭之志"和"荒淫之意"。对"四同"学界一致认为刘勰视为褒义，而"四异"则有褒贬两说。早在20世纪70年代末张志岳先生也视"四异"为贬义，但与无视该篇下文高度赞誉屈骚的贬义论者不同，发现如此一来：在上文所否定的"四异""到了下文却都得到了基本的肯定"（其实是高度赞扬），并解释说：前者是"就个别现象"而后者则是"就总的情况来衡量的"[4]。由于刘勰是"征圣""宗经"且视经典为"尽善尽美"的，故对屈骚先贬后褒也就得到合理的解释。但这里为什

① 刘凌：《学术规范与"博徒""四异"释义纷争》，《古代文化视野中的文心雕龙》，第101页。

② 张灯：《文心雕龙新注新译》，第422页。

③ 牟世金：《文心雕龙研究》，北京：人民文学出版社，1995年，第200、220页。

④ 张志岳：《〈文心雕龙·辨骚篇〉发微》，《文心雕龙研究论文集》，北京：人民文学出版社，1990年，第404、405页。

么要对屈骚先贬后褒呢？想要说明什么问题？令人费解。牟世金先生则认为"四异"亦为褒义：该篇比较"四同"和"四异"后，以"典诰"概括"四同"，以"夸诞"概括"四异"。从逻辑上说，"刘勰对楚辞的评价之高，就因为它既有'典诰'的一面，也有'夸诞'的一面。则'典诰'者自是'取镕经意'的，'夸诞'者就只能指其'自铸伟辞'而言了。'故能气往轹古'以下之评，就必然是既有'典诰'，又有'夸诞'；既有'取镕经意（旨）'，又能'自铸伟辞'的总合。"还进一步指出："按刘勰力主'宗经立言'的常理，他对楚辞不会作过高的评价。事实却与此相反。前已详论，刘勰对楚辞确是做了极高的评价。"[①]可见"'博徒'和'夸诞'，以及'四异'的'诡异''谲怪''狷狭''荒淫'等，应该说都是贬辞"，但"究其实质"，"不过是贬而实扬，是贬其局部而肯定由这些局部构成的整体"[②]。也就是说，如按字义应训贬义；如按"整体"语境，则为褒义。具体来说，《辨骚》篇"开篇就提出了楚辞在文学发展史上的特殊地位"，即它"上继《诗经》而下开辞赋"；既"取镕经意（旨）"，亦"自铸伟辞"，这就给后来的文学创作"以典范作用"[③]。为什么刘勰"不承认汉人'依经立义''皆合经术'之评，而一定要通过具体比较，找出四同四异来"？因为汉人之评是简单机械地同者褒、异者贬，并不是从文学自身发展去考察，结果自然是"褒贬任声，抑扬过实"。而刘勰经过自己的比较，"虽有四异，却不仅给以极高的评价，且所谓'气往轹古'等，主要得自四异，其用意也就很明显了。"[④]可见"四异"是关键，它是上文所说"奇

---

① 牟世金：《文心雕龙研究》，第 227 页。

② 牟世金：《文心雕龙研究》，第 228 页。

③ 牟世金：《文心雕龙研究》，第 200 页。

④ 牟世金：《文心雕龙研究》，第 200—201 页。

文郁起”之“奇”，并在下文举出屈骚十例给以说明，最后结合批评汉人学骚仅得皮毛而遗其精神的教训，从正、反两方面总结出“酌奇而不失其贞，玩华而不坠其实”的文学新变规律。该篇赞语“金相玉式，艳溢锱毫”（内容坚实、形式优美，字字句句无不光彩艳丽），堪称文学新变的典范。贬义论者称《文心》“从未肯定过夸诞”，认为从“语境”考察“四异”“夸诞”和“博徒”等均为贬义[①]。而牟先生正是从上述“整体”语境和屈骚上承《诗经》、下启汉赋的历史地位考察，十分肯定应为褒义。蔡钟翔先生也早指出：“刘勰总结文学发展的历史经验，认识到如果只是株守经典的传统，文学就不能创新，为了实现新变，就必须吸收异于经典的成分”，《正纬》《辨骚》两篇正是为此而作[②]。刘勰把同于经典的称为“正”、异于经典的称为“奇”，由辞构成奇正一对范畴，主张“执正以驭奇”，反对“逐奇而失正”，由此总结“酌奇而不失其贞（贞训正），玩华而不坠其实”的文学新变规律。这是《文心雕龙》“一个重要的基本观点”[③]。笔者亦视为《文心》的理论体系的支柱[④]。可见早在20世纪，牟先生、蔡先生等名家视“四异”为褒义，曾师从牟先生的论者却称视“四异”为贬义是“学界的共识，大家并未看走眼”[⑤]。

对“四异”具体辨析也应为褒义。其一“诡异之辞”即“托云龙，说异怪，丰隆求宓妃，鸩鸟媒娀女”（《离骚》中假托龙和云

① 刘凌：《学术规范与“博徒”“四异”释义纷争》，《古代文化视野中的文心雕龙》，第100、99页。

② 蔡钟翔、黄保真、成复旺：《中国文学理论史（一）》，北京：北京出版社，1987年，第263页。

③ 蔡钟翔、黄保真、成复旺：《中国文学理论史（一）》，第263页。

④ 参阅拙文：《论〈辨骚篇〉“执正驭奇”思想在〈文心雕龙〉理论体系中的地位》，《文心雕龙研究》第1辑，北京：北京大学出版社，1995年。

⑤ 刘凌：《学术规范与“博徒”“四异”释义纷争》，《古代文化视野中的文心雕龙》，第99页。

旗，讲些荒唐的事，请云神去求洛水之神，请鸩鸟去有娀氏做媒）；其二“谲怪之谈”即“康回倾地，夷羿彃日，木夫九首，土伯三目，谲怪之谈”（《天问》中说共工撞倒不周山地柱，后羿射落九个太阳；《招魂》中说有个砍树人有九个脑袋，地神有三个眼睛），根据《正纬》篇说纬书中的神话传说“事丰奇伟”而“有助文章”，故蒋凡[①]和罗宗强[②]等已指出刘勰对此是不会反对的。其三“狷狭之志”即“依彭咸之遗则，从子胥以自适”（《离骚》中说要以商朝的贤大夫彭咸为榜样，《悲回风》中说要效法伍子胥以死明志），指的是屈原目睹家国沦亡，自己为周围污浊世界所不容，决意沉江。刘勰对屈原的“志”是高度赞美的，如《比兴》篇称“三闾忠烈”，《程器》篇称屈、贾“忠贞”，故不会视为贬义。至于其四“荒淫之意”，出自《招魂》。屈原放逐江南，愁满山泽，于是效法楚地民间招魂风俗以招被骗到秦国拘留至死的楚怀王（或说屈原自己）之魂。清人蒋骥《山带阁注楚辞》释云：《招魂》借用巫师（巫阳）之口，极力描写天上地下四方如何险恶魂不可往，然后依次极叙楚国宫殿“陈设”“女色”“饮食”“歌舞”种种之乐，称最后“士女杂坐”和“娱酒不废”两段“此又承上而序（楚国宫廷）宾客狎戏之乐以极之也”[③]。“荒淫之意”正是指这两段。笔者认为，屈原是洁身自好、光明磊落的政治家，其原意并非提倡荒淫，刘勰也不会低能到误解屈原而批评他提倡荒淫。论者却称：“中国历史上还从未有肯定‘荒淫之意’，称此为褒义，那才是把刘勰推到‘低能地位’”[④]。

① 蒋凡：《〈文心雕龙〉研究若干问题》，《文心雕龙学刊》第1辑，济南：齐鲁书社，1983年，第463页。

② 罗宗强：《魏晋南北朝文学思想史》，北京：中华书局，1996年，第279页。

③ 蒋骥：《山带阁注楚辞》，上海：上海古籍出版社，1984年，第167页。

④ 刘凌：《学术规范与“博徒”“四异”释义纷争》，《古代文化视野中的文心雕龙》，第96页。

笔者细检原文认为，“荒淫之意”乃是限于骈文用语的限制而用以概称楚国宫廷之乐来招魂。如果仅从字义视为贬义，乃是望文生义。难道说，屈原和刘勰果真要提倡荒淫？再说，对“四异”的褒贬无疑应是前后一致，不会前“二异”为褒而后“二异”为贬义。

关于“《雅》《颂》之‘博徒’”的“博徒”，也应为褒义。但注家多据范注引《史记》训“博徒”为赌博徒引申义：“浪荡之子”（郭晋稀）[①]、“差一些”（陆侃如、牟世金）[②]、“浪子”（张灯）[③]、“低贱之人”（王运熙、周锋）[④]、“微贱者”（周振甫）[⑤]，等等。唯李明高训“放荡之徒”，并从时代背景视为并非贬义[⑥]；台湾王更生训为中性的“博弈之徒”[⑦]；涂光社虽训“赌徒”，却称：“博徒”乃是“妙喻”：称《楚辞》“想象奇特，放浪恣肆”，“身份低贱却狡狯机警，常能出奇制胜”，贬中有褒[⑧]。笔者经一番探索，引辞书训“博”为大、通，汉置“博士”之官义为博通诸艺之士。《神思》有博见、《知音》有博观、《才略》有博识、《诠赋》有博通、《练字》有博学、《通变》有博览，等等，鉴于士、徒通训，故“博徒”可训“博通之士”。论者称笔者苦无实证。其实，远在天边，近在眼前。《知音》篇云：“彼（指楼护）实博徒，轻言负诮，况乎文士，可妄谈载！”白字黑字，并非笔者“主观推断”而来。注释家均亦训此处“博徒”为赌徒（或其引申义）。但经笔者查《汉书》本传

---

① 郭晋稀：《文心雕龙注译》，兰州：甘肃人民出版社，1982年，第51页。

② 陆侃如、牟世金：《文心雕龙译注》上册，济南：齐鲁书社，1981年，第52页。

③ 张灯：《文心雕龙新注新译》，第35页。

④ 王运熙、周锋：《文心雕龙译注》，上海：上海古籍出版社，1998年，第36页。

⑤ 周振甫：《文心雕龙今译》，北京：中华书局，1986年，第45页。

⑥ 李明高：《文心雕龙译读》，济南：齐鲁书社，2009年，第50页。

⑦ 王更生：《文心雕龙读本》，台北：文史哲出版社，2000年，第78页。

⑧ 涂光社：《文心十论》，沈阳：春风文艺出版社，1986年，第191页。

楼护并无赌博行为（可见训为博徒无据），且博通医经、本草、经传，确是博学之士。而且《论说》篇还赞他“颉颃”（不卑躬屈膝）王侯贵戚之间，与陆贾、张释之、杜钦运用“说”这种文体为国家社会作出贡献，褒义无疑。可见训为“博徒”实在冤枉古人。论者称上述《知音》篇两句为“因果关系”[①]，不合语法常识。《新华字典》释“况”字：文言连词，表述更进一层。举例：此事成人尚不能为，况幼童乎？可知其文意为文学鉴赏不易。如果楼护是个赌徒，随便乱说也就没有借鉴意义了。上述已构成证据链条，足证笔者之说。而且上文已辨析，从《辨骚》全篇语境看，只有训为褒义才能一气呵成，最后才能总结出“执正驭奇”的文学新变规律[②]。

当代史学界和美学界揭示了屈原对融合我国古代南北文化的伟大贡献，而刘勰则早在一千多年前已从经书和屈骚的异同中总结出“执正驭奇”的文学新变规律，可谓独具慧眼，异曲同工！其独到的眼光为其同时代及其后一千多年无人能及，令人赞叹和敬佩！《知音》篇云：“昔屈平有言：‘文质疏内，众不知余之异采。’见异，唯知音耳。”刘勰把自己视为屈原的知音，他不愧为屈原的知音！

三、如何理解刘勰的文学发展观

论者称：《序志》篇的“变乎骚”的“变”其主要含义“不是肯定、褒扬这种‘变’，而是主张往回‘变’”，“变”是“约束和匡正‘骚’对‘经’的偏离”[③]；论者引纪评为证认为刘勰“把包括屈赋在内

---

① 刘凌：《学术规范与“博徒”“四异”释义纷争》，《古代文化视野中的文心雕龙》，第 99 页。

② 参阅拙文：《论〈辨骚篇〉“执正驭奇”思想在〈文心雕龙〉理论体系中的地位》，《文心雕龙研究》第 1 辑。

③ 卢永璘：《刘勰称得上屈原的“知音”吗——〈文心雕龙·辨骚〉析疑》，中国《文心雕龙》学会编：《文心雕龙研究》第 6 辑，北京：学苑出版社，2005 年，第 176 页。

的楚辞视为后代的‘从质及讹’的源头”[①]和“浮艳之根”[②]，称《宗经》篇的“正本归末”正是以此救弊。对此笔者认为值得商榷。

周振甫先生指出：《辨骚》篇实际是通过辨别楚骚和经书的异同“研究文学的新变……‘辨’和‘变’是结合的，而以‘变’为主”[③]。如果“辨”是为了辨屈骚“其地位次于五经”，是“约束和匡正‘骚’对‘经’的偏离”，那这个“变”自然是往回变。但上文明明赞其“奇文郁起”、下文誉其“自铸伟辞”，并从中总结文学新变规律，以及《时序》篇明明极赞其远远超过《诗经》，又怎能说是“往回变”？可见上述说法不通。鉴于刘勰对屈骚异于经书的“奇”即“四异”是给以充分肯定和高度的赞扬的，那这个“变”就是大大向前发展了，并非走回头路。由《辨骚》篇首称“奇文郁起”，到“四同”“四异”之辨，到最后总结“执正驭奇”的新变规律，可知“四同”“四异”之“辨”是为了“变”，即总结文学新变规律。这里“辨”是手段，“变”才是目的。罗宗强先生把《文心雕龙》“文之枢纽”即《原道》《征圣》《宗经》《正纬》《辨骚》五篇的逻辑演进概括为：原道（原于自然）→征圣、宗经（法古）→酌纬、变骚（新变），即“原道”为“原于自然”，“征圣”“宗经”为“法古”，“酌纬”“变骚”为“新变”[④]。这也就是《通变》篇所说的“望今制奇，参古定法”，即“参古”只是手段，“制奇”即新变才是目的，而并非要复古、仿古，更不是倒退。

论者引徐复观先生之论称：五经是“中国文化的‘基型’和‘基

① 刘凌：《学术规范与“博徒”“四异”释义纷争》，《古代文化视野中的文心雕龙》，第101页。

② 魏伯河：《〈文心雕龙〉“文之枢纽”新探》，《中国文论》第5辑，第78页。

③ 周振甫：《文心雕龙注释》，北京：人民文学出版社，1981年，第42页。

④ 罗宗强：《魏晋南北朝文学思想史》，第310页。

线'"，中国文学"是以这种文化基型、基线为背景发展起来的"。我国古代文学发展"脱离文化的基型基线而另辟疆域"(如汉赋系统)，此时便会由"基型""基线""发出反省规整的作用"；并引《宗经》篇的"楚艳汉侈，流弊不还，正末归本，不其懿欤"，正是要发挥这种"规整作用"[1]。对此，笔者认为，徐复观先生的见解相当有价值，但强调如下三点认识。

首先，在刘勰看来：文学是不断向前发展的，它不会、也不可能永远停留在经书的"基型"和"基线"。《通变》篇云："文律运周，日新其业。变则堪久，通则不乏"，是说文学是不断向前发展的，它通过承传与新变获得永恒的生命力；《时序》篇又云："蔚映十代，辞采九变。枢中所动，环流无倦"，是说回顾从唐、虞至宋、齐十个朝代的文学，是不断发展的，永无止境。以汉赋来说，范文澜指出："（屈骚）在文学上使（巫史）两种文化合流，到西汉时期《楚辞》成为全国性的文学，辞赋文学灿烂地发展起来。"可见屈骚"标志着中国古代文学向前大进了一步"[2]，即进入了文学发展的新阶段。沈约在《宋书·谢灵运传论》中总结汉魏四百年间文学发展为"莫不同祖《风》《骚》"，称赞建安文学"咸蓄盛藻，甫乃以情纬文，以文被（披）质"。意谓：文辞优美，能够根据"情"（内容）组织丰富、美丽的文辞表达，互相配合，交织成为完美的统一体。这里"以文被质"的"文"是指华美的形式（文辞），而不是一般的形式。《物色》篇称"《诗》《骚》所标，并据要害"；再看与刘勰大约同时的锺嵘在《诗品》把五言诗分为"源出于"《国风》《小雅》即《诗经》和"源出于"《楚辞》两大流派，后者的

① 魏伯河：《〈文心雕龙〉"文之枢纽"新探》，《中国文论》（第5辑），第78页。

② 范文澜：《中国通史简编》修订本第一编，第285页。

人数并不少于《诗经》一派，说明屈骚不但具有与《诗经》同等地位，而且以它为榜样已经成为时代潮流。学习它的什么呢？就是它的"艳说""美辞"，即上文李泽厚、刘纲纪所说的"南方原有神话奇瑰多姿的形式之美的传统"。葛洪在《抱朴子·钧世》篇指出："古者事事醇素，今则莫不雕饰，时移世改，理自然也。"[①]他公开说《尚书》不及后代的诏册奏议之"清富赡丽"，《诗经》不及《上林》《羽猎》等赋"博富"。萧统《文选序》称："盖踵其事而增华，变其本而加厉。物既有之，文亦宜然。"可见随着社会的前进，文学的发展已经不再停留春秋时代醇素质朴，不再停留在原来的"基型""基线"，自觉追求形式之美已经成为时代潮流。

其次，刘勰正是顺应时代潮流建构其文学理论体系的。牟世金先生指出：刘勰在《原道》篇所阐释的万物有质自然有文的规律，"肯定要有其物，才有其形；要有其形，才有其文，才有其自然的美"，可见"美是物的属性"[②]。《情采》篇称"虎豹无文，鞟同羊犬；犀兕有皮，质待丹漆，质待文也"，可见文指美的形式。又称："圣贤书辞，总称文章，非采而何？"他把圣贤著作说成是都有文采，不过是强调文学创作必须"为情而造文"，反对"为文而造情"，必须做到"情采相符"。可见刘勰不但顺应时代潮流，而且还为之找出理论依据，还以内容为主而情采兼顾、文质并重"作为贯穿其整个文学理论体系的一条主线"[③]。牟先生又在译注《文心》全书的基础上指出："文之枢纽"的前三篇《原道》《征圣》《宗经》中"首先树立本于自然之道而能'衔华佩实'的儒家经典这个标，不过是为他自己的文学观点服务"，即把它作为贯穿全书的"核心

---

① 杨明照：《抱朴子外篇校笺》，北京：中华书局，1997年，第77页。

② 陆侃如、牟世金：《文心雕龙译注》上册，"引论"，第32页。

③ 陆侃如、牟世金：《文心雕龙译注》上册，"引论"，第59页。

观点”和“文学创作的金科玉律”“评论文学的最高原则”[①]。罗宗强先生指出：“衔华佩实”《征圣》篇仅一笔带过，其实它“贯穿全书”[②]。这里作为贯穿《文心》体系主线的三对范畴“质文相称”（文质并重）、“情采相符”和“衔华佩实”的“文”“采”和“华”，并非仅指一般的形式，而是美的形式。三者都是要求扎实的内容与形式之美的统一。这与沈约称赞建安文学“以情纬文，以文被（披）质”遥相呼应。可见，刘勰不但为追求形式之美的时代潮流（但不能离开内容片面追求）提供理论依据，还把它纳入其建构的文学理论体系。

再次，刘勰的“征圣”“宗经”实质是要求做到扎实的内容和形式之美的完美统一，而并非回到经书“醇素”的老路。贬义论者认为刘勰“把包括屈赋在内的楚辞视为后代的‘从质及讹’的源头”[③]和“浮艳之根”[④]，并引纪评“辞赋之源出于骚，浮艳之根亦滥觞于骚”为据。其实纪评并不正确。祖保泉先生指出：除《辨骚》外，《文心》“大约尚有十篇提到了屈原或《离骚》没有一处对屈原之作有贬义”[⑤]。尤其是《诠赋》篇称：“宋发夸谈，实始淫丽。”这就清楚说明：被刘勰视为“浮艳之根”的是宋玉而非屈原。《时序》篇的“屈平联藻于日月”更无疑是总体的评价。至于论者引《宗经》篇的“正本归末”和《通变》篇的“矫讹翻浅，还宗经诰”，称刘勰“以宗

---

① 陆侃如、牟世金：《文心雕龙译注》上册，“引论”，第43页。

② 罗宗强：《魏晋南北朝文学思想史》，第276页。

③ 刘凌：《学术规范与“博徒”“四异”释义纷争》，《古代文化视野中的文心雕龙》，第101页。

④ 魏伯河：《〈文心雕龙〉“文之枢纽”新探》，《中国文论》第5辑，第78页。

⑤ 祖保泉：《文心雕龙选析》，合肥：安徽教育出版社，1985年，第98页。

经为旨归"[1]以及屈骚是"'正末归本'的对象"[2]，亦有违原意。刘勰"征圣""宗经"，是要回到"衔华佩实"即扎实的内容与形式之美统一的正道，而不是回到经书素醇质朴的老路。论者均忽略《通变》篇继称："凭情以会通，负气以适变"，即要求创作出"采如宛虹之奋鬐，光若长离之振翼"的"颖脱之文"。《通变》赞语"望今制奇，参古定法"，可见"参古"只是手段，不是回到经书的老路，而根据时代要求创作出"颖脱之文"即"奇文"。这就说明，不应把刘勰的主张理解"往回变"即回到经书的老路。果真如此，那么刘勰的理论还有什么价值？

附言：朱文民先生传来其大作《吴林伯先生与文心雕龙学》称：黄侃先生尝云：训诂有小学家与经学家之别，盖前者"往往将一切义包括无遗"，而后者"则只能取字意义中的一部分"。"如悉，《说文》训详尽也。而常语云'知悉'，不能说知尽。"前者"贵圆"，后者"贵专"，"取其通"，笔者理解指特定的语境。上述"四异""荒诞""博徒"等训为褒义即属此类。朱文为提交2019年8月在山东曲阜师范大学召开的中国《文心雕龙》学会年会的发言稿，其文载《语文学刊》2019年第6期。

① 魏伯河：《〈文心雕龙〉"文之枢纽"新探》，《中国文论》第5辑，第78页。

② 刘凌：《学术规范与"博徒""四异"释义纷争》，《古代文化视野中的文心雕龙》，第101页。

屈骚既然“笼罩《雅》《颂》”，则“博徒”“四异”并非贬义

——五辨《辨骚》之“博徒”和“四异”

笔者早在二十世纪已经论证《文心雕龙·辨骚》篇中的“博徒”“四异”应视为褒义而非贬义[①]。这里说的是屈骚而并非楚辞。

一、刘勰视屈骚“笼罩《雅》《颂》”即超越了《诗经》

首先要辨明的是：屈原的作品无疑是楚辞的杰出代表，但二者毕竟有别。宋人黄伯思《翼骚序》云：“屈、宋诸骚，皆书楚语，作楚声，纪楚地，名楚物，故可谓之《楚辞》。若‘些只羌谇，蹇纷侘傺’者，楚语也。悲壮顿挫，或韵或否，楚声也。沅、湘、澧、修门、夏首者，楚地也。兰、茝、荃、药、蕙、若、芷、蘅者，楚物也。”[②]可见，从语言、地域、物产可知，“楚辞”是战国时期我国南方楚地的一种诗体。而《楚辞》一书则是汉人刘向编辑、汇集（或谓后人校集）屈原及其后宋玉、景差乃至汉人贾谊、王褒、

---

① 参见拙文：《〈辨骚〉新识——从博徒、四异谈到该篇篇旨》，《中州学刊》1987年第6期，后收入拙著《文心雕龙美学思想体系初探》。21世纪初笔者重申这一观点，有论者对此质疑，笔者先后向中国《文心雕龙》学会2009年芜湖年会和2011年武汉年会提交有关博徒、四异的“再辨析”和“三辨”的论文，分别见《文心雕龙研究》第9辑（保定：河北大学出版社，2011年）和李建中、高文强主编《百年龙学的会通与适变》（哈尔滨：黑龙江人民出版社，2011年）。

② ［宋］陈振孙：《直斋书录解题》卷十五，上海：上海古籍出版社，1987年，第436页。

王逸等等诸人（还包括刘向自己）的作品及注释而成，并非屈原一人的作品。班固《离骚序》称屈原"其文弘博丽雅，为辞赋宗"，"后世莫不斟酌其英华，则象其从容（仪态）。自宋玉、景差之徒，汉兴枚乘、司马相如、刘向、扬雄骋极文辞，好而悲之，自谓不能及也。"[①]可知屈原之后的辞赋家"骋极文辞"，已经流露片面追求浮艳文风的倾向。论者引许文雨《文论讲疏》称《辨骚》篇："按刘氏此篇实总《楚辞》而言（标题曰'骚'，特举其最著之一篇以代表全体）。"[②]牟世金先生亦称该篇是"一篇相当完整而有系统的楚辞论"[③]。其实这是不够准确的，因为该篇所论仅限于屈骚而非《楚辞》，对所引屈原的作品均高度赞誉而不是全部《楚辞》的作品，故不能说对全部《楚辞》作品都是这样评价，二者不应混同。有论者认为刘勰把包括屈骚在内的楚辞视为后世"浮艳（文风）之根"[④]。这是不能成立的。《文心雕龙·诠赋》篇说得很清楚："宋发夸谈，实始淫丽"，可见被刘勰视为"浮艳之根"的是宋玉，并非屈原。

在《文心》的《时序》和《辨骚》两篇中，刘勰对屈骚的评价是该书所有作品中最高的。但对"博徒""四异"持贬义论者不愿意承认这一点，曲为之说，这是徒劳的。如：《时序》篇称"屈平联藻于日月""观其艳说，则笼罩《雅》《颂》"，张灯先生译为："屈原用丰富的辞采叙写了日月"，"看看这些文采艳丽的作品，已经淹没《诗经》的原有格调。"[⑤]前句显然有误：句意是比喻屈

---

① 郭丹主编：《先秦两汉文论全编》，南京：江苏教育出版社，2001年，第760页。

② 引自詹锳：《詹锳全集》卷一《文心雕龙义证 上》，石家庄：河北教育出版社，2016年，第101—102页。

③ 牟世金：《文心雕龙研究》，北京：人民文学出版社，1995年，第219页。

④ 刘凌：《学术规范与"博徒""四异"解释意义纷争》，镇江市图书馆中国《文心雕龙》资料中心编：《信息交流》2010年第2期。

⑤ 张灯：《文心雕龙新注新译》，贵阳：贵州教育出版社，2003年，第422页。

骚有如日月，而非“叙写了”日月；后句明明褒义的“笼罩”（即远远超过）却变成贬义的“淹没”，真是令人诧异！李曰刚先生《文心雕龙斠诠》：“笼罩，覆盖之意。”[①]请看诸家的译文：郭晋稀先生为：“屈平作品的辞藻真可以与日月争辉”“几乎笼罩了《三百篇》中的《雅》《颂》”[②]；陆侃如、牟世金两位先生译为：“屈原的诗篇更可媲美日月”“简直超过了《诗经》”[③]；王运熙、周锋两位先生译为“屈原的作品可与日月争光”“遮盖了《雅》《颂》的光芒”[④]；戚良德先生译为：“屈原的辞采可与日月争光”“可以说超过了《雅》和《颂》”[⑤]；周振甫为：“屈原的作品可以同日月争光”“罩盖住《诗经》中的雅颂”[⑥]；李明高先生译为“屈原联缀言辞的文采如同明月的光辉”“就超越了《雅》《颂》”[⑦]；台湾王更生先生译为:“(屈骚)其辞藻之华美,可以与日月争光”“涵盖了《诗经》风、雅、颂各体的风格”[⑧]，等等，诸家无不译为屈骚超越、涵盖《诗经》之意。再看上文称“屈平联藻于日月”以日月为喻，下文有“轹古”“切今”，故周振甫进一步解释说：“这里的‘轹古’，即压倒古代，及‘难与并能’，不正是‘笼罩雅颂’，超过《诗经》吗？”[⑨]，怎能把褒义的“笼罩”理解为贬义的“淹没”？再说，到底“淹没”了《诗经》的哪些“原有格调”？译者也没有

---

① 转引自詹锳：《文心雕龙义证》，第1664页。

② 郭晋稀：《文心雕龙注译》，兰州：甘肃人民出版社，1982年，第515页。

③ 陆侃如、牟世金：《文心雕龙译注》，济南：齐鲁书社，1981年，第316页。

④ 王运熙、周锋:《文心雕龙译注》，上海：上海古籍出版社，1998年，第308页。

⑤ 戚良德：《文心雕龙校注通译》，上海：上海古籍出版社，2008年，第509页。

⑥ 周振甫：《文心雕龙今译》，北京：中华书局，1986年，第394页。

⑦ 李明高：《文心雕龙译读》，济南：齐鲁书社，2009年，第420页。

⑧ 王更生：《文心雕龙读本》，台北：文史哲出版社，2000年，第291页。

⑨ 周振甫：《文心雕龙注释》，北京：人民文学出版社，1981年，第43页。

说明。可见此训不通。

贬义论者又称：刘勰对屈赋的肯定“极有分寸”，“肯定了‘典诰’‘规讽’‘比兴’‘忠怨’‘气’‘辞’‘采’等等，但并未全面肯定它，更未将之与《雅》《颂》相提并论”；并称“它只是就辞采‘艳说’而言。”[1] 这显然是不顾文本而随主观意愿的解读。须知“观其艳说”是紧接“屈平联藻于日月”而来，以日月为喻，无疑是最高的评价，怎能说是“极有分寸”？而且“艳”乃是就屈赋的特点而言，怎能理解为只肯定其“艳”而不是整体评价？如果仅仅是肯定其文辞艳丽，刘勰会视为超越《诗经》吗？《辨骚》篇称赞屈骚“惊才风逸”和“金相玉式”，显然并不是仅就其辞藻艳丽而言。牟世金先生指出：刘勰评价《楚辞》(这里仅指屈赋，下同)：“不仅是全书所评作品之无以复加者，即使对《诗经》，也没有作如此之高的具体评价”；又说“所谓‘轹古’，是超越往古；所谓‘切今’，是断绝当今。二句互文，指楚辞的气概和文辞是空前绝后的，故云：‘惊采绝艳，难与并能。’”还称“轹古”是“包括《诗经》以至全部儒家圣人的著作在内，就是十分不寻常的评论了”。[2] 而论者却置“笼罩《雅》《颂》”不顾，竟称刘勰没有把屈赋“与《雅》《颂》相提并论”！其实又何止于“相提并论”，还远远超过呢！如此解读，真是令人吃惊！

有论者还称刘勰对屈骚“不可能如褒义者所说‘全文对楚辞’充满褒扬之情”[3]。这里说的是《辨骚》篇。难道说前者的“联藻于日月”和“轹古”“切今”“笼罩”“难与并能”等等，不能说

---

① 刘凌：《学术规范与“博徒”“四异”解释意义纷争》，《信息交流》2010年第2期，第23页。

② 牟世金：《文心雕龙研究》，第200、220页。

③ 刘凌：《学术规范与“博徒”“四异”解释意义纷争》，《信息交流》2010年第2期，第21页。

是“充满褒扬之情”而是“并非全面肯定”？论者到底是没有看到这些评语，还是“看走了眼”？请看《辨骚》篇全文：首层赞叹屈骚“奇文郁起”；次层批评汉人比较《诗》、骚只知同者褒、异者贬，实为不当；三层指出《诗》骚有“四同”“四异”，赞其为“《雅》《颂》之博徒，辞赋之英杰”，前者“镕铸经旨”即继承《诗经》，后者“自铸伟辞”即创新，并举屈骚十篇作品赞誉有加；四层最后从中总结“执正驭奇”的规律，称赞若能如此便能写出佳作。其中除“博徒”一处有争议，其余“奇文”“英杰”“取镕经旨”“自铸伟辞”，极赞所引屈赋十篇作品后称“气往轹古”“难与并能”；最后称如能遵循所总结的“执正驭奇”规律，便可穷极文致，以及篇末赞语称屈原“惊才风逸，壮志烟高”，其作品“金相玉质，艳溢锱毫”[①]。这里仅“博徒”有不同的理解，故笔者所说该篇“充满褒扬之情”并非仅看个别论据，论者竟称“不可能”，不是很可笑吗？

另有论者称：《序志》篇“变乎骚”的“变”字，主要含义“不是肯定、褒扬这种‘变’，而是主张往回‘变’，‘变乎骚’中‘骚’是‘变’的宾语，即约束和匡正‘骚’对‘经’的偏离”[②]。这显然也是基于认为刘勰视骚不如经，故有此说。但这有违彦和原意。我们知道，《楚辞》被视为“《风》《雅》的变体”[③]，故云“变乎骚”。其实此处“骚”字乃是名词作动词，意为“如骚那样”，并非变的对象（宾语），句意为：文学的发展变化应如骚之发展（变化）《诗经》那样。周振甫先生指出：《辨骚》篇“表面上承接《宗经》辨别楚骚和经书的同异，实际是经过这种辨别来研究文学的新

---

① 陆侃如、牟世金：《文心雕龙译注》，第56页。

② 卢永璘：《刘勰称得上屈原的“知音”吗——〈文心雕龙·辨骚〉析疑》，中国《文心雕龙》学会编：《文心雕龙研究》第6辑，北京：学苑出版社，2005年，第176页。

③ 詹锳：《文心雕龙义证》，第1925页。

变”[1]。首句明明极赞屈骚“奇文郁起”，那么骚就应该是“变”的方向，怎能反而是对象？如果说这种“变”是要“约束和匡正‘骚’对‘经’的偏离”，岂不是要变得与《诗经》有同无异？又有何新变可言？在刘勰看来，文学是向前发展的，并非《诗经》出现之后就停滞不前了。他惊叹屈骚的出现，并视为文学发展过程中承前启后的“枢纽”和具有“典范意义”[2]。故继作《正纬》《变骚》两篇。前者指出应吸取神话的丰富想象，后者从中总结文学新变的规律。试问：如果“变”是“约束和匡正‘骚’对‘经’的偏离”，则屈骚之于《诗经》的变化是应否定的了，那么为什么又称其为“奇文郁起”，赞其为“笼罩”《诗经》？为什么还对它作出如此高的评价？祖保泉先生早已指出：除《辨骚》外，《文心》“大约尚有十篇提到了屈原或《离骚》，没有一处对屈原之作有贬义，这也反映出刘勰对‘奇文’的根本看法”[3]。可见“奇”乃是其“核心思想”中的核心。关于“酌奇而不失其贞（贞，训正），玩华而不坠其实”，论者称：这两句“乃是刘勰高屋建瓴地提出的写作总原则，意谓不论任何文章的写作，都要以‘宗经’为旨归，可以适当学习参酌楚骚的奇警华美文辞，但一定要掌握分寸，适可而止，绝对不允许放任自流，沿着楚骚的偏斜轨道越来越远”云云[4]。这里显然是把楚骚视为“偏斜”文学正确发展道路的，并不符合原旨。他明明是视屈骚“笼罩”《诗经》的，怎么又变成走上“偏斜”的道路？其实，他的意思是说不能片面追求浮艳文风，必须回到经典所体现的情采

---

① 周振甫：《文心雕龙注释》，第 42 页。

② 牟世金：《文心雕龙研究》，第 200 页。

③ 祖保泉：《文心雕龙选析》，合肥：安徽教育出版社，1985 年，第 98 页。

④ 卢永璘：《刘勰称得上屈原的“知音”吗——〈文心雕龙·辨骚〉析疑》，中国《文心雕龙》学会编：《文心雕龙研究》第 6 辑，第 176 页。

相符、衔华佩实的道路。我们不能只看到《通变》篇的“矫讹翻浅，还宗经诰”，就以为刘勰“以宗经为旨归”即主张回到经典的老路。该篇还说：“文律运周，日新其业。变则堪久，通则不乏。”即文学事业是永远向前发展的，还要求创作出“采如宛虹之奋鬐，光若长离之振翼”的“颖脱之文”，即文采如虹霓的拱背、光芒如凤凰飞腾的雄奇壮丽之文。可见并非仅仅是文辞上“参酌”屈骚。他明确指出：“望今制奇，参古定法”，古代经典只是参考，而创作“奇文”才是目的。可见不应把刘勰的“宗经”主张理解“往回变”即回到《诗经》的老路。果真如此，那么他的理论还有什么价值？

二、刘勰既称屈骚“笼罩《雅》《颂》”，则“博徒”“四异”不应视为贬义

明辨刘勰视屈骚超越《诗经》，则“博徒”“四异”也就不能视为贬义。

先说“博徒”。关于“《雅》《颂》之博徒”句，据笔者所见，除涂光社、李明高和台湾王更生，诸家均译为贬义。涂光社先生认为“博徒”乃是“妙喻”：“《楚辞》有浓厚的‘化外荆蛮’色彩，想象奇特、放浪恣肆，不是《雅》《颂》的正统继承者。博徒身分（份）低贱，却狡狯机警，常能出奇制胜，也往往流荡难收”，并称：“有的学者认为此句只是《楚辞》比《诗经》差一些的意思，似嫌粗疏，且与后面的‘气往轹古’之评相抵牾。刘勰这段话说得清楚：《楚辞》虽大体合乎‘宗经’之旨，然而在对‘经’的继承中渗入了不容忽略的变革和创新的成分，故云‘自铸伟辞’，得称‘辞赋之英杰’。”[①] 准此，则“博徒”还含有褒义。又李明高训“博徒”为“放荡之徒”（放荡：放纵，不受约束），认为从其时代背景看

---

① 涂光社：《文心十论》，沈阳：春风文艺出版社，1986 年，第 191 页。

并非贬义[①]。而大多注家均据范注引《史记》训“博徒”或引申为“浪荡之子”（郭晋稀）[②]、“浪子”（张灯）[③]、“差一些”（陆侃如、牟世金）[④]、“低贱之人”（王运熙、周锋）[⑤]、“稍逊一筹”（戚良德）[⑥]、“赌徒，微贱者”（周振甫）[⑦]，等等。均视为贬义，即不如《诗经》。笔者经一番探索，引辞书训“博”为大、通，汉有“博士”之官义为博通诸艺之士；且举《文心·知音》篇称楼护为“博徒”乃是有力的内证。查《汉书》楼护本传并无赌博行为（可见赌徒之训无据），且博通医经、本草、经传数十万言，确是个博通（博学）之士。还称“楼君卿唇舌”（楼护字君卿，誉其能言善辩），为京兆吏数年甚有名誉。又《论说》篇赞其“颉颃”（倔强，即不卑躬屈膝）于王侯贵戚之间，列举他与陆贾、张释、杜钦四人是成功地运用“说”这种文体为国家社会作出贡献的范例，褒义无疑。上述已构成证据链条，足证此说。再从《辨骚》篇上文称屈骚“其文郁起”，下文赞“自铸伟辞”，并列举其屈骚系列作品给以极高评价，可见此处“博徒”唯有训褒义的博通、博学始能文义贯通。如“博徒”为贬义，则上述“奇文郁起”“自铸伟辞”和该篇最后总结的《文心》理论体系的支柱之一的“执正驭奇”文学新变规律[⑧]，也就无从谈起。上述论证不可谓不充分。显然，如果刘勰视屈骚不如《诗经》，则

---

① 李明高：《文心雕龙译读》，第 50 页。

② 郭晋稀：《文心雕龙注译》，第 51 页。

③ 张灯：《文心雕龙新注新译》，第 35 页。

④ 陆侃如、牟世金：《文心雕龙译注》，第 52 页。

⑤ 王运熙、周锋：《文心雕龙译注》，第 36 页。

⑥ 戚良德：《文心雕龙校注通译》，第 52 页。

⑦ 周振甫：《文心雕龙今译》，第 45 页。

⑧ 参见拙文：《论〈辨骚篇〉“执正驭奇”思想在〈文心雕龙〉理论体系中的地位》，中国《文心雕龙》学会编：《文心雕龙研究》第 1 辑，北京：北京大学出版社，1995 年。

刘勰上述所论前后矛盾，不能成立；反之，则顺理成章。现在既然明辨刘勰视屈骚"笼罩"即远远超过《诗经》，则"博徒"不能视为贬义，便是板上钉钉的了。

自笔者2009年重申"博徒"应训"博通之徒"后，尝与一些论者争鸣辨析，先后向中国《文心雕龙》学会第10届芜湖年会和第11届武汉年会提交有关"博徒""四异"的"再辨"和"三辨"论文。其后2013年学会第12届济南年会和2015年第13届昆明年会以及《中国文论》（山东大学戚良德主编）均未见有反驳意见[①]。至2017年的第14届呼和浩特年会才见到李飞的文章。其一"《雅》《颂》之博徒"注称：最早提出"博徒"并非贬义的"大概是韩蓝田、徐季子"，前者将博徒"释为大弟子"，后者提出"雅颂之博徒""可否理解为屈原博识《诗经》"，韩湖初对此"作了明确的阐述"[②]。笔者事先未能查阅韩、徐之文，是为遗憾。但对褒义说作出明确详细阐释、明确论证的确是自己的心得，不但首次把"博徒""四异"同视为褒义，而且与对《辨骚》篇篇旨、《文心》理论体系的理解一起系统阐释。故对李飞先生表示感谢。但李文称："刘勰本人主张'字以训正，义以理宣'。将'博徒'释为'博通雅颂之士（或弟子）'，'雅颂未闻，汉魏莫用'（《指瑕》），正为刘勰所深斥。"[③]查《文心·指瑕》篇说的是"若夫立文之道，惟字与义：字以训正，义以理宣"，接着所举批评的例子都是晋末的作品，故称"雅颂未闻，汉魏莫用"。所谓"字以训正，义以理宣"。笔者之说不敢自称绝

① 中国《文心雕龙》学会第12届和第13届年会分别于2013在济南和2015年在昆明举行。会议论文集分别见学会会刊《文心雕龙研究》第11辑（学苑出版社2015年）和《中国〈文心雕龙〉学会第十三次年会论文集》（云南大学出版社2017年）。

② 李飞：《〈文心雕龙〉旧注辨证四题》，见中国《文心雕龙》学会第十四次年会论文集（由该次大会筹备组编印），呼和浩特，2017年8月，第211页。

③ 李飞：《〈文心雕龙〉旧注辨证四题》，第211页。

对正确，但决非无据，不知何故也被列入刘勰批评之中，令人以为也是被刘勰所"深斥"？按说刘勰应该没有这层意思，因为他不可能对今人进行批评。李文又称：训"博徒"为褒义说"面临的最大困难是找不到一个可以支持此种解释的实例"[①]。其实远在天边，近在眼前。《文心雕龙·知音》篇称楼护为"博徒"乃是白纸黑字，并非笔者杜撰，版本方面至今无人置疑，笔者的引用和论证不知李先生何以视而不见，还是认为不能成立？看来是后者。李飞先生称："由于楼护入《汉书·游侠传》，游侠与博徒社会地位相类，游侠亦多为博徒"，刘勰称楼护为"博徒"是"连类而及"[②]。但如此理解，于原文难以贯通。该篇所说"彼实博徒，轻言负诮，况乎文士，可妄谈哉！"有论者认为此处上下句"属语义转折"，又称属"因果顺承关系"[③]，此乃低级语法错误。此处复句属进层关系。《新华字典》释"况"之一义为："文言连词，表示更进一层。"例：此事成人尚不能为，况幼童乎？前句成人的能力显然高于后者幼童，不能相反，否则文义不通。试问：如果"博徒"训赌徒、贱者、浅薄之人等等，那么他随口乱说，又有什么值得大惊小怪？正因为他是博学之士（学识比普通人要高），随口乱说结果被人讥笑，应以为戒。继云"学不逮文，信伪迷真者，楼护是也"，正是指楼护虽有学识却"信伪迷真"，结果被人讥笑。可见：博学如楼护者随便乱说尚且被人讥笑，何况普通文士，怎可妄谈文学鉴赏啊。此处显然与赌博无关。上文已说明《汉书》本传记载楼护不但没有赌博行为，是个博学之士，为京兆吏数年甚有名誉。又《论说》篇赞其周旋于王

---

① 李飞：《〈文心雕龙〉旧注辨证四题》，第 211 页。

② 李飞：《〈文心雕龙〉旧注辨证四题》，第 211 页。

③ 刘凌：《学术规范与"博徒""四异"解释意义纷争》，《信息交流》2010 年第 2 期，第 21 页。

侯贵戚之间而并不卑躬屈膝，最后列举他与陆贾等人并列称赞，可证刘勰视楼护不应视为与赌徒、低贱浅薄之人均视为贬义？可见，李飞先生认为由于“博徒”与游侠社会地位相类故刘勰“连类而及”，不能成立。

“四异”也是如此。既然已经明辨刘勰视屈骚超越《诗经》，那么种种视“四异”为贬义之说便不攻自破。道理很简单：既然屈骚远远超越《诗经》，那么，经整体比较后所异于《诗经》的“四异”，便是向前发展了。上已经辨明论者所称“变乎骚”是主张“往回变”是不能成立的。因为，既然屈骚超越《诗经》，那么这种“变”也就是向前发展的。可见“四异”是值得肯定的，并视为新变的典范，应从中总结规律，而不能说成是“往回变”。正如牟世金先生所指出：该篇比较“四同”“四异”后称屈骚“上继《诗经》而下开辞赋”，它“取熔经意”，“亦自铸伟辞”，“这就给后来的文学创作以典范作用”[①]，“字字句句都光彩艳丽”[②]。《辨骚》篇赞语“金相玉式，艳溢锱毫”，牟先生译为“为文学创作树立了很好的榜样，字字句句都光彩艳丽”[③]。诸家翻译，大同小异，均为褒义。如：“它真是如金如玉的好文章，它的艳丽的辞藻至今还跳跃在笔下纸上”（郭晋稀）[④]；“以金为质，以玉为饰，片言只语，艳采四溢”（王运熙、周锋）[⑤]；“那流光溢彩的字字句句，堪为后世师表”（戚良德）[⑥]；“黄金般的外相，碧玉般的体式，一点一滴都流光溢彩”（李明高）[⑦]；“构

① 牟世金：《文心雕龙研究》，第200页。

② 陆侃如、牟世金：《文心雕龙译注》，第56页。

③ 陆侃如、牟世金：《文心雕龙译注》，第56页。

④ 郭晋稀：《文心雕龙注译》，第54页。

⑤ 王运熙、周锋：《文心雕龙译注》，第39页。

⑥ 戚良德：《文心雕龙校注通译》，第53页。

⑦ 李明高：《文心雕龙译读》，第53页。

成金玉般美好质地，就是极细微处都充溢着艳丽"（周振甫）[①]；"其情辞兼备，就像金玉般完美无缺，即令是片言只字，无不光芒四射，美不胜收目不暇接啊"（王更生）[②]，等等，怎能说没有"典范之意"？有对"四异"持贬义的论者也译为褒义的"黄金般的质地，美玉似的品相，细毫之间都流溢着艳丽的光彩"[③]。既然如此，屈骚之于《诗经》，是大大发展了，又怎能把"四异"视为贬义的？至于有贬义论者称："考之《文心》，也从未肯定过夸诞"[④]。这还用"考"吗？这位论者到底是怎样"考"的？令人难以理解。《辨骚》篇称"论其典诰则如彼，语其夸诞则如此"，从上下文看，"夸诞"即指"四异"无疑。前句是概括屈骚所同于经典者四事即"四同"，后句是泛指屈骚所异于经典者四事。这该是没有异议的。李曰刚先生《文心雕龙斠诠》同此[⑤]。既然已经明辨刘勰视屈骚超过《诗经》，则对"夸诞"即"四异"便是肯定无疑的了，这还用"考"吗？怎能说"从未肯定"？牟世金先生称："虽有四异，却不仅给以极高的评价，且所谓'气往轹古'等，主要得自四异"[⑥]。再说，该篇辨析"四同""四异"，正是回应首句"奇文郁起"，既高度称赞其实现了文学的新变，也为下文总结"执正驭奇"的新变规律提供依据[⑦]。试问：如果骚之与《诗》有同无异，又何来"奇文郁起"？又怎能称赞其"自铸伟辞"？

---

① 周振甫：《文心雕龙今译》，第47页。

② 王更生：《文心雕龙读本》，第79页。

③ 张灯：《文心雕龙新注新译》，第40页。

④ 刘凌：《学术规范与"博徒""四异"解释意义纷争》，《信息交流》2010年第2期，第22页。

⑤ 詹锳：《文心雕龙义证》，第154页。

⑥ 牟世金：《文心雕龙研究》，第200—201页。

⑦ 参见拙文：《论〈辨骚篇〉"执正驭奇"思想在〈文心雕龙〉理论体系中的地位》，载中国《文心雕龙》学会编：《文心雕龙研究》第1辑。

还视为文学新变的典范？可见，既然明辨了刘勰视屈骚超过了《诗经》，那么“四异”即“夸诞”自然不能视为贬义了。

其实，“四同”“四异”之辨，旨在总结文学新变的规律，早在二十世纪八十年代周振甫、牟世金两位先生对此已有很好的阐释。周先生指出：刘勰是要通过《诗》《骚》“四同”“四异”的辨析，“总结出文学发展的新变规律”，“‘辨’和‘变’是结合的，而以变为主”①；又说：《文心·序志》篇所说“变乎骚”的主要精神，“是要用《楚辞》的新变来论证文学的发展”②；但周先生却把“变乎《骚》”译为“在变化上参考楚《骚》）”③，这就未必符合原意了，因为此处已经不是一般的参考，而是作为榜样。牟世金批评说“不应以‘辨’‘变’定主次”④，其实牟先生自己就说：“‘辨’者，既辨经骚之异同，也辨楚辞成就的高低；‘变’者，从楚辞与五经之异而明其发展，都可概括全篇的基本内容。”⑤既然如此，则“辨”为手段，“变”为目的，前者是为后者服务的，主、次定矣。王礼卿先生称刘勰视《离骚》“取镕经意，自铸伟辞”为“得变之体，成变之奇”⑥；王更生先生更指出：刘勰把屈原的作品与经典加以“比对”而有“四同”与“四异”，“于是产生了楚辞‘体宪于三代，而风杂于战国，乃雅颂之博徒，而辞赋之英杰’；‘观其骨鲠所树，肌肤所附，虽取融经旨，亦自铸伟辞’的结论”，“也就是说在传统之中有创新

---

① 周振甫：《文心雕龙注释》，第 42 页。

② 周振甫：《文心雕龙注释》，“前言”，第 28 页。

③ 周振甫：《文心雕龙今译》，第 448 页。

④ 牟世金：《文心雕龙研究》，第 198 页。

⑤ 牟世金：《文心雕龙研究》，第 199 页。

⑥ 王礼卿：《文心雕龙通解》上，台北：黎明文化事业股份有限公司，1986 年，第 67 页。

的风格，在创新之中有传统的继承”。[①] 可见对“四同”和“四异”也是持褒义而并非贬义，前者是手段，后者是目的。王先生还指出：“《辨骚》篇之所以会成为刘勰的文学基本原理，就在于他肯定楚辞是‘中国文学’由《诗经》过渡到汉赋的桥梁。如果我们拥有了它，而又忽视了它的重要性，那么，两汉以后的‘中国文学’，即失去了发展的温床。这是‘中国文学’的大开阖，刘彦和文学思想的大脑袋。”[②] 可见海峡两岸龙学界的主流意见，均认为刘勰视屈骚为文学新变典范，“四同”“四异”之辨是总结文学的新变规律。

不过，在笔者看来，牟、周两位先生对“博徒”和“四异”的肯定是不够彻底的。如他们都继承范注把“博徒”训为睹徒，引申为“差一些”或“微贱者”，牟还称刘勰对“四异”“应该说都是贬辞”，“企图论证其并非贬词是徒劳的，也不能对四异有的是褒，有的是贬”，“刘勰绝不会公开地、直接地和自己的‘宗经’主张唱反调”[③]。这就过分看重刘勰的“宗经”思想了。其实，牟先生就指出：如果刘勰的“征圣”“宗经”不过是把儒家经典作为“衔华佩实”标杆即打着儒家的旗号为其文学观点服务（详下）[④]。如果仅仅停留在“宗经”的层面，也就看不到文学的发展了。这与牟先生自己所说刘勰视楚辞在文学史上的具有承前启后的“特殊地位”，在《辨骚》篇试图通过对楚辞的评论“为文学创作树立一个标”[⑤]，显然自相矛盾。

---

① 王更生：《文心雕龙读本》，第 64 页。

② 王更生：《文心雕龙读本》，第 64 页。

③ 牟世金：《文心雕龙研究》，第 201 页。

④ 陆侃如、牟世金：《文心雕龙译注》，“引论”，第 43 页。

⑤ 牟世金：《文心雕龙研究》，第 200、201 页。

三、关于刘勰的“征圣”“宗经”——兼论如何理解《文心》理论体系

有论者认为，刘勰既然“征圣”“宗经”，对屈骚之异于经典的“博徒”和“四异”自然持贬义的。如称：“刘勰‘征圣’‘宗经’立场十分坚定并贯通全书”，不会肯定“异乎经典”的“四异”①。“博徒”也是如此：既然对“异于经典”是贬义的，怎能称它是《诗经》的“博学之徒”？但上述已经明辨刘勰视屈骚远远超越《诗经》，那么“四异”和“博徒”也就不能视为贬义的。论者认为刘勰“征圣”“宗经”，是“欲以儒经救弊”②，显然没有真正理解刘勰的“用心”，也就未能真正理解和把握《文心》的理论体系。其实，这个问题早在二十世纪八十年代牟世金和周振甫两位先生也已经阐释清楚了。

牟世金先生指出：《征圣》《宗经》两篇所论“全都是从写作的角度着眼的”，主要是强调“儒家圣人的著作值得学习”③；《宗经》篇强调“儒家经典的伟大”和堪称“衔华佩实”的“典范”等等，大多数都是“言过其实”和“不堪其誉的”④。周振甫也指出：刘勰的《宗经》显然不是“要求用儒家思想”和“要求用经书的语言”来写作⑤。以《楚辞》中不合经书的部分来说，从文学角度“他认为是变得好的”，故“反而赞美它”⑥。我们再看：刘勰既然批评汉人比较《诗》、骚只知同者褒、异者贬，可谓“鉴而不精，

---

① 刘凌：《学术规范与“博徒”“四异”解释意义纷争》，《信息交流》2010年第2期，第22页。

② 刘凌：《学术规范与“博徒”“四异”解释意义纷争》，《信息交流》2010年第2期，第23页。

③ 陆侃如、牟世金：《文心雕龙译注》，“引论”，第41页。

④ 牟世金：《雕龙集》，北京：中国社会科学出版社，1983年，第228页。

⑤ 周振甫：《文心雕龙注释》，第24页。

⑥ 周振甫：《文心雕龙注释》，第29页。

玩而未核”，如果刘勰对“四异”也持贬义，岂不是与汉人有同无异和自相矛盾？可见，刘勰是从文学的角度着眼肯定“四异”，并从中总结文学新变规律。看来是论者“看走了眼”。

那么，刘勰为什么要“征圣”“宗经”呢？这要从刘勰建构《文心》的理论体系说起。根据《序志》篇的说明：其整个体系由“文之枢纽”总论5篇、“论文叙笔”文体论21篇和“割情析采”创作论23篇三大部分组成。牟世金指出：刘勰在“枢纽”的《原道》《征圣》《宗经》中“首先树立本于自然之道而能‘衔华佩实’的儒家经典这个标，不过是为他自己的文学观点服务”，并把它作为贯穿全书的“核心观点”和“文学创作的金科玉律”“评论文学的最高准则”①；21篇文体论“既在全书总论中提出的基本观点指导之下写成的”，也是“总结了前人丰富写作经验的基础之上，进而所作理论上的提炼和概括”，并上升为“‘割情析采’的一整套理论体系”，还“从‘情’与‘采’两个方面及其相互关系来剖析文学理论上的种种问题”。故“以内容为主而情采兼顾、文质并重，这是刘勰整个文学理论体系的一条主线”。② 由此牟先生在对全书注译的基础上首次揭示《文心》理论体系的内在联系，功不可没。“枢纽”五篇总论其逻辑层次为：《原道》篇首论“本乎道”即有质自然有文乃是宇宙的普遍规律（自然包括文学）；接着“征乎圣”“体乎经”打着学习儒家经典的旗号树立“衔华佩实”作为其理论体系的主线和评析文学的标杆；继而《正纬》篇论纬书“事丰奇伟，辞富膏腴”而“有助文章”、《辨骚》篇论屈骚之于《诗经》乃是文学新变的榜样。罗宗强先生更是把“枢纽”五篇的逻辑演进概括为：原道（原于自然）→征圣宗经（法古）→酌纬变骚（新变）：“原道”为“原于自然”，“征圣”“宗

① 陆侃如、牟世金：《文心雕龙译注》，“引论”，第43页。

② 牟世金：《雕龙集》，第187、234、176、176—177页。

经”为“法古”，“酌纬”“变骚”为“新变”[①]。这也就是《通变》篇所说的“参古定法，望今制奇”，即“参古”“法古”只是手段，目的是“新变”“制奇”即创新，而并非复古、仿古，更不是倒退。罗先生还指出：“辨骚，便是辨骚之价值。骚之价值何在？便是情与奇。刘勰对情之深挚与辞之奇伟是不会反对的，从《正纬》通向《辨骚》这便是顺理成章的事了。盖纬书只提供了事之奇与文采之富的借鉴，而诗赋等文学式样所最需要的风情气骨、惊辞壮采，还有待楚辞来作为榜样。”[②]这就说明，刘勰“所要特别强调的”是：“楚辞虽有不合经典之处，而它却是辞赋的典范”，“正是纯文学作品的模仿对象”[③]。可见，刘勰“征圣”“宗经”，不过是打着儒家的旗号以建立其文学理论体系，并用以矫正愈演愈烈的浮艳文风。如果刘勰《文心》全书“十分坚定地”贯彻儒家思想，视屈骚的“异乎经典”为贬义，他所建构“体大思精”的文学理论体系也就没有什么价值。上述所引均为“龙学”前辈早在二十世纪阐述的见解，都是十分中肯的，足见《文心》的研究大大前进了，怎能视而不见！

本文为提交“《文选》与《文心雕龙》国际学术研讨会”的论文，收入吴晓峰、公维军主编：《昭明文苑　增华学林：〈文选〉与〈文心雕龙〉国际学术研讨会论文集》，镇江：江苏大学出版社，2019年。

① 罗宗强：《魏晋南北朝文学思想史》，北京：中华书局，1996年，第310页。

② 罗宗强：《魏晋南北朝文学思想史》，第279页。

③ 罗宗强：《魏晋南北朝文学思想史》，第280页。

望文生义，不足为训

——《文心雕龙·辨骚》“荒淫之意”和“四异”辨析

一、视《辨骚》篇的“荒淫之意”为贬义乃是望文生义

《文心雕龙·辨骚》篇（下引该书只注篇名）的“四异”即“诡异之辞”“谲怪之谈”“狷狭之志”和“荒淫之意”，学术界认为刘勰对此有褒、贬两说。其中出自屈骚《招魂》的“荒淫之意”，被视为贬义。笔者细查原文，发现这是望文生义的典型例子。“四异”的“诡异之辞”“谲怪之谈”“狷狭之志”以及“博徒”，仔细辨析，也应是褒义。

所谓“荒淫之意”，是该篇屈原描述楚国宫廷生活极尽欢娱的概括。笔者尝解释说：“屈原决不会提倡荒淫，刘勰也不至于低能到误解屈原提倡荒淫而批评他”[①]。有论者批评说：“中国历史上还从未有肯定‘荒淫之意’者，称此为褒义，那才是把刘勰推到‘低能’的地位。”[②]如果只是从字词的本身意义看，“荒淫”属贬义。论者是否查遍历史文献笔者无从得知，但即使查遍了也不能得出贬

① 拙文：《〈辨骚〉新识——从博徒、四异谈到该篇的篇旨》，《中州学刊》1987年第6期；又见拙文：《论〈辨骚篇〉“执正驭奇”思想在刘勰文学理论体系中的地位》，中国《文心雕龙》学会编：《文心雕龙研究》第1辑，北京：北京大学出版社，1995年。两文均收入拙著：《文心雕龙美学思想体系初探》，广州：暨南大学出版社，1993年。

② 刘凌:《学术规范与“博徒”“四异”释义纷争》，中国《文心雕龙》资料中心编:《信息交流》2010年第2期，第19页。

义的结论。黄侃先生尝云：训诂有小学家与经学家之别：盖前者“往往将一切义包括无遗”；而后者“则只能取字义中之一部分”。“如悉，《说文》训详尽也。而常语云知悉，不能说知尽。”前者“贵圆”，后者“贵专”，“取其通”[①]。笔者理解后者指联系上下文特定的语境探求，不能仅从字义本身去理解。上述《辨骚》篇的“荒淫之意”和“荒诞”“诡异”“谲怪”“狷狭”以及“博徒”等等，应训褒义即属此类。尤其这里视“荒淫之意”为贬义，乃是望文生义，不足为训。

所谓“荒淫之意”，是《辨骚》篇的“士女杂坐，乱而不分，指以为乐”和“娱酒不废，沉湎日夜，举以为欢”两段文字的概括，出自《楚辞·招魂》，究其本意并非提倡荒淫。首先，“四异”的前二异即“诡异之辞”的“托云龙，说迂怪，丰隆求宓妃，鸩鸟媒娀女”和“谲怪之谈”即“康回倾地，夷羿彃日，木夫九首，土伯三目”，属于《正纬》篇所说神话传说“事丰奇伟，辞富膏腴，无益经典而有助文章”。蒋凡先生[②]、周振甫先生[③]、罗宗强先生[④]等均认为刘勰对此是肯定的。“四异”是上下文意连贯的，不会褒前贬后，由此对后的“荒淫之意”也应为褒义。再细究具体内容，《招魂》是屈原被放逐江南后心怀家国，满怀悲愤，于是采用民间招魂的方式，为招被骗到秦国客死异乡的楚怀王之魂（或说屈原自己的魂）而作。现学界大多采用前说[⑤]。与洪兴祖、王夫之被誉为《楚辞》研究三大家之一的清人蒋骥的说法，认为《招魂》是屈原借巫

① 黄侃：《黄侃国学讲义录》，北京：中华书局，2006年，第242页。

② 蒋凡：《〈文心雕龙〉研究的若干问题》，中国《文心雕龙》学会编：《文心雕龙学刊》第1辑，济南：齐鲁书社，1983年，第463—464页。

③ 周振甫：《文心雕龙注释》，北京：人民文学出版社，1981年，第29页。

④ 罗宗强：《魏晋南北朝文学思想史》，北京：中华书局，1996年，第280页。

⑤ 黄寿祺、梅桐生：《楚辞全译》，贵阳：贵州人民出版社，1984年，第154页。

师（巫阳）之口，极力描写天地上下四方如何险恶，魂不可往，然后依次运用铺陈夸张手法极叙"宫室陈设之乐""女色之乐""饮食之乐""歌舞音乐之乐"[①]等等，最后"士女杂坐"和"娱酒不废"两段"序宾客狎戏之乐以极之也"[②]，以招怀王（或屈原）之魂返回故都郢城。故结句"魂兮归来，反（返）故居些"。今人的翻译，也多是如此理解。如称：综观《招魂》正文，"作者用巫阳的口气极力描写上下四方的险恶，以及故乡居室，饮食，音乐，娱乐之美，招唤（楚怀王）灵魂返回故乡"[③]。蒋骥解说称：《招魂》的上述"士女杂坐"和"娱酒不废"两段文字："此又承上而序（楚国宫廷）宾客狎戏之乐以极之也"[④]。可见这一系列极尽楚国宫廷生活如何欢乐的夸张铺陈的描写，都是用以招魂的。所谓"荒淫之意"乃是刘勰限于骈文用语，对其中描写楚国宫廷极尽欢乐的概括。屈原是洁身自好、光明磊落的政治家，怎么可能真的提倡荒淫？要说屈原用荒淫来招楚怀王或自己的魂，岂不是荒唐可笑？周振甫先生指出："《招魂》是招楚怀王之魂，所以写了楚王的宫廷生活，也不是什么荒淫之意。"[⑤]而且，该篇赞语不是高度赞美《招魂》"耀艳而深华"吗？如果真的提倡荒淫，又怎能如此评价？论者又说："其实，刘勰也并未说屈原'提倡荒淫'"，"只是认为描写这些内容"属于'荒淫之意'，为《雅》《颂》所不屑，不应该描写此类内容"。[⑥]

---

① ［清］蒋骥：《山带阁注楚辞》，上海：上海古籍出版社，1958年，第162—166页。

② ［清］蒋骥：《山带阁注楚辞》，第167页。

③ 黄寿祺、梅桐生译注：《楚辞全译》，第174页。

④ ［清］蒋骥：《山带阁注楚辞》，第167页。

⑤ 周振甫：《文心雕龙注释》，第29页。

⑥ 刘凌：《学术规范与"博徒""四异"释义纷争》，《信息交流》2010年第2期，第19页。

我们知道，刘勰在《时序》篇视屈骚“笼罩《雅》《颂》”，又怎会说它“为《雅》《颂》所不屑”？论者既说刘勰“并未说屈原‘提倡荒淫’”，便应是没有贬义了，却又说刘勰认为“不应该描写”此类“荒淫内容”，岂不是又视为贬义了？可见自相矛盾，实难自圆其说。可知不应该离开其特定语境理解“荒淫之意”为贬义。论者不是强调理解文意要结合“语境”吗？怎么到了这里却又离开了具体语境，如此又怎能真正理解文意？其实，牟世金先生早就是结合具体语境指出：“要从字面上解释‘博徒’‘荒淫’等词为褒而非贬，是很困难的。我以为对此只能从总体上究其实质，把握住刘勰论楚辞的实质，这些词都是对楚辞的肯定，不过是贬而实扬，是贬其局部而肯定由这些局部构成的整体。”[①] 在笔者看来，牟先生之言个别地方尚可推敲，但对“四异”“荒淫”“博徒”等视为褒义，是符合上述黄侃所说经学家的训诂一脉相承。可见，屈原没有提倡“荒淫”，刘勰也不会误解屈原真的提倡“荒淫”并没有错，而论者未予深究，望文生训，把它理解为贬义，不足为训。

二、视“四异”为贬义并非学界“共识”，亦属望文生义

论者称：长期以来，学术界大多认为，视“四异”为刘勰对屈原的“否定性评价”乃“学界共识”，至“世纪之交始有异议，认为是肯定评价，进而为其后对‘博徒’的肯定性理解创造条件”。[②] 这是论者连有关基本资料也未查阅而妄下的判断，不足为据。

其实，早在 20 世纪 80 年代在笔者之前，已有多位龙学名家和

① 牟世金：《文心雕龙研究》，北京：人民文学出版社，1995 年，第 228 页。

② 刘凌：《学术规范与“博徒”“四异”释义纷争》，《信息交流》2010 年第 2 期，第 21、19 页。

学者认为“四异”应为褒义。1981年周振甫就指出：“四同”指“取法”经书即《通变》篇“参古定法”；“四异”即“夸诞”正是《时序》篇所说“《楚辞》中异于经书的变的部分”，刘勰从文学角度“认为后者是变得好的”，故“反而赞美它”，称“它是《通变》说的‘望今制奇’，是新变，所以能超过《诗经》”。[①]1985年毕万忱、李淼二位先生认为“四异”“正是屈原作品所代表的一种新的文学思潮，也就是它的积极浪漫主义特色”[②]。1987年6月蔡钟翔先生指出：刘勰分别把“异于经典”即“四异”和“同于经典”即“四同”“建立奇正一对范畴”，构成《文心雕龙》的“重要的基本观点”，主张“执正以驭奇”，反对“逐奇而失正”[③]。可见早在1987年之前学术界对“四异”已有多位名家认为应为褒义，拙文只不过对歧义作了回顾和评述，并首次对“博徒”和“四异”均为褒义作了详细论证。1996年罗宗强先生更指出：刘勰“所要特别强调的”是：“楚辞虽有不合经典之处，而它却是辞赋的典范”，“正是纯文学作品的模仿对象”[④]。上述多为“龙学”名家，可见至上世纪末对“四异”持褒义说已逐渐成为龙学界主流，而论者却对此视而不见，还说“至世纪之交”始有笔者提出“异议”，称刘勰“确乎是持批评态度”[⑤]，实在令人惊讶！对“四异”的不同解读并非无关大旨，而是涉及对《辨骚》篇之旨和刘勰理论体系的理解和把握。20世纪70年代张志岳先生就发现如按学术界理解，视《辨骚》篇对“四异”为贬义

---

① 周振甫：《文心雕龙注释》，第43、29、43页。

② 毕万忱、李淼：《文心雕龙论稿》，济南：齐鲁书社，1985年，第68页。

③ 蔡钟翔、黄保真、成复旺：《中国文学理论史（一）》，北京：北京出版社，1987年，第263页。

④ 罗宗强：《魏晋南北朝文学思想史》，第280页。

⑤ 刘凌：《学术规范与“博徒”“四异”释义纷争》，《信息交流》2010年第2期，第20页。

则该篇是前贬后褒、自相矛盾的：所举的"四异""无疑都是贬词"，但"上文所否定的"到下文"却都基本得到肯定"。张先生的解释是：上文的否定"是就个别现象来说的"，而下文的肯定"则是就总的情况来衡量的"[①]。但显然不通，因为"四同""四异"的比较都是就总体比较情况而言。唯有按褒义理解上下文才连贯一气，才能从中总结出文学发展新变的规律。如果"四异"只是就个别现象来说，那么"四同""四异"的比较到底想要说明什么？便令人摸不着头脑了。周振甫先生说得好：《辨骚》篇"表面上是承接《宗经》辨别楚骚和经书的同异，实际是经过这种辨别来研究文学的新变，只有经过辨别才能认识它的新变，'辨'和'变'是结合的，而以'变'为主。"[②]果真按贬义论者所说：刘勰是从"于经传有合与不合""判定""四异"必然得出贬义的结论，那么，这与该篇前文批评汉人评屈骚与《诗经》同者褒、异者贬有什么不同？既然刘勰明明视屈骚"笼罩《雅》《颂》"，又怎会视"异于"《诗经》者的"四异"为必贬无疑？如果贬其异于《诗经》，试问又怎会称赞其为"奇文郁起"？还称赞它远远超越《诗经》？如果屈骚与《诗经》有同无异，它又怎能称为"奇文郁起"？又怎能从中总结文学新变的规律！

值得注意的是，1995年牟世金先生指出：刘勰"不承认汉人'依经立义''皆合经术'之评，而一定要通过具体比较，找出四同四异来"，认为"即使对《诗经》，也没有作如此之高的具体评价"，还称楚辞之所以"气往轹古"（压倒经典）"主要得自四异"[③]。真是独具慧眼，一语中的！牟先生进一步指出：刘勰之所以如此，"不

① 张志岳：《〈文心雕龙·辨骚篇〉发微》，《文心雕龙研究论文集》，北京：人民文学出版社，1990年，第404、405页。

② 周振甫：《文心雕龙注释》，第42页。

③ 牟世金：《文心雕龙研究》，第200—201页。

外是为后世文人立则：文学创作就应如此”[1]。原来刘勰所总结的“四异”即屈骚的新变，就是以之作为汉魏以来文学创作的榜样。至于牟先生又说四异“应该说都是贬辞”，因为刘勰“绝不会公开地直接地和自己的‘宗经’主张唱反调”。[2]如此解释是否令人信服，也就无关紧要了。因为，牟先生已经指出：“‘宗经’思想的实质并不在经而在文”[3]，即其实质是总结文学发展的规律。如此说来，《辨骚》篇并非属于文体论，而是明辨文学应该如何发展的，即《序志》篇所说的“变乎骚”：文学的发展变化应该像屈骚之发展变化《诗经》那样发展变化。可见属于具有纲领性质的“枢纽”。

再从刘勰视屈骚为文学新变榜样来说，“四异”也应为褒义。论者称：刘勰“不可能如褒义论者所说‘全文对《楚辞》充满褒扬之情’，一味赞扬。而‘四同’‘四异’之辨，则是判定与经传有合有不合，因之有褒有贬，有扬有抑。如‘四异’也是肯定，则与前文语境不合。这也是此前学界共识，大家并未看走眼”[4]。这里先要说明：笔者所说的“充满褒扬之情”说的是《辨骚》篇而非《楚辞》，二者有所区别。《楚辞》包括宋玉乃至汉初的一些辞赋家的作品。《诠赋》篇称：“宋发巧谈，实始淫丽。”可见刘勰视宋玉为淫丽文风之根，而《辨骚》全篇对屈骚并无贬义的批评。细看全文：除了“博徒”“四异”有不同理解，的确“全文充满褒扬之情”：首赞屈骚“奇文郁起”；继而批评汉人同经者褒、异经者给以否定型评价；再通过“四同”“四异”的比较，赞其“取镕经旨”“自

① 牟世金：《文心雕龙研究》，第200页。

② 牟世金：《文心雕龙研究》，第201页。

③ 牟世金：《文心雕龙研究》，第201页。

④ 刘凌：《学术规范与“博徒”“四异”释义纷争》，《信息交流》2010年第2期，第21页。

铸伟辞”，且举《楚辞》的《离骚》等十篇作品称其“气往轹古，难与并能”；最后从中总结“执正驭奇”规律，赞语“金相玉式，艳溢锱毫（字字句句光彩动人）”。牟世金先生称：这不仅是《文心》“全书所评作品之无以复加者”，即使对《诗经》“也没有作如此之高的具体评价”。[①]可见笔者所说“充满褒扬之情”并没有错。且至上世纪末褒义说已渐成学界主流见解，而论者竟称贬义说是“学界共识”。如此妄下短语，究其原因，亦属望文生训。

至于论者所说笔者之所以提出视为褒义，乃是“进而为其后‘博徒’的肯定性理解创造条件”[②]，实属论者的主观猜想。笔者提出“博徒”与“四异”均属褒义并作了详细论证，实乃经历了一番困惑，进而查阅资料，上下求索，多方向师友求教得到肯定始提出的，而并非预先主观认定、连基本资料也不查阅而妄下的结论。

三、“征圣”“宗经”不过是打着复古旗号进行革新

论者称：“刘勰‘征圣’‘宗经’立场十分坚定并贯通全书，怎么会在《辨骚》一篇中偏偏对‘异乎经典’的思想内容持肯定态度呢？”[③]论者的逻辑是：刘勰是“征圣”“宗经”的，由此“异于经典”的“四异”自然是贬义。此说并未细究刘勰“征圣”“宗经”之“用心”，亦属望文生训。

刘勰为什么要“征圣”“宗经”？其实质是什么？对此牟世金、周振甫等已经作出了合理的分析和解读。这要从刘勰建构《文心》

---

① 牟世金：《文心雕龙研究》，第200页。

② 刘凌：《学术规范与“博徒”“四异”释义纷争》，《信息交流》2010年第2期，第19页。

③ 刘凌：《学术规范与“博徒”“四异”释义纷争》，《信息交流》2010年第2期，第22页。

理论体系说起。根据该书《序志》篇的说明：该书整个理论体系由"文之枢纽"（总论）即《原道》至《辨骚》5篇、"论文叙笔"即文体论21篇和"割情析采"即创作论23篇等三大部分构成。最后《序志》篇说明撰写《文心》的缘由、原则及其体系的结构等，并概述"枢纽"五篇的要义为："本乎道，征乎圣，体乎经，酌乎纬，变乎骚"，意谓：首篇《原道》论有质自然有文（文质相称）乃宇宙普遍规律；接着《征圣》《宗经》两篇论"圣人"文章"固衔华而佩实"、五经"义既埏乎性情，辞亦匠于文理"，堪为典范；其后再继论《正纬》《辨骚》，两篇'前者论纬书的神话传说"事丰奇伟，辞富膏腴"为文可"酌"（吸取养料），后者论屈骚"奇文郁起"乃是文学新变的榜样。可见，从《原道》质文相称的宇宙规律→《征圣》《宗经》的情采（辞）相符、"衔华佩实"→《正纬》《辨骚》的"酌纬""驭奇"，乃是"枢纽"五篇的逻辑进程和该书理论体系的总纲。牟世金还在译注全书的基础上指出：刘勰"以'衔华而佩实''文质相称'为纲来建立其整个理论体系"[①]；其"割情析采"即创作论既是在全书总论的基本观点"指导之下写成的"，也是在"论文叙笔"即文体论中"总结了前人写作经验的基础之上"，"进而所作理论上的提炼和概括"[②]。由此首次揭示《文心》理论体系的"枢纽"，即总论、文体论和创作论三大部分的内在联系。这是重大贡献。牟先生还指出："刘勰论文之所以要征圣、宗经，主要就是确立'衔华佩实'的原则，以指导全书而构筑其文学理论体系。"[③]周振甫也指出：刘勰的《宗经》显然不是"要求用儒家思想"和"要

① 牟世金：《雕龙集》，北京：中国社会科学出版社，1983年，第247页。

② 牟世金：《雕龙集》，第234页。

③ 牟世金：《文心雕龙研究》，第109页。

求用经书的语言”来写作[①]。可见，刘勰不过是打着儒家经典的旗号建构其文学理论体系，抨击违背质文相称、衔华佩实的浮艳文风。论者称：刘勰是要“征圣”“宗经”，“怎么会在《辨骚》一篇中偏偏对‘异乎经端’的思想内容持肯定态度呢？”[②]在论者看来，既然“四异”异于儒家经典，自然是贬义的。这是望文生训，并不符合刘勰建构其理论体系的意旨。

以“四异”来说，上引牟世金、周振甫、蔡钟翔诸位龙学名家一致指出：刘勰是通过“四同”“四异”的辨析来总结文学新变的规律的。如果刘勰视“四异”为贬义，总结文学新变规律也就无从谈起。道理很简单：如果屈骚与《诗经》有同无异，何来文学的发展和新变规律？正由于屈骚“奇文郁起”，其成就“笼罩《雅》《颂》”，其新变也就值得大加称赞，成为榜样，并从中总结规律。蒋凡先生说得好：“刘勰之所以能成为古典文学理论大师，绝不仅仅是儒家思想在起作用，更重要的还是在于他对传统思想的突破、发展和运用。”[③]有一点论者说得不错：“‘四同’、‘四异’之辨”，乃是《辨骚》篇的“核心”[④]。可惜论证未得刘勰的用心，违反原旨。论者认为刘勰是“征圣”“宗经”的，自然是视“四异”为贬义。其实恰好相反，周振甫指出：《文心雕龙·序志》篇所说“变乎骚”的主要精神，“不是要用儒家思想来贬低《楚辞》的创作，恰恰相

---

① 周振甫：《文心雕龙注释》，“前言”，第28页。

② 刘凌：《学术规范与“博徒”“四异”释义纷争》，《信息交流》2010年第2期，第22页。

③ 蒋凡：《〈文心雕龙〉研究的若干问题》，中国《文心雕龙》学会编：《文心雕龙学刊》第1辑，第455页。

④ 刘凌：《学术规范与“博徒”“四异”释义纷争》，《信息交流》2010年第2期，第21页。

反，是要用《楚辞》的新变来论证文学的发展。”[①] 上述已经回顾该篇的文意：由首层赞屈骚“奇文郁起”，到次层批评汉人对《诗》、骚同者褒、异者贬；再到“四同”与“四异”赞前者“取镕经旨”、后者“自铸伟辞”，且举屈骚为证；最后从中总结“执正驭奇”的文学新变规律。其文意一气呵成，前后连贯。论者不是强调要看文章的“大语境”吗[②]？这里“四异”之前为“奇文郁起”，继而批评汉人对同经者褒而异经者贬，继而称“四同”“取镕经旨”“四异”“自铸伟辞”云云，均为赞辞。如果“四异”为贬义，则与汉人同经者褒而异经者贬有何区别？文意还能连贯吗？可见视“四异”为贬义有违彦和原意[③]。

综言之，刘勰的“征圣”“宗经”，乃是打着儒家经典的旗号以建立其文学理论体系，并矫正越演越烈的浮艳文风，而不是要用儒家思想以救文坛之弊。作为伟大的文学理论家，刘勰看到魏晋以来浮艳文风愈演愈烈，并非仅仅站在儒家的立场去批评，更重要的是从文学家的角度揭示其违背文学质文相称、情采一致即内容与形式相统一的规律。与论者所说相反，刘勰不但没有对屈原的“异端”倾向即“奇”提出批评，而且还从文学发展的角度给以高度评价，视为新变的榜样，并从中总结文学发展规律。如果如论者所说刘勰在《文心》一书中“十分坚定地”贯彻儒家思想，视屈骚的“异乎

---

① 周振甫：《文心雕龙注释》，“前言”，第28页。

② 刘凌：《学术规范与“博徒”“四异”释义纷争》，《信息交流》2010年第2期，第21页。

③ 参见拙文：《〈文心雕龙·辨骚篇〉“博徒”“四异”再辨析》，中国《文心雕龙》学会编：《文心雕龙研究》第9辑，保定：河北大学出版，2011年；《三辨〈文心雕龙·辨骚〉篇的“博徒”“四异”和篇旨》，李建中、高文强主编：《百年龙学的会通与适变》，哈尔滨：黑龙江人民出版社，2011年。

经典”为贬义，他就不可能建构其极具理论价值的、“体大思精”的理论体系，不可能成为伟大的文学理论家。上述所引多为龙学名家早已阐发，足见《文心》的研究大大前进了。论者却还称视“四异”为贬义是“学界共识”，“大家并未看走眼”[1]。看来是论者“看走眼”，而不是大家。

---

① 刘凌：《古代文化视野者的文心雕龙》，长春：吉林大学出版社，2010年，第99页。

迟来的辨析：评有关《辨骚》篇的“曲线宗经”和“浪子英雄”说

近来友人传来杨德春先生的文章（以下简称“杨文”），称：学界对《文心雕龙·辩骚》篇“博徒”的解诂，一是有极端化、简单化、模式化倾向，二是未能察觉“博徒”的词义自《史记》后已演变为中性、乃至褒义的变化，三是未能根据该篇文意具体辨析。自称该篇“四事宗经、四事未宗经”“实乃曲线宗经”，故“宗经之浪子英雄”即为“‘博徒’之确诂”[①]。此说虽新，但经不起检验，上下文也难贯通，有违原旨。现循杨文所说三点逐一辨析。

关于前两点，杨文旁征博引称：自《史记》后“博徒”出现去贬化倾向，“新义为隐于博徒之贤人或英雄”，但又称沈约时“博徒”仍为中性，“至唐代始转为新义”[②]。既然与沈约同时代的刘勰时仍为中性，又称《辨骚》篇的“博徒”为褒义的“贤人或英雄”，岂不是自相矛盾？至于引《宋书》王微“赏剧孟于博徒”云：“此博徒仍为英才，但并非正途出身之英才，实属历经曲折而终入正途之曲线英才”，或曰“虽为浪子而终成英雄”。[③]如此推论，实在牵强。《史记·游侠列传》称赞剧孟等游侠“然其私义廉洁退让，有足称者”，称赞的是游侠“廉洁退让”的品德，而不是说他们混迹于博徒，

① 杨德春：《〈文心雕龙·辨骚〉“博徒”正诂》，《学术研究》2015年第3期。

② 杨德春：《〈文心雕龙·辨骚〉“博徒”正诂》，《学术研究》2015年第3期。

③ 杨德春：《〈文心雕龙·辨骚〉“博徒”正诂》，《学术研究》2015年第3期。

由此便是“英才”或“曲线英雄”。王微也是如此。杨文引《后汉书·崔骃传》载：崔骃先“隐于典籍业”等候时机，终得“宪屣履迎门”，引为上客。由此称其“《博徒论》中之博徒介于褒、贬义之间，实属中性词”。此博徒实属“曲线英才”，或曰“浪子英雄”[①]。既为“英才”“英雄”，自然为褒义，却又说在“褒、贬义之间”，岂不自相矛盾？从文意看，应是宪已闻崔骃的才名，知其“隐于典籍业”而引为上客。有才不等于就是英雄，“隐于典籍业”也不能说就成了“英雄”，二者显然没有因果关系。至于杨文引《唐诗纪事》称高适“性落拓不拘小节”“隐迹博徒，才名自远”，“隐迹博徒”为高适“曲线为官之路”；又引李白有诗自称“闲从博徒游”，可见唐时“博徒”已成为褒义，令人难以理解。因为，正由于“博徒”为贬义，高适隐迹其间、李白闲从其游，才显得放荡不羁。如果“博徒”被视为英雄，高、李岂不也是趋炎附势之徒？高适45岁进士及第后授封丘县尉，其后任哥舒翰掌书记，仕途顺畅，做到淮南节度使和朝廷高官。进士及第是其进入仕途一路高升的关键，并非由于“隐迹博徒”。李白则是因诗才甚高，玉真公主和贺知章交口称赞，唐玄宗看了他的诗赋才授供奉翰林的闲职。如果他只会“闲从博徒游”，有谁理他？杨文竟称“隐迹博徒”为高适“曲线为官之路”，于理不通。要说李白与赌徒游，“博徒”便为褒义，也难成立。即使今天，“博徒”仍多为贬义。故注释家多引申为贬义的浪子、贱者。可见杨文视为“曲线英才”或“浪子英雄”，实难成立。

其实，笔者早在二十世纪已经撰文指出:《辨骚》篇的“博徒”“四

---

① 杨德春：《〈文心雕龙·辨骚〉“博徒”正诂》，《学术研究》2015年第3期。

异”应为褒义[①]。首先，细审该篇文意，可分四层。首层指出屈骚继《诗经》之后“奇文郁起”（为下文从与经书的同、异中总结文学新变规律埋下伏笔）。二层批评汉人“方经”即简单、机械比较二者，同者褒、异者贬。三层刘勰比较经书与屈骚既有“四同”即“典诰之体”“规讽之旨”“比兴之义”和“忠怨之辞”，又有“四异”即“诡异之辞”“谲怪之谈”“狷狭之志”和“荒淫之意”。“四同”：一为“典诰之体”，即《离骚》中陈述唐尧和虞舜光明正大，称赞夏禹和商汤谨严儆戒，与《尚书》中《尧典》《汤诰》的内容一致；二为“规讽之旨”，即《离骚》讥讽夏桀、商纣荒淫无道，痛惜后羿、过浇覆没，那是劝告惩戒的意思；三为“比兴之义”，即《涉江》中用虬龙比喻君子、《离骚》用云霓比喻坏人，那是继承《诗经》中的“比”和“兴”手法；四为“忠怨之辞”，即《哀郢》中诉说回首故国便会叹息流涕，《九辩》中叹息君王在深宫难以接近。“四异”：一为“诡异之辞”，即《离骚》中驾着八龙和云旗，讲述荒诞的故事，如派云神寻找宓妃，使鸩鸟为媒向娀女求婚；二为“谲怪之谈”，即《天问》中说共工撞倒天柱使大地倾斜，后羿射落九个太阳，《招魂》说有樵夫有九个脑袋，土地神长着三只眼，那是神怪的传说；三为“狷狭之志”，即《离骚》中因君王不听劝告，以殷大夫彭咸为榜样而沉江自尽，《悲回风》说追随伍子胥自尽以明志；四为“荒淫之意”，即《招魂》中说楚宫中男女一起作乐，日夜饮酒。关于“四同”，即杨文所说的“四事宗经”，学术界一致认为为褒义；而“四异”即杨文所说的“四事未宗经”，则有不少人认为属贬义。但仔细辨析则不然。“诡异之辞”和“谲怪之谈”，

---

① 参见拙文：《〈辨骚〉新识》，《中州学刊》1987 年第 6 期，收入拙著：《文心雕龙美学思想体系初探》，广州：暨南大学出版社，1993 年。

前者说的是屈骚运用神话传说。《正纬》篇说神话传说“事丰奇伟，辞富膏腴”而“有助文章”，可见不应视为贬义。至于“狷狭之志”和“荒淫之意”，不少论者仅从字义上理解为贬义，其实不然。《论语·子路第十三》：“子曰：不得中行而与之，必也狂狷乎？狂者进取，狷者有所不为也。”《孟子·尽心下》解释说：“孔子岂不欲中道哉？不可必得，故思其次也。”可见儒家对“狷狭”并没有采取否定态度。至于班固指责屈原“露才扬己，忿怼沉江”，其实屈原忠而见疑，愤而沉江，一片丹心日月可鉴。《辨骚》篇赞“壮志烟高”、《比兴》篇赞“三闾忠烈”等等，可见不应视屈原之志为贬义。至于“荒淫之意”，笔者指出：《招魂》是为楚怀王受骗被拘留秦国至死而魂不能归而作，该篇以铺陈夸张手法极写楚宫生活快乐以招其魂，不应误解为宣扬荒淫。可见“四同”说明“取镕经意”，“四异”说明“自铸伟辞”，称屈骚乃“《雅》《颂》之博徒”并无贬义。四层批评汉赋仅得其皮毛而未能继承屈骚的精神。由此总结出“酌奇而不失其贞，玩华而不坠其实”的新变法则[①]。从训诂说，《说文》训博为“大通”，《艺文类聚》卷四十六引《汉书·百官表》“博士之官”注云：“博者，博通于艺事也。”周代把指礼、乐、射、御、书、数六种才能和技艺称“六艺”。或谓“六艺”指六经，《文心雕龙·时序》篇称刘向“雠校于‘六艺’”，指的就是六经。可见“博士”即博通诸艺或博通六经之士，褒义无疑。《史记·屈原列传》称屈原“博闻强志，明于治乱，娴于辞令”；《文心雕龙·时序》篇称司马迁、吾丘寿王和应贞、傅玄、三张（张载、张协、张亢）为“××之徒”，这些人都是代表时代的优秀作家，应为褒义。故刘勰自铸新词“博徒”而不称“博士”，显然是为了避免重复。可

① 韩湖初：《文心雕龙美学思想体系初探》，第 101—103 页。

见“博徒”应训褒义有根有据。

其次，笔者又引《文心雕龙·知音》篇也称楼护为“博徒”云：“至如‘君卿（楼护字君卿）唇舌’，而谬欲论文，乃称‘史迁著书，咨东方朔’，于是桓谭之徒，相顾嗤笑。彼实‘博徒’，轻言负诮，况乎文士，可妄谈哉？”笔者首次引《汉书·游侠传》称：楼护为齐人，少随父为医，出入贵戚家，诵医经、本草、方术数十万言，后为经传。可见是个货真价实的“博通之士”。不但与赌博无涉，且为人“短小精辩，论议常依名节”，文风严肃、正气，长安号曰“谷子云笔札，楼君卿唇舌”。尤其是称楼“为京兆吏数年，甚得名誉”，褒义无疑。《文心雕龙·论说》篇也称楼护“颉颃万乘之阶，抵嘘公卿之席”，显然赞其不向公卿权贵低头，故《汉书》为其列传。杨文称：《知音》篇称楼护“不过是个夸夸其谈之人，随便说话就被讥诮，文人学士更不能妄谈，故此处‘博徒’一词，绝不是褒扬之词”[①]。楼护博学多才而且善辩并非自封，杨文称“博徒”为“夸夸其谈之人”于训诂并无根据。此处“彼实‘博徒’”与“轻言负诮”并非因果而是转折关系；而与“况乎文士，可妄谈哉”，则是递进关系的复句，意谓博学如楼护尚且如此，何况一般文士更不可随意妄评。如果楼护只会“夸夸其谈”而随意胡言，被人讥笑也就不值得大惊小怪，也就没有递进的意义，不能进一步说明上文“知音其难”。由《知音》篇的楼护应训“博学之徒”或“博通之徒”，可证《辨骚》篇的“博徒”亦应如此。

至于杨文所说结合该篇的语境分析称：“四事未宗经”即“四异”“与完全不宗经者迥异”，可视为“经典之变相继承者”，“实

---

① 杨德春：《〈文心雕龙·辨骚〉“博徒”正诂》，《学术研究》2015年第3期。

乃曲线宗经”[1]。此说虽新，却难成立。既然“与完全不宗经者迥异”，岂不是与宗经相同？既称“四异”为“曲线宗经”，岂不是重蹈汉人“方经”即同者褒、异者贬的错误？此其一。如此怎能与上文赞其“奇文郁起”“体宪三代”，下文赞其“自铸伟辞”以及“气往轹古”“难与并能”连成一气？且与《时序》篇以日月为喻的“屈平联藻于日月”和“观其艳说，笼罩《雅》《颂》”的极高评价自相矛盾？此其二。“四同”说明继承经书，“四异”为“自铸伟辞”，如“四异”视为贬义，又怎能作为文学新变的榜样，并从中总结出文学新变的规律？此其三。既然“四异”不能视为贬义，杨文所称“浪子英雄”或“曲线英雄”为“博徒”的“正诂”“确诂”，怎能成立？既称为“曲线宗经”“浪子英雄”，说明似贬实褒，既称为“曲线宗经”，岂不是最终还是要回到经书的老路？又何来创新发展？周振甫先生指出：只有经过“四同”“四异”之“辨”，才能认识文学的新变，“‘辨’和‘变’是结合的，而以‘变’为主”[2]。可见该篇之旨是总结文学发展的新变规律，而不是阐述如何回到经书的老路。至于杨文称：“或偶有以‘博徒’为褒义者”如李金坤，称“龙学”界普遍认为“博徒”和“四异”“皆为贬词”。而李金坤针对李定广先生批评《正诠》认定“博徒”“四异”为褒义的批评进行反批评，自我肯定《正诠》的“学术价值”，详细论证“博徒”“四异”应为褒，还自称此乃“发前人所未发的‘新见’”[3]。其实早在1987年笔者就已经撰文认为“博徒”“四异”应为褒义。鉴于此，故笔者在2011年发表的《再辨析》

---

① 杨德春：《〈文心雕龙·辨骚〉“博徒”正诂》，《学术研究》2015年第3期。

② 周振甫：《文心雕龙注释》，第42页。

③ 李金坤：《〈辨骚篇〉“博徒”“四异”终究是“褒词”——李定广先生〈求新须先求真〉商榷文之商榷》，中国《文心雕龙》学会编：《文心雕龙研究》第8辑，保定：河北大学出版社，2009年，第327页。

的《后记》中对此作了详细揭露。大致情况如下：

1997年在江苏镇江举行《文心雕龙》国际学术研讨会期间，笔者与镇江师专（后为江苏大学）的李金坤先生相识，相谈甚欢，还摄影留念，并赠拙著《文心雕龙美学思想体系初探》（其中收入阐述“博徒”“四异”为褒义的《〈辨骚〉新识》一文）。其后李先生在《镇江师专学报》2001第2期发表《刘勰〈辨骚篇〉新探〉》，在《苏州教育学院学报》2004年第2期发表《〈辨骚篇〉“博徒”“四异”正诠——兼论刘勰“执正驭奇”的创作原则》(以下简称《正诠》)，李金坤先生先赞笔者视“博徒”和“四同”“四异”为褒义可谓“石破天惊”“非同凡响”，接着笔锋一转“所憾其论证尚欠全面充分耳”。于是“拟就此深究之，以求得较为明晰而圆满的答案”。既然李称赞笔者的见解为“石破天惊”“非同凡响”，可见视“博徒”“四异”为褒义是先看到本人的观点和具体阐述后提出的，并非李金坤的“新见”。至于拙文到底“尚欠”在哪里？李文没有说清楚。至于李文是否“深究”？白纸黑字，可以查阅。

李金坤先生宣称：“拙文《正诠》将《辨骚》篇中的‘博徒’‘四异’认定为‘褒美之词’，可谓发前人所未发之‘新见’。”[①] 笔者细读李文，不但这一观点完全承自本人的论著，其论据和论证的思路也大同小异。李飞先生在其提交2017年中国《文心雕龙》学会第十四次年会（呼和浩特会议）的论文称：“最早提出‘博徒’一词非贬义的大概是韩蓝田、徐季子”，前者释为“大弟子”；后者称“未必是贬义”，“可否解释为屈原博识《诗经》”？并指出：

① 李金坤：《〈辨骚篇〉“博徒”“四异”终究是“褒词”——李定广先生〈求新须先求真〉商榷文之商榷》，中国《文心雕龙》学会编：《文心雕龙研究》第8辑，第327页。

对“博徒”视为褒义“作了明确的阐述”是笔者，“其后赞成此说的有李金坤，论述更为仔细化，但观点无大别。”[①]而李金坤先生的《正诠》视“博徒”为褒义的最主要证据，就是引《汉书·游侠传》有关楼护的记载。而这条证据首先是由笔者1987年发表的《〈辨骚〉新识》一文引用的。可见首先明确提出并作具体详细论证“博徒”为褒义的是笔者，而不是李金坤先生。可是李金坤先生却说成是自己的“新见”。其实前此蔡钟翔已指出：刘勰视“四同”和“四异”为“正”与“奇”一对范畴，主张“执正驭奇”，反对“逐奇失正”[②]；毕万忱、李淼也批评有学者“从极狭窄的贬斥意义上”理解“四异”[③]。他们均视“四异”为褒义。李金坤先生还把其研究成果寄赠王更生先生，被称赞“确有可观”，“尤其‘四异’部分，指‘自铸伟辞’，可谓定论”[④]。

遗憾的是，杨先生查阅了不少典籍有关“博徒”词义的注解，却对近年有关的研究缺乏基本的了解。杨先生既然认定自己的见解是“正诂”“确诂”，那就应该查阅有关研究资料才作这样的结论。关于“博徒”“四异”，“龙学”界发生几次论争，杨先生不知情，也不去查阅有关资料。如笔者于2009年在镇江中国《文心雕龙》资料中心编印的《信息交流》该年第2期旧事重提，发表《〈辨骚篇〉“博徒”应训“博通之徒”》，接着张灯先生和刘凌先生在该刊次

---

① 李飞：《〈文心雕龙〉旧注辨证四题》，中国《文心雕龙》第十四次年会论文集，中国《文心雕龙》学会、内蒙古师范大学编，2017年，第211页。

② 蔡钟翔、黄保真、成复旺：《中国文学理论史（一）》，北京：北京出版社，1987年，第263页。

③ 毕万忱、李淼：《文心雕龙论稿》，济南：齐鲁书社，1985年，第70页。

④ 李金坤：《〈辨骚篇〉“博徒”“四异”终究是“褒词”——李定广先生〈求新须先求真〉商榷文之商榷》，中国《文心雕龙》学会编：《文心雕龙研究》第8辑，第340页。

年第1期发表《“博徒”务应作贬词解》和《学术规范与“博徒”“四异”释义纷争》提出反驳意见。继而笔者在该刊2010年第2期发表《致张灯再谈楼护》和2011年第1期发表《〈文心雕龙〉和〈汉书〉对楼护到底是褒还是贬？》进行反驳。涂光社先生在该刊2010年第1期发表《小议“自然之道”“神理”和“博徒”的诠释和今译》，称笔者自1987年起屡次指出“博徒”不能理解为赌博之徒，或人之贱者，应训“博通之徒”，但认为“不如理解为‘与《诗经》博弈中以奇争胜者，’”。笔者于2009年、2011年向中国《文心雕龙》学会第10次年会（芜湖会议）和第11次年会（武汉会议）提交有关“博徒”“四异”《再辨析》和《三辨〈文心雕龙·辨骚〉篇“博徒”“四异”》。唐萌、吴建民在武汉会议论文的《综述》中称：在众多的《文心雕龙》的考校著作中，仍然留有若干文字层面的疑问，由此出现“由某些关键疑点的释疑有可能推翻以往研究的‘定论’，以致对《文心雕龙》的解释甚至于对刘勰思想的解读产生颠覆性的影响”，称赞拙文《三辨》是“其中最具代表性的文章”[①]。看来，杨文对上述有关的争论和研究竟一无所知。如果说，镇江的中国《文心雕龙》研究资料中心《信息交流》的争论，由于论者不在“龙学”圈子故不了解情有可原，那么《文心雕龙研究》乃是学会的会刊，要研究“龙学”连查都不查，怎能动辄宣称自己的见解就是“正诂”“确诂”？

① 唐萌、吴建民：《百年龙学国际学术研讨会中国〈文心雕龙〉学会第十一次年会论文综述》，中国《文心雕龙》学会编：《文心雕龙研究》第11辑，北京：学苑出版社，2015年，第319页。

附：游志诚教授论“博徒”和“四异”

笔者有幸结识台湾彰化师范大学游志诚教授，相谈甚欢。尝就“博徒”“四异”歧义请教于游兄，幸得来函赐教，现录于此，以供学界参考，幸有禅益焉。

其一云：“来教‘博徒’一词，在《辨骚》篇与‘英杰’对语，此双语正对，善读书者焉能以贬意读之，无他，不精心也！诚不知‘书亦国华，玩绎方美’乎！且《辨骚》说‘四同’（与《风》《雅》等）、说‘四异’则骚之独领，合其同与异皆备于骚，而《风》《雅》但有‘四同’尔。如此岂不云骚之胜于《风》《雅》乎！此刘勰之所以有奇正并观之文论也。‘以意逆志’，仆尝据此篇诗骚之较论逆推勰之意，盖即由骚起而后有个人之作，集部由之以兴，然皆去骚之犹存经子之心远矣！观《序志》篇末段‘敷理举统’，凡《文心》一书关键术语，若‘华实’‘情理’‘奇正’‘风骨’，皆备于此，不即谓骚之作，固一切文集之典范，后世集部文人当效文章政事双修之骚志也。”（2015年10月27日来函）。

笔者细玩文意有二：一是指出《辨骚》篇的“博徒”与“英杰”（即原文“《雅》《颂》之‘博徒’，辞赋之英杰”）为双语正对，不应、也不能理解为前贬后褒，而是皆为褒义；二是《骚》于《风》《雅》既有“四同”、又含“四异”，是其胜于《风》《雅》者，是既能继承、又能创新。由此始有刘勰论诗文的奇正之论即“执正驭奇”文学创新原则。这也就是该篇篇末所说的“凭轼而倚《雅》《颂》，悬辔以驭楚篇，酌奇而不失其贞，玩华而不坠其实”。如此方能文意前后一致，血脉流贯。如训“赌博之徒”，则下文的“奇正之论”便会令人摸不着头脑，作为《文心》理论支柱之一的“执正驭奇”创新法则也就失去依据。游教授还进而指出：不但刘勰论诗歌的创作和发展应该如此，而且也是后世“一切文集之典范”，即后世集部文人文章的榜样。此乃游教授的创见，发人所未发。

游教授一再强调：“简言之，‘博徒’非贬语，绝不做‘赌徒’之解。仆粗解之，当谓惟骚之奇正兼备创一代新体，沾溉百代诗心，固得与《风》《雅》之流抗衡比肩。若比喻‘赌博’，亦可曰惟骚可与《风》《雅》一赌耳。噫！‘博徒’若必欲强作‘赌博’解，则亦仅喻幸逢对手、旗鼓相当之谓也。不但无贬意，且一洗浅人误骚之谬，甚者有贬屈原不知处世如班孟坚之评，皆非是。乃知勰之说骚，必欲强辩之不可，盖孟轲岂好辩之比焉。韩公明眼，一语定案，振聋发聩，我辈幸可拜闻，亦云门之深知也。佩之佩之。”综而言之，“‘博徒’盖‘博学之徒’‘博通之徒’‘博雅之徒’(智术之子、博雅之流)，此勰之本意也。”游教授之意，是说“博徒”非贬语，绝不能作“赌徒”之解，唯有如此才能理解由于《骚》兼有“奇”“正”(四异、四同)故能创新成为崭新文体。韩按：即《辨骚》篇首赞屈骚“奇文郁起”)，“沾溉百代诗心”如所谓“辞赋之英杰”，由此而“与《风》《雅》之流抗衡比肩”。如《时序》篇赞《骚》“观其艳说，则笼罩《雅》《颂》”。可见“博徒”之争并非个人意气之争，正如当年孟轲强调自己并非“好辩”，而是形势所使然。

其二云：“至若‘博徒’之辨，‘定论早定矣’。皆我公爬梳、‘上穷碧落，终底于成’。此正刘勰所谓‘镕铸陶染’之功夫，佩服佩服！”（2020年4月1日）再次肯定“博徒”之辨已成定论，并以白居易《长恨歌》“上穷碧落下黄泉”句盛赞笔者不懈求索的精神。游教授的称赞，那是过誉了。笔者不过是一个“龙学”老兵，实不敢当。但自问的确并非出自“好辩”的私心，之所以为“博徒”“四异”反复争辩，为的是求得正确理解刘勰的“用心”，更准确把握《文心》的理论体系而已！余岂“好辩”哉！游兄可谓知我者也。顺致谢意。

关于《知音》篇称楼护为“博徒”，游教授曰：“楼护博通，学固其所擅，绝无可贬之处，然论文未细考，故得小疵。彦和引以为戒耳。此选例以定论之谓也。”（2015年9月27日来函）可见把楼护理解为贬义的“赌徒”“低贱者”等均离开原旨，都是不正确的。值得注意的是，游教授十分坚定视楼护为褒义，称其“绝无可贬之处”，看来是有相当深入的了解和把握，并非随意而论。

游教授又云：“仆有意专作《细读文心雕龙》一书，尽发五十篇引《易》述《易》之微，五十篇内含子论之学，盖《文心》者子学与文学之双合也。”（2015年9月27日来函）韩按：戚良德教授有《两岸“龙学”之交汇——序游志诚教授〈文心雕龙五十篇细读〉》，赞其论《文心雕龙》是“一部子书”，“刘勰的身份根本就是一位彻头彻尾皆未变本质的‘子学家’”，并指出“《文心》学界若要认真反省当前研究进一步进展，首先要辨明《文心》此书的子学内涵，重探刘勰一生学术思想的真实‘本色’。如此高屋建瓴之说，何啻彦和‘知音’乎！”[1]余录于此，“龙学”诸君子，其垂意焉。

① 参见戚良德主编：《中国文论》第8辑，济南：山东人民出版社，2020年。

《文心雕龙》理论体系

论《文心雕龙》理论体系的统一性

著名学者王元化先生早在二十世纪八十年代就高度肯定和评价《文心雕龙》在艺术规律和艺术方法方面的成就，同时认为这些精华部分“仍旧包括在刘勰的客观唯心主义思想体系之内”，和过去一些优秀思想家的理论著作一样，存在“原理和原理的运用之间，体系和方法之间，形式和内容之间，可能存在某种不一致的情况”。如费尔巴哈“下半截为唯物主义者，上半截为唯心主义者”；而黑格尔则相反：“形式上是很唯心的，而内容却是很现实的”。[①]笔者认为，该书的理论体系是自觉地运用了魏晋玄学的“举本统末”的思辨方法建构成起来的，有着内在的逻辑统一性。王说值得商榷。笔者水平有限，所论错误在所难免，敬请王先生及专家读者指教。

一、《文心雕龙》的“枢纽”及其理论体系

根据《文心雕龙·序志》篇的说明：该书分为上、下篇。上篇包括“文之枢纽”（总论），即前5篇和“论文叙笔”即文体论20篇；下篇包括：“割情析采”即创作论（含论创作19篇，论批评5篇）和结尾《序志》。上、下篇合计正合“《大易》之数”五十。

---

① 王元化：《文心雕龙创作论》，上海：上海古籍出版社，1979年，第50页。

刘勰还说明："其为文用"即论述文学问题的只有49篇，此外的一篇应是《序志》——因为它只是说明该书的写作宗旨、背景、方法、结构等。这样，该书便可分为"枢纽"论、"论文叙笔"文体论和"割情析采"创作论（含批评论）三部分。（见图1）

本文图表把"割情析采"的创作论分为创作论和批评论两部分。还可以把《通变》和《时序》两篇分出作为文学发展论。又据《宗经》篇可分别把《易经》《尚书》《诗经》《礼记》和《春秋》作为五大文体类之首，则文体论可分为五大系列。又据《序志》篇所述，创作论可分为三块：其一为《神思》至《情采》6篇分论文学创作的酝酿构思、风格形成、风骨铸造、作品体势、承传革新和内容与形式的统一问题，其中《神思》为主脑，《情采》为纲领；其二为《镕裁》至《指瑕》10篇，其中《镕裁》至《夸饰》6篇论写作技巧和表现手法，《事类》至《指瑕》4篇分别从四个方面阐述如何对作品进行检视和修改：《事类》《练字》着眼于材料与文字的运用，《隐秀》着眼于是否做到"隐"（隐含意蕴）与"秀"（形象秀美），《指瑕》论常见易犯的四种毛病；其三为《养气》《附会》《总术》3篇，分别论掌握创作节奏、作品的整体组合和熟习写作规律，带有总结性质。批评论5篇：《时序》《物色》分论作品与社会环境和与自然环境的关系，《才略》《程器》两篇分论作家的才性与人品，《知音》篇论批评鉴赏的意义、方法和步骤。[①]（见图1）

---

① 范文澜和牟世金认为《辨骚》篇归入文体论，郭晋稀认为该书的篇次流传版本有误，但学者多不认同。

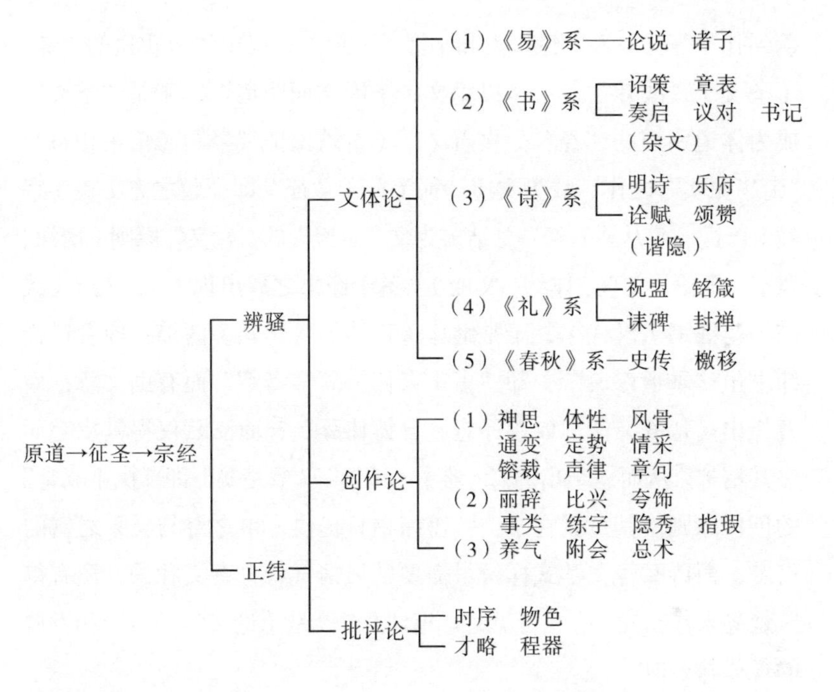

图 1　《文心雕龙》理论体系结构图

刘勰怎样建构其文学理论体系的呢？这要从总论“枢纽”说起。

“枢纽”意为户枢和纽带。顾名思义，它在整个理论体系中是统辖和带动全局的中枢和纽带。“枢纽”5 篇本身是一个整体，有其严密的逻辑推演进过程：首篇《原道》篇首句极赞“文之为德也大矣，与天地并生”，是说自然万物其形态之美乃是“道之文”（道的具体显现），可见“文”的意义伟大，自有天地以来便是如此了[①]。由此足证文不离道，道以文显。既然“形立则章成矣，声发则文生矣”（即万物皆自然有文），故人有“人文”；继论从伏

① 《原道》篇首句的“文”通“纹”，本义“像两纹交互”，引申为“凡是有纹理和色彩相杂的事物”（自然万象）和人类社会的精神文明与物质文明。参阅顾易生、蒋凡：《先秦两汉文学批评史》，上海：上海古籍出版社，1990 年，第 40 页。

羲到孔子等"圣人"经探索和掌握了"道"，写出体道明道的"经"（圣文），故知"道沿圣以垂文，圣因文而明道"，于是"圣文"成为体道明道的"经"。接着《征圣》篇论证"经"乃情采相符、"衔华佩实"之作，故为文应"征圣"（"征"即征验之意）；《宗经》篇进一步从"五经"总结出为文"宗经"的"六义"原则（情深、风清、事信、义直、体约、文丽）。鉴于经书之后出现了《楚辞》（战国）与纬书（汉代），于是继作《正纬》《辨骚》两篇：前者辨析纬书虽"乖道谬典"，却"事丰奇伟，辞富膏腴"而有助文章；后者指出《楚辞》能"取镕经意，自铸伟辞"，而汉赋仅得其皮毛而失其精神，从而总结出"倚《雅》《颂》""驭楚篇"即"执正驭奇"的创作原则。其意义在于："盖纬书只提供了事之奇与文采之富的借鉴，而诗赋等文学式样所最需要的风情气骨，奇文壮采，还有待于楚辞来作榜样。"[①]可见，"枢纽"5篇是总论文学的本原和发展的规律与方向。

俗语云：万丈高楼从地起。牟世金先生指出：《原道篇》的"自然之道"即万物有质自然有文（质文相称）是宇宙万物的普遍规律，是该书"全部文学评论的主要依据"和"全书的指导思想"，《征圣》《宗经》两篇把儒家经典说成是文学典范，"主要目的是建立其既重内容又重形式的文学观"。[②]"刘勰首先树立本于自然之道而能'衔华佩实'的儒家经典这个标，不过是为他自己的文学观点服务"[③]。具言之，"割情析采"即创作论部分"既是在全书总论中提出的基

① 罗宗强：《魏晋南北朝文学思想史》，北京：中华书局，1996年，第279页。陈志明认为：《辨骚》篇结尾的"执正驭奇""玩华佩实"在"枢纽"五篇中"最完整最充分体现了刘勰的文学思想"。参见陈志明：《〈文心雕龙〉理论的构成与篇第间的关系》，《文心雕龙学刊》第3辑，济南：齐鲁书社，1986年，第3页。

② 牟世金：《雕龙集》，北京：中国社会科学出版社，1983年，第221、188页。

③ 牟世金：《雕龙集》，第232页。

本观点的指导之下写成的，也是在‘论文叙笔’中总结了前人丰富经验的基础之上，进而所作理论上的提炼和概括”①。可见，质文这对范畴，乃是《文心》理论体系的逻辑起点和基石。《征圣》篇和《情采》篇所阐述的“经”乃情采相符、衔华佩实之作，正是由《原道篇》的质文相称而来。综言之，从质文相称到情采相符、衔华佩实到执正驭奇、追求风情气骨与奇文壮采的统一②，这既是“枢纽”论的逻辑进程，也是统辖和贯穿整部《文心》的中枢和纽带。

二、《文心雕龙》理论体系的统一性

那么，“枢纽”论的从质文相称到情采相符、衔华佩实再到执正驭奇思想，又是如何贯穿于全书的文体论、创作论和批评论的呢?

笔者查阅文体论，可以说，对各种文体的论述都是依据质与文、情与采或其华与实等等同类范畴的具体运用③。据《序志》篇的说明:文体论的写作依次为“原始以表末，释名以章义，选文以定篇，敷理以举统”。先看“原始表末”（追溯各种文体的源流）：如《明诗》篇称四言诗“雅润”、五言诗“清丽”，均“华实异用，惟才所安”；《议对》称汉代诸家之作“虽质文不同，得事要矣”；《铭箴》篇称“其取事也必核以辨，其摛文也必简而深”，“取事”与“摛文”，显然是从质与文着眼（同类例子不少）。次看“释名章义”（对各种文体的正名和解释）：如《诠赋》称赋“铺采摛文，体物写志”；《谐隐》称隐“遁辞以隐意，谲譬以指事”；《诔碑》称“诔”为“铭德纂行，文采允集”，等等。再看“敷理举统”（对文体写作原则的总结）：如《诠赋》称赋“丽词雅义，符采相胜”“文虽杂而有质”；《论

① 牟世金：《雕龙集》，第 187 页。

② 罗宗强：《魏晋南北朝文学思想史》，第 279 页。

③ 牟世金：《雕龙集》，第 189 页。

说》称论“其义贵圆通，辞忌枝碎”；《议对》称议“文以辨洁为能”与“事以明核为美”；《书记》总论谱、籍等24种文体“或事本相通，而文意各异；或全任质素，或杂用文绮”。最后的“选文定篇”（选评代表作品）：如《颂赞》篇称屈原《橘颂》“情采芬芳”、评马融《广成》《上林》“弄文而失质”；《哀吊》篇称潘岳“义直而文婉”；《杂文》篇评蔡邕等人“情见而采蔚”“辞高而理疏”“意荣而文悴”；《史传》篇赞陈寿《三国志》“文质辨洽”，可比史迁、班固；《诸子》篇称孟、荀“理懿而辞雅”，管、晏“事核而言练”，等等，例子甚多。以上均从《原道》篇的质文相称、《情采》篇的情与采、实与华而来。

“割情析采”部分即创作论方面，论者多视《神思》篇为创作论的“总纲”，笔者认为应为《情采》篇。该篇称“情者文之经，辞者理之纬”，经纬相成为“立文之本源”，足以说明。罗宗强先生指出：《征圣》篇的“衔华佩实”“此一标准贯串全书”[①]。该篇之旨无非是说“圣人”所写的“经”乃是情采相符之作，故为文要“征圣”“宗经”。《情采》篇首称“圣贤书辞，总称文章，非采而何”，正与《征圣》篇遥相呼应。而且，情与采的确是贯穿整个创作过程的范畴。如《神思》篇称“志气统其关键”“辞令管其枢机”；《体性》篇称“情动而言形，理发而文见”；《风骨》篇称“情与气偕，辞共体并”；《定势》称“因利骋节，情采自凝”，等等，是说创作的酝酿构思，风格、风骨与体势的形成，均围绕着情与采进行。同样，各种表现技巧和手法的运用也是如此。如：《镕裁》篇称“情周而不繁，辞运而不滥”；《章句》篇称“理资配主，辞忌失朋”；《丽辞》篇称“必使理圆事密，联璧其章”；《指瑕》

① 罗宗强：《魏晋南北朝文学思想史》，第276页。

篇称“立文之道，惟字与义”；《夸饰》篇称“辞虽已甚，其义无害”；《事类》篇称“经籍深富，辞理遐亘”；《附会》篇论“附辞会义”务须使理“无倒置之乖”，言“无棼丝之乱”；《总术》篇称“研术”便会“义味腾跃而生，辞气丛杂而至”，等等。其批评论也贯彻这一精神。如《知音》篇称创作是“情动而辞发”，“观文”即批评鉴赏则是“披文以入情”。而对作家作品的评价也是围绕质与文、情与采两方面进行的。如《时序》篇概括建安文学特征为“志深笔长”，《才略》篇称赞曹植“思捷而才俊，诗丽而表逸”、刘桢“情高以会采”、荀况“文质相称”、扬雄“理善而辞坚”、马融“华实相扶”，批评司马相如“理不胜辞”；《程器》指责“务华弃实”和“有文无质”的倾向，等等，无不如此。

其他如“风骨”论、文学发展论等重要文学观点，也是不但在“枢纽”论已经提出，而且贯穿文体论与创作论、批评论。以“风骨论”来说，“枢纽”论中已有体现。如《宗经》篇“六义”的“情深”“风清”与“风”，“事信”“义贞”与“骨”，大体对应。《辨骚》篇肯定《楚辞》具有“骨鲠”“自铸伟辞”，赞叹它“惊才风逸，壮志烟高”“金相玉式，艳溢锱毫”，大致可从“风”“骨”“采”三方面理解。而创作论则作了具体阐述。《风骨》篇称：“风”乃“化感之本源”“志气之符契”；继云“怊怅述情，必始乎风；沈吟铺辞，莫先于骨”“练于骨者，析辞必精；深乎风者，述情必显”，可见“风”大体指作品所蕴含的充满理性精神的情志及其感染力；“骨”表现为“析辞精”，但并非仅指文辞，结合《体性》篇“志实骨髓”、《附会》篇“事义为骨髓”等，应是指内蕴深刻坚实的事义并体现强大的义理力量的文辞[1]。《风骨》篇又称“风骨乏采”“采

---

① 张少康：《文心雕龙新探——刘勰文学理论体系及其渊源》（济南：齐鲁书社，1987年）论“骨”引文体论凡7处，论“文骨”除《风骨》篇外有14处，可参阅。

乏风骨”均不可取，主张“风骨”与“采”兼备，力求“把重视‘风骨’的建安文学和重视‘绮靡’、艳丽的西晋文学、齐梁文学统一起来，达到一种新的综合”[①]。这一思想也贯穿于文体论和批评论。文体论有多处论“风”与“骨”，并作为评价作品的重要标准。论“风”如：《诔碑》称碑“标序盛德，必见清风之华；昭纪鸿懿，必见峻伟之烈”；《铭箴》称《百官箴》“信所谓追清风于前古”；《章表》称章“风矩（风规）”、表“骨采宜耀”（二句互文）；《书记》总论书记各体应“托风采”，“宜条畅以任气，优柔以怿怀”，等等。论“骨”的更多：《诠赋》指责“逐末之俦”“繁华损枝，膏腴害骨”；《杂文》称汉魏诸家“甘意摇骨体（或作“骨髓”），艳辞动魂识”；《檄移》称陈琳《檄豫州》“壮有骨鲠”；《奏启》赞杨秉、陈藩直言上谏“骨鲠得焉”，均体现了其上述“风骨”论思想。在批评论中，如《时序》篇称建安诗作“志深而笔长，故梗概而多气”，正与《明诗》篇的评语“慷慨以任气，磊落以使才”遥相呼应。《明诗》篇称赞应璩的《百一》诗“辞谲义贞，亦魏之遗直”，即能够继承建安风骨的传统，并认为西晋诗人“采缛于正始，力柔于建安”，《才略》篇又称“晋世文苑，足俪邺都”，说明能否继承建安“风骨”文学传统已经成为评价作品的重要标准。

关于文学的发展，“枢纽”论也已作概述：从远古“文字始炳”至商周“文胜其质”，“五经”标志各种文体完备，其后演变为“楚艳汉侈”，总趋势为：从质（质朴）到文（文采），到质文相称，再到奇（新变）。而《通变》篇则把十代的文风演变概括为：“黄、唐淳而质，虞、夏质而辨，商、周丽而雅，楚汉侈而艳，魏、晋浅而绮，宋初讹而新。从质及讹，弥近弥澹”，并作了具体阐述。《时序》

① 李泽厚、刘纲纪：《中国美学史》第二卷下，北京：中国社会科学出版社，1987年，第735页。

篇则进一步总结为："蔚映十代，辞采九变。枢中所动，环流无倦。质文言时，崇替在选"，即文风随时代的发展或偏重华丽或偏重质朴，不断变化，总的是向前发展的。这一思想也贯穿对各种文体演变发展的论述。如《明诗》篇追溯诗歌由远古仅仅是"辞达"，至商周《诗经》标志诗体完备，发展至汉魏五言诗成为高峰，并高度评价建安诗人，认为正始的嵇康、阮籍能承其传统。但到了晋代"稍入轻绮"，再到东晋则"溺乎玄风"，宋初则片面追求新奇。其它论赋、颂等，亦大体如此。

牟世金先生指出：刘勰20篇"论文叙笔"的文体论"全面地总结了历代各种文体的写作经验"，概括出"文质相称""衔华佩实"并据以检验历代作品，"进而建立起'割情析采'的一整套理论体系"，而"衔华佩实"是"贯穿"其整个理论体系的"主线"①。而它正是由《原道》篇的有质自然有文即质文相称为宇宙万物规律而来。这就首次揭示整个《文心》的"枢纽"理论体系的三大构成部分的内在联系。这是刘勰主要的和重要的文学观点，是贯穿整个体系的。

三、《文心》对玄学"举本统末"思辨方法的运用

清代大儒章学诚盛赞《文心》"体大而虑周""笼罩群言""可以探源经籍，而进窥天地之纯"，"此意非后世诗话家流所能喻也"②。"体大"指其体系巨大、内容丰富；"虑周"指思虑缜密；"笼罩群言"指，综合、概括了各家各体的思想学说和言论；而"探源"云云，则是指它对问题能探本溯源，深入本质。日本京都大学教授、研究

① 牟世金：《雕龙集》，第168、169、234页。

② ［清］章学诚著，叶瑛校注：《文史通义校注》，北京：中华书局，1985年，第559页。

《文心雕龙》名家兴膳宏也指出："《文心雕龙》规模宏大，体制详备，是中国文学批评史上了不起的杰作。在西欧早期古典文艺理论中，如亚里士多德的文艺理论，就没有《龙》著那样的系统性。"[①]类似的说法还有不少，说明这是学术界公认的。而刘勰能够建构起其体大虑周的文学理论体系，是与魏晋玄学的"举本统末，举要治繁"的方法影响分不开的。魏晋玄学的代表人物王弼提出了"举本统末、举要治繁"的方法。他在《周易略例》中说："夫众不能治众，治众者，至寡者也。"又说："故自统而寻之，物虽众，则知可以执一御也。"其要旨是"要全力找出那统领各种现象所迷惑的根本性的东西"[②]。汤用彤先生指出：魏晋玄学"已不复拘拘于宇宙运行之外用，进而论天地万物之本体"；又称："刘勰对文之本质的论述已不复是'文以载道'的文学理论，而是主道因文显"。[③]首篇《原道》所论"文之为德"与天地"并生"，"即文之为用，此用为体用之用"，把"文"视为"道"即宇宙本体的自然显现。这样，在我国历史上刘勰首次把"文"提高到宇宙本体"道"的显现的高度。作为其理论体系的基石和贯穿全书的主线质文相称、情采相符、衔华佩实等范畴，正是由此而来。这显然是自觉运用玄学的"举本统末"思辨方法的结果。《序志》篇就列举了历代文论著作均"各照隅隙，鲜观衢路"，"并未能振叶以寻根，观澜而索源"，足见刘勰对这种方法的认识和运用是多么的深刻和自觉。

纵观《文心》全书，无论"枢纽"论、创作论、发展论、文体论和方法论，均体现了对玄学"举本统末"的思辨方法的自觉运用。

---

① ［日］兴膳宏：《〈文心雕龙〉在日本》，《文学报》1984年11月29日第2版。

② 李泽厚、刘纲纪：《中国美学史》第二卷下，第645—646页。

③ 汤用彤：《魏晋玄学论稿》，上海：上海古籍出版社，2005年，第38、36页。

创作论如：《情采》篇称“文采所以饰言，而辩丽本于情性”，强调“述志为本”和“经”（情）正“纬”（辞）成乃“立文之本源”；《镕裁》强调“情理设位”须“刚柔以立本”；《体性》篇称“童子雕琢，必先雅制。沿根讨叶，思转自圆”，即风格的铸造应从“根（本）”抓起。

发展论如：不但“枢纽”论理出各种文体的源头，对“楚艳汉侈”的流弊提出“正末归本”，而且在文体论总结各种文体的演变发展中揭示这种不良倾向，提出纠正办法。如《诠赋》篇追溯了赋体的演变中就批评了“蔑弃其本”的倾向，指出它“愈惑体要”（不分主次），“遂使繁华损枝，膏腴害骨，无贵风轨，莫益劝戒”。

文体论则几乎每篇都总结出该体写作之“要”（或称“大体”“大纲”“枢要”“大略”）。如《诠赋》称“文虽杂而有质，色虽糅而有本”为“立赋之大体”；《杂文》称“渊岳其心，麟凤其采”为其“大要”；《史传》称“晓其大纲，则众理可贯”；《论说》称“义贵圆通，辞忌枝碎”与“时利而义贞”乃论说之“枢要”；《诏策》称“义炳重离之辉”“笔吐星汉之华”为其“大略”，等等，都是力求总结出根本性的原则，以求避免和克服写作中的不正文风。

方法论方面，不但在《总术》篇提出“务先大体，鉴必穷源”“举要治繁”的总要求，而且各种方法的运用贯彻这一方法。如《附会》论整体性“若统绪失宗，辞味必乱”，《章句》论章句的安排“振本而末从，知一而万毕”，等等。论批评，往往也是从大处和根本着眼的。如《时序》篇“蔚映十代，辞采九变。枢中所动，环流无倦。质文沿时，崇替在选”，这一总结无疑是宏观的和根本性的；又如《体性》称“才有庸俊，气有刚柔，学有浅深，习有雅郑”，把作家风格的形成归结为才（才华）、气（气质）、学（学识）、习（习染）四个因素；《知音》篇提出理解作品要“沿波讨源，虽幽必显”，要求“深识鉴奥”，反对“深废浅售”的“俗鉴”，等等。总之，该书的各部分无不体现了玄学“举本统末”的思辨方法和精神。

有文章论述《文心》的“本原意识”称：刘勰在《原道》篇“精心设计”了“道”（本体）→“圣”（作者）→“文”（载体）的“文学本体传达图式”，“如果《文心雕龙》五十篇自始至终贯彻这一思想，其文学本体论就单纯无疑了”，偏偏他“同时还提出另一个文学本体‘心’”：“以‘心’为本体也就是以情、志为文学本体，故刘勰主张‘述志为本’，‘因情立体’。这种观点贯串于《文心雕龙》全书”。如《原道》篇说“心生而言立，言立而文明”，以下各篇“反复阐述”说“心生文辞”“乐本心术”等等。如此说来，《文心》运用“举本统末”最后还是“统”错了——时而把“道”作为本体，时而把“心”作为本体，故论者把它归入“心道二元”的理论体系[①]。其实，搞错的不是刘勰，而是论者自己。

问题的关键在于对《原道》篇“心生而言立，言立而文明，自然之道也”一句的理解：该篇首段论日月山川的形态之美称：“此盖道之文也”，是说这是宇宙本体“道”的感性显现。继称：人类乃“五行之秀”“性灵所钟”，故“心生而言立，言立而文明，自然之道也”，意谓：人在宇宙万物中出类拔萃，具有心灵智慧，人之有语言，人的言语之有文饰，故人有“人文”乃是自然之事。这里的“自然之道”是说此乃道的自然显现。意谓自然而然、本性如此。整段的意思逻辑层次十分清楚：有质自然有文乃是宇宙的规律，人乃“有心之器”（“心”指思维器官），故人有“人文”。这里的“心”

① 张皓：《〈文心雕龙〉的本原意识与本体论探索》，《古代文学理论研究》第19辑，上海：华东师范大学出版社，2001年，第240—250页。

乃是宇宙本体“道”之用，已经不再是道（宇宙本体）。论者显然把宇宙本体和文学本体这两个概念混淆了，故说刘勰提出“道”为本体之后又提出“心”作为“文学本体”，再由此得出《文心》属“心道二元”的理论体系的结论。其实论者自己也说：“所谓‘本体’，一般指事物的本质特性与自身的存在。文学本体，是指文学的根本属性、质的规定性，文学自身的存在。本体与本原密切相关，但不等同。本体来自本原，本原规定本体”。这里把“心”作为文学本体没有错，但论者又把它作为认定《文心》属“心道二元”的理论体系的依据，显然又具有宇宙本体的意义。类似的混乱不止一处，如论者称：“‘道’‘心’‘经’三者在《文心雕龙》中都具有本体意义”，故形成了该书“多元化的文学本体论”[①]。三者中“道”是宇宙本体，“心”是文学本体，“经”指“圣人”的著作，也是人的“心”（文学本体）的产物。如论者上述所说，正确的理解应为：“道”为文学的本原，“心”为文学本体，二者不可混淆。但论者时而把三者视为宇宙本体，时而视为文学本体，随心所欲，令人摸不着头脑。难怪论者称《文心》为“多元”的理论体系。如果“心”的产物“经”也具有“本体意义”，准此类推，“经”又有“五经”，岂不是又变成有五个“本体”？如此变戏法似的，恐怕算不清到底有多少“元”？

综观《文心》一书，并没有孤立地把“心”作为文学产生的终极原因。如《明诗》篇称“人禀七情，应物斯感；感物吟志，莫非自然”；《诠赋》篇论赋乃登高“睹物兴情”而作；《时序》篇提出“文变染乎世情，兴废系乎时序”，《物色》篇论诗人乃因物色变化而“情

① 张皓：《〈文心雕龙〉的本原意识与本体论探索》，《古代文学理论研究》第19辑，第247—249页。

以物迁，辞以情发”，等等，这些显然与《礼记·乐记》的“乐者”“其本在人心之感于物也”的“物感说”一脉相承，此说在先秦至魏晋六朝的诗学已形成传统，学界公认具有朴素唯物的倾向。《文心》对此不但有所继承，而且有所丰富和发展。可见刘勰对“举本统末”的思辨方法的运用，是建立在朴素唯物论的基础之上的。

本文原载《华南师范大学学报》（社会科学版）2005 年第 4 期。

再论《文心雕龙》的朴素唯物主义性质及其体系的统一性

二十世纪八十年代，王元化先生的《文心雕龙创作论》自觉运用古今、中外和文史哲综合比较的研究方法，把《文心雕龙》放到世界历史文化中西美学发展的背景中考察，阐述其意蕴和价值，多有精辟见解，大大推动了"龙学"研究的深入发展。笔者深为敬佩，但某些论点则有所保留。如把《文心》的"道""太极"等理解为魏晋玄学的"无"，称其宇宙构成论和文学起源论"混乱而荒唐"，对"圣人之心"作了"荒诞的夸大"，由此论断该书属于客观唯心主义体系，其体系和方法之间存在矛盾[①]。笔者曾有异议[②]，现短笔再陈，并非要"纠缠"于唯心与唯物之争中非得有个结果。其实无论唯心还是唯物，均无损于该书的价值。不过，这个问题毕竟也是认识的一个角度。为求研究有所深入，故再陈说。错误之处在所难免，敬请王先生和专家、读者指教。

一、关于《文心》之"道"和"太极""道心""神理"的解读

王元化先生把《文心》之"道""太极""道心""神理"等

---

① 王元化：《文心雕龙创作论》，上海：上海古籍出版社，1979 年，第 49 页。

② 参见拙文：《略论〈文心雕龙〉理论体系的唯物主义性质》，中国《文心雕龙》学会编：《文心雕龙学刊》第 3 辑，济南：齐鲁书社，1986 年。收入拙著：《文心雕龙美学思想体系初探》，广州：暨南大学出版社，1993 年。

理解为魏晋玄学的“无”——宇宙的本体，是“一种绝对虚玄的精神”，现象界乃是由它“外化出来的”“刹那生灭，瞬息万变”的“不真的东西”[①]。它是“派生天地万物包括文学在内的最终原因”，而且具有“神秘性”，是“不可捉摸的”和“难以辨认的”；“自然之道”“只是代表宇宙主宰（即神理）的作用，而不是指物自身运动的客观规律”。[②]可见刘勰把精神视为“第一性的因素”，还认为《原道》篇的宇宙构成论和文学起源论“极其混乱而荒唐”。[③]因此，它属于客观唯心主义思想体系，并在原理和原理的运用、体系和方法、形式和内容三方面之间“可能存在某种不一致的情况”即存在矛盾[④]。笔者认为，这些论断值得商榷。

先谈对“太极”“道”等的理解。《原道》篇“人文之元，肇自太极”一句，不少注释根据汉儒训《易传》的“太极”为天地未分的混沌元气，如此一来，把该句释为天地未分时已有“人文”，显然不通。因上文刚刚申述万物有质自然有文乃是宇宙规律，既然天地未分尚未有人类，何来“人文”？李泽厚、刘纲纪训“元”为本原，“太极”为物质性“元气”，句意为：“要从天地上推至‘太极’”，指出“文”产生的最初“本原”——物质性元气[⑤]。但“元气”如何产生“人文”？也令人费解。近来方铭先生认为“太极”应是一个时间观念，指上古、远古，句意为：“人文”产生于远古。

① 王元化：《文心雕龙创作论》，第 44 页。

② 王元化：《文心雕龙创作论》，第 41、49 页。

③ 王元化：《文心雕龙创作论》，第 44、47 页。

④ 王元化：《文心雕龙创作论》，第 50 页。

⑤ 李泽厚、刘纲纪:《中国美学史》第二卷下，北京: 中国社会科学出版社，1987 年，第 694 页。

如此，则上下文意畅通[①]。方先生同时认为《文心雕龙》并不存在体系与方法的矛盾。而王元化先生把“太极”理解为魏晋玄学的“无”（宇宙本体），即天地万物赖以存在的“绝对精神”。从上下文看，似难通解。显然，该篇主要是推究文的本原，而非论述宇宙的起源。至于文学的起源问题，鉴于时代的局限，刘勰只能简单地从本体论的高度提出“文”原于道，这已是一个进步。（详下）因此，王先生批评该篇的宇宙构成论和文学起源论“极其混乱而荒唐”，未免苛求。（附言：《序志》篇称：“位理定名，彰乎大《易》之数，其为文用，四十九篇而已。”王元化先生认为：《文心雕龙》五十篇中“其一不用”的是《原道》[②]。笔者认为：该书的四十九篇论述整个体系的具体内容，而《序志》篇则是交待立志撰写该书的缘由、有关背景以及介绍该书的主要构成，“其一不用”的并非《原道》，而是《序志》篇）

关于《文心》之道，应兼含体与用两方面意义：体指它是万物的本原，用指它的作用、法则和过程。《淮南子》首篇《原道训》高诱注：“原，本也。本道根真，包裹天地，以历万物，故曰原道，用以题篇。”《文心·原道》篇始称日月山川之美乃“道之文”即道的具体显现，可知道乃是万物与文的本原，故为体。纪昀评曰：“文原于道，明其本然，识其本乃不逐其末。”称赞“彦和以此发端，所见在六朝文士之上”。[③]的确，能从宇宙本体的高度推究“文”的本原，刘勰可谓第一人。

学术界对《文心》之道的含义众说纷纭，但最有代表性的几种

① 方铭：《关于〈文心雕龙〉的几个问题》，中国《文心雕龙》学会编：《文心雕龙研究》第6辑，北京：学苑出版社，2005年，第111页。

② 王元化：《文心雕龙创作论》，第41页。

③ ［梁］刘勰撰，［清］黄叔琳注，［清］纪昀评：《文心雕龙辑注》，北京：中华书局，1957年，第23—24页。

意见为：儒家之道说，道家之道（自然）说，儒、道兼融（或称“不矛盾”）说，自然法则、规律说，均各有道理[①]。笔者赞成儒、道兼融说，即：《原道》篇为道家的自然之道，到了《征圣》篇则为儒家之道。其实，它还包含魏晋玄学的“无”所具有的“举本统末”的方法论意义。这是先秦道家的自然之道所没有的；而《征圣》篇的儒家之道（社会人伦关系）和自然、规律、法则等等，皆是道之用，而不是体，不应混同。罗思美先生指出：《原道》篇是“先从道与文的内外本末关系去证成本体与现象一体之理，其次乃论述天道落实为文的历程；最后则综论圣、道、文三者之关系”，故首段“盖道之文也”的“道”指体，而下文的“自然之道也”“盖自然耳”两处“自然”是指用，意思是“自自然然地如此”“自己如此”，“指客观事物的本性而言”[②]。汤用彤先生更是早已指出：《原道》篇首句“文之为德”与天地“并生”，即“文之为用，此用为体用之用”，文虽非道体，但作为此体之用，文可“与天地并生”[③]。这种“道因文显”说与儒家“文以载道”说是不同的：它的理论实质“是美学的”，即“认为‘文’是对生命和宇宙之价值的感受，是对自然的玩赏和享受”，而“载道”说则是“实用的”[④]。可见，儒家的“载道”说是只知用而不知体，把文学作为一种实用的工具，而且道与文是分离的，因此，到了宋代的道学家便视文为“玩物丧

---

① 参阅何懿：《“原道”》，杨明照主编：《文心雕龙综览：专题研究综述》，上海：上海书店出版社，1995 年，第 137—144 页。

② 罗思美：《刘勰、庄子自然观之比较》，中国《文心雕龙》学会编：《文心雕龙研究》第 3 辑，北京：北京大学出版社，1998 年，第 3—4 页。

③ 汤用彤：《魏晋玄学论稿》，上海：上海古籍出版社，2005 年，“导读”，第 36—38 页。

④ 汤用彤：《魏晋玄学论稿》，第 36 页。

志”、作文害道，走到彻底否定文的道路[1]。

至于王元化先生认为：《文心》的“道心”“神理”“自然”三者虽然可通，但它们是“神秘”“不可捉摸”，“自然之道”也只是代表“宇宙主宰”即“神理”的作用”。如此说来，《文心》之道是神秘不可知的了。其实不然。《征圣》篇赞云“道心惟微，神理设教”，二句互文，前句侧重指道的微妙变化，后句侧重指道所蕴含的规律，指“圣人”用以“设教”（建立秩序和制定法规）的依据。它出自《易·观》彖辞：“圣人以神道设教，而天下服。”此处“神道”显然不能解释为完全神秘不可知的，否则，“圣人”的“设教”也就成了没有法理可据的了。如此又怎能“天下服”？刘勰改“神道”为“神理”，不但承接上文“谁其尸之？亦神理而已”，而且突出了《易传》视道为有规律可寻的思想：“神理”即神妙之理，一方面它变化无穷，另一方面又离不开阴阳法则。李泽厚、刘纲纪两位先生指出：“刘勰对‘道’的理解，从‘道’是阴阳变化而不是‘无’这一点来说，是不同于玄学，也不同于道家的”；它是《周易》的阴阳变化之道。如《书记》篇称：“阴阳盈虚，五行消息，变虽不常，而稽之有则也。”[2]“有则”即有规律可寻。《宗经》篇称“《易》惟谈天，入神致用”“鉴周日月，妙极机神”，“天”指自然之道，不但可以认识，还可以深入掌握其精妙之处，然后在实际中运用。《原道》篇和全书多处所说“道心”“神理”都是可以认识的。如该篇称“圣人”经过“原道心”“研神理”和“观天文”与“察人文”等长期艰苦的探索，然后“经纬区宇，弥纶彝宪”，即从认识和实践中总结规律，作为建立社会秩序和制定各项法规的根本大法。要

① 参见拙文：《论苏轼对〈文心雕龙〉文学理论的继承和发展》，《华南师范大学学报》（社会科学版）2005年第4期。

② 李泽厚、刘纲纪：《中国美学史》第二卷下，第663页。

是“道心”“神理”不可知，“圣人”的“原”“研”也就均无所得，如此则人类的社会秩序就失去理性依据，其结论“道沿圣以垂文，圣因文而明道”也就成了空话。——既然“道”不可知，又何来“沿圣”而“垂文”？而“圣人”又何以“因文”以“明道”？如此一来，所谓“征圣”“宗经”云云，岂不是竹篮打水一场空？

有一点是明确无疑的：《文心》理论体系的建构，是与自觉运用玄学的“举本统末”的思辨方法分不开的。汤用彤先生指出：魏晋玄学“已不复拘拘于宇宙运行之外用，进而论天地万物之本体”[①]，刘勰主“道因文显”正是其影响而然。这一思辨方法是贯穿于其整个理论体系的：“枢纽”五篇的基本范畴与思想就起了统领文体论和创作论的作用。（详下）《序志》篇还指出历代文论著作均“各照隅隙，鲜观衢路”，“并未能振叶以寻根，观澜而索源”，足见刘勰对这一思辨方法的认识和运用是多么深刻和自觉。但不应把《文心》之道与魏晋玄学的“无”即超越物质之上的、神秘不可知的客观“绝对精神”等同。具体地说，二者有如下区别。

一是《文心》论宇宙从“方圆体分”即天地形成开始，而不是像魏晋玄学虚构天地万物的背后还有一个“宗”“极”即主宰宇宙的“绝对精神”即“无”。如玄学的代表人物王弼称“物反（返）窈冥，则真精之极得”[②]。二是《文心》把自然界、人类社会及意识形态视为道的自然显现，都是真实的存在。如《原道》篇赞美大自然和“人文”的创造，《序志》篇赞美人类“心哉美矣”，而不是像玄学那样把现象界视为由“无”即“绝对玄虚的精神”幻化出来的“刹那生灭”和“不真”的东西。其三，《文心》把道与德视为体用不分

① 汤用彤：《魏晋玄学论稿》，第 38 页。

② ［汉］河上公，［唐］杜光庭等注：《道德经集释》，北京：中国书店，2015 年，第 227 页。

的关系：道乃德之原，德不离道；道由德（通过文）显，德不能孤立存在。（详下）而王弼则称“唯以空为德，然后乃能动作从道”[1]，即视道德分离、道超越万物之上。其四，《文心》把宇宙万物的变化看成是自然而然即自身运动的过程，其法则是“阴阳盈虚”，而且是不断向前发展的。如《原道》篇就论“人文”由质朴走向华丽；《通变》篇更称“文律运周，日新其业”，等等。这就不同于王弼所说：万物的发生和变化起于虚静，“卒复归于虚静”；最终归于虚无：“穷极虚无，得道之常”[2]。

二、关于“道—德—文”和“道—圣—文”

关于《文心》的理论体系，根据《序志》篇的说明：“本乎道，师乎圣，体乎经，酌乎纬，变乎骚”，乃是它的“枢纽”。具体地说，《原道》篇首先指出万物之“文”（纹）乃“道”的自然显现（万物有质自然有文），继而概述“人文”发展中“圣人”的作用，最后总结“道沿圣以垂文，圣因文而明道”的规律。该篇所提出的道与文的关系和道—圣—文的规律，乃是全书理论体系的基石和主干，是为“本乎道”；接着《征圣》《宗经》两篇论证“圣文”即“经”乃情采相符、衔华佩实之作，总结为文的“六义”原则，是为“征乎圣”“体乎经”；鉴于“五经”之后《楚辞》和纬书相继出现，再作《正纬》和《辨骚》两篇：前者指出纬书虽“乖道谬典”，却“事丰奇伟，辞富膏腴”而有助文章，是为“酌乎纬”；后者通过比较《诗经》与《楚辞》及《楚辞》与汉赋的正、反两方面经验与教训，总结出“倚《雅》《颂》”而“驭楚篇”即“执正驭奇”的文学新变规律，是为“变乎骚”。其意义在于：“盖纬书只提供了事之奇

① ［汉］河上公，［唐］杜光庭等注：《道德经集释》，第227页。

② ［汉］河上公，［唐］杜光庭等注：《道德经集释》，第223页。

与文采之富的借鉴，而诗赋等文学式样所最需要的风情气骨，奇文壮采，还有待于楚辞来作榜样。”[①] 可见，从质文相称到情采相符、衔华佩实到执正驭奇、追求风情气骨与奇文壮采，这既是“枢纽”论的逻辑进程，也是统辖和贯穿整个体系的中枢和纽带。

“枢纽”论的上述思想，乃是上承我国古代传统思想而来。该篇首句“文之为德”云云，从继称日月山川之美“盖道之文也”，可知此处“德”为“道之舍”，“文”乃道之显现。这一思想源自先秦已有的认识：道指宇宙本体；德指物之性即质的规定，它是道在个别事物中的依存；文通纹，则是万物之美的感性形态。如：老子称道乃“万物之母”（1 章）；《管子 · 心术》称：“虚无无形谓之道，化育万物谓之德”“德者，道之舍，物得以生生。”《庄子·达生》篇所说的“鸡德”、《徐无鬼》篇的“狸德”，德均指物之性。《说文》：“文，错画也，象交文。”段注：“象两纹交互也。”《考工记》称：“青与赤谓之文。”可知文通纹，指由线条和色彩交错而成的事物之美的外表形态。刘师培指出：三代（夏商周）引申为“凡可观可象、秩然有章者，咸谓之文”。“事物”如典籍、礼法、文字；“物象”如光融者、华丽者；“应对”如修辞者[②]。故首句“文之为德也大矣，与天地并生”，意谓：“文”（纹）即各具其性（德）的万物之美的感性形态，使作为宇宙本体的道得以具体显现，其意义巨大，自有天地以来便是如此了。可见文原于道，道因文显。当道化生万物后，道与文这对范畴便演进为质（德）与文。质（德）指事物的内容（德训性，指本质、特质），也有诚信、真实或质朴之义；文指形式。两者的关系是：有质自然有文，质文相称，不可分割。《论语·雍也》：

① 罗宗强：《魏晋南北朝文学思想史》，北京：中华书局，1996 年，第 279 页。

② 刘师培：《广阮氏文言说》，刘师培著，陈引驰编校：《刘师培中古文学论集》，北京：中国社会科学出版社，1997 年，第 183 页。

“质胜文则野，文胜质则史。文质彬彬，然后君子。”意谓：质朴胜于文采则不免粗野，文采胜过质朴，则流于浮华。孔子论文与质，都兼有内容与形式两重意思，即使偏重于形式方面，也离不开相应的内容。《论语·颜渊》载其弟子棘子成问曰：“君子质而已矣，何以文为？”子贡便指出：孔子“论君子”是“文犹质也，质犹文也”，即内容与形式是不分的，还举例说明：如果去掉毛而仅存皮，色彩斑斓的豹皮就与犬皮、羊皮没有区别了。季镇淮先生指出：金文里的“文”字多数在“×”形里正中画一个心，它就是“忞”字的前身，“‘文’与‘忞’当是一字，同是一种行为的形容语”。文与德的关系是这样的：“努力地做叫‘文’（忞），做得对叫做‘德’；原动力是心。所以对于行为说，德是发之于内，文是表之于外，提到‘文’是不能不联想到‘德’的。”[①]王充《论衡·齐世》篇称“文质之法，古今所共”；《感类》篇称“名实相副，犹文质相称也”；《答佞》篇批评“人主好文，佞人丽辞”为“外内不相称，名实不相副”。可见他继承了文德不分、质文相称的传统认识，认为一方面是内容决定形式，有如根株与荣叶、实核与皮壳、实与华的关系，另一方面内容不能脱离形式而孤立存在，它有待形式才能得以完美体现。如《超奇》篇既强调“文墨辞说”必须“实诚在胸臆”，“外内表里，自相副称”，“苟有文无实，是则五色之禽，毛妄生也”；又《书解》篇强调“夫人有文，质乃成”，并以龙鳞有文始能为神等为喻，说明“人无文，则为仆人”，强调“文”的重大意义，并批评棘子成“欲弥文”（抹煞文的作用）。牟世金先生指出：“以内容为主而情采兼顾、文质并重，这是刘勰整个文学理论体系的一根主线”[②]。显然，

---

① 季镇淮：《“文”义探源》，《来之文录》，北京：北京大学出版社，1992年，第23页。

② 牟世金：《雕龙集》，北京：中国社会科学出版社，1983年，第176—177页。

刘勰继承了先秦两汉的质文相称思想，并把它提高到宇宙规律的高度，作为建构《文心》的文学理论的基石。

关于《原道》篇总结的“道沿圣以垂文，圣因文而明道”即道—圣—文的规律，王元化先生称：刘勰视“心”（圣人之心）为其中“最根本的主导因素”和“根本环节”，并作了“荒诞的夸大”：“《征圣篇》全文主旨即在阐明圣人之心合于天地之心”，而宇宙产生“充满智慧的圣人之心，实在有着极其神妙的道理”[①]。这些论断，亦值得商榷。

不难看出，“道—圣—文”中“圣”（圣人之心）只是中间环节，“道”才是“最根本的主导因素”和“根本环节”。要是没有道，“圣”和“文”也就成了无根之木、无源之水。无论《原道》篇还是全书，笔者都找不到颠倒上述逻辑关系的言论。由于时代的局限，《文心》对“圣心”的作用未免有些夸大，但大体正确。《原道》篇称天地中人类乃“性灵所钟”、《序志》篇称人类“超出万物，亦已灵矣”，是说唯有人有性灵智慧，远在万物之上；赞云“生也有涯，无涯惟智。逐物实难，凭性良易”，是说人生有限，但智慧无穷。尽管穷尽物理实在不易，但凭着人的灵性智慧却也不难。这些说的都是指人的大脑思维功能在人类认识和改造世界中发挥了重大作用。《文心》的“圣人”是远古华夏的杰出首领和文化宗师，强调“圣人之心”的作用算不上“荒诞”。《宗经》篇称“道心惟微”后继云“圣谟卓绝，墙宇重峻，而吐纳自深”，意谓“圣人”的智慧卓越，道德学问高超，其著作言论自然非同凡响（意谓能体现自然之道）。文辞即使有些夸大，关键在于是否把“圣人”视为先验的、天生的。该篇的“鉴周日月，妙极机神”二句，应为因果关系：只有“鉴周”

① 王元化：《文心雕龙创作论》，第 49 页。

（周密观察），才能“妙极机神”，可见对道的认识并不是先验的。《征圣》篇赞语“妙极生知，睿哲惟宰”，注家多解释为“圣人”天生就懂得“道”，但从《文心》一书检验，其实不然。《原道》篇称从伏羲到孔子莫不“原道心”“研神理”“观天文”“察人文”云云，说明他们并非天生就知“道”；《铭箴》篇历数从黄帝、大禹、成汤、周公和孔子等“圣人”，都在各种器具上刻上“必戒”（必须警惕）、“慎言”（语言要谨慎）等铭文警诫自己，“则先圣鉴戒，其来久矣”。可见“圣人”时刻都会犯错误，故时时警惕自己。从“聖（圣）”字的构成来看，甲骨文犹如一个人竖起耳朵认真听，左边的口表示善于说（很会表达）；金文大略相同（口移在右，人形稍有变异）；小篆、楷体（今简化为圣）均从耳、从口[①]。《说文》：“聖（圣），通也。”“通”指既善于听取意见，又善于表达、说服别人。可见“圣”人原来并没有先验神秘的意义。王元化先生说刘勰认为“圣人之心完全体现了天地之心”[②]，细读《原道》和翻阅全书，似无“完全体现”之意。相反，由上引“逐物实难”可知刘勰认为人类认识世界并非轻而易举。《原道》篇称“圣人”们对“道心”“神理”的认识就经历了长期艰苦的探索和不断的实践。可见他们对道的认识并非一人一次完成（“完全体现”），而总是虽有发展，仍有局限。至于那些尚未认识的事物，便视为其中自有“神妙的道理”（如“河图”“洛书”），一时疑难未解，先挂起来再说。这不算什么错误。对于宇宙如何产生“充满智慧的圣人之心”，刘勰未能作出科学的解释，对此我们不必苛求。总之，“圣人”起了巨大的作用。刘勰强调“圣人之心”的作用算不上“荒诞”。

---

① 唐汉：《汉字密码》，上海：学林出版社，2002 年，第 407 页。

② 王元化：《文心雕龙创作论》，第 49 页。

三、关于《文心》体系的统一性及其朴素唯物论思想

根据《序志》篇的说明，《文心》的理论体系由“文之枢纽”论、“论文叙笔”文体论和“割情析采”创作论三大块组成。如上所述，“枢纽”论的从质文相称→情采相符、衔华佩实→执正驭奇、风情气骨与奇文壮采，乃是统辖和贯穿整个《文心》理论体系的中枢和纽带。那么，它是如何贯穿全书的文体论和创作论的呢？对此，牟世金先生早已指出：“情采兼顾、文质并重”是刘勰整个文学理论体系的“一条主线”；他是以“衔华佩实”“质文相称”“为纲”来建立其整个理论体系的；而“割情析采”既是在总论的“基本观点”即《原道》篇质文相称的宇宙规律指导之下写成，也是在“论文叙笔”文体论中总结了前人的写作经验所作的“提炼和概括”。[①] 这就揭示了《文心》理论体系的内在统一性。笔者再具体详析如下。

《文心雕龙》的质、情、实或称意、气、理、事、义、思、心；文、采、华或称言、辞、音、藻等。笔者查阅文体论可知，各篇都是质与文、情与采或其同类范畴的具体运用。据《序志》篇称：文体论的写作依次为“原始以表末，释名以章义，选文以定篇，敷理以举统”。先看“原始表末”（追溯各种文体的源流）：如《明诗》篇称四言诗“雅润”、五言诗“清丽”，均“华实异用，惟才所安”；《议对》篇称汉代诸家之作“虽质文不同，得事要矣”；《铭箴》篇称“其取事也必核以辨，其摛文也必简而深”，“取事”与“摛文”，显然是从质与文着眼（同类例子不少）。次看“释名章义”（对各种文体的正名和解释）也是如此。如《诠赋》称赋“铺采摛文，体物写志”；《谐隐》称隐“遁辞以隐意，谲譬以指事”；《诔碑》称“诔”为“铭德纂行，文采允集”，等等。再看“选文定篇”

① 牟世金：《雕龙集》，第176、247、234页。

（选评代表作品）：如《颂赞》称屈原《橘颂》“情采芬芳”、评马融《广成》等“弄文而失质”；《哀吊》称潘岳“义直而文婉”；《史传》赞陈寿《三国志》“文质辨洽”，可比史迁、班固；《诸子》称孟、荀“理懿而辞雅”，管、晏“事核而言练”，等等。最后的“敷理举统”（对文体写作原则的总结）：如《诠赋》称赋“丽词雅义，符采相胜”“文虽杂而有质”；《论说》称论“其义贵圆通，辞忌枝碎”；《议对》称议“文以辨洁为能”与“事以明核为美”；《书记》总论谱、籍等24体“或事本相通，而文意各异；或全任质素，或杂用文绮”，等等，无不如此。可见文体论无论追溯源流、释名章义、选评名篇，还是总结写作原则，都是围绕质与文、情与采范畴进行的。

创作论也是如此。论者多视《神思》篇为创作论的“总纲”，但戚良德先生认为应是《情采》篇。该篇称“情者文之经，辞者理之纬”，经纬相成乃“立文之本源”，可证此说[①]。该篇首称“圣贤书辞，总称文章，非采而何”，显然上承《征圣》篇验证“圣文”乃“情采相符”之作；继称“水性虚而沦漪结，木体实而花萼振，文附质也。虎豹无文，则鞟同犬羊；犀兕有皮，而色资丹漆，质待文也”，也显然是对《原道》篇质文相称的具体阐释。可见该篇情与采这对范畴是由“枢纽”论的质与文而来。而刘勰把整个创作论称为“割情析采”，说明这对范畴是贯穿整个创作过程的。如《神思》篇称“志气统其关键”“辞令管其枢机”；《体性》篇称“情动而言形，理发而文见”；《风骨》篇称“情与气偕，辞共体并”；《定势》称“因利骋节，情采自凝”，等等，是说创作的酝酿构思，风格、风骨与体势的形成，均围绕着情与采进行。同样，各种表现技巧和

① 戚良德：《文论巨典——〈文心雕龙〉与中国文化》，开封：河南大学出版社，2005年，第76页。

手法的运用也是如此。如:《镕裁》篇称“情周而不繁，辞运而不滥”；《章句》篇称“理资配主，辞忌失朋”；《丽辞》篇称“必使理圆事密，联璧其章”；《指瑕》篇称“立文之道，惟字与义”；《夸饰》篇称“辞虽已甚，其义无害”；《事类》篇称“经籍深富，辞理遐亘”；《附会》篇论“附辞会义”务须使理“无倒置之乖”，言“无棼丝之乱”；《总术》篇称“研术”便会“义味腾跃而生，辞气丛杂而至”，等等，无不如此。

批评论也同样如此。如《知音》篇称创作是“情动而辞发”，“观文”即批评鉴赏则是“披文以入情”；《才略》篇称荀况“文质相称”，批评司马相如“理不胜辞”，赞扬扬雄“理善而辞坚”、马融“华实相扶”；《程器》指责“务华弃实”和“有文无质”的倾向；《时序》篇称赞建安作家“志深而笔长”、晋简文帝“澹思浓采”，等等，均无例外。

由上可见，《文心》的理论体系是一个整体，其各部分有着严密的内在联系，基本上不存体与用、原理与方法、总论与分论的矛盾问题。而且，全书贯穿朴素唯物论思想。

本文原载《华南师范大学学报》（社会科学版）2006年第6期

关于《文心雕龙》属“心道二元”或客观唯心主义理论体系的商榷

关于《文心雕龙》的理论体系，二十世纪已有属于唯心主义与唯物主义的不同意见。近有论者则认为属“心道二元”乃至多元的理论体系。笔者仍然认为基本上属朴素唯物主义，现再陈浅见，以向专家和读者请教。

一、对“道”、本体、本原等概念的理解和运用不当，导致结论有误

近有论者称：由于“心”与“道”分别是《文心雕龙》理论体系“主轴的两端”，故应属“心道二元”的理论体系[①]。笔者细读之下认为：首先论者对“道”、本体和本原等范畴理解有误，运用不当，故结论不能成立。

论者称：由于《文心雕龙》首篇标明《原道》（以下凡引该书只注篇名），终篇《序志》重申“本乎道”，故一般认为该书“以‘道’为文学本体”，并引陆侃如、牟世金之说为证[②]。显然，论者把文学本体与宇宙本体这两个含义不同的范畴混淆了。要知道，刘勰的“原道”“本乎道”，“道”是指宇宙本体而非文学本体。而论者

---

① 张皓：《〈文心雕龙〉的本原意识与本体论探索》，《古代文学理论研究》第19辑，上海：华东师范大学出版社，2001年，第244页。

② 张皓：《〈文心雕龙〉的本原意识与本体论探索》，《古代文学理论研究》第19辑，第247页。

把学术界公认《文心雕龙》以道为宇宙本体说是“以‘道’为文学本体”，显然不当。所引陆、牟认为《原道》篇的主要基本观点“文原于道”，其实也是以“道”为宇宙本体，而不是论者所说的“以‘道’为文学本体”。本来论者说得不错：本体“一般指事物的本质特征与自身的存在。文学本体，是指文学的根本属性、质的规定性，文学自身的存在”；又说“本体来自本原，本原规定本体”[1]。现在却混淆不清，把“道”说成是文学本体，如此一来，作为宇宙万物本原的“道”岂不是变成了“文学自身的存在”？无论陆、牟等学术界前辈，还是刘勰本人，都没有把文学自身作为文学的本原。“原道”的“原”，意为探究、追溯，该篇意为“道”乃是万物本原。如果停留在“文学自身的存在”，又有何可探、可溯？

之所以出现上述失误，是由于论者没有区别“道”（本原）与“德”（事物质的规定性）所致。这两个范畴虽有联系，但我国古代早有明确的区分：“道”指宇宙本体，即宇宙万物的本原；“德”指万物各自质的规定性，它是“道”在个别事物中的依存。如：老子称“道”乃“万物之母”（1章）；又称“道生之，德畜之，物形之，势成之，是以万物莫不尊道而贵德”（51章），是说“道”化生万物，令其各具特质（“德”），于是化生为千姿百态的万物；《庄子·天地》篇称“夫道，覆载万物者也，洋洋乎大哉”！“道”也是指宇宙本体，即万物皆由它化生。《庄子·达生》篇所说的“鸡德”、《徐无鬼》篇的“狸德”，则是指事物的属性（质的规定）。《管子·心术上》也称：“虚无无形谓之道，化育万物谓之德”“德者，道之舍，物得以生生”和“故德也，得也：得也者，其谓所得以然也”。刘勰正是在传统意义上使用这两个范畴的。意思都是说，“道”是

① 张皓：《〈文心雕龙〉的本原意识与本体论探索》，《古代文学理论研究》第19辑，第247页。

宇宙本体、万物本原。它无所不在，但又须通过“德”即具体个别事物才能显现。今人骂人“缺德”，即指缺乏人的本性。可见“道”是万物本原（普遍性），“德”是万物的个别性（本性）。《原道》篇首句“文之为德也大矣，与天地并生”，其中“文”通纹，指线条和色彩交错而形成的事物的美的形态，句意是极赞万物千姿百态之美使“道”得以具体显现。张少康教授早已指出：不少论者对该句未得确解，“文之为德”之“德”应训“得道”，意谓“文（纹）作为‘道’的体现，其意义是很重大的，所以是和天地并生的，因为天地也是‘道’的体现。这和《老子》中讲的‘德’即是‘得道’之意是一致的”。[①] 这里的“道”—“德”—“文”的逻辑层次是不同的：“道”乃是万物本原，而“德”则是指具体事物的质的规定。“道”与“德”既有联系，又有区别：“道”规定“德”，“德”来自“道”（故称“德”为“道之舍”）。因此，不能把具体事物的本体即“德”与万物本原即宇宙本体“道”混同。一般来说，“道”指宇宙本体时“宇宙”二字不应省略，以免混淆。论者时而把“本体”理解为宇宙本体，时而理解为具体事物的本体，便导致逻辑混乱，结论错误。如论者称：刘勰在《原道》篇“精心设计了一种文学本体的传达图式”：“道沿圣以垂文，圣因文而明道”，其中“道是本体”，但“刘勰并不像老子那样始终以‘道’为本体，他在《文心雕龙》中同时还提出另一个文学本体‘心’”。[②] 这显然认为刘勰同时把“道”和“心”作为文学本体。其实，无论老子还是刘勰所说的“道”都是指宇宙本体，而论者却说两人又把“道”作为文

① 张少康：《文心雕龙新探——刘勰文学理论体系及其渊源》，济南：齐鲁书社，1987 年，第 24 页。

② 张皓：《〈文心雕龙〉的本原意识与本体论探索》，《古代文学理论研究》第 19 辑，第 248 页。

学本体。这是常识性错误。论者接着称：《原道》篇的“心生而言立，言立而文明”和以下各篇反复阐述的“心生文辞”“乐本心术”等等，说明《文心雕龙》“以‘心’为本体也就是以情、志为文学本体”，故刘勰主张‘述志为本’‘因情立体’”，“这种观点贯串于《文心雕龙》全书”[①]。这里逻辑上的混乱也是显而易见的。《原道》篇“道沿圣以垂文，圣因文而明道”中的“道”，是指宇宙本体，论者却省略了“宇宙”二字，把它理解为与“心”同义的文学本体；而“心”则是指人的自身属性，《原道》篇所说的人乃“有心之器”，“（人）心生而言立，言立而文明，自然之道也”，是说不同于万物者是人有智慧和思想感情，通过“心”(思维器官)能对道体验和认识，在有了语言之后便自然产生人文。该篇回顾从伏羲到孔子等“圣人”通过“原道心”“研神理”“观天文”“察人文”等等艰苦探索，终能使“道沿圣以垂文，圣因文而明道”，即通过“圣人”体察道、认识道，并通过其著作使道彰显。这里的“圣人”（“圣人之心”)，它起的是体认和彰显的中介作用，故称“道沿圣以垂文”。可见“心”（圣人之心）已是“道”在个别事物中的依存，即“德”，而不是与“道”平起平坐的万物本原。我们可以说“道”是文学的内容，是文学的本原；但不能反过来说文学是“道”的内容，是“道”的本原。从文学的发生过程来说，文学是人类抒发思想感情的产物。我国早在先秦时期已有“诗言志”之说。“心”（情、志等）乃是文学自身的质的规定，属于“德”，是与“道”不同层次的范畴，不能混同。由于混淆了宇宙本体“道”与文学本体“心”，于是论

① 张皓：《〈文心雕龙〉的本原意识与本体论探索》，《古代文学理论研究》第19辑，第248页。

者产生了如下“困惑”：“文学本体究竟是‘心’还是‘道’呢？”[①]其实，文学本体是“心”而不是“道”，而“道”则是宇宙本体而不是文学本体。所谓“困惑”是论者自己混淆概念所造成的。在这里，论者首先是把“道”降为“文学本体”（文学自身质的规定）。然后又把“心”（情、志）拔高到“道”（宇宙本体）的高度，于是认为《文心雕龙》“所论本体具有心道二元的特点”；它“既以‘心’为源，又以‘道’为本”[②]。这样的结论自然是不能成立的。

论者提倡从多层面研究《文心雕龙》，这自然是好意见。但应该避免随意混淆范畴和概念，否则会带来混乱。如论者称：“世界本来就是多元的，中国古代思想家老子早就提出过‘三生万物’的观点。”[③]其实老子说：“道生一，一生二，二生三，三生万物”（42章），其中的“三”仍是由道而生，“三生万物”并非说万物有三个或多个本原。老子哲学是以“道”为本原，不应望文生义把“三”与“道”混淆。如果如此随意混淆推论下去，自然可以把《文心雕龙》变成三“元”乃至不知多少“元”的理论体系。如论者得出《文心雕龙》属“心道二元”的理论体系的结论后，说“刘勰又提出一个实在的本体‘经’”，认为“‘道’‘心’‘经’三者在《文心雕龙》中都具有本体意义，形成了多元化的文学本体论”[④]。这里突然又冒出一个“实在的本体”，真是令人摸不着头脑。其实“经”就是

---

① 张皓：《〈文心雕龙〉的本原意识与本体论探索》，《古代文学理论研究》第19辑，第248页。

② 张皓：《〈文心雕龙〉的本原意识与本体论探索》，《古代文学理论研究》第19辑，第248、243页。

③ 张皓：《〈文心雕龙〉的本原意识与本体论探索》，《古代文学理论研究》第19辑，第245页。

④ 张皓：《〈文心雕龙〉的本原意识与本体论探索》，《古代文学理论研究》第19辑，第249页。

"圣人"的著作，论者却拔高为判定理论体系属性的依据，也就具有事物本原的意义了。如此推论下去，"经"有"五经"，每一"经"是一个"元"；而每一"经"中又包含许多不同的类型、章节，如此反复推演，《文心雕龙》岂不是可以变成无数"元"的理论体系了？

二、关于"道心""神理"和"圣人之心"

早在二十世纪八十年代前后，著名学者王元化先生运用"古今结合、中外结合、文史哲结合"的"综合研究法"，"把古与今和中与外结合起来，进行比较对照，分辨同异，以便找寻出文学发展上带有规律性的东西"[①]，其著《文心雕龙创作论》（后修订增删改版为《文心雕龙讲疏》）不但对《文心》多有精辟见解，而且把刘勰的文学理论体系放到世界历史的背景和中西美学理论体系比较中考察，阐述其重大价值和意义，从而对推动"龙学"的深入研究作出了巨大的贡献。笔者深为敬佩，并以为榜样。不过，关于《文心》体系性质问题却有不同意见。王先生一方面认为《文心》创作论有合理的唯物的因素，如《文心雕龙·物色》篇的心物交融说"基本上是符合认识规律的"，但整个来说仍属客观唯心主义思想体系。细读王先生的著作，其主要根据，笔者归纳起来有二：一是《文心》的"道心"是"不可捉摸的"，"神理"是"难以辨认的"；二是《文心雕龙》对"圣心"（圣人之心）作了"荒诞的夸大"，其《原道》篇的文学起源论"采取了极其混乱而荒唐的形式"，如称"《征圣》篇全文之旨即在阐明圣人之心合于天地之心"；而"宇宙产生了充满智慧的圣人之心，实在有着极其神妙的道理"。[②]笔者对此尝提

---

① 王元化：《文心雕龙讲疏》，上海：上海古籍出版社，1992年，第322页。

② 王元化：《文心雕龙讲疏》，第63页。

出商榷和请教[①]。现仍持己见，并再辨析如下。

王元化先生认为：尽管《文心》中“道心、神理、自然三者可通”，其“自然之道”“虽与人为人造的概念相对，含有客观必然性的意思”，但它“只是代表宇宙主宰（即神理）的作用，而不是指物自身运动的客观规律”；从《原道》篇的“道心惟微，神理设教”来看，它们具有“神秘性”：“道心”是“不可捉摸的”，“神理”是“难以辨认的”。[②]笔者认为，从《文心》全书来看，并非如此。李泽厚、刘纲纪指出：《文心雕龙》之“道”是“《周易》的阴阳变化之‘道’”[③]。它既不同于玄学的“无”，也不同于道家的“道”，是可以认识的。如《书记》篇称：“阴阳盈虚，五行消息，变虽不常，而稽之有则也。”“神理”实即“自然之道”之意。“盖万物何以如此，本自有其本然之道理，而其中之奥妙，往往未被认识，难以言说。既以其为本然，又因其难以言说，故视之为神妙莫测，乃称之为‘神理’。”[④]《宗经》篇“道心惟微”后，继云“圣谟卓绝，墙宇重峻，而吐纳自深”。意谓：圣人的智慧卓越，道德学问高超，故其著作言论自然非同凡响（意即能体现自然之道）；又称“《易》惟谈天，入神致用”，是说《易经》研究自然的道理，讲得精深神妙，可以在实际中运用。《原道》篇回顾从伏羲到孔子创典述训的过程说：“圣人”“原道心”“研神理”，“取象”河洛、“问数”蓍龟，“观天文”与“察人文”云云，如果“道心”“神理”不可捉摸和难以

---

① 参见拙文：《略论〈文心雕龙〉理论体系的唯物主义性质》，见《文心雕龙学刊》第3辑，济南：齐鲁书社，1986年，第124—142页。该文收入拙著：《文心雕龙美学思想体系初探》，广州：暨南大学出版社，1993年。

② 王元化：《文心雕龙讲疏》，第62、63页。

③ 李泽厚、刘纲纪：《中国美学史》第二卷下，北京：中国社会科学出版社，1987年，第663页。

④ 罗宗强：《魏晋南北朝文学思想史》，北京：中华书局，1996年，第271页。

辨认，那么“圣人”们所作的“原”“研”等一番功夫岂不是白费？既然“原”“研”均无所得，接着所说的“然后经纬区宇，弥纶彝宪，发挥事业，彪炳辞义”，即治理天下、制定大法岂不是失去依据？“发挥事业”岂不是失去方向？使文辞义理发挥巨大作用又从何谈起？最终，其结论“道沿圣以垂文，圣因文而明道”岂不是空话？既然“道”不可知，也就不可能“沿圣”而“垂文”，“圣人”也谈不上“因文”以“明道”了。如此一来，所谓“征圣”“宗经”，岂不是“竹篮打水一场空”？可见，“道心”“神理”虽“难以辨认”，但并非不可认识；要说“不可捉摸”，就有违原意了。

关于“圣心”（圣人之心），王先生称：刘勰视“心”为道—圣—文三者中的“最根本的主导因素”和“根本环节”[①]。这与《文心》原意似有差别。笔者以为“道”才是其中“最根本的主导因素”和“根本环节”，要是没有“道”，“圣”（圣人之心）也就没有意义了。至于说对“圣心”作了“荒诞的夸大”，我们也应结合《文心》进行检验。《原道》篇称天地中人类乃“性灵所钟”；《序志》篇称人类“超出万物，亦已灵矣”，即人虽难免一死，但其著作可“声腾飞实”，流传后世。赞云：“生也有涯，无涯惟智。逐物实难，凭性良易。”（人生有限，但智慧无穷。穷尽物理实在不易，但凭灵性智慧却也不难。）可见“心”（灵性智慧）在人类认识和改造世界中的确发挥重大的作用。至于说作了“荒诞的夸大”，如刘勰认为“圣人之心完全体现天地之心”，细读《原道》和翻阅全书，似无“完全体现”之意。上引“逐物实难”，说明刘勰认为人类（包括人类的杰出代表“圣人”）认识世界并非轻而易举。再从《原道》篇称“圣人”对“道”的认识和体认须经“原道心”、“研神理”、“取象”

① 王元化：《文心雕龙讲疏》，第62、63页。

河图洛书、“问数”蓍草龟甲的艰苦历程，可知并非易事；其论“人文”的发展，就有一个“庖牺画其始，仲尼翼其终”的漫长认识和不断实践的过程。可见“圣人”创造“人文”并非一蹴而就，他们的认识有如接力赛跑，并非一人一次跑完（“完全体现”），而总是虽有发展，仍有局限。至于那些尚未认识的事物，古人视为其中自有其“神妙的道理”，先挂起来再说，这也不算什么错误。对于宇宙如何产生“充满智慧的圣人之心”，即使我们今天的认识仍有许多疑团未解，也就不必苛求刘勰。《征圣》篇的赞语“妙极生知，睿哲惟宰”，注家多解释为“圣人”“生而知之”（天生就懂得道），其实并非如此。该篇称“鉴周日月，妙极机神；文成规矩，思合符契”，是说“圣人”周密观察世界，才能深入到事物的精妙之处，才能达到思想认识与客观一致，并写出堪称范例的文章。从文意看，没有“鉴周日月”，也就谈不上“妙极机神”。《铭箴》篇历数从黄帝、大禹、成汤、周武王、周公到孔子，他们在各种器具上刻上“必戒”（“必须警惕”）、“慎言”（“语言要谨慎”）等铭文，用以警惕自己注意纠正错误，“则先圣鉴戒，其来久矣”。也就是说，“圣人”并不是天生就能掌握“道”和认识“神理”的，他们时刻都会犯错误，故时时警惕自己。从字义上看，“圣”字甲骨文的字形像人竖起耳朵听别人说话，耳左下为口（意为善于表达）；金文大略相同（口在右，人形稍有变异）；小篆、楷体均从耳、从口。[①]《说文》：“圣，通也。”可知“圣人”是指精通事理，既善于听取意见，又善于表达、说服别人的人，并没有“生而知之”和神秘的意义。《铭箴》篇称：“昔帝轩刻舆几以弼违，大禹勒笱簴而招谏。成汤盘盂，著日新之规；武王《户》《席》，题必戒之训。周公慎言于金人，仲尼革容于欹器，

① 唐汉：《汉字密码》上册，上海：学林出版社，2002年，第407页。

则先圣鉴戒，其来久矣。”意谓：从前轩辕黄帝坐车上、几案上刻有提醒自己纠正错误的文字，大禹在乐器架上刻上表示接受谏言的文字。成汤的大《盘铭》写着要“日日新，又日新”的规劝；周武王的《户铭》《席四端铭》题有必须自戒的教训，周公在铜像的铭文中告诫说话要谨慎，孔子见到有警戒作用的器皿便肃然起敬。说明先圣们重视鉴戒，已经很久了。可见“圣人”并非“生而知之”，他们时刻都在提醒自己不要犯错误。

此外，我们还应注意：刘勰从38岁左右进入仕途的主要经历：先后任临川王萧宏（梁武帝之弟）记室，太末令、车骑将军夏侯详仓曹参军和南康王萧绩（梁武帝第四子）记室兼东宫通事舍人，50岁左右兼东宫通事舍人迁升步兵校尉（掌东宫警卫），仕途一片光明。但两年后被敕令与慧震奉旨撰经（步兵校尉之职已被解除）。撰经毕已年近七十，且朝廷没有新的安排，估计对前途幻灭，启求正式出家。天监三年，刘勰38岁左右，梁武帝极力利用和鼓吹佛教以维护其统治宣布“唯佛道是正道”，立誓事佛，并称老子、周公、孔子皆为邪道。范缜发表反对佛教轮回转世的《神灭论》，朝廷动员组织王公权贵64人、文章75篇“围剿”范缜。其时刘勰已混迹最高统治集团。但从文献记载来看，刘勰并没有参加对范缜的“围剿”。至于所撰宣扬佛教的《灭惑论》，乃是奉命武帝萧衍之作，并非完全出自自己的信仰[①]。而且，其《封禅》篇称：历代帝王通过封禅歌功颂德，但至上之德是在纷纭中“万物尽化”（化育万物）；丹书称：“义胜欲则从，欲胜义则凶”（道义胜于私欲则顺，反之则凶）。

---

① 关于刘勰生平，本文主要参考牟世金先生的《刘勰年谱汇考》（成都：巴蜀书社，1988年）和朱文民先生的《刘勰传》（西安：三秦出版社，2006年）。关于刘勰迁升东宫步兵校尉，笔者认为应与刘勰奉旨撰写反道奉佛的《灭惑论》有功有关。见李庆甲：《文心识隅集》（上海：上海古籍出版社，1989年，第85页）。关于刘勰卒年，笔者改用朱文民提出的卒于大同四年（538年）说，时年72岁（朱著327页）。

可见封禅之旨是崇德戒私，而不是靠上天神灵保佑；《祝盟》篇称“天地定位，祀遍群神”，也是认为祭祀神灵是出于百姓对上天赐予风调雨顺的报答和对来年五谷丰登的祈祷，故“降神务实，修辞立诚，在于无愧”，强调即使神灵来临，言辞也须出于诚心。对于帝王和诸侯的盟誓，他认为“崇替在人，咒何预焉”“信不由衷，盟无益也”；还说：汉末臧洪与袁绍等，晋代刘琨与段匹磾，均曾盟誓，但结果臧为袁杀、刘为段害，可见“忠信可矣，无恃神焉”，说明神灵靠不住。曹植《诰咎文》序称：“五行致灾，先史咸以为应政而作。天地之气，自有变动，未必政治之所兴致也。”表现了对天人感应说的怀疑和否定。刘勰赞称“唯陈思《诰咎》，裁以正义矣”。可见，刘勰怀疑鬼神的存在，并强调人的因素和作用。由此可一窥其朴素唯物主义思想。《文心》的理论体系属于朴素唯物主义。

关于《文心》是属唯物还是唯心的争论并非毫无意义。毕竟，这也是认识问题的一个角度。纠缠自然不必，但有分歧、有争论，是正常的和有益的，通过争论可以把研究推向深入。但论者却说：关于《文心》属唯物还是唯心之争，其思想是以儒家为本，还是道家或佛家为本？对于这些问题，“如果刘勰在世，他一定会感到莫名其妙”[①]。本来，后人总是以后人的眼光看刘勰，而后人的时代毕竟前进了，其眼光自然也“与时俱进”，不再停留在刘勰的水平，他对有些看法莫名其妙，也在情理之中，何怪之有？再说，论者认为《文心》是属于“心道二元”的理论体系，这岂不是也给刘勰戴上“心道二元”的帽子吗？莫非他戴上“心道二元”这顶帽子就很理解和很舒服？

---

① 张皓：《〈文心雕龙〉的本原意识与本体论探索》，《古代文学理论研究》第19辑，第244页。

三、刘勰是否把儒家经典视为“凌驾一切的永恒真理”

王元化先生称：由于刘勰“作出了圣心是道心的具现，经文是道文的具现的结论”，于是儒家圣人经典“也就被装饰了神圣的光圈，成为凌驾一切的永恒真理了”。[①] 对此我们也应从《文心》一书中进行检验。

的确，刘勰在《宗经》篇中把儒家“五经”称为“恒久之至道，不刊之鸿教”，但有两点不应忽略：一是该篇之前《原道》《征圣》两篇已经阐述了“经”乃是“圣人”体道明道的著作，二是“宗经”的主旨在于“为文”，而非弘扬儒家思想。从《原道》篇可知，“经”是“圣人”经过艰苦探索和漫长认识最终成为体道、明道的著作。《宗经》篇称“经”为“三极彝训”，它阐述天、地、人的永恒法则，“故象天地，效鬼神，参物序，制人纪，洞性灵之奥区，极文章之骨髓者也”，即它效法天地鬼神的变化，深入事物的本质规律，制定出人类的行为纲纪，洞察人类的思想感情，掌握文章写作的根本法则。评价如此之高无疑过头了。但经书的确在一定程度上反映了事物的规律，并据此制订出人类的行为规范，故视为“经典”。在古代的历史条件下，这样说虽然过头，却不必厚非。再说，刘勰的“宗经”虽然包含有维护和宣扬儒家思想的意思，但主要是从中总结出为文法则。《序志》篇云：“盖《周书》论辞，贵乎体要；尼父陈训，恶乎异端。”可见主要是针对南朝愈演愈烈的浮艳文风而发。《征圣》篇称：“楚艳汉侈，流弊不还；正末归本，不其懿欤？”这个“本”就是经书所体现的为文法则，并认为“圣文之雅丽，固衔华佩实者也”，称赞“经”既雅正又美丽，本来就既有动人的文采又有充实的内容。牟世金先生指出：刘勰“一再强调文学创作要有充实的内

① 王元化：《文心雕龙讲疏》，第63页。

容和美好的形式，并以‘衔华而佩实’‘文质相称’为纲来建立其整个理论体系”[①]；“宗经”主要是“主张向儒家经典学习写作，并未阐发‘六经’的经义，也未提出如何用作品以宣扬儒家观点学说的主张。”[②]

问题的关键是：刘勰对儒家经典的推崇是否到了盲目崇拜、唯儒独尊的地步，视为“凌驾一切的永恒真理”？对此可从两方面看，一是《文心》是否独尊儒术、唯儒家经典是从？二是《文心》对非儒家的学派、学说和思想采取什么态度？是否一概否定、排斥？

根据该书的论述，儒家经典的真理性，即它之所以成为“经”，首先在于其认识符合事理即客观事物的实际和规律。《宗经》篇称经“象天地，效鬼神，参物序”云云，说明“经”所认识和反映的是天地万物和人类社会的变化发展，从中总结出规律从而制定人类法则。又称“三极彝训，道深稽古”，认为经书阐述了天、地、人的道理，应深入从中稽考。可见，儒家经典的真理性在于它符合事理，并非“凌驾一切”之上。周振甫先生指出：刘勰的“宗经”是“为了论文”，“他要从儒家经典里探索创作规范、评价标准、文体渊源、救弊方法”[③]。不仅如此，刘勰还认识到“不论著述或创作，都要师心独创，反对依傍”，“依傍儒家思想是写不好作品的”[④]。刘勰并没有对儒家经典采取盲目崇拜的态度。如《辨骚》篇总结汉儒关于屈骚的争论，认为双方不约而同都是“方经”，即把它同儒家经典作机械比较，同者是而异者非。而刘勰对此不以为然，视为“鉴

① 牟世金：《雕龙集》，北京：中国社会科学出版社，1983 年，第 247 页。

② 陆侃如、牟世金：《文心雕龙译注》，济南：齐鲁书社，1981 年，“引论”，第 18 页。

③ 周振甫：《文心雕龙注释》，北京：人民文学出版社，1983 年，第 24 页。

④ 周振甫：《文心雕龙注释》，第 27 页。

而弗精，玩而未核”，故再“辨”之，充分肯定屈骚之异于经典为“奇文郁起”，并从中总结文学发展的新变规律。对经典，他提倡经过分析，进行取舍，而不是全盘照搬。如《事类》篇称对经书应“任力耕耨，纵意渔猎，操刀能割，必列膏腴”，而不是奉为不可动摇的神圣教条。《宗经篇》所总结的“宗经”“六义”即“情深”“风清”“事信”“义直”“体约”和“文丽”，乃是为文评文的原则和标准，而不是一定要祖述儒家经典，或以之作为判定是非的标准。即使议论体的写作，他也是强调必须看是否符合事理和文辞是否得当。如《论说》篇称：“原乎论之为体，所以辨正然否；穷于有数，追于无形，钻坚求通，钩深取极，乃百虑之筌蹄，万事之权衡也。”从内容来说，是要“必使心与理合”（思想内容与事理符合）；从形式来说，是要“辞共心密”（文辞与思想内容一致）。《议对》篇称“议之言宜，审事宜也”，并列举东汉至晋代众多优秀之作“事实允当”（符合实际，公允恰当），他强调的是“文以辨洁为能”和“事以明核为美”，即要求做到符合事理和文辞能够表达内容，而不是必须符合儒家思想。他提倡“征圣”“宗经”，也不是意味着一概地以儒家经典为榜样。如《奏启》篇就对始于儒家经典《诗经》和《礼记》的“善骂”之风不以为然；对“墨翟非儒，目以豕彘；孟轲讥墨，比诸禽兽”，即儒家的孟子和墨子互相对骂，则是各打五十大板。可见儒家经典并没有被装饰上“神圣的光圈”，对非墨家也没有门户偏见。《宗经》篇虽把儒家五经作为各种文体的“首”“源”“本”“端”和“根”，如《易经》为论说辞说之“首”，《尚书》为诏策章奏之“源”，《诗经》为赋颂歌赞之“本”等等，还说“百家腾跃，终入环内”，但也只是把“五经”视为各种文体发展演变的起点，而不是视为不可超越的顶峰，其后便不再有发展了。试看《文心》对各种文体源流演变的追溯，便知它们都有一个发展的过程。所谓发展，是说后继者超越前人（当然，发展有时是曲线形的），而不是永远停留在原来的水平。如《诠赋》篇追溯其起始："赋也者，受命于诗人，拓宇于《楚辞》也"，即形成于《诗经》，拓展于战国。到了汉代涌现了大批作家和大量作品，做到了"品物毕图"（能把一切事物都写入赋里），宣帝、成帝时献给宫廷的便有千余首，"信兴楚而盛汉矣"，可见汉代是赋的繁荣时期。不但数量多，而且"京殿苑猎，述行序志，并体国经野，义尚光大"，即题材广泛，意义重大。显然，这就是很大的发展，超过了《诗经》和前人。又如《论说》篇把"论"体追溯到《论语》，回顾了从庄子的《齐物论》、《吕氏春秋》到汉儒经书的演变，指出魏晋不但出现了老庄玄学与儒家"争途"的局面，而且涌现出众多著作，并给予很高的评价（详下）。显然，这标志着"论"体的繁荣和最高成就。它无疑大大超越了《论语》。可见刘勰并没有把孔子等先贤的著述视为不可超越的顶峰和"凌驾一切的永恒真理"。牟世金先生指出：即使该书"最集中、最着力"推崇儒家圣人及其著作的《征圣》《宗经》中，"并没有鼓吹孔孟之道的具体主张"；"刘勰既不是在一切问题上都从维护儒家观点出发，也没有把文学作品视为孔孟之道的工具而主张'文以载道'。"[1]这一结论是牟先生在译注了整部《文心》的基础上作出的，故坚实可信，难以动摇。

从另一方面看，刘勰对非儒家的思想学说和人物著作，并没有一概否定，而且对那些虽有不同程度否定儒家思想的著名人物、著作和思想学说，只要有价值或受到不公正待遇，就流露出同情和赞美。如《书记》篇称赞司马迁充满怨愤、有违儒家"温柔敦厚"思想的《报任安书》，不但"志气盘桓"，且含"殊采"；对嵇康有"非汤、

① 牟世金：《雕龙集》，第 229 页。

武而薄周、孔”之论的《与山源绝交书》，推崇为“实志高而文伟矣”，评价不可谓不高。《论说》篇称赞并非儒家的玄学代表人物王弼，认为他对《易经》的注解“要约明畅，可为式矣”；论“说”这种文体时，称赞著名的法家人物范雎的《献书昭王》、李斯的《谏逐客书》“并烦（顺）情入机，动言中务，虽批逆鳞”而终于达到目的。《奏启》篇称奏文的写作“必使理有典刑，辞有风轨，裁（或作总）法家之式，秉儒家之文。”这里的“裁法家之式”，指的是法家“不别亲疏，不殊贵贱，一断于法”（《史记·太史公自序》）的精神。可见内容方面他要求以法家精神为根据，文风方面才要求与儒家一致。《诸子》篇不但称诸子为“入道见志之书”，而且翻出老底：“鬻惟文友，李实孔师”“圣贤并世，而经子异流矣”，原来圣人与贤人曾是同时代的人，经典与诸子虽“异流”而实同源。刘勰还指出：诸子都是春秋战国时代的杰出人才，他们的学说均有不同的价值：“孟轲膺儒以磬折，庄周述道以翱翔，墨翟执俭确之教，尹文课名实之符”“驺子养政于天文，申、商刀锯以制理”，等等，对他们正确的态度是：“宜撮纲要，览华而食实，弃邪而采正。极睇参差，亦学家之壮观也。”所作的评价也比较客观：孟、荀“理懿而辞雅”；管、晏“事核而言练”；列御寇“气伟而采奇”；邹衍“心奢而辞壮”；墨翟、随巢“意显而语质”；“慎到析密理之巧，韩非著博喻之富，《吕氏》鉴远而体周，《淮南》泛采而文丽”，等等。他认为，汉代的陆贾、贾谊、扬雄、刘向等汉儒事实上属于诸子，但诸子“去圣未远，故能越世高谈，自开户牖”；而两汉以后“类多依采”，即汉儒往往依傍前人，没有什么创造性。最后情不自禁地赞美说：“嗟乎！身与时舛，志共道申，标心于万古之上，而送怀于千载之下，金石靡矣，声其销乎！”赞云：“大夫处世，怀宝挺秀。辨雕万物，智周宇宙。立德何隐，含道必授。条流殊述，若有区囿。”是说：有志之士以自己的才能智慧，认识整个世界，掌握道理，进行传播。这既是对诸子的高度赞美和评价，同时又隐含自己的抱负。“含道必授”说明：刘勰并没有把“道”视为儒家及其经典的专利品。《论说》篇赞扬魏晋时期傅嘏的《才性论》、王粲的《去伐论》、嵇康的《声无哀乐论》、夏侯玄的《本无论》、王弼的《易略论》、何晏的《道德论》等“并师心独见，锋颖精密，盖论之英也”[①]，认为都是见解独特、锐利精密的佳作。他还特别高度评价了当时思想界围绕本体论问题的大辩论：“次及宋岱、郭象，锐思于几神之区，夷甫、裴頠，交辩于‘有’‘无’之域，并独步当时，流声后代”，即称赞宋岱、郭象能够锐敏地思考到精微奥妙之处，王衍、裴頠等人在围绕“有”与“无”进行论辩，都是当时无与伦比、扬名后世的辩论家。但又指出各有片面性：“然滞‘有’者全系于形用，贵‘无’者专守于寂寥，徒锐偏解，莫诣正理。动机神源，其般若之绝境乎！”他认为：崇“有”派拘泥于现实世界，贵“无”派死守于虚无之境，都有片面性，而不能求得正理。最后认为只有佛学中观派的不滞于一端的“般若之境”才是理论的最高境界。在这里，他对两派贡献作了充分的肯定和高度评价，尤其是对佛学中观派的称誉已经达到了无以复加的地步。邱世友教授指出：刘勰不但给玄学有无之辩以极高的评价，而且进一步“通过总结这场历时很久的有无之辩审视与文学艺术的理论和创作有关的基本哲学范畴”，由此提出道与文、文与质、情与采等等这些矛盾对立的基本范畴，并“运用中观给予总结，破二执，作肯定的否定，或否定的肯定”，由此建立“文艺的中观论”。[②]

---

① 该句或作“人伦之英”。本文从杨明照：《文心雕龙校注拾遗补正》，南京：江苏古籍出版社，2001 年，第 179 页。

② 邱世友：《刘勰论文学的般若绝境》，中国《文心雕龙》学会编：《文心雕龙研究》第 3 辑，北京：北京大学出版社，1998 年，第 34 页。

笔者认为此乃卓见，意义重大。其间根本没有提及儒家有什么理论成就。所谓把儒家经典作为“凌驾一切的永恒真理”，又从何谈起？

由上可见，把《文心雕龙》归属于客观唯心主义思想体系之说值得商榷。

附言：本文载《古代文学理论研究》第24辑（上海：华东师范大学出版社，2006年）。以上两篇与收入拙著《文心雕龙美学思想体系初探》的《〈文心雕龙·原道篇〉“太极”辨析——兼论“道”和“神理”》《略论〈文心雕龙〉的“文道自然”说》《略论〈文心雕龙〉文学理论体系的唯物主义性质》和《从哲学和文论传统认识〈文心雕龙〉的唯物主义性质》诸篇，可谓探究《文心雕龙》理论体系性质的姐妹篇。

略论《文心雕龙》的生命美学思想

生命美学是目前美学界的热门话题。《文心雕龙》不但继承了我国古代生命美学思想，而且把它提高到一个新的高度，建构起体大思深的文学美学理论体系。对此，目前罕见有论及。笔者愿抛砖引玉，以就教于方家和读者。

一、“枢纽”源于远古华夏的“北斗崇拜”

刘勰在《文心雕龙·序志》篇把《原道》等前五篇称为该书的“文之枢纽”。今人多视“枢纽”五篇具有总论的意义。从字面上看，“枢纽”即户枢和纽带，一般释为“关键”。笔者近年研究发现：追溯起来，该书的“枢纽”其意蕴源于远古华夏的“北斗崇拜”，蕴涵丰富的生命美学的思想意蕴。

“枢纽”一词，屡见于纬书。《尚书帝命验》：“黄帝含枢纽之府，而名神斗。斗，主也。土精澄静，四行之主，故谓之神主。”（这里的“斗”指北斗）。《诗含神雾》：“黄帝座一星在太微中，含枢纽之神。”《河图》：“中央黄帝，神命枢纽。”。综言之，“枢纽”是中央黄帝座北斗的神名。北斗居中不动，天上众宿依从斗柄运转，视北斗为众星之首。故《诗纬》说：“星惟北辰不动，其余俱随极以转旋。”可见“枢纽”是把北斗星和北极星连成一线视为天轴，是“黄帝”的居所（笔者按：纬书中的“黄帝”具有天帝的意义，与远古黄帝部族首领不同），宇宙众星皆围绕它旋转。由此远古华夏形成“北斗崇拜”[①]。

---

① 冯时：《中国天文考古学》，北京：社会科学文献出版社，2001年，第358页。

追溯起来，黄河中、上游地区即黄土高原一带，乃是我国远古时代的炎帝、黄帝两大部族的发源地。时间约在 5000 年前后的仰韶文化遗址西安的半坡村、宝鸡的北首岭和华泉县的护村等遗址的窖穴、房屋和墓葬中，都发现了粟皮壳，说明当时主要农作物是粟。有的还发现白菜或芥菜一类的种籽[①]。这与古籍记载炎帝号“神农氏”，即《国语·鲁语》所说“烈山氏”（炎帝）之子“柱”能种百谷百蔬一致。农业生产最重要的是要掌握气候季节的变化，而当时观察天象则是主要手段。那时候在该地区夜空高照的正是北极星和北斗星。北斗星包括天枢、天璇、天玑、天权、玉衡、开阳和摇光七颗星。远古先民把七星联系起来想象为舀酒的器具即斗，其中天枢、天璇、天玑和天权为斗身，叫“魁”；玉衡、开阳和摇光为斗柄，名叫“杓”。以天璇、天枢连成直线并延长约五倍的距离，就是永远高照于北方的北极星（图 1）。

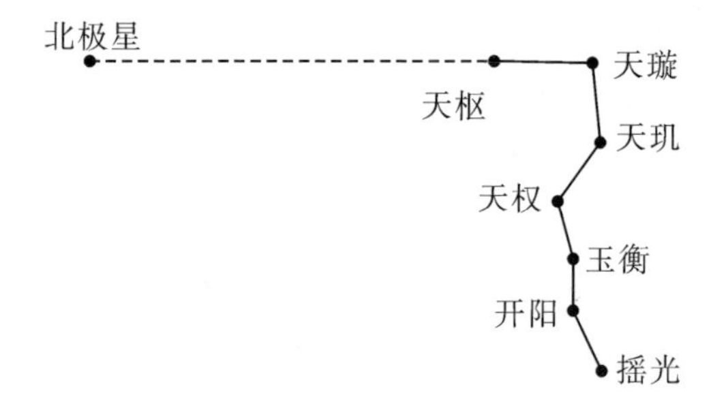

图 1　北极星与北斗七星图

由于北斗星在天空的位置是随着季节的不同而变化的，让人看起来天空众星乃至整个宇宙天体都是围绕着由北极星和北斗星而连

① 刘泽华等著：《中国古代史》上，北京：人民出版社，1979 年，第 15 页。

成的轴线即“枢纽”（又称“天枢”等）而转动的，于是人们便通过观察其位置变化来辨别季节。郭沫若先生就说我国古代存在“以北斗为观象授时之利器”的事实。如《夏小正》所说“正月初昏，斗柄悬在下”“六月初昏，斗柄正在上”“七月半柄悬在下则旦”；《鹖冠子·环流》所说的“斗柄东指，天下皆春；斗柄南指，天下皆夏；斗柄西指，天下皆秋；斗柄北指，天下皆冬”。而且“此事实且必甚古。盖公元前两千年代北斗接近北极点，终夜不没下地平。于观象授时最为便利”[①]。我国著名天文地理学家竺可桢先生也指出：“距今三千六百年以迄六千年前包括右枢为北极星时代在内，在黄河流域之纬度，此北斗九星，可以常见不隐，终年照耀于地平线上。”[②]至今云南小凉山彝族仍保留先民观察斗柄上指、下指以定岁首的习俗，即以斗柄上指为大暑作为岁首（彝族以该日为纪念该族先王夏禹的日子），而斗柄下指便是冬至了。斗柄绕天一周便是一年[③]。大诗人屈原的《天问》曾对这一传统观念提出疑问：“斡维焉系？天极焉加？”“日月安属？列星安陈？”意谓如果说“天极”（天轴）的一端系于北极星，另一端系于北斗星的斗柄，那么它是怎么维系的？它是否还要长？太阳和月亮又处于什么位置（怎样维系）？众多的星辰又是怎样和天极绑在一块的？闻一多指出：“天极焉加？”“日月安属？列星安陈？”意谓：如果“想像天随斗（北斗星）转，而以北斗为天之枢纽，因每假北斗以为天体之象征”[④]。这一观念延至唐、宋、元、明。《汉书·天文志》云：“斗杓后有

① 郭沫若：《甲骨文字研究·释支干》，北京：科学出版社，1962 年，320 页。

② 竺可桢：《竺可桢文集》，北京：科学出版社，1979 年，第 249 页。

③ 参见刘尧汉：《中国文明源头新探——道家与彝族虎宇宙观》，昆明：云南人民出版社，1985 年，第 165—167 页。

④ 闻一多：《闻一多全集》2，北京：生活·读书·新知三联书店，1982 年，第 46 页。

三星，名曰维星。”《史记·天官书》云：“中宫天极星，其一明者，太一常居也。”“天极星”就是北极星，也就是“太一星”。又云：“斗为帝车，运于中央，临制四方。”东汉有北斗帝车图（图2）

图2　北斗帝车图

图中北斗就是天帝的座车，由它的转动带动（同时监视）天地众星的运行。《诗含神雾》：“黄帝座一星在太微中，含枢纽之神。”《晋书·天文志上》说得更具体：“北极五星，钩陈六星，皆在紫宫中。北极（星），北辰最尊者也；其细星，天之枢也。天运无穷，三光迭耀，而极星不移，故曰居其所而众星拱之。”也就是说，连太阳和月亮都是由北极星和北斗星所构成的“天枢”而旋转的。故“天枢”中的“太一”（北极星）和北斗星被视为黄帝（天地的最高神）的居所和宇宙生命的发源地，含有化生万物的意义。如《春秋元命苞》谓“丑者纽也”，宋均注：“纽，当生也。”又《诗推度灾》：“万物之生，已定枢纽”。《汉书·礼乐志》云：“合好效欢虞泰一。”（“泰一”即“太一”），因为“太一”是生命之神，故以男女交合取悦。《史记·乐书》也记载有汉人对“太一”神的祭祀。为了神化其统治政权，纬书进一步把北极星和北斗星所构成的“天枢”和人间的统治者挂钩。如《易纬·通卦验》卷上云：“孔子曰：太皇之先与耀合元，精五帝期。以序七神。”郑玄注：“皇者，君也。先犹本也。耀者耀魄宝，北辰帝名也。此言太微之帝，本与北辰之帝同元。元，天之始也，其精有五，谓苍帝灵感仰之属也。其布列用事各有期，期各七十二日，主叙十神二十八宿北斗也。”《春秋纬·文耀钩》云：“中宫大帝，其精北极星，含元出气，流精生一也。”意思是说，北极星就是北辰帝星，又名“耀魄宝”，就是天皇大帝，天上诸星（包括日月）和万物的生命都是由它生发出来并带动旋转的。东汉陈琳的《大荒赋》有云：“建皇极以连衡兮，布辰机而结纽。”也是把人间的统治者（“皇极”“连衡”）比喻为天上的“辰机”即“枢纽”。上述多出自汉人的资料，乃是源自远古，并非汉人捏造。又如《庄子·大宗师》尝称：作为宇宙之“道”谁能“得之”谁就具有永恒的生命力，并列举了能够“得之”者的一系列名单，如伏羲、黄帝、西王母等，而“维斗”亦在其中。“维斗”就是北极星和北斗星，二者构成天之纲维，自古被视为具有永恒的生命力。《文心雕龙·封禅》篇云：“夫正位北辰，向明南面，所以运天枢，毓黎献者，何尝不经道纬德，以勒皇迹者哉！”（北极星位于天空正中，帝王朝南而治，天枢不停旋转运动，大地养育百姓和贤人，莫不以道、德为经纬，创下辉煌的业绩），是说人间帝王的权柄乃是上天帝星（指北极星或北斗星）所赋予的。这一思想历代承传。上述先民的认识自然带有许多幼稚和神秘的因素，但它无疑是对宇宙万物及自身生命运动的体验和思考结果，其中所形成和积淀的生命意识包含了许多合理的甚至深刻的成分，而且成为后世审美思想的源头。

“枢纽”被刘勰用于《文心雕龙》，不但喻为其理论体系的核心和主干，而且具有美学的本体论和方法论的丰富意蕴。

首先，刘勰以“枢纽”作为《文心》理论体系的核心和主干，说明他不但继承了远古以来把宇宙看成是一个具有无穷生命力的整体、“天枢”乃是化生宇宙万物生命的总根源的思想，具有本体论的意义，即把它视为万物及其美和包括文学艺术在内的“人文”的本源，并用以建构其文学美学理论体系。具言之，刘勰也是把宇宙的变化视为有如“枢纽”即户枢的旋转运动，是它化生万物，使之生生不息，千姿百态。不但整个宇宙的变化是无穷的，而且宇宙的各个领域中的生命运动也是无穷的。这就是万物之美和“人文”的本源。这个“天枢”所蕴含的宇宙生命力，刘勰称为“道”，由它化生万物，以及今天所说的美的意义的“文”（通纹）乃是万物生命的外在的、美的感性形态（包括人类社会在内的“人文”）。而且美是事物本身的属性，并非由外加上的。刘勰这一思想源自《周易》对宇宙化生万物的阐释。《易·系辞》云：“一阴一阳之谓道，继之者善也，成之者性也。”虞翻解释说：“继，统也。谓乾能统生物；坤合乾性，养化成之。故继之者善、成之者性也。”意即天地万物是由宇宙阴阳化生而来。乾和坤，其作用无它，唯化生万物而已：“夫乾，其静也专，其动也直，是以大生矣；夫坤，其静也翕，其动也辟，是以广生矣。”又说“天地之大德曰生”；《彖》辞赞《乾卦》云：“大哉乾元，万物资始；乃统天。云行雨施，品物流形，大明始终，六位时成……乾道变化，各正性命。”赞《坤卦》云：“至哉坤元，万物资生。乃顺承天，坤厚载物，德合无疆。含弘光大，品物咸亨。”这是盛赞“乾”与“坤”（阴与阳）化生万物生命的功能。学术界一致认为《文心雕龙》继承了《周易》的思想，而其中阴阳之道尤为突出。而阴阳之道无它，唯化生万物而已（它兼有本体论和方法论的意义）。《系辞》又云：“成德大业至矣哉！富有之谓大业，日新之谓盛德，生生之谓易，成象之谓之乾，爻法之谓坤，极数知来之谓占，通变之谓事，阴阳不测之谓神。”从人类和文学来说，由于人类具有宇宙本体“道”所赋予的生命力，而且为万物之灵，其特点是有“灵性”，是“有心之器”，即有思想感情，能用语言思维，“心生而言立，言立而文明，自然之道也”，是说人有“人文”即有相应的美的外在形态，也就是自然而然之事了。其《时序》篇云：“蔚映十代，辞采九变；枢中所动，环流无倦。质文沿时，崇替在选。”意谓：回顾人类的历史，文学是随着时代发展由质朴与华丽两种文风交替转化，已经历了九次大变化。《通变》篇云：“文律运周，日新其业。变则可久，通则不乏。”意谓：只要掌握文学通变的规律，文学事业就会日新月异，具有永恒的生命力。这些正是上述“天枢”思想，司空图《诗品·流动》云：“荒荒坤轴，悠悠天枢。”指的就是天枢的旋转带动宇宙的运动、万物的生长变化。

其次，“枢纽”还有方法论意义。《春秋元命苞》云：“紫微宫，紫之为言此也。宫之中，天神圆法，阴阳开闭，皆在此中。”可见“枢纽”还有美学方法论的丰富含义。《文心雕龙》对此运用得十分充分和娴熟。

（一）由于“枢纽”的旋转离不开圆心，而且有规则（与圆心保持相等的距离），“天枢”便成了天地万物化生的源头，由此引申出源头和根本法则之意。《易·系辞》：“言行，君子之枢机；枢机之发，荣辱之主也。”刘勰把《原道》等五篇称为“文之枢纽”，也就有追溯“人文”的起源、发展及其演变规律的意思。从各个文体来看，是各自有其源头的。既有源头，也就“万变不离其宗”。因此《宗经》篇把“五经”视为“群言之祖”。如：《议对》篇云“其大体所资，必枢纽经典”，意即“议对”这种文体是由经典衍变而来；《诠赋》篇云“殷人缉颂，楚人理赋，斯并宏裁之寰域，雅文之枢辖”，意即《诗经》的“颂”和《楚辞》是赋的源头和典范。

而各种文体的发展演变正如车轮有规律的旋转那样，是离不开一定的法则的。如《宗经》篇称“百家腾跃，终入环内”，即离不开“枢纽”（源头、法则）。他反复强调“体要”，也是源自于此。如《征圣》篇称引《尚书》“辞尚体要”，《序志》篇首明“宜体于要”，即离不开根本的法则。在他看来，南朝的文风有违于此。其《征圣》篇云：“楚艳汉侈，流弊不还，正末归本，不其懿欤？”是认为楚汉以来的文风离开了根本法则，须予纠正。

（二）阴阳转化，变化无穷。“枢纽”其本义是车轮的旋转运动，作为宇宙的枢纽，它赋予万物以生命，使之生生不息，万物变化有如车轮旋转，永不停止。不但整个宇宙的变化是无穷的，而且宇宙的各个领域中的生命运动也是无穷的。人类社会和文学自身也是如此。《时序》篇的“枢中所动，环流无倦”；《通变》篇的“文律运周，日新其业”，均是此意。刘勰认为，在演变发展中，只要不离“枢机”，掌握通变规律，就会获得永久的生命力。

（三）抓住关键、要领，统率全局。“枢纽”其本义是车轮的旋转运动，而车轮的旋转运动须靠车辐把轮圈紧箍车毂，由此引申出抓住关键、要领，统率全局之义。从宇宙天体来说，众星围绕天枢而转动；从万物自身来说，又都有其自身的“枢纽”（关键）。因此，只要抓住了它，问题就会迎刃而解。这一思想在《文心雕龙》有多处阐述。如《体性》篇云：“八体虽殊，会通合数，得其环中，则辐辏相成。”“得其环中”，即不离“枢纽”。《总术》篇云“乘一总万，举要治繁”，也是此意。又云：“自非圆鉴区域，大判条例，岂能控引情源，制胜文苑哉？”更是视为“制胜文苑”的关键。还云：“所以列在一篇，备总情变，譬三十之辐，共成一毂，虽未足观，亦鄙夫之见也。”看来，刘勰为自己善于运用“枢纽”的方法论而洋洋得意。

二、《文心雕龙》继承和发展了我国自古视文艺作品为生命有机体的思想

在中、西方美学史上有一个论题令人注目，就是不约而同地用人体生命比喻文艺作品——即人们所说的“生命之喻”。归结起来，其旨主要有二：“一是二者均有美的具体感性形式，并表现出内在整体的统一性；二是在其形体之内均蕴含生命力”，即二者都具有整体统一性即生气的灌注[①]。“生命之喻”的意蕴在我国可谓源远流长，但以《文心雕龙》最为系统、完整和突出。

早在先秦两汉时期，我国古代就形成了“天人合一”和“神为形主”“形为神现”的观念，它们正是我国古代“生命之喻”的思想基础。如《周易》就“认为整个世界是以‘一阴一阳’为始基的一个相反相成的有机统一体”[②]。《国语》的《郑语》和《周语》分别记载了史伯“声一无听，物一无文”和单穆公主张“乐从和”的一段话，意谓：只有一种声音，就不会有动听的音乐；只有一种颜色，就不会有美丽的文采；只有和谐统一才能构成美妙的艺术。到了汉代的《淮南子》则认为：世界万物的运动并非只是混乱，而是乱中求整，自有规律。如《泰族训》说“以阴阳之气相动也。故寒暑燥湿，以类相从，声响疾徐，以音相应也”。音乐艺术也是如此，即“声响疾徐，以音相应”。《要略》篇说音乐就是靠“五音之数”（宫、商、角、徵、羽）相和然后成“曲”。《览冥训》称之为“同声相和”。从有关材料来看，“中国古代哲人，极其明朗而毫不犹疑地认定，大自然及人类社会按其本性来说就是和谐的，而最高意义上的美就

① 参见拙文：《“生命之喻”探源——对一个中西共同的美学命题的认识与思考》，《文学评论》1995年第3期。

② 李泽厚、刘纲纪主编：《中国美学史》第一卷，北京：中国社会科学出版社，1984年，第294页。

在这种和谐之中”。可以说，“坚信宇宙按其本性而言是和谐的，最高的美在于宇宙的和谐，在于天人同一，这是一个素朴的、然而却是深刻的思想”[①]。同时，他们又认识到：事物的多样性之中必有其主导的一面，如《老子》的“三十辐共一毂”之说。在人的形神关系中，神为形之主宰、形为神之体现。《孟子·尽心上》就说：“君子所性”即人的内在的道德精神，可以“施于四体，四体不言而喻”（能使人四肢动作自然地合乎礼义）。也就是说，一方面内在的道德精神“只有表现于外在的形体时才能为人所感知”；另一方面外在的形体“只有当它显示了内在的高尚的道德精神时才会‘生色’，成为美”。[②]《荀子·解蔽》篇也说：“心者，形之君也，而神明之主也。”汉代的《淮南子·说山训》更云：“画西施之面，美而不可说（悦）；规孟贲之目，大而不可畏：君形者亡焉。”意谓：画西施（古代美女）面孔虽美却引不起人的美感，画孟贲（古代勇士）的眼睛虽大，却缺乏威严勇猛的感觉，这是没有画出人的内在精神所致。《说林训》又说：“使但吹竽，使氏厌窍，虽中节而不可听，无其君形者也。”相传顾恺之画人物，数年不画眼睛，说是“传神写照，正在阿堵中”；又传他为人在扇上画嵇、阮，也不点眼睛，称“点眼精便欲能语”[③]。这里所说的“君形者”即“神（神明）”。对作品来说，指的是作家所寄寓的思想感情——它在生命有机体中居统摄与主宰的地位。不过，“生命之喻”正式形成为一个传统，则应是在魏晋南北朝时期。究其原因，是汉魏盛行人物品藻（鉴赏人的风神骨相），随着文学艺术的繁荣而来的对文艺作品鉴赏批评的需求，原先品藻人物的一套方法、术语便转而运用到文学鉴赏。如“形神”“风骨”“气韵”“骨

① 李泽厚、刘纲纪主编：《中国美学史》第一卷，第 91、92 页。

② 李泽厚、刘纲纪主编：《中国美学史》第一卷，第 181 页。

③ 《太平御览》卷七〇二引《俗说》。

法”“筋骨”便是如此。其中运用得最突出和最系统的，要数《文心雕龙》。该书把文艺作品比喻为生命有机体，可谓处处皆是。如《辨骚》篇说《楚辞》“骨鲠所树，肌肤所附，虽取镕经意，亦自铸伟辞”；《体性》篇称“辞为肌肤，志实骨髓”；《风骨》篇称“辞之待骨，如体之树骸；情之含风，犹形之包气”。而尤以《附会》篇最为突出：“夫才量（童）学文，宜正体制：必以情志为神明，事义为骨髓，辞采为肌肤，宫商为声气。”即把作品的情志、事义、辞采和宫商分别比喻为人体的精神、骨髓、肌肤和声气。有论者把它们看成仅仅是修辞手段，这似乎低估了其中的生命美学思想的意蕴。显然，这里的比喻不是偶然的，因为它们正是构成人类生命有机体的要素。可以说，其中正包含了上述所说整体统一性和生气的灌注两方面的意义。

先说生气的灌注。《风骨》篇引了曹丕的“文以气为主”，并以不同之“气”评孔融、徐幹、刘桢；又说“怊怅述情，必始乎风”；“缀虑裁篇，务盈守气”。这里所说的“气”“风”“情”“志”，意思一致，都是指创作中的情感活动。明人曹学佺《文心雕龙序》说：“《风骨》一篇，归之于气，气属风也。”从上述对“枢纽”的解释中我们已经了解到：在我国古代人们的心目中，他们和世界的其他民族一样，最早也是相信“万物有灵”，即不但动、植物和人类，而且整个宇宙的万物都是有生命的，而万物与人的生命皆是从“灵枢”（上述所说北斗星与北极星所构成的“天枢”）所蕴含的宇宙“灵气”（生命力）而来。而所秉受的“灵气”（或称“灵性”等）不同，其生命特质与形态也就不同。王充《论衡·无形》篇云：“人以气为寿，形随气而动；气性不均，则于体不同。”[①]《抱朴子·尚

① 陈蒲清点校：《论衡》，长沙：岳麓书社，2006年，第19页。

博》篇亦云："清浊参差，所禀有主，朗味不同科，强弱各殊气。"[①]刘勰在《原道》篇称天地间"惟人参之，性灵所钟"，是说人得天地之性灵较万物为多；《序志》篇称人类"其超出万物，亦已灵矣"，是说人与万物都是禀受天地的"性"（灵气）而生，但其"灵"（灵气）即思想感情这一点高于万物。《情采》篇更把草木说成是"无识之物"，而文学乃是人类"综述性灵"的产物。而"性灵"即思想感情乃是人类所特有的——这正是"人文"（文学）的生命所在。可见，刘勰所说的"性灵"即"气""灵气"，是指万物各自不同的生命特质。具体于人类的生命活动和文艺创作与作品来说，则是指人的思想感情活动即"神明"。根据《文心雕龙新书通检》统计，"情"字见《文心雕龙》全书达一百次以上[②]。正如王元化先生所指出的：刘勰所说的"情"是包含了理性的内容的。在《文心雕龙》一书中，"情志"往往连用，"颇接近于渗透了思想成分的感情这种意义"；对文艺作品来说，须有"生气灌注"，这个"生气"正接近于黑格尔把古希腊人所说的"情志"解释为"合理的情绪力量"，它不是出于一时的冲动或溺于一己的情好，而是"经过很慎重的衡量考虑来的"，并且具有"充塞渗透到全部心情的那种基本的理性的内容"。[③]

刘勰十分强调"情志"（神明）的作用，这正与黑格尔强调文艺作品中生气的灌注、灵魂的统摄作用遥相呼应。黑格尔是把美（艺术）看成是"理念"的感性显现的，而它有一个发展过程：先是自然美，而后是艺术美；自然美又分为三个阶段：一是纯粹机械的、物理的存在方式，如石块，没有生气，没有统一性；二是自然物出

① ［晋］葛洪著，杨明照撰：《抱朴子外篇校笺》下，北京：中华书局，1997 年，第 109 页。

② 巴黎大学北京汉学研究所编：《文心雕龙新书通检》，1952 年，第 266—267 页。

③ 王元化：《文心雕龙创作论》，上海：上海古籍出版社，1979 年，第 173—174 页。

现了差异，并形成一个整体，如太阳系的星球，既各自运行，又以太阳为中心；三是生命有机体，其本质是“灵魂及其自身的统一”，灵魂起统摄的作用，并把生气灌注到整个有机体，使之显示出生命的运动。在黑格尔看来，“理念”只有发展到生命有机体阶段，才有真正的自然美。他还把这一思想运用到艺术美领域，不但视艺术作品为生命的有机统一体，而且把生气灌注作为衡量是否具有艺术美及其水平高低的标准。如强调“艺术作品通体要有生气灌注”，称赞古希腊雕刻家的作品具有“通体灌注的生气特别使人振奋”，其中“每一种形式都和所要体现的那种普遍的意蕴密切吻合”，而“这种最高度的生气就是伟大艺术家的标志”[①]。《附会》篇所说的“必以情志为神明”，“神明”正与黑格尔所说的“生气”“情志”相通。这一点，综观《文心》全书是很清楚的。《神思》篇云“神居胸臆，而志气统其关键”“关键将塞，则神有遁心”，说明创作中的想象活动要是没有“志气”（神明），也就失去动力和表现内容；《附会》篇云：“若统绪失宗，辞味必乱，义脉不流，则偏枯文体。”是说：要是没有灵魂的统率，便没有生气灌注，作品就像没有生命的躯壳；《镕裁》篇云：“百节成体，共资荣卫；万趣会文，不离辞情。”按中医学的理论，“荣卫”主血气的运行，意谓作品必须有生气的贯注——靠的是“情”（此处“情辞”一词单取“情”义）；《章句》篇强调作品要做到“外文绮交，内义脉注”，也就是不但要求具有形式美，而且渗透了“情”的义理使各个部分互相连贯，一气呵成，有如人体有血气流通全身一样。由此可见，正是刘勰把我国古代人体生命的理论全面地运用于文艺理论领域。在他看来，文艺作品就像生命有机体一样，须有生气的灌注并流通全身，作品才有灵魂，

---

① ［德］黑格尔：《美学》第 1 卷，朱光潜译，北京：商务印书馆，1979 年，第 198、221 页。

并显示出生命有机体的整体统一，才能具有动人的力量。他一方面强调“必以情志为神明”的“神明”，即生命有机体中起统摄与主宰作用的灵魂、精神；另一方面又强调须把生气灌注到作品的各个部分，从而使作品呈现出统一有机体的生命活力。《章句》篇称赞《诗经》做到了“外文绮交，内义脉注”，前句说的是各部分构成一个统一的整体，后句说的是把生气灌注到有机体的各个部分，使之具有内在的统一性；《附会》篇又说“义脉不流，则偏枯文体”，即如果没有生气灌注到有机体的各个部分，作品也就没有生命的活力。这样的作品自然是失败的。《总术》篇称：“自非圆鉴区域，大判条例，岂能控引情源，制胜文苑哉！”显然，在刘勰看来，“控引情源”即在创作中把握思想感情的来龙去脉，贯通整体，乃是作品成败的关键。

关于《文心雕龙》的生命有机体的整体统一的思想，王元化先生概括为“杂而不越”说，并作了精彩的论述。从上引我国春秋时期的“声一无听，物一无文”和“乐从和”之言，说明我国古代早已认识到：美不能是单调的，同时其内容的各个部分必须具有内在的统一性。根据《附会》篇，刘勰的“杂”是指艺术作品的部分而言，“不越”是指不超出艺术作品的整体统一性。“从单一方面来说，艺术作品必须首尾一贯，表里一致”；“从杂多方面来说，艺术作品又必须具有复杂性和变化性，通过丰富多彩的形式去表现丰富多彩的意蕴。”①

王先生还指出：“（中西）古代理论家已初步感觉到艺术作品各部分之间的关系可以比拟作生命有机体各部分之间的关系”②。在《文心雕龙》中也是不胜枚举。如《诠赋》篇的“文虽杂而有质，

① 王元化：《文心雕龙创作论》，第204页。

② 王元化：《文心雕龙创作论》，第205页。

色虽糅而有本”，《总术》篇的“乘一总万，举要治繁”，都是要求既有多样性，又要有统一性。而又以《附会》篇最为突出，其云：“何谓附会？谓总文理，统首尾，定与夺，合涯际，弥纶一篇，使杂而不越者也。”说的就是要求把作品的各个部分协调统一成为一个生命的有机体。

首先是“务总纲领”即抓住主干，突出中心；反之，“一物携二，莫不解体”，即如果有两个以上的中心，便构不成一个整体。如果“锐精细巧，必疏体统”，即抓住细微次要的东西，便把握不住大纲体统。正确的方法是“故宜诎寸以信尺，枉尺以直寻，弃偏善之巧，学具美之绩，此命篇之经略也”，意即抛弃只知从枝节上下功夫的雕虫小技，学会从大处着眼建构美的本领。他反复强调要抓住中心，统领全篇。如《征圣》篇的“《书（尚书）》辞尚体要，弗惟好异”；《序志》篇的“宜体于要”；《通变》篇的“规略文统，宜宏大体，先博览以精阅，总纲纪而摄契”，等等，都是这个意思。

其次，各个部分之间要求具有有序性。如《附会》篇的“整派者依源，理枝者循干”（疏理支流不能离开主流，整理枝叶不能离开主干），“众理虽繁，而无倒置之乖；群言虽多，而无棼丝之乱”（各部分的内容之间不能颠三倒四、纷乱如麻）。《章句》篇称赞《诗经》“章句在篇，如茧之抽绪，原始要终，体必鳞次”，即做到了有序性，并指出“是以搜句忌于颠倒，裁章贵于顺序，斯固情趣之指归，文笔之同致也”，即组合句子、安排章节，必须井然有序，这是文章情趣的要求，无论散文和韵文都是如此。

其三是整体性，即各个部分要构成一个统一的有机体，如《章句》篇强调“跗萼相衔，首尾一体”（花足和花萼衔接，首尾连成一体）；《附会》篇的“首尾周密，表里一体”，也是强调各个部分之间须联系密切，构成一个统一的整体。

最后还应指出，刘勰认为：作品整体的有机统一是以生气（灵魂）的灌注为前提的。《附会》篇云："义脉不流，则偏枯文体。"王元化先生释云："这句话不仅把艺术作品作为有机体看待，要求各个部分都要显示整体统一性，而且还指出了艺术作品必须要有一种主导力量，像脉管里循环着的血液似的赋予各部分以生气，使它们活起来。"[①]《附会》篇又强调"必以情志为神明"的"神明"，即生命有机体中起统摄与主宰作用的灵魂、精神。也就是生气的灌注。正是有了它，才能把生气灌注到作品的各个部分，从而呈现出有机体的生命活力。

原载《华南师范大学学报》（社会科学版）1999 年第 1 期。

附言：笔者认为，澳门大学邓国光先生揭示《文心雕龙》的纬学观念"枢纽"的真义，值得注意。邓先生指出：以往论者往往注意到《正纬》篇对汉代纬书"无益经典"的批判，而忽略了刘勰此举"目的不在全面否定纬学，相反，他是在护持心目中至'真'的纬学精粹"，彰显"'历代宝传'的瑞圣之纬的真相"。《文心雕龙·原道》篇所说的"道心""神理"，正源于纬书《春秋元命苞》："天人同度，正法相授。天垂文象，人行其事，谓之教。教之为言效也。上为下效，道之始也。"可见它就是纬书中所说的"天心"，"刘勰认为从远古伏牺以至孔子等历代圣人，都是有取于瑞圣之纬以成就伟大的人文事业"。[②]在刘勰看来，圣人尚且取纬设教，而他自己假纬立义，也就是自然而然的了。

---

① 王元化：《文心雕龙创作论》，第 206 页。

② 参见邓国光：《〈文心雕龙〉假纬立义初探》，中国《文心雕龙》学会编：《文心雕龙研究》第 3 辑，北京：北京大学出版社，1998 年，第 67—83 页。

再论《文心雕龙》的生命美学思想

中、西美学史上不约而同地把文艺作品喻为人体生命（即“生命之喻”）。究其原因，乃是源于早期人类对人体和万物生命运动的观照[①]。我国远古时期早已形成了以生命运动及其美为宇宙本性的意识，先秦老、庄继承和发扬了这一传统[②]。关于我国古代的生命美学思想传统，钱锺书先生云：“盖吾人观物，有二结习：一、以无生者作有生者看，二、以非人作人看。鉴画衡文，道一以贯。”[③]徐复观先生亦云：“魏晋时代对于美的自觉，和古希腊时代有相似之点，即是由人自身形相之美开始，然后再延展到文学及书法绘画等方面。”[④]于民先生早已指出：“在中国古代，人们早在西方大脑神经论创立前，就从经络气化方面发展了人体科学”，并在此基础上形成中国古代特有的哲学美学思想和一系列范畴[⑤]；而“《文心雕龙》的划时代意义，不仅在于它的体大思精，不仅在于它风骨、神思、隐秀等的提出”，而主要在于依据文艺的特点，把它们构成“系

---

① 参见拙文：《“生命之喻”探源——对一个中、西共同的美学命题的认识与思考》，《文学评论》1995 年第 3 期。

② 参见拙文：《老庄对我国远古审美意识的继承及其对后世的影响》，《华南师范大学学报》（社会科学版）1996 年第 1 期。

③ 钱锺书：《管锥编》第 4 册，北京：中华书局，1979 年，第 1357 页。

④ 徐复观：《中国艺术精神》，沈阳：春风文艺出版社，1987 年，第 134 页。

⑤ 于民：《中国审美认识与神秘的人体科学》，于民、蒙培元等：《中国审美意识的探讨》，北京：中国戏剧出版社，1989 年，第 19—21 页。

统完整的艺术创作规律的认识”[①]，惜未作具体阐述。笔者受上述诸贤的启发，认为生命美学思想不但是《文心雕龙》的根基，而且贯穿其整个理论体系，并指出：作为其理论体系核心思想的“枢纽”论，乃是源自远古华夏先民的“北斗崇拜”和视生命运动与美为宇宙本性的传统思想[②]。由于全面探索尚属首次，意犹未尽，现续撰本文，疏漏错误在所难免，祈望专家和读者批评指教。

一、“枢纽”乃是宇宙生命的总根源

先说生命美学思想在《文心》总论中的体现。刘勰把该书前五篇《原道》至《辨骚》称为“枢纽”（今人称为总论）。它是《文心》的理论基石和指导思想。为什么称为“枢纽”呢？枢即户枢，纽为纽带，它原是指由北斗星的斗柄与北极星联成一线所构成的“天枢”（即天轴）。在地处黄河中上游的远古华夏先民看来，北斗星是围绕着“天枢”旋转的，而且斗柄旋转一周恰好是一年，于是便形成了天上众星乃至整个宇宙天体都是围绕着“天枢”而旋转的观念，由此形成“北斗崇拜”[③]。出于原始人类“万物有灵”的观念，华夏先民也是把整个宇宙及其所化生的万物（包括人与文章）视为生命有机体，把“枢纽”视为化生宇宙万物生命的总根源[④]。《庄子·大宗师》尝称，谁能得到宇宙之“道”，谁就具有永恒的生命力，并列出得“道”者的名单：伏羲、黄帝、西王母、维斗等，维斗即北

---

① 于民：《中国审美认识与神秘的人体科学》，于民、蒙培元等：《中国审美意识的探讨》，第 25 页。

② 参见拙文：《〈文心雕龙〉对我国远古时代生命美学意识的继承和发展》，中国《文心雕龙》学会编：《文心雕龙研究》第 4 辑，北京：北京大学出版社，2000 年，第 39 页。本书已收入。

③ 参见本书：《略论〈文心雕龙〉的生命美学思想》。

④ 参见拙文：《〈文心雕龙〉对我国远古时代生命美学意识的继承和发展》，中国《文心雕龙》学会编：《文心雕龙研究》第 4 辑，第 39 页。

斗星。由于“天枢”中的北极星永远高悬于北方天空，且亮度大，便被视为主星，称为“太一”“北辰”，被视为化生宇宙万物生命的最高神灵，故历来受到祭祀。如《春秋纬·文耀钩》云：“中宫大帝，其精北极星，含元出气，流精生一也。”（无可否认，汉代纬书利用神灵神化人间统治者，但其保存了不少远古神话与神灵观念，仍有价值的。）由于“枢纽”的旋转是不断运动的，故它还兼有方法论的意义[①]。这与上述的“生命之喻”吻合一致。刘勰把《文心》的总论称为“枢纽”，说明他继承远古以来的上述思想作为其理论体系的基石。这一思想贯穿“枢纽”五篇及全书。

多数论者认为，《文心》首篇《原道》之“道”，乃是从老子和《淮南子》的“道”而来，指宇宙的本体。高亨先生根据老子对“道”的描述概括它有十个特点，认为其义应是“宇宙之母力”[②]，即宇宙所具有的化生万物的生命力。笔者认为，《文心》之“道”正源于此，即源自我国远古的生殖崇拜[③]。《原道》篇把宇宙描写为一个充满生机的美的世界，可见化生万物生命与美乃是宇宙的本性。首句“文之为德也大矣”，此处“文”通“纹”，指由线条与色彩所构成的万物的美的感性形态，“德”乃是“道”（宇宙本体）在个别事物中的依存与体现。其逻辑层次为：“道”—“德”—“文”：“道”赋予万物不同的生命特质即“德”，并具体显现为“文（纹）”

---

① 参见拙文:《〈文心雕龙〉对我国远古时代生命美学意识的继承和发展》，中国《文心雕龙》学会编：《文心雕龙研究》第4辑，第42页。

② 高亨：《重订老子正诂》，北京：古籍出版社，1956年，第3页。关于我国古代这方面的思想，如《周易·系辞上》所说的“天地之大德曰生”；又如《春秋繁露·王道通三》所说的“仁之美在于天”“天覆育万物，既化而生之，有（又）养而成之，事功无已。”参见拙文：《老庄对我国远古审美意识的继承及其对后世的影响》，《华南师范大学学报》（社会科学版）1996年第1期。

③ 参见拙文：《〈文心雕龙〉之“道”溯源》，中国《文心雕龙》学会编：《文心雕龙研究》第3辑，北京：北京大学出版社，1998年。已收入本书。

即千姿百态之美。句意谓："文（纹）"通过其美的感性形态使"道"得以具体显现为千姿百态的美的世界，其意义是多么伟大深远啊！刘勰称"文"（美）与天地"并生"，是认为自有天地万物的生命以来，也就有美了。可见化生万物生命运动及其美乃是宇宙的本性，万物的生命运动是"道"的呈现；而美则是万物生命运动的感性显现，其价值是使"道"得以具体显现。故云"此盖道之文也"。我们从《原道》篇及《文心》全书所描写的无论是自然界还是人类社会（包括文学）来看，都是充满生命力而不断运动和发展的，并呈现为美：如《时序》篇的"蔚映十代，辞采九变。枢中所动，环流无倦"；《通变》篇的"文律运周，日新其业"，等等。而这一切，在刘勰看来都是自然而然的。"文原于道"即"文原于自然"。自然者何？宇宙的本体、本性也。也就是说，刘勰认为，天地间万物之美皆是"道之文"，皆是宇宙本体"道"的显现。该篇一曰"此盖道之文也"，二曰"自然之道也"，三曰"夫岂外饰，盖自然耳"，一是指道乃是宇宙万物化生的总根源，即道之体；二、三是指道化生万物乃是自己如此、自然如此，即道之用。可见，刘勰继承我国远古以来视人与万物的生命运动及其美乃是宇宙本性的思想，以建构起其理论体系的。王更生教授也说："《文心雕龙》的美学，显然是建立在自然的基础上。刘勰从天人合一的思想出发，化心物为一体，天道、人事断不可分。因为由天道可睹人事，从人事反映天道，所以自然、群经与道德，就成了《文心雕龙》美学的三环节，没有自然，群经与道德便失去了产生的媒体。没有群经，则自然与道德即失去了依存的活力。没有道德，自然与群经，就丧失了运行的轨道。"[①] 与上述所论可谓异曲同工。

---

① 王更生：《重修增订文心雕龙研究》，台北：文史哲出版社，1979 年，第 214 页。

关于刘勰的“征圣”“宗经”思想，不少名家论著多从奉儒家经典为典范理解其旨。如果仅此而言，显然还没有真正理解刘勰的用心[①]。因为，正如罗宗强先生指出，“圣人之经典之所以具有权威性，不仅因为他法天地而成文，而且因为他体认天地万物之至理，他是自然之道的代言者”，“故其经为不刊之鸿教、恒久之至道”[②]。这与传统的思想一致：宇宙通过阴阳化生万物，其表现为形式便是“文（纹）”——美，圣人取法天地而成其著作即“经”。因此，刘勰的“征圣”“宗经”，归根到底，就是视万物的运动及其美为宇宙的本性，也就是离不开“原道”[③]。综言之，由于圣人能洞察宇宙万物的生命运动，并运用多种体裁与手法表现于文章，故其著作所体现“衔华佩实”便可作为文的典范和评文的标准。牟世金先生强调：“‘衔华而佩实’，是刘勰在《原道》《征圣》《宗经》三篇总论中提出的核心观点”[④]，而它正是由《原道》篇的有质自然有文而来：宇宙化生的万物都是既有其质“德”，亦有其文即美的形态。质文相称这对范畴演进到人类社会的文学（文章）领域便是“衔华佩实”。可见，《文心》理论体系是建构在继承我国古代视生命运动与美为宇宙本性的传统思想的基础之上的。正如罗宗强教授所指出的：中国古代“人与自然和谐统一的思想，是强调了生命的价值”；“这种思想进入到文艺理论中，成为重自我、重个人

① 不少论著认为刘勰的“征圣”“宗经”思想源自荀子、扬雄的儒家传统“征圣”“宗经”思想，笔者认为二者不应混淆。参看拙文:《略论〈文心雕龙〉的原道征圣宗经思想——兼论与儒家传统文艺观的区别》，见拙著《文心雕龙美学思想体系初探》，广州：暨南大学出版社，1993 年。

② 罗宗强：《魏晋南北朝文学思想史》，北京：中华书局，1996 年，第 272 页。

③ 参见牟世金:《文心雕龙论稿·序》，毕万忱、李淼:《文心雕龙论稿》，济南:齐鲁书社，1985 年，第 1—19 页。牟先生还说早在 1978 年其师陆侃如先生已指出“文”“是天地万物本身的必然表现”。

④ 牟世金：《雕龙集》，北京：中国社会科学出版社，1983 年，第 232 页。

情性抒发、重自然的文艺观的很好的哲学思想基础。它的进一步发展，便是以人体各个组成部分比拟文艺的各种特征，从而成为文艺论中的各种范畴的名称，如气、骨、体、神、形等等。”[①]

《正纬》《辨骚》的意义又何在呢？按照宇宙的本性，万物的生命运动是不停地发展的。以文学来说，它就经历了由远古（尧舜禹）时代的质朴到商周的雅丽，但并非到此便停步，而是继续发展的。《通变》篇就具体论述了自黄帝至魏晋由“淳而质”“质而辨”到“丽而雅”“侈而艳”“浅而绮”的演变过程。也就是说，从质朴走向华丽绮艳乃是文学自身发展的必然趋势。《正纬》《辨骚》的意义在于：“论经书，只能是‘事信而不诞’。但是文学又确实已经发展了，文学想象已经大量出现……《正纬》的重要意义，便在这‘事丰奇伟，辞富膏腴’的肯定上”；而“辨骚，便是辨骚之价值。骚之价值何在呢？便是情与奇。……盖纬书只提供了事之奇与文采之富的借鉴，而诗赋等文学式样所最需要的风情气骨，奇文壮采，还有待于楚辞来作为榜样。而这风情气骨，惊辞壮采，正是刘勰文学思想枢纽之不可或缺之一方面。”[②]可见，《正纬》《辨骚》两篇旨在论述文学的演变和发展的。归结起来，乃是源于其把生命运动发展看成是宇宙本性的生命美学思想。

二、《文心》的质与文、情与采源自远古华夏的生命有机体思想

早在二十世纪八十年代，牟世金先生已经指出了《文心》理论体系的内在联系及其贯穿生命美学思想。《原道》篇首称天地、日月、山川、动植万物千姿百态，皆有其美：此“盖道之文”，“夫岂外饰？

① 罗宗强：《魏晋南北朝文学思想史》，第270页。

② 罗宗强：《魏晋南北朝文学思想史》，第279页。

盖自然耳！”即是物的属性，并非外加的。牟先生指出：《原道》篇中的“道”，“是指万物自然有文的法则或规律”[1]。而且通过对《文心》全书的译注与剖析，揭示和论证了“情采兼顾、文质并重”是其理论体系的“一条主线”[2]。它既是来自该书的基本观点，“也是在‘论文叙笔’总结了前人丰富经验基础之上”所作理论上的提炼和概括[3]。这就首次揭示了该书总论即“枢纽”（总论）与文体论、创作论的内在联系。笔者认为，这是牟先生对《文心雕龙》研究的重大贡献。

追溯起来，质与文、情与采这两对范畴乃是源自远古以来的生命美学思想。如上所述，“文”乃是指事物美的外在形态。《左传·昭公二十九年》：“经纬天地曰文。”《考工记》称：黄帝的史官仓颉见鸟兽的情状，于是“初造书契，依类象形，故为之文”。由此引申为：“凡是有纹理和色彩相杂的事物，大自然的森罗万象，人类社会的丰富的文化，包括精神文明与物质文明，都可以称作文。”[4]《周易·系辞下》曰：“物相杂，故曰文。”《易传》在对贲卦的解释中把天地间刚柔相推、万物的不断变化生长称为“天文”，所说“悬象著明莫大乎日月”的“大”字含有壮美之义；而代表地的坤卦“含章可贞”即地之文有“美”，鸟兽亦有其“文”。可见它认为“整个大自然是一个处在永恒和谐的运动中的世界，从而也是一个美的世界”[5]。《系辞下》又说：“日新之谓盛德，生生之谓

---

① 牟世金：《雕龙集》，第 218 页。

② 牟世金：《雕龙集》，第 176 页。

③ 牟世金：《雕龙集》，第 187 页。

④ 顾易生、蒋凡：《先秦两汉文学批评史》，上海：上海古籍出版社，1990 年，第 40 页。

⑤ 李泽厚、刘纲纪主编：《中国美学史》第一卷，北京：中国社会科学出版社，1984 年，第 301 页。

易。”“德”是指“道”所赋予万物的生命特质，因此《周易》是把化生万物的生命运动与美视为宇宙天地的本性的。“质”是与“文”相对的范畴，是指事物的本质、内容，如《论语·卫灵公》称“君子以义为质”。有时则偏指事物的原始状态，义为质朴，属于形式方面范畴。鉴于古人视万物皆有生命，故“质”与“文”乃是先民在观察、认识万物生命运动中对其内容与形式的概括，并形成了“质文相称”的思想。如《论衡·齐世》篇称“文质之法，古今所共”；《书解》篇指出“夫人有文，质乃成。物有华而不实，有实而不华者”；《论语·雍也》说“文质彬彬，然后君子”，都是强调内容与形式统一相称。《文心雕龙·情采》篇称水波沦漪、草木开花是“文附质”，虎豹、犀兕色彩斑斓可见是“质待文”，可知刘勰的文质观正是继承先秦两汉的文质观而来的。《原道》篇首句称“文”与“天地并生”，即天地万物之“文”皆“道之文也”，是说二者是一个统一体，体现于万物便是“质”与“文”，可见这对范畴是“道”与“文”的逻辑演进。《情采》篇则把人类所特有之“文”称为“情文”，视“情”（又称“灵性”“情志”等）为文学的内容特质，故云“五情发而为辞章”。而这个“情”并非低层次的动物情欲，而是包含了对人生的深刻理解的，所以往往“情”与“志”（或“理”）连用对举，互文足义。如《情采》篇称情、理为“立文之本源”，还把《诗经》的创作传统归结为“为情而造文”，把诸子、汉赋归结为“为文而造情”，旗帜鲜明地提倡前者而猛烈抨击后者。《附会》篇则称“必以情志为神明”。正如王元化先生指出的：刘勰所说的“情”（“情志”）接近于黑格尔对西方“情志”的解释即代表一种“合理的情绪力量”，具有“充塞渗透到全部心情的那种基本的理性的内容”[①]。可见，“质”与“文”是对宇宙万物而言；而“情”与“采”这对范畴则是对人类而言，是“道”与“文”在人类社会的逻辑演进。

令人注意的是，刘勰论作家与一般文论家不同。《序志》篇称“耿介于《程器》”，认为文人首先应有光明正大的品质；《程器》篇更是强调文士“贵器用而兼文采”，应能“纬军国”“任栋梁”，做到“学文而达政事”。该篇历举司马相如等十六个作家在品德上的缺点，批评了他们道德败坏、贪婪无耻，“有文无质”；同时又称赞屈原等六位作家忠君爱国、机智敏捷；《辨骚》篇更是推崇屈原“气往轹古”“难与并能”，可说是在所有的作家中最高的评价。这显然因为屈原首先是伟大的政治家。《程器》篇云“君子藏器，待时而动，发挥事业”；当机遇未逢时应加强修养，磨练才干，“梗楠其质，豫章其干”，以便“穷则独善以垂文，达则奉时以骋绩”。这既是他的人生理想，也是文人理想。《序志》篇说君子“树德建言”，并非好辩，即要做一个有价值而能流芳后世的人；继云他七岁时“乃梦彩云若锦，则攀而采之”，又称三十岁时夜梦“随仲尼而南行”，隐然自己肩负发扬孔子等“圣人”所开创的“人文”事业的历史使命。而当时文坛文风浮靡不振，“离本弥甚”，鉴于文章于军国社会具有重大作用，这样纠正时弊，“搦笔论文”，更是出于社会时势的迫切需要。可见他之著《文心》，论文人，首先是从社会的需要与人生价值出发，并非仅从文学自身着眼。这是刘勰作家论的重要特点，这也是我国古代文论的传统。但是，刘勰并不忽视文学的创作才能。相反，正是这一点充分显示出他的文论家的本色。

---

① 王元化：《文心雕龙创作论》，上海：上海古籍出版社，1979年，第174页。王元化先生还指出：黑格尔对美的理念（艺术）所作的种种规定，就是在对生命有机体作了周密的研究之后的成果。

首先，刘勰深入分析了文学家主体的生命特质，《体性》篇指出其因素有四：才（才华）、气（气质）、学（学识）和习（习染），它们是形成了作品生命的风格的主观因素。其中才、气属先天的自然禀赋；学、习属后天的因素。该篇认为“文章由学，能在天资（或作才）”，可见作家须具有一定的资质、天赋；《神思》篇指出“人之秉才，迟速异分”，即各人才思有不同的特点；而才之不同，又与人的气质不同有关，故《体性》篇说“才力居中，肇自血气”。他说“气有刚柔”，是指人的气质情性具有不同特点。从《体性》篇的“气以实志”和《神思》篇的“神居胸臆，而志气统其关键”，说明才气离不开“志”，并作为其内核而渗透其中，在艺术创作的想象活动中起着重要作用。从《体性》篇所列举的贾谊等十二位作家的情况来看，其中自然不能说完全没有后天学养的因素（如张衡的“淹通”），但主要还是先天的才、气起作用，故最后归结为：“岂非自然之恒资，才气之大略哉！”如此准确地把握一系列作家的风格，显示出一个真正批评家的锐利眼光，在文论史上除了锺嵘，难有匹敌。这些都是魏晋时期文坛重视才气个性、重视感情的表现，说明随着审美思潮的觉醒，人们对文学特点的深入把握，是符合于艺术特征的深刻见解。

其次，刘勰又认识到：作家的“才”“气”虽是重要的，但还须后天的充实、拓展和在磨炼中提高。《事类》篇就说“有学饱而才馁，有才富而学贫”，前者固然写作吃力，而天才们如果“学贫”也难以动笔；并认为二者的关系是：“才为盟主，学为辅佐”。如称扬雄“观书石室（国家图书馆），乃成鸿采”，说明学不可少。他主张“将赡才力，务在博见”，即通过后天的学习、观察，为写作打下深厚的根基。《神思》篇“积学”“酌理”“研阅”和“驯致”云云，强调“至精而后阐其妙，至变而后通其数”，概言之，就是通过学习与磨炼把先天的禀赋转化为写作实践中的创造能力与表达能力。《体性》篇说："才有天资，学慎始习。斫梓染丝，功在初化；器成采定，难可翻移。"实际刘勰把后天的学和习放在比先天的才气更重要的地位上。《事类》篇还指出："木美而定于斧斤，事美而制于刀笔"，即写作是一种创造性很强的活动，如果不经过后天的磨炼，这种能力是不会自动形成的。故《体性》篇赞云："习亦凝真，功沿渐靡"，"真"指作家的才、气，是说它须经过后天的长期观察、磨炼才见功效。《时序》篇指出建安文学的"雅好慷慨""梗概而多气"与时代的"世积乱离，风衰俗怨"密切相关；论及晋代文学时发出"前史以为运涉季世，人未尽才"的叹息（认为西晋政治衰颓，作家未能充分发挥才华）。这些也说明作家的成就、文学高潮的形成，同样离不开作家后天的际遇、时世的条件。

魏晋时期以曹丕为代表的"文气"说虽然在把握作家的生命特质方面有重大突破，但过于偏重于先天禀赋。刘勰从中区分出先天与后天的因素，并强调后天的学、习磨炼与际遇的重要决定作用，这无疑又是刘勰的重大贡献。

三、生命有机体思想贯穿于《文心雕龙》的文学起源论、文体论和创作论

我们再看生命美学思想在文学起源论和创作论中的体现。对此可从两方面理解：一是《原道》篇对包括文学在内的"人文"发展的论述，可视为宏观的文学起源论；二是《明诗》和《物色》两篇对文学创作过程的具体论述，可视为微观的文学起源论。

关于前者，可概括为"道沿圣以垂文，圣因文而明道"。意谓：人类乃是"有心之器"（即《序志》篇所说人类"其超出万物，亦已灵矣"，"灵"指思想感情与思维能力）；根据宇宙本体"道"

赋予万物有质自然有其“文”的普遍规律，人类之有“人文”乃是自然之事。故云：“夫以无识之物，郁然有采；有心之器，其无‘文’欤？”可见刘勰把文学看成是人具有思维能力的产物。从具体的过程来说，他认为“圣人”起了重大的作用。有论者认为刘勰所说的“圣人”带有神秘性。其实，从《征圣》篇可知：“圣人”不过是作为人类的杰出代表（如成汤、大禹、周公、孔子），由于能体认和揭示天地万物本然之理，并创下丰功伟绩，故其著述才成为文章的典范。我们从《原道》篇称“圣人”仍须“原道心”“研神理”，即认识、思考才能掌握规律、建立功业，可见他们并非天生无所不晓；他们须体认自然之道行事，也说明他们并非随心所欲。刘勰主要是强调人类对天地万物的认识改造，特别是人类能够创造精神文明。这与他论作家既重视天赋条件，又强调后天的学习、陶染，是一致的。从认识论看，其主导方面并不是神秘的先验论。刘勰的“灵感”论中并没有如西方那样充满神秘主义的色彩，也可以说明这一点。

再看微观创作论。在刘勰看来，整个宇宙世界就是一个充满生机、互相感应的世界，文学创作的产生，乃是人类的“灵性”（思想感情）对宇宙万物的生命运动的感应的产物。其《明诗》篇云：“人秉七情，应物斯感；感物吟志，莫非自然。”《物色》篇更是把这一“心物交感”的具体过程作了生动的描述：“春秋代序，阴阳惨舒，物色之动，心亦摇焉”，整个宇宙充满生机、不停运动，动物对此尚会产生感应，而作为“万物之灵”的人能无动于衷吗？所谓“一叶且或迎意，虫声有足引心。况清风与明月同夜，白日与春林共朝哉”！因此，“岁有其物，物有其容；情以物迁，辞以情发”。这一“心物交感”而产生文学的思想，乃是《原道》篇把生命运动与美视为宇宙本性的思想在创作论中的具体贯彻和发挥。它并非刘勰的发明（早在《礼记·乐记》中已有论述），但把它融于整个文学理论体系，而且由万物的盛衰联系到人生际遇，分析评价作品，如此系统地运用于文学创作论和批评论，则是刘勰的贡献。

从具体创作过程来说，刘勰则把它分为两个阶段：一是创作前的酝酿："诗人感物，联类不穷；流连万象之际，沉吟视听之区"，即因物感兴，作家把宇宙生命运动作为一个整体来观照、感受，不但仔细观察形状色相，而且要深入体认其中的生机意蕴，由此形成为创作的冲动；同时在对万物的观察、体认中搜集了丰富的物象材料，为写作打下扎实的基础。二是对物象材料进行选择、提炼和加工，作出生动而鲜明的描绘。为此，刘勰提出两方面要求："写气图貌，既随物而宛转；属采附声，亦与心而徘徊。"一方面，描写物象不能离开事物的外貌形象（"物"）；另一方面，这一描写是为了表现作家的生命内质（"心"）即思想感情服务的。从根本上说，创作是要重构能够展示生命本质特征的事物形象。他称赞《诗经》"以少总多，情貌无遗"，即通过简练而形象的语言把事物生命的内质充分地展示出来，如"'灼灼'状桃花之鲜，'依依'尽杨柳之貌"等。他把创作的关键归结为"四时纷回而入兴贵闲，物色虽繁而析辞尚简"，即能以"虚静"之心境从对万物生命运动的观照中获得创作的灵感；在写作中又能以简洁的言辞描绘出事物的神情；而成功的标志则是"使味飘飘而轻举，情晔晔而更新"，即描绘事物的形神兼备，令人回味无穷。最后，他富有深情地说："若乃山林皋壤，实文思之奥府""屈平所以能洞监《风》《骚》之情者，抑亦江山之助乎！"他把体察万物的生机意趣视为作家获取创作灵感的源泉。早在一千多年前能有这样的思想，这是多么的难得！联系该篇开头所说四时万物的生长盛衰，以及该篇赞语把诗人观察、体验万物概括为"情往似赠，兴来如答"，可知刘勰从获取灵感到具体写作的整个创作论，都是围绕着对万物的生命运动观察与表现而进行的。

这正是其生命美学思想在创作论的系统体现。

学者一致认为："风骨论"是刘勰的一大贡献，但历来又众说纷纭。笔者要强调的是，《文心》的"风骨论"与我国古代生命美学思想有着渊源关系，其中包含了刘勰关于人的生命价值的理想。追溯字义，"风"即"气"，在先秦两汉被视为宇宙本体即"道"在个别事物的依存，具有生命本原之义。如《管子·内业》说它"遍流万物而不变""凡物之精，此则为生"。屈原《离骚》称："纷吾既有此内美兮"，"内美"即指人体内的精气。至于"骨"，早在老子就"从人的自然生命上指出了'骨'与生命力的'强'的密切关系"[①]。如说使民"强其骨"（3章）。汉魏时，"骨"不但成为人体生命力的重要体现，如王符的《潜夫论·德化》称"夫形体骨干为坚强也"；而且被赋予人格坚毅的意义。如魏代刘邵的《人物志·九征》称："勇怯之势在于筋，强弱之植在于骨。"到了晋代，更被引入书法与文学理论，如葛洪的《抱朴子·辞义》把"妍而无据，证援不给"视为"骨鲠迥弱"的表现，即强调文章的义理力量[②]。刘勰的"风骨论"正是继承了上述有关"风骨"的生命美学思想而形成的。作为一种文化现象，它是"重宇宙一体，把人看作一个小宇宙，以之比喻一切事物"的传统的反映[③]。

刘勰所说的"风"，本义是"气"——个体生命的特质，即作家的气质、个性、才华（又称"情志"或"情性"，或单称"情""志"）。如《体性》篇云："才力居中，肇自血气；气以实志，志以定言，吐纳英华，莫非情性。"从根本上说，它是作品的灵魂，故《附会》

① 李泽厚、刘纲纪主编：《中国美学史》第二卷下，北京：中国社会科学出版社，1987年，第725页。

② 李泽厚、刘纲纪主编：《中国美学史》第二卷下，第727页。

③ 罗宗强：《魏晋南北朝文学思想史》，第336页。

篇说“必以情志为神明”，《风骨》篇说“情之含风，犹形之包气”。因此，它既是创作的动力，又是作品感染力的源泉，故该篇说它“乃化感之本源，志气之符契也”；又说“怊怅述情，必始乎风”。从该篇不但申述曹丕的“重气之旨”，而且要求“风力遒”“气猛”，可见“风”指刚健有力的阳刚之美。关于“骨”，虽歧义较多，但近年理解渐趋一致。首先，“骨”既与文辞有关，又不等同。这可从内容（“事义”）与形式（文辞）的关系来理解：一方面，形式是为表现内容服务的，先有“骨”（“事义”）、后有“辞”，故《风骨》篇云：“沈吟铺辞，莫先于骨”“辞之待骨，如体之树骸”；由此，练好了“骨”，也就有助于文辞的铺陈，故云“练于骨者，析辞必精”。另一方面，内容须有赖形式才能表达，“骨”离不开文辞，故云“结言端直，则文骨成焉”。而深一层到具体作品来说，“骨”便兼有内容与形式两方面的要求：义理精深、坚实和文辞精练、有力、条理性强，两方面结合便显示出强大的逻辑力量。他称赞潘勖的《锡魏》之作“思摹经典，群才韬笔，乃其骨髓峻也”，即运用典故材料显示出一种义理与逻辑的力量。相反，“若瘠义肥辞，繁杂失统，则无骨之征也”，即义理贫乏，文辞繁杂，缺乏条理，乃是无“骨”的表现。还应指出，刘勰并非仅仅要求“风”与“骨”结合，他的理想是“‘风骨’与‘采’的完美统一”[①]。

从生命美学的角度来看，刘勰的“风骨论”要强调的是实现作为社会的人的生命价值，把作家的人格理想贯彻到作品中去。我们知道，魏晋以来人们虽然对文学的“缘情”特点加强了认识，但同时对文学作为人类一种生命活动的内在价值的认识却倒退了——把它变成了徒具形式美的活动，文风绮美而柔弱。这无疑从根本上会

① 李泽厚、刘纲纪主编：《中国美学史》第二卷下，第736页。

导致文学丧失其生命价值。为此，刘勰所说的“风骨”，“其根本的东西就是主体的人格情感对作为真善统一体的‘事义’的把握”，是“生命、情感向外表现的力量（风）和理性内在的凝聚的力量（骨）两者的统一在艺术作品中的现实”，其目的是力求“给当时人们竭力追求着的文辞的美丽注入一种坚实强劲的思想和情感的力量，使之不致徒有其表，流入空虚浮华”。[①]这无疑是有历史的进步作用的。可见，刘勰的“风骨论”是从人的生命的人格精神、力量及其在文学作品中的体现着眼的，“它追求着一种表现了主体人格的崇高艺术上高度凝炼的力之美”[②]。

此外，《文心》中还有不少生命美学思想的论述，如：《风骨》篇把“风骨”充实有力者喻为“翰飞戾天”的鹰隼，缺乏者则喻为低飞乱跑的野鸡；《镕裁》篇称作品各部分的统一有如“百节成体，共资荣卫”，即人体须有生气的灌注才能构成一个有机体；《隐秀》篇以植物的“根盛而颖峻”说明“隐”“秀”；《知音》篇把文学喻为“国华”，盼望“知音君子”多多品尝；等等，因篇幅所限，就不多说了。但它说明生命美学思想是融贯《文心》全书的。

本文原是提交2000年《文心雕龙》国际研讨会（镇江会议）的论文，收入会后的论文集《论刘勰及其〈文心雕龙〉》，北京：学苑出版社，2000年。

---

① 李泽厚、刘纲纪主编：《中国美学史》第二卷下，第737、746、736页。

② 李泽厚、刘纲纪主编：《中国美学史》第二卷下，第746—747页。

《文心雕龙》对我国远古时代生命美学意识的继承和发展

人类审美意识的形成和美学思想的发展，是离不开人类对生命运动的体验和认识的。远古华夏先民早已积淀了丰富的关于生命的审美意识和思想，并为后世继承和发展。笔者研究表明：《文心雕龙》的理论不但与此有着渊源关系，而且把它提高到一个新的高度。但学术界目前对此少有论及。笔者愿奉本文，抛砖引玉，就教于方家和读者。

一、《文心雕龙》的“枢纽”源于远古“北斗崇拜”，“枢纽”为宇宙生命之源

《文心雕龙·序志》篇称该书开头五篇《原道》《征圣》《宗经》《正纬》和《辨骚》为“文之枢纽”。“枢纽”即户枢和纽带，义近关键。学术界多视为总论，是刘勰文学理论体系的纲领和核心思想。《文心》的“枢纽”思想源自远古华夏的“北斗崇拜”[①]，后者包含华夏先民对宇宙生命运动观照和体验的丰富意蕴。

“枢纽”一词屡见于古籍，其义有三：（一）北斗星包括天枢、天璇、天玑、天权、玉衡、开阳和摇光等七星。远古先民把七星联系起来想象为舀酒的器具即斗，其中天枢、天璇、天玑和天权为斗身，叫“魁”；玉衡、开阳和摇光为斗柄，名叫“杓”。如以天璇、

① 关于“北斗崇拜”，可参阅萧兵：《中庸的文化省察——一个字的思想史》，武汉：湖北人民出版社，1997年，第89页。

天枢连成直线并延长约五倍的距离，就是永远高照于北方的北极星。先民视二者连成的直线为“天枢”，整个天体都是围绕着它而旋转运动。北极星又称北辰，永远高照于北方上空，且最为明亮，最为尊贵。《诗纬》上称：“星惟北辰不动，其余俱随极（即“天枢”）以转旋。”《晋书·天文志》说得相当具体：“北极（星），北辰最尊者也；其细星，天之枢也。天运无穷，三光迭耀，而极星不移。故曰居其所而众星拱之。”（古人把北极星或北斗星代称天枢）也就是说，连太阳和月亮等天上众星都是由“天枢”带动而旋转的。《史记·天官书》云：“中宫天极星，其一明者太一常居也。”“天极星”就是北极星（北辰），也就是“太一星”。又云：“斗为帝车，运于中央，制临四方。”意即北斗星就是天帝的座车，由它的转动带动（同时监视）天上众星的运行。东汉山东嘉祥武梁祠就有天帝驾驭着由北斗七星构成的斗车的石刻画像（见上）；（二）由于北斗星围绕“天枢”的旋转运动，其斗柄随着季节不同而指向不同，故先民形成以斗柄指向以确定季节的北斗建师法则[①]。如《夏小正》称：“正月初昏，斗柄悬在下”“六月初昏，斗柄正在上”“七月半柄悬在下则旦”；《鹖冠子·环流》所说的“斗柄东指，天下皆春；斗柄南指，天下皆夏；斗柄西指，天下皆秋；斗柄北指，天下皆冬”；（三）视“天枢”为天帝的居所，是宇宙的生命之源（生命之神）。《史记·天官书》云：“中宫天极星，其一明者，太一常居也。”“天极星”就是北极星（北辰），也就是“太一星”。《春秋纬·文耀钩》云：“中宫大帝，其精北极星含元出气，流精生一也。”这里的“气”“精”即万物的生命之原。《诗含神雾》：“黄帝坐一星，在太微宫中，含枢纽之神。”《春秋元命苞》也说：“丑者，纽也。”宋均注：“纽，

① 萧兵：《中庸的文化省察——一个字的思想史》，第358页。

当生也。”又《诗推度灾》：“万物之生，已定枢纽。”可见“天枢”中的“太一”（北极星）乃是宇宙生命之神，含有化生万物的意义。《史记·乐书》就记载有汉人对“太一”（北极星）神的祭祀。《汉书·礼乐志》云：“合好效欢虞泰一”（“泰一”即“太一”）。后世帝皇“功成治定”之后往往举行祭天大典即“封禅”。《尚书·虞夏书》载舜“在（祭）璇玑玉衡，以齐七政。”璇玑即斗魁，玉衡即斗杓，是说舜继位为帝首先祭拜北斗七星（向天帝说明此事）。《文心雕龙·封禅》篇首云：“夫正位北辰，向明南面，所以运天枢，毓黎献者，何尝不经道纬德，以勒皇迹者哉！”意谓：北极星处于天空的正中，帝王受命南面而治，就像北极星那样治理天下，养育百姓，因此，怎能不颂扬其功德，刻下他的伟大功绩呢！历代帝王的“封禅”显然源自远古的“北斗崇拜”。

这里要强调的是，以上古籍所载固然是出于神化人间统治者的需要，但“北斗崇拜”并非汉人的捏造，而是早在远古时代已经形成的。如孔子在《论语·为政》篇说：“为政以德，譬如北辰：居其所而众星拱之。”说明春秋时代以前已经形成“众星拱北斗”的观念。又如屈原在《天问》中云：“斡维焉系？天极焉加？”“日月安属？列星安陈？”屈原对此传统观念提出了质疑。意谓：如果“天极”（天枢）的一端系于北极星，另一端系于北斗星的斗柄，那么它是怎样维系的？它是否还要长？太阳和月亮又处于什么位置？众星又怎样维系？闻一多释云：“想像天随斗（北斗星）转，而以北斗为天之枢纽，因每假北斗以为天体之象征。”[①] 甘肃博物馆藏的汉代六壬式盘的中间圆形为天盘，其中心处就是北斗七星，外围环绕黄道（日）、白道（月）和二十八宿。又如《庄子·大宗师》尝称：

---

① 闻一多：《闻一多全集》2，北京：生活·读书·新知三联书店，1982年，第46页。

作为宇宙之“道”谁能“得之”，谁就具有永恒的生命力，并列举了伏羲、黄帝等一系列“得之”者名单，称“狶韦氏得之，以挈（提举，开辟）天地”“维斗得之，终故不忒（差错）”。一般解释前者谓猪大力拱开天地；后者谓北斗星维系众星，其运行不会离开轨道。这并不完全准确。原来，“维斗”即北极星和北斗星二者构成天之纲维（天轴），它和猪狶氏都是被视为宇宙的生命之神。《初学记》卷二九引《春秋说题辞》透露了其中信息：“斗星时散精为彘，四月生，应天理。”意谓：斗魁四星于四月散精，令豕受孕而生彘，此为“应天理”。《周易·说卦》“坎为豕”，郭店楚简言“太（大）一生水”“太（大）一藏于水”。可见远古以生成数的一主坎位，属豕，配北方，而北斗作为极星乃是天神太一，即水与豕之所在，故以猪象征司命之神北斗。在我国远古红山文化出土有众多猪首玉龙。

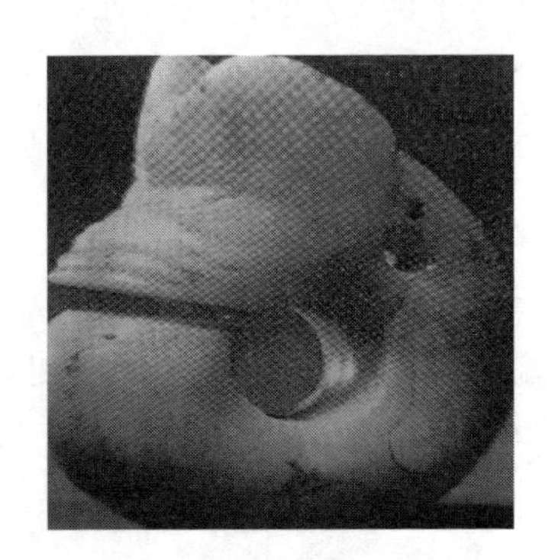

图 1　猪首玉龙

浙江余姚县距今七千年左右河姆渡文化猪纹陶钵：

图 2　陶钵猪图形

其倒梯形钵体象征斗魁，猪体内中心特意标示出一颗圆形的星饰，应是指北斗星官中的天枢。可见猪和北斗被视为宇宙生命之神，源远流长。尤其卜辞有十多条“比（祉）斗”即祭祀北斗的记载[①]：

例 1：贞：比（祉）日？（《七》）
例 2：祉岳，雨？（《库方》）

“比（祉）”为祭名，“斗”是受祭者。《说文·示部》：“祉，以豚祠司命也。”司命即生命之神。《楚辞·九歌》有大司命、少司命。《史记·封禅书》：“寿宫神君最贵者太一，其佐曰大禁、司命之属。”《风俗通义·祀典》：“司命，文昌宫也。”并称齐地、汝南民间独祀司命“皆祠以猪，率以春秋之月”。《初学记》卷二九引《春秋说题辞》：“斗星时散精为彘，四月生，应天理。”《说文》称“豚

① 萧兵：《中庸的文化省察——一个字的思想史》，第 100—107 页。

祠司命”，可见先民以猪为北斗之神并为宇宙生命之神[①]。《史记·乐书》载：汉家常于正月在甘泉宫“祠太一”，以昏时夜祠，至明而终。《汉书·礼乐志》“合好效欢虞泰一”，是说以男女交媾生殖祭祀“太一”。由卜辞可知“太一”指北斗星。《三国演义》中诸葛亮病危时设坛向北斗七星祈祷，即源于此。《诗经·小雅·渐渐之石》云：“有豕白蹢（蹄），烝涉波矣。月离于毕，俾滂沱矣。”是说猪于月亮经毕星大雨滂沱之时（四月）怀孕而生，故曰“应天理”。《周易·说卦》：“坎为豕”，坎为水，为北方之属。既然猪能“应天理”（北斗具有观象授时的功能），位于北方的水位（水乃生命之源），故先民视猪为北斗天神的象征[②]。可见把“枢纽”视为宇宙生命的发源地，是渊源甚古的传统观念。它源自我国远古先民所形成的生命意识——对自身和宇宙万物的生命运动观照和体验的结晶。

我们知道，我国黄河中、上游地区即黄土高原一带乃是我国远古时代的炎帝、黄帝两大部族的发源地。如大约5000年前后的仰韶文化遗址西安的半坡村、宝鸡的北首岭和华泉县的护村等遗址的窖穴、房屋和墓葬中，都发现了粟皮壳，有的还发现白菜或芥菜一类的种籽，说明当时处于农耕时代，主要农作物是粟[③]。这与古籍记载炎帝号“神农氏”，即《国语·鲁语》所说“烈山氏”（炎帝）之子“柱”能种百谷百蔬一致。农业生产要靠掌握气候季节进行，而当时观察天象则是主要手段。那时候在该地区夜空高照的正是北极星和北斗星。刘勰把《文心雕龙》理论体系的核心思想称为“枢纽”，和《时序》篇视文学的发展如“枢中所动，环流无倦”，可见它与“北斗崇拜”所蕴含的思想意识一脉相承。

① 萧兵：《中庸的文化省察——一个字的思想史》，第107页。

② 萧兵：《中庸的文化省察——一个字的思想史》，第107页。

③ 刘泽华等著：《中国古代史》（上），北京：人民出版社，1979年，第15页。

二、《文心雕龙》对“枢纽”的本体论和方法论意义的继承和发挥

《文心雕龙》不但以“北斗崇拜”的“枢纽”比喻其理论的核心和主干，而且创造性发挥了它所包含的美学本体论和方法论思想，由此建构起完整的文学美学理论体系。

（一）刘勰的“枢纽”论首先继承和发挥了“北斗崇拜”视化生万物及其美乃是宇宙的本性的思想，由此形成“尊道”“贵德”与“贵文”的系统理论，以之作为自己理论体系的核心和主干

如果我们揭开“北斗崇拜”的神秘面纱，它无疑包含深刻的生命美学思想的本体论意识：“天枢”是永恒不息地转动（运动）的，由此化生万物并形成五彩缤纷的美的世界。可见，化生万物的生命运动及其美乃是宇宙天地的本性。关于这一点，由于“北斗崇拜”距今年代久远，自然难窥全豹，但在不少先秦两汉古籍和文物中仍清晰可见。兹举数例：《庄子·天地》篇云：“夫道，覆盖万物者也，洋洋乎大哉！”是说作为宇宙本体的“道”，其本性就是化生万物并让其生长；《大宗师》更是称赞天地之道化生万物“泽及万世”，“覆载天地刻镂众形”（使天地万物具有美的形态），并情不自禁地发出“吾师乎！吾师乎”的慨叹。《易·系辞》云：“一阴一阳之谓道，继之者善也，成之者性也。”意即“道”就是通过阴阳化生万物的，故称“天地之大德曰生，生生之谓易”；《吕氏春秋·去私篇》称：天地日月是无私的，只管“行其德而万物遂得长焉”；董仲舒《春秋繁露·王道通三》说“仁之美在于天”（意为天具有让万物生长的美德）；《淮南子·原道训》说：“夫道者，覆天载地……横四维而含阴阳……”意谓万物由此而生成；《天文训》云：在宇宙形成之后“天地之袭精为阴阳，阴阳之专精为四时，四时之

散精为万物”；等等。这些古籍一致认为：通过阴阳交感而化生万物，从而形成一个千姿百态的美的世界。这是宇宙（天地）的本性。这一观念当然不是突然从天而降的，而是源自我国远古先民对宇宙生命运动的观照和思考所形成和积淀的传统意识[①]。

这里略举三例：一是上引《汉书·礼乐志》以男女交合取悦北斗主神太一，说明“北斗崇拜”与生殖崇拜有渊源关系；二是老子称女阴和动物雌的生殖器官“玄牝之门”为“天地根”——宇宙万物的总根源（6章），这正是我国远古时代女性生殖崇拜的遗存；三是阴阳之道源自远古的生殖崇拜。众所周知，阴阳是我国古代最高的哲学范畴。《春秋元命苞》称天神太一所在紫微宫之中“天神圆法，阴阳开闭，皆在此中”（意为北斗神靠阴阳化生万物）；《易传》的“一阴一阳之谓道”，老子称“万物抱阴而负阳”（42章），等等，再从《淮南子·天文训》所说“北斗之神有雌雄”，可知“阴阳”源自“雌雄”。至今云南彝族还保留把时间的年月分为雌雄的原始观念[②]。由此可知，自远古华夏的“北斗崇拜”以来我国便形成了把阴阳化生万物视为宇宙天地本性的传统意识，而随着人类社会的发展和认识的提高，这个原为宇宙的生命神灵的“阴阳之道”也就逐渐褪去其神秘色彩，演变为我国古代最高的哲学范畴——道，即宇宙的本体。但它的两个基本含义并没有改变：一是指人类所赖以生存的无边无际和无始无终的宇宙时空世界，二是这个宇宙世界本身蕴涵化生万物及其外在形态之美的无穷的生命力。从《原道》篇和《时序》篇的“枢中所动，环流无倦”，以及《通变》篇把“变”与“通”作为宇宙的永恒规律来看，《文心》之道正包含这两方面

① 参见竺可桢：《竺可桢文集》，北京：科学出版社，1979年。

② 参见刘尧汉：《中国文明源头新探》，昆明：云南人民出版社，1985年，第165—167页。

含义。这一点尤其首篇《原道》的阐述相当清楚明确。该篇首句说“文之为德也大矣！”文通纹，指由线条和色彩交错而形成的事物的外在美的形态；“德”乃是指道在个别事物中的依存——生命特质。句意为：文（纹）即“道”通过个别事物的“德”使其得以显现为千姿百态的美的世界，其意义多么伟大啊！并称“与天地并生”，即自有天地以来便是如此。可见美与万物生命运动同在，美离不开万物生命的特质“德”——其价值与作用就是使万物的生命显现为美的形态。故云：天上的日月，大地的山河，乃至云霞雕饰，林籁结响，虎豹雄姿，花卉芳草，皆是“道之文也”——万物生命及其美的感性形态，皆是宇宙所蕴涵的无穷的生命力的具体显现啊！显然，刘勰在这里把日月、山川、动植、花卉都看成是有生命的，正是继承了我国自远古以来把整个宇宙万物都看成是生命有机体的思想。关于《文心》之道，历来众说纷纭。牟世金先后在《刘勰思想三论》和《刘勰“原道”论管窥》等文反复申论应是指“万物自然有文的法则或规律”，指出“《原道》全篇严密的逻辑和明确而纵贯首尾的论旨，都说明刘勰的‘本乎道’的‘道’，就是天地万物都具有自然美的规律”。[①]笔者认为此说至确。综言之，《文心》之“道”指的是宇宙本体；“万物自然有文”，即不但万物的生命运动，而且其外在形态之美，皆是出自宇宙天地所赋予的自然本性。这一思想正是承自我国远古以来视生命运动及其美为宇宙天地的本性的思想而来，可谓一目了然。

《文心雕龙》继承了自古以来“尊道”“贵德”的思想。由于各具个性的万物的生命乃是宇宙天地所赋予，故被视为神圣的，也是可贵的，由此自古形成了“尊道”“贵德”的思想。《易·系辞下》

① 牟世金：《刘勰“原道”论管窥》，《文史哲》1984年第6期。

就说“天地之大德曰生”，这既是赞宇宙天地化生万物的伟大，也是肯定万物生命的可贵。众所周知，在远古的生殖崇拜中，先民对生殖行为及其器官毫不掩饰，视为神圣、崇高（还有神秘，这是受认识水平限制所致），故予以大胆、热情地赞美和表现，原因是他们把生命视为神圣的和崇高的。鉴于自进入文明社会以后产生了阶级压迫，生命受摧残，个性受压抑，故老子继承了“尊道”“贵德”的思想，进行揭露和批判。其云：“故道生之，德畜之，长之育之，亭之毒之，养之覆之。生而不有，为而不恃，长而不宰，是谓玄德。”（51章）也就是说，“道”赋予万物生命，并让其按各自本性生育成长，此乃天地本性，也就是最崇高和最伟大的品德。这一番言论，套用卢梭的“天赋人权”论，大有“天赋物（万物）权”的意味！（这一思想为庄子继承和发挥。）而到了刘勰，不但“尊道”“贵德”，而且更发挥为“贵文”的思想。历来研究《文心雕龙》，对其“原道”思想很重视（而且争论不休），而对“贵德”“贵文”似有忽视（少有专文探讨，自然也就没有说什么争论）。其实“原道”和“贵德”“贵文”是不可分的：该书首篇《原道》申述“文”（美）使道所赋予万物的自然本性（生命特质）即“德”能够具体显现，这是多么伟大啊！换言之，离开了“德”与“文”，“道”（宇宙本体）也就无从显现。在刘勰看来，“道”与万物生命运动、美是同一的，美使万物的生命运动显现出千姿百态，也就使“道”显现为绚丽多姿的世界。在这里，“道”—“德”—“文”三者层次相当明确。刘勰的“尊道”和“贵德”，说到底是为了“贵文”——这就是刘勰“用心”所在，是刘勰在魏晋时代审美觉醒思潮的感召下对传统思想的创造性发展。刘勰的“贵文”思想既为魏晋审美觉醒的时代潮流提供了至高无上的理论依据——“文原于道”，又融汇了“文质相称”的传统思想，从而为批判楚汉以来的浮艳文风提供了强大的思想武器。其认识无疑是十分辩证和深刻的。故纪昀评赞其“以自然为宗”，“所见在六朝文士之上”，是中肯的。

（二）刘勰不但发挥了“北斗崇拜”的宇宙本体论思想，而且把它所蕴含的方法论创造性地、系统地运用于文学美学领域，建构其理论体系

其一，由于枢纽的旋转离不开圆心并与圆心保持等距离，由此引申出源头和根本之意。刘勰视《原道》等五篇称为“文之枢纽”，也就是追溯“人文”的源头和总结其演变规律，用以作为其理论体系的基石和指导思想。首先，从根本上说，“道”是人类社会和人文的总根源，其发展演变永无止境，正如《时序》篇所说“枢中所动，环流无倦”；从各个文体来看，“五经”便是“群言之祖”。如《议对》篇所说“其大体所资，必枢纽经典”，意即“议对”这种文体是由经典演变而来；《诠赋》篇云“殷人缉颂，楚人理赋，斯并宏裁之寰域，雅文之枢辖”，意即《诗经》的颂和《楚辞》是赋的源头和典范。而各种文体的发展演变是不能离开其根本法则的。《宗经》篇说“百家腾跃，终入环内”，“环内”即“枢纽”（根本），意即万变不离其宗。

其二，阴阳转化，变化无穷。上述老子说“万物负阴而抱阳”（42章）、《淮南子》称“北斗之神有雌雄”，可见“北斗崇拜”视整个宇宙生命运动变化无穷，而阴阳转化是其规律。刘勰继承和发挥了这一思想，认为人类社会和文学也是如此。《时序》篇的“枢中所动，环流无倦”，《通变》篇的“文律运周，日新其业”，均是此意。刘勰认为，在演变发展中，只要不离“枢机”，掌握通变规律，就会获得永久的生命力。关于阴阳转化问题，已有不少论著反复论及，此处从略。

其三，抓住关键，统率全局。从天体围绕“天枢”而转动有如车轮的旋转离不开车轴，引申出抓住关键、统率全局之义。这一思想在《文心》屡见不鲜。《神思》篇称“神居胸臆，而志气统其关键；物沿耳目，而辞令管其枢机”，意即“志气”“辞令”是创作的两个主要环节；《总术》篇的“乘一总万，举要治繁”、《征圣》篇引《尚书》的“辞尚体要”和《序志》篇的“宜体于要”，多处强调抓主要、抓关键，正是源自“枢纽”的方法论。《总术篇》更说：“所以列在一篇，备总情变，譬三十之辐共成一毂，虽未足观，亦鄙夫之见也。”看来，他还为自己善于把“枢纽”的方法论运用于文论而洋洋得意。

三、“生命之喻”：中西美学均视文学作品为生命有机体

钱锺书先生早就指出：中国古代文献中有不少“七尺之形而备六合之理”的记载，并形成把这样的观念运用于文艺领域的传统：“一、以无生者作有生者看，二、以非人作人看。鉴画评文，道一以贯。”[①] 如《列子·仲尼》张湛注：“人虽七尺之形，而天地之理备矣。”又如《文子·十守》和《春秋繁露·人副天数》均有把天与人都看成是具有心肝五脏的生命有机体。从上文所引“北斗之神有雌雄”和《汉书·礼乐志》以“合好效欢”取悦太一神，亦可窥见“北斗崇拜”包含了把宇宙及其化生的万物都看成是生命有机体的意识。《春秋繁露·求雨》还记载有官方求雨的妙方是让男女偶处，可见是把刮风下雨看成是天地的性行为（古典小说也是以“云雨”代称性行为，仍保留这一观念）。这种观念与传统显然是源自远古先民对自身与万物生命运动的观察与思考。故在中西方美学史上不约而同出现“生命之喻”的命题——以人体生命有机体比喻文

① 钱锺书：《管锥编》第4册，北京：中华书局，1979年，第1357页。

艺作品，说明它在全球具有普遍的意义[①]。

综观中外“生命之喻”即把文艺作品比喻为生命有机体的思想，归结起来，其旨主要有二：“一是均有美的感性形式，并表现出内在的统一性；二是在其形体之内均蕴含生命力”，即二者都具有整体统一性和“生气灌注”。[②]这两方面的思想，我国均有源远流长的传统，但以《文心雕龙》最为完整、系统和突出。

关于整体统一性的思想，我国早在先秦两汉就已经出现。如《国语·周语下》伶州鸠论乐强调“和”与《礼记·乐记》都强调“和”，就是把整个宇宙世界和音乐都看成是多样和谐统一的整体。又如《国语》的《周语》和《郑语》，就分别记载史伯“声一无听，物一无文”、单穆公“乐从和”的言论，显然认识到：美必须是丰富多彩的，同时又是和谐的统一的。《淮南子·泰族训》也说宇宙“以阴阳之气相动也，故寒暑燥湿，以类相从，声响疾徐，以音相应也”。意思是说宇宙的变化有如乐曲的变化；《天文训》还非常具体详细地描述了天体运行与五音六律的相应关系。[③]关于生气的灌注，早在战国时期就已经形成有关生命有机体的形神论：视神为形之主宰，形为神之体现。《孟子·尽心上》就说：“君子所性”即人内在的道德精神，可以“施于四体，四体不言而喻”（能使人的四肢动作自然地合乎礼仪）。也就是说，一方面，内在的道德精神“只有表现于外在的形体时才能为人所感知”，另一方面，外在的形体也“只

① 参见拙文：《老庄对我国远古审美意识的继承及其对后世的影响》，《华南师范大学学报》（社会科学版）1996年第1期。

② 参见拙文：《“生命之喻”探源——对一个中、西共同的美学命题的认识与思考》，《文学评论》1995年第3期。

③ 李泽厚、刘纲纪主编：《中国美学史》第一卷，北京：中国社会科学出版社，1984年，第90、91页。

有当它显示了内在的高尚的道德精神时才会‘生色’，成为美”。[1]《荀子·解蔽》篇也说：“心者，形之君也，而神明之主也。”所谓“形之君”，就是指内在的生气（生命力）对整个生命有机体具有统摄的作用。两汉时人们把这一理论运用于文艺领域。如《淮南子·说山训》云：“画西施之美，而不可说（悦）”，其“君形者亡也”。意思是说，绘画应该表现出“君形者”——生命有机体的内在生气。《说林训》又说：吹竽如果“厌窍”，“虽中节而不可听，无其君形者也”。意思是指演奏乐曲不可缺乏内在的情感——它有如生命有机体的生气。到了魏晋南北朝时期，随着社会的发展和审美的觉醒，人们更是自觉地发扬“生命之喻”的传统，盛行于这一时期的品鉴人物风神骨相的一套方法、术语，如“形神”“风骨”“气韵”“筋骨”等等，便转而普遍运用到文学艺术领域[2]。到了刘勰，更是全面系统运用于文学理论，建构了体大思深的文学美学理论体系。

“生命之喻”在《文心雕龙》中比比皆是。先说生气的灌注。刘勰强调有情感的灌注，作品才能获得生命。这里有两层含义。

第一层是强调作品的灵魂，对全书具有统摄的意义。根据王利器先生《文心雕龙新书通检》统计，“情”字在该书使用达一百次以上[3]。《情采》篇就申论：文学乃是人类“综述性灵”即表现思想感情的产物。该书反复强“情”“志”“气”“风”在作品中的地位和作用，意思都是强调情感乃是作品的生命所在和动力。《原道》篇称：天地间人类乃“性灵所钟”；《序志》篇称人类“其超

① 李泽厚、刘纲纪主编：《中国美学史》第一卷，第181页。

② 参见李泽厚、刘纲纪主编：《中国美学史》第二卷上，北京：中国社会科学出版社，1987年，第58—105页。

③ 巴黎大学北京汉学研究所编：《文心雕龙新书通检》，巴黎大学北京汉学研究所，1952年，第266—267页。

出万物，亦已灵矣”。刘勰继承了远古时代“万物有灵”，即宇宙万物皆是生命有机体的思想，并强调人类具有思想情感这一点超越万物，故认为“综述性灵”即抒发思想感情乃是文学本质。《附会》篇称文学作品“必以情志为神明”——情志是灵魂，正是此意。在刘勰看来，文学作品的整个创作过程是离不开情感及其运动的。如《风骨》篇称“怊怅述情，必始乎风”——创作始于情感的运动；《神思》篇称“神居胸臆，而志气统其关键”——创作的想象活动是以情感运动为动力。《总术》篇把“控引情源”看成是“制胜文苑”，即把如何表现思想情感视为成败的关键，可见在刘勰看来，情感是何等的重要！

第二层是强调情感的灌注使作品显示出生气（生命的运动）——有如血脉流通全身，使人体显示出有机体的生命运动。《镕裁》篇云：“百节成体，共资荣卫；万趣会文，不离辞情。”这一说法源自我国古代把宇宙与人看成是生命有机体的中医学的理论：“荣卫”主血气的运行，句意为作品的生气的灌注——靠的是“情”的运动；《章句》篇称“外文绮交，内义脉注”，意即作品不但要求文字形式美，还须渗透了义理的“情”使各个部分互相连贯，有如人体的血脉流通全身；《附会》篇称“义脉不流，则偏枯文体”——要是没有渗透义理的情感的流通，作品就像没有生命的躯壳，等等。这里还应强调的是，刘勰所说的“情”是包含了理性的内容的。正如王元化指出：《文心雕龙》一书“情志”往往连用，“颇接近渗透了思想成分的感情这种意义”，对文艺作品来说，就是要有“生气灌注”，这个“生气”正接近于黑格尔把古希腊人所说的“情志”解释为“合理的情绪力量”，并且具有“充塞渗透到全部心情的那种基本的理性的内容”[①]。这表明刘勰与黑格尔一样，都强调文艺作品中生气的灌注、灵魂的统摄作用，可谓异曲同工。

二是关于《文心雕龙》的整体统一的思想，王元化先生概括为“杂而不越”说[②]，论述精当。根据《附会》篇，“杂”是“指艺术作品的部分而言”，“不越”是“指不超出文艺作品的整体一致性”。具言之，“从单一方面来说，艺术作品必须首尾一贯，表里一致”；“从杂多方面来说，艺术作品又必须具有复杂性和变化性，通过丰富多彩的形式去表现丰富多彩的意蕴”。[③]可以说，《文心雕龙》不但具备了以上思想，而且创造性地运用于创作论、批评论、文体论、结构论等等，阐述十分具体详细。如《诠赋》篇的“文虽杂而有质，色虽糅而有本”，《总术》篇的“乘一总万，举要治繁”，都是要求作品既要有多样性，又要有统一性。尤以《附会》篇所论最为突出和完整。其云：“何谓附会？谓总文理，统首尾，定与夺，合涯际，弥纶一篇，使杂而不越者也。”说的就是要求把作品的各个部分协调一致，统一成为一个生命的有机体。具体来说，首先是“务总纲领”，即抓住主干，突出中心，如果“一物携二，莫不解体”，如果有两个中心，便构不成一个整体。但也不能“锐精细巧，必疏体统”（抓小弃大），必须“弃偏善之巧，学具美之绩”，即抛弃只知从枝节上下功夫的雕虫小技，学会从大处着眼建构美的作品的本领，称“此命篇之经略也”。这一思想全书还有多处论述，显然是针对时弊而发。其次，各个部分之间要求具有有序性。如《附会》篇称“众理虽繁，而无倒置之乖；群言虽多，而无棼丝之乱”，即各部分之间不能颠三倒四，纷乱如麻。《章句》篇强调：“是以

① 王元化：《文心雕龙创作论》，上海：上海古籍出版社，1979年，第173—174页。

② 王元化：《释〈附会篇〉杂而不越说》，《文心雕龙创作论》，第203页。

③ 王元化：《文心雕龙创作论》，第204—206页。

搜句忌于颠倒，裁章贵于顺序，斯固情趣之指归，文笔之同致也”，即组合句子、安排章节必须井然有序。再次，强调整体性，即各个部分要构成一个统一的整体。如《附会》篇的“首尾周密，表里一体”，《章句》篇的“跗萼相衔，首尾一体”（花足和花萼衔接，首尾连成一体），称赞《诗经》“章句在篇，如蚕之抽绪，原始要终，体必鳞次”，即整体的各个部分构成一个统一的整体。而要做到这一点，如上所述，是以灵魂的统摄和生气（思想情感）的灌注为前提的。王元化先生指出，西方亚里士多德说“（作品）任何部分一经挪动和删削，就会破坏整体。要是某一部分可有可无，而并不引起显著变化，那就不是整体中的有机部分”[①]。刘勰的上述思想正与此一致。有论者把它们仅仅视为修辞手段，这未免低估了其中的生命美学思想意义。《文心雕龙·附会》篇把作品的情志、事义、辞采和宫商（声律节奏）比喻为人体的精神、骨髓、肌肤和声气，显然并不是偶然的——因为这些正是构成人类生命有机体的主要部分。笔者认为，《文心雕龙》的“生命之喻”，正是包含了上述生命有机体的整体统一性和生气灌注两方面的意义。

本文原载《文心雕龙研究》第4辑，北京：北京大学出版社，2000年。

① 王元化：《文心雕龙创作论》，第205页。

《文心雕龙》之“道”溯源

我们知道，任何学术上的命题、思潮和学说，都不是突然从天而降，而是有其渊源的。哲学美学也是如此。我国自远古以来就形成了强大的传统意识——认为天地间存在着无所不在的、永恒的生命力。它是中华民族在历史进化的实践活动中所形成的生命力在意识形态上的反映。这一传统意识为先秦的道家所继承，并对中华民族的文化产生深远的影响。这也就是《文心雕龙》之道的源头。笔者认为，认识这一点，对研究我国古代文论有重大意义。但对此至今少有探究，笔者愿抛砖引玉，敬请专家和读者指教。

一、《文心》之“道”指宇宙无穷的生命力

追溯《文心》之“道”的渊源，首先要弄清它的意义。牟世金先生尝云：“若不知(《文心》)‘原道’之‘道’为何物，便无‘龙学’可言。”[①]笔者视为至言。多年来，对《文心》之道，真可谓众说纷纭。对此，牟先生大致归纳为四种：儒道，佛道，自然规律，儒玄相融之道[②]。诸家所论皆各有道理。笔者认为，要真正理解《文心》之道，首先应从其首篇《原道》入手。该篇开宗明义：

> 文之为德也大矣，与天地并生者何哉？夫玄黄色杂，方圆体

---

① 牟世金：《〈文心雕龙〉研究的回顾与展望——祝〈文心雕龙〉学会成立并序〈文心雕龙研究论文选〉》，中国《文心雕龙》学会编：《文心雕龙学刊》第2辑，济南：齐鲁书社，1984年，第44页。

② 牟世金：《序——“龙学”七十年概观》，中国《文心雕龙》学会选编：《文心雕龙研究论文集》，北京：人民文学出版社，1990年，第36页。

> 分；日月叠璧，以垂丽天之象；山川焕绮，以铺理地之形：此盖道之文也。仰观吐曜，俯察含章，高卑定位，故两仪既生矣。惟人参之，性灵所钟，是谓三才，为五行之秀，实天地之心；心生而言立，言立而文明，自然之道也。傍及万品，动植皆文：龙凤以藻绘呈瑞，虎豹以炳蔚凝姿；云霞雕色，有逾画工之妙；草木贲华，无待锦匠之奇。夫岂外饰？盖自然耳。至于林籁结响，调如竽瑟；泉石激韵，和若球锽：故形立则章成矣，声发则文生矣。夫以无识之物，郁然有彩；有心之器，其无文欤！

此处道、德、文三个范畴尤为重要。文通纹，指事物由线条和色彩交错而成的美的形式、形态。道指宇宙本体（它是万物及其美的本原，万物之美乃是其具体显现）；德即事物的特质、特性，如《庄子·达生》中所说的“鸡德”、《徐无鬼》中所说的“狸德”，即指事物的本性。道与德的关系是互为依存的：德是道在具体事物中的依存，故德不离道（由此德训“得道”，指事物之性）；而道不能孤立存在，它须通过德（具体事物的特质）体现。对此，老子有具体论述：“道生之，德畜之，物形之，势成之，是以万物莫不尊道而贵德。”（51章）由于道是天地万物和美的本原[①]，故《原道》篇居《文心》之首。刘勰认为，道和德乃是“文”（美）的内容和本质，“文”不能离道失德，否则便失去存在的依据，没有价值。故其论“人文”（人类的文化及艺术美）时用两句话来概括：“道沿圣以垂文，圣因文而明道。”意谓：一方面，道通过“圣人”（人类的杰出代表）的著作（经）以美的形式显现出来；另一方面，“圣人”的著作“文”使道发扬光大（否则道无以显现）。可见文不离

① 参见拙文：《老庄对我国远古审美意识的继承及其对后世的影响》，《华南师范大学学报》（社会科学版）1996年第1期。

道，道由文显。《情采》篇又云：一方面，“夫水性虚而沦漪结，木体实而花萼振，文附质也”（水性虚柔才有波澜涌起，树干坚实才能开花结果，可见事物的形式依附于它的内容特质）；另一方面，“虎豹无文（纹），则鞟同犬羊；犀兕有皮，而色资丹漆，质待文也”（虎豹如果没有它的皮和花纹，那就和犬羊没有区别；犀牛有了皮，还须有美丽的外饰才好看，可见有了内容还须有美的形式）。因此，“研味《孝》《老》，则知文质附乎性情”（文章无论质朴与华丽均依附于作者的性情特质）。可见，“夫桃李不言而成蹊，有实存也；男子树兰而不芳，无其情也”（意谓事物若无其质，便无其美）。根据《文心雕龙》对万物所作的描写，道赋予万物的本性是各自不同的，故显现出来的形态是千姿百态的，因而天地万物是一个五彩缤纷的美的世界。《原道》篇就描绘了天地山川、日月风云、虎豹雄姿、植物花卉、林泉声韵，皆自有其质、各显其美，整个世界就是一个美的世界。而所有这一切，“此盖道之文也”——它们都是宇宙本体的具体显现啊。而这千姿百态、千变万化的美的世界，其所以如此，无他，是道使其如此。而道是从来如此、本来如此的，故云：“盖自然耳。”综言之，道是万物生命（变化、运动）和美的本原。

由上可见，“道”是《文心雕龙》理论体系的最高范畴。它赋予万物不同的属性（生命），使之生生不息，千姿百态，各具美仪，各显其美，使整个宇宙获得无穷的生机，是万物和美的本原。从《原道》篇描述天地形成后（“两仪既生”）人类为万物之灵（“惟人参之，性灵所钟”），于是创造了“人文”等来看，刘勰把世界看成是不断运动变化和向前发展的，而道乃是其生命力的本原。这一点是一部《文心雕龙》的哲学根基，它不但体现于首篇《原道》，而且贯穿于刘勰的整个文学理论体系。如：《通变》篇的“文律运周，日新其业；变则其久，通则不乏”（文学的规律是不断地运动发展的，只要掌握其通变的规律便会获得永恒的生命力）；《明诗》篇的“民生而志，咏歌所含。……英华弥缛，万代永耽”（人类出现之后便有思想感情，便会运用诗歌抒发……这些诗歌越来越华丽，世代流传让人去欣赏）；《时序》篇的“蔚映十代，辞采九变。枢中所动，环流无倦”(自黄帝至刘宋十个朝代诗歌经历了九次变化，其变化可谓无穷无尽)；《才略》篇的“才难然乎，性各异禀。一朝综文，千年凝锦。余采徘徊，遗风籍甚。无曰纷杂，皎然可品”(作家人才难得，他们禀性不同，一旦写出作品，就有永恒的价值，留下千姿百态的作品让人们品赏)。而这一切，我们又可以回到《原道》篇所说的“此盖道之文也”和“盖自然耳”——前句谓万物及其美皆是宇宙本体“道”的具体显现；后句谓“道”之用，其特点是自然而然。

二、《文心》之“道”与老子之“道”一脉相承，源自远古华夏的生命意识

那么,《文心》之“道”来自何处呢？笔者近年研究发现,《文心》之“道”来自老、庄之“道”，刘勰的美学思想与老庄思想有着渊源关系[①]。刘勰视为万物和美本原之“道”，也就是老子所说的“道”。

关于老子所说之“道”指什么，高亨先生早已从《道德经》的论述中归纳出它的性质有“十端”，即十条，然后指出：“唯有释为宇宙之母力，始符其义。”[②]所谓“宇宙之母力”，也就是宇宙生命力。“十端”如下：一为“道为宇宙之母”（宇宙本体）；二

① 参见拙文：《老庄对我国远古审美意识的继承及其对后世的影响》，《华南师范大学学报》（社会科学版）1996年第1期。

② 高亨：《重订老子正诂》，北京：古籍出版社，1956年，第3页。

为“道体虚无”（不能具体看见和捉摸）；三为“道体为一”（道与体不可分）；四为“道体至大”（从空间上说不可穷尽）；五为“道体长存而不变”（从时间上说是永恒的）；六为“道运循环而不息”（它是运动的、变化无穷的）；七为“道施而不穷”（它对万物的恩惠无穷无尽）；八为“道之体用是自然”（道体的本身及其发挥作用是自然而然，即顺物之性而不是强加于物）；九为“道无为而无不为”（它并非出自事先的目的却又达到了目的）；十为“道不可名，不可说”（它不能具体说清楚）。[①] 综观“十端”，都是围绕着“道”化生万物而说的：其一“道为宇宙之母”、其三“道体为一”与其四“道体至大”，是说它是宇宙本体，万物的变化都离不开它；其五“道体长存而不变”、其六“道运循环而不息”与其七“道施而不穷”，是说它化生万物并为之提供生长的时空环境，且无始无终，永远如此；其八“道之体用是自然”与其九“道无为而无不为”，是说它让万物生生不息乃是自然而然、无目的而又达到目的；其二“道体虚无”与其十“道不可名，不可说”，是说它不能直接看见和捉摸（但又无所不在），无法形容。可见，主要意思是认为“道”赋予天地万物生命，让其生生不息，故最为崇高、伟大。概言之，在老子看来，“道”是万物化生的本原，它不但赋予万物生命，并为之提供了一个优美的生态环境，使之生生不息，千姿百态，美仪万千，故云“道施而不穷”。因此，“道”也就是美的本原，其核心是生命意识。

值得注意的是，上述老子的思想是从远古至先秦的共识，可谓源远流长。高亨先生早就指出，老子之学，实有所祖述，其书亦多存古语，并列有十证。如指出老子引《建言》（书名或释为成语）把“道”

---

① 高亨：《重订老子正诂》，第2—6页。

描写为“明道若昧”“大方无隅，大器晚成，大音希声，大象无形，道隐无名”等等（41章），说明人们对“道”早就有这样的认识。又如在对“道”的“不可名”作了一番概述后说：“执古之道，以御今之有”（“有”训域，14章），即明言所“执”为“古之道”，表明这是传统的认识。所说“谷神不死，是谓玄牝”（6章）云云，《列子·天瑞》篇引作黄帝语。[①]结合《庄子·天道》篇所说“夫天地者，古之所大也，而黄帝尧舜之所共美也”，足证《列子》所言非虚。其实，我国自远古（从黄帝尧舜）以来就已经形成了这样的意识：天地间蕴藏、存在着无所不在的、永恒的生命力——它就是万物及其美的本原，是它赋予万物生命，并让其各按本性自由生长，生生不息，千姿百态，从而形成一个美的世界。而生命的自由生长是这一意识的核心。它在先秦两汉的古籍中多有反映。《庄子·天下》篇就说“古之所谓道术者”“以天为宗，以德为本”，尽管有理想化的成分，但说明这种尊道贵德、以生命的自由生长为美的思想意识，乃是远古以来就有的。《吕氏春秋·去私》篇云：“天无私覆也，地无私载也，日月无私烛也，四时无私行也。行其德而万物得遂长焉。”这与老、庄赞美“道”无私地化生养育万物之意并无二致。董仲舒《春秋繁露·王道通三》也说“仁之美在于天”：“天，仁也。天覆育万物，既化而生之，有（又）养而成之，事功无已，终而复始，凡举归之以奉人。察于天之意，无穷极之仁也。”亦大体同旨。

当我们进一步追根寻源，就会发现：先秦古籍中所记述的生命意识还可追溯到自有人类之日起。老子云：“谷神不死，是谓玄牝。玄牝之门，是谓天地根，绵绵若存，用之不勤。”（6章）正透露了这样的信息：它是由自有人类便开始形成的生命意识发展而来的。

① 高亨：《重订老子正诂》，第18—19页。

“谷神”即化生和养育万物之神，“道”的别名。老子很少用神灵意义的“神”，他把“道”称为“谷神”，说明它是由原始人类的“神灵”观念演变而来。新石器时代有变体人形纹壶（图 1）[①]。

图 1 变体人形纹壶

壶体腹部以上施黑、红两种色彩，绘圆形网格纹和撒种状的变体人形纹。早期作一人叉腿直立，双手伸作撒种状，后来头部消失而枝节增多，仍作撒种状。到晚期则变为抽象，所表现的是“一种作播种状的人格化了的神灵”[②]。正是老子所说“谷神”的说明。“玄牝之门”的“牝”指人（女性）和雌性动物的生殖器官。这里指“道”。郭沫若先生指出：甲骨文中“牝”“牡”均一偏旁以动物（如牛、羊）象形，另一偏旁加上表示生殖器官的匕、丄（且）表示其雌性或雄性[③]。《尔雅·释亲》训妣为母。由于人类的生命是由男女交媾后

① 高大伦等主编：《中国文物鉴赏辞典》，桂林：漓江出版社，1991 年，第 11 页。

② 高大伦等主编：《中国文物鉴赏辞典》，第 11 页。

③ 郭沫若：《甲骨文字研究·释祖妣》，北京：科学出版社，1962 年，第 153 页。

女性怀孕开始，胎儿从女阴出生，加之原始社会早期处于“民知其母而不知其父”的母系氏族社会，由此先民形成对女性生殖器的崇拜。又因女阴像可开可合的门，故称“玄牝之门”为“天地根”——宇宙生命力的总根源。故这里“玄牝之门”指“道”。老子又说：“含德之厚，比于赤子。毒虫不螫，猛兽不据，玃鸟不搏。骨弱筋柔而握固。未知牝牡之合而朘作，精之至也。”（55章）“德厚”意为生命力旺盛，毒虫猛兽均不能为害；“朘”训赤子阴[①]，句意谓儿童虽未理解男女性行为而其生殖器官勃然而起，那是生命力旺盛所致。可见“德”是指“道”所赋予事物的生命力。人类由两性交媾孕育、怀胎生长，于是以雌性（母）喻宇宙生命力。故老子说：“天下有始，以为天下母。”（52章）郭沫若先生早已指出：“人称育己者为母，母字即生殖崇拜之象征。”并引《广韵》称母字中两点像人乳形以及甲骨文字形为证[②]。老子把“谷神”“玄牝”称为“天地根”，是说万物的生命皆由它赋予。老子称它“绵绵若存，用之不勤”，是说这种“宇宙之母力”即“道”是永恒无穷的。可见，老子的“道”来自原始人类对生命运动的体验和观察及由此形成的生命意识：以为宇宙间存在永恒的生命神灵，它就是万物生命和美的本原。

三、远古先民生命实践活力的结晶

我们知道，原始人类部落普遍存在“万物有灵”的观念，已经为全球众多人类文化学的材料证实。由于原始人类以为宇宙间存在着神秘的力量即神灵，主宰着万物的生命运动，由此无论远古和现

① 郭沫若：《甲骨文字研究·释祖妣》，第153页。

② 郭沫若：《甲骨文字研究·释祖妣》，第36页。

代的原始部落普遍盛行某种自然崇拜。如古代埃及人崇拜太阳。仰韶文化彩陶有鸟背日图（见图2：金乌负日图）[①]。古代波斯人崇拜火，就是起因于把太阳和火视为生命力的源泉。我国的山顶洞人墓葬中，在埋葬的尸骨上分别撒有赤铁矿的粉粒，随葬有燧石石器、石珠和穿孔的兽牙等装饰品，说明他们是相信灵魂不灭的。他们这样做很可能是出于这样的意识：红色代表鲜血，是生命的来源和灵魂的寄生处，以为人死后其灵魂会离开原来的躯体而到另一个世界去，过着与人世间类似的生活，故有随葬品[②]。由于形成了神灵的观念，于是产生了对神灵的崇拜。鉴于人类自身的生存和发展无疑最为重要，于是首先产生和形成生殖崇拜。《史记·殷本纪》载殷祖先简狄（女性）"行浴，见玄鸟堕其卵，简狄取吞之，因孕，生契"，契即商氏族祖先。《周本纪》则载姜原野外脚"践"（踏）巨人足迹"身动如孕者"而生下周人的祖先弃。《秦本纪》也有类似记载。这些材料正保留了原始生殖崇拜的观念——以为生命的神灵通过某种途径而使妇女怀孕。由于人类生命是男女交媾后由女性怀孕开始的，故先是形成对女性生殖器官的崇拜。我国新石器时代中期红山文化的无头女裸石像，其臀部、腹部和胸部相当突出，阴部有清晰的三角形符号（象征女阴），显然是属于对女性生殖器官的崇拜。我国远古时代许多关于月亮、鱼、蛙（蟾蜍）的神话传说和出土文物，均与女性生殖器官有关：女性的经期与月的盈亏周期相同（故曰"月经"），古时男女性交多在野外月色之下进行（故至今仍以"月老"喻媒人），鱼和蛙的生命力很强，每次产卵无数，且鱼的形状与女

① 冯时：《中国天文考古学》，北京：社会科学文献出版社，2001年，第146页。

② 郭沫若主编：《中国史稿》第一册，北京：人民出版社，1962年，第81—82页。

阴相似、蛙的腹部有胀有收亦与女性受孕怀胎相似，由此产生了对鱼、蛙的崇拜。闻一多早在《说鱼》中援引古诗和民谣指出：我国自从上古以来便以鱼象征女性，象征配偶或情侣[①]。赵国华先生指出："中国许多处母系氏族社会遗址出土的陶器上，都绘有或刻有鱼纹。西安半坡彩陶上的鱼纹，或为写实，或为抽象，可以排出完整的序列，不独在中国具有代表性，甚至为世界所仅见。"[②]其中有许多绘有鱼纹的彩陶和绘有人面鱼纹的陶盘。半坡先民以鱼象征女阴，其原始祭祀礼仪即"鱼祭"活动中陈列祭品、祭器和以舞蹈模拟鱼的繁殖，祭祀后还吃鱼（以为这样可以获得鱼一样旺盛的繁殖能力）。赵国华先生还指出："蛙纹（蟾蜍纹）是中国母系氏族社会文化遗存中的第二种基本纹样。它比鱼纹出现稍晚，分布更为广泛。"河南、陕西、甘肃、青海等地"有数量众多的蛙纹彩陶出土"，"既有写实的，也有抽象的；纹样之丰富多姿，色彩之绚丽和谐，为世界所罕见"。[③]在马家窑文化遗存的各类陶纹样中"蛙纹最多"，而各类蛙纹中又"蛙腹纹最多，形态变化也最复杂"。可见蛙在当时母系氏族社会中是"一种神圣的动物"[④]。青海柳湾彩陶女像阴部夸张捏塑，重彩勾描，"女像的肚子恰为陶器的腹部，两侧抽象的蛙腹纹亦呈圆形"，可见乃是子宫（肚子）的象征，表现了对女性生殖器的强烈崇拜。《淮南子·精神训》称"月中有蟾蜍"，汉墓帛画中月亮中有只大青蛙，显然是认为月亮或者月亮中的神蛙（蟾

---

① 闻一多：《说鱼》，《闻一多全集》3，武汉：湖北人民出版社，1993年，第233页。

② 赵国华：《生殖崇拜文化略论》，《中国社会科学》1988年第1期。

③ 赵国华：《生殖崇拜文化略论》，《中国社会科学》1988年第1期。

④ 赵国华：《生殖崇拜文化略论》，《中国社会科学》1988年第1期。

蜍）主司生殖。满族的神话传说称：天宫的最高女神让大海生出水泡，“这水泡像蛤蟆籽”，越生越多，越生越大，聚成巨大的球体，后从中蹦出六个巨人，六个朋友，便是满族诸神的祖先[①]。这是民族学和民俗学女性生殖崇拜的极好证明。

随着男性在社会生活中地位超过了女性，生殖崇拜也就转向男性的性器官，其中有一段时期是同时并存的。郭沫若先生称甲骨文牝为女性生殖器官的象形[②]。《尔雅・释亲》训妣为母。商人氏族世系的最早祖宗为祖妣，其后始为男性先祖。商代的“龙虎尊”（1957年出土于安徽省阜南县）是两虎共一头的（很可能像男女性交），其头下的裸体女阴很大，作张开状[③]；1974年采集于青海省乐部县柳湾六平台的裸体人像壶，壶体上绘有男女复合裸体人像：人像的胸前有一对男性乳头，两边又有一对丰满的女性乳房；腹部既有男性生殖器，又有女性生殖器。这是两性生殖崇拜的遗存。其后便是男性生殖崇拜。在甲骨文中且（祖）和匕分别为男性和女性的生殖器，都是作为生命祖先神来崇拜的。在我国黄河流域出土不少象征男性器官的石且和陶且。而且，男性生殖崇拜还和太阳神崇拜结合。由于飞鸟和太阳都是在空中飞翔，远古先民以为太阳是由飞鸟背负飞翔的，仰韶文化彩陶残片有飞鸟负日纹（图2：金乌负日图，陕西泉护村出土）和三足乌纹（图3：三足鸟纹，河南庙底沟出土）[④]。

---

① 赵国华：《生殖崇拜文化略论》，《中国社会科学》1988年第1期。

② 郭沫若：《甲骨文字研究》，第36页。

③ 高大伦等主编：《中国文物鉴赏辞典》，第112页。

④ 赵国华：《生殖崇拜文化略论》，《中国社会科学》1988年第1期。

图 2　金乌负日图

图 3　三足鸟纹

前者飞鸟背负太阳飞翔；后者太阳中的鸟为三足（为男根和一对睾丸演变而来的两条直线），先民把鸟的两足变为三足置于太阳之中。汉石像还有日中三足鸟石像（图 4）[①]，更说明男性生殖崇拜已经和太阳神崇拜融为一体。

① 赵国华：《生殖崇拜文化略论》，《中国社会科学》1988 年第 1 期。

图 4　三足鸟石像

在我国母系社会晚期文化遗存中，“鸟纹也是最重要的一种纹样，分布广泛”，先见于我国西安半坡仰韶文化的彩陶残片。此外，浙江河姆渡文化遗存中的骨匕柄和象牙器上刻有双鸟纹样，仰韶文化临潼姜寨二期彩陶葫芦瓶、河南陕县庙底沟彩陶残片、陕西宝鸡北首岭和陕西华县柳子镇泉护村的彩陶、马家窑文化甘肃榆中县马家坬彩陶，等等，均绘有鸟纹[①]。这些都是我国远古先民以鸟形、鸟纹象征男根，是男性生殖器崇拜的证明。

值得注意的是，上述两种基本纹样即一种是鱼纹与鸟纹，另一种是蛙纹、拟蛙纹和拟日纹，它们作为氏族群体的共同意识，延绵数千年而不衰。前者正如石兴邦先生指出：半坡彩陶和庙底沟的几何形花纹分别是由鱼纹和鸟纹演变而来的，“在原始公社时期，陶器纹饰不单是装饰艺术，而且也是族的共同体……它在绝大多数场合下是作为氏族图腾或其他崇拜的标志而存在的”，可见二者“分别属于以鱼和鸟为图腾的不同部落氏族”；而“马家窑文化属于分

① 赵国华：《生殖崇拜文化略论》，《中国社会科学》1988 年第 1 期。

别以鸟和蛙为图腾的两个氏族部落”[①]。后者则如严文明先生指出：彩陶纹饰在绝大多数场合下是作为氏族图腾或其它崇拜物的标志而存在的，因而从中可以窥见意蕴。“从半坡期、庙底沟期到马家窑期的鸟纹和蛙纹，以及从半山期、马厂期到齐家文化和四坝文化的拟蛙纹，半山期和马厂期的拟日纹，可能都是太阳神和月亮神的崇拜在彩陶花纹上的体现。这一对彩陶纹饰的母题之所以能够延续如此之久，本身就说明它不是偶然的现象，而是与一个民族的信仰和传统观念相联系的”[②]。

那么，这个历时数千年的，贯穿这些鱼纹、鸟纹、拟日纹、蛙纹、拟蛙纹的信仰和观念是什么呢？唯一合理的解释是：它们就是我国远古先民的生命意识——既是对生命活动认识的结晶，又是他们的生命活力的表现。这个生命意识，概括起来就是宇宙间存在着永恒的、神秘的生命力（神灵），它无所不在，无始无终；它赋予人类和万物以生命，使世界千姿百态，美丽多姿——它就是人类和万物的生命和美的本原。人们对它不能直观和听到，只能通过对生命运动的模仿（如图腾巫术礼仪和原始艺术）去体验。这也就是我国远古时代的生命意识。

继生殖崇拜之后的是图腾崇拜。图腾作为原始人类的普遍现象，其实质是什么呢？综合来看，最主要之点是相信图腾物（多为飞禽走兽一类）乃是氏族集团的生命神和保护神，并由此形成对它的种种信仰、崇拜和禁忌。如：用图腾装饰人体、日常用具和住所、墓地；对图腾必须尊敬（不得损害或生杀，否则受罚）；规定男女一到成年即举行图腾入社仪式，严禁同一图腾集团的男女发生性关系，实行婚外制。不难看出，其旨是“认祖归宗”，增强氏族集团的群体

① 石兴邦：《有关马家窑文化的一些问题》，《考古》1962 年第 6 期。

② 严文明：《甘肃彩陶的源流》，《文物》1978 年第 10 期。

意识和生存竞争能力，以求优生发展。可见其核心是氏族群体生命意识。徐中舒、唐嘉弘指出：在《山海经》中直接记载“黄帝”的史料最多（共有 16 条），他既是一个天神，又是一个伟大的人王。从他“处于一个中心人物的地位”及其子孙后嗣“多是开国君王的先祖”来看，他是远古时代华夏大一统的首领。他的儿子禺猇“人面鸟身，耳上穿有两条黄蛇，足下踏有两条黄蛇”；“他的孙儿韩流身上有鳞，长咽，跰脚，猪趾，豕嘴”；另一支后嗣白民“能够驱使虎、豹、熊、罴等猛兽”，其它部分反映（描述）的许多人物“大多和黄帝相似，往往奇形怪状”，诸如三身奇股，人面兽身，蛇身人首，虎身十尾，等等[①]。其中种种奇形怪状的动物形象应是远古时代的图腾（或说族徽）。这说明黄帝形象是综合众多部族图腾而形成的。根据闻一多先生《伏羲考》的考证，作为中华民族象征的龙乃是以蛇为图腾的远古华夏氏族不断战胜其它的氏族部落并融合其图腾而形成的；而远古东方被称为“东夷”的部族集团，则以凤鸟为图腾。《左传·昭公十七年》就有关于少皞“纪于鸟”（以鸟名为官名）的详细记载，可见它是一个以凤鸟为图腾的、组织严密的部落群。在中原地区则是炎帝族，炎帝姓姜，神话中牛首人身，大概是以牛为图腾。《史记》所说黄帝打败炎帝时所统率的熊、罴、貅、虎，也应是图腾。西北方的“犬戎族”自称其祖先为两个白犬（在少数民族的传说中亦有类似者），是以犬为图腾；居住在南方的“蛮族”，其中九黎是九个部落的联盟。传说中它们“全是兽身兽首，吃砂石，铜头铁额，耳上生毛硬如剑戟，头有角能触人，这大概是以猛兽为图腾，勇悍善斗的强大部落”。[②]

---

① 徐中舒、唐嘉弘：《〈山海经〉和“黄帝”》，中国《山海经》学术讨论会编：《〈山海经〉新探》，成都：四川省社会科学院出版社，1986 年，第 96、99 页。

② 范文澜：《中国通史简编》修订本第一编，北京：人民出版社，1964 年，第 89 页。

从上述仰韶文化彩陶残片的太阳中有三足鸟纹和汉画像石有日中三足鸟图以及《淮南子·精神训》称“日中有踆鸟”，均为太阳中有三足鸟，可见是太阳神崇拜与男性生殖崇拜的结合而来。有论者指出：司马迁根据《大戴礼》之《五帝德》和《帝系》两篇所列远古帝王有帝喾而无帝俊，而《山海经》则有帝俊而无帝喾。可见前者应是出自官书；而从后者“帝俊之妻羲和生十日”和“帝俊生后稷”，皆合于《帝系》的帝喾，故所载虽于现存古籍无证，但郝懿行从《帝王世纪》之说，以为即是帝喾[①]。且该书被视为“古之巫书”，巫师是远古时代的知识分子，博学多能，掌握当时比较全面的知识技能，有的兼任氏族领袖，他们的记载一般都是出于生产和生活的实际需要，一般都是“纪实的，比较可靠”，且两三千年来很少被篡改，应该被视为“信史”[②]。可见帝喾即帝俊，是继我国远古黄帝和颛顼之后的伟大帝王，《史记·五帝本纪》说他是黄帝的曾孙，称他“历日月而送之”；《国语·鲁语》称他“序三辰而固民”（掌握日月星辰的规律制定历法，发展农业生产，以安定百姓）。长沙出土楚帛书云“日月夋生”；又云“帝夋（俊）乃为日月之行”，意为发明历法（掌握日月运行的规律）。而《山海经》中的帝俊亦作帝朘（朘即赤子阴），通狻，甲骨文中为鸟头人身，可见乃是由男性生殖崇拜演变而来。帝俊又是商人和周人的氏族祖先神。《史记·殷本纪》称帝喾次妃简狄行浴见玄鸟堕其卵“取吞之”，因孕而生契。契即殷祖先。《山海经·大荒西经》云“帝俊生后稷”，《国语·鲁语》展禽论祀称为“周人禘喾而郊稷”；《礼记·祭法》

---

① 赵庄愚：《〈山海经〉与上古典籍之互证》，中国《山海经》学术讨论会编：《〈山海经〉新探》，第344页。

② 杨超：《〈山海经〉及其相关的几个问题》，中国《山海经》学术讨论会编：《〈山海经〉新探》，第4页。

称殷周以帝喾配祭天地，可见商周均视为祖先神。因此帝俊是由太阳神崇拜和男性生殖崇拜融合祖先崇拜，三者演变而来。综言之，无论生殖崇拜、图腾崇拜和氏族祖先崇拜，其核心都是原始人类的生命意识。

四、理解和认识我国传统生命美学思想的意义

笔者认为，理解和认识以上所言我国传统生命美学思想，对于把握中国传统文论具有重要意义。

（一）后世中国文论认为艺术所要表现的“道”“理”“真”“灵”“灵气”等等，正是由上述远古时代的生命意识演变发展而来的。

魏晋六朝的宗炳在他的《画山水序》中谈到山水画时说：自然界的山水有形质可见，它是“神道”的体现（“质有而趣灵”），由于“圣人含道应物”，能够体会和把握其中的灵趣，“则嵩、华之秀，玄牝之灵，皆可得之于一图矣”。也就是说，像嵩山、华山的秀丽，宇宙的生命力（注意：“玄牝之灵”即老子的“玄牝之门”）也就可以在山水画中让人体验到了。这样，体现、贯穿于万物之中的“神”“理”，即化生天地万物并使之成为美的“玄牝之灵”，虽不能直接看得到、摸得着，但画家经过观察、体验，也可以具体显现于山水画中，让人们去观赏。与宗炳大约同时的王微在他的《叙画》中则说：所画山水乃“本乎形者融灵，而动变者心也”，即画中的山水之形是通于神灵的，于是观赏时人的心灵也就与之感应，获得无限的精神享受。司空图的《二十四诗品》首则“雄浑”的“返虚入浑，积健为雄。具备万物，横绝太空”；其末则“流动”云：“若纳水輨，如转丸珠。夫岂可道？假体如愚。荒荒坤轴，悠悠天枢。……来往千载，是之谓乎！”这个被视为“流动”之美的本原即“坤轴（地轴）”“天枢”，不就是主宰万物变化的“道”吗？这里所说

不就是老子的“道体长存而不变”“道运循环而不息”和“道施而不穷”之意吗？此外如“自然”的“俱道适往，着手成春”，“豪放”的“由道返气，处得以狂”，“形容”的“俱似大道，妙契同尘”，“含蓄”的“是有真宰，与之沉浮”等，无非说万物与美均离不开其本原——“道”，从本质上说它就是艺术所要表现的对象。（近年有论者否定《二十四诗品》并非司空图所作，但并不否定其理论价值，且学术界对此尚有歧义）。宋代苏洵在《仲兄字文甫说》中把“风水之相遭”所形成的种种奇观壮景视为“天下之至文”；龚自珍则说“外境迭至，如风吹水，万态皆有，皆成文章”。叶燮在《原诗·内篇》不但称赞“风云雷电，变化不测，不可端倪”乃是“天地之至文”“天地之至神”，说“文章者，所以表天地万物之情状也”，还用“理”“事”“情”三个范畴分析说：“譬之一木一草，其能发生者，理也；其既发生，则事也；既发生之后，夭矫滋植，情状万千，咸有自得之趣，则情也。”他所说的“理”，实质类似老、庄、刘勰的“道”，故说：“理一而已，而天下之事与物有万，持一理以行乎其中……则事与物之情状不能外乎理也。”又说：“而理者与道为体，事与情总贯乎其中。”这与刘勰所说“文”、“盖道之文也”、司空图的万物与诗之美均离不开“道”是多么相似。类似的言论不胜枚举。这些言论已经褪去了原始的神秘色彩了，但它们是对我国原始审美意识的继承和发展，那不是很明显的吗？

（二）中国古代文论具有追求个性解放、摆脱封建礼教束缚、提倡真美自然的传统，而其思想源头正是远古时期的生命意识。古人认为宇宙的生命神灵（它是万物与美的本原）不但赋予万物各具不同的生命，而且一视同仁，并为之提供优良的生态环境，使之各按本性充分自由地发展，但又不居功自傲，展示了无比的崇高与伟大。但自人类进入阶级社会以后，统治阶级压制人性、摧残生命的自由发展，却又自视崇高、伟大，正是一个鲜明的对照。而进步的艺术家、文论家，正是继承上述思想（先秦道家在其中起了承前启后的作用），在思想上揭露和批判统治阶级的虚伪及其对人性的摧残，追求人格的自由和个性的解放，在艺术上追求真美自然。如陶渊明的“不愿为五斗米折腰”，李白高唱“安能摧眉折腰事权贵，使我不得开心颜”，就流露了这样的倾向。宋代的苏轼，针对道学家极力把封建礼教的“三纲五常”说成是永恒不变的法则，还要文学“一出于道”，即完全成为封建礼教的宣传工具；他则把“道”理解为事物的自然之理，而不是孔孟之道和“三纲五常”。例如《日喻》中说，南方人长期生于水边，“必将有得于水之道者”；又指出“饥寒之患，牝牡之欲”皆出于人之性（《扬雄论》），认为“礼之初，始诸人情，因其所安者而为之节文”，而“儒者”却说成是出于“圣人”的东西，并用以禁锢人的情感、欲望（《礼以养人为本论》）。他强调事物各有自己的本性，不满于王安石“好使人同己”，说“地之美者同于生物而不同于所生”（《答张文潜书》），形容自己写起文章来“随物赋形”，千变万化（《文说》）。他的思想为明代的李贽和公安派所继承，并发展为揭露虚伪的封建礼教、追求个性解放的文学思潮运动。如李贽深刻地揭露由于封建礼教的毒害致使“人人是假”“满场皆假”，大声疾呼恢复未受封建礼教毒害的“童心”（《童心说》）；“公安三袁”强调创作须有真情实感，特别须有“趣”——如孩童和山野之人无拘无束的精神自由，而一旦长大为官，便“有身如桎”，“情趣尽无”（袁宏道《叙陈振甫会心集》）。在文学创作论方面，提出“独抒性灵，不拘格套”，强调真情实感；在文学发展论方面，提出“世道既变，文亦因之”，反对复古倒退，这一思潮到了近代仍可见其巨大影响。如近代文体文风改革运动的先驱龚自珍指出：在病态社会的人为左右下，富有生命力的梅成了

“病梅”，他恨不得广贮江南的病梅，“纵之，顺之，毁其盆，悉埋于地，解其棕缚”，让它们的生命得到自由发展（《病梅馆记》）。这无疑是冲破封建礼教束缚的强烈呼声。

（三）中国古代文论自古以来崇尚自然，提倡“化工”之境，正是承自远古至先秦道家的“道体自然”的思想，是后者在创作论领域的运用和发挥。所谓“道体自然”，含义有二：其一是指整个大自然是一个美的世界，它千姿百态，千变万化，又有规律；而规律并非强加，而是体现于事物的自身变化之中。故称为“道之体用是自然”；其二是指“道”是万物生命及其变化的本原，后者一刻也离不开它，但它的作用、支配并不表现为有意强加，而是渗透、作用于事物的自身之中，故称“道无为而无不为”。这种境界正是崇高的境界、美的境界，也是人类应该追求效法的境界，艺术更应如此。早在东汉的王充就继承了老、庄的“归真返璞”思想，对当时弥漫学术界的虚伪和浮华之风作了抨击。到魏晋六朝，锺嵘在诗歌领域首次自觉运用“真美自然”思想批判当时的不正诗风。唐朝的李白高唱“清水出芙蓉，天然去雕饰”，讥笑那种因“邯郸学步”失去自己个性的文风。宋人苏轼的以自然论创作更是有深入的发展。如关于技法问题，他的观点是“冲口出常言，法度法前轨”（《诗颂》），这是主张寓有法于“常言”（自然）；又说自己与弟苏辙“为文至多而未尝敢有作文之意”（《江行唱和集序》），形容自己作文“如万斛泉源，不择地皆可出”，千变万化而并不自知（《文说》），等等。一言以蔽之，都是自然而然的。因此，他的文论可概括为“文道自然”说。而到了明代的李贽则提高到一个新的水平。李贽提出“化工”即自然美是美的最高境界。他推崇《拜月亭》和《西厢记》属“化工”，其妙在于“造化无工，虽有神圣，亦不能识知化工之所在”（《杂说》），即变化无穷，无迹可寻，无法可求，是人工无法可比的；

而艺术美要达到“化工”之境，问题在于是否出于自然。他把创作中的两种情况作了生动的描述：一是从形式上考虑，于是畏首畏尾，左右为难；与此相反，“自然发于情性，则自然止乎礼义”，“故性格清彻者音调自然宣畅，性格舒徐者音调自然疏缓，旷达者自然浩荡，雄迈者自然壮烈，沉郁者自然悲酸，古怪者自然奇绝。有是格，便有是调，皆情性自然之谓也”。（《读律肤说》）这就是“自然”，“所谓自然者，非有意为自然而遂以为自然也。若有意为自然，则与矫强何异？故自然之道，未易言也”。不难看出，从“自然”一词的内涵来说，它来自老、庄，那是一目了然的。

本文原载《文心雕龙研究》第3辑，北京：北京大学出版社，1998年。

附言：本文所引新石器时代甘肃彩陶壶称其为“变体人形纹壶”，壶体“绘有作播种状的神人”作为老子所说“谷神不死”的绝好说明。赵国华先生认为如此解释不当，所绘应是“蛙肢女阴纹”，此说有其道理。即使如此，亦无妨本文大旨，因为由于青蛙每次产卵无数和青蛙如鼓的腹部，都与女性受孕怀胎的腹部相似。由此原始人类形成以蛙为象征的生殖崇拜正说明先民认为宇宙间存在延绵不绝的生命意识。这与老子所说“谷神不死”同旨。

从《山海经》到《文心雕龙》

把《山海经》与《文心雕龙》放在一起，难免令人诧异。但华夏文化源远流长，既然《山海经》是记述远古华夏的文化典籍，而《文心雕龙》体大思精、意蕴丰富，二者自然有其承传关系。笔者不自量力，试作探讨，以求抛砖引玉。

根据刘歆的说法，《山海经》是伯益辅助大禹治水时历涉四方记录和整理各地的“祯祥变怪之物”和“殊类之人”而成，“出于唐虞之际”[①]。《史记·大宛列传》把它和《禹本纪》并称，看来是大禹完成一统后汇集各地档案资料而成的。该书成书于战国至西汉初，而产生的背景则是远古至大禹时代，即华夏文明的始发期。《山海经·海外南经》（下引只称篇名）开篇，禹曰：“地之所载，六合之间，四海之内，照之以日月，经之以星辰，纪之以四时，要之以太岁，神灵所生，其物异形，或夭或寿，唯圣人能通其道。”这段话可视为我国远古至大禹时期宇宙观的概括[②]。主要有三：一是宇宙天地时三位一体，既千变万化，又循环有序；二是宇宙万物皆有生命，异形异禀，且生死循环，永无穷尽；三是唯“圣人能通其道”，以指导人类的实践活动。考察《文心》，其建构理论体系的主要思想和原则，正与上述思想一致。

---

① ［汉］刘秀（歆）：《上〈山海经〉表》，袁珂：《山海经全译》，贵阳：贵州人民出版社，1991年，“附录”，第353页。

② 袁珂：《山海经全译》，第191页。

一、《文心雕龙》的“枢纽”论源自《山海经》的天体观

《海内南经》云：“地之所载，六合之间，四海之内，照之以日月，经之以星辰，纪之以四时，要之以太岁。”这是对《山海经》时代宇宙天体观的概述。根据上述我国远古时代“以北斗为观象授时之利器”的事实，如《夏小正》和《鹖冠子·环流》所载以斗柄方位确定四季和月份，可知《山海经》时代以北斗旋转的斗柄指向确定季节月份。根据张岩先生的《山海经》天地时三位一体结构图（见图 1）：天上二十八宿分为四组分置宇宙四个方位，四季按东南西北顺序运行，故四陬又是四季的“启”（开始）和“闭”（终点）的切分点。其四季节令与北斗建时法则一致。

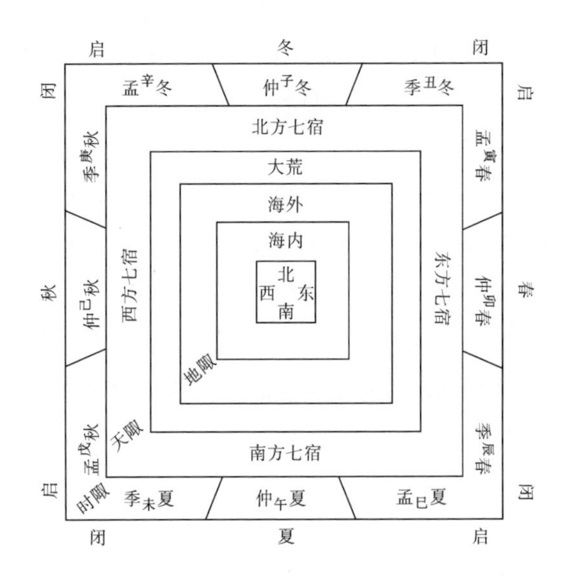

图 1 《山海经》远古四陬与天地时结构图[①]

① 张岩:《〈山海经〉与古代社会》，北京：文化艺术出版社，1999 年，第 201 页。

我国远古早已建构了天地时三位一体的原始宗教政权。在大统一的宗教祭祀场所（政权所在地）安置各氏族部落首领（酋长）的神位，代表天界。这也就是《海内西经》所载“方八百里，高万仞”的“帝之下都”即“昆仑之虚（圩）”所安置的“百神”。其中黄帝为中央天神；其余四帝分别是四大区域部落联盟的首领，也是四方和四季之神。根据《海外经》记载：东方为句芒、南方为祝融、西方为蓐收、北方为禺强。天体的四时运行顺序是人间行为的依据。故《管子》《吕览》《淮南子》和《礼记·月令》大同小异详细记述一年四季节气，天上五帝按时施令人间行事。可见天地时三位一体，它的基础是历法的统一。自黄帝以后数千年均是如此，影响长久深远[①]。《山海经·大荒经》分别载有四方神（民）名：分别为东方折（析）、南方因、西方夷（彝）和北方鹓，四方风名分别是主管四方的四神之名。经冯时先生考证：卜辞也有相应的四方风名、神名，它们是表示四时（春分、秋分、夏至和冬至）之神，本义为四时“昼夜长度的均齐短长”和“物候征象”[②]，也就是《尧典》所载分居四方、掌管二分二至的历官羲叔、羲仲、和叔与和仲。《左传》“郯子论官”对此也有记载。距今约6000年的河姆渡文化出土有陶豆钵形盘，其盘内底阴刻日鸟合璧图像，四鸟盘环相绕，分指四方，中央刻有圆日，表示“金乌运载着太阳东升西落，南行北进”，日行四方，体现了“二分日时太阳分主东、西两方的古老观念”[③]。看来这就是《大荒东经》所载帝俊“使四鸟”的含义。《大荒西经》云：大荒之中有“日月山”乃“日月所入”，有神名嘘，“人面无臂，两足反属于头上”。马家窑文化彩陶器的“岁神”嘘人面流着眼泪

① 参阅本书《略论〈文心雕龙〉的生命美学思想》一文的第一部分。

② 冯时：《中国天文考古学》，北京：社会科学文献出版社，2001年，第186页。

③ 冯时：《中国天文考古学》，第155—157页。

和口水，似在哭泣。

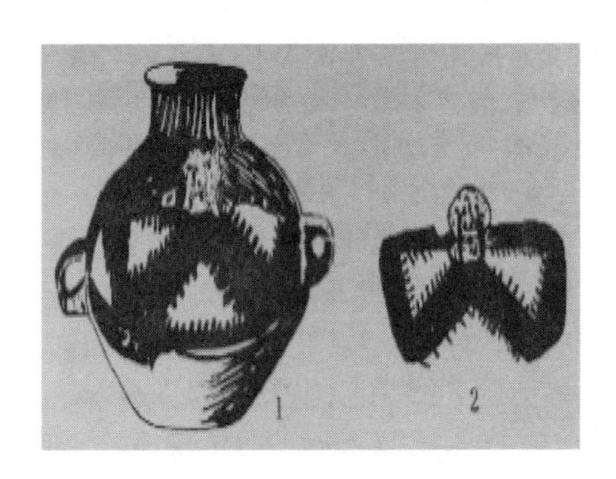

图 2　彩陶“岁神”

《史记·天官书》：“虚（嘘）为哭泣之事。”《尚书·尧典》：“宵中星虚，以正仲秋。”此时白虎星从东方升起，虚宿对它哭泣。秋主肃杀，卜辞中有“岁秋”“岁于虎”可证。《海外东经》和《大荒东经》称“汤谷”有十个太阳由飞鸟负载轮流飞出飞入，经过天空又返回。仰韶文化有乌鸟负日图。《大荒南经》称帝俊妻（羲和）“生十日”，《大荒西经》称“帝俊妻（羲和）生月十有二”。袁珂先生将二者分别译为生出十个太阳和十二个月亮[①]。这是远古先民把太阳和月亮想象为天帝之妻所生，所记载的是两种远古天文历法。前者是天干纪日法，以十日为一旬，十个太阳轮流出没，分别以自甲日至癸日名之，周而复始。杨慎《山海经补注》称“十日”为“自甲至癸的天干”。茅盾先生认为此说“颇为新奇可喜，但是太附会了”[②]。张明华先生的《十个太阳和十二个月亮传说的由来》指出，这是来源于古代以天干纪日的原始历法，并由卜辞记载商朝

① 袁珂：《山海经全译》，第 296、314 页。

② 茅盾：《中国神话研究初探》，上海：上海古籍出版社，2011 年，第 57 页。

帝王生子均以日名得到证实，且夏朝已有此俗。关于后者，郭璞、杨慎均以十二地支解释，与十二个月新月时所见的星象有关，子丑寅卯十二地支即源于此（郑文光说）。可见是以地支纪月的原始历法。① 原来，“初民在观察月亮阴晴圆缺的变化中，掌握了月亮每二十九天左右发生一次盈亏，便有了月的概念。每十二个月，又有一个周期。十二地支，便随着古人对月相的观察而产生了”②。《海内南经》载“氐人国”，“人面而鱼身，无足”；《大荒西经》的“互（应为氐）人之国”，郭璞注“人面鱼身”。仰韶文化半坡类型有人面鲵纹图像（图 3）。

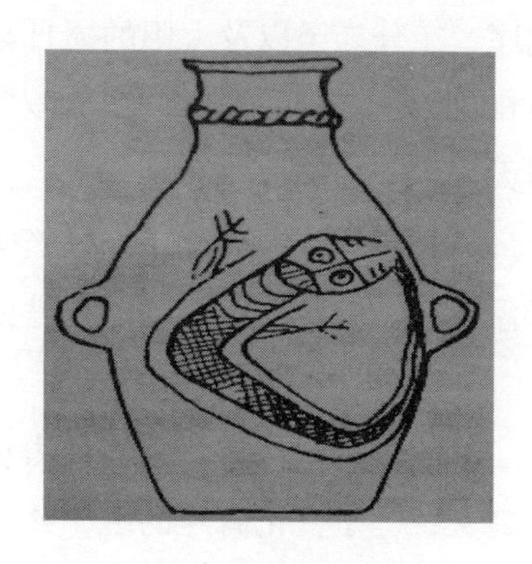

图 3　人面鲵纹图

陆思贤先生吸取了王国维研究的成果，揭示了半坡先民根据人面鱼纹以月相变化纪日的方法：以朏——上弦——满月——下弦——晦表示月亮从生到死一个周期，“相当周代金文中的生霸——

① 中国《山海经》学术讨论会编辑：《〈山海经〉新探》，成都：四川省社会科学院出版社，1986 年，第 295—307 页。

② 中国《山海经》学术讨论会编辑：《〈山海经〉新探》，第 303 页。

哉（再）生霸——既生霸——哉（再）死霸——死霸”[①]。冯时先生指出，仰韶文化太阳历为：“以十日为旬，三旬为月，一年十二月，共计 360 日。剩下的五至六日为年节或祭祀日。”[②] 而夏朝尚有流行的为远古十月太阳历：它以 36 日为一月，一年十个月共 365 天，另余 5 至 6 日（实为 5.25 天）为“过年日”。确定季节月分的方法是观察北斗星斗柄的指向，如正月“初昏斗柄悬在下”、六月“初昏斗柄悬在上”。在我国西南少数民族至今尚有流传[③]。可见我国远古以北斗斗规璇玑以确立天极，以北斗的拱极运动建时定纪，并大约在前 4500 年至 2400 年前建立了二十八宿体系[④]。在仰韶文化遗址被视为蚌塑颛顼墓室的构图向人们展示了一幅以北斗为中心，天圆地方、四季代序、二分二至以及太阳的周日与周年的远古宇宙天体图，距今天约 6000 年[⑤]。所说“要之以太岁”即太岁纪年法，是把黄道附近一周天分为十二等分并分别安上名称，岁星由西向东绕天一周为十二年，以岁星当年运行所在的方位纪年。屈原在《离骚》中自称“摄提贞于孟陬兮，惟庚寅吾以降”，是说生于岁星法的寅岁（摄提格）。

可见，《山海经》的宇宙观把整个天体视为众星围绕北斗不停旋转运动，四季随之交替，是变化有序的统一体。北斗星旋转运动的枢纽便被视为天枢：整个天体以它为枢纽而运动。而刘勰把《文心雕龙》前五篇称为“枢纽”而建构其理论年体系，统领“论文叙笔”的文体论和“割情析采”的创作批评论，正源于此。

---

① 陆思贤：《神话考古》，北京：文物出版社，1995 年，第 124—125 页。

② 冯时：《中国天文考古学》，第 149 页。

③ 刘尧汉：《中国文明源头新探》，昆明：云南人民出版社，1985 年，第 55 页。

④ 冯时：《中国天文考古学》，第 265 页。

⑤ 冯时：《中国天文考古学》，第 278—299 页。

根据《序志》篇的说明：《文心》的整个理论体系由“枢纽”总论5篇和“论文叙笔”文体论20篇、“割情析采”创作论24篇组成，并称：“本乎道，师乎圣，体乎经，酌乎纬，变乎骚”，是为“文之枢纽”。意谓：《原道》篇首论万物有质自然有文（质文相称）乃是其体系的基石和逻辑起点；继而《征圣》《宗经》论“经”乃是“圣人”掌握了“道”所作，乃情采相符、“衔华佩实”之文，故为文要“师圣”“宗经”；最后《正纬》《辨骚》论纬书“事丰”“辞富”，为文可酌；而骚之“酌奇”“玩华”而不失正、实即“执正驭奇”，是为文学新变的榜样。这是《文心》的核心思想和主干，它是统辖整个理论体系的中枢和纽带。

那么，“枢纽”（即纲领）是如何统领其文体论和创作批评论的呢？先看文体论。考察《文心》对各种文体的论述，离不开质与文、情与采、华与实等同类范畴。《文心雕龙》中质、情或称意、气、理、事、义、思、心；文、采或称辞、言、华、音、藻，等等。其文体论包含“原始表末”“释名章义”“敷理举统”和“选文定篇”的内容。先看“原始表末”（即追溯文体源流）：如《明诗》篇称四言诗“雅润”、五言诗“清丽”均“华实异用，惟才所安”；《议对》称汉代诸家“虽质文不同，得事要矣”。其次看“释名章义”对各种文体的解释：如《诠赋》称赋“铺采摛文，体物写志”；《谐隐》称“遁辞以隐意，谲譬以指事”。再看“敷理举统”（即总结文体的写作原则）：如《论说》称论“其义贵圆通，辞忌枝碎”；《议对》称议“文以辨洁为能”与“事以明核为美”；《书记》篇总论谱、籍等24种文体“或事本相通，而文意各异；或全任质素，或杂用文绮”。最后看“选文定篇”（即选评代表作品）：如《颂赞》称屈原《橘颂》“情采芬芳”、评马融《广成》《上林》“弄文而失质”；《史传》赞陈寿《三国志》“文质辨洽”；《诸子》称孟、荀“理正而辞雅”。

牟世金先生早已指出，该书文体论“全面地总结了历代各种文体的写作经验”，概括出“文质相称”“衔华佩实”，并据以检验历代作品，进而建立“整套理论体系”[①]。

再看创作批评论。有学者认为以《神思》篇为其总纲，其实应是《情采》篇[②]。该篇称“情者文之经，辞者理之纬”，二者交织乃“立文”之“本源”，足以说明。该篇首称“圣贤书辞，总称文章，非采而何”，正与《征圣》篇标举“圣文”乃“衔华佩实”之作遥相呼应。从创作过程来看，情与采乃是贯穿整个过程的范畴。如：《神思》篇称“志气统其关键”“辞令管其枢机”；《体性》篇称“情动而言形，理发而文见”；《风骨》篇称“情与气偕，辞共体并”；《定势》称“因利骋节，情采自凝”，等等，是说创作的构思，风格、风骨与体势的形成，均围绕着情与采（或其同类范畴）进行。各种表现技巧和手法的运用，也是如此。如：《镕裁》篇称“情周而不繁，辞运而不滥”；《丽辞》篇称“必使理圆事密，联璧其章”；《总术》篇称“研术”便会“义味腾跃而生，辞气丛杂而至”。其论鉴赏、论风骨同样如此。如《知音》篇称创作是“情动而辞发”，“观文”（即鉴赏）是“披文以入情”；《时序》篇概括建安诗歌特征为“志深笔长”；《才略》篇称赞曹植“思捷而才俊，诗丽而表逸”、马融“华实相扶”，批评司马相如“理不胜辞”；《程器》指责“务华弃实”和“有文无质”的文风。

由上可见，“枢纽”论从质文相称到情采相符、衔华佩实，再到执正驭奇，乃是统辖和贯穿整个《文心》理论体系的中枢和纽带。它统辖整个体系有如“天枢”和北斗统辖众星，这种源自《山海经》

---

① 牟世金：《雕龙集》，北京：中国社会科学出版社，1983 年，第 187 页。

② 参见戚良德：《文论巨典——〈文心雕龙〉与中国文化》，开封：河南大学出版社，2005 年。

的远古宇宙天体观念清晰可见。

二、《文心雕龙》视文学作品为生命有机体，源自《山海经》的万物异形异禀观念

《山海经·海外南经》称，“神灵所生，其物异形，或夭或寿”，是说“神灵”所生的万物均异形异禀，“或夭或寿”，为生命有机体。

我们知道，原始人类社会普遍流行“万物有灵”的观念。《海内南经》视万物为生命有机体。司马迁在《史记·大宛列传赞》中说《山海经》的“所有怪物”，“余不言之也”，即他不敢相信。因为所载“怪物”，奇形异禀，千奇百怪，他是没有见过的。如《大荒西经》载“日月出入”的“大荒之山”有“颛顼之子，三面一臂，三面之人不死”。楚帛书有三首颛顼像。总体为人形，前肢似爬行动物，后肢似蹼足类动物，是多元复合的人格神像[①]。

图 4　楚帛书颛顼像

甲骨文“耑”字上从山，“耑”即山神祇（氏族部落联盟的图腾），

① 陆思贤：《神话考古》，第 232 页。

其形为三个分叉，神话化而为三面之人（图5）[①]，显然也是颛顼图像。

图5　甲骨文“耑”字

它在帛书中的位置是五月的“午”。《尔雅·释天》：“五月为皋。”皋通高，即颛顼高阳氏。《史记·五帝本纪》载颛顼为黄帝之孙。以《山海经》中诸山山神来说，它们大多由动物的肢体拼凑而成：“有马身人面者，有彘身八足蛇尾者，有鸟身龙首者，有龙身鸟首者，有羊身人面者，有龙身人面者，有豕身人面者，有人面三首者……奇形异状，种种不一。”[②] 再以《海内经》所载氏族方国来说，有反舌国、三首国、女子国等近40个怪异的方国民族[③]。

由于万物皆“神灵”所生，具有无穷的生命力。《南山经》载鯥鱼“冬死而夏生”；《大荒西经》颛顼之子“三面之人不死”；又载：“有鱼偏枯，名曰鱼妇。颛顼死即复苏。风道北来，天乃大水泉，蛇乃化为鱼，是谓鱼妇。”“偏枯”即动物冬眠，说的是冬去春来，各种水生动物冬眠后苏醒，交尾产卵孵化，故称“蛇乃化为鱼”。由此先民视万物为生死循环，死而复生。《楚辞·天问》：“夜光何德，死则有（又）育？”是问月亮积有何德而能死而复生？闻一

① 陆思贤：《神话考古》，第231页。

② 袁珂：《山海经全译》，“前言”，第7页。

③ 袁珂：《山海经全译》，“前言”，第11页。

多《天问疏证》："月之盈亏，有生魄死魄之称。此言月之有生死。"[①]说明远古先民视月亮为生死循环。《国语·晋语八》称鲧被杀后其精灵"化为黄能，以入于羽渊"。黄能即三足鳖。很可能源自《山海经》。《海外北经》载有"无启之国"，郭璞注称其人"死百廿岁乃复更生"。《海内经》载有后稷所葬的"都广之野"："爰有膏菽、膏稻、膏黍、膏稷，百谷自生，冬播夏琴（殖）"，还有"冬夏不死"的草；《海内西经》有"不死树"；《海外南经》有"不死民"，郭璞注："有员丘山，上有不死树，食之乃寿"，等等。而万物的生命运动从时间上遵循四季从生至死、死而复生的规律，故四季之神分管生命的各个阶段；而时间的四季又按空间的四方运动，故《海外经》所载四季神又是四方神。而冬季神颛顼既是死神，又是生命复苏和新生之神。

笔者认为，《文心雕龙》从两方面发展了《山海经》的"万物有灵"思想。一是视人居天地的中心，为万物之灵，创造了辉煌的人文事业；二创造性地把《山海经》的万物奇形异禀的思想运用于文学理论领域。

首先，《文心》继承了《山海经》"万物有灵"思想，已经褪去神秘色彩，化生万物的"神灵"演变为宇宙本体"道"，但其继承痕迹依然可见。《原道》篇首称："文之为德也大矣，与天地并生者何哉？"这里"文"通"纹"，指由色彩和线条交错而成的事物具体感性形态。句意谓：事物的美的感性形态即"文（纹）"使"道"通过"德"（万物之性，即质）得以具体显现，由此构成一个千姿百态的美的世界。自有天地以来便是如此，其意义多么重大。继云：日月之光辉，山川之焕绮，皆是"道"的感性显现；再称人有人文，

① 闻一多：《天问疏证》，北京：生活·读书·新知三联书店，1980年，第11页。

龙凤、虎豹、林籁、泉石，莫不各有其美。刘师培指出：“三代之时，凡可观可象，秩然有章者，咸谓之文。”[①]可见远古先民视世界万物为美丽多姿的美的世界。刘勰由此归纳出“物自有文”，即万物有其质（性）便自然有其文，乃是宇宙规律。这里“道”为宇宙本体；“德”即万物之性，它是“道”在个别事物的依存（“德者道之舍”）；“文”通“纹”，泛指由线条与色彩构成的事物美的感性形态。如此一来，远古由“神灵”赋予万物生命而演变为千姿百态的美的世界，其进程为“道→德→文（纹）”。其神秘色彩已大为减退。但其承传脉络，依稀可见。如《原道》篇称天地形成之后“唯人参之，性灵所钟”，“性灵”之“灵”便与《山海经》之“灵”一脉相通，是指宇宙的生命力。但《文心雕龙》又大大发展了。

《原道》篇称天地形成之后：“唯人参之，性灵所钟，是为三才。为五行之秀，实天地之心，心生而言立，言立而文明，自然之道也。”这就是说，天地形成之后人类居于中心地位，且具“心”（即思维器官），并创造表达的语言文字，于是便有“人文”。《序志》篇称：宇宙绵邈无穷，黎献纷杂，人类“拔萃出类，智术而已”，即人类有“智术”（思想智慧），能进行创造发明，高于万物。《原道》篇还概述经人类杰出代表“圣人”的代代努力，从而创造出“写天地之辉光，晓生民之耳目”的伟大事业！

其次，创造性地把《山海经》万物奇形异禀的思想运用于文学理论领域。我们知道，中西不约而同地形成“生命之喻”，即以生命有机体比喻文艺作品的传统。归结起来，其要义有二：一是二者均有美的具体感性形式，并表现出内在整体的统一性；二是在其形体之内均蕴含生命力，即须有生气的灌注作为灵魂并表现出内在整

① 刘师培：《广阮氏文言说》，陈引驰编校：《刘师培中古文学论集》，北京：中国社会科学出版社，1997年，第183页。

体的统一性[①]。如上所述，《山海经》视万物为各自不同的生命有机体，奇形异禀。由于是“神灵所生”，故蕴含生命力。《文心雕龙》视文艺作品为生命有机体的思想即继承其思想而来。但刘勰的认识并不到此为止，而是在此基础上发展其文学理论。

刘勰深刻地认识到，由于各自禀性不同，文学作品千差万别，千姿百态。这与《山海经》的万物“奇形异禀”思想一脉相承。《文心·事类》篇称“姜桂因地，辛在本性”，意谓姜桂的辛辣来自其禀性不同于其他植物。《情采》篇称“男子树兰而不芳，无其情也”，男子有男子的禀性，所抒发的感情也就缺少芳香。《才略》篇指出：“才难然乎，性各异禀。一朝综文，千年凝锦”（由于作家禀性不同，其作品也就形成为千姿百态的形态），“无曰纷杂，皎然可品”（尽管作品风貌各异，仍然可以品赏鉴别）。如曹丕、曹植是亲兄弟，前者“思捷而才俊，诗丽而表逸”，后者“虑详而力缓，故不竞于先鸣”。《才略》篇就评点了建安七子的不同风格：王粲“捷而能密，文多兼善”，为七子之冠；陈琳、阮瑀“以符檄擅声”；徐幹“以赋论标美”，刘桢“情高以会采”。而且，随着社会的发展，不同时代的作品有不同的风格。如《明诗》篇称建安诗风“慷慨以任气，磊落以使才”。《通变》篇就对自远古至南朝宋的风格演变作了概括：“黄、唐淳而质，虞、夏质而辨，商、周丽而雅，楚、汉侈而艳，魏、晋浅而绮，宋初讹而新。”总的趋势是“从质及讹，弥近弥澹。何则？竞今疏古，风末气衰也”。即由质朴趋向艳丽新奇，而且离开了内容充实与形式华美相统一的原则，趋向片面追求艳丽华美而忽略向传统学习。可见，一方面，不同的风格，各有所长，故文苑百花竞艳，各有其价值；另一方面，从远古至宋初，偏离形式与内容统一的传统，

---

① 参见拙文：《“生命之喻”探源——对一个中西共同的美学命题的认识与思考》，《文学评论》1995 年第 3 期。

应予批判。刘勰还对风格作了归类，揭示了形成风格的主客观因素，深入探索了作家如何培养形成自己风格的途径。不但在《体性》篇把风格归为四对八组：典雅与新奇、远奥与显附、繁缛与精约、壮丽与轻靡。而且深入揭示形成和决定风格的四个要素：才、气、学、习。其中才、气是先天的，学、习是后天的，并列举了贾谊、司马相如、王粲、刘桢、阮籍、嵇康等十位作家，总结出作家的才、气，即“性”与作品的“体”（风格）“表里必符”的结论。他既指出风格形成先天因素的才、气的决定性作用，又指出离不开后天环境的影响和努力，故称“夫才有天资，学慎始习。斫梓染丝，功在初化；器成彩定，难可翻移”。《事类》篇也称“文章由学，能在天资，才自内发，学以外成”，指出要是没有后天的努力，则风格也就无从谈起。《体性》篇更提出作家磨炼、铸造风格的路子：一是“童子雕琢，必先雅制；沿根讨叶，思转自圆”，即选择适合自己的风格作为方向不断磨炼；二是“习亦凝真，功沿渐靡”，即须靠后天的长期努力。既看到先天因素的重要性，又指出离不开后天环境的影响和努力。

刘勰又认为，文学作品是人类思想感情的产物，由作家的“性灵”（思想感情）乃是其灵魂，并有生气的灌注而成为生命有机体，故具有生命力。《原道》篇称：宇宙之中，人乃“性灵所钟”，为“有心之器”，即有思想感情，故其产物（文艺作品）可视为生命有机体。由于心性乃是禀自宇宙本体“道”，故具有无穷的生命力。《附会》篇就把文章作品喻为整个人体：“必以情志为神明，事义为骨髓，辞采为肌肤，宫商为声气。”而且通过“统首尾，定与夺，合涯际”的整合，使作品各部分构成“杂而不越”的统一有机体。其中正是情感的灌注起到了关键的作用。《情采》篇称“情”“理”为“立文之本源”。此处情理互文，可见文学乃是渗透了义理的情感即“情志”的产物。具言之，一是“风”“情”“气”“志”即思想感情乃是作品的灵魂和创作动力。《附会》篇称“必以情志为神明”，是把“情志”视为作品的灵魂；又称“缀虑裁篇，务盈守气”，则视“气”为创作的根基；《风骨》篇称“怊怅述情，必始乎风”、《神思》篇称“神居胸臆，而志气统其关键”，则强调情感是创作的动力；《章句》篇称“外文绮交，内义脉注”和《镕裁》篇称“百节成体，共资荣卫”。前者“内义”指渗透了义理的情感，后者“荣卫”即中医所说的“血气”运行，是说有如人体血气流通全身，从而显现生命有机体的生气。反之，“义脉不流，则偏枯文体”，即作品成了没有生命的躯壳。可见，正是由于情感的灌注，使作品有了灵魂，成为具有内在统一性的生命有机体，并充满生气，从而使作品具有生命力和感染力。《总术》篇更把“控引情源”视为“制胜文苑”的关键，等等。这些思想显然脱胎于《山海经》的万物由“神灵”所生、奇形异禀并具有无穷生命力，但刘勰已经发展成为深刻和丰富的文学风格理论，无疑是大大前进了。

三、《文心》的“道—圣—文”思想源自《山海经》的“圣人通道”

《海外南经》中称，宇宙间“唯圣人能通其道”。其中包含了人类能够通过自己的杰出代表“圣人”认识世界万物变化的规律，并用以指导自己的实践活动的深刻思想。《文心》的核心思想和主干“道—圣—文”正由此而来。

鲁迅先生早已指出，《山海经》“盖古之巫书”。《西次山经》所载西王母“其状如人，豹尾、虎齿而善啸，蓬发”，是“司天之厉及五残”，看来是个披头散发的女巫，代表执行杀罚的神祇。学术界瞩目的良渚文化玉琮上的神徽，应该是头戴羽冠的女巫，有点像西王母。《海外西经》载有“群巫”上下于登葆山的“巫咸国”：

其人“右手操青蛇，左手操赤蛇”；又载大禹之子启“左手操翳，右手操环，配（佩）玉璜（通神的玉器）”，显然也是巫师。《山海经》所载商高祖王亥，其亥字头上加一鸟形，数十年间的商王都是如此[①]。可看他们既是国王，又是巫师。《墨子·非攻》载，天帝命禹征三苗，禹在誓师大会上“亲把天之瑞令”作法，有“人面鸟身”的大神（句芒）以手捧着圭玉侍立，以箭射有苗之长。可见禹确是原始社会末期的酋长兼巫师[②]。

我们知道，远古的巫可说是当时的高级知识分子。《大荒西经》载“灵山”有“十巫”“从此升降，百药爰在”。看来是个由身兼医师的群巫组成的家族，掌握丰富的医药知识，所居山峰长满中草药。《山海经》又载帝王（其实也是巫师）及其后人多有创造发明：如帝俊的后人番禺发明舟、吉光发明车，炎帝的后代鼓延发明钟，少皞的后人般创制弓矢，等等，说明他们掌握当时先进的技能。而“通天”即与神灵沟通则是巫师的专职特权。《大荒西经》载“帝令重献上天，令黎邛下地”，这也就是《国语·楚语》所载颛顼的“绝地天通”——重整原始宗教制度：少皞氏衰落后“九黎乱德（通典），民神（巫）杂糅”，各家自充巫师祭祀（与神灵沟通），原来的制度遭到破坏，造成历法和社会混乱。帝颛顼重建一统后任命重“司天”（管理天事与诸侯的祭祀）和黎“司地”（管理地方民政），从此“绝地天通”（即与神灵沟通）成为巫师的专职特权。《大荒西经》称夏启“上三嫔（宾）于天”（三次上天做客），得到天乐《九辨》和《九歌》，说的便是与神灵沟通。《海内经》载：“华山之

① 参见胡厚宣：《甲骨文商族鸟图腾的遗迹》，中国社会科学院历史研究所编：《历史论丛》第1辑，北京：中华书局，1964年；《甲骨文所见商族鸟图腾的新证据》，《文物》1977年第2期。

② 袁珂：《山海经全译》，“前言”，第6页。

东有山名肇山”，黄帝之臣“柏高上下于此，至于天”。《国语·鲁语下》称：“山川之灵，足以纪纲天下者，其守为神。”说明氏族宗神一般安置在高山之上，所谓“上天”即巫师上山祭祀（沟通）。我国远古岩画就有“从神山飞往天界谒神”的“羽人”（巫者）画面[①]。著名的河南濮阳仰韶文化遗址1号蚌塑墓室，其平面呈弓形穹窿状，模拟天空；墓主头南脚北，仰一龙一虎（左青龙，右白虎）；墓室中央蚌塑一个三角形图案，以两根人的胫骨为柄形成尖底葫芦瓢表示北斗。墓壁东西两边类似壁龛的位置和下方（北方）各有一个殉人（青少年），分别位于春分、秋分和冬至光线照射的位置（南方夏至方位没有殉人，是为墓主升天留下通道）。该图正是远古“巫觋通天之再现”[②]，如图6所示。

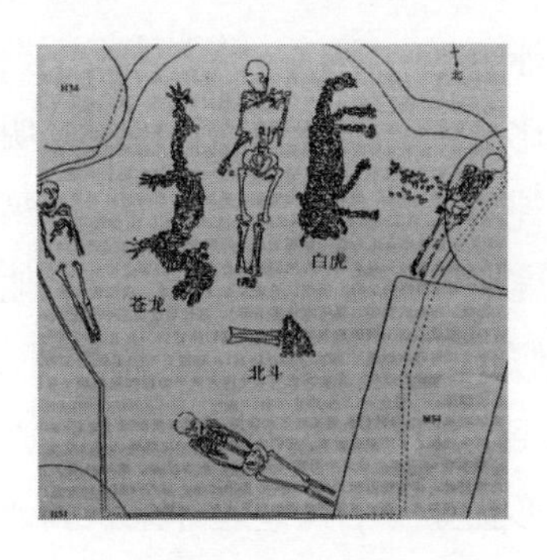

图6 仰韶文化“巫觋通天图”

墓室还放置一把象征权力、制作精致的石斧（钺）。远古政权与宗教合一，“帝王的通天特权与巫觋的专职化实际是互为因果

① 宋耀良：《中国史前神格人面岩画》，上海：上海三联书店，1992年，第134—135页。

② 参见陆思贤：《神话考古》。

的”，墓主显然既是司天占验的大巫师，又是人间帝王。《左传·昭公十七年》：“卫，颛顼之虚（墟）也，故（古）为帝丘。”葬地所在濮阳正处于河南省黄河以北，古属卫地。故墓主应是远古华夏的大首领——颛顼。《尚书》载三代之君声称自己乃是“天”（天命、天帝）所授，前代君王违反“天命”故被推翻。如《虞夏书·大禹谟》称尧“皇天眷命”；《商书·仲虺之诰》称夏桀欺骗上天，故让成汤“式商受命”（接替治理）；《周书·召诰》称夏、殷“服天命”，“惟有历年”。这些观念应是从远古而来。可见《海外南经》大禹所说“唯圣人能通其道”的“圣人”，既是“通天”的巫师，又是人间的帝王。《诏策》篇称：统治天下的帝王“其言也神”，“昔轩辕唐虞，同称为命”；三代之时“命喻自天”（天神），正保留了这方面的远古意义。“圣人”其实也就是远古杰出的人类代表。根据《国语·楚语》观射父所说：“古者民、神（巫）不杂。民之精爽不携贰者，而又能齐肃衷正，其智能上下比义，其圣能光远宣朗，其明能光照之，其聪能听彻之，如是则明神降之。在男曰觋，在女曰巫。”这说明巫觋都是头脑精明、信仰虔诚、行为恭敬中正之人，他们对天地远近的神明（图腾习俗、地理知识）无所不晓，耳聪目明，是当时人类的“精英”。他们的确比普通人聪明，善于听取和表达意见。从字形结构看，“圣”字甲骨文字形犹如一个人竖起耳朵认真地听，耳下一口为善于表达；金文承甲骨文，只是耳下的人形稍有变异[①]。《说文》：“圣，通也。”可知“圣人”就是通达事理之人。“圣人能通其道”正包含一个深刻的思想：人类在宇宙中处于中心和主宰的地位，通过其杰出代表“圣人”掌握规律，用以指导自己的实践活动。有论者把《征圣》篇“圣人”“生而知之”，理解为先验就懂得道。其实不然。

---

① 唐汉：《汉字密码》（上册），上海：学林出版社，2002年，第406—407页。

该篇称“鉴周日月，妙极机神；文成规矩，思合符契”，是说“圣人”细致观察世界、洞察其奥妙，故“圣文”成为写作典范。《铭箴》篇列举黄帝、大禹、成汤、周武王、周公等在器物上刻上或亲自撰写用以自警和表示谦虚谨慎的铭文，所谓“先圣鉴戒，其来久矣”。这说明“圣人”并非“生而知之”，他们和普通人一样时刻都会犯错误，故时时警惕自己。《史记·五帝本纪》记述远古帝王（他们又是“圣人”），一方面“生而神灵”：“静渊以有谋，疏通而知事”（颛顼）、“聪以知远，明以察微”（帝喾）；另一方面又说他们“时播百谷草木”（黄帝），“载时以象天”“治气（节气）以教化”（颛顼），“顺天之义，历日月而迎送之”（帝喾）。这些都说明他们行事也要依据事理和遵循客观规律。而《文心》体系的主干和核心“道—圣—文”，正承自上述“唯圣人能通其道”的思想。

上文已总结“枢纽”论的逻辑进程：从《原道》篇的质文相称到《征圣》《宗经》的情采相符、衔华佩实之文，再到《正纬》《辨骚》的“执正驭奇”，可见“道—圣—文”乃是《文心》理论体系的核心和主干思想。而三者中“道”为基石和起点，而“圣人通道”则是关键的中介环节，故《原道》篇详述自伏羲至孔子创典述训，“莫不原道心以敷章，研神理而设教，取象乎河洛，问数乎蓍龟，观天文以极变，察人文以成化”。这句话的意思是说“圣人”不断“原道心”“研神理”，反复观察、探索和体验“道”，而且用以指导人类的实践活动，“然后能经纬区宇，弥纶彝宪，发挥事业，彪炳辞义”，即运用于治理国家、创建制度、发展各项事业。如称“夏后氏兴，业峻鸿迹；九序惟歌，勋德弥缛”，称赞大禹开创的夏朝兴起，事业大大发展，各项工作井井有条，成就非凡，超过前人。结论是：“故知道沿圣以垂文，圣因文以明道。”这是对我国远古“圣人”带领先民进行创造精神文明和物质文明的概括，也可视为对《山海经》“圣人通道”思想的发展。还须指出的是：“道—圣—文”三者中，“道”和“圣”固然重要，而“文”才是目的和归宿，故《原道》篇誉为“写天地之辉光，晓生民之耳目”。由此可见，刘勰继承《山海经》的“圣人体道”思想，为其建构《文心》这座理论大厦服务，而且无疑是大大发展了。

论苏轼对刘勰《文心雕龙》的继承和发展

我国古代早在韩愈之前已经形成了两种不同的文道观：一种是重道轻文的儒家文道观，把道只局限于儒家之道；另一种是刘勰《文心雕龙》的文道观，把道理解为自然之道，并重视文的能动作用及其审美特点。到了宋代，苏轼继承和发展了《文心雕龙》的文道观，并结合文艺创作实践对艺术的规律和审美特点作了深入系统的揭示，对后世影响深远，贡献巨大。笔者愿向专家、读者请教。

一、刘勰的文道观

我国古代文论界的老前辈郭绍虞早在二十世纪三十年代就指出，在韩愈之前我国古代阐明文与道的关系有两种主张：一是视道为儒家之道，如荀子、扬雄。《荀子·非相》篇称"凡言不合先王，不顺礼义，谓之奸言"；扬雄《法言·吾子》篇曰"委大圣而好乎诸子者，恶睹其识道也"。可见其所谓道"只局限于儒家之说者"，故可称为儒家传统文道观之滥觞。二是如刘勰，认为道"较重在文"，且又"不囿于儒家之见"，并引黄侃之说认为《文心》之道即自然之道，明确指出"此与后世'文以载道'截然不同"。[1]可见二者是建立在对道及其与文的不同理解的基础之上的。首先，前者道是指儒家之道，而后者则是指自然之道。其次，在文与道的关系上，前者割裂二者的内在联系，把文仅仅视为载道的工具，对其审美特点和能动作用是漠视的；而后者不但认识到文不离道，而且认为道

① 郭绍虞：《中国文学批评史上文与道的问题》，《照隅室古典文学论集》上编，上海：上海古籍出版社，1983 年，第 174 页。

由文显，文并非仅仅是工具，而是有其能动作用和审美特点。

儒家传统文道观把“道”理解为儒家之道，其局限性和负面影响是显然的。章学诚在《文史通义·原道上》指出：“道者，万物万事之所以然，而非万物万事之当然也。”即道应是自然之道，指宇宙万物发生和变化的依据和过程。“所以然”，是说万物的发生和变化，是出于理势之自然；等到圣人见其然，名之为道，才看出它当然的关系。也就是说，宇宙万物的变化发展是自来如此、自然如此，此谓之自然之道。而儒家之道则是指儒家圣人在“六经”中所总结的人类社会行为的规范和法则，并不能概括“道”的全部内容。儒家认为“六经”皆载道之书，于是一味于经中求道，却不知“六经皆器也”，即它只是对具体的事物（人类社会）所总结的规律，只是部分而非全部。可见儒家之道是有其局限的。

以唐代古文运动来说，其代表人物对道的理解尽管局限于儒家之道，但注重时事政治，没有脱离社会现实，因此他们虽然重道却不废文。罗宗强教授指出：从初唐史学家到古文运动先驱萧颖士、梁肃等人都强调应用儒家经典的思想去充实文章的内容，使之有益于教化。到了柳冕更是把这种思想“条理化”“纯粹化”了。韩、柳的成功，在于“他们把文体文风改革和他们政治上的改革主张和改革行为联系起来了”，“给了这些主张以全新的解释”，“把要明的道，和社会现实、和政治现实问题联系起来”，使它具有了生命力[①]。他们不但不废文，而且还认识到通过文可使自己文道并进，成为为文的高手。由于古文运动前此已经大致探索到一条突破骈体的古文写作路子，因此韩、柳的成功便是水到渠成之事。正如郭绍虞指出：“以前古文家之所谓道，也是大都属于儒家之道的，只是

① 罗宗强:《隋唐五代文学思想史》，上海：上海古籍出版社，1986年，第144页。

他还不废文事，所以因文及道，还可以从经里边含英咀华而作为文章。”[①] 唐人李汉《韩昌黎文集序》云：“文者贯道之器也”，“所谓贯道云者，正即刘勰所言‘心生而言立，言立而文明，自然之道也’。是故言文以明道，则可以包括贯道载道二者：言载道，则只成为道学家的文论；言贯道，也只成为古文家的文论”。[②] 可惜“唐人之论道，总是泥于儒家之说，所以觉得模糊影响，似乎只以道为幌子，而不能与文打成一橛”。[③] 由于把“道”局限于儒家的经籍，结果它便成了脱离实际的东西，于是为文也就流于空洞。北宋前期诗文革新运动的领袖欧阳修，其情况与韩柳类似。而苏轼则不同，“很受庄与释的影响，于是文与道遂相得益彰，不复是离之则双美了”[④]。于是，在北宋，一方面由道学家继续发展完成儒家传统文学观的载道说，另一方面则由苏轼继承和发展刘勰的文道自然说和李汉的贯道说。“此所以载道说固始于北宋，而贯道说亦完成于北宋”，两者“同时建立而完成，此又所以壁垒森严而各不相下也”[⑤]。正如章学诚批评宋代道学家所说，本来“道不离器，宋人舍器而空言义理，不仅理论脱离了实践，甚至为了急于求道的关系，即汉儒训诂、唐人文章也一并加以反对，于是即于‘学’也不能看到古人之全貌了”[⑥]。结果“道”被架空了，文也被否定了。由于把“道”归结为儒家经籍中的圣人之道，文被视为记载、转述道的工具，其审美特性被漠视了、被取消了。儒家传统文道观早期虽有重道轻文

① 郭绍虞：《照隅室古典文学论集》下编，上海：上海古籍出版社，1983 年，第 18 页。

② 郭绍虞：《照隅室古典文学论集》上编，第 175 页。

③ 郭绍虞：《照隅室古典文学论集》上编，第 175 页。

④ 郭绍虞：《照隅室古典文学论集》上编，第 175 页。

⑤ 郭绍虞：《照隅室古典文学论集》上编，第 175 页。

⑥ 郭绍虞：《照隅室古典文学论集》下编，第 42 页。

的倾向，却也多少重视文的宣传效果（如孔子说“言之无文，行而不远”）。但到了道学家，如朱熹甚至连“文以载道”也不承认，说：“文皆是从道中流出，岂有文反能贯道之理！”又说：“文贯道，却是把本为末；以末为本，可乎？”[①]既然“文皆是从道中流出”，有“道”便自然有文，“文”便可有可无，还会导致“玩物丧志”，自然没有为好。最终走到“作文害道”而否定文、取消文的极端。这两种不同的文道观，历唐至宋，儒家传统文道观由古文运动的文道并重演变为道学家重道轻文，乃至片面否定文的极端，而刘勰的文道观则由苏轼继承和发展而获得了新的生命。

二、苏轼的文道观

（一）刘勰与苏轼视道为自然之道而非儒家之道的文道观

关于《文心雕龙》之道，可谓众说纷纭[②]。正确的答案应在该书首篇《原道》首称天地万物、日月山川，各具其美，“夫岂外饰？盖自然耳”。意谓道乃宇宙万物的总根源。它有两方面的意义：从道的“体”而言，它是宇宙万物的总根源；从道的“用”来说，道化生万物的过程是自来如此、自然如此。牟世金先生指出：《原道》篇是“论证天地万物都本于‘自然之道’而有其文”[③]。可见，《文心》之道，是自然之道。这也是当今学术界的主流认识。关于道与文道的关系，刘勰认为：一方面文不离道，故《原道》首称天地山川、动植万物，千姿百态，各具其美，皆是“道之文也”；另一方面，道藉文而显，故又云“文之为德也大矣，与天地并生”，是说离开

① ［宋］黎靖德编，王星贤点校：《朱子语类》第8册，北京：中华书局，1994年，第3305—3306页。

② 何懿：《专题研究综述·原道》，杨明照主编：《文心雕龙学综览》，上海：上海书店，1995年，第220页。

③ 牟世金：《雕龙集》，北京：中国社会科学出版社，1983年，第220页。

了自然万物种种外在美的感性形态，离开了文（纹，有美德意义）则道无由而显。故二者相辅相成，相得益彰。可知，一方面，包括“人文”在内的万物之美乃是事物的自然属性，均为“道之文”；另一方面，道由文而明，使道得到充分和完美体现。这就充分认识到了文的能动作用及其审美特性。郭绍虞批评朱熹否定“文反能贯道之理”说，强调《原道》篇还有另一句话“圣因文而明道”，认为“从这句话来看，道何由明，就因有文，离文就不能明道”①，并引《原道》篇说“文王患忧，《繇辞》炳曜，符采复隐”；孔子的《六经》“必金声而玉振”，起到了“席珍流而万世响，写天地之辉光，晓生民之耳目矣”，这里既有教育作用，也有美感作用，并非仅仅是一种工具。这就点出《文心》与儒家传统文道观的区别。刘勰的文学理论虽然以《征圣》《宗经》为旗号，与儒家传统文道观是不同的。学术界不少论著把二者混为一谈，值得商榷②。

苏轼继承和发展了刘勰的“文道自然”说，不但突破了道学家和古文家限于儒家之道的框框，把“道”明确地理解为自然之道，从本体论的高度把文视为道的自然显现，反对把道视为脱离实际的教条，十分重视“文”，充分肯定“文”的能动作用，并结合自己的实践探索文艺规律及其审美特点（详下）③，意义重大。

（二）苏轼把“道”明确理解为自然之道，而不限于儒家之道，与刘勰一脉相承

苏轼把“道”理解为自然之道。如说由于天天与水打交道，南

---

① 郭绍虞：《照隅室古典文学论集》下编，第48页。

② 参看拙著：《文心雕龙美学思想体系初探》上编之《略论〈文心雕龙〉的原道征圣宗经思想——兼论与儒家传统文艺观的区别》，广州：暨南大学出版社，1993年。

③ 顾易生、蒋凡、刘明今：《宋金元文学批评史》上册，上海：上海古籍出版社，1996年，第16页。

方人“十五而得其道”(《日喻》)。可见道是指为自然规律。他指出，不能把人世之道局限于儒家经籍，而只能从“礼之所可，刑之所禁，历代之所以废兴，与其人之贤不肖”中考察得来。如果把这些都视为“皆不足学”，只能“学其不可载于书而传于口者”，那就“弃迹以逐妙”,即把道变得缥缈难求了(《盐官大悲阁记》)。他还说:“轼不佞，自为学至今十有五年，以为凡学之难者，难于无私；无私之难者，难于通万物之理。……是故幽居默处而观万物之变，尽其自然之理，而断之于中。其所不然者，虽古之所谓贤人之说，亦有所不取。虽以此自信,而亦以此自知其不悦于世也。”(《上曾丞相书》)他不但强调“观物要审”(《书黄筌画雀》)，指出“道”是贯通万物之理，而且表现了不迷信儒家圣贤的鲜明态度，尖锐批评说“儒者之病，多空文而少实用”，由于脱离实际，只知在书本中求道，结果把道弄得越来越抽象难懂、汗漫难考。他们求为圣人之道而无所得，便把道搞得深奥莫测，“务为不可知之文”去骗人；而“后之儒者”被其吓倒，又用同样的伎俩自欺欺人，于是“相欺以为高，相习以为深”，离道越来越远(《答王庠书》)。这真是一针见血！他强调指出“古之学道，无自虚空入者”，即学道不能脱离实践；又说“道可致而不可求”,即不能一蹴而就，而是在实践中逐渐体验、掌握；而“致道”的途径是多方面的，如轮扁斫轮，痀偻承蜩，“苟可以发其智巧，物无陋者”；文艺活动也是其一：“聪若得道，琴与书皆与有力，诗其尤也”(《送钱唐聪师闻复叙》)。还强调虚心向下层劳动者请教：“耕当问奴，织当问婢。”(《书戴嵩画牛》)这些见识，在以儒家思想治国的文坛，是少见的，十分难得。

(三)苏轼提倡“文道自然”，视文章为个性内质的自然显现，既反对矫饰浮艳，也批判务奇择怪

道学家程颐称：“圣贤之言，不得已也。盖有是言，则是理明；

无是言，则天下之理有阙焉。”[1]这样的解释，文只是载道明理的工具，无关作家的个性，文章的审美特点和能动作用没有了。苏轼则作出了与道学家程颐不同的解释。他说：“夫昔之为文者，非能为之为工，乃不能不为之为工也。山川之有云雾，草木之有华实，充满勃郁而见于外，夫虽欲无有，其可得耶？”（《南行前集序》）。这里包含“道”的“体”与“用”两方面意义。从前者来说，道化生万物使之千姿百态；从后者来说，道化生万物乃是自然而然，非有意为之，故说是“不能不为之为工”。他自云《南行集》之作，乃是在舟行适楚的过程中，秀美的山川、质朴的风俗、贤人君子之遗迹，“杂然有触于中，而发于咏叹”，“而非勉强所为之文也”（《南行前集序》）。由于美是作家内质本性的自然属性，故“不能不为之为工”。自称“自少闻家君之论文，以为古之圣人有所不能自已而作者，故轼与弟辙为文至多而未尝敢有作文之意”（《南行前集序》）。“未尝敢有作文之意”却文章誉满天下，他自称：“吾文如万斛泉源，不择地而出”，“常行于所当行，常止于不可不止”（《自评文》），意谓是作家本性内质的自然显现，是自然如此、必然如此。他称赞凫绎的诗文“皆有为而作，精悍确苦，言必中当世之过，凿凿乎如五谷必可以疗饥，断断乎如药石必可以伐病。其游谈以为高、枝词以为观美者，先生无一言焉。”（《凫绎先生诗集序》）他和欧阳修的一个共同点就是既反对西昆体的“浮巧轻媚、丛错采绣”，又反对“用意过当”的“求深者”或“务奇者怪不可读”的新弊（《上欧阳内翰书》），因为二者都不是作家秉性内质的自然显现。可见苏轼与刘勰都是把美视为道的自然显现，遥相呼应。

---

① ［宋］程颢、［宋］程颐著，王孝鱼点校：《二程集》，北京：中华书局，2004年，第600页。

（四）提倡创作个性多样，批评王安石“好使人同己”

苏轼批评王安石说：“文字之衰，未有如今日者也。其源实出于王氏。王氏之文未必不善也，而患在好使人同己。”因为，“地之美者同于生物而不同于所生，惟荒瘠斥卤之地，弥望皆黄茅白苇，此则王氏之同也”（《答张文潜书》）。道学家朱熹对苏轼的“黄茅白苇”之讥忿忿地说：“俱入于是，何不可之有？今却说未尝不善而不合要人同，成何话说？若使弥望皆黍稷，都无稂莠，亦何不可？”[①]俗语云：一样米养百样人。从道化生万物来说，各有秉性，千姿百态。《文心·通变》篇称“故论文之方，譬诸草木，根干丽土而同性，臭味晞阳而异品矣”。花草树木同是根植土壤、同受阳光照射却千姿百态。《才略》篇称“才难然乎，性各禀异”，即作家有不同的个性。《体性》篇称“才性异区，文体繁诡”，作家个性不同固有各种不同作品，各具风采。一花独放不是春，文艺园地最忌讳的是千篇一律。故创作上应提倡充分自由，百花齐放。不难看出，苏轼与刘勰一脉相承。

三、苏轼对孔子“辞达”观的新解

苏轼不但发展了刘勰的“虚静”说，主张既要“观物之极”，又要“游于物之表”；而且对孔子的“辞达”提出新说，指出文章写作具有不同一般知性认识的规律，并结合艺术实践揭示技道并进的过程，是规律（规矩）与自由的统一，是融入艺术家情感和理想，表现事物精神本质的再创造，令人获得审美享受。

（一）发展了刘勰的“虚静”说，主张要“观物之极而游于物之表”

苏轼称赞参寥子“阅世走人间，观身卧云岭”，“静故了群动，

① ［宋］黎靖德编，王星贤点校：《朱子语类》，第3099—3100页。

空故纳万境”（《送参寥诗》），不但对人世社会有广泛的观察和深刻的体验，而且胸纳万境，静思密虑，不限于一物一事，指出“学者观物之极而游于物之表，则何求而不得”（《书黄道辅品茶要录后》）。其意近于王国维所说的既要“入乎其内”，又要“出乎其外”。所谓“观物之极”“入乎其内”，就是深入细致观察、体验；所谓“出乎其外”，是要站得高、看得远，不为局部所囿，否则便会“不识庐山真面目，只缘身在此山中”。我们知道，刘勰提出“虚静说”。《神思》篇云“陶钧文思，贵在虚静”。虚者胸纳万物，静者静思凝虑，意为深入观察和体验，把握事物的精神。既要深入观察、体验，又要不囿于局部的一事一物，如《征圣》篇“鉴周日月，妙极机神”，《比兴》篇“触物圆览”；但又强调文学作品并非生活的简单复制，要在“博见”“圆览”的基础上，展开想象的翅膀，“思接千载”“视通万里”，进行再创造。而创作出来的作品“视布于麻，焕然乃珍”，犹如麻经过加工便成布，不但实用而且有美的价值。刘勰《比兴》篇云“楚襄信谗，而三闾忠烈；依《诗》制《骚》，讽兼比兴”，认为《离骚》之作缘于屈原遭受迫害；《才略》篇云“敬通雅好辞说，而坎壈盛世，《显志》《自序》，亦蚌病成珠矣”，是说冯衍虽在盛世却坎坷不遇，其《显志》终成名篇。从刘勰到韩愈的“不平则鸣”说、欧阳修的“穷而后工”说，饱含了理论意蕴。苏轼本人仕途坎坷，由此使他能深入认识社会，写出许多优秀作品。他反复说“非诗能穷人，穷者诗乃工”（《僧惠勤初罢僧职》）、“清诗出穷愁”（《九日次定国韵》）、“秀语出寒饿，身穷诗乃亨”（《次韵仲殊雪中游西湖》）。苏轼显然大大发展和丰富这一理论系统。

（二）对“辞达”提出新说，文章写作是技道并进的过程，有别于一般知性认识规律

《论语·卫灵公》载孔子云：“辞，达而已矣。”儒家传统的解释，如《论语集解》引孔安国曰："凡事莫过于实，辞达则足矣，不烦文艳之辞也。"司马光《答孔文仲司户书》解释说：文辞"足以通意，斯止矣，无事于华藻宏辩"。他们都是把"文"仅仅视为是载道工具，"辞达则足""通意斯止"云云，与追求美无关。苏轼对此不满，并作了新的解释："夫言止于达意，即疑若不文，是大不然。求物之妙，如系风捕影，能使是物了然于心者，盖千万人而不一遇也，而况能使了然于口与手者乎？是之谓辞达。辞至于能达，则文不可胜用矣。"（《答谢民师书》）这里包含了文章写作作为审美活动的深刻认识。

首先，苏轼指出："辞达"必须"使是物了然于心"，即对事物有深入的体验认识，懂得竹子、研究竹子的人很多，但能画好竹子的人"盖千万人而不一遇也"，可见它不同于一般的知性认识，并非易事。以画竹来说，即使对竹已有了解，甚至"平居自视了然，而临事忽焉丧之"。可见对竹有了认识、甚至懂得应该怎样画，与实践中如何画得好仍是两码事。可见文学创作的认识有其特殊性。如一般的"理"，可以通过书本知识去获得，而艺术创作则自己必须通过静观默察，并获得独特的审美体验。他称赞文与可画竹"有道"，这与画家熟悉竹子、热爱竹子分不开（《文与可画筼筜谷偃竹记》。他称赞参寥做到了"静故了群动，空故纳万境"（《送参寥子》）。"静"是排除浮躁的心态，静观群动；"空"是空纳万境、不为所囿，也就是把深入细致观察、体验与胸怀万物、高瞻远瞩结合起来。

其次，解决了认识问题，还须熟练掌握表达技巧。他说："有道而不艺，则物虽形于心，不形于手。"（《书李伯时山庄图后》）这也并非易事，需要经过长期的训练，才能熟练掌握，自然而至。以人来说，自小学语言，长大学写字，写文章，"及其相忘之至也，则形容心术，酬酢万物之变，忽然而不自知也”（《虔州崇庆禅院新经藏记》），即经过了长期的训练、到了一定的阶段自然而至的。自云：“吾文如万斛泉源，不择地而出”，“常行于所当行，常止于不可不止”（《自评文》）。他说：“冲口出常言，法度法前轨。人言非妙处，妙处在于是。”（《诗颂》）文章的写作就是熟练掌握语言表达的技巧，突破其枷锁而达到左右逢源的自由境界。

最后，还须善于“系风捕影”，即善于捕捉稍纵即逝的灵感。他说：“画竹必先得成竹于胸中，执笔熟视，乃见其所欲画者，急起从之，振笔直遂，以追其所见。如兔起鹘落，少纵则逝矣。”（《文与可画筼筜谷偃竹记》）他说画竹不但要“胸有成竹”，而且要善于捕捉灵感，一气呵成。自述有一次游山访友归来，遥望山巅云木回合，野鹘盘浮图，此时诗兴大发，“作诗火急追亡逋，清景一失后难摹”（《腊日游孤山访惠勤惠思二僧》），说的是文艺创作必须善于捕捉灵感，否则稍纵即逝，难以进行。

（三）文艺创作既要以形传神，又要融入情感和理想进行艺术概括和再创造

苏轼从艺术实践中深刻认识到：文艺创作并非生活的简单复制，要善于抓住能够反映本质的细节，以形传神。他说“论画贵形似，见与儿童邻”（《书鄢陵王主簿所画折枝》），反对停留在形似，应追求神似。如说：“观士人画如阅天下马，取其意气所到。乃若画工，往往只取鞭策、皮毛，槽枥，刍秣，无一点俊发，看数尺许便倦。”（《又跋汉杰画山》）他批评一般画工只停留在鞭策、皮毛等细节真实，未能表现马的“意气”即精神。但贵“神似”并不是不要“形似”，而是通过“形似”达到“神似”。他十分赞同顾恺之所说“传神之难在目。顾虎头云：‘传形写影，都在阿睹中。’”（《传神记》）。说的是抓住局部细节如“阿睹”，即人的眼睛表现人的精神。又说："凡人意思，各有所在：或在眉目，或在鼻口。虎头云：'颊上加三毛，觉精采殊胜。'则此人意思盖在须颊间也。优孟学孙叔敖抵掌谈笑，至使人谓死者复生。此岂举体皆似，亦得其意思所在而已。"（《传神记》）所谓"颊上加三毛，觉精采殊胜"，说僧惟真画曾鲁公"初不甚似"，见到曾后在他的眉后加三纹，"遂大似"，把人的精神生动地表现出来了。优孟之所以演活了孙叔敖，不是"举体皆似"（形似），而是能从中表现其精神。

同时，文艺创作又不能停留在生活的局部真实，而是要展开想象翅膀，搜罗万象，进行艺术的概括。他称赞李公麟（号龙眠居士）画马"龙眠胸中有千驷，不独画肉兼画骨"（《次韵吴传正枯木歌》），说明所画的马并非个别的马，而是进行了艺术概括。他称友人吴传正作《枯木歌》"东南山水相招呼，万象入我摩尼珠"（《次韵吴传正枯木歌》），可见创作前进行了搜罗山水万象的功夫。而且，更重要的是，在创作中全神贯注，融入作家的情感和理想，达到身与物化，浑然一体，以形传神。他称韩干画马"丹青弄笔聊尔耳，意在万里谁知之"（《次韵子由书李伯时所藏韩干马》），即融入了画家的理想。他说李伯时所画的山庄图并不是只靠记忆，而是"居士之在山也，不留于一物，故其神与万物交，其智与百工通"（《书李伯时山庄图后》）。可见艺术不但有对事物的静观默察和体验，还融入了自己的精神理想。他引文与可称画竹"嗒然遗其身"（《书晁补之所藏与可画竹》），"意有所不适，而无所遣之，故一发于墨竹"（《跋文与可画竹》）。称文与可为洋州太守时曾在筼筜谷竹林中修建亭子，朝夕游处，并与家人游乐其中，"烧笋晚食"，尝有诗句云"料得清贫馋太守，渭滨千亩在胸中"（《和文与可洋川园池三十首·筼筜谷》），又云"晚节先生道转孤，岁寒惟有竹相娱。粗才杜牧真堪笑，唤作军中十万夫"（《和文与可洋川园池三十首·竹坞》）。由于熟悉竹子，获得了独特的审美体验，创作时“其神与万物交”（《书李伯时山庄图后》），“其身与竹化”，才能“无穷出清新”（《书晁补之所藏与可画竹》）。

（四）文艺创作是一种审美活动，令人获得超越物质的精神享受

我们知道，一切艺术杰作都是艺术家创造出来的，又是处处显得天然浑成、没有人为的痕迹，显得合目的、合规律的高度统一。这是一种美的境界。文学创作一方面必须“随物赋形”，不能完全随意臆造；另一方面，必须打破语言文字的枷锁，自由地表达抒发。表面上它看似不经意，实际上是在熟练地掌握了规律（技巧）的基础上所达到的自由境界。这也就是苏轼所说“辞达”的境界。他说：“冲口出常言，法度法前轨。人言非妙处，妙处在于是。”（《诗颂》）其妙在于：规矩、技巧已经被熟练掌握，在冲口而出的常言中体现了枷锁已被打破所获得的自由，从而令人在精神上获得一种享受。所以他说：“吾平生无快意事，惟作文章。意之所到则笔力曲折，无不尽意，自谓世间乐事无逾此者。”（何薳《春渚纪闻》所引）之所以说“世间乐事无逾此者”，是因为这是一种审美的精神享受，它是一切物欲无法获得的。他称赞吴道子画人物：“如以灯取影，逆来顺往，旁见侧出，横斜平直。各相乘除，得自然之数，不差毫末，出新意于法度之中，寄妙理于豪放之外，所谓游刃余地，运斤成风，盖古今一人而已。”（《书吴道子画后》）他不但称赞画家能画出事物的姿态神情，更称赞画家对技巧的掌握达到“游刃余地，运斤成风”的境界。苏轼自云“常行于所当行，常止于不可不止”，也就是这种左右逢源的自由境界。苏轼所说“世间乐事”，也就是今天所说的审美活动令人获得不同于一般物质活动的审美享受。这是因为，如上所说，文学作品经过艺术概括并融入作家的情感和理想。

如他称赞参寥子“阅世走人间，观身卧云岭。咸酸杂众好，中有至味永”（《送参寥子诗》），诗中饱含生活的酸甜苦辣，令人回味无穷。《文心雕龙·神思》篇说“视布于麻，焕然乃珍”，生活经过艺术加工，有如麻经过加工成为实用和美的布。《文心雕龙·总术》篇说：“若夫善弈之文，则术有恒数。”如能熟练掌握技巧，运用得当，“则义味腾跃而生，辞气丛杂而至”。“意味腾跃”“辞气丛杂”的境界，能给人审美享受。

我们知道，刘勰既主张深入观察、体验，如《神思》篇“研阅以穷照”、《比兴》篇“触物圆览”、《神思》篇强调“陶钧文思，贵在虚静”，强调文学作品不能停留在生活真实，而是有如麻经过加工便成布，变得“焕然乃珍”。苏轼比之刘勰和传统的“虚静说”，无疑是重大发展了。

刘勰与苏轼不愧为文学家和美学家，他们都深深地体会到：艺术乃是规律与自由的统一，它会给人带来无穷的审美享受。在苏轼的诗文中我们看不到刘勰的影子，但从上述的分析我们又确实看到苏轼对刘勰的文学理论确实是继承和发展了。对此不难理解。因为，这是刘勰的身份决定了的。尽管刘勰胸怀儒家入世思想，但晚年出家，其后在佛门也有一定的地位，故在后人看来其身份便是一个和尚。苏轼作为朝廷命官和文坛领袖，自然也就很少提到他了。

宋代以后随着社会的发展，文学艺术如何摆脱封建政治统治及其在意识形态的桎梏，是文学艺术领域面临的根本问题。苏轼是文坛领袖，是诗词书画的大家。他在我国历史上首次批评了轻文重道乃至否定文、取消文的道学家文道观。苏轼在《答谢民师书》中说：“屈原作《离骚经》，盖《风》《雅》之再变者。虽与日月争光，可也。”所谓“《风》《雅》之再变者”，也就是《辨骚》篇盛赞屈骚继《诗经》之后“奇文郁起”，继而通过经书与屈骚四同与四异的比较总结出“执正驭奇”的新变规律。所谓“奇”，大体也就是今人所说的浪漫主义特色。今人一般视《诗经》为现实主义的作品，屈骚为积极浪漫主义代表作。刘勰与苏轼对二者都有深刻的认识，可谓“心有灵犀一点通”。而且，结合艺术创作的实践经验，揭示了文艺的审美规律，令人耳目一新，并对明代后期一批文学解放思潮的先驱人物李贽、徐渭、袁宏道等起着先导的作用，他们都对苏轼十分崇敬，可见对后世的影响是深远的。

本文原载《华南师范大学学报》（社会科学版）2005 年第 4 期，此次增补了小标题，并对后半部分作了一番修改。

略论《文心雕龙》对后世的影响

一、关于“非真能负时誉者”的辨析

关于《文心雕龙》对当时和后世的影响，著名国学大师饶宗颐先生称：《文心》一书，梁时与唐宋之世“已不甚为时流所称”，“盖南北文论之作，非复一家”；刘勰“于齐梁之际混迹缁流，亦非真能负时誉者也”。究其原因，由于《流别》《翰林》之书散佚，惟留下此书，文人“扬榷六代之文，舍此罔由津逮，于是，人矜为瑰宝，家奉作准绳”。[①] 笔者敬仰大师博学多才，但对认为刘勰“非真能负时誉”，由于前此的文论重要著作散佚，《文心》一书才被人们视为文坛瑰宝和准绳，不敢苟同，兹辨析如下。

首先，所谓“非真能负时誉者”，不知何指？

刘勰大约 36 岁著成《文心雕龙》[②]。《梁书》本传载，“既成，未为时流所称”，于是负书干谒沈约，见后被“大重之”，誉为“深得文理，常陈诸几案”。沈约当时权倖宰辅，又是文坛领袖。其时刘勰已经是具有类似国师地位的定林寺住持僧祐的得力助手，《文心雕龙》由此得到文坛重视，是很自然的。事实上《文心雕龙》在当时文坛的影响不容小视。这里不妨略举数例。一是日本学者户田浩晓指出：萧统《文选序》中“事出于沈思，义归乎翰藻”一语，应是从萧子显的《南齐书·文学传论》“属文之道，事出神思”而来。

---

① 饶宗颐：《〈文心雕龙〉探原》，饶宗颐编著：《文心雕龙研究专号》，台北：明伦出版社，1971 年。

② 牟世金：《刘勰年谱汇考》，成都：巴蜀书社，1988 年，第 57 页。

可以推定：它出自《文心雕龙·神思》篇的“神思”，其演变线索为：《神思》篇（神思）——《南齐书·文学传论》（神思）——《文选序》（沈思），三者一脉相承[①]。杨明照先生称赞说：“像这样‘沿波讨源’，‘叙理成论’，确是独特而新颖的见解”[②]；二是《金楼子·立言下》自“管仲有言：‘无翼而飞者，声也。’”至“不其嗤乎”约百余字抄自《文心·指瑕》篇，可见撰者萧绎（梁武帝的第七子，后为元帝）是熟读《文心》一书的；三是穆克宏先生称已有论者指出：《文选》的“体式”“基本上是引用《文心雕龙》关于文体的论述，藉以阐明各种文体的特征，这方面，萧统显然是受到《文心雕龙》的影响”[③]。在诗歌方面，“凡是优秀的作家作品，往往是《文选》入选，《文心雕龙》也会论及”[④]。以魏晋诗歌为例，《文心·明诗》篇论及的诗人“在当时都有一定的代表性，他们的优秀诗篇”，从曹丕的《燕歌行》到郭璞的《游仙诗》等共四十多首，“《文选》都一一入选”[⑤]；《诠赋》篇列举了“辞赋之英杰”等十家的辞赋名作，其中除荀子赋和枚乘的《兔园赋》，余皆为《文选》所选录。该篇又列举“魏晋之赋首”王粲、徐幹、左思、潘岳、陆机、成公绥、郭璞、袁宏等八家，“除徐幹、袁宏外，其他六家都有赋作入选”[⑥]。鉴于《文心》成书在前，

---

① ［日］户田浩晓：《文心雕龙研究》，曹旭译，上海：上海古籍出版社，1992年，第102—103页。

② ［日］户田浩晓：《文心雕龙研究》，曹旭译，第5页。

③ 穆克宏：《刘勰与萧统》，饶芃子主编：《文心雕龙研究荟萃——〈文心雕龙〉一九八八年国际研讨会论文集》，上海：上海书店，1992年，第374页。

④ 穆克宏：《刘勰与萧统》，饶芃子主编：《文心雕龙研究荟萃——〈文心雕龙〉一九八八年国际研讨会论文集》，第374页。

⑤ 穆克宏：《刘勰与萧统》，饶芃子主编：《文心雕龙研究荟萃——〈文心雕龙〉一九八八年国际研讨会论文集》，第374页。

⑥ 穆克宏：《刘勰与萧统》，饶芃子主编：《文心雕龙研究荟萃——〈文心雕龙〉一九八八年国际研讨会论文集》，第375页。

这说明《文选》的编选受到了《文心》的影响。由上可见，刘勰其人其书对当时文坛的影响是重大的。所谓“非真能负时誉者”的评价，值得商榷。

上引刘勰干谒沈约后《文心》一书会受到重视，但受到重视和真正认识其价值是两码事。对此，周振甫先生《文心雕龙注释》作了简要的分析。到了唐宋时期，一是刘勰生前地位不高，长期在佛寺整理佛典且晚年出家，是个榜上有名的佛徒，而且《文心雕龙》是用骈体文写的，而骈体文正是唐宋诗文革新运动打击的对象。由于政界尊奉儒家思想，诗文革新运动的倡导者往往即使受其影响亦不明言。因此如果从文字书籍中来看，我们看不到刘勰的影响。如苏轼本人是诗文运动的领袖人物，他继承和发展了《文心》的文学理论，但在他的诗文中我们却找不到刘勰的言论。本书已有专文论述，兹不赘述。

其次，要说由于《流别》《翰林》散佚，人们只能视《文心》为宝典。这种说法难以成立。

因为，历史的淘汰是公正和客观的，为什么该书至今能够保存流传？这本身已经作了回答。为了说明问题，我们不妨回顾刘勰的一生，看看他是否有负“时誉”。刘勰 24 岁入定林寺[①]。《梁书》本传称：“依沙门僧祐，与之居处，积十余年，遂博通经论，因区别部类，录而序之。”为什么他入寺而没有出家？从本传称其“早孤，笃志好学”和《文心·序志》篇自称三十岁梦随孔子“南行”，可见他是胸怀儒家济世之志，希望日后由此进入仕途，大展宏图。入寺次年便为该寺高僧释超辩墓撰写碑文[②]。该寺名僧云集，已崭

① 牟世金：《刘勰年谱汇考》，第 28 页。

② 牟世金：《刘勰年谱汇考》，第 31 页。

露头角。至30岁佐僧祐完成整理《出三藏记集》[①]。根据学界研究，其中相当部分出自刘勰之手[②]。僧祐的地位类似国师，故作为其助手的刘勰自然非同凡响。传称“勰为文长于佛理，京师寺塔及名僧碑志，必请勰制文”，一个“必”字分量极重，可见并非浪得虚名。梁武帝大力宣扬佛教，鉴于佛经深奥难懂，故刘勰有多年的时间被敕令整理佛经，可谓责任重大。天监三年刘勰38岁，出任临川王萧宏（梁武帝之弟）记室[③]，显然是得力于常与王室来往的僧祐的推荐。43岁调任车骑将军王茂仓曹参军，次年出任太末令，任职三年，“政有清绩”。天监十一年45岁，调任南康王萧绩记室兼东宫通事舍人[④]。绩为梁武帝第四子，其时不过八岁，为南徐州刺史、都督南徐州诸军事。该州刺史部治所在京口，辖十七郡，拱卫京师，控制三吴，地位十分重要。朝廷选中刘勰为萧绩记室，可见对他的器重和信任。为什么又兼任东宫通事舍人呢？这很可能也与僧祐的推荐有关，因为太子萧统的生母丁贵嫔是僧祐的弟子[⑤]，看来她要为时年十二岁的太子找个军师类人物辅助而请教僧祐。传称“昭明太子好文学，深爱接之”。天监十七年，52岁的刘勰升东宫步兵校尉（舍人如故）。这是刘勰一生仕途的顶峰，前途一片光明。一般认为这次迁升是因刘勰上表力陈二郊飨荐宜与七庙同改蔬果（不用牺牲），而获得武帝欢心所致[⑥]。其实此前僧祐已有上表言及此事，故更重要的应是刘勰迎合武帝意旨为破《三破论》而撰《灭惑论》（李

---

① 牟世金：《刘勰年谱汇考》，第41页。

② 牟世金：《刘勰年谱汇考》，第289页。

③ 牟世金：《刘勰年谱汇考》，第67页。

④ 牟世金：《刘勰年谱汇考》，第82页。

⑤ 朱文民：《刘勰传》，西安：三秦出版社，2006年，第308页。

⑥ 牟世金：《刘勰年谱汇考》，第97页。

庆甲说[①]）。可惜刘勰65岁时萧统卒（531年），大约70岁时撰经任务完成却没有新的任命，估计对前途幻灭而正式启求出家[②]。卒年则文献尚未发现有明确记载，有待探讨。综观刘勰一生，他的每一步前进都是靠自己的才智、能力与努力而取得的，可见他并非庸碌之辈。

到了隋唐，根据《文镜秘府论》等所保存的《四音指归》《文笔式》《论体》《定位》等多篇隋代诗学论著，人们不难看出，其中不少理论正源自《文心》。王景禔先生指出："《文心》在隋代也确曾颇流行于世，为文论家所重视，并产生了一定影响。其影响之所及，在论艺术构思方面，则本于《神思》与《养气》；在论文学风格方面，则本于《体性》与《定势》；在论文笔之分方面，则本于《总术》；在论谋篇布局方面，则本于《章句》《镕裁》与《附会》；在论艺术形式美方面，则本于《声律》与《丽辞》。但我们也看到，隋代文人对《文心》的接受与阐发是有限的，并非全面的，尤其对有关审美、鉴赏理论的《情采》《风骨》《隐秀》《知音》以及有关艺术表现手法的《比兴》《夸饰》等篇，似还未曾普遍触及。"[③]在唐代，其影响"则是十分广泛而明显的。除有唐写本传世之外，还有唐太宗李世民，史学家刘知几，著名学者颜师古、孔颖达、陆德明、逄行硅、李善、李周翰、吕延济、刘存，以及诗人卢照邻、白居易、陆龟蒙等人，或提到刘勰其人、《文心》其书，或引用、

① 李庆甲：《关于〈灭惑论〉撰年诸家商兑》之商兑，《文心识隅集》，上海：上海古籍出版社，1989年，第85页。

② 牟世金：《刘勰年谱汇考》，第129页。

③ 王景禔：《从〈文镜秘府论〉看〈文心雕龙〉对隋代文论的影响》，《文心雕龙研究》第3辑，北京：北京大学出版社，1998年，第66页。

化用其文,或沿袭、取镕其意。"[①]著名史家刘知几更是在《史通·自叙》篇明言自己是继承自扬雄《法言》、王充《论衡》至刘勰《文心雕龙》的传统而作《史通》,正如清人孙梅称所说,刘知几《史通》一书"心慕手追者,《文心雕龙》也"[②]。我们再看,杨明照引自梁代沈约、萧绎,隋唐五代的刘善经、陆德明、孔颖达、李善、刘知几、白居易、陆龟蒙,宋代的晏殊、洪兴祖、吕本中、黄庭坚、洪迈、王应麟,元代的胡三省、陶宗仪,明代的杨慎、唐顺之、谢榛、王世贞、胡应麟、方以智,清代的冯班、顾炎武、王夫之、叶燮、阮元、朱彝尊、王士祯、惠栋、戴震、沈德潜、钱大昕、袁枚、纪昀、赵翼、郝懿行、刘宝楠、严可均、阮元、曾国藩、刘熙载、王先谦、谭献,近代的刘师陪、章炳麟,等等,共有八十多位,"都是各个历史阶段的著名专家、学者","无论是品评、采摭、因习,或者是引证、考订,都足以说明他们对《文心雕龙》之重视;同时也说明了《文心雕龙》在历史上是有它的崇高地位和巨大影响的。"[③]请问:史上有此誉者能有几人?

更不可忽视的是,唐代及其后《文心》早已普及,并成为士人为文的基本普及教材。日本学者冈村繁指出:"至少在唐朝初期,《文心雕龙》这部名著并非仅仅为当时一流文人学者所喜爱,而且在乡间村民之中也有一定程度的普及。"[④]根据唐初钞本《文选某氏注》残篇中关于"檄"的语义及其历史起源,乃源于敦煌出土的《文选

---

① 王景禔:《从〈文镜秘府论〉看〈文心雕龙〉对隋代文论的影响》,《文心雕龙研究》第3辑,第57页。

② 杨明照:《文心雕龙校注拾遗》,上海:上海古籍出版,1982年,第439页。

③ 杨明照:《文心雕龙校注拾遗》,"前言",第18页。

④ [日]冈村繁著,林少华译:《〈文心雕龙〉在唐初钞本〈文选某氏注〉残篇中的投影(节选)》,饶芃子主编:《文心雕龙研究荟萃——〈文心雕龙〉一九八八年国际研讨会论文集》,第104页。

某氏注》钞本的注。而这条注文，“一眼即可看出，显然本于《文心雕龙·檄移篇》”。而且，此条注中“间有与汉语固有语序不同的，宛似蒙语、满语、朝（鲜）语、日语等所属乌拉尔·阿尔泰语系的句式”，“则可以说，初唐年间，《文心雕龙》便不仅仅为一流学者所看重，而且超越汉人学者范围，传至周边民族的知识人手中，从而拥有意外广大的读者层”。[①]根据杨明照检索查证的资料，宋代引用《文心》的书籍达十四家十八种之多。虽然元代只有二家，但明代又激增至十九家二十三种[②]。清谭献《复堂日记》云：“阅《文心雕龙》。童年习熟，四十后始识其本末。可谓独照之匠，自成一家。章实斋推究六艺之原，未始不由此而悟。蒋苕生论俪体，言是书当全读。固辞人之圭臬，作者之上驷矣。”[③]清张之洞称：“《文心雕龙》、锺嵘《诗品》，为诗文之门径。”[④]清周亮工《尺牍新钞选例》也称“彦和抽文心之秘，雕龙抉简牍之精，后世言辞翰者，莫得逾其范焉”[⑤]。以上说明《文心雕龙》一书乃是我国古代士人为文的基本教材。仅此而论，其潜在影响就难以估量。

二、刘勰文学理论的前瞻性

文学史的事实证明，刘勰的文学理论具有前瞻性。以唐代来说，罗宗强先生指出：《文心雕龙》无论从文学理论的系统性与深刻性看，韩、柳的主张均无法相比；刘勰的许多主张“远远地走在文学发展

---

① ［日］冈村繁著，林少华译：《〈文心雕龙〉在唐初钞本〈文选某氏注〉残篇中的投影（节选）》，饶芃子主编：《文心雕龙研究荟萃——〈文心雕龙〉一九八八年国际研讨会论文集》，第106、108、109页。

② 杨明照：《文心雕龙校注拾遗》，第289页。

③ ［清］谭献著，范旭仑、牟晓朋整理：《复堂日记》，石家庄：河北教育出版社，2001年，第85页。

④ 杨明照：《文心雕龙校注拾遗》，第447页。

⑤ 杨明照：《文心雕龙校注拾遗》，第459页。

的前面”[①]。唐代的古文运动、新乐府诗歌运动，其指导思想和发展方向，刘勰早就提出了。

以古文运动来说，初唐史学家到古文运动的先驱萧颖士、梁肃等人都强调应用儒家经典的思想去充实文章的内容，使之有益于教化。到了柳冕更是把这种思想“条理化”“纯粹化”了。韩、柳的成功，在于“他们把文体文风改革和他们政治上的改革主张和改革行为联系起来了”，“给了这些主张以全新的解释”，“把要明的道，和社会现实、和政治现实问题联系起来”，使它具有了生命力[②]。而这种“本道、宗经、重政教之用”的主张，并非韩、柳的创造，而是与刘勰的征圣、宗经思想一脉相承。我国文论界老前辈郭绍虞早就认为古文运动可以说不始于韩、柳，而是始于刘勰，因为它是“经过许多人的尝试实践”，而到韩、柳完成，《文心》的《原道》《宗经》诸篇早已为古文运动打下基础，成为“唐代古文家理论的根据”[③]。不但韩、柳，中唐的白居易及其倡导的新乐府运动，其指导思想也可追溯到刘勰。郭先生就说《原道》《物色》和《时序》诸篇是“富有现实主义见解的理论”，“开了唐代白居易诗论的先声”[④]。日本学者户田浩晓也指出：白居易在《与元九书》中所阐述的把诗歌视为“五帝三皇”治理天下的“大柄”“大宝”，这种把诗歌“作为政教风化的重要工具”的说法即“诗所以载道之者”的诗观，可说是对刘勰《原道》篇所说的“道沿圣以垂文，圣因文而明道”二语的“更为具体的敷衍和扩展”[⑤]。他还把刘勰和白居易称为“中

① 罗宗强:《隋唐五代文学思想史》，上海：上海古籍出版社，1986年，第166页。

② 罗宗强：《隋唐五代文学思想史》，第144页。

③ 郭绍虞：《照隅室古典文学论集》下编，上海：上海古籍出版社，1983年，第35页。

④ 郭绍虞：《照隅室古典文学论集》下编，第37页。

⑤ ［日］户田浩晓著：《文心雕龙研究》，曹旭译，第64、65页。

国的文章贯道说或文章载道说”的“精密的理论家”和“卓越的实践者”[①]；二者的本质都是主张诗文“必须有效地维持宣传古圣人制定的人类生活的规范（即道）的东西，必须是有益于政教风化的东西”[②]。关于这一点，人们的认识已经越来越明确了[③]。

关于刘勰文学理论的前瞻性，最能说明问题的是“风骨”这一范畴。它首先见于沈约、锺嵘和刘勰的论著，但论述最详细、最深刻的，无疑是刘勰《文心雕龙·风骨》篇。该篇认为“风骨乏采”和“采乏风骨”均不足取，主张“风骨”和“辞采”兼备，实际上是“企图把重视‘风骨’的建安文学和重视‘绮靡’、艳丽的西晋文学、齐梁文学统一起来，达到一种新的‘综合’”，从而为文学的发展找出方向[④]。盛唐诗歌的成就可说是它的成功实践。先是陈子昂在《修竹篇序》中猛烈抨击齐梁诗歌“彩丽竞繁而兴寄都绝”，提倡继承“汉魏风骨”传统，创作出刚劲豪迈的作品。到了盛唐，李白、高适等在诗歌中都赞美过建安诗歌的风骨，而且诗人们“自觉地提倡、追求建安风骨，企图以此来挽救积弊。他们的呼唤形成了一股声势雄壮的合唱”[⑤]。殷璠更是自觉地把风骨、兴象作为一双标尺来衡量盛唐诗歌。他在《河岳英灵集》说唐诗到开元（唐玄宗年号）

---

① ［日］户田浩晓著：《文心雕龙研究》，曹旭译，第 71 页。

② ［日］户田浩晓著：《文心雕龙研究》，曹旭译，第 70—71 页。

③ 2002 年 8 月在中国保定河北大学举行的中国《文心雕龙》学会第七届年会上，中国台湾学者许东海和中国大陆学者陈允锋提交的论文对此均有阐发和发挥。许东海先生的文章《讽喻与美丽：白居易诗、赋论之精神取向及其与〈文心雕龙〉之关系》与陈允锋先生的文章《〈文心雕龙〉与白居易的文学思想》，均载中国《文心雕龙》学会编：《文心雕龙研究》第 6 辑，北京：学苑出版社，2005 年。

④ 李泽厚、刘纲纪主编：《中国美学史》第二卷下，北京：中国社会科学出版社，1987 年，第 735 页。

⑤ 王运熙、杨明：《隋唐五代文学批评史》，上海：上海古籍出版社，1994 年，第 245 页。

十五年后，达到了“声律与风骨始备”的境界。这里的“声律”自然不限于音乐性（应包含“辞采”在内），那么，在经历了一番曲折的历程之后，绕了一个大圈子，历时数百年，刘勰的“风骨”和“辞采”兼备的理论主张和创作理想终于实现了。笔者曾慨叹：一个理论家，能为数百年的文学发展指明方向，这是何等的远见[①]！其实，刘勰的“风骨”论其影响又何止数百年，其后一千多年“风骨”一直成为衡量评价文学作品的重要范畴，甚至当代美学大师李泽厚、刘纲纪认为鲁迅“继承了传统的‘风骨’论，而又形成了一种全新的‘风骨’之美的典范”[②]。当然，我们不应把全部的功劳都归于刘勰，但他在理论上的首创之功，是永载史册的。

笔者认为，如果从唐代韩、柳和白居易的文学实践活动还看到儒家的传统文学观尚有其进步的意义，那么，到了宋代，随着我国封建社会的逐渐由盛转衰和文学的深入发展，道学家已把它引到了极端，走到否定“文”的反面；而苏轼的文道观则继承和发展了《文心雕龙》的思想，焕发出新的生命力。

我们知道，儒家的传统文学观把道视为儒家之道，如《荀子·非相篇》说“凡言不合先王、不顺礼义，谓之奸言”；扬雄《法言·吾子篇》说“委大圣而好乎诸子者，恶睹其识道也”。朱自清先生指出：从春秋战国时期儒家“论诗”“论辞”，到汉儒的“诗教”，其归结都在“政教”[③]。可见它以政教为中心，文被视为政教的工具，对其审美特性是漠视的。如孔子说“辞，达而已矣”，又说“言之无文，行而不远”，对文的作用还是有所肯定。而扬雄则连这一点

① 参见拙著：《文心雕龙美学思想体系初探》，广州，暨南大学出版社，1993年，第135页。

② 李泽厚、刘纲纪主编：《中国美学史》第二卷下，第746页。

③ 朱自清：《诗言志辩·序》，《朱自清古典文学论文集》上册，第190页。

也否定了，苏轼就批评他的《太玄》《法言》“好为艰深之辞”（《答谢民师书》）。而韩、柳和欧阳修等古文家，其特点是集政治家与文学家于一身，他们关心和投身政事，给道注入了现实的内容；同时并不废文，且在学文为文上下过一番功夫，能够因文及道和以文明道，故能成功。而到了北宋的柳开、石介和南宋道学家，则把“道”局限于《六经》之中的儒家之道，既把“道”变成了空洞抽象的教条，也看不到“文”的作用：既然道只在“六经”，为文只能从经中找依据，于是文章变得脱离实际；由于只知死抱“六经”去求道悟道，“文”也就变得可有可无，甚至视为“玩物丧志”，彻底否定[①]。这样，儒家传统文学观终于走到了否定文学、阻碍文学发展的反面，这是有其历史的必然性的。

而刘勰之“道”接近于章学诚《文史通义·原道上》所说“道者，万物万事之所以然，而非万物万事之当然也”，即自然之道，指宇宙万物发生变化的依据和规律；而儒家之道仅是儒家圣贤对人类社会的行为规范的总结，二者是不同的。正如罗思美先生指出，自然之道具有本体论的“体”与“用”两方面的内涵：“体”指宇宙本体、万物本原（万物发生、变化的依据）；“用”指万物之所然之理。《文心·原道》篇首段把日月山川、花草虎豹皆有其“文”（通纹，指美的外表），称此乃“道之文”即宇宙本体的感性显现；继言人之有“文”乃“自然之道也”，动植皆“文”“盖自然耳”。此两处乃是“道”之“用”，谓“道”化生万物，乃是自然而然[②]。正如牟世金先生指出的：刘勰之道是指“天地万物都自然有文”的普

① 参见拙著：《文心雕龙美学思想体系初探》，第 56 页。

② 罗思美：《刘勰、庄子自然观之比较》，中国《文心雕龙》学会编：《文心雕龙研究》第 3 辑，北京：北京大学出版社，1998 年，第 3—4 页。

遍规律，文学创作和儒家圣人都“只能遵循它，而不能违反它”[①]。“自然有文”即万物有其质便自然有其美的特性与感性形态，包含美学意义。可见不应把《文心》之“道”仅仅归结为儒家之道。当然，刘勰认为，当“道”体现于人类社会时便是儒家之道，故《原道》篇推崇“六经”“光采玄圣，炳耀仁孝”。由于人类乃“有心之器”（有思维智慧），经过漫长的历史，终于创造出包括文学在内的人类典章制度、艺术文化等等“人文”，乃是自然之事。从道与文的关系来说，“人文”也是宇宙本体“道”的显现，但到了人类社会对它的认识，经过“圣人”的艰苦探索。《原道》篇强调“圣人”的体道明道须经过“原道心”“研神理”“观天文”“察人文”的观察、体验和艰辛创造，如说大禹等“业峻宏绩，九序惟歌”的丰功伟绩，可见它并非脱离实际的空谈或体悟。同时，刘勰又指出了“文”的巨大能动性，即“道”须藉“文”始能明，具有“鼓天下之动”的伟大作用。因此，“道”与“文”是辩证的统一：一方面“道沿圣以垂文”，文不离道；另一方面“圣因文而明道”，道通过文始能明。由于“圣人”的著述“经”做到了道与文的完美统一，故成为为文的典范。于是要“征圣”“宗经”，从中总结为文的规律。如《宗经》篇总结的“六义”即“情深”“事信”“风清”“义直”“体约”和“文丽”，正与当代美学的真（“情深”与“事信”）、善（“风清”与“义直”）和美（“体约”与“文丽”）一致。这并非偶然，而是《文心》本身所蕴含的意义。可见《文心》之道并不等同于儒家之道，它蕴含深层的哲学和美学意蕴。学界不少论著认为《文心》的“原道”“征圣”“宗经”思想承自荀子、扬雄的儒家文道观，显然混同了二者，值得商榷[②]。

---

① 牟世金：《文心雕龙研究》，北京：人民文学出版社，1995年，第162页。

② 参见拙著：《文心雕龙美学思想体系初探》，第45页。

北宋诗文革新运动的领袖欧阳修虽有重道轻文的倾向（如说“大抵道胜文至”），但他对道的理解已经不同于儒家道统人物如柳开、石介，仅限于儒家之道。而到了苏轼，不但把“道”明确地理解为自然之道，突破了古文家和道学家限于儒家之道的框框，反对把道视为脱离实际的教条，而且进一步阐述了“文”的能动作用，深入探索文艺的审美特点与规律，从而对我国古代文论作出重大贡献。

首先，他所说的“道”与“理”，明确不限于儒家之道，而是指客观事物的规律，大体同于刘勰的理解。他尖锐批评“儒者之病，多空文而少实用”（《答王庠书》），而且把道弄得越来越抽象难懂、汗漫难考：他们求为圣人之道而无所得，便把道搞得深奥莫测，“务为不可知之文”去骗人；而“后之儒者”被其吓倒，又用同样的伎俩自欺欺人，于是“相欺以为高，相习以为深”，离道越来越远（《中庸论》）。这真是一针见血！他认为“道可致而不可求”，即不能脱离实际求得，而是在实践中逐渐体验，最终达到其境界。如南方人“日与水居，则十五而得其道”；如果停留在口头上学游泳，“未有不溺者也”（《日喻》）。所以他说：“古之学道，无自虚空入者。”即学道不能脱离实践。而“致道”的途径是多方面的，如轮扁斫轮，痀偻承蜩，“苟可以发其智巧，物无陋者”；文艺创作活动同样如此：“聪若得道，琴与书皆与有力，诗其尤也。”（《送钱塘聪师范闻复叙》）又如他既强调“有为”，又强调自然而出。“有为”，是从“道”之“体”来说，即它显现为个别事物必须有具体的内容，因此为文须有益世；自然而出，是从“道”之“用”来说，即它是一个自然而然的过程。

其次，顾易生等指出，北宋中期的前后阶段由于诗文革新运动的发展与成功，“诗文理论的重点也从着重对文学创作外部规律的探讨而转向着重对其内部规律的研究”，这方面苏轼尤其突出，“在探索创作艺术规律方面作出许多贡献”。[①] 他十分重视“文”，充分肯定“文”的能动作用，重视探索文艺创作规律，并作出许多贡献。如对孔子的“辞达”说作了新的解释：“夫言止于达意，即疑若不文，是大不然。求物之妙，如系风捕影，能使是物了然于心者，盖千万人而不一遇也，而况能使了然于口与手者乎？是之谓‘辞达’。辞至于能达，则文不可胜用矣。”（《答谢民师书》）。也就是说，“达”既有对事物“了然于心”的认识问题，也有了然于“口与手”的表达问题。这就说明，如果不解决表达问题，“意”便无由而“达”。故云“有道而不艺，则物虽形于心，不形于手”（《书李伯时山庄图后》）。以画竹来说，即使对竹已有认识，甚至“平居自视了然，而临事忽焉丧之”（《文与可画筼筜谷偃竹记》），可见懂得应该怎样画和实践中如何画得好是两码事。而要解决表达问题并非轻而易举，它需要经过长期的训练，最终自然而致。以人来说，自小学语言，稍长学写字，继而学写文章，都是经过了长期的训练，并非一蹴而就，而是到了一定的阶段，自然达到的。所谓“及其相忘之至也，则形容心术，酬酢万物之变，忽然而不自知也”（《虔州崇庆禅院新经藏记》）。再次，他还指出：即使掌握了技巧，还须对事物进行一番静观默察，有自己的体验，做到“其神与万物交”（《书李伯时山庄图后》）。如画竹不但要“胸有成竹”，还要“其身与竹化，无穷出清新”（《书晁补之所藏与可画竹》）；而且在创作时善于“系风捕影”（捕捉稍纵即逝的灵感），才能成功。这与上述刘勰阐述“圣因文而明道”须经艰苦创造，大意异曲同工，但具体深入多了。苏轼本人未必意识到他与刘勰的继承关系，但其脉络是显而易见的。如他说“山川之有云雾，草木之有华实，充满勃郁

① 顾易生、蒋凡、刘明今：《宋金元文学批评史》上册，上海：上海古籍出版社，1996 年，第 16 页。

而见于外”，作文乃是“不能不为之为工”的过程（《南行前集序》）；又自称“吾文如万斛泉源，不择地而出”，“常行于所当行，常止于不可不止”（《自评文》），把作文视为自然而然的生发过程。这显然是对《文心》的万物有质自然有文的思想在创作领域的运用和发挥。又如黄庭坚论诗歌创作发展，就认为有两个递进的阶段：从“有意于为诗”、刻意锻炼字句和讲求布置，到“无意于文”、自然浑成“不须绳削而自合”。“江西诗派”的陈师道以“换骨”、徐俯以“中的”、吕本中以“活法”、韩驹以“饱参”等喻诗，虽各有不同，正如《艇斋诗话》所说“然其实皆一关捩，要知非悟入不可”。他们所说都是指“诗人经历长期的艰苦人格学问修养、创作锻炼，一旦功夫成熟，自然发生飞跃而通悟艺术规律的过程，这是一个从渐进（时至）到质变（换骨）的过程”[①]。笔者认为，这些都是在新的历史条件下对刘勰的兼含本体与方法的自然论与文道观的继承和发展。

还应指出，《文心》的文学理论不但具有前瞻性，对后世的诗文创作和理论产生深远的影响，而且还成为其后重大的文学思潮和运动的思想武器。我们知道，明清是我国文学思潮和理论批评空前活跃的时期，论家辈出，思潮、流派层出不穷，斗争激烈、复杂。综观进步的思想家和批评家，不管是否自觉，《文心》的文学思想和范畴都成了他们的斗争武器。如人们所熟知的明代公安派，文学创作方面提出了“独抒性灵，不拘格套”；文学发展方面提出了“世道既变，文亦因之”，有力地批判复古派的“文必秦汉，诗必盛唐”的文学复古论；又痛批世间假道学不过是“孔门之优孟，衣冠之盗贼”（袁宏道《与徐汉明》）；批评徒拟古人面目的古文，“文之不传，非曰不工，质不至也”，就像树木没有其实，自然没有花叶，此“自

① 顾易生、蒋凡、刘明今：《宋金元文学批评史》上册，第215页。

然之理也”（袁宏道《行素园存稿引》），等等。又如清代袁枚针对封建礼教和强化封建礼教的程朱道学，他提出“诗由情生”“有必不可解之情，而后有必不可解之诗”（《答蕺园论诗书》），不无积极意义；他反对沈德潜的“格调说”和“诗必盛唐”论，但是也不赞成别人误解以为他“欲相与昌宋诗以为教”，认为“物必取其极盛而称之”，诗之称唐未可厚非，但不必宗唐（《答施兰垞论诗书》）；而宋诗“日远夫性情”，故宗唐亦是常理（《答兰垞第二书》）。从观点与范畴看，这些都没有超出刘勰。当然，由于时代的发展，其论述更为成熟和充实。即使到了晚清民初，此时西学已经东渐，东西方文化“碰撞”，新旧文学思想交替，在桐城派与《文选》派纷争的余波中，作为向桐城派挑战的刘师培、黄侃与桐城学者姚永朴，双方都精熟《文心》，有讲义、专著发表、出版，都从中吸取营养，形成、充实乃至于超越自己的观点理论。如刘师培继承和发挥刘勰认为西汉文学成就以精湛的小学为根基和文笔之分的思想，借以动摇桐城派的古文“正宗”地位；而桐城学者姚永朴更是“遍稽群籍”，广取博引，效法《文心》的体例写成《文学研究法》，“以刘勰为凌驾于桐城派之上的文论宗师，而以《文心雕龙》为文论圭臬”，实为“刘勰千载之下的知音”，“可以视为清末民初比较全面回应刘勰的文论作品”[①]。由此不难一窥《文心》对后世巨大而深远的影响。

三、《文心雕龙》文学理论范畴和体系对后世的深远影响

上引国学大师饶颐先生称，《文心》一书，梁时与唐宋之世“已不甚为时流所称”，只是由于前此的《流别》《翰林》等文论著作散佚，

① 汪春泓：《论刘师培、黄侃与姚永朴之〈文选〉派与桐城派的纷争》，《文学遗产》2002 年第 4 期。

只留下此书，文人“扬榷六代之文，舍此罔由津逮，于是，人矜为瑰宝，家奉作准绳”。此说与事实不符。饶先生似乎忽略了刘勰在《序志》篇所说的一段话。其云：

> 详观近代之论文者多矣：至于魏文述《典》，陈思序《书》，应玚《文论》，陆机《文赋》，仲治《流别》，弘范《翰林》，各照隅隙，鲜观衢路。或臧否当时之才，或铨品前修之文，或泛举雅俗之旨，或撮题篇章之意。魏《典》密而不周，陈《书》辩而无当，应《论》华而疏略，陆《赋》巧而碎乱，《流别》精而少功，《翰林》浅而寡要。又君山、公幹之徒，吉甫、士龙之辈，泛议文意，往往间出，并未能振叶以寻根，观澜而索源。

刘勰列举汉魏以来六家文论均局限于探究文学理论的某一方面，桓谭、刘桢偶有谈及，但均未能寻根索源。而他则要撰写一部“弥纶群言”“按辔文雅之场，环络藻绘之府”，也就是建构一部深入探究包括文学领域各个方面规律的文学理论巨著。清人章学诚称赞《文心雕龙》之论文“体大而虑周”“笼罩群言”（《文史通义·诗话》），它在我国古代是空前的，也是绝后的。前此的曹丕等仅从某一方面、某一角度探讨文学理论的规律，与它是不可同日而语的。要说是挚虞的《文章流别论》和李充的《翰林论》散佚才使《文心》一书得以流传，恐怕更不能成立。而且，随着历史的发展，人们对《文心雕龙》的评价愈来愈高。

清代叶燮的《原诗》乃是继《文心》之后又一部具有体系和总结性的文艺美学论著。笔者考察其范畴、体系，基本上仍沿着《文心》的理论框架，并没有重大突破。当然，由于它对明代以来文坛的思想作了清理和总结，其内容无疑是丰富了。从本体论看，叶燮把宇宙规律归结为“理”—“事”—“情”，并以草木为喻：“其能发生者，理也；其既发生，则事也；既发生之后，夭矫滋植，情状万千，咸有自得之趣，则情也。”从他说“理者与道为体”（《与友人论文书》）和“理一而已，而天地之事与物则有万”（《赤霞楼诗集序》），可知他的“理”义同宇宙本体“道”，指万物发生变化的根源和依据；“事”指循“理”而化生万物的具体过程，即《文心·原道》篇所说的“道”在个别事物中的显现即“德”；而“情”则是“理”（道）化生的万物的具体情状。由于万物“情状万千”，各有个性、精神，故“咸有自得之趣”，具有审美意义，故“情”与《原道》篇所说的“文”（通纹，美）相通。叶燮认为“理”“事”“情”三者“藉气而行”，“气鼓行于其间，絪缊磅礴”，“此天地万象之至文也”（《已畦文集》卷六《溢园记》）。可见他的“理”—“事”—“情”虽受宋儒理学的影响，但大体与《文心》的理论基石和主干，即“道”—“德”—“文”一致。由于万物的个性、精神不同，于是宇宙呈现为五彩缤纷的美的世界，故说：“文章者，所以表天地万物之情状也。”他自称其理论“专征之自然之理”（《已畦文集自序》），“凡物之生而美者，美本乎天者也，本乎天自有之美也”（《原诗》）。这些说法与刘勰《原道》篇称日月山川、虎豹花卉等自然美为“道之文”，反复申述万物有质自然有文的思想可谓一脉相承。可见，二者的理论基石和主干并无本质区别。叶燮又说：“道者，何也？《六经》之道也。为文必本于《六经》”，“《六经》者，理、事、情之权舆也”（《与友人论文书》）。可见他与刘勰一样提倡“宗”儒家之“经”，甚至把汉儒的“发乎情止乎礼义”改为“发乎礼义止乎礼义”（《乘龙鼎剧本题辞》），唱的是宋代道学家的调子，比刘勰还倒退了。

再从其主要内容来看，《原诗》主要论述了诗歌的“源流正变”

（发展变化）、“法度能事”（主客体交融）两方面的问题。从文学发展论看，叶燮认为，“变”是宇宙的普遍规律：“古今世运气数，递变迁以相禅。”这个“变”的总趋势是“踵事增华，以渐而进，以至于极”。由此他批评前后七子的复古派论调，称赞韩愈“大变”汉魏、盛唐，称赞苏轼诗歌的境界前所未有；而具体演变则是一个“相续相禅”的过程：就一时而言，有盛有衰；就整个历史发展而言，则是盛衰交替，结论是“诗之源流本末盛衰，互为循环”（《原诗》）。这些观点，《文心》的《通变》《时序》等大体上已作论述，但叶燮总结了唐宋以来理论争鸣的成果，内容自然丰富充实。关于诗歌创作的主、客体因素，叶燮进行了深入的理性分析。他认为，从客体来说，诗歌的表现对象就是理、事、情：“唯理、事、情三语，无处不然”，创作就是要“通乎理、通乎事、通乎情”；而从主体说，则包含才、胆、识、力四个因素。其中“才”是基础，故说“才者，诸法之蕴隆发现处也”；而“识”则对三者有指引、规范和提高的意义。如果“无识”而有才、胆、力，则可能变得“为妄、为卤莽、为无知”，反而为累。只有四者“交相为济”，才具备作诗的主体条件。叶燮关于四者之间关系的分析，虽是沿着《文心·体性》篇思路（先天因素为“才”“气”，后天因素为“学”“习”），无疑深了一层。关于创作中主客体的交融即灵感的触发，叶燮认为，首先是主体必须具备胸襟、材料、匠心和文辞四方面条件，缺一不可。而其中关键是胸襟，他称之为“诗基”，并谓：“有胸襟，然后能载其性情、智慧、聪明、才辨以出，随遇发生，随生即盛。”主体条件具备了，灵感的触发也就是一个机遇的问题：“盖天地有自然之文章，随我之所触而发选之，必有克肖其自然者，为至文以立极。”以杜甫为例，由于他具有忧国爱民的广阔而深沉的胸怀，故其诗便“随所遇之人之境之事之物”，无处不发其胸襟情怀，“触类而起，因遇得题，因题达情，因情敷句”，终而成诗（《原诗》）。刘勰在《文心》的《物色》《时序》等也论及文学的反映对象和创作中的心物（主客体）交融，且作了生动的描述；其《体性》《才略》《程器》等篇多角度阐述了诗人的主体条件，《神思》《养气》等篇也论及了灵感问题，指出应该从“积学”“酌理”“研阅”等方面下功夫，进入写作时应展开想象的翅膀，凝神冥思，同时让精神放松，灵感自然而至。这就把从陆机《文赋》只作感性描述提升到理性高度。这些思想均为叶燮进一步继承和发挥，而且分析细致入微。对灵感问题的认识，西方长期蒙上神秘的迷雾，而我国从刘勰到叶燮则已形成系统的理性认识，完全剔除了神秘色彩，把它看成水到渠成的自然之事。在世界美学史上这是一个重大贡献。此外，叶燮还强调自然真实，反对虚伪造假，提倡“学乎天地之山之自然之理”（《假山说》）；既不满于明七子的一味“陈熟”，又不赞成公安派的一味“生新”，比较辩证地论述了美与恶、好与坏、“陈熟”与“生新”的关系（《原诗》），等等。这些比之刘勰有明显的进步，其唯物主义和理性色彩更为浓厚；在文学、美学领域运用辩证法也有新的开拓。但不难看出，其理论体系的基本范畴与方法，较之刘勰并没有根本的重大突破。

再看晚清著名的美学家刘熙载。在他看来：“天地有理、有气、有形”（《持志塾言》），天地万物都是“理”（或称为“天理”“道”）的“形”“器”即具体显现。可见它是天地万物的本原，故云：“艺者，道之形也”（《艺概·叙》）。他又说：“一事有一理，万物共一理，专尚通与专尚别者皆蔽。”（《持志塾言·穷理》），可见只看到“通”（共同性）或“别”（个别性）都不正确。如“艺者，道之形也”，但它是“天人之合”，是人的心灵的表现，故称“文，心学也”。这与刘勰把万物视为“道”在个别事物中的具体显现，“人文”乃是“有心之器”即人的心灵智慧的产物，乃是一脉相通的。由此他论文一是强调表现作家的情志、品德，必须“盖自内出，非由外饰也”（《游艺约言》），强调贵“真”；主张自然天成，有如“天籁”，反对“形模求古”，反对夸世媚俗。这些与《文心·情采》篇等强调诗歌“吟咏情性”“述志为本”，反对“为文而造情”和“真宰弗存”，等等，并无二致。刘熙载又把艺术家的本质归结为“性”与“习”两个方面：前者“受之于天”，是先天的；后者得自后天的“学”“养”。这似乎还不及刘勰把先天的分为“才”与“气”，后天的分为“学”与“习”。至于他在艺术辩证法方面的贡献，如论文艺创作中主观与客观的物我交融、文艺历史发展的正变关系和艺术创作中的义法问题，虽然有不少独到细致的发挥，但从总体来说，还是没有超越《文心》的理论体系。从与《原诗》《艺概》的比较中可见，刘勰的《文心》被章学诚誉为“体大而虑周”，盖非虚言也。

即使到了近代资产阶级思想运动与文学运动的前驱者龚自珍和魏源，其精神与文学思想与刘勰也不乏相通之处。龚自珍在近代史上开拓了“诵史鉴，考掌故，慷慨论天下事”（《与江居士笺》）的风气。这与刘勰兼文论家与政治家于一身，关心国家大事，富有变革精神无疑是一致的。他论诗文主张“尊情”“贵真”和“尚奇”。“尊情”是针对清王朝长期搞“霸天下”统治，致使人心亡，世俗坏，“外境迭至，如风吹水，万态皆有，皆成文章”（《与江居士笺》），其中包含了家国社会的深刻内容；“贵真”是强调“真”乃是来自天下家国之“情”，具有广阔的社会生活内容，所言皆出自胸臆，反对为文造情，剽窃摹仿。可见他的“尊情”“贵真”具有抨击朝政、批判社会腐败的意义。他的“尚奇”体现在他推崇“庄骚两灵鬼，盘踞肝肠深”（《再录李白集》），追求奇异瑰丽的风格。从理论范畴来说这些刘勰早已论及，只是内容的深度和时代精神大大加强了。与龚自珍并称于世的魏源，其文学思想的核心是“贯经术、政事、文章于一”（《刘礼部遗书序》）的广义的文学观念。在他看来，上古“文章与世道为洿隆”，即经术、政事和文章合一；到了中古，经术、政事和文章分家了，选诗文者“上不足考治，下不足辨学”（《国朝古文类钞序》）；到了“末世”，更是“工骚墨之士，以农桑为俗务”，明道之儒则“托玄虚之理，以政事为粗才”，治经者则以“浮藻饾饤”为“圣学”。可见他这种“今不如古”的文学观念，实质是对清代学术界汉学之浮藻饾饤、宋学之空谈性道与文学之脱离现实的深刻批判。这与刘勰论诗文不离政教，并对现实中的空疏浮华的文风进行了深刻的批判，本质上可说是遥相呼应。由此可见，直至十九世纪末资产阶级维新派所领导的文学改革运动以前，以刘勰所阐述和建立的我国文学理论范畴和体系一直占据主导地位，后继者虽有批判与革新，但其继承的脉络仍隐然可寻。直至到了梁启超、黄遵宪等维新派提出“诗界革命”“文界革命”和“小说界革命”等资产阶级文体文风改革的理论，才有根本的突破[①]。

本文原载《文心雕龙研究》第6辑，北京：学苑出版社，2005年。

① 参见成复旺、黄保真、蔡钟翔：《中国文学理论史》（五），北京：北京出版社，1987年，第25页。本文关于叶燮、刘熙载、龚自珍和魏源的论述参阅了该书的相应部分。

刘勰的生平与著述

漫议刘勰的家族、世系、出身及其对萧氏王朝的忠诚

一、刘勰乃齐悼惠王刘肥、城阳王刘章之后裔

杨明照先生列有刘勰家族世系表（表 1）。

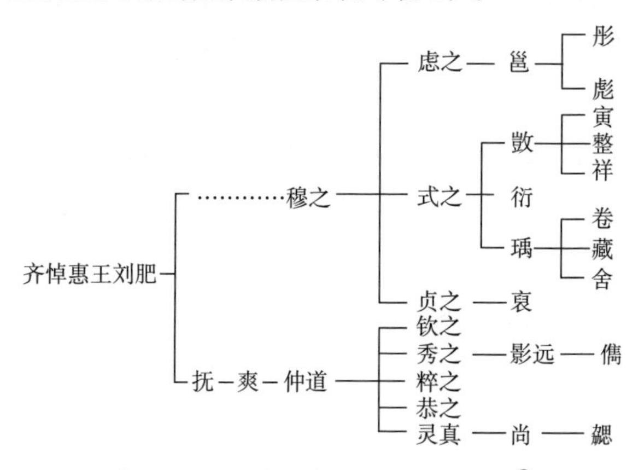

表 1　杨明照先生所列刘勰家族世系[①]

① 原版直排，现改为横排。杨明照:《文心雕龙校注拾遗》，上海: 上海古籍出版社，1982 年，第 390 页。

《梁书》本传载刘勰“祖灵真，宋司空秀之弟”，可知刘秀之是刘勰的堂祖父。又《南史》本传载刘秀之是刘穆之的从父兄（父亲的兄弟）子，说明刘仲道（刘勰曾祖父）的祖父刘抚也就是刘穆之的祖父。再据《宋书》本传载刘穆之乃“汉齐悼惠王肥后”，可见刘勰是刘邦之子齐王刘肥的后裔。但先是范文澜先生《文心雕龙·序志》篇注据《宋书》本传载刘秀之“弟粹之”，认为秀之、粹之是同为“之”字辈兄弟。编纂者李延寿父子称“常欲改正”南北朝各国史书“失实”之处，但并没有指明《梁书》刘勰传“祖灵真，宋司空秀之弟”一句失实。且《南史》对各国史书的删除多是为了删繁就简，并非皆因“失实”[①]。又称：按《南史》家传体例，“祖灵真”句“正是以明家族关系的要害所在，若所记属实，就只能增强而断不可删”，并指出：同样《宋书》本传载刘敬宣为“汉楚元王交后”也被《南史》删除[②]；二是范称刘秀之如有弟灵真，《宋书》不会漏记，但秀之有弟恭之亦无载；三是所谓灵真没有官职，“与秀之的家庭地位不相称”。其实魏晋南北朝世代为官的家族中也有不做官的人。如琅邪临沂王素等三人家族均有人不仕[③]。可见上述王、牟的质疑缺乏说服力。

我们细看杨表不难发现，刘邦之子齐王刘肥与其后裔刘抚、刘穆之衔接不上。无论杨表还是质疑说都忽略了一个重要史实：刘肥之子刘章被封城阳王及其子孙在莒地的繁衍。《史记·齐悼惠王世家》载：吕后死后诸吕为乱，刘肥之子朱虚侯刘章先斩相国吕产，使太尉周勃等乃得尽诛诸吕，因功被封城阳王，其地就在莒境。朱文民

---

① 周绍恒：《〈文心雕龙〉散论及其他》，北京：学苑出版社，2000 年，第 3 页。

② 周绍恒：《〈文心雕龙〉散论及其他》，第 6 页。

③ 周绍恒：《〈文心雕龙〉散论及其他》，第 2—4 页。

先生详考城阳王刘章传九世十王之子皆封侯[①]。各侯与《汉书·王子侯表》所载谥号世次相符，其中五个侯国就在莒境。从西汉至永嘉五百年间应有众多的刘章后裔在莒地一带繁衍[②]。杨明照先生指出："南朝之际，莒人多才，而刘氏尤众，其本支与舍人同者，都二十余人。"[③]由此朱先生增补了刘章及其后裔这一重要中间环节（表2）[④]，使刘肥与其后刘抚、刘穆之及其后裔之间的两大块前后衔接起来。王元化先生质疑《宋书·刘穆之传》载"东莞刘氏出自汉齐悼惠王肥后"，理由是当时许多新贵伪造谱牒，"编造"做过帝王将相的远祖[⑤]。但既然城阳王刘章有众多子孙在莒县一带繁衍生息，他们是堂堂王族世家，其家族碟谱又何需伪造？朱文民先生还指出，其实王先生所举的刘超就是城阳王的后裔。《晋书》本传就说他是"琅邪临沂人，汉城阳景王之后也。章七世孙封临沂兹乡侯，子孙因家焉"。这与《汉书·王子侯表》载六世城阳王刘顺的儿子刘弘在宣帝时封为兹乡侯相符一致[⑥]。《晋书》列传五十一载刘胤也是刘肥、刘章的后裔，其籍贯为东莞来掖人，可能是由别处迁去的[⑦]。鉴于东汉新封的城阳王刘祉是长沙王刘发（刘邦之子）后裔刘敞之子。祉去世后城阳国除，刘秀封自己的儿子刘京为琅琊国王（初都莒，后徙开阳，莒县仍属该国辖县），传七世至建安年间的刘容[⑧]。故

---

① 朱文民先生对阳城王刘章历代子孙及其封地有详细考证，详见《汉城阳王世家》，中国先秦史学会、政协莒县委员会编：《莒文化研究文集》，济南：山东人民出版社，2002年，第508—523页。

② 朱文民：《刘勰传》，西安：三秦出版社，2006年，第3—6页。

③ 杨明照：《文心雕龙校注拾遗》，第388页。

④ 朱文民：《刘勰传》，第14页。

⑤ 王元化：《文心雕龙创作论》，上海：上海古籍出版社，1979年，第5页。

⑥ 朱文民：《刘勰传》，第4页。

⑦ 朱文民：《刘勰传》，第3页。

⑧ 朱文民：《刘勰传》，第8页。

不能排除刘勰是新封的城阳王刘祉或刘京的后裔。但《宋书》和《梁书》明确记载刘穆之、刘秀之、刘仲道(刘勰的曾祖父)和刘灵真(刘勰祖父)均为刘肥后裔，也就排除了这一可能性。朱先生还引唐《元和姓纂》载：城阳王刘章传国九代至“王津”，“裔孙晋尚书、南康公穆之”。朱按：“王”字为衍文；查八世城阳王刘景有子三人即刘云、刘俚、刘钦，故津为钦音近之误[①]。由其称刘穆之乃是刘津（钦）的“裔孙”，可知刘穆之兄弟刘仲道（刘勰祖父）是城阳王刘章的后裔。朱文民先生还把杨表刘肥之后隔若干代分为穆之与抚—爽—仲道两支（表1），改为刘肥、刘章之后隔若干代为刘抚一支，其后再分为两支：╳—穆之与爽—仲道（表2），所据是《南史》刘秀之本传说他是刘穆之的从父兄子。也就是刘秀之的祖父刘爽与刘穆之的父亲是亲兄弟[②]，即同为刘抚之孙。这样，刘勰是刘肥、刘章的后裔也就是一清二楚了。1969年镇江地区句容县出土南齐永明五年（487年）九月所立的刘岱（刘勰堂叔）墓志，记载其籍贯是“南徐州东莞郡莒县”[③]。可见《梁书》本传记载刘勰是“东莞莒人”应理解为南徐州东莞郡莒县人，即杨明照先生所说“舍人一族之世居京口，当系避寇侨居”，“非舍人及其父、祖犹生于莒、长于莒也”[④]。这与《宋书》本传记载刘穆之、刘秀之“世居京口（镇江）”一致。刘岱墓志还记载刘氏家族晋永嘉年间南迁的第二或第三代人物刘抚做过彭城内史，其子刘爽曾任山阴令，其孙刘仲道（刘勰曾祖父）曾任余姚令，曾孙刘粹之（刘勰堂祖父）为大中大夫。宋《嘉定镇

---

① 朱文民：《汉城阳王世家》，中国先秦史学会、政协莒县委员会编：《莒文化研究文集》。

② 朱文民：《刘勰传》，第14页。

③ 钱永波：《刘勰籍贯新考》，中国《文心雕龙》学会编：《文心雕龙研究》第7辑，北京：学苑出版社，2007年，第411页。

④ 杨明照：《文心雕龙校注拾遗》，第386、387页。

江志》载："刘爽居京口，官尚书都官郎，山阴令。仲道，爽子。……钦之，仲道子。……刘尚，父灵真，宋司空秀之弟，官越骑校尉。"又《梁书》本传载刘勰"祖灵真，宋司空刘秀之弟也，父尚，越骑校尉"，二者与上述墓志互相印证。再据《宋书》载刘穆之乃"汉齐悼惠王肥后也"，准此，从齐王刘肥至刘勰的家族世系便一目了然（表 2）。这是刘勰身世家族研究的重大成果。

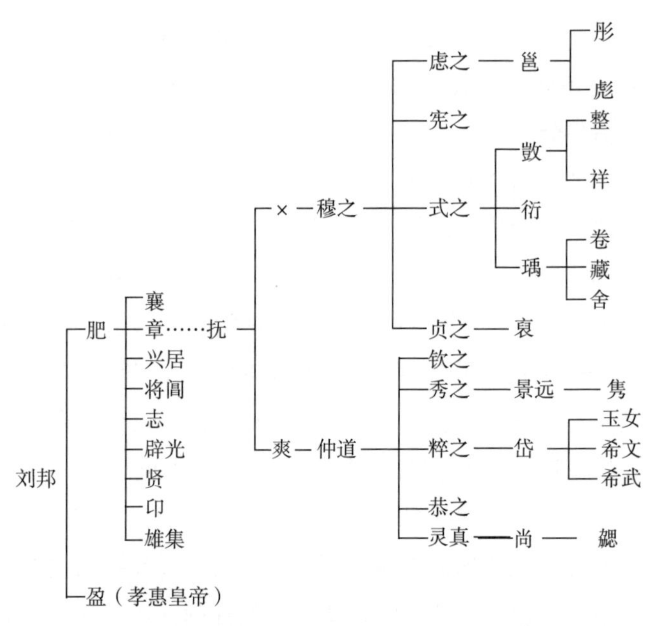

表 2 朱文民先生所列刘勰家族世系表[①]

二、刘勰应是出身士族，庶族说难以成立

关于刘勰的出身，王元化先生认为是庶族而非士族，学界多从

---

① 朱文民：《刘勰传》，第 14 页。

之。但周绍恒先生、朱文民先生对王说所据逐一辨析，认为难以成立，应是出身士族。

其一、王元化先生称，刘勰世系表中“不能找到一个在魏晋间位列清显的祖先”，最早为东晋的刘爽，但“《南史》只说他做过山阴令，而晋时各县令系由卑品充任”[①]。周、朱据《宋书·刘秀之传》均指出，刘爽还做过“尚书都官郎”，该职“号为大臣之副”，是士族才能做的。晋时不少出身士族甚至第一流高门士族的人也有做过县令的，如《晋书》载周札和诸葛恢出补句容令和转任临沂令。至于《南史》删去《宋书》载刘穆之为“汉齐悼惠王肥后”句，所删多是为了删繁就简。朱先生还指出，今本《宋书》撰者沈约先世本是吴兴士族，宋、齐、梁三代仕宦显赫。沈约与东莞刘氏“同仕宦于宋、齐、梁三朝，对刘勰家族当是熟悉的”。他特地挑明记载穆之为刘肥后裔，应是可信的[②]。

其二、王元化先生称：刘氏世系中史书立传者有穆之、秀之、穆之曾孙刘祥和刘勰四人。从前二者出身“并不能发现属于士族的任何痕迹”，举证有三：一是《宋书》载刘裕追赠刘穆之的表中称其“爰自布衣”，二是《南史》载刘穆之“少时家贫”，三是刘祥曾被骂为“寒士不逊”[③]。周绍恒先生逐一辨析：一是此处“布衣”应训贫贱而非“布衣庶族”，《南史》就称徐羡之“起自布衣”和齐高帝遗诏有“吾本布衣”，二人均为士族；二是庶族大都贫贱，但也有富者，而出身于名门士族也有家贫甚至“甚贫”者。如济阳考城江氏的江湛、琅邪王氏的王韶之。故“家贫”或被骂为“寒士”不能作为出

① 王元化：《文心雕龙创作论》，上海：上海古籍出版社，1979 年，第 5 页。

② 朱文民：《刘勰家族门第考论》，《文学前沿》2009 年第 1 期。

③ 王元化：《文心雕龙创作论》，第 7 页。

身庶族的依据。如出身于高门士族的谢超宗也被褚渊骂为“寒士”[①]。朱文民先生也指出，即便望族甚至高门士族，也可能某个时期内生活艰难。这并非个别，并举西晋高门颍川庾衮“父独守贫约，躬亲稼穑”、东晋高门沛国刘氏刘惔（后娶公主）“家贫，织芒屩以为养”和济阳高门士族的江淹“少孤贫好学”等约十例为证[②]。《宋书》称刘穆之为“布衣”，是因当时他未有正式官品（只任过府主簿），与诸葛亮《前出师表》自称“臣本布衣”同义（其家族为士族）。《南史·刘穆之传》载诸葛长民获死罪后说不可再为“丹徒布衣”，即指未有官品的士族。《南齐书·州郡志》云南徐州京口“宋氏以来，桑梓帝宅，江左流寓，多出膏腴”。丹徒是京口的中心地带，其时住民多为帝胄及富贵人家。故史书称刘勰家族“世居京口”，可佐证其为士族。至于“寒士”，是指在士族中“门第不高和衰微房分”。如是自称当是谦辞，如是他称则属戏称或贬辞。《南史·徐勉传》载帝称其为“寒士”乃是戏称，褚渊骂刘祥为“寒士”则是贬辞，不能作为否定士族出身的证据[③]。

其三、王元化先生先称：《文心》书成，刘勰“无由自达”而干之沈约车前献书，这只能从“士庶天隔”的等级界限来解释[④]。周绍恒先生反驳，引《南史·锺嵘传》载锺嵘亦有“求誉于沈约”而被拒，但锺是“晋侍中雅七世孙”，出身士族。至于王先生所称刘勰投身定林寺主要是“因避租课徭役”，他不婚娶“多半由于他是家道中落的贫寒庶族的缘故”[⑤]。周先生指出，侨民中的士族当

① 周绍恒：《〈文心雕龙〉散论及其他》，第12页。

② 朱文民：《刘勰家族门第考论》，《文学前沿》2009年第1期。

③ 朱文民：《刘勰家族门第考论》，《文学前沿》2009年第1期。

④ 王元化：《文心雕龙创作论》，第8页。

⑤ 王元化：《文心雕龙创作论》，第9页。

时仍享有徭役免税的特权[①]。刘勰入寺而未剃度为僧，是胸怀大志（详下），暂时放下婚娶之事。到了进入仕途已近四十，结果成了高不成低不就的王老五。为证刘勰的士族世家，周、朱详列刘氏家族历代为官者有：第一代刘抚任彭城内史，官五品，已入士族之列；第二代刘爽担任晋代只有士族才能担任的尚书都官郎；第三代刘穆之是刘裕的佐命元勋，位列三公，还“配食高祖庙”；第四代有四人担任高官：刘秀之（尚书右仆射、都督雍梁诸州郡）位列三公、官一品，刘虑之（员外散骑常侍）、刘式之（吴郡太守）和刘勰父亲刘尚（越骑校尉）均官四品；第五代刘勰（东宫步兵校尉）官六品，刘藏（尚书右丞）、刘歊（零陵太守）均四品以上，等等。可见刘氏家族历代都有人做高官，属于甲姓、高第士族[②]。朱先生还详细统计其祖孙六代共计 33 人（男 31、女 2），其中仕宦官职有明确记载者 25 人：一品两人（卒后赠官），三品三人，四品五人，五品八人，六品七人，七品三人[③]，结论是为士族家族。周、朱两位先生还指出：《梁书》本传载刘勰“天监初起家奉朝请”，所载“奉朝请”诸人均出身士族，可见他是士族；又史载刘秀之娶士族何承天之女为妻、刘宪之（或作虑之）娶士族颜延之妹为妻、刘舍娶徐孝嗣姑即宋武帝的外孙之女为妻，通婚者皆士族[④]。朱先生详细列有东莞刘氏家族婚姻一览表，而且指出与之通婚的士族之间亦互通婚姻：或为皇室，或为一流高门士族的琅邪王氏，均为“过江的北方大族”。当时大族婚俗是“士庶不婚”（否则会遭弹劾）和“南北不婚”[⑤]。《梁

① 周绍恒：《〈文心雕龙〉散论及其他》，第 9、13 页。

② 周绍恒：《〈文心雕龙〉散论及其他》，第 18 页。

③ 朱文民：《刘勰家族门第考论》，《文学前沿》2009 年第 1 期。

④ 周绍恒：《〈文心雕龙〉散论及其他》，第 19 页。

⑤ 朱文民：《刘勰家族门第考论》，《文学前沿》2009 年第 1 期。

书·庾於陵传》称："东宫官属通为精选……近世用人，皆取甲族（即士族）有才望者。"甲族即士族。刘勰任东宫通事舍人，后迁步兵校尉，以上等等，足证刘氏家族为士族。

朱文民先生还指出，判定南北朝时期某个家族的门第士庶，史学界的共识是，政治上至少连续三代人中有两代官职在五品以上；文化方面，家学渊源深厚，诗书继世[①]。前者以上已有详论，后者朱先生首次作了探讨。朱引陈寅恪在《唐代政治史述论稿》中篇《政治革命与党派分野》指出："所谓士族者，其初并不专用其先代之高官厚禄为其唯一之表征，而实以家学及礼法等标异于其他诸姓。"[②]官宦加文化，是列为士族的必备条件。杨明照先生指出："舍人（刘勰）家世渊源有自，于其德业，不无启厉之助。"[③]朱先生据史籍记载刘勰家族祖孙四代的文化品位，可见其家族文化底蕴。《宋书》本传记载刘穆之有四点值得注意：一是"少好《书》《传》，博览多通"；二是当急需军事指挥人才时毛遂自荐，刘裕十分满意；三是不但善书，且能从理论上指导刘裕学习书法；四是不但有超强的办事能力，且闲暇时"自手写书，寻览篇章，校定坟籍"。可见他有很高的文化教养。其子刘式之"通《易》"，此非一般文化水平所能达到。《宋书》本传记载刘秀之（刘勰祖辈）"孤贫"，何承天"雅相知器，以女妻之"。何是当世著名的大学问家，曾任太学博士、著作佐郎，他看重的自然是秀之的文才[④]。《宋书》本传载刘穆之孙刘瑀的弹劾文章"朝士莫不畏其笔端"。《南齐书》本传载刘穆之曾孙刘祥"少好文学"，曾为齐太祖太尉东阁祭酒，骠骑主簿，两者都是有大学

① 朱文民：《刘勰家族门第考论》，《文学前沿》2009 年第 1 期。

② 陈寅恪：《唐代政治史述论稿》，上海：上海古籍出版社，1982 年，第 71 页。

③ 杨明照：《文心雕龙校注拾遗》，第 388 页。

④ 朱文民：《刘勰家族门第考论》，《文学前沿》2009 年第 1 期。

问的人才有资格担任的。还载他“撰《宋书》，讥斥禅代”，所著《连珠》十五首已被萧子显记录在本传中。笔力文采，令人惊叹和佩服。锺嵘《诗品》评其诗为“得士大夫之雅致乎！”至于刘勰，《梁书》本传称京都寺塔“必请”为之撰述和书写碑文，有文集行世。足见文章和书法水平是社会公认的。北京中国书店出版社 1983 年 6 月出版的由扫叶山房编纂的《草书大字典》中，就有刘勰的“悲、昨、渊、华、蛇、鲁”六个草字，其书在梁代仅收有梁武帝萧衍和刘勰的字，可见其书法水平在梁代属上乘。从其所撰《文心雕龙》可知三教（儒、释、道）九流、诸子百家，历代著述，他无不通晓。该书虽旨在“论文”，亦通兵法。《文心·程器》篇强调“岂以好文而不练武哉”“岂以习武而不晓文也”，可知好文习武乃是其传统家风。其家族文化传统是符合士族的标准的。

《文心·程器》篇感慨“然将相以位隆特达，文士以职卑多诮，此江河所以腾涌，涓流所以寸折者也！”《史传》篇叹息“勋荣之家虽庸夫而尽饰，屯败之士虽令德而常嗤，吹霜煦露，寒暑笔端”。纪昀评前者为“愤而著书者”，而刘永济《校释》把该篇之旨归结于魏晋时期致使“士流咸重门第，而寒族无进身之阶”的门阀制度[①]。王元化先生批评纪评没有深究“刘勰的愤懑针对哪些社会现象”[②]，而是称赞刘永济之说。但既然刘勰出身士族，把问题归结为“士庶区别”也就有欠准确了。看来它针对的是有才能者受到卑视的普遍社会现象而发，不但包括庶族，也包括士族出身但家道中落者。

三、从仕途经历看刘勰对萧梁王朝的忠诚

史家范文澜指出，萧梁王朝主要是采取两条基本方针，即“恢

① 刘永济：《文心雕龙校释》，北京：中华书局，1962 年，第 189 页。
② 王元化：《文心雕龙创作论》，第 10 页。

复百家士族的权利”和“提高诸王的权力”以维护其统治。如置州望、郡宗、乡豪各一人专掌推荐人才。这种专官是士族中人，被推荐者自然多数也是士族中人[①]。梁武帝对士族非常宽容和照顾，增设许多官职为之安插，但也降低门槛，和宋、齐两朝一样任用大批寒门。由于从东晋以来士族门阀制度历经近二百年，已日趋衰落。梁武帝萧衍却视为珍宝，仍实行这种制度，“足见其政权是多么腐朽”[②]。梁武帝又废除宋、齐两朝监视诸王的典签制度，使得镇守各地的诸王成为有实权的藩镇，即使犯法也不追究。临川王萧宏（武帝六弟）奢侈放纵、贪财无厌，遭到弹劾，武帝亲自查实其仓库所藏乃是所掠夺的民脂民膏而非武器，不但不受处分，反而升官。他企图以骨肉恩爱维持其统治，“恰恰造成了比宋齐两朝更丑恶的骨肉相残”[③]。公元548年8月降梁的原东魏大将侯景在寿阳发动叛乱，渡江攻破京都。诸王拥兵觊觎帝位而见死不救，结果武帝萧衍被困在台城三个多月活活饿死。

刘勰对萧梁王朝早有投靠之心，而且一生忠心为之服务。永明八年（490年）刘勰守孝期满，朝廷下诏举荐贤才，尽管因家道中落而无人举荐，他还是看到了希望，到建康（南京）入定林寺为书佣。其原因或谓信佛，或谓主要“因避租课徭役”[④]。其实从他一生来看，入寺而没有剃度出家，可见非因信佛。从《文心·序志》篇自称年少时曾梦执丹漆礼器随孔子南行，以及《程器》篇称“君子”“奉时以骋绩”来看，主要是胸怀儒家济世之志，为自己仕途着想。建

---

① 范文澜：《中国通史简编》修订本第二编，北京：人民出版社，1964年，第374—380页。

② 郭沫若主编：《中国史稿》第二册，北京：人民出版社，1979年，第170页。

③ 范文澜：《中国通史简编》修订本第二编，第276页。

④ 王元化：《文心雕龙创作论》，第9页。

康钟山定林寺不但风景优美，藏书丰富，便于读书著述，是他“梦寐以求的地方”，而且更重要的是该寺主持僧祐是当朝“国师”，与萧梁王朝最高统治集团关系密切，是他“希图走入仕途的终南捷径”[①]。入寺七年他便整理该寺经藏就绪（刘勰撰有《定林寺藏经录》）。其间他显示了出众的才华。《梁书》本传称“为文长于佛理，京师寺塔及名僧碑志必请勰制文”。还称他入寺与僧祐居处积十余年，“遂博通经纶”。日本学者兴膳宏指出，僧祐的《出三藏记集》可以视为出于刘勰之手。虽难确定是否全部，但为之作出巨大贡献则是肯定的[②]。可见他深得僧祐的赏识和信任，这对他后来的仕途有着重大关系。

刘勰 36 岁撰写《文心雕龙》书成[③]，伺机向当时权倾朝野和文坛领袖的沈约献书，被视为“深得文理”。天监初，“起家奉朝请”。天监三年（504 年），刘勰 38 岁，任临川王萧宏记室[④]。萧宏乃扬州刺史，是年进号中军将军，次年受命都督讨伐北魏，可见这是对刘勰的重用。《高僧传·僧祐传》称萧宏于僧祐“尽师资之敬”，故刘勰此职应是得力于僧祐的推荐。鉴于佛经深奥难懂，梁武帝急需一本通俗易懂的简要读本和目录。天监七年（508 年）十一月，敕刘勰与僧旻等往定林寺撰《众经要抄》及目录。次年八月完成后调任梁武帝倚重的车骑将军王茂的仓曹参军。天监九年（510 年），太末县令一职空缺，即调刘勰上任[⑤]。该县属扬州刺史的辖区，故

① 杨明照：《我和〈文心雕龙〉》，《古代文学理论研究》第 19 辑，上海：华东师范大学出版社，2001 年，第 6 页。

② ［日］兴膳宏：《〈文心雕龙〉与〈出三藏记集〉》，［日］兴膳宏著，彭恩华译：《兴膳宏〈文心雕龙〉论文集》，济南：齐鲁书社，1984 年，第 5—108 页。

③ 牟世金：《刘勰年谱汇考》，成都：巴蜀书社，1988 年，第 57 页。

④ 牟世金：《刘勰年谱汇考》，第 67 页。

⑤ 朱文民：《刘勰传》，第 306 页。

此举也应与该州刺史萧宏有关。刘勰任职期间“采取多项措施，使县内风化大行，人怀自励，农业生产有了大的发展”[①]，史称“政有清绩”。天监十一年（511年），刘勰45岁，调任南徐州刺史、仁威将军南康王萧绩（武帝第四子）记室兼东宫通事舍人。梁时军事重镇均由亲王出任，如果王子年幼则大权由长史代行。其时仁威将军府长史王僧孺行府、州、国事，刘勰实际上是其左右臂膀行长史事，只是没有正名而已[②]。鉴于该职重要（都督南徐州诸军事），但萧绩年仅八岁，可见萧氏王室对刘勰的信任。至于东宫通事舍人一职，应是太子萧统年幼，其生母丁贵嫔与僧祐物色辅佐之人而有之举（丁贵嫔乃僧祐弟子）。能任此职，无疑是重用。天监十七年（518年）刘勰52岁，迁升东宫步兵校尉，兼通事舍人如故[③]。东宫步兵校尉掌东宫警卫，与屯骑、翊军合称东宫“三校（尉官）”，官位六品（通事舍人九品），此“固当时殊遇也”[④]。如此，通过僧祐的引介和推荐，加上自己的才华和努力，而且善于抓住因缘机遇，刘勰的仕途前景一片光明。但好景不长，因太子萧统失宠而被打发定林寺抄经，完成后又没有新职，于是对前途幻灭愤而出家，估计不久而逝。综观其仕途经历，尽管梁武帝萧衍残暴、虚伪，是“东晋以来最坏的统治者”[⑤]；临川王萧宏奢侈放纵、贪财无厌和懦怯昏庸（尝受命率军北伐而遭败绩），但刘勰对他们是忠心的。从本传看，刘勰虽对朝廷和王室并未进忠谏之言，但最后能升迁东宫步兵校尉而达到仕途顶峰，两件事博得梁武帝的欢心有关：一是

① 朱文民：《刘勰传》，第72页。

② 朱文民：《刘勰传》，第79页。

③ 牟世金：《刘勰年谱汇考》，第96页。

④ 杨明照：《文心雕龙校注拾遗》，第401页。

⑤ 范文澜：《中国通史简编》修订本第二编，第380页。

上表二郊宜与七庙同改用蔬果；二是针对《三破论》撰《灭惑论》。关于前者，《梁书》本传称，天监十七年（518年），刘勰上表言二郊农舍牺牲宜与七庙飨荐同改蔬果，“诏付尚书议，依其所陈”。其实僧祐卒前已上启有此建议，刘勰不过窥得圣意而随之附和[①]。而且这并不算得什么大功劳，主要应是撰写《灭惑论》大获武帝欢心而有此迁升。

附言：《灭惑论》撰年有梁、齐两说。鉴于刘勰任萧宏记室到天监十六年左右，梁武帝奉佛反道已有十多年，其弊端日显，不但造成严重的社会问题，而道教徒到了生死存亡的关头奋起反抗，编造《三破论》揭露佛教“破国”“破家”“破身”，故梁武帝让刘勰撰《灭惑论》反驳。由此李庆甲先生认为《灭惑论》应撰于这段时间。笔者然其说，并撰《〈灭惑论〉撰年诸说评议》申述（载《中国文论》第5辑，上海：上海古籍出版社，2019年），已收入本书。

① 杨明照：《文心雕龙校注拾遗》，第401页。

牟世金先生考证《文心雕龙》成书年代和刘勰生卒之年的贡献

关于《文心雕龙》的成书年代和刘勰生、卒之年的探究，我国海峡两岸及日本近二十位学者前赴后继，百年来未曾停歇。其中牟世金先生不但多方搜集材料，迎难而上撰《刘勰年谱汇考》，汇总众家之说，评价得失客观公允，辨析异同深入细致，而且提出系列卓越见解，步步推动探究的深入，并为接近最终结论奠下坚实的根基。

一、关于《文心雕龙》的成书年代和刘勰生年的探究

关于刘勰生年，牟先生综合有如下众说：梁绳祎 460 年左右[①]，王更生、龚菱 464 年，霍衣仙、张严、王金凌、詹锳、穆克宏、李庆甲、陆侃如、华仲麐、范文澜等 465 年，兴膳宏、杨明照 466 年，牟世金 467 年，翁达藻 469 年，李曰刚 470 年，张恩普 471 年[②]，贾树新 472 年左右[③]。最早与最晚相差十来年，可谓众说纷纭。但证据不足，诸说难定。唯先生之说考辨细致，证据互相关联，构成体系，故能成立，并为学界接受（详下）。

诸说的探究，或以逾立感梦，或以沈约“贵盛”时刘勰献书求誉，或以《文心》成书年代为据，尤以后者最具代表性。如：梁绳祎“假

① 牟世金：《刘勰年谱汇考》，成都：巴蜀书社，1988 年，第 6 页。

② 牟世金：《刘勰年谱汇考》，第 145 页。

③ 牟世金：《刘勰年谱汇考》，第 7 页。

定”成书在永泰、中兴年间（498—502年），刘勰年纪在四十左右，则“应当生于宋孝武帝大明年间（460年左右）”[①]。贾树新以为该书脱稿于天监二年，再“假定”刘勰时年32岁左右，推定其生年为宋明帝泰豫元年（472年）左右。张恩普亦以同理认为：刘勰当生于宋明帝泰始七年（471年）左右。[②]此外还有464年、465年、466年、467年、469年、470年者，不胜枚举。牟先生认为：《文心》一书长近四万字，完成时间“短则数月，长则数年，都有可能。且纵定《时序》成于齐末，又何以知全书必成于齐末？沈约之‘贵盛’，固为重要线索，然献书求誉，非关军国大政，又何必待其贵盛之极？凡此种种，多是推测而孤证无援，推测之理不一，其生年之定自难”。[③]

那么，《文心》到底成书于何年呢？牟先生肯定了由刘毓崧提出、经杨明照考订的齐末说，并作了补充、完善，指出其个别不确之处。

牟先生指出：清人刘毓崧举有三证详考《文心》成书、献书之时，“向为论者所宗”[④]：一据《时序》篇“皇齐驭宝”可知该书必成于和帝之世；二以沈约“贵盛”可证刘勰负书干谒沈约乃在和帝之时；三为梁初刘勰始起家奉朝请可证沈约延举之力，正在和帝时“书适告成”之后。“三者互证，理周事密”，故范文澜、杨明照诸家，均以肯定。[⑤]如称《文心》成书于建武五年、永泰元年（498年），杨引《南史·齐本纪下·明帝纪》载：永泰元年秋七月“帝崩”，群臣谥曰“明皇帝，庙号高宗”[⑥]。据《时序》篇“中宗（杨

① 牟世金：《刘勰年谱汇考》，第6页。

② 牟世金：《刘勰年谱汇考》，第7页。

③ 牟世金：《刘勰年谱汇考》，第7页。

④ 牟世金：《刘勰年谱汇考》，第58页。

⑤ 牟世金：《刘勰年谱汇考》，第60页。

⑥ 杨明照：《梁书刘勰传笺注》，《文心雕龙校注拾遗》，上海：上海古籍出版社，1982年，第404页。

考当为高宗无疑）以上哲兴运”，则该书成书“必在永泰元年（即498年）七月以后”[①]。杨又据《时序》篇“皇齐驭宝”，由《南齐书·和帝纪》载中兴二年（502年）三月“禅位梁王”，则成书“必在中兴二年三月以前”。该书“前后相距，将及四载，全书体思精密，虽非短期所能载笔，然其杀青可写，当在此四年中”。[②]牟先生肯定刘、杨之说，并作了三点更为“精审的考订”[③]，还考证了全书各篇的撰述时间。

其一，指出刘勰撰写《文心》时协助僧祐撰经未尝中断。先生称：刘毓崧、杨明照之说“与《范注》着眼不同而结论相近”[④]。范文澜称：假定刘勰自探研释典以至校定经藏撰成《三藏记》等书费时十年，至齐明帝建武三四年诸功已毕，乃感梦而撰《文心》时大约三十三四岁，“正与《时序篇》‘齿在愈立’之文合”。“《文心》体大思精，必非仓卒而成，缔构草稿，杀青写定，如用三四年之功，则成书适在和帝之世，沈约贵盛时也”。牟先生指出：“二说皆各有其理，然必以‘建武三四（496—497）年，诸功已毕’为前提”[⑤]，然此说不确。因为，“僧祐诸法集虽已于建武中告成，但其后不仅陆续有大量增补，且录经是‘发源有汉，迄于大梁’，始为定型”。是以直到刘勰离寺仍未可言“诸功已毕”。可见，“刘勰于本年之后，以主要精力撰写《文心》，而协助僧祐撰经之任务，亦未尝中断”。[⑥]

其二，关于《文心》成书，牟先生不但赞同上述刘、杨之

① 牟世金：《刘勰年谱汇考》，第52页。

② 杨明照：《梁书刘勰传笺注》，《文心雕龙校注拾遗》，第405页。

③ 戚良德：《刘勰生平研究的集大成之作——读牟世金〈刘勰年谱汇考〉》，《文心雕龙学刊》第六辑，济南：齐鲁书社，1992年，第389页。

④ 牟世金：《刘勰年谱汇考》，第52页。

⑤ 牟世金：《刘勰年谱汇考》，第52页。

⑥ 牟世金：《刘勰年谱汇考》，第52页。

说[1]，还详考《文心》篇章的具体撰写时间。其云：按《文心》各篇"前后相衔"，"乃先有总体规划而后依次撰写"，《时序》篇历叙齐帝至和帝而止，而和帝于中兴元年三月即位至禅梁仅一年时间。其时东昏侯尚继续为齐帝于建康与和帝对峙，至永元三年（中兴元年）十二月被杀。刘勰当时仍在建康之定林寺，岂可在《时序》篇中述齐诸帝而略东昏？由其颂和帝而无东昏，"可知此篇必写于中兴元年十二月东昏被杀之后"；由中兴二年三月二十八日和帝禅位，萧齐王朝结束，则《时序》篇"必写于中兴二年元月至三月二十八日之间"。若该书按元明以来通行本编次撰写，则《时序》以下五篇"亦均写成于此三月之内，若写于入梁之后，必改定《时序》篇之'皇齐'等说。由是可知其大致进度为三月内完成六篇，约每月两篇。但前二十五篇难度较大、篇幅较长，估计至少每月一篇。如是算来，上篇费时二十五月，下篇费时十二月，全书约三年可成。另一年左右为继续佐僧祐撰经，故总计仍需四年完成《文心》"[2]。

其三，指出刘毓崧称刘勰负书干谒沈约的时间有误。其云：刘勰负书干谒沈约"当在"东昏之亡至禅代之期数月中。牟先生认为"此说不确"。查东昏被杀至齐和帝禅梁实不足四月。刘勰在此四月之内，撰成《时序》以下六篇，立即负书干谒沈约"实无可能"[3]。自本年正月萧衍"内有受禅之志"至三月二十八日和帝受禅之前，沈约实是禅代活动之主谋，刘勰"岂能如此急不可待，必在是时负书干约？沈约又何能在此紧急关头，取读车前评以'深得文理'？刘勰本传谓《文心》'既成，未为时流所重'，然后才欲取定沈约。则是书成之后，必相距有时，始知是否为'时流所重'，是亦三月之

① 牟世金：《刘勰年谱汇考》，第51页。

② 牟世金：《刘勰年谱汇考》，第54页。

③ 牟世金：《刘勰年谱汇考》，第60页。

内所不容。故饶宗颐以为，负书干约必在梁武受禅之后，此说甚是。”[①]可知刘勰干谒沈约约必在天监二年沈约丁母忧之前，以刘勰天监三年为临川王萧宏记室推之，其任奉朝请必在天监二年。故刘勰负书干约，当在天监元年（502 年）萧梁王朝就绪后之下半年[②]。刘毓崧虽把时间提前了一年，但无碍大旨。

自二十世纪七十年代末以来，学界多数仍主齐末说，但质疑者不乏其人。如贾树新、施助、广信、叶晨晖、夏志厚、周绍恒，认为成书于梁初。尤其贾树新先生认为刘毓崧的“三证”“全属类比性推测”，“或然性很大”[③]，继而提出“十证”[④]；周绍恒先生亦先是“质疑”[⑤]，继而反复列举“新证”[⑥]，否定齐末说，力主梁初说。但在笔者看来，经杨明照考订、牟世金先生修正和完善的刘毓崧齐末说难以撼动。细看贾、周之说，尽管“证据”令人眼花缭乱，却经不起检验。首先，贾称《时序》篇“皇齐驭宝”“绝非”“确凿证据”[⑦]。如果仅此一例，自然如此。但牟先生指出：“三者互证，理周事密”[⑧]；“互为表里，构成整体，方为确证。若断章取义，孤立曲解，论自难立”。如“皇齐”二字，偶而用之，“固不足为据”。然如刘毓崧所言：“此篇所述，自唐虞以至刘宋，皆但举其代名，

① 牟世金：《刘勰年谱汇考》，第 61 页。

② 牟世金：《刘勰年谱汇考》，第 62 页。

③ 贾树新：《〈文心雕龙〉历史疑案新考》，《文心雕龙研究》第一辑，北京：北京大学出版社，1995 年，第 220 页。

④ 贾树新：《〈文心雕龙〉撰成年代综考》，《文心雕龙研究》第六辑，北京：学苑出版社，2005 年，第 54 页。

⑤ 周绍恒：《文心雕龙散论及其他》（增订本），北京：学苑出版社，2004 年，第 21 页。

⑥ 周绍恒：《文心雕龙散论及其他》（增订本），第 33 页。

⑦ 贾树新：《〈文心雕龙〉历史疑案新考》，《文心雕龙研究》第一辑，第 220 页。

⑧ 牟世金：《刘勰年谱汇考》，第 60 页。

而特于‘齐’上加一‘皇’字”，又“其列论‘十代’，九代皆但举代名，而独称‘皇齐’，其义自明”。[①]杨明照更指出：刘勰于齐末撰写《文心》时称齐为“皇齐”，入梁后天监十六年左右撰写《梁建安王造剡山石城寺庙石像碑》叙述齐代事迹时则只称为“齐”（文中凡两见），而于梁则称为“大梁”（文中凡两见），都是“对当时王朝例行的尊称”。“刘勰称呼上的前后差异，正是写作年代不同的显著标志，也是最可靠的第一手资料”。[②]如此等等，岂可视而不见，说成是“全属类比性推测”？至于贾先生所举萧子显于梁天监初启撰《南齐书》中屡次出现“皇齐”为证，齐、梁同为萧氏王朝，他这样称呼并不奇怪。又周先生举王子渊称唐为“皇唐”等数例，也是徒劳的，因为以“皇齐”为证是从《时序》篇全篇和全书来看的，并非偶然的和孤立的。又如：周先生的“新证”称《文心》的“近代”指齐代，并举《指瑕》《总术》篇为证[③]。查齐代不过二十来年。要说这两篇分别批评的“近代辞人，率多猜忌”和“多欲练辞，莫肯研术”，以及《物色》篇批评的“自近代以来，文贵形似”的文风，都是针对齐代而发，岂不是笑话？郭绍虞先生解释文与笔之分“自近代耳”称“往往是指南朝刘宋以后的”，周却引为仅指齐代的论据[④]。从文法上说，此句既可包括刘宋，也可不包括，否则须予说明。周却说仅指齐代，令人诧异。其实，杨明照亦已指出：《文心》的《明诗》《通变》《指瑕》《才略》四篇“所评皆至宋代而止；于齐世作者，则未涉及，亦其旁证”。[⑤]《时序》篇云：“蔚映十代，辞采九变”，

---

① 牟世金：《刘勰年谱汇考》，第64页。

② 牟世金：《刘勰年谱汇考》，第65页。

③ 周绍恒：《文心雕龙散论及其他》（增订本），第41页。

④ 周绍恒：《文心雕龙散论及其他》（增订本），第42页。

⑤ 杨明照：《梁书刘勰传笺注》，《文心雕龙校注拾遗》，第403页。

是说该书具体评述文风变化的为九代。“九代”具体所指各篇可能有所不同，但不包括齐代是显然的。如说“近代”指齐代，岂不是“辞采十变”了？看来两位先生既未查《文心》，又不细看杨、牟之说，其论怎能服人？再如：贾先生称刘勰撰写《文心》一书仅需一年左右，即天监元年动笔，次年完成；[①] 周则推迟一年，历时近二年。[②] 这比范文澜、杨明照、牟世金的需时四年要快一倍多。考虑到该书内容丰富，构想缜密，涉及的文献典籍繁多，其时刘勰还要协助僧祐整理释典，故仅需一二年之说令人难以置信，也经不起检验。依贾说《文心》完成时刘勰三十二岁，上推三十二年即宋明帝泰豫元年（472 年）为其生年。[③] 刘勰自称七岁梦攀彩云，依贾说此时为齐建元元年（479 年）。但经牟先生详细考证：其父刘尚已于数年前的元徽二年（474 年）战死（详下），如依贾、周之说，其时刘勰怎么可能梦攀彩云？

关于刘勰生年，牟先生认为上述诸说均“缺乏具体确切之史证”，“多是推测而孤证无援”[④]，难以成立。正确的途径“一以史证，一以理推”，“综考其一生以求诸事相宜”，“能两相结合，庶可不违其实”。[⑤] 牟先生据刘勰七岁梦攀彩云、传称“早孤”和元徽二年（474 年）其父刘尚战死，由此推算其生年为 476 年。其证如下：

其一，《序志》篇云：“予生七龄，乃梦彩云若锦，则攀而采之。”彩云乃吉祥之兆，“攀而采之”，显示刘勰少有奇志，当时正壮心满怀也。由此可知其父必卒于本年之后。若为新丧，则其悲尤在，不可能夜有此梦；若为早逝，则家境渐窘，更难生此吉庆心情。

---

① 贾树新：《〈文心雕龙〉历史疑案新考》，《文心雕龙研究》第一辑，第 224 页。

② 周绍恒：《文心雕龙散论及其他》（增订本），第 47 页。

③ 贾树新：《〈文心雕龙〉历史疑案新考》，《文心雕龙研究》第一辑，第 224 页。

④ 牟世金：《刘勰年谱汇考》，第 7 页。

⑤ 牟世金：《刘勰年谱汇考》，第 7 页。

可知“其父殁于何年，是推断此梦系年之重要依据”[①]。

其二，《梁书》本传称刘勰“早孤”“笃志好学”。《孟子·梁惠王下》：“幼而无父曰孤。”《礼记·曲礼上》：“人生十年曰幼，学。”是其父殁当在八至十岁之间。[②]

其三，刘勰八岁，其父刘尚战死。元徽二年（474年）五月，桂阳王刘休范举兵反于寻阳，攻入京城建康朱雀门。朝廷用卫尉将军萧道成议，坚守待援，与叛军激战，建康王室兵力全部投入保卫战，率领羽林精兵的右军将军王道隆战死。萧遣越骑校尉张敬儿诈降，杀刘休范，破其余党，建康得保。此次大战，《资治通鉴·宋纪十五》有详细记载。本传载勰父刘尚为“越骑校尉”，必然战死于是役，以无功而殁，故史所不载。刘勰七岁梦攀彩云，自不能在本年之后；若提前一二年，则又与“早孤”不符。[③]故由此上推七年即宋泰始三年（467年）是为其生年。

上述辨析细致周密，以三者互证构成证据链条，故成立可信。前此杨明照《新笺》假定刘勰永泰元年动笔撰写时三十二岁左右，由此往上推算，“当生于宋明帝泰始二、三年间”。[④]亦与此一致。戚良德指出：再核以牟先生关于《文心》成书、献书之年，“庶可谓‘近是’”[⑤]。学界已接受这一结论。如朱文民的《刘勰传》即取其说[⑥]，李平等的《〈文心雕龙〉研究史论》亦肯定这一考定[⑦]。

---

① 牟世金：《刘勰年谱汇考》，第11页。

② 牟世金：《刘勰年谱汇考》，第11页。

③ 牟世金：《刘勰年谱汇考》，第14页。

④ 牟世金：《刘勰年谱汇考》，第6页。

⑤ 戚良德：《刘勰生平研究的集大成之作——读牟世金〈刘勰年谱汇考〉》，《文心雕龙学刊》第六辑，第386页。

⑥ 朱文民：《刘勰传》，西安：三秦出版社，2006年，第280页。

⑦ 李平等：《〈文心雕龙〉研究史论》，合肥：黄山书社，2009年，第308页。

二、肯定李庆甲、杨明照关于刘勰卒年的考证功不可没

关于刘勰卒年，学界更众说纷纭。诸说中刘勰享年短者 55 岁，长者 73 岁，相距十八年。影响较大者，先是范文澜先生推定卒于普通元年、二年（520 年、521 年）间[①]，但“徒凭推想”[②]，未获学界公认。其后为李庆甲、杨明照两家影响最大。

李、杨两家根据释书载萧统卒后刘勰撰经功毕、“表求出家”，最后“未期而卒”；又认为正史传记通例以卒年先后为序，故结合《梁书·文学传》传主次序以考刘勰卒年，但具体结论不同。李认为宋释祖琇之《隆兴佛教编年通论》所载刘勰出家事是“推定其卒年的关键”，该书卷八把刘勰“表求出家”附于“昭明太子薨”条下合段记载，并共用一个系年称“三年四月”，“表明刘勰出家与萧统病故为同一年”；“又因祖琇论萧统言尽出于《南史》本传，故此‘三年’当为梁中大通三年（531）无疑”。[③] 再据《梁书》本传所言刘勰出家后“未期而卒”，则其卒年为中大通四年（532 年）即萧统病故次年“大致可以肯定”[④]。李又称“‘正史’合传的通例是传主排列以卒年先后为序”[⑤]，对《梁书·文学传》二十三名传主之卒年逐一查考，列出卒年表，刘勰位于谢几卿与王籍之间，二人卒年分别为普通八年（527 年）与大同二年（536 年），从而为

① 牟世金：《刘勰年谱汇考》，第 1—5 页。

② 戚良德：《刘勰生平研究的集大成之作——读牟世金〈刘勰年谱汇考〉》，《文心雕龙学刊》第六辑，第 389 页。

③ 汪涌豪：《〈文心雕龙〉研究的新收获》，《文心雕龙学刊》第六辑，第 404 页。

④ 汪涌豪：《〈文心雕龙〉研究的新收获》，《文心雕龙学刊》第六辑，第 404 页。

⑤ 李庆甲：《再谈刘勰的卒年问题》，《中国古典文学丛考》第一辑，上海：复旦大学出版社，1985 年，第 51 页。

刘勰卒于中大通四年（532 年）“提供了一个新佐证”[①]。杨亦引宋释祖琇《隆兴佛教编年通论》、释志磐《佛祖统纪》等五种释书均载中大通三年萧统卒后刘勰“表求出家”，认为“五书均以舍人出家于昭明既卒之后，揆诸情理，可信无疑”[②]。这与李一致。杨亦认为：《梁书·文学传》“盖以（传主）卒年为序”，此史家合传通例。刘勰列于谢几卿之后、王籍之前，故亦据以考刘勰卒年。关于王籍卒年两家一致，而谢几卿则异。李据本传考王籍卒年为大同二年（536 年）。杨亦据本传载：湘东王萧绎任荆州刺史，王籍被引为“安西府咨议参军”，鉴于萧绎在荆镇于大同元年十二月进号安西将军，至五年七月始入为护国将军；又引《谢征传》谓征于大同二年卒官，王籍集其文为二十卷，可知其卒必在大同二年谢征卒后、五年七月萧绎未离荆州之前。[③]结论与李无异。关于谢几卿卒年，李据本传载谢随西昌侯萧渊北伐，军至涡阳退败坐免官，居家时朝中交好者载酒从之，“时左丞庾仲容亦免归，二人意志相得，并肆情诞纵”，时湘东王在荆镇，与书慰勉之。据此认为谢卒于普通八年（527 年）前后[④]。而杨引这条记载同时再引《庾仲容传》载：“（谢几卿）迁安西武陵王咨议参军，除尚书左丞，坐推纠不直免。……唯与王籍、谢几卿情好相得。二人时亦不调，遂相追随，诞纵谋饮，不复持检操。”根据《梁书·武帝纪下》载武陵王萧纪于大同三年闰九月改授安西将军、益州刺史，可知庾任萧纪咨议参军时在大同三年九月之后；为尚书左丞而免官时在大同四年。谢与庾“肆情诞纵”

① 汪涌豪：《〈文心雕龙〉研究的新收获》，《文心雕龙学刊》第六辑，第 405 页。
② 杨明照：《梁书刘勰传笺注》，《文心雕龙校注拾遗》，第 411 页。
③ 杨明照：《梁书刘勰传笺注》，《文心雕龙校注拾遗》，第 412 页。
④ 牟世金：《刘勰年谱汇考》，第 123 页。

当亦不出是年之外[1]。萧绎第七任荆州刺史止于大同五年（539年），其慰勉时间必在大同五年前，可知谢几卿之卒不出此年。故认为：谢几卿卒于大同四年即538年冬[2]。显然杨说为确。鉴于《刘勰传》位于谢几卿与王籍之间，“其卒年固不应先于谢几卿或晚于王籍”。这不但与上述释书所系舍人出家之年（大同四年）“极吻合”，且《梁书》本传“既言舍人变服未期而卒，是其出家与卒均在十二个月以内。如此段时间前后跨越两年，则舍人之卒，非大同四年即次年也”[3]，即卒于538或539年，享年73或74岁，比李说多活六七年。

对李、杨两家之考辨，牟世金先生作了客观公允的评价。一方面，牟经详考指出：上述宋元五种释书不确之处甚多，所载未可如李所说作为“确定刘勰的卒年有决定性的意义”之史证[4]。同时又指出：《梁书·文学传》“并非严格按照传主卒年之先后为序”[5]，如按杨考谢几卿卒于大同四年之冬，则其传应移至《刘杳传》《谢征传》之后（刘杳、谢征二人皆卒于“大同二年”）；又杨考王籍之卒“必在大同二年谢征卒之后，五年七月萧绎未离荆州之前”，则其传应移于谢征之后。[6]再如：谢几卿既卒于大同五年（539年）或稍后，该传之后为《刘勰传》《王籍传》《何思澄传》《刘杳传》《谢征传》，前二传未明言传主之卒年，然后二传皆云“大同二年卒官”，《何思澄传》虽未直书卒年，然其卒年甚明，亦为大同二年。“是知《谢几卿传》次第之误甚远”。按其实际卒年，其传应移于《谢征传》

---

① 杨明照：《梁书刘勰传笺注》，《文心雕龙校注拾遗》，第411页。

② 杨明照：《梁书刘勰传笺注》，《文心雕龙校注拾遗》，第412页。

③ 杨明照：《梁书刘勰传笺注》，《文心雕龙校注拾遗》，第412页。关于刘勰卒年，杨明照先主张普通二至四年（521—523年），后主张大同四五年（538—539年）。

④ 牟世金：《刘勰年谱汇考》，第128页。

⑤ 牟世金：《刘勰年谱汇考》，第128页。

⑥ 牟世金：《刘勰年谱汇考》，第128页。

之后。则《刘勰传》前为《刘峻传》（刘峻卒于普通二年）。“可见《梁书·文学传》之排列次序未可据为传主卒年之准的”[①]。另一方面，牟先生仍然肯定两家之重大贡献，指出：考刘勰卒年与萧统卒年之联系，始见于1935年问世之敖士英《文学年表》卷三，霍衣仙《刘彦和简明年谱》发表于次年，“是为第一个《刘勰年谱》，已明确萧、刘先后去世之关系”。其后如翁达藻《梁书刘勰传大事系年表》等亦取此说，“然其说乏证，未能引人注视”。出版于1936年的刘汝霖《东晋南北朝学术编年》，“系刘勰出家于大同四年，已据《佛祖统纪》为说”。其历五十年而仍未能引人瞩目者，盖如李庆甲所指出：“他既没有提到另外几种不同的说法，也没有说明他为什么引用此说而不用它说的原因，更没有论证志磐此说的可靠性如何”[②]。现李、杨两家根据相继发现的《隆兴佛教编年通论》等多种史料之有关记载，“并互考其得失，详究诸释书之关系，从而探出其较为合理之记载。李、杨两家，虽取材互异，结论不一，然其证刘勰于萧统卒后撰经则同。刘勰之卒年，既始有具体年代之史料可资；五十年前之旧说，因之而获一大进展。是其考证之价值，固当首先肯定也”。[③]由此刘勰卒年的探索进入有文献可据时期，李、杨两家功不可没。

三、关于刘勰卒年，提出系列卓识远见

关于刘勰卒年的考辨，牟世金先生不但多方搜集资料，汇考众家之说，折中近是，而且提出系列卓越见解，令探究大步向前，并接近最终结论。

---

① 牟世金：《刘勰年谱汇考》，第124页。

② 牟世金：《刘勰年谱汇考》，第118页。

③ 牟世金：《刘勰年谱汇考》，第118页。

（一）广纳众说而撰《刘勰年谱汇考》，全面考察刘勰生平

牟先生早有为刘勰制谱之志，并多方搜集材料、分年制卡。鉴于有关刘勰生平“史料既乏，歧见尤多；证既有矣，而证又待证”[①]，故未贸然下笔。至上世纪七八十年代，一者先生已广为搜集海内外资料（如刘勰年表、年谱共有十五六种，先生已获十四），刘毓崧、范文澜、杨明照诸家的考索“已奠下良好基础”；二者有关刘勰的年表、年谱的众多著作，先生“时感可取者多，可辨者亦多”[②]，应予辨析；三者“龙学”即《文心雕龙》研究已成为中外“显学”，得到蓬勃发展，而刘勰的生、卒之年犹未详，先生深感责无旁贷（1983年8月中国《文心雕龙》学会成立，牟先生被推举为秘书长），遂奋然迎难而上，撰《刘勰年谱汇考》。无论大陆杨明照、范文澜、王更生、李曰刚，以及日本的兴膳宏等等，有近二十人之多的研究著作尽入其中，可谓“搜罗今昔，囊括中外”[③]。该书于众说“汇而考之”，“折中近是”[④]，可谓“资料丰赡，考订精审，断案慎重”[⑤]，是“刘勰生平研究的集大成之作”[⑥]。它“不仅有利于读者全面把握有关刘勰生平研究的主要成果，而且更为重要的是，以对中外今昔研究成果的全面检视与总结为出发点，就有可能更为准确地考明刘勰的一生”。[⑦]对刘勰生平的探究无疑是极大的推进。

---

① 牟世金：《刘勰年谱汇考》，第1页。

② 牟世金：《刘勰年谱汇考》，第2页。

③ 戚良德：《刘勰生平研究的集大成之作——读牟世金〈刘勰年谱汇考〉》，《文心雕龙学刊》第六辑，第384页。

④ 牟世金：《刘勰年谱汇考》，第2页。

⑤ 李平等：《〈文心雕龙〉研究史论》，第304页。

⑥ 戚良德：《刘勰生平研究的集大成之作——读牟世金〈刘勰年谱汇考〉》，《文心雕龙学刊》第六辑，第384页。

⑦ 戚良德：《刘勰生平研究的集大成之作——读牟世金〈刘勰年谱汇考〉》，《文心雕龙学刊》第六辑，第384页。

（二）厘清刘勰之撰经、出家均与萧统之卒“了不相关”的史实

长期以来，一种代表性的说法是刘勰因萧统之卒而奉敕撰经。如杨明照、李庆甲、李曰刚和霍衣仙四家均据萧统卒于中大通三年（531年）刘勰始奉旨撰经。杨称：昭明太子薨，刘勰“为昭明旧人，既不得留，又未除其他官职”，于是被敕撰经。李曰刚更据杨说称“（朝廷）正好藉此遣寄”即打发刘勰[①]。但牟先生指出：“今考《刘勰传》，其撰经、变服，萧统之卒，实渺无消息。是知刘勰之奉敕撰经、燔发出家，均与萧统之卒了不相关。”[②]并考天监十八年后东宫通事舍人已由何思澄和刘杳担任。该职定员（二人）已满，自不容再有刘勰[③]。（朱文民先生认为刘杳应是普通五年即524年始复为东宫通事舍人，刘勰当于此年始去东宫通事舍人之职。[④]）且详考萧统卒后东宫属官去向均有交代，而于刘勰竟一字未提，可见其时刘勰已不在东宫，谈不上因不能留用而奉敕撰经。更重要的是：刘勰奉敕撰经是因僧祐死后对其著作及经藏亟须有人主持编撰整理，与萧统之卒无关。僧祐于定林寺造立经藏，该寺整定撰述释典之事一直由他亲自主持。天监十七年（518年）僧祐卒，撰经工作随之停止。《梁书》本传称刘勰入定林寺投靠僧祐，与之居处十余年，“遂博通经论”，并对该寺的经藏进行“区别部类，录而序之”，即协助僧祐整理经藏。天监七年（508年）敕僧旻于上定林寺钞一切经论，刘勰亦参与其事。故僧祐死后刘勰是被敕撰经。鉴于此事在僧祐卒后不久（详下），比萧统卒年要早十来年，可知二者并不相干。

---

① 牟世金：《刘勰年谱汇考》，第114页。

② 牟世金：《刘勰年谱汇考》，第116页。

③ 牟世金：《刘勰年谱汇考》，第115页。

④ 朱文民：《刘勰传》，第319页。

（三）概括刘勰卒年为萧统卒前与卒后两说，指出关键在何年奉敕撰经

牟世金先生汇总刘勰卒年众说为：兴膳宏为 520 年（55 岁），华仲麐和范文澜为 520 年（56 岁），张严、穆克宏和陆侃如为 521 年（57 岁），王更生为 521 年（58 岁），王金凌为 522 年（58 岁），龚菱为 522 年（59 岁），詹锳为 523 年（59 岁）；而翁达藻为 532 年（64 岁），霍衣仙和李庆甲为 532 年（68 岁），杨明照为 538 年（73 岁）或次年，李曰刚为 539 年（70 岁）[①]。其中刘勰享年短者 55 岁（兴膳宏），长者 73 岁（杨明照），相距十八年（由于所主生年不同，故有卒年相同而年岁不同）。“虽各有其理，而所据无力，未足令人信服”。先生把众说“大别为二”：以萧统卒年为界，上述詹锳等十家认为卒于普通初年至四年（520—523 年），早卒萧统十来年（萧统卒于中大通三年即 531 年）；霍衣仙等五家认为萧统卒后刘勰始奉敕撰经，功毕出家，未期而卒。[②]（兴膳宏、杨明照两家先主张卒于萧统卒前，后主张卒于萧统卒后。[③]）并指出：虽二者互有歧义，关键“唯在何年”奉敕撰经。[④] 为什么呢？依笔者的理解：根据本传记载，此次奉敕撰经乃是刘勰人生的转折点：前此是入寺投靠僧祐，然后进入仕途：由起家奉朝请，先后任临川王萧宏记室，车骑仓曹参军，太末令，南康王萧绩纪室兼东宫通事舍人，最后升迁东宫步兵校尉（兼通事舍人如故）；其后便是奉敕返回定林寺撰经，功毕，出家，“未期而卒”。可知其卒年必在撰经功毕、出家之后。只要弄清何年奉敕撰经，便可据此推算卒年的时间期限。这是探究

---

① 牟世金：《刘勰年谱汇考》，第 145—152 页。

② 牟世金：《刘勰年谱汇考》，第 108 页。

③ 牟世金：《刘勰年谱汇考》，第 108 页。

④ 牟世金：《刘勰年谱汇考》，第 108 页。

刘勰卒年继续深入的关键。先生此说可谓独具慧眼（详下）。

（四）详考刘勰与慧震奉敕撰经“必在”刘勰迁步兵校尉之后即天监十八年

然则到底何年刘勰与慧震奉敕撰经呢？杨明照先生谓“何年受敕撰经，遽难指实”[①]。其实，既然上述已知刘勰撰经是为整理僧祐卒后留下的经藏，时间便应在其卒后不久，即天监十七年（518年）五月后至次年。这要从刘勰升步兵校尉说起。本传载：“时七庙飨荐已用蔬果，而二郊农舍犹有牺牲，勰乃表言二郊宜与七庙同改。诏付尚书议，依勰所陈。迁步兵校尉，兼（通事）舍人如故。”鉴于僧祐生前已上启建议京畿应禁捕鲜食之族，刘勰上表“与僧祐等之上启如出一辙”[②]，由此获得武帝欢心，得迁步兵校尉。至于上表的时间，杨称：“按传文于七庙飨荐曰‘已用蔬果’，于二郊农社曰‘犹有牺牲’，以‘犹有’与‘已用’对文，则舍人陈表，为时当在天监十七年八月之后。”[③]可知刘勰得迁步兵校尉时在天监十七年（518年）八月后不久。至次年僧祐卒后刘勰被敕撰经，牟先生称其时间“必在”刘勰迁步兵校尉之后的天监十八年，如此始与传文一致并为诸家表谱所公认。[④]“尤足为证者，是刘勰之奉敕，已解步兵校尉之职”。盖因撰经“费时一二年当不可少，步兵校尉自须随时易人”。牟先生引《梁书·谢举传》载天监十八年谢举已代刘勰领步兵校尉，指出梁代之步兵校尉“连任三年以上者既寡，敕以他任，二年后再复职者则未闻”[⑤]。且见于《梁书》曾任（或兼领）

---

① 杨明照：《梁书刘勰传笺注》，《文心雕龙校注拾遗》，第410页。

② 杨明照：《梁书刘勰传笺注》，《文心雕龙校注拾遗》，第400页。

③ 杨明照：《梁书刘勰传笺注》，《文心雕龙校注拾遗》，第400页。

④ 牟世金：《刘勰年谱汇考》，第108页。

⑤ 牟世金：《刘勰年谱汇考》，第101页。

步兵校尉者凡四十余人，牟先生又列出自天监元年（502 年）至中大同三年（531 年）即萧统卒年整三十年间任该职可知者二十四人[①]，平均一人仅十五月，其更任之频繁可知。刘勰任职不能独长，最多延续到天监十八年前数月。因据《隋书·百官志上》，梁世官制已由宋初置官太子校尉各有七人改为“其屯骑、步兵、翊军三校尉各一人，谓之三校”。可见刘勰奉敕撰经时已由谢举取代为东宫步兵校尉[②]，其迁该职最早为天监十七年八月后，次年已奉敕撰经。时间如此之短，并不奇怪：一者僧祐是当时朝廷最信任的经律权威，刘勰是主持整理他留下经藏的最佳人选，故被敕撰经；二者撰经任务繁重，非一两年所能完成（详下），难以兼任东宫步兵校尉。加之该职责任非轻，任期历来一年左右，故奉敕撰经同时或随即不久被解该职，应在情理之中。经此详细考证，刘勰奉敕撰经“必在”天监十八年（519 年）应该不成问题。

四、走向终极结论

关于刘勰卒年，牟先生称：根据上考奉敕撰经必在天监十八年，“斯年既定，则刘勰卒于其后第三年无疑矣”[③]，即卒于普通三年（522 年），享年 56 岁。但鉴于撰经非一、两年所能完成（详下），时间显然太短，故不能说“无疑”。范文澜《文心雕龙注》称：撰经“大抵一二年即功毕”。牟先生谓：“其说近是，按此度撰经，并非新著或始编，唯予僧祐之集辑，重加整理与增订；或有部分序文，亦修定于此时。故大抵始于上年而毕于本年”[④]，即于普通元年（520 年）完成。此说大可商榷。

---

① 牟世金：《刘勰年谱汇考》，第 102 页。

② 牟世金：《刘勰年谱汇考》，第 103 页。

③ 牟世金：《刘勰年谱汇考》，第 109 页。

④ 牟世金：《刘勰年谱汇考》，第 104 页。

（一）贾树新考定撰经大约需时十五年

贾树新先生指出：根据有关资料推算，定林寺的释典，总计受旨撰经应包括：一是前藏释典共一万三千卷，其中未撰定者约一千五百卷；二是续藏约四千卷；三是增藏约一千卷；四是依居期间所撰定的需要增订补订者，约一千卷。例如：《弘明集》依居时撰定十卷，受敕撰经期间又补增四卷，从而成为现行十四卷。有一些虽未增补，但需改定。总计起来，受敕撰经的撰经量约七千五百卷。“以依居时撰经的量数与年数比例为据，则受旨撰经需时约十五年，才能证功毕”。[①] 上述推算是否合理呢？唐释道宣《续高僧传·释宝唱传》载：“天监七年，帝以法海浩汗，浅识难寻，敕庄严（寺）僧旻于定林上寺缵《众经要抄》八十八卷。”《续高僧传·明彻传》亦载：“帝以律明万绪，条章富博，欲撮聚简要，以类相从。天监末年，敕入华林园，于宝云僧省，专功抄撰。”刘勰与慧震奉敕撰经，大约与此同时。[②] 由上两段记载可知，所谓“撰经”，更重要和更繁重的工作是对数千册佛经进行“撮聚简要，以类相从”，即进行整理分类和写出简要说明。这绝非一、两年所能完成。杨明照称：“撰经仅有二人，当非短期所能竣事。”[③] 笔者认为：梁武帝敕令刘勰与慧震二人撰经，是由此二人主持该项工作，而非撰经仅此二人。以天监七年（508 年）僧旻于上定林寺钞一切经论来说，根据唐道宣撰《续高僧传·僧旻传》记载：僧智、僧晃、僧旻、刘勰等三十人“同集上（定）林寺，抄一切经论，以类相从，凡八十（八）卷”。隋费长房《历代三宝记》称：此次抄经从天监七年十一月到八年四

① 贾树新：《〈文心雕龙〉历史疑案新考》，《文心雕龙研究》第一辑，第 226 页。

② 牟世金：《刘勰年谱汇考》，第 101 页。

③ 杨明照：《梁书刘勰传笺注》，《文心雕龙校注拾遗》，第 410 页。

月，即合三十多人之力近半年才完成。[①]可见贾先生的推算可信无疑。此次刘勰与慧震撰经任务要繁重得多，决非一、两年所能完成，时间也要长得多，参与人数亦远不止三十人。

至于受敕撰经的具体时间，贾树新先生认为：天监十六年（517年）刘勰表陈二郊宜与七庙同改蔬果，陈表后迁步兵校尉[②]。次年即天监十七年僧祐死后"旋即"受敕撰经[③]，讫于中大通五年（533年）左右[④]。贾说较牟说天监十八年早了一年。而杨明照指出："按传文于七庙飨荐曰'已用蔬果'，于二郊农舍曰'犹有牺牲'，以'犹有'与'已用'对文，则舍人陈表，为时当在天监十七年八月之后。"[⑤]可见牟说为确。

（二）考定奉敕撰经"必在"天监十八年为推断刘勰卒年提供关键性理据

牟先生考定奉敕撰经"必在"天监十八年，尽管先生由此推断刘勰的卒年值得商榷（详下），但其对于探究刘勰卒年提供了关键性理据。鉴于上述撰经需时大约十五年，则上述兴膳宏、华仲麐、范文澜、王更生、穆克宏、陆侃如、王金凌、龚菱、詹锳和牟先生等，认为刘勰于奉敕撰经的天监十八年（519年）后数年之内撰经功毕不久而逝，由于如此之短的时间不可能撰经功毕，故均不能成立；而霍衣仙、李庆甲、翁达藻主要据萧统卒于中大通三年（531

① 杨明照：《梁书刘勰传笺注》，《文心雕龙校注拾遗》，第396页。

② 贾树新：《〈文心雕龙〉历史疑案新考》，《文心雕龙研究》第一辑，第227页。

③ 贾树新：《〈文心雕龙〉历史疑案新考》，《文心雕龙研究》第一辑，第225页。

④ 贾树新：《〈文心雕龙〉历史疑案新考》，《文心雕龙研究》第一辑，第226页。

⑤ 杨明照：《梁书刘勰传笺注》，《文心雕龙校注拾遗》，第400页。

年）而刘勰奉敕撰经[①]，并卒于次年[②]。上述已辨刘勰撰经与萧统之卒"了不相关"；再说，本传明确记载刘勰是撰经"功毕"后"未期而卒"的，准此则其撰经时间不过一二年，怎么可能"功毕"？故也不能成立。经此排除，刘勰卒年诸说可能成立者便剩下杨明照和李曰刚两家，而后者"全据"前者而来，"除所定刘勰生年略晚，别无大异"[③]。这样便只有杨说一家了。今学界亦多从杨说。

（三）朱文民考证慧震撰经功毕返回荆州不久而逝为杨说提供新的佐证

朱先生认为：根据唐道宣《广弘明集》所载有关慧震撰经功毕返回荆州的时间，"应该就是刘勰出家和卒年的大体时间"。该书卷二十四所载刘之遴的《吊震法师亡书》和《与震兄李敬朏书》两文透露了此中信息。[④]后者称慧震"昔在京师，圣上眄接，自还乡国，历政礼重"，是说慧震在京都得到梁武帝的接见，返回荆州受到隆重礼遇；又称"殿下自为作铭，又教鲍记室为志序"，是说慧震之卒，湘东王萧绎亲为作铭，并让记室鲍检作序。可知慧震卒时萧绎尚在荆州刺史任内。还称慧震"年事未高，德业方播"，故知其享年当在60岁左右，大约卒于太清元年至二年（547—548年）八月前。因为，刘之遴在此之后已落入侯景之手。此前他经一番周折逃奔荆州萧绎辖区，萧绎派人于途中暗杀，又装出痛惜的样子，亲为作铭，且以厚葬。刘之遴对慧震之死应该相当熟悉。如果慧震死于侯景之乱，刘之遴已落侯景之手，自然既不知其事，亦无心作吊文。再说，鲍检以记室的身份作序，"正好透出了鲍检的任职时间和卒年的信

① 牟世金：《刘勰年谱汇考》，第117页。
② 牟世金：《刘勰年谱汇考》，第152页。
③ 牟世金：《刘勰年谱汇考》，第126页。
④ 朱文民：《刘勰传》，第327页。

息”[①]，也为考证慧震的卒年提供了线索。为了说明问题，朱先生根据《梁书·武帝纪》和《元帝纪》列出梁初至侯景之乱期间历任荆州刺史（共十任）的任职时间表[②]，其中萧绎曾两任荆州刺史：第一次为第七任，时间为普通七年十月至大同五年七月（526—539年），第二次为第九任，时间为太清元年正月至大宝元年九月（547—550年）[③]。萧绎第二次任职之前荆州刺史（第八任）为卢陵王萧绩，三任两人，正与“历政”两字吻合。再看鲍检的卒年：据《南史·武陵王纪传》载，侯景作乱时武陵王萧纪“不赴援，武帝崩后，乃僭号于蜀”。湘东王萧绎曾多次派使者劝告萧纪不要有野心，并于大宝元年七月“遣鲍检报纪以武帝崩问”。《南史·鲍泉传》附弟客卿传亦载：侯景乱时“检为湘东镇西府中记室，使蜀，不屈于武陵王，见害”。鉴于鲍检此次使蜀时间在大宝元年七月之后，故其遇害时间必在萧绎第二次任荆州刺史期间。如将这一时间定在第一次任期，则时间衔接不上。[④]查梁王朝自太清二年（548年）八月爆发了侯景叛乱，攻破建康城，梁武帝被围于台城，诸王见死不救，次年三月台城被陷，武帝饿死，侯景立萧纲为帝（实为傀儡）。这段时间正是湘东王萧绎任荆州刺史（第二任）。如果慧震卒于侯景作乱期间，不但萧绎无心作铭，也不可能使鲍检作序。且《梁书·刘之遴传》载其卒于太清二年（548年），既然刘有《吊震法师亡书》，可见“慧震必卒于刘之遴落入侯景之手之前”，即太清元年（547年）正月至二年（548年）八月间。鉴于萧绎第二次出任荆州刺史是在太清元年正月，由于庐陵王萧绩薨于荆州任上，萧绎由镇南将军、江州

① 朱文民：《刘勰传》，第328页。
② 朱文民：《刘勰传》，第329页。
③ 朱文民：《刘勰传》，第330页。
④ 朱文民：《刘勰传》，第329页。

刺史任上改为镇西将军出任荆州刺史。既然慧震“自还乡国，历政礼重”，即返回荆州受到萧绎的隆重礼遇，其时必在梁大同五年（539年）七月湘东王离任之前。鉴于慧震与刘勰同时奉旨撰经，必然同时功毕。故慧震功毕返回荆州应与刘勰撰经功毕“遂启求出家”大体同时。[①] 本传既言刘勰出家变服“未期而卒”，若出家与卒年跨越年度，则其卒年“非大同三年（537年）即次年”[②]，结论与杨说相同。其撰经历时17年，亦与贾说需时十五年大体一致。

（四）贾锦福关于“未期而卒”的新解说明刘勰卒年仍需继续探究

那么，杨说是否就是刘勰卒年的最后结论呢？未必。因为对《梁书》本传所称刘勰“未期而卒”（此句被《南史·刘勰传》删去）尚有不同的诠释。贾锦福先生指出：“期”字古汉语有两个读音：qī 和 jī。读 qī 时主要有两个含义：一是日期、时间，二是期望、要求、待命。读 jī 时指时间的周而复始，可以指一周年、一个月或一整天。若依后者，则该句句意为未满一年就去世了。现杨明照及学界多用此训。但这种用法大多与年、月连用，并举“期年之间，兄弟称王”等8例为证，而《梁书》此处“期”字后并未加年或月。而“期”字如读 qī，“未期”就不是“未期年”的省称，而是“无期”“未有期”的省称，意为不知何日。这里的“未期”是副词，是修饰“而卒”的，并举秦汉以来古籍9例为证。如《苏武报李陵书》“乖离邈矣，相见未期”，下句意为不知何年始能相见，而不是来年相见。准此，则本传的“未期而卒”，句意就是“不知道什么时候死的”，即“卒年不详”“不知所终”，而不是未到一周年就死了。

---

① 朱文民：《刘勰传》，第331页。

② 朱文民：《刘勰传》，第331页。

后人读音错位“误解了姚氏的本意”，并称：“这样理解不仅与《梁书·刘勰传》全篇的意脉、笔调相融通一致，不会显得突兀、费解，而且也为刘勰晚年潜回莒县定林寺埋下了伏笔，提供了一种可能，给人以无穷想象的思考。”[①]二十世纪萧洪林、邵立均两先生提出：刘勰出家当在昭明太子未卒之时，出家后不久“潜居故乡莒县”创建该县定林寺，死后葬于该寺，主要依据该寺清代石碑、方志的记载及近年出土有唐代以前的莲花纹瓦当一片。[②]牟世金先生认为此说“史证不足”[③]，学界亦多不认同。其后苏兆庆先生又撰文进一步阐述刘勰出家之后并没有“未期而卒”，而是潜回莒州创建定林寺。[④]但本传明确记载直至昭明太子卒时刘勰一直在定林寺撰经尚未功毕。牟世金先生尝质疑霍衣仙、李曰刚、李庆甲等人的年表、年谱于刘勰迁升步兵校尉后十年左右，“均未列刘勰官职和任何事迹”[⑤]。其实撰经任务繁重，是武帝亲自敕令，刘勰一直在定林寺，撰经尚未功毕，故既不升官也不降职，也无他事可载。本传记载很明确：“未期而卒”乃是撰经功毕之后之事。既然如此，何来潜回莒县？再者，苏先生引唐释道宣《续高僧传·昙观传》云：释昙观，莒州人，“（隋）仁寿中奉敕送舍利子于本州定林寺”。可见莒县定林寺当时已是相当有名，隋仁寿共四年即公元601—604年，距《梁书》编撰者之一姚思廉生活年代不过数十年，年轻时他已继承父业修史，为刘勰所撰本传叙事清晰明确，说明他对刘勰生平事迹十分

---

① 贾锦福：《漫议李延寿删节〈梁书·刘勰传〉三题》，《文心雕龙研究》第11辑，北京：学苑出版社，2015年，第37页。

② 萧洪林、邵力均：《刘勰与莒县定林寺》，《文史哲》1984年第5期。

③ 牟世金：《刘勰年谱汇考》，第142页。

④ 苏兆庆：《刘勰晚年北归和浮来山定林寺的创建》，《北京大学学报》（哲学社会科学版）1997年第3期。

⑤ 牟世金：《刘勰年谱汇考》，第112页。

熟悉。如称“京师寺塔及名僧碑志，必请勰制文”，一个“必”字可谓掷地有声。要说早已成名的刘勰潜回到莒县创建定林寺，如此重大之事他竟不知道而没有记载，是说不过去的。关于刘勰卒年，近年周绍恒先生认为刘勰卒于普通五年即524年[①]；孙蓉蓉先生认为卒年约在中大通五、六年即533、534年[②]。前者可归入萧统卒前说，后者与上述萧统卒后不久而逝说大体相同，上已证均不能成立。

可见刘勰的卒年仍需继续探究，但其卒年必在撰经功毕出家的大同三年（537年）之后，则是显然的。换言之，已经大大接近最终结论了，但学界还需继续努力。

---

① 周绍恒：《〈文心雕龙〉散论及其他》（增订本），第99页。

② 孙蓉蓉：《刘勰与〈文心雕龙〉考论》，北京：中华书局，2008年，第26页。

《文心雕龙》的注释翻译应注意吸收已有的研究成果

至今《文心雕龙》的注释翻译有如雨后春笋，估计有十多种（笔者手头就有七种），真是令人高兴。但随手翻阅，发现一些本来已有接近原意的研究成果，却没有被吸收，甚者随主观意愿而解读，结果距离原意反而越来越远了。这样也就影响了对刘勰的文学理论体系的理解和把握，尤其一些关键文句的解读。

如《文心雕龙》第一句，即《原道》篇“文之为德也大矣，与天地并生者何哉？”张灯先生把“文之为德”译为：“文章作为一项德业，实在是够盛大的了。”[①]这是有违原意的，却有评论称，译者“清晰地梳理了”几种比较有影响的观点，如范注的“德业”“事业”和杨明照的“功用”，再引王元化根据《管子·心术》“德者道之舍”称“德者，得也，物之得以为物”，由此肯定“就是这个‘德’字的正解”比较“稳妥”[②]。这里把“德”训“得”没有错，训为“德业”则否。对此早已有名家指出并作详细辨析，却没有被注意。

其实，十多年前罗宗强教授就概括该句的“文德”有如下六种解释：一是“德教”（范文澜、李景溁），二是“功用、属性”（斯波六郎、钱锺书、周振甫等人），三是“特点、意义”（牟世金、

---

① 张灯：《文心雕龙新注新译》，贵阳：贵州教育出版社，2003 年，第 1 页。

② 戚良德、李晓萍：《生命育文心，全力以雕龙——读张灯先生的〈文心雕龙译注疏辨〉》，戚良德主编：《中国文论》第 3 辑，上海：上海古籍出版社，2016 年，第 278 页。

王运熙、周锋），四是“规律”（赵仲邑、冯春田），五是“文采”（王礼卿），六是“道所派生”（黄广华、王元化、张光年）[①]。罗先生认为范注所引《易·小畜·大象》的“君子以懿文德”与《原道》篇论文“毫无关系”；又引李曰刚指出：“文德”重在“德”字，“文之为德”重在“文”字。该句是“明斯文之体与用，大可以配天地也”。可见“文之为德”是“文作为德，而不是‘文德’”[②]。刘勰本意“乃在于寻索一切文之原，非直指文章、文学而言”[③]，故此说难通。牟世金先生看到了“文”的泛指性质了，“但是仍然和上一说一样，将结果作为开始”[④]罗先生肯定之六的后三说看到了“文是道的表现，看到了‘文之为德’的‘德’与‘道’的关系是体和用的关系。‘道’是‘体’，‘德’是‘用’”。只不过此说把此中二者的关系上升为“规律”，是否符合原意值得怀疑[⑤]。评点相当精辟。早在二十世纪八十年代张少康教授已经指出此处“德”应训“得道”，批评周振甫训为功用或属性和陆侃如、牟世金释为“意义”均与原旨不符[⑥]。可谓“英雄所见略同”。现译者把“德”训为“文德”，再解释为人类才有的“德业”。但该句明明是说文“与天地并生”，显然是重蹈前人的覆辙，谈不上“稳妥”。“德”训“得道”意为“德”是“道”在个别事物中的显现，“与天地并生”；而“德业”则只有人类社会才有，故此处显然不通。可见不能据“德”训为“得

---

① 罗宗强：《读文心雕龙手记》，北京：生活·读书·新知三联书店，2007年，第1—5页。

② 罗宗强：《读文心雕龙手记》，第1—2页。

③ 罗宗强：《读文心雕龙手记》，第7页。

④ 罗宗强：《读文心雕龙手记》，第8页。

⑤ 罗宗强：《读文心雕龙手记》，第8页。

⑥ 张少康：《文心雕龙新探——刘勰文学理论体系及其渊源》，济南：齐鲁书社，1987年，第24页。

道”而得出“德”应训“德业”的结论。

罗宗强教授把首句译为：“文作为道的表现是很普遍的，有天地就有文，为什么这么说呢？”接着论“一切之文，均为道之文，文原于道”[①]。在笔者看来，如此翻译是正确的，但觉似有不足，未能充分把原文的美学意蕴完全表达出来。我们知道，我国古代“文”字通“纹”，它由不同线条、色彩交错构成，有美的意义。《说文·文部》：“文，错画也，象交文。”《周易·系辞下》：“物相杂，故曰文。”《左传·昭公二十八年》：“经纬天地曰文。”杜预注：“经纬相错，故织成文。”刘师培指出：“三代之时，凡可观可象，秩然有章者，咸谓之文。”[②]所以，“自然界的森罗万象和人类社会的诸种道德伦理规范、礼仪典章制度、言论文辞著作、诗歌音乐舞蹈、绘画编织等文学艺术和工艺美术，都可谓之‘文’”[③]。可见，“文”通纹，乃是指由色彩与线条交错而成的事物美的感性形态。《原道》篇首句先称“文”“与天地并生”，继云“日月叠璧，以垂丽天之象；山川焕绮，以铺理地之形”，皆是“道之文”，即都是宇宙本体道的美的感性显现；再云“旁及万品，动植皆文”，“林籁结响”“泉石激韵”，“故形立则章成”，即万物有其质自然有其文（美的感性显现）；最后说到“有心之器”的人类自然也有“人文”。可见刘勰要阐述的是宇宙万物有其质自然有其文的普遍规律。根据《文心·序志》的说明：构成该书的为三大块即：“文之枢纽”（含《原道》《征圣》《宗经》《正纬》和《辨骚》五篇）和“论文叙笔”即文体论二十一篇以及“割情析采”即创作论二十三篇。首篇《原道》

① 罗宗强：《读文心雕龙手记》，第9页。

② 刘师培：《广阮氏文言说》，陈引驰编校：《刘师培中古文学论集》，北京：中国社会科学出版社，1997年，第183页。

③ 顾易生、蒋凡：《先秦两汉文学批评史》，上海：上海古籍出版社，1990年，第2页。

阐述宇宙万物有质自然有文即质文相称的自然之道；《征圣》《宗经》两篇所论主要是强调“儒家圣人的著作值得学习”[①]和儒家经典“堪为后人学习的典范”[②]，“刘勰首先树立本于自然之道而能‘衔华而佩实’的儒家经典这个标”，不过是为他建立自己的文学理论体系服务。“衔华佩实”是《原道》《征圣》《宗经》三篇的“核心观点”[③]，它是由《原道》篇的“质文相称”而来；继而《正纬》篇认为纬书“事丰奇伟，辞富膏腴”而“有助文章”，为文可从中吸取养料；而《辨骚》篇则视屈骚之于《诗经》乃是文学新变的榜样。可见《原道》篇的万物有质自然有文的普遍规律乃是“全书的指导思想”[④]，是刘勰文学美学理论体系的基石和出发点。由于作为万物本原之“道”显现为“德”时是各自不同的，故呈现为千姿百态之美的感性形态。故万物之美皆是“道之文”。据此，“文之为德”句意为：“文（纹）”作为“德”的个别事物的感性显现，使“道”呈现为千姿百态的万物之美的世界，其意义是多么伟大（或译普遍）啊！它“与天地并生”，即自有天地以来便是如此的了。这里笔者想要强调是，这个“文”是具有美学意义的。牟世金先生指出，刘勰“肯定要有其物，才有其形；要有其形，才有其文，才有其自然的美”，在这个命题中，“美是物的属性”[⑤]。李泽厚、刘纲纪指出：“在《原道》里，刘勰把‘文’的问题提到哲学的高度来加以论述，他也讲了‘文’的重要的教化作用，但显然非常明确地强调了‘文’

① 陆侃如、牟世金：《文心雕龙译注》上册，济南：齐鲁书社，1981年，“引论”，第41页。

② 牟世金：《雕龙集》，北京：中国社会科学出版社，1983年，第230页。

③ 牟世金：《雕龙集》，第232页。

④ 牟世金：《雕龙集》，第221页。

⑤ 牟世金：《雕龙集》，第221页。

的美的意义与价值。”[①] 可见，刘勰是从宇宙万物之美的普遍规律来建构其文学美学理论体系的，其高屋建瓴的视野和气派何其开阔和宏大！显然，如果把“德”训功德、德业或文章的意义等等，便仅就人类而言，不仅有违彦和的原意，而且其视野和气派就显得逊色了。现诸家注译大多没有充分把“文”的这层美学意蕴表达出来。本来，罗宗强和张少康两位“龙学”名家早在十多年甚至二十世纪八十年代早已提出接近原意的见解，却不被注意吸收，令人感慨！

又如《原道》篇次段“人文之元，肇自太极”的“太极”。本来早在二十世纪已有学者指出应指伏羲作八卦，但译注者大多或指天地混沌未分之时，或指上古、远古。如周振甫说：“人类文章的开端，起于天地未分以前的一团元气。”[②] 戚良德“太极”注释：“中国古代用以指天地混沌、蒙昧未分之时。”[③] 祖保泉解释“太极”为“天地未分之前的元气”[④]，等等。此说源自汉儒训“太极”为天地未分、宇宙间充满混沌元气之时。但从逻辑上显然不通。牟世金先生就认为如此理解是荒谬可笑的：“刘勰认为文‘与天地并生’‘人文之元，肇自太极’，如果理解为‘文学’的起源，岂能不荒谬？混沌初开之际，怎能有‘文学’或‘文’的起源？”[⑤] 但牟先生自己却译为“人类文化的开始，始于宇宙起源的时候”[⑥]。此处“文化”与“文学”“文章”并无本质的区别，“宇宙起源”之时肯定不可能就有“人类文化”。大概是牟先生疏忽大意了。王运熙、周锋可能意识到这

① 李泽厚、刘纲纪主编：《中国美学史》第二卷下，北京：中国社会科学出版社，1987 年，第 614 页。

② 周振甫：《文心雕龙今译》，北京：中华书局，1986 年，第 11 页。

③ 戚良德：《文心雕龙校注通译》，上海：上海古籍出版社，2008 年，第 3 页。

④ 祖保泉：《文心雕龙选析》，合肥：安徽教育出版社，1985 年，第 42 页。

⑤ 牟世金：《雕龙集》，第 221—222 页。

⑥ 陆侃如、牟世金：《文心雕龙译注》上册，第 8 页。

一点，译为“人类之文的根源，起始于混沌之气”[①]。但从文句“庖羲画其始，仲尼《翼》其终”可知，这里明明是说“人文”开始于“太极”，即始于伏羲画八卦（详下），并无根源之意。而且，“混沌之气”如何产生“人类文化”？也是令人莫名其妙。郭晋稀译为：“人类的创作，开始于上古。”[②]李明高释“太极”为上古、远古（非常遥远的古代）[③]。如果仅从该句本身来看，“人文”产生于上古、远古时代，似可成立。但远古远到什么时候？意思不明，而原文是明确的，即始于伏羲画八卦。张灯先生认为不应理解为“指人类文化肇始于天地初分、即宇宙起源之时”，于是译为“人类文化的最早形态，就开始了对于太极元气的探索”[④]。但如此一来，恐怕离原意更远，而且令人摸不着头脑。首先，“肇自太极”的“肇”训“始”，是说最早的“人文”是从“太极”开始，而不是说从“对‘太极（元气）的探索”开始。二者句子结构和意思是不同的，如此改动有什么根据？其次，我国古籍有这方面的记载吗？探索的结果又如何？真是令人莫名其妙。王更生教授解释“太极”，指“生成天地的宇宙本体”，这里可以解作“太古”，并引《易·系辞下》：“易有太极，是生两仪。”[⑤]末句说到关键之处了，但要说我国古代“人文”起始于“宇宙本体”显然不妥，因为宇宙本体从来就是存在的，而“人文”则只能有了人类才有。其实笔者早在二十世纪八十年代就指出，该句“太极”应解释为伏羲氏作八卦，句意为最早的“人文”始于伏羲氏作八卦；并引《易·系辞下》：“古者庖牺（伏羲）氏

① 王运熙、周锋：《文心雕龙译注》，上海：上海古籍出版社，1998年，第5页。

② 郭晋稀：《文心雕龙注译》，兰州：甘肃人民出版社，1982年，第8页。

③ 李明高：《文心雕龙译读》，济南：齐鲁书社，2009年，第8页。

④ 张灯：《文心雕龙新注新译》，第5、3页。

⑤ 王更生：《文心雕龙读本》上册，台北：文史哲出版社，第6页。

之王天下也，仰则观象于天，俯则观法于地，观鸟兽之文与地之宜，近取诸身，远取诸物，于是始作八卦，以通神明之德，以类万物之情。”认为这是对“人文之元，肇自太极。幽赞神明，《易》象惟先；庖牺画其始，仲尼《翼》其终”的绝好的注解和说明[①]。遗憾的是并未引起重视。这里的“其始”正是指伏羲所作的八卦，即《易经》的卦象体系。它是我国远古先民对宇宙万物的微妙变化的最早探索。对上述数句，牟世金先生译为：“人类文化的开端，始于宇宙起源的时候。深刻地阐明这个微妙的道理，最早是《易经》中的卦象。伏羲首先画了八卦，孔子最后写了《十翼》；而对《乾》《坤》两卦，孔子特地写了《文言》。”[②]周振甫先生译为：“人类文章的开端，起于天地未分以前的一团元气。深通这个神奇的道理，要算《易经》中的卦象最早。那是伏羲开头画的八卦，孔子最后加上辅助性的解释《十翼》。”[③]两家的译文除了对首句“太极”的理解值得商榷，都把《易经》的卦象理解为“幽赞神明”（最早探索宇宙微妙变化），即最早的“人文”。

我们知道，作为宇宙本体的“道”有“体”与“用”有两方面意义。《易·系辞下》“《易》有太极，是生两仪；两仪生四象，四象生八卦”云云，从“体”来说，混沌未分是原始状态，由原始阴阳二气演变为天地两仪，到四象，再到八卦：乾、坤、艮、坎、巽、离、震、兑，分别象征天、地、山、水、风、火、雷和泽等八种自然物；从“用”即变化法则来说，《易·系辞上》说“一阴一阳之谓道”，即通过阴爻与阳爻构成的卦象演变探索宇宙万物的奥秘。故王运熙、

① 参见拙文：《〈文心雕龙·原道篇〉“太极”辨析》，《学术研究》1983年第3期。后收入拙著《〈文心雕龙〉美学思想体系初探》。

② 陆侃如、牟世金：《文心雕龙译注》上册，第7—8页。

③ 周振甫：《文心雕龙今译》，第11页。

杨明先生释为“人类文章开始于《易》象”[1]；张少康认为“太极”实际上就是指八卦即易《象》，译为：“人文的起源，始自八卦，它乃是神明意志的体现。而《易》象则是‘庖牺画其始，仲尼翼其终’。伏羲作八卦，而孔子作《十翼》，使其含义更加分明了。”[2]如此理解，便与原意一致了。

我们再看萧统《文选序》云：“逮乎伏羲氏之王天下也，始画八卦，造书契，以代结绳之治，由是文籍生焉。”这里所说也就是“人文”始于伏羲氏作八卦之意。萧统与刘勰是同时代的人，可见这是当时的共识。《稽古录》云：“太昊伏羲氏，风姓。以木德继天而王，都宛丘。仰则观象于天，俯则观法于地。于是始作八卦，以通神之德，以顺民之情。”可见，“人文之元，肇自太极”的“太极”，既不是指天地未分的混沌元气，也不是指太古、远古，而是指《易经》的八卦卦象体系。这已是前人研究成果，而译注者大多未能采纳，令人遗憾！

翻译注释首先要忠于原著，这本是最基本的要求。但有些翻译注释似乎连这一条也不注意遵守了。如《文心雕龙·时序》篇称“屈平联藻于日月”“观其艳说，则笼罩《雅》《颂》”。张灯先生竟然译为：“屈原用丰富的藻采叙写了日月”，“看看这些文采艳丽的作品，已经淹没《诗经》的原有格调”。[3]刘勰原意明明是认为屈原作品有如日月（光照人间），而非“叙写了”日月（按：笔者浏览屈原作品，其实直接描写日月的实在不多）。后句“笼罩”明明是褒义的远远超越之意，李曰刚先生《文心雕龙斠诠》：“笼罩，

① 王运熙、杨明：《魏晋南北朝文学批评史》，上海：上海古籍出版社，1989 年，第 341 页。

② 张少康等：《中国文学理论批评发展史》上，北京：北京大学出版社，1995 年，第 226 页。

③ 张灯：《文心雕龙新注新译》，第 422 页。

覆盖之意。”[①] 笔者所见诸家理解和翻译，如郭晋稀[②]、陆侃如、牟世金[③]、周振甫[④]、王更生[⑤]等等，无不大体如此。上文称“屈平联藻于日月”即以日月为喻，下文有“轹古”“切今”，周振甫进一步解释说：“这里的‘轹古’，即压倒古代，及‘难与并能’，不正是‘笼罩《雅》《颂》’，超过《诗经》吗？”[⑥] 牟世金先生也指出，刘勰评价《楚辞》（这里仅指屈赋）：“不仅是全书所评作品之无以复加者，即使对《诗经》，也没有作如此之高的具体评价。”又说“轹古”“切今”二句互文，“指《楚辞》的气概和文辞是空前绝后的，故云‘惊采绝艳，难与并能’”，还称“轹古”是“包括《诗经》以至全部儒家圣人的著作在内，就是十分不寻常的评论了”[⑦]。对屈原作品明明是褒义的，而张灯先生却译为贬义的，真是令人诧异！我们知道，刘勰对《诗经》是高度肯定的。《明诗》篇称“风流二南”，即《诗经》“英华弥缛，万代永耽”；《物色》篇称“《诗》《骚》所标，并据要害，故后进锐笔，怯于争锋”，等等，都是具体充分肯定《诗经》的。也就是说，《诗经》的格调是高雅的，现在却被“文采艳丽”的屈骚“淹没”了。于是对屈骚褒义的“笼罩”便变为贬义的“淹没”了。到底“淹没”了《诗经》的哪些“原有格调”？译者并没有说明。笔者实在难以理解，明明是赞扬屈原作品有如日月，却变成了描写了日月；“笼罩”明明是褒义的，却变成了贬义的“淹没”。为什么译者竟然作如此明显错误的解读？笔者实在难以理解，

---

① 詹锳：《文心雕龙义证》，上海：上海古籍出版社，1989 年，第 1664 页。

② 郭晋稀：《文心雕龙注译》，第 515 页。

③ 陆侃如、牟世金：《文心雕龙译注》，第 316 页。

④ 周振甫：《文心雕龙今译》，第 394 页。

⑤ 王更生：《文心雕龙读本》，第 291 页。

⑥ 周振甫：《文心雕龙注释》，北京：人民文学出版社，1981 年，第 43 页。

⑦ 牟世金：《文心雕龙研究》，北京：人民文学出版社，1995 年，第 200 页。

于是作如下的妄测：在对“博徒”“四异”到底是褒是贬的争议中，笔者认为是持褒义的，而上述译注者是持贬义的。此处译为贬义，贬义说便可成立了。以《辨骚》篇称楼护为“博徒”来说，译者注称：“博徒：赌徒，指微贱者”[①]，译“《雅》《颂》之博徒”为“可以算作是早先‘雅’‘颂’队伍里的浪子”[②]，自然也是贬义的。如果明辨刘勰认为屈骚是“笼罩”（超越）《诗经》的，则“《雅》《颂》之博徒”的“博徒”和屈骚异于《诗经》的“四异”，便应视为对《诗经》的重大发展，应以充分的肯定，就不能视为贬义的了。因为，既然屈骚超越《雅》《颂》，怎么又变成“赌徒”“浪子”，它异于《诗经》之处又怎能视为贬义的？

笔者还想说的是，在学术争鸣中如果一些有理有据的意见，就应加以吸收采纳。关于《辨骚》篇的“博徒”和“四异”，笔者早在二十世纪八十年代已经提出应训“博通之徒”而非“赌博之徒”，“四异”应为褒义。本世纪初旧案重提，主张《辨骚》篇“博徒”应训“博通之徒”说，张灯先生随即致信笔者称“博徒”“务应”作贬义解[③]。笔者随即答辩，引《汉书·游侠传》载：楼护为齐人，少随父为医，出入贵戚家，诵医经、本草、方术数十万言，后为经、传，为京兆吏数年，甚有名誉。“为人短小精辩，论议常依名节，听者皆竦”。长安号曰：“谷子云（谷永字子云）笔札，楼君卿（楼护字君卿）唇舌。”而论者仍称楼护为“低贱浅薄之辈”[④]。楼护随父为医，博学善辩，为吏甚有名誉，论议常依名节，怎能说是“低

① 张灯：《文心雕龙新注新译》，第 37 页。

② 张灯：《文心雕龙新注新译》，第 35 页。

③ 参见镇江市图书馆中国《文心雕龙》资料中心编辑的《信息交流》2009 年第 2 期和 2010 年第 1 期。

④ 张灯：《文心雕龙新注新译》，第 469 页。

贱浅薄之辈”？《论说》篇更把楼护和对国家和社会有贡献的陆贾、张释之、杜钦并列，称赞“楼护唇舌，颉颃万乘之阶，抵嘘公卿之席”。张灯先生先是把“唇舌”译为褒义的“倍受赞誉”，却又把后二句译为略含贬义的“翩翩作态表演于万乘帝王玉阶之上，侃侃而辩炫耀于公卿大臣衽席之间”[①]，显然自相矛盾。查《辞海》(旧版)：“颉颃”训傲睨、傲慢，此处应为褒义。《知音》篇：“彼实博徒，轻言负诮，况乎文士，可妄谈哉！”张灯先生也是注称楼护为“赌徒，浅薄之辈”，该句译为：“楼护本就是低贱浅薄之辈，何况已有名声的文人学士，又怎可信口随意地妄发议论呢？”[②]如此翻译显然有误。请看《新华字典》（第12版）释“况”字：“文言连词，表示更进一层。”试问如果楼护是个“低贱浅薄之辈”，那么他随意妄议被人讥笑又有什么奇怪？原文要说明的是“音实难知，知实难逢”，正因为楼护是个博学之士，他轻率妄议而被讥笑，可见鉴赏不易。如果理解为“赌徒”或“浅薄之辈”，又怎能说明这一点？笔者对“博徒”和“四异”先后向中国《文心雕龙》学会2009年和2011年会提交“再辨析”和“三辨”的论文详细辨析，译注者应是看到的，却熟视无睹。如果有其根据，那就应该提出来争鸣，否则便是冤枉古人了。

---

① 张灯：《文心雕龙新注新译》，第177—178页。

② 张灯：《文心雕龙新注新译》，第470页。

《灭惑论》撰于梁天监年间刘勰任萧绩记室任上

——关于《灭惑论》撰年齐、梁两说评议

刘勰《灭惑论》撰年有齐、梁两说，相差近二十年。争论已近半个世纪，分歧仍在。笔者综观双方意见，认为齐代并不具备产生《灭惑论》的客观条件，故赞同李庆甲先生撰于梁天监年间刘勰任萧绩记室任上之说。现陈浅见，以向方家和读者请教。

一、齐、梁两说的论争及其主要依据

我们不妨回顾这场论争的主要依据和论争过程。《灭惑论》是刘勰反驳《三破论》之作。1979 年王元化先生提出作于梁代说，根据有三：一是《碛砂藏本弘明集》题名为“东莞刘记室勰”，不称舍人而称记室，可知撰于梁天监年间任萧宏记室之时[①]；二是梁武帝舍道奉佛后，朝臣荀济提到攻击佛教的《三破论》“无能破之”，可见反驳其说已成为梁武帝奉佛的迫切课题；三是《灭惑论》所阐佛理“多与梁武帝佛学宗旨有密切关联”。如：“梁武帝于释教中特重般若涅槃，《灭惑论》则以涅槃大品该摄佛法”[②]；梁武帝揭橥三教同源说，《灭惑论》则“述三教关系亦同本此旨”。且梁武帝舍道奉佛后断言，“道有九十六种，唯佛一道，是于正道”，其余为“邪道”；《灭惑论》亦“以佛教为正为真，其余则为邪为伪”。

① 王元化：《文心雕龙创作论》，上海：上海古籍出版社，1979 年，第 26 页。

② 王元化：《文心雕龙创作论》，第 36 页。

可见《灭惑论》处处趋承武帝意旨[1]。

同年稍后杨明照先生提出齐代说，主要根据有二：一是僧祐《出三藏记集》卷十二的《弘明集》子目有《灭惑论》，唐释智升《开元释教录》卷六谓《出三藏记集》撰于齐代，故《灭惑论》必撰于《弘明集》已经成书的齐代[2]；二是据宋释德珪《北山录注解随函》卷上"三破"条称顾欢作《三破论》、"灭惑"条称"刘思协（勰字之误）造《灭惑论》"，卷下"顾欢"条称"顾道士作《三破论》《夷夏论》等谤佛"，可见针对《三破论》而作的《灭惑论》撰于齐中兴元、二年（501—502年）间[3]。

1981年李庆甲先生针对杨说发表《刘勰〈灭惑论〉撰年考辨》力辨其非，除关于版本问题作了辨析（详下），认为其误有二：一是所据释智升称《灭惑论》撰于齐，但该书又称撰于梁，可见不足为据。一般工具书也称撰于梁[4]。二是所据宋德珪称《三破论》乃是顾欢所撰不但史籍无载，又没有提供证据来源。再结合顾欢的身世和南朝佛道斗争的历史，顾不可能撰《三破论》。理由有四：其一，萧子显与顾欢年代相近，且位居朝廷最高统治集团，《三破论》如为顾欢所作，他以及其身边的"竟陵八友"不会一言不发。他为顾欢所撰本传对《夷夏论》的辩论记录颇详（约占全文三分之二），本传后论宣扬佛理超越儒、道各家显然是针对顾欢《夷夏论》的"优道而劣释"而发，但并无一语提及《三破论》[5]。其二，从南齐初到永明年间，佛道之间关系并不紧张。其时道教与奉道派的论调是

① 王元化：《文心雕龙创作论》，第27页。

② 杨明照：《刘勰〈灭惑论〉撰年考》，《古代文学理论研究丛刊》第1辑，上海，上海古籍出版社，1979年，第177页。

③ 杨明照：《刘勰〈灭惑论〉撰年考》，第177页。

④ 李庆甲：《文心识隅集》，上海：上海古籍出版社，1989年，第47页。

⑤ 李庆甲：《文心识隅集》，第50页。

道佛合一，不再高谈夷夏之辨，道教不会大肆攻击佛教，不存在产生《三破论》的客观可能性[①]。其三，入齐后萧齐王室对顾欢采取笼络态度，顾则与之不即不离，不会主动攻击佛教[②]。其四，《三破论》斥责佛教的一个很大特点是“很注意揭露”它给社会带来的弊病和严重祸害。这在南齐初至永明年间还不存在，不可能由顾欢凭空杜撰。可见顾欢作《三破论》“实不可信”[③]。至于宋释德珪称《三破论》的作者是顾欢，由此推断刘勰撰《灭惑论》“应距《三破论》问世之日不远”[④]，也不可信。因为，《南齐书》《南史》顾欢本传、齐梁及其后至德珪以前诸家文献均没有顾欢作《三破论》的记载，且德珪与顾欢相距约七百年，他又没有提供资料来源[⑤]。杨还据藏经本《弘明集》卷八释僧顺《释〈三破论〉》题注云“答道士假称张融《三破论》”，由此“断定盗用张融大名的‘道士’就是顾欢”，更不能成立。因顾卒于前而张卒于后，如果顾欢于张融生前假冒其名，张怎会坐视不理？[⑥]李文又详细分析有关历史背景，认为《灭惑论》作于任萧绩记室任上（详下）。

李淼先生亦批评杨明照有关考证“缺乏史证”，“称引的多是唐宋人的原据不明的看法”[⑦]。如称顾作《三破论》，果真如此必作于《夷夏论》撰后不久的宋末至齐初。但其时刘勰不过十来岁，不可能撰《灭惑论》。如果刘勰生于齐初，“那么刘勰出生之日正

① 李庆甲：《文心识隅集》，第 50 页。

② 李庆甲：《文心识隅集》，第 51 页。

③ 李庆甲：《文心识隅集》，第 52 页。

④ 李庆甲：《文心识隅集》，第 49 页。

⑤ 李庆甲：《文心识隅集》，第 49 页。

⑥ 李庆甲：《文心识隅集》，第 53 页。

⑦ 毕万忱、李淼：《关于〈灭惑论〉撰年与诸家商兑》，《文心雕龙论稿》，济南：齐鲁书社，1985 年，第 198 页。

是顾欢行将就木之时”，他们之间更不可能争论了[①]。李淼认为撰于任萧宏记室任上，潘重规则认为撰于“晚年笃信佛教的时期”。

牟世金先生评曰：学界“反复辨证，虽无定论，然以撰于（梁）天监中者居多”，但“细考诸家之论，仍以杨说为近是”。[②]牟先生详考《出三藏记集》编辑“乃初成于齐而增定于梁”，“证实《灭惑论》必成于齐”[③]。且传世之《出三藏记集》（十五卷本）卷十二载有《弘明集》之目录及序，其序云“类聚区分，列为十卷”，是即成于齐末之十卷本目录亦详列为十卷，与序文一致。不仅其第五卷之末有“刘勰《灭惑论》”之目，此本《弘明集》之全部目录也有“刘勰《灭惑论》”[④]，可为佐证。牟先生又指出：王元化以《碛砂藏经》本《灭惑论》下题“东莞刘记室勰”为据认为撰于梁天监年间，但《弘明集》始刻于南宋终于元，上距齐梁有八百年之久，故所题是否为后人所加，确是可疑[⑤]。牟先生还进一步认为：梁建武四年，张融卒后不久，冒其名的《三破论》随之出现，刘勰随即撰《灭惑论》反击，其“最晚时间为建武五年刘勰夜梦孔子之前”[⑥]。

到了二十世纪末，刘晟先生重申杨明照、牟世金所据《出三藏记集》卷十二完整保留的十卷本《弘明集》目录中卷五已收录《灭惑论》，鉴于天监三年（504年）刘勰出仕为萧宏记室，故必完成

① 毕万忱、李淼：《关于〈灭惑论〉撰年与诸家商兑》，《文心雕龙论稿》，第201页。

② 牟世金：《刘勰年谱汇考》，成都：巴蜀书社，1988年，第43页。

③ 牟世金：《刘勰年谱汇考》，第44页。

④ 牟世金：《刘勰年谱汇考》，第44页。

⑤ 牟世金：《刘勰年谱汇考》，第43页。

⑥ 牟世金：《文心雕龙研究》，第58页。

于齐永泰、永元（498—499年）年间[1]；又十卷本《弘明集》目录所载《灭惑论》只称"刘勰《灭惑论》"而无"东莞刘记室"，估计此时尚未出仕，待十四卷本成书始补入此题名[2]。又称：王元化引证梁武帝的讲注经活动以见其奉佛宗旨与《灭惑论》同旨，可谓"论证不伦"，因为所引都是在王断定的《灭惑论》撰年之后[3]。其时般若涅槃之说、三空四等之义、玄佛并用之习，晋宋以来已成时尚，在不明各自所源的情况下，认为《灭惑论》迎合武帝是"不妥当的"[4]。思想史上的争论往往在双方势力较接近时"才能具有实质性意义"，一方占有绝对优势，另一方欲掀起争论几无可能。如：宋代辩孔、释异同，其时儒、释并行；齐代夷、夏论之争，其时道、佛均具势力，帝王道、佛皆奉；齐梁时代神灭论之争，其时竟陵王、梁武帝儒佛并重。到了梁天监三年梁武帝舍道奉佛，佛教势力渐占上风。到武帝末年，佛教更炽，除荀济、郭祖深欲掀反佛争论外，道教未见有何动作。可见，《三破论》与《灭惑论》之争发生在武帝佞佛的天监年间"可能性不大"，"只有放到明帝当政的永泰年间才易理解"[5]。其时明帝"道、佛并重"，"道、佛两家各有嫉妒对方的理由和本钱，

① 刘晟：《〈灭惑论〉撰年新考辨》，《华南师范大学学报》（社会科学版）1999年第1期。

② 刘晟：《〈灭惑论〉撰年新考辨》，《华南师范大学学报》（社会科学版）1999年第1期。

③ 刘晟：《〈灭惑论〉撰年新考辨》，《华南师范大学学报》（社会科学版）1999年第1期。

④ 刘晟：《〈灭惑论〉撰年新考辨》，《华南师范大学学报》（社会科学版）1999年第1期。

⑤ 刘晟：《〈灭惑论〉撰年新考辨》，《华南师范大学学报》（社会科学版）1999年第1期。

当此之时，道教攻击佛教，自也不会招致政治上的压力”[1]。

到了二十一世纪初，周绍恒先生称：《灭惑论》“当是撰写于齐永明年间（公元483—493年）”，它可以说是刘勰协助僧祐编辑经藏的“资格证书”[2]。陶礼天先生称：“《灭惑论》的创作时间当在南齐时期，而不少学者主张其作于梁代的说法，似是不能成立的。”[3]齐代说似有定论之势。

二、是否具备产生《三破论》与《灭惑论》之争的客观条件乃是问题的关键

综观齐、梁两说，均名家所倡，言之凿凿，双方赞成、力挺者不乏其人，一时莫辨。笔者细看之下，齐代说最主要和最有力的证据是在版本资料方面，但问题的关键是：齐、梁两代到底哪一个具备产生《三破论》与《灭惑论》之争的客观条件？如果齐代并不具备，则无异于釜底抽薪，不管版本证据多么“有力”，都无济于事；而梁代说这方面则理据充分，尤其李庆甲对此作了详细辨析。但不知何故，齐代说论者对此似乎视而不见，并未作具体系统的反驳，多是反复申述版本资料方面的证据，便称梁代说“似是不能成立”，怎能服人？

我们不妨看看齐、梁到底哪个朝代具备产生这场论争的社会客观条件。

先看齐代。它前后不过二十年。开国数年，其时刘勰不过十来岁，谈不上撰写《灭惑论》。其后永明（483—493年）、建武（494—

① 刘晟：《〈灭惑论〉撰年新考辨》，《华南师范大学学报》（社会科学版）1999年第1期。

② 周绍恒：《文心雕龙散论及其他》，北京：学苑出版社，2000年，第68页。

③ 陶礼天：《刘勰〈灭惑论〉创作诸问题考论》，中国《文心雕龙》学会编：《文心雕龙研究》第4辑，北京：北京大学出版社，2000年，第228页。

498年）和永元（499—501年）三朝，均缺乏这方面的社会条件。永明年间，政局稳定，儒风浓厚，朝廷同时礼敬佛徒。竟陵王萧子良（高帝次子）位居司徒，招致名僧大讲佛法，形成江左佛学高潮。同时，由于道教为萧齐王朝夺取政权造过舆论，朝廷对道教是“怀有好感的”。尽管佛教势力发展较快，但道教并未受到重大打击，佛道关系并不紧张[①]。《南齐书·顾欢传》载：永明元年朝廷诏征“意党道教”的顾欢为太学博士，顾不就，死后朝廷还诏诸子撰其《文议》。可见朝廷对顾欢一直采取笼络政策，而顾则不即不离。佛道两家总的关系“矛盾比刘宋要缓和得多”。这一时期道教徒与奉道派的论调不再高谈夷、夏之辨，而“完全是佛道合一的论调”[②]。既然如此，道教一方怎会大肆攻击佛教“破国”“破家”和“破身”？周绍恒先生称《灭惑论》“撰写于齐永明十年之前”[③]，无疑是说永明十年间形成了产生这场势同水火的佛道之争的客观条件，令人难以置信，因为没有理由此时两家火拼起来。连齐代说论者牟世金、刘晟、陶礼天也没有把《灭惑论》的产生置于这一时期，而是认为撰于齐建武年间，但亦难以成立。建武（明帝年号）时期不过五年，明帝大杀宗室。随着原先礼敬佛教的王室集团覆灭，佛教也就失去了原先受到礼敬的地位。齐代说论者称：这场论争“只有放到明帝当政的永泰年间才易理解”[④]，其时明帝“道佛兼重”，“两家各有嫉妒对方的理由和本钱，当此之时，道教攻击佛教，自也不会招致政治上的压力”[⑤]。既然如此，《三破论》为什么要假

① 李庆甲：《文心识隅集》，第51页。

② 李庆甲：《文心识隅集》，第51页。

③ 周绍恒：《文心雕龙散论及其他》，第67页。

④ 刘晟：《〈灭惑论〉撰年新考辨》，《华南师范大学学报》（社会科学版）1999年第1期。

⑤ 刘晟：《〈灭惑论〉撰年新考辨》。

他人之名？可见此说难以说通。陶礼天先生称：萧鸾执政，道教势力抬头而佛教势力相对受到抑制，故南齐建武、永元年间，是《三破论》和《灭惑论》之争“最可能产生的时期”①。此说令人费解。因为，明帝萧鸾“表面上道佛双修，实质上奉道是真，奉佛乃出于政治斗争的需要，是为了把依附于原王室集团的僧侣地主势力分化出来”。鉴于没有收到多大效果，继位的萧宝卷（后被废为东昏侯）便公然对佛教采取反对态度②。僧祐入梁后就诅咒建武年间是“虎兕出柙”时代③。原先十分活跃的佛学活动几乎停顿，僧祐连萧子良的佛学著作都不敢整理，何况要让刘勰撰写大张旗鼓宣扬佛教的《灭惑论》？④萧宝卷在位不过两年，他本身是道教徒，对僧人持虐杀态度。《资治通鉴·齐纪》载：他到定林寺遇藏于草间的老病僧人“命左右射杀之，百箭俱发”。其时僧祐要刘勰撰写《灭惑论》，岂不是自寻祸端？可见，整个齐代均缺乏产生这场论争的社会客观条件⑤。

再看梁代。牟世金先生称：梁代说“主要依据有二”：一是《碛砂藏经》本已署撰者为“东莞刘记室勰”，二是“《出三藏记集》成于梁”⑥。这样说并不客观和准确。力主梁代说的李庆甲不但在版本资料方面有大量的辨析（详下），而且对产生《三破论》与《灭惑论》这场争论的社会客观条件作了详细的分析和考察，指出：自天监三年梁武帝舍道奉佛后造成的种种社会弊端日显，也就揭开了

---

① 陶礼天：《刘勰〈灭惑论〉创作诸问题考论》，《文心雕龙研究》第四辑，第229页。

② 李庆甲：《文心识隅集》，第54页。

③ 李庆甲：《文心识隅集》，第55页。

④ 李庆甲：《文心识隅集》，第56页。

⑤ 李庆甲：《文心识隅集》，第57页。

⑥ 牟世金：《刘勰年谱汇考》，第43页。

佛道斗争的序幕[①]。天监三年四月，武帝敕令舍道事佛，十一月敕公卿百僚、侯王宗族并弃道教，舍邪归正。但在天监七年以前矛盾尚未恶化。梁武帝出身道教世家，夺取政权和开国后也得到道教的支持，开头几年他“舍道”而没有反道，其改奉佛教也不像天监三年后那么迷恋。因此佛教虽然重新抬头，但其发展尚不至于“造成种种严重的社会危机和过分侵害广大道教徒的切身利益”；而道教虽失正统地位，受到沉重打击，在尚未危及其自身存在的情况下也“不会冒触怒梁武帝的风险去与佛教公开对抗”[②]。但天监十六年后，梁武帝的佞佛活动“不仅次数比过去频繁，而且规模之大和对国家政治生活影响之深也为过去所无法比拟”[③]。如普通元年他带头正式出家为僧，太子及诸王公卿僧俗“受戒著录者四万八千人”；又如建造规模宏大的同泰寺，耗费人力物力无法计算。当时“人人厌苦，家家思乱”[④]。特别是天监十六年下诏命天下道观皆返俗，直接取缔道教，显然是“针对天监三年舍道奉佛后道教向佛教反扑所采取的一项重大措施”[⑤]。该年华阳真人潜逃三年后被追回，在茅山建菩提白塔，并至贸县阿育王寺受五大戒。[⑥]可见佛教和王权对道教的压力是多么大，这自然引起道教徒的强烈反抗。齐代说论者称：“到梁武帝末年，佛教更炽，除荀济、郭祖深欲掀反佛论争外，道教未见有何动作。”[⑦]这怎么可能？道教已经到了生死存亡的危急关头，

① 李庆甲：《文心识隅集》，第 64 页。

② 李庆甲：《文心识隅集》，第 83 页。

③ 李庆甲：《文心识隅集》，第 76 页。

④ 李庆甲：《文心识隅集》，第 77 页。

⑤ 李庆甲：《文心识隅集》，第 121 页。

⑥ 朱文民：《刘勰志》，济南：山东人民出版社，第 106 页。

⑦ 刘晟：《〈灭惑论〉撰年新考辨》，《华南师范大学学报》（社会科学版）1999 年第 1 期。

自然拼命反抗，《三破论》应该就是此时出现的。王元化云，荀济上书称“张融、范缜三破之论，无能破之”，指的应是范缜的《神灭论》和假道士张融之名的《三破论》[①]。由此说明两点：一是《三破论》的产生应与范缜的《神灭论》大致同时，都是产生于梁武帝时期；二是《三破论》对佛教的抨击，击中要害，难以反驳。连刘勰也“对此不能作正面答复，只能含糊过去”[②]。有论者称：“以《三破论》为核心的佛道论辩，既没有引起当时佛教上流阶层的关注，也没有引发士大夫的广泛参与”；又称：《三破论》“宣扬道优佛劣、佛教危害世俗社会，整篇充斥着对佛教的攻击和咒骂，毫无理性可言”。[③]首先，既然朝臣荀济把它和范缜的《神灭论》相提并论，并对梁武帝说“无能破之”，岂不是说明它已经震撼了朝廷，引起各阶层的广泛反响（自然也包括佛教上层）。其次，关于《三破论》，黄继持先生概括它与《灭惑论》的内容为：前者“援儒、斥佛、崇道”，后者“援儒、崇佛、抑道”，但前者“从佛教义理处下笔者少，而就佛教对社会影响处下笔多”。如所谓“三破”的“破国”，即就佛教之兴建寺塔，不事生产，破坏国家经济：“诳言说伪，兴造无费，苦克百姓，使国空民穷，不助国，生人减损。况人不蚕而衣，不田而食，国灭人绝，由此为失。日用损费，无纤毫之益”，以及出家者“皆是避徭役”而导致“国灭人绝”。所谓“破家”，指斥佛教违背孝道。所谓“破身”，即破坏孝道。其中“破国”，与郭祖深上书的揭露如出一辙。（详下）正如李庆甲指出：《三破论》“不再局限于华夷之辨的种族主义立场，而是以现实生活中大

① 王元化：《文心雕龙创作论》，第 26 页。

② 黄继持：《刘勰的〈灭惑论〉》，《文心雕龙研究专号》，香港：龙门书局，1965 年，第 30 页。

③ 刘魁林：《〈三破论〉撰者诸说检讨——兼论刘勰〈灭惑论〉在当时的影响》，《中南大学学报》（社会科学版）2013 年 5 期。

量出现的问题为依据，指责佛教为‘破国’‘破家’‘破身’”[①]。怎能说“毫无理性可言”？由此可见，《三破论》是“天监三年以来长期受压抑的道教徒仇恨佛教情绪的集中表现”，而《灭惑论》则是为了配合梁武帝“从理论上粉碎《三破论》向佛教的进攻”。鉴于刘勰任萧宏记室的天监三年至七年离梁武帝舍道奉佛的天监三年不久，其弊端尚未“发展到那样严重的地步”，还不会产生《三破论》；而到天监十六年任萧绩记室则已有十多年，其弊日显，人们对其危害的认识要深刻得多，故有《三破论》的出现，随之有《灭惑论》的反驳。因此这场论争“出现在这个时候的可能性最大”[②]。此外，释僧顺的《释〈三破论〉》与《灭惑论》同为驳斥《三破论》而作，它称“方今圣上”阐“一乘之法”，只能是指天监三年舍道奉佛后的梁武帝[③]。朱文民赞同李庆甲认为齐代不具备《灭惑论》反击的条件，“当撰于天监十六年前后”[④]。

三、荀济和郭祖深上书的内容和时间佐证了梁代说

齐代说论者称：《灭惑论》详录《三破论》揭露佛教的种种弊端，“事实上也并非是反映天监三年以后的情形”，“自东晋桓玄以来，下诏料简沙门之事，多言佛教破国之罪”。[⑤]是否如此，这是问题的关键。我们自然不能说《三破论》揭露的佛教传播带来的弊病只有到了天监三年后才有，但无可否认的是：此后十多年间其弊端日显，以致朝臣荀济、郭祖深冒险上表揭露和反对。先是荀济上书，

① 李庆甲：《文心识隅集》，第64页。

② 李庆甲：《文心识隅集》，第64页。

③ 李庆甲：《文心识隅集》，第62页。

④ 朱文民：《刘勰志》，第61页。

⑤ 刘晟：《〈灭惑论〉撰年新考辨》，《华南师范大学学报》（社会科学版）1999年第1期。

遭到武帝憎恨，几乎被杀头，被逼逃奔魏国；郭祖深曾为武帝故友，估计自己上书可能会招致杀身之祸，所以是抬着棺材上书的[1]。要说他们上表揭露的是齐朝的弊端，岂非荒唐——梁代的朝臣怎能管到齐代？因此，只要弄清楚上表的内容和时间都是在梁天监七年前后，那么《三破论》所揭露的弊端必然是梁代之事，而反驳它的《灭惑论》也就必然是撰于梁而非齐。其实上文提及朝臣荀济上书称范缜的《神灭论》和《三破论》"无能破之"，已经说明《三破论》的写作年代是在梁而非齐。现在我们再从荀济、郭祖深上书的内容和时间考证其在梁而非齐，问题也就迎刃而解，齐代说也就不攻而破。

先看荀、郭上书的内容。《广弘明集》卷七载荀济云："佛家遗教，不耕垦田。不贮财谷，乞食纳衣，头陀为务。今则不然，数十万众，无心兰若，从教不耕者众，天下有饥乏之忧。"《南史》本传载郭上疏云："都下佛寺五百余所，穷极宏丽。僧尼十余万，资产丰沃，所在郡县，不可胜言。道人又有白徒，尼则皆畜养女，皆不贯人籍，天下户口几亡其半。而僧尼多非法，养女皆服罗纨。其蠹俗伤法，抑由于此。"这与上述《三破论》攻击佛教"诳言说伪，兴造无费，苦克百姓，使国空民穷"云云，如出一辙[2]。《南齐书·武帝本纪》载齐武帝遗诏云："自今公私皆不得出家为道，及起立塔寺，以宅为精舍，并严断之。"可见齐永明年间对佛教的发展有所抑制。据《广弘明集》卷八唐释法琳《辩正论》载：刘宋时代僧尼三万六千人，萧齐时代减至三万二千五百人。荀书称僧尼"数十万众"，应是从全国范围而言；郭疏称"僧尼十余万"是指"都下"即京都而言，二者显然都是指梁武帝舍道奉佛后之事。且荀济所说的"今"也是

---

① 朱文民：《刘勰志》，第112页。

② 李庆甲：《文心识隅集》，第60页。

明指梁朝而非齐代。可见二人上表的内容都是指梁武帝时期佛教大肆发展给社会带来巨大危害，与《三破论》揭露一致。

再看荀、郭上书的时间。李庆甲先生考证指出，《北史》本传载：荀济初与武帝为布衣交，“然负气不服”，一直未被任用。普通中梁州刺史阴子春“左迁”（降职），荀赠诗发泄怨恨。据《广弘明集》称荀济“悒快二十余载”，自天监元年（502年）至普通中正好“二十余载”，由此推算荀济上书事在普通中（524年左右）即距天监十六年（517年）数年[1]。又考《南史》本传载郭祖深上疏中有“庐陵年少，不宜镇襄樊；左仆射王暕在丧，被起为吴郡，曾无辞让”云云。查《梁书·高祖三王传》庐陵王萧续普通三年（522年）出镇襄阳任雍州刺史，时年十九岁，故称“年少”；《梁书·武帝本纪》载普通三年吴郡太守王暕重新担任左仆射（次年卒），后句所言王暕“被起为吴郡”当是指此。故知郭上疏时间为普通三年（522年）[2]。朱文民先生也指出，郭疏中有“陛下皇基兆运二十余载”，从天监元年（502年）至普通三年（522年）为二十一年，亦可佐证[3]。有此三证，确凿无疑。故知上书时离天监三年（504年）已有十八年。可见荀、郭上表时都是在梁武帝舍道奉佛的天监三年后的十多年间，其弊端日益严重，与《三破论》的揭露吻合，《灭惑论》应是此段时间刘勰奉武帝之旨而撰，也就是合情合理的了。陆侃如、朱文民亦将《灭惑论》的撰年定于本年前后[4]。

余论

至于主齐代说论者反复申述的最主要的证据：僧祐《出三藏记

---

① 李庆甲：《文心识隅集》，第75页。

② 李庆甲：《文心识隅集》，第76页。

③ 朱文民：《刘勰传》，西安：三秦出版社，2006年，第316页。

④ 朱文民：《刘勰志》，第106页。

集》成书于齐，其卷十二所录《弘明集》子目有《灭惑论》，可见其成书于齐。王元化、李庆甲对此有详细的辨析。

其实，杨明照的齐代说是根据范文澜的《文心雕龙注》的说法推断出来的。范注称："假定刘勰自探研释典以至校定经藏"撰成《三藏记》《弘明集》等书，费时十年，"至齐明帝建武三、四年，诸功已毕"，由此推断："《灭惑论》不仅属于刘勰的前期作品，而且还作于《文心雕龙》之前。"[①]王先生指出："我们只要考察一下刘勰襄佐僧祐撰成诸书的时期，就可以知道此说不确。《广弘明集》卷二十七载王曼颖与慧皎法师书，论历代佛法传布的情况，曾把僧祐著作归为梁代作品。王曼颖与僧祐为同时代人，他的话应当可信。《出三藏记》成于梁时似不难证明。《出三藏记》的《集名录序》和《集杂录序》都自称书中所录各文'发源有汉，迄于大梁'。这说明它不可能成于齐明帝建武年间。《弘明集》中亦多录梁天监年间事。梁武帝《立神明成佛义记并沈绩序注》，（高丽本题名作大梁皇帝，当是僧祐原文，今本称武帝，系后人追（改）以及在梁初引起剧烈斗争的神灭问题的辩论，都一一收入集内。这也同样说明《弘明集》成书时期必在入梁以后。"[②]既然如此，那么以《弘明集》子目有《灭惑论》为据的齐代说，岂不成了没有根基的空中楼阁？又李庆甲指出：《出三藏记集》共十五卷。僧祐明确声称所录各经"发源有汉，迄于大梁"。细检所载目录，可知绝大部分出于梁代以前，但梁代的也有相当数量。僧祐对所录经书中某些有疑问的著作还做过调查核实，见于有关著作后面的"附记"。如卷二所载释僧盛撰的《教戒比丘尼法》出于"梁天监三年"；卷五所载许多真伪混杂之作的目录中，出于"天监二年"的有比丘解

① 王元化：《文心雕龙创作论》，第25页。

② 王元化：《文心雕龙创作论》，第25页。

释道欢撰的《众经要览法偈》，分别出于天监元年、三年和四年的佛经有七种之多[①]。卷六至十二所载各经的前序及后记中也有梁代的作品。如卷七和卷八分别载有梁代王僧孺和梁武帝之作[②]，等等。这些材料“充分证明”：《出三藏记集》“绝对不是撰于齐代”，《开元释教录》卷六所载撰于齐代乃是“智深误记”[③]。那么，上引材料会不会是僧祐编撰今本《出三藏记集》时所增添？“答案也是否定的”。因为该书是“一部体制上颇具特色的佛学目录著作”，篇幅巨大，结构严密，第二卷至第八卷铨录的经目结构尤为复杂，“编成之后如要改动，往往牵一发而动全身，会造成很多麻烦”。如认为前十卷本有关梁代的材料均系新增，“那简直不可想象”[④]。自隋代法经等撰的《众经目录》开始，历代佛学目录中凡是著录《出三藏记集》的均不是原本，可知此书原本并未流传，很可能在成书后僧祐接着又增编了五卷，原本和新本的撰成时间，前后相距不会太久。退一步说，即使该书原本成于齐，那也不能据此说明《弘明集》成书于齐，因为十卷本《弘明集》目录载于《出三藏记集》卷十二，那已非原本，而是梁代续成的十五卷本了[⑤]。

笔者不敢说上述王、李所论绝对是正确的结论，但认为不无道理。加上李庆甲有关天监十六年左右形成《三破论》与《灭惑论》之争的客观条件的阐述，笔者看来亦有根有据。不知何故，齐代说论者对梁代说上述理据似乎视而不见，少有提及，更未作仔细辨证，便否定称梁代说，难以服人。

---

① 李庆甲：《文心识隅集》，第 47 页。

② 李庆甲：《文心识隅集》，第 48 页。

③ 李庆甲：《文心识隅集》，第 48 页。

④ 李庆甲：《文心识隅集》，第 48 页。

⑤ 李庆甲：《文心识隅集》，第 49 页。

再者，天监十七年刘勰由萧绩府入东宫迁升步兵校尉（由九品官升至六品），这是刘勰仕途生涯的最高官职。一般认为如杨明照所说，是因“陈表而迁”，即上表言二郊农社宜与七庙飨荐同改蔬果，由此获得武帝欢心所致[①]。但李庆甲认为迁升与撰写《灭惑论》“不无关系”[②]。笔者赞同其说，因为前此已有僧祐上表言二郊农社宜同改蔬果，刘勰不过窥得圣意而步其后尘，算不上什么大功劳；而撰《灭惑论》则令武帝解开心结，由此升职才更合情合理。可见《灭惑论》撰年应是在天监十六年左右。

① 杨明照：《文心雕龙校注拾遗》，上海：上海古籍出版社，1982年，第401页。
② 李庆甲：《文心识隅集》，第85页。

《刘子》应为刘勰撰

——《刘子》作者争论评述

二十世纪八十年代在安徽屯溪召开的《文心雕龙》学会年会上，林其锬、陈凤金伉俪提交的论文认为《刘子》的作者应是刘勰而非刘昼，并把他们校对出版的《刘子集校》直接题为“梁刘勰撰”①，引起相当大的反响。笔者读后觉得脉络清楚，持之有故、言之成理。随之听到议论：这是“龙学”界的“九级地震”，如能成立，岂不令人高兴？但果真如此吗？令人怀疑②。且听说副会长杨明照反对此说，仍认为是刘昼撰，故会议期间公开赞成者不多。其后有周振甫、张少康、程天祜、孙蓉蓉、陈应鸾、周绍恒等赞同刘昼撰，可谓阵容鼎盛；而响应林、陈者亦不乏其人：尤其是撰写《山东省志·诸子名家系列丛书》之《刘勰志》和《刘勰传》的朱文民，针对刘昼说的主要论据撰文《把〈刘子〉的著作权还给刘勰》详细辩驳③，又撰文综述双方的论争申述刘勰说④；杜黎均撰文比较《文心》与《刘

---

① ［梁］刘勰撰，林其锬、陈凤金集校：《刘子集校》，上海：上海古籍出版社，1985年。

② 程天祜：《〈刘子〉作者辨》，中国《文心雕龙》学会编：《文心雕龙学刊》第5辑，济南：齐鲁书社，1988年，第361—370页。

③ 朱文民：《刘勰传》附录三，西安：三秦出版社，2006年，第381页。

④ 朱文民：《〈刘子〉作者问题研究述论》，安徽师范大学中国诗学研究中心编：《中国诗学研究》第8辑（《文心雕龙》研究专辑），合肥：安徽大学出版社，2011年，第500页。

子》的诸多相通之处而赞同刘勰撰，否定刘昼说[①]；游志诚教授认为：刘勰是“经学史学子学兼文论家”，但学界对其学术之总架构“罕有通盘一贯之探索”[②]，并运用“互证法”对二书作深入的比较研究，撰《文心雕龙与刘子系统研究》，得出作者“必刘勰无疑”的结论[③]，等等。笔者一直关注这场争论，现在谈一些看法，或许有些参考价值。

根据朱文民和林、陈的研究，《刘子》作者尽管历代有种种说法：刘勰、刘昼、刘歆、刘孝标、袁孝政、东晋时人和贞观以后人，以及“金人刘处元和另有一个姓刘的人”[④]，但“比较集中且见署于版本者”，唯刘勰和刘昼[⑤]。其余因证据单薄，难以成立，且为篇幅所限，故略而不论。

一、史载刘勰有文集行世，“文集”应是《刘子》

《梁书·刘勰传》载勰“文集行于世”，此句被《南史》删去。那么，是否刘勰并没有文集，或者初唐时该书已佚故被撰者删去？答案是否定的。

（一）《梁书》传主有文集行世而被《南史》删去者不止刘勰

如《梁书》载丘迟和庾肩吾有“所著诗赋”和“文集”“行于世”，均被删去。《隋书·经籍志》载“《丘迟集》十卷”、《旧唐书·经

① 杜黎均：《〈文心〉与〈刘子〉比较论》，见中国《文心雕龙》学会编：《文心雕龙学刊》第5辑，保定：河北大学出版社，2002年，第346页。

② 游志诚：《〈刘子〉新诠释》，李建中、高文强主编：《百年龙学的会通与适变》，哈尔滨：黑龙江人民出版社，2011年，第87页。

③ ［梁］刘勰著，林其锬集校：《刘子集校合编》，上海：华东师范大学出版社，2012年，第45页。

④ ［梁］刘勰著，林其锬集校：《刘子集校合编》，第35页。

⑤ ［梁］刘勰著，林其锬集校：《刘子集校合编》，第1188页。

籍志》和《新唐书·艺文志》均载有《丘迟集》[1]。与刘勰同时的刘杳、王籍、谢几卿、庾仲容均有文集行世，刘勰地位、声誉不在他们之下，有文集行世并不奇怪。

查《梁书》本传记载传主的文集有两种情况：一是仅载文集名和卷数，如柳惔、范云、任昉，等等；另一是加上文集"行于世"，如：沈约、江淹、徐勉、范岫、陆倕、到洽、顾协、鲍泉、张率、刘孝绰、王筠、谢几卿、王籍、刘杳、任孝恭、庾仲容等多人。看来，后者应是撰者见过或由各种途径获知有文集行世才如此记载的。《梁书》称勰"为文长于佛理"，应是撰者亲睹其文才这样说的；又称"京师寺塔及名僧碑志必请勰制文"，"必请"语气如此肯定，也应是亲历亲闻才这样记载。《梁书》名为姚察与姚思廉父子共同编撰，而姚察陈时任秘书监、吏部尚书等职，曾参与梁史的编撰，入隋后受命编撰梁、陈两朝历史，只编写了一部分便去世，继由其子完成。姚察生于刘勰卒年前后，二十四岁时参与编写梁史，对于梁时文化名人的著述应该熟知，故其记载"当是据实而录"，不会有误[2]。

（二）《刘子》一书初唐尚存

杨明照称："按舍人文集，《隋志》即未著录。岂隋世已亡之耶？抑唐武德中被宋遵贵漂没底柱之余，而其目录亦为所渐濡残缺耶？"又称："《南史》删去此句，则是集唐初实已不存……"[3]孙蓉蓉亦赞成此说[4]。其实，《隋志》只题书名而未记作者，是因为当时国家图书馆只有书目，其书当在司农少卿宋遵贵运载途中经底柱时被漂没十之八九，故有目无书者只记"亡"。到唐开元七年（719年）

---

① 孙蓉蓉：《刘勰与〈文心雕龙〉考论》，北京：中华书局，2008年，第27页。

② 孙蓉蓉：《刘勰与〈文心雕龙〉考论》，第30页。

③ 杨明照：《文心雕龙校注拾遗》，上海：上海古籍出版社，1982年，第413页。

④ 孙蓉蓉：《刘勰与〈文心雕龙〉考论》，第29页。

下诏发动公卿士庶“所有异书借官缮写”，致使内库图书大增，并编成《群书四部录》四百卷书目，后又略为《古今书录》四十卷。《刘子》一书当是此次公卿献书后重新发现的，故《旧唐书》题刘勰著，《新唐书·艺文志》照录[①]。《新唐书》与《隋志》均载“《刘子》，十卷”，并被隋、唐众多文献普遍引用，并已流传西北（详下），可见初唐该书尚存。

（三）两《唐志》明确记载《刘子》刘勰撰

我们知道，刘勰早有撰写子书之意。《文心雕龙·序志》篇自称“齿在逾立”（三十来岁）曾夜梦随孔子南行，醒来认为是孔子托梦给自己，于是想到“注经”，但前人已对经典发挥很精当，难以“立家”，“唯文章之用，实经典枝条”，且鉴于齐梁文风愈演愈“讹滥”，于是撰写《文心》。《诸子》篇云：“诸子者，入道见志之书”，“君子之处世”应“炳曜垂文”。周勋初指出：他撰写《文心》，“是想完成一部子书，藉以‘树德立言’，并由此而‘立家’”，魏晋时一些杰出学者如陆机、葛洪等“均有类似表述”[②]。而且，刘勰本身就是子家并以子家自居。游志诚指出，“考《文心雕龙·诸子》曹学佺眉批云：‘彦和以子自居。’”，又该篇嗟叹诸子“身与时舛，志共道申”，但其声名有如金石久远；明人钟惺亦评曰：“数语俨然以子自居。”曹、钟之评点“一语道破刘勰一生学问志趣归趋实为子家之学”，《诸子》篇“深诋”子学源流至魏晋“已渐趋薄弱之弊”，刘勰自觉写了一部《文心》是不够的，故“挺身而出，

---

① 朱文民：《〈刘子〉作者问题研究述论》，安徽师范大学中国诗学研究中心编：《中国诗学研究》第8辑（《文心雕龙》研究专辑），第514页。

② 周勋初：《〈文心雕龙·辨骚〉篇属性之再检讨》，安徽师范大学中国诗学研究中心编：《中国诗学研究》第8辑（《文心雕龙》研究专辑），第11页。

力挽狂澜，必撰作新论，以改写子家流弊，再创子学风范”[1]。

（四）《刘子》与《文心》的篇数说明二书是姐妹之作

再从两书的篇数来说，《刘子》共五十五篇乃是天地之数（1至10相加之和）。《文心》共五十篇乃“大易之数”（“大易”当作“大衍”），即王弼所称“演天地之数”五十；或谓十日、十二辰、二十八宿（其和为五十）；或谓太极、两仪（天地）、日月、四时、五行、十二月、二十四气（气节）（其和为五十）[2]。一个是天地之数，一个是“演”天地之数，当是精心的安排，可知二者应是姐妹之作。刘勰大约36岁完成《文心》[3]，55岁完成《刘子》[4]，则相距约有二十年，刘勰再撰一部子书，完全没有问题。

可见，史载刘勰有“文集”行世，应该就是《刘子》。

二、刘昼说源于对宋人著录的错误解读

（一）刘昼说主要证据袁序源于对宋人著录的错误解读

林、陈指出：历代著录《刘子》作者虽有种种说法，但比较集中并见署于版本者，唯刘勰和刘昼。且距离《刘子》成书时间越近，对刘勰说越是“信多疑少”；距离年代越远，则怀疑和否定“反而多了起来”。再经“转相征引，由是变疑，由疑而非，似成定论”。其实，“不少引证是同事实和原意相背离的”[5]。本来对刘勰说并无异议，直至南宋初出现袁孝政注本及序，“争议才发生”。

---

① 游志诚：《〈刘子〉与〈易经〉初论》，安徽师范大学中国诗学研究中心编：《中国诗学研究》第8辑（《文心雕龙》研究专辑），第525、526页。

② 詹锳：《文心雕龙义证》，上海：上海古籍出版社，1989年，第1931页。

③ 牟世金：《刘勰年谱汇考》，成都：巴蜀书社，1988年，第57页。

④ 朱文民：《刘勰传》附录三，第316页。

⑤ ［梁］刘勰著，林其锬集校：《刘子集校合编》，第1188页。

当时主要目录学家均对其表示质疑，但影响不大，只是到了明代以后，陈振孙和晁公武的题署实录被“腰斩原文，曲解原意，由疑变是”，本来是质疑反而成了“刘昼说的依据”[①]。陈、晁乃南宋著名目录学家，细看陈的《直斋书录解题》和晁的《郡斋读书志·杂家类》的“刘子”题署“刘昼孔昭撰”，都是只对所见该书题署的实录，而非认定为刘昼撰。而且陈接着说袁序的《刘子》“传记无称，莫详其始末，不知何以知其名昼而字孔昭也”；晁亦称“或以为刘勰，或以为刘孝标，未知孰是”。白纸黑字，明明仅是仍用原来题署以存疑，却被后人腰斩原文，把题署实录作为本意，于是存疑变成了确认，明清许多《刘子》版本的题署就是这样来的。《四库全书总目提要》就是代表，竟称二者“俱据唐播州录事参军袁孝政序，作北齐刘昼撰”。其他版本题跋类似者不少，由此刘昼说似成定论[②]。林、陈以《四库全书总目提要》所说“《宋史·艺文志》亦作刘昼作”为例辨析：查遍该书所录（含《刘子》）9819部书目加“题”字者仅16部，均为“编者未能确定其真伪，姑仍其旧以存疑”，并举四例为证[③]，很有说服力。

（二）袁孝政注《刘子》来历不明，经林、陈考证乃是伪书

本来，陈振孙《直斋书录解题》题署“《刘子》，五卷，刘昼孔昭撰”，引了唐播州录事参军袁孝政《刘子注·序》一段话：“昼伤己不遇，天下陵迟，播迁江表，故作此书。时人莫知，谓为刘勰、刘歆、刘孝标作。”陈说“其书近出”“时人莫知”等等疑点，但无人深究，以致有些名家乃至今人亦有信以为真者。林、陈穷根究底，遍查“自隋唐迄于南宋初年，所有《刘子》版本和文献著录”

① ［梁］刘勰著，林其锬集校：《刘子集校合编》，“前言”，第33页。

② ［梁］刘勰著，林其锬集校：《刘子集校合编》，“前言”，第34页。

③ ［梁］刘勰著，林其锬集校：《刘子集校合编》，第1184页。

均无此记载[①]。又查出同是南宋人的章如愚编撰的《群书考索》著录的《刘子》称“今袁孝政序云”，可见袁是南宋人而非唐人！尤其是林、陈统计了《刘子》六种敦煌隋、唐写本（残卷）、南宋刊本和日本宝历本的异体俗字，结果是：隋、唐写本数量较多，南宋刊本则明显减少[②]。如：刘幼云旧藏唐写本八整篇异体俗字 133 字，而南宋刊本四十四篇仅 19 字。日本宝历八年刊本（相当我国乾隆年间）尽管刊刻时间远比南宋刊本晚，但遗存异体俗字要比南宋刊本多（五十五篇共 94 字）。鉴于流传域外文字变迁缓慢，故并不奇怪。林、陈进而指出：宝历本袁注与正文遗存异体俗字分别是 11 与 94，比例为 11.7%；而南宋刊本分别为 13 与 19，比例为 68.4%，差别很大。而宝历本袁注与南宋刊本袁注两者的遗存异体俗字分别为 11 与 13，相当接近。可见“日本宝历本正文与注文不属于同一时代”，正文可能源于唐代五卷本《刘子》之传本，而注文则是在南宋以后传本之移入，并非唐人之作[③]。在这里，林、陈统计了伯三五六二卷等十种文献，共处理异体字 5827 个，又逐一统计了日本宝历本《刘子》袁注共计 429 条，加上取样对比的唐人和宋人注释样本，一共处理了 1240 条数据（其中《帝范》注和《刘子》注均是穷尽式取样），由此得出“袁注体裁与唐人著书体裁不相同”的结论[④]，证实该书为南宋人伪托。李伟国也列举该书袁注多篇均不避唐讳，指出：袁“如为唐高宗以后之人，行文不当直接写出‘世’‘民’‘治’‘显’

---

① ［梁］刘勰著，林其锬集校：《刘子集校合编》，第 18 页。

② ［梁］刘勰著，林其锬集校：《刘子集校合编》，第 23 页。

③ ［梁］刘勰著，林其锬集校：《刘子集校合编》，第 24 页。

④ 涂光社：《刘勰研究的一个里程碑——评〈增订文心雕龙集校合编〉〈刘子集校合编〉的出版》，镇江市图书馆中国《文心雕龙》资料中心编：《信息交流》2013 年第 1 期。涂文附注参阅陈国灿：《斯坦因所获吐鲁番文书研究》，武汉：武汉大学出版社，1995 年，第 487 页、第 526—527 页；荣新江：《关于唐书时期中原文化对于阗影响的几个问题》，《国学研究》第 1 卷，北京：北京大学出版社，1993 年，第 416 页。

等字”；如袁“系初唐人，则敦煌西域所出之《刘子》九种似不应全部不录其注”。[①]可为佐证。

（三）刘昼说的另一主要证据张鷟《朝野佥载》的记载亦不足为据

刘昼说的另一主要证据是唐张鷟的《朝野佥载》，其云：“《刘子》书，咸以为刘勰所撰，乃渤海刘昼所制。昼无位，博学有才，（窃）取其名，人莫知也。”这段话是后人根据南宋刘克庄《后村大全集·诗话续集》的记载补辑的，此外再无其他佐证[②]，可靠性已大打折扣。而且，该书是唐人小说，“故事都是作者根据或许有的现象杜撰的，其‘资料来自‘街谈巷议，传闻异辞’”，不应作为信史引录[③]。林、陈还指出：该书《旧唐书·经籍志》未录，《新唐书》和《宋史》的《艺文志·杂记类》载为二十卷（后者又《佥载补遗》三卷），《四库全书总目提要》则称六卷，《文献通考》则但有《佥载补遗》三卷，并称“参考诸书皆不合”。尤袤《遂初堂书目》分《朝野佥载》及《佥载补遗》为二书，疑前者为鷟所作，后者则为后人附益。余嘉锡《四库提要辨证》亦指出该书有“文义与本条不相联属”，有些记载与史实不符[④]。在宋代已有“后人附益”“宋人摘录”“后人取他书窜入”等种种批评，可见史料价值不高。岂可作为否定已有诸多隋唐文献记载的刘勰说（详下）的证据！

（四）袁序张说有乖事理，备受质疑，难以说通

细看刘昼说的两条主要“证据”：不但来历不明，似出一人之

---

① ［梁］刘勰著，林其锬集校：《刘子集校合编》，第 10 页。

② ［梁］刘勰著，林其锬集校：《刘子集校合编》，第 34 页。

③ 朱文民：《〈刘子〉作者问题研究述论》，安徽师范大学中国诗学研究中心编：《中国诗学研究》第 8 辑（《文心雕龙》研究专辑），第 521 页。

④ ［梁］刘勰著，林其锬集校：《刘子集校合编》，第 34 页。

手，而且违背史实，有乖事理，备受质疑。如说刘昼“播迁江表”无疑痴人说梦，因为史载刘昼根本没有到过江南；又说昼因“无位”而“窃取”刘勰之名，实在有乖事理，难以说通：一是刘勰社会地位不算高，刘昼又是个极其自负的人，怎会窃取其名？二是刘勰是依附佛寺且最后皈依佛门取名慧地，以诋佛著称的刘昼怎会盗取其名欺世[①]？三是从京师寺塔及名僧碑志“必请”刘勰制文可知，其名声不小，且所著《刘子》已为官方的《七录》所载（详下），广有影响，刘昼比他不过晚卒三四十年，岂敢公然窃取其名？这些都难以说通的。特别是清人姚振宗《隋书经籍志考证》“梁《刘子》十卷”条指出：“此《刘子》似非刘昼”，昼“时当南朝陈文帝之世，已在梁普通后四十余年；阮氏《七录》作于普通四年，而是书载《七录》，其非昼所撰更可知”。[②]也就是说，《七录》记载《刘子》时，刘昼不过十来岁，怎会著书？

（五）刘昼说论者对《刘子》“见载《七录》”的质疑无说服力

上述清人姚振宗之说，对刘昼说而言无疑是致命的。但对该说，论者仍质疑：一是“《隋志》附录之文是否完全出自《七录》”？二是《隋志》附录的《刘子》是否就是今本《刘子》[③]？第一个问题显然没有意义。既然姚称该书“见载《七录》”，乃是就他所见而言，也许没有全面核对。但如果所见只是一小部分，他还会下这样的结论吗？第二个问题答案也很清楚。《隋书·经籍志》载：“梁有《刘子》十卷，亡。”根据其叙（序）说明：它是以隋朝东都洛阳残缺的藏书目录为基础，“考见存”（对照漂没之后残存的图书

① ［梁］刘勰著，林其锬集校：《刘子集校合编》，第1216页。
② ［梁］刘勰著，林其锬集校：《刘子集校合编》，第1186页。
③ 程天祜：《〈刘子〉作者辨》，《文心雕龙学刊》第5辑，第364页。

实物），“远览马《史》、班《书》，近观王、阮《志》《录》”[①]，进行了一番考订撰写而成。“王、阮《志》《录》”，即南朝王俭的《七志》和阮孝绪的《七录》。《四库全书总目提要》也指出：“《隋书·经籍志》参考《七录》，互注存佚，亦沿其例。”清人钱大昕《隋书考异》说得更明确：“阮孝绪《七录》撰于梁普通中，《志》（《隋志》）所云梁者，阮氏书也。”清人章宗源也说：“《隋志》依《七录》，凡注中称梁有今亡者，皆阮氏旧有。”可见《隋志》记载《刘子》乃是本之阮氏《七录》，印证了姚称《刘子》一书“见载《七录》”。上文已说明：该书在唐代献书运动中重新被发现，并与隋虞世南的《北堂书钞》以及唐太宗、武则天、释道宣和释湛然诸人所引均同，足证《七录》所载的《刘子》就是《隋志》和《唐志》的《刘子》十卷本，即今本五十五篇《刘子》。

（六）史籍并无肯定刘昼著《刘子》的记载

史籍对刘昼的著述有明确记载：48岁求秀才不得“发愤”著《高才不遇传》，孝昭即位上书终不见采，于是“编录所上之书为《帝道》”，“河清中又著《金箱璧言》，盖以指机政之不良”，还有一篇就是被人讥笑为“愚甚”的《六合赋》[②]，可谓详细而具体。如果刘昼晚年真有《刘子》这样的大部头著作，岂有不载或漏载之理？再说，刘昼既没有涉及政治、经济、军事等方面的实践，读书二十年而答策不第，上书又“多非世要”，是一个不达世务的儒生，怎能写出于修身治国均有重大参考价值的《刘子》？

鉴于刘昼说源于对宋人题署的错误解读，主要论据袁序张说来历不明，已遭质疑（经考证袁书乃是伪造），不能成立，无异于釜

---

① ［梁］刘勰著，林其锬集校：《刘子集校合编》，第1177页。

② ［梁］刘勰著，林其锬集校：《刘子集校合编》，第1194页。

底抽薪。面对上述种种确凿的证据，论者所谓刘昼说已成“铁案”之说[①]，还能成立么？

三、刘昼撰其余二说经不起检验

（一）所谓《刘子》“归心道教”“重道轻儒”，与刘勰“志趣迥异”、相去甚远，与原著思想不符

余嘉锡《四库提要辨证》称《刘子·九流》篇“乃归心道教，与勰志趣迥异”；程天祜亦称刘勰《文心》“崇儒轻道”“宗儒倾向鲜明”，与《刘子·九流》“重道轻儒”“主张儒道互补而倾向于道”，两者相去“何止千里”[②]。因而认为《刘子》乃刘昼而非刘勰所撰。笔者仔细辨析，均经不起检验。

《刘子》对儒、道的态度，《九流》篇说得很清楚：“道者玄化为本，儒者德教为宗。九流之中，二化为最。”明明说“二化为最”，怎么变成了“志趣迥异”，还相去“何止千里”？真是令人困惑。程文先说二者是“互相补充”关系，后又说“一个‘非得真之说’，一个‘为达情之论’，一褒一贬，《刘子》的重道轻儒不是明显的吗？”[③]既然是“互相补充”，怎么又变成“重道轻儒”“一褒一贬”？岂不是自相矛盾吗？而且，这样的理解也有违现代语法常识：原文两个复句均有转折之义，重点在下句：前句“儒教虽非得真之说，然兹教可以导物”，意谓：儒家的礼教虽不能维护人性，但对人起着引导作用；后句“道家虽为达情之论，而违礼复不可以救弊”，意谓：道家之说虽然达情，但违反礼教不能对社会起救弊作用。结论是：治世用儒家的礼教，避世用道家“达情”。还说：如果在远古“大

---

① 程天祜：《〈刘子〉作者辨》，《文心雕龙学刊》第5辑，第364页。

② 程天祜：《〈刘子〉作者辨》，《文心雕龙学刊》第5辑，第369—370页。

③ 程天祜：《〈刘子〉作者辨》，《文心雕龙学刊》第5辑，第369页。

同”世界实行儒家的礼教，则“邪伪萌生”；反之在成康时期施行道家的无为，则“氛乱竞起”。可见作者主张儒道互补：前者是主，是人生追求；后者是辅，是补，是前者无法实现后的精神安慰。作者更看重的是儒家而不是道家。可见称《刘子》“归心道教”和“重道轻儒”，有违语法常识，与原旨不符。

还应指出：《刘子》一书多处流露出仕入世的强烈愿望。如《知人》云：“世之烈士愿为君授命，犹瞽者之思视，躄者之想行，而目终不得开，足终不得申，徒自悲夫！”可见，作者渴望建功立业的儒家入世思想是多么强烈！其《命相》篇云：“命相凶吉，悬之于天。”《遇不遇》云：“贤不贤，性也；遇不遇，命也。”可见人不能改变和掌握自己的命运。但作者又不是完全的宿命论者，认为人的遇与不遇，与机会因缘分不开。《因显》篇云：“若无所以因”，则良马、美才、宝珠无以显示其价值；反之，则“一顾千金”“光于紫殿”“擎之玉匣”。所谓“因”，就是机会因缘，即有人赏识、介绍与引荐。《托附》篇更说：鸟兽虫花卉“犹知因风假雾，托峻附高”，人更应“托附”以就其名。当然，“托附”如得其所，“则重石可浮，短翅能远”，否则“轻羽沦溺，迅足成蹇”。但总比毫无作为白白等死要强。因此，人有了才智还要善于积极为自己创造机会和抓住机会入仕，以施展才干实现自己的人生价值。可以说，刘勰的一生就是实践上述思想主张的一生。他 24 岁服丧三年之后即入定林寺依僧祐整理佛经，这样不但可以避役，博览该寺丰富的藏书，更重要的是：该寺主持僧祐为朝廷器重，入寺有机会藉此进入仕途。他入寺而没有出家，显然是等待时机[①]。大约 36 岁撰写完成《文心雕龙》，但未为时流所重，便伺机于沈约车前献书。约誉

① 朱文民：《刘勰传》附录三，第 289 页。

为“深得文理”，并举为“奉朝请”，由此取得为官的资格。两年后由僧祐引荐担任梁武帝之弟临川王萧宏记室，还担任过车骑将军（将军的最高级）王茂仓曹参军和任太末令且“政有清绩”。约46岁调任南康王萧绩记室并“兼领”东宫通事舍人[①]。时萧绩为南徐州刺史，官职地位重要而年纪尚幼，可见朝廷的器重。“兼领”一事，笔者认为应是太子萧统的生母丁贵嫔与僧祐商议争取而来的。据《高僧传·僧祐传》载，丁贵嫔是僧祐的弟子，时太子萧统年幼，盖丁贵嫔为其筹谋辅佐之人而与僧祐商议，故有此举。52岁时为迎合梁武帝撰写宣扬佛教的《灭惑论》，又上表建议二郊农社宜与七庙同改祭祀不用牺牲。其实他已知僧祐等上启在前，揣摩到武帝的心意而上表在后呼应[②]，由此得迁位列六品的步兵校尉掌管东宫警卫，比仍然“兼领”的东宫通事舍人（九品）官位要高三级。而且该职“甚为梁武帝所重视”，“是时朝政事多委东宫”[③]。这是刘勰仕途的顶峰。他的仕途步步迁升，既缘于他的才干和努力，也与他善于创造机会、抓住机会分不开。《刘子》一书关于因缘机遇的思想言论，正与刘勰的仕途经历完全吻合。而刘昼则虽有入仕愿望但并不强烈，更没有仕途经历，也没有上述强烈的入世思想和丰富的仕途经历，不可能写出《刘子》（详下）。可见《刘子》的作者是刘勰而非刘昼。

（二）细析刘昼晚年著《刘子》说，反证刘勰说

论者称：史载刘昼著有《金箱璧言》《帝道》及《高才不遇传》，尝云：“使我数十卷书行世，不易齐景之千驷也。”“最大的可能是”：刘昼利用晚年最后五年续写完成该书而“不为史家所确知”。《刘子·惜时》篇“透出的信息”正与其时境况“很吻合”，可视为刘

① 朱文民：《刘勰传》附录三，第308页。

② 牟世金：《刘勰年谱汇考》，第97页。

③ 杨明照：《文心雕龙校注拾遗》，第398页。

昼说的“新证”[①]。杨明照1937年在《文学年报》发表的《刘子理惑》亦称：刘昼诸书虽已亡佚，以昼自言“数十卷书”计之，则《刘子》“必在其中，于数始足”。[②]但上述刘昼所著诸书合计未必少于数十卷，且史称昼“言好矜大”，不能据此断定其中必有《刘子》。笔者再检验二人身世与《惜时》篇，结果与刘昼不合而与刘勰一致，反证了刘勰说。

细看《惜时》篇先列大禹等圣人“立德遗爱”延芳百世，叹息今人“枉没岁华”，正与《文心雕龙·序志》篇所说人生应建功立业、名扬千古一致。篇末以岁秋寒蝉常鸣“哀其时命，迫于严霜，而寄悲于菀柳”悲叹自己：“今日向西峰，道业未就”，将在“穷岫之阴”（喻定林寺）终了一生。这正与刘勰仕途突遭变异一致：正当入事东宫并迁步兵校尉登上仕途顶峰之时，昭明太子在宫廷斗争中失宠[③]，所谓“城门失火，殃及池鱼”，刘勰被打发回定林寺抄经了却一生。这是何等的悲哀啊！程氏认为“菀柳是属于春天，属于未来的”[④]，苑（通菀）虽可训草木茂盛，但显然与上下文“严霜”“日向西峰”等意境不合。朱文民认为：“菀柳”典出《诗经·小雅·菀柳》。该诗写一个周朝大臣怨恨曾被朝廷任用商议国政，后被撤职流放，境况与刘勰相近，故“菀”应训枯萎而非茂盛。林其锬先生则来函赐教云：考“菀”通“苑”，《说文》：“（苑）养禽兽也。”《周礼·地官·囿人》疏：“古谓之囿，汉谓之苑。”《诗经·大雅·灵台》“王在灵台”句疏：“囿者，筑墙为界域，而禽兽在其中也。”据此，

---

① 程天祜：《〈刘子〉作者新证——从〈昔时〉篇看〈刘子〉的作者》，《吉林大学社会科学学报》1990年第6期。

② 张少康等：《文心雕龙研究史》，北京：北京大学出版社，2001年，第510页。

③ 林其锬、陈凤金：《刘子集校合编》，第1239页。

④ 程天祜：《〈刘子〉作者新证——从〈昔时〉篇看〈刘子〉的作者》，《吉林大学社会科学学报》1990年第6期。

则"菀"有困义。刘勰被打发回定林寺整理佛经，实际上是被困于寺中了却一生。似更近刘勰此境。故"寄悲于苑（菀）柳"应训囿。刘勰眼看将要成就一番功业，却功败垂成，才有"道业未就"而"寄悲"的哀叹！

再看刘昼。傅亚庶称：细读《刘子》全文，"主旨仍属儒家言"而"非主道家"①，这是对的。但正如朱文民批评傅"只顾一味向儒生刘昼靠拢"②，如把上引《刘子》诸篇之言作为刘昼所说，就值得商榷了。傅在《刘子校释序言》称：刘昼"非常赞赏"班超等投笔从戎，建功立业，"希望有圣君贤臣发现、选拔自己"，并把《刘子·知人》篇所说"士之翳也，知己未顾，亦与傭流杂处"、《荐贤》篇所说孔子批评臧文仲不进展禽、公孙弘不荐董仲舒为"窃位""妒贤"，可见人才需有人举荐云云视为刘昼的话③。其实，刘昼虽有建功立业的思想，但远不如刘勰积极和强烈。他48岁才当上秀才，十分可怜，但并非没有机会。史载：齐河南康舒王孝瑜乃北齐世宗长子，初封河南郡公，齐受禅，进为王。历位中书令、司州牧。世祖即位，礼遇特隆。"闻昼名，每召见，辄与促席对饮"。由此入仕应是没问题的。但刘昼竟因他有密使来见离开片刻便"须臾径去"，对这个难得的入仕机会毫不珍惜。可知尽管他也懂得入仕须有人推荐的道理，但把自己的架子看得比入仕更重要，故毫不珍惜这个难得的机会。故知上引《知人》篇以瞽者思视、躄者想行比喻渴望求仕一段话不会是刘昼说的。《知人》《荐贤》等篇类似内容的话是一个整体，故不应视为刘昼之言来引用。上文已指出：刘昼一生并

① 傅亚庶：《〈刘子〉的思想及其史料价值》，《古籍整理研究学刊》1989年第6期。

② 朱文民：《〈刘子〉作者问题研究述论》，安徽师范大学中国诗学研究中心编：《中国诗学研究》第8辑（《文心雕龙》研究专辑），第518页。

③ ［梁］刘勰著，林其锬集校：《刘子集校合编》，第1169页。

没有政治、经济、军事等方面的实践，读书二十年而答策不第，论著又“多非世要”，不被收录，是一个通于经书而不达世务的人。他不曾努力为自己创造机会入仕，年近半百才当上秀才，不久便了结一生，谈不上有什么“道业”。既然没有，又有什么可痛惜？故知《惜时》篇的作者不可能是刘昼。只有刘勰经历了那样的仕途奋斗、挫折，具有那样深刻的沉痛体验，才能够写出来。可见《刘子·惜时》篇与刘昼晚年境况不合而与刘勰一致，反证刘勰说。

（三）刘昼说的其他证据亦难成立

关于避讳问题。有学者举《刘子》有“顺”和“衍”不避梁讳，可见作者为刘昼而非刘勰。朱文民指出：《刘子》也不避北朝帝讳，“欢”字两见、“隐”字十九见，“殷”字三见。北朝比南朝更保守、更讲究避讳，如高齐时殷州为避帝讳而改赵州；又《北齐书·赵彦深传》称赵“本名隐，避齐庙讳，故以字行”，这是由于高欢六世祖名“隐”；相反，《刘子·思顺》篇有的版本作《思慎》，可能是原始版本，林、陈指出：避讳问题“比较复杂”。首先在南北朝时期避讳并不严格；其次，《刘子》的一些版本也有疑似避梁讳字。如：《九流》篇“俾顺机变”就写作“俾慎机变”；卢文弨校明末刻本和程遵岳校乾隆重刊《汉魏丛书》本该篇都作《思慎》篇[①]，等等。可见不能根据避讳判断《刘子》的作者属谁。

关于《刘子》“北音”与《文心雕龙》的“北声”不合问题。《四库全书总目提要》以《刘子·辨乐》篇“殷辛作靡靡之乐，始为北音”与《文心雕龙·乐府》篇“有娀谣乎飞燕，始为北声”不合，由此断定“必不出于一人”。林、陈指出：两书“讨论的问题不同”：《文心》关于东、西、南、北音的起源，指的是“乐”的起源，取的是《吕

① ［梁］刘勰著，林其锬集校：《刘子集校合编》，第 44 页。

氏春秋·音初》的材料；而《刘子》指的“淫声”的起源，采自《淮南子·原道训》，两者论旨不同，故其义有异[1]。朱文民也指出此说没有说服力[2]。

四、刘勰说证据确凿，难以撼动

经学者的探究，尤其林、陈锲而不舍努力，刘勰说佐证已多，且难以撼动。

（一）隋唐文献典籍明确记载《刘子》为刘勰撰

顾廷龙在《敦煌遗书刘子残卷集录序》中指出：“《刘子》作者为谁？《隋志》仅书‘梁有’，而未题作者；《唐志》始著录‘《刘子》十卷，刘勰撰’。唐释慧琳《一切经音义》亦有‘刘勰，梁朝时才名之士也；著书四卷，名《刘子》’之记载；今在敦煌遗书《随身宝》钞本中，均有‘《离骚经》屈原注，《流子》刘协注’之著录……唐人称为《流子》者，即今之《刘子》也……刘协当即刘勰。两《唐志》并著录《刘子》十卷，刘勰撰，到今天还在流传。因就今日可见唐人著录，皆以为《刘子》刘勰著，此我国历史记载已甚明确。”[3]又称：“《刘子》一书，著于《隋志》，而虞世南《北堂书钞》、释道宣《广弘明集》、唐太宗《帝范》、武后《臣轨》、释道世《法苑珠林》、释湛然《辅行记》多数征引，是必盛行于隋唐。观于敦煌写本之多，足证当时流传之广，习者之众。”[4]

不妨略举数例：《北堂书钞》共有七处征引《刘子》，并明

① ［梁］刘勰著，林其锬集校：《刘子集校合编》，第1205页。

② 朱文民：《〈刘子〉作者问题研究述论》，安徽师范大学中国诗学研究中心编：《中国诗学研究》第8辑（《文心雕龙》研究专辑），第515页。

③ ［梁］刘勰著，林其锬集校：《刘子集校合编》，第61—62页。

④ ［梁］刘勰著，林其锬集校：《刘子集校合编》，第60页。

确标明“《刘子》”或“《刘子》云”[①]；敦煌鸣沙山第二八八石窟发现八种《刘子》写本残卷，其中一种（伯三五六二卷）不避唐太宗“民”字讳，当为隋时写本甚至出于六朝之末，也是“十分有力的证据”[②]；还有新疆塔里木麻扎塔格遗址发现的和田残卷即M.T.〇六二五卷存文七行，为《刘子·祸福》篇残文。“麻扎”意为“圣地”“圣徒墓”，指伊斯兰教显贵的陵墓，位于和田之西，是唐拔换城（今阿克苏市）南去于阗（今和田）通道上的神山峰所在地，有古代军事城堡、烽墩和寺院遗址。可见不过数十年该书便流传远至新疆一带，甚至为伊斯兰教徒诵习[③]。其时间之快、范围之广，令人惊叹！

这里应该指出：敦煌遗书《随身宝》，又名《珠玉钞》《益智文》，又题《珠玉新朝》，于伯二七二一号《杂钞》（即《随身宝》）著录有“《流子》刘协注（著）”[④]，佐证了刘勰说。但杨明照并不认同其价值，朱文民指出：该条材料“流子”即“刘子”，属于民间流行的同音假借“标音字”系统，在敦煌遗书中大量存在[⑤]。林、陈也指出：该书在敦煌遗书中有六种钞本，同音假借十分普遍，除刘与流、勰与协外，还有数十例。它“同敦煌变文一样具有民间读物的性质”，乃是同属于“标音系”古书[⑥]。王重民提及该书时就说：“《流子》就是《刘子》，刘协当即刘勰，两《唐志》并著录《刘子》

---

① ［梁］刘勰著，林其锬集校：《刘子集校合编》，第1233页。

② ［梁］刘勰著，林其锬集校：《刘子集校合编》，第1179页。

③ 涂光社：《刘勰研究的一个里程碑——评〈增订文心雕龙集校合编〉〈刘子集校合编〉的出版》，《信息交流》2013年第1期。

④ ［梁］刘勰著，林其锬集校：《刘子集校合编》，第1215页。

⑤ 朱文民：《〈刘子〉作者问题研究述论》，安徽师范大学中国诗学研究中心编：《中国诗学研究》第8辑（《文心雕龙》研究专辑），第392页。

⑥ ［梁］刘勰著，林其锬集校：《刘子集校合编》，第1237页。

十卷，刘勰撰，到今天还在流传”，并称它是“当时社会上读书识字人的一般性理论读物”[1]。其文献价值不应否定。

还有一点，《文心》与《刘子》同时远播西北，说明作者可能出于一人。日本学者冈村繁指出：“初唐年间，《文心雕龙》便不仅仅为一流学者所看重，而且超越汉人学者范围，传至周边民族的知识人手中，从而拥有意外广大的读者层。”并举两例为证：一是敦煌出土初唐“很可能是私塾老师用的讲课备忘录”《文选某氏注》钞本，其中关于“檄”的文体起源和沿革及所举三例均源自《文心·檄移》篇；二是该书“鹪鸠，河妇鸟也”（“河”当作“巧”，形近而误）六字为陈琳《檄吴将校部曲文》之“鹪鸠之鸟，巢于苇苕”的注。陆机《毛诗·豳风》疏“鸱鸮”称“似黄雀而小”，“幽州人谓之鹪鸠，或曰巧妇，或曰女匠”。可见该注产生的地区或撰者出生地为幽州。此外，敦煌本注中间有与汉语固有语序不同而宛似蒙语、满语、朝语、日语等所谓乌拉尔·阿尔泰语系的句式[2]。因此，很有可能是二书均为刘勰所撰，故大致同时远播西北边陲。

（二）《刘子》一书内容丰富，且会通佛经，作者非“精通佛理”的刘勰莫属，而不会是诋佛甚力的刘昼

林、陈指出：今存的九种敦煌、西域《刘子》残卷有八种出自敦煌藏经洞，其中书写最早、被学术界断为“隋时写本”或“六朝之末”的伯三五六二卷，在其“爱民第十二”篇题下留有“至心归衣（依）十方道宝”，在“法术第十四”篇题下也留有“恭恭秘本”等字。这些题字与正文字体不相属，显然是持有者视为珍贵的“秘

---

① ［梁］刘勰著，林其锬集校：《刘子集校合编》，第 1215 页。

② ［日］冈村繁著，林少华译：《〈文心雕龙〉在唐初钞本〈文选某氏注〉残篇中的投影》（节选），饶芃子主编：《文心雕龙研究荟萃》，上海：上海书店，1992 年，第 109、105、108 页。

本”而献给佛寺的。“《刘子》有这么多写本远播边陲，并被佛寺收藏，为佛家所青睐，表明了此书同佛家的密切关系”。[①] 而且该书“从思想到某些资料的采摭，也同佛教经典有关”。如《四十二章经·第三十四章》“以琴喻道”阐“处中得道”之理，《刘子·爱民》篇“以琴喻政”阐“刑罚有时”“政教有节”之理，二者“都本于佛家般若中观、中道，处事不取狂狷极端态度”。鉴于《四十二章经》在梁僧祐《出三藏记集》中曾有著录，日本《文心雕龙》研究专家兴膳宏有专文考证：僧祐《出三藏记》乃刘勰协助编成，序文亦可能出于刘勰之手。故刘勰著《刘子》运用《四十二章经》的思想和材料是完全可能的[②]。还举《刘子·命相》篇列有伏羲日角、黄帝龙颜等圣贤殊相，虽然王充《论衡·骨相》篇也有类似内容，但文字或同或异。如《骨相》篇称“皋陶马口”，而《理惑论》和《刘子》并作“皋陶（《刘子》或作皋繇，但繇、陶通）鸟喙”；又《论衡》“十二圣”异相未列“伏羲”，而《理惑论》则云“伏羲龙鼻”，与《刘子》有异。各家所用资料可能源于纬书，但《刘子》同《灭惑论》可能有关系，因为后者在僧祐的《出三藏记集》和《弘明集》均有著录[③]。再联系《刘子》书中用了许多“神照”“垢灭”“炼业”“机妙”等佛家习用语，可见该书“不仅融合道儒，而且也会通佛家”[④]。《刘子》的这种思想境界，以及它同佛教的密切关系，“大概绝非‘言好矜大’‘诋佛甚力’的刘昼所能为，恐怕只能非‘精通佛理’‘改名慧地’的刘勰莫属了”。[⑤]

① ［梁］刘勰著，林其锬集校：《刘子集校合编》，第 42 页。
② ［梁］刘勰著，林其锬集校：《刘子集校合编》，第 42 页。
③ ［梁］刘勰著，林其锬集校：《刘子集校合编》，第 43 页。
④ ［梁］刘勰著，林其锬集校：《刘子集校合编》，第 44 页。
⑤ ［梁］刘勰著，林其锬集校：《刘子集校合编》，第 44 页。

（三）刘昼诋佛甚力，被名僧贬斥；刘勰为佛门尊崇，《刘子》为名僧多引和佛寺收藏，故知作者并非刘昼而是刘勰

鉴于刘勰受佛徒尊崇，在佛门有一定地位，李庆甲根据佛教经典《大藏经》《续藏经》的"史传部"所载《隆兴佛教编年通论》《佛祖统记》《释氏通鉴》《佛祖历代通载》及《释氏稽古录》的记载考证刘勰的卒年[①]。《刘子》不但被佛徒视为珍宝，而且还多被名僧征引。如成书于隋代的释道宣《广弘明集》曾将《刘子》与《文心》并列，并引前者《妄瑕》篇之言斥责刘昼"狂、哲之心相去远矣！"唐西明寺高僧释慧琳在其《一切经音义》中两处明确著录《刘子》乃刘勰所著，释道世的《法苑珠林》、释湛然的《辅行记》也都分别有征引《刘子》的内容[②]。反观刘昼，史载他诋佛甚力，一些名僧对其反佛言论耿耿于怀，释道宣《广弘明集》和释湛然《辅行记》都引《刘子》的话给予反驳[③]，前者还在《叙历代王臣滞惑解》把刘昼列入了反佛另册[④]。如果该书作者是刘昼，他们还会引用吗？这也说明，唐时刘昼说尚未出现，否则这些名僧是会站出来辨正的。

（四）流传日本的《刘子》为刘勰说提供新的有力证据

林、陈的《刘子集校合编》收录了日本藏宝历八年刊五卷本《刘子》的影印和整理。此次影印整理的五卷本所据乃是台图馆藏日本宝历八年（相当于我国清乾隆二十三年）刊全编《刘子》五卷本。

① 汪涌豪：《〈文心雕龙〉研究的新收获》，中国《文心雕龙》学会编：《文心雕龙学刊》第6辑，济南：齐鲁书社，1992年，第404页。

② ［梁］刘勰著，林其锬集校：《刘子集校合编》，第42页。

③ 朱文民：《〈刘子〉作者问题研究述论》，丁放、李平主编：《中国诗学研究》第8辑（《文心雕龙》研究专辑），第516页。

④ ［梁］刘勰著，林其锬集校：《刘子集校合编》，第1215页。

该本有“盛京图书馆”印记，可见系经由辽宁沈阳传入台湾[①]。该书题为《新雕刘子》，五卷，日本宝历八年皇都书肆西邨平八、山甲三郎兵卫刻本。正文五十五篇，目录篇次与我国现藏《刘子》相同，分为五卷，每卷十一篇。卷前有序言两篇，卷后有跋文一篇。平安咸愿序和南滕璋“书后”都指出该书曾用“应永写本”校刊，应永为日本室町时代的年号（相当于我国明朝洪武年间）。播磨清绚序云：“《刘子》刘勰所作，取镕《淮南》，自铸其奇，即辞胜掩理，推诸其时，无怪耳。”[②] 日本五卷本《刘子》又为刘勰说提供了有力的证据。此外，林、陈[③]、朱文民[④]和杜黎均[⑤]均对《文心》与《刘子》进行了系统的比较研究，指出二者相通之处甚多，可证均为刘勰所撰（因篇幅所限，从略。又为省篇幅，凡论著作者均省去“先生”称谓，顺致歉意）。

笔者水平有限，谬误之处多有，敬请专家和读者指教！

① ［梁］刘勰著，林其锬集校：《刘子集校合编》，第18页。

② ［梁］刘勰著，林其锬集校：《刘子集校合编》，第833页。

③ ［梁］刘勰著，林其锬集校：《刘子集校合编》，第1288页。

④ 朱文民：《刘勰传》附录三，第393页。

⑤ 杜黎均：《〈文心〉与〈刘子〉比较论》，中国《文心雕龙》学会编：《文心雕龙学刊》第5辑，第346—360页。

刘勰与刘昼，谁更具备《刘子》一书作者的条件

——论《刘子》乃刘勰撰

关于《刘子》一书的作者，根据朱文民先生的“述论”：隋唐至宋时官家著录仅有刘勰、刘昼，私家多了刘歆、刘孝标；明以后增加了“贞观后人”、袁孝政和既非刘勰亦非刘昼的“另一刘子”[①]；陈志平先生则概述有九说：一为西汉末年刘歆作，二为东晋时人作，三为梁刘孝标作，四为刘勰作，五为刘昼作，六为袁孝政作，七为贞观以后人作，八为金人刘处玄作和明人伪撰说。其中唐张鷟《朝野佥载》和“最早”为《刘子》作注的唐代袁孝政认为是北齐刘昼著，两《唐书》著录为刘勰撰。此两说成为最主要的看法。此外还有人提出刘遵撰，甚至有“别有一刘姓作者”[②]。在笔者看来，根据朱、陈两位先生的评述和研究，至今尽管众说纷纭，但主要是刘勰与刘昼两说，其余均证据单薄，可以排除。至于到底是刘勰还是刘昼，只要把两人的生平、为人处世和思想主张同《刘子》一书对照和验证，问题应该迎刃而解。即使不能说问题完全解决了，起码也有很大的

① 朱文民：《〈刘子〉作者问题研究述论》，安徽师范大学中国诗学研究中心编：《中国诗学研究》第8辑（《文心雕龙研究》专辑），合肥：安徽大学出版社，2011年，第500—524页。

② 陈志平：《三十年〈刘子〉研究综述》，《古代文学理论研究》第38辑，上海：华东师范大学出版社，2014年。该文为作者提交“纪念中国《文心雕龙》学会成立三十周年国际学术研讨会暨中国《文心雕龙》学会第十二次年会”（济南会议）的论文，已收入出版的大会论文集《文心雕龙研究》第11辑。

参考价值。

《刘子》一书，近三万字，共五十五篇。它“泛论治国修身之要，杂以九流之说”，“明阴阳，通道德，兼儒墨，合名法，苞纵横，纳农植，触类取兴，不拘一绪”，并以道体儒用、惟务折中为指导思想，融汇众家以成一家之言，并称“道者玄化为本，儒者德教为宗。九流之中，二化为最”[①]，即治世立国应是道体儒用、儒道互补。这是对以儒、道为主体、兼容诸子百家的一本多元的中国思想文化的表述与概括，堪称魏晋六朝时期难得的子书佳作。由此观之，该书的作者必须具备如下四个条件：

第一，自小志向远大，立志建功树德、能文能武，随时入仕报效国家；

第二，博览群书，通晓诸子九流；认为治世立国应是道体儒用、儒道互补；思想方法则是惟务折中，融会众家以成一家之言；论著有补于世；

第三，人生态度、经历和思想应与《刘子》的思想主张一致；

第四，文笔水平较高，能写出既有骈体文句而总体趋向自然流畅的文章。

以下依次分析考察，看刘昼与刘勰哪个完全具备上述四个条件。

一、第一个条件：自小志向远大，立志建功树德，能文能武，随时入仕报效国家

说来真有意思，刘昼与刘勰均各有其梦：刘昼的梦不过当个县令，却狂妄自大，不重视修身立德，举动不伦，对入仕机会毫不珍惜，终老一生不过是个秀才；而刘勰不但七岁时“梦攀彩云”，三十二

① ［梁］刘勰撰，林其锬、陈凤金集校：《刘子集校》，上海：上海古籍出版社，1985 年，“附录二”，第 355 页。

岁梦随孔子南行，可谓自小志向远大，而且重视修身立德，强调能文能武，随时报效国家，仕途曾经一片光明，晚年遭遇突变，燔鬓出家，终成大家。

先看刘昼。字孔昭，渤海阜城（今河北交河）人，是“典型的北朝经学儒生”，“属于保守汉儒繁琐经学的一派”[①]。根据《北史》本传记载：“昼夜尝梦贵人若吏部尚书者补交州兴俊令，寤而密书记之。卒后旬余，其家幼女鬼语声似昼，云：‘我被用为兴俊县令，得假暂来辞别’云。”可知他的梦想不过是当个县令，却自命不凡，“常自谓博物奇才”，“每言‘使我数十卷书行于后世，不易齐景之千驷也’。”四十八岁仍“求秀才不得”，“孝昭即位，好受直言。昼闻之，喜曰：‘董仲舒、公孙弘可以出矣。’”从其言行举止来看，与其说志向远大，不如说狂妄自大。且“容止舒缓”“言好矜大，举动不伦”，由是竟无仕进。说明此人不注意修身立德。刺史陇西李璵亦尝以昼应诏，先告知。昼曰：“公自为国举才，何劳语昼？”一副待价而沽的样子。又齐河南王孝瑜闻其名，每召见辄与促席对饮，因“遇有密亲，使且斋坐”，昼竟“须臾径去”，“虽追谢要（邀）之”，“终不复屈”。这是连起码的礼数都不讲。对权倾朝野的王侯尚且如此，其傲慢无礼可知。《刘子》有《明谦》篇称君子“有功而不矜，有善而不伐”；《诫盈》篇强调“居谦而能益寡”，“未有谦尊而不光，骄盈而不毙者也”；更有《慎言》篇强调：“语言者”乃“性命之所属”，故“身无失行，口无过言”，否则“自致害灭”。刘昼自命不凡，动辄大摆架子，自比董仲舒、公孙弘，且不讲礼数，不注重修身立德，位不尊，善未见，既“过言”，又“失行”，活了五十来岁，没有“自致害灭”，也算是走运了。可见刘昼并不具

---

① ［梁］刘勰著，林其锬集校：《刘子集校合编》，上海：华东师范大学出版社，2012年，第1195页。

备第一个条件。

再看刘勰。《梁书》本传载："早孤，笃志好学。"《文心·序志》篇自云七岁"乃梦采云若锦，则攀而采之"，可见少有奇志。八岁父亲战死，二十四岁入定林寺整理佛经，"逾立"之年（三十二岁）"夜梦执丹漆之礼器，随孔子而南行"。针对齐梁"离本弥甚"的浮艳文风，于是"搦笔和墨"，撰写《文心雕龙》[①]。他立志撰写一部子书以"树德立言"，扬名后世。《文心·程器》篇强调应以"有懿文德"的前贤为榜样，如果"雕而不器，贞干谁则？"意谓：文士如果不雕琢、磨砺自己的品行，怎能给人树立榜样？可见他十分注重品德修行，与上述《刘子》的《明谦》《诫盈》《慎言》《思（慎）〔顺〕》诸篇的思想主张一致。他进入仕途后长期担任将相王侯的"记室"（秘书），完全看不到有像刘昼那样"言好矜大，举动不伦"的言行。《程器》篇又称"摛文必在纬军国，负重必在任栋梁"，主张能文能武，随时为国家效力；强调"文武之术，左右惟宜"，并以春秋时晋国名将郤縠努力读书和孙武的《孙子兵法》"辞如珠玉"说明："岂以好文而不练武哉"和"岂以习武而不晓文哉"？这与《刘子·文武》篇讥笑"今代之人，为武者则非文，为文者则嗤武，各执其所长，而相是非"，可谓心有灵犀一点通。刘昼虽有"文"的论著，但"武"的方面则阙如。可见刘勰完全具备第一个条件，而刘昼则并不具备。

二、第二个条件：博览群书，通晓诸子九流；惟务折中，融会众家以成一家之言；主张治世应道体儒用、儒道互补；论著有补于世

先看刘昼。《北史》本传载：昼"少孤贫爱学"，"因恨下里

① 牟世金：《刘勰年谱汇考》，成都：巴蜀书社，1988年，第12、28、51页。

少坟籍，便仗策入都。知邺令宋世良家有书千卷，乃求为其子博士，恣意披览，昼夜不息”。可知他也是博览群书之士。由于其论著仅存篇名，难以判断他是否通晓诸子九流。但他的思想方法则是好走极端，这不但见于上述他为人狂妄自大、举动不伦，而且见于他对佛教的诋毁。释道宣《广弘明集》卷六《列代王臣滞惑》载刘昼上书诋佛说：“佛法诡诳，避役者以为林薮”；又诋诃僧尼淫荡，所言也许有据，但所用的方法和态度是极力诋毁，难怪释道宣斥责其“狂、哲之心相去远矣！”如果《刘子》一书确是刘昼所撰，不会没有反佛的内容。再看该书虽然很少谈及佛教，但有不少地方运用了佛经典故。游志诚先生的百万字巨著《〈文心雕龙〉与〈刘子〉的跨界论述》设有专章详细阐述《文心雕龙》与《刘子》“借参佛教”。如由佛教《金刚经》与三论开展的“四句教”辩证认识方法论，《刘子·命相》篇的一段文字就运用了东晋僧肇唯识“四句诀”辩证法，“讨论圣贤与恶人的命与相没有必然关系”[①]。可以断言，刘昼不会有如此之高的佛学修养与水平，可证《刘子》非他所撰。又本传称刘昼“乃步诣晋阳上书（即《帝道》），言亦切直，多非世要，终不见收采”；“河清中，又著《金箱璧言》，盖以指机政之不良”。可见刘昼虽然博览群书，但论著“多非世要”，说明其于社会没有多大裨益，故没有流传。如果内容充实，切中时弊，即使官方没有收录，也自会在民间流传。可见并不符合第二个条件。

再看刘勰。明人曹学佺《文心·序志》篇批语称刘勰为子家，《诸子》篇眉批亦称“彦和以子自居”。《诸子》篇“嗟乎！身与时舛，志共道申”“金石靡矣，声其销乎！”明人钟惺亦评“俨然以子自

① 游志诚：《〈文心雕龙〉与〈刘子〉的跨界论述》，台北：华正书局，2013年，第843页。

居”[①]。余嘉锡云：“古之诸子即后世之文集。”[②]游志诚指出：先秦以下“立大志之子家”“率皆融会天地，参究天人，终则欲成一家之言”。刘勰亦然，“必尽参前代文献，通彻前代已立之学说，统合涵泳，始能择善取长，汇为一己折中之学。”《风骨》篇所云“镕铸经典之范，翔集子史之集”，正是此意。[③]《刘子》应是刘勰早已立志撰写的子书。《诸子》篇称“诸子”为“入道见志之书”，评价不可谓不高，尤其称“李（老子）实孔（孔子）师”、《道德经》“五千精妙”、庄周“道术以翱翔”，对道家及其创始人赞誉有加。这些正与《刘子·九流》对诸子的赞誉遥相呼应。而且《文心雕龙》也是以道体儒用和惟务折中为指导思想，融会众家文论成就而创建的我国古代体大思精的文学理论体系。邱世友师指出：《文心》先以《原道》篇论“宇宙的本体是道，宇宙万物的变化运动是道、自然、自然之道。圣人能体验自然之道而且运用于人事乃至发为文章；自然之道之体之用由是而彰明”；继作《征圣》《宗经》两篇“将道、圣、文的关系概括为以道之文鼓动天下，彝训万民，以遂军国之功”。[④]这里的“圣人”正是指儒家的孔子，即《原道》篇所说“素王述训”。可见，作为刘勰文学理论体系的基石和理论主干的原道、征圣、宗经思想，正是道体儒用的运用。漆绪邦等先生也早已指出：刘勰基本的文学思想是“以道为本，以儒为用”[⑤]。再者，《序志》

---

① 黄霖编著：《文心雕龙汇评》，上海：上海古籍出版社，2005年，第65页。

② 余嘉锡：《古书通例》，上海：上海古籍出版社，1985年，第82页。

③ 游志诚：《〈刘子〉新诠释》，李建中、高文强主编：《百年龙学的会通与适变》，哈尔滨：黑龙江人民出版社，2011年，第82页。

④ 邱世友：《刘勰论文学的般若绝境》，中国《文心雕龙》学会编：《文心雕龙研究》第3辑，北京：北京大学出版社，1998年，第33页。

⑤ 漆绪邦：《以道为体，以儒为用——从〈文心雕龙·原道〉看刘勰的基本文学观，附论我国古代文学思想的基本线索》，《北京师院学报》（社会科学版）1983年第2期。

篇自云评论魏晋时代各家文论的思想方法是“唯务折中”，周勋初先生释云：“所谓折衷，就是分析同一事物矛盾着的两端，较其得失，然后取其所长，弃其所短，融合成一种较全面的理论。”[①]该篇先是详论曹丕、曹植、陆机等诸家文论的成就与局限，指出均“未能振叶以寻根，观澜而索源”，进而对自己融会众家而创新建构的文学理论体系作一番介绍说明。我们看《刘子·九流》篇：先是详细评述各派学说的积极内容与不足，总体上“皆同其妙理，俱会治道，迹虽有殊，归趋无异”，并连用五个事例为喻强调说明，事物是相灭相生、互相转化和相辅相成的：“犹五行相灭，亦还相生；四气相反，而共成岁；淄、渑殊源，同归于海，宫商异声，俱会于乐；夷（叔夷）、惠（柳下惠）同操，齐踪为贤，二子殊行，等迹为仁”。最后归结为“道者玄化为本，儒者德教为宗”和治世“宜以礼教为先”、嘉遁“应以无为是务”，即道体儒用、儒道互补。可知二者的逻辑思路是一致的。也就是说，二者都是以道体儒用和“惟务折中”为指导思想，融会众家以成一家之言，并于社会有所裨益。《刘子》不但“畅述治国修身之道”，且如明人李维桢《蒋本刘子十卷叙》所说：孔孟以后千四百年“不与正统”，“黄老于汉，佛于晋、宋、齐、梁，道术为天下裂久矣。《刘子》咀英吐华，成一家言，其大指不谬于圣人”。[②]是知该书顺应大统一的社会潮流，强调和承传儒家的正统地位，意义重大。顾廷龙先生《敦煌遗书刘子残卷集录序》中指出，隋、唐时广为流传，远播西北，为唐太宗教导太子的《帝范》、武则天为臣属立规的《臣轨》等征引[③]；而《文心》切中齐梁文坛时弊，《梁书》本传称已被当时文坛领袖沈约誉为“深

① 周勋初：《中国文学批评小史》，沈阳：辽宁古籍出版社，1996年，第61页。

② ［梁］刘勰著，林其锬集校：《刘子集校合编》，第1135页。

③ ［梁］刘勰著，林其锬集校：《刘子集校合编》，第63页。

得文理”，对后世影响深远。

有主刘昼撰论者认为：由《文心·诸子》篇“可见《文心》的宗儒倾向”，由《刘子·九流》篇可知《刘子》的“重道轻儒立场”，“两相对照，其去何止千里？”[①]可见《刘子》为刘昼所撰而非刘勰。《四库全书总目·刘子》称其末篇《九流》“乃归心道教，与勰志趣迥殊”，余嘉锡《四库提要辨证》也是以此作为否定该书为刘勰所撰的一个重要根据。其实，只要细读上下文，便不会得出如此结论。《九流》篇末已说得很清楚：“道者玄化为本，儒者德教为宗。九流之中，二化为最。”明明说是“二化为最”，怎么变成了“重道轻儒”、还“相去千里”和“志趣迥殊”？该篇又说：“夫道以无为化世，儒以六艺济世；无为以清虚为心，六艺以礼教为训。”还指出：如果在远古大同世界实行儒家的礼教，则“邪伪萌生”；反之，在成康时期施行道家的无为，则“氛乱竞起”。可见“儒教虽非得真之说，然兹教可以导物；道家虽为达情之论，而违礼复不可救弊”。结论是：“今治世之贤，宜以礼教为先；嘉遁之士，应以无为是务。”也就是说，治世要用儒家，个人隐居则用道家。但从人生理想来说，无疑儒家是主要的。《文心》与《刘子》均流露出强烈的儒家入世愿望。前者如《序志》篇和《程器》篇，后者如《知人》篇云：“世之烈士愿为君授命，犹瞽者之思视，躄者之想行，而目终不得开，足终不得申，徒自悲夫！”足见作者的儒家入世思想是多么的强烈！这种思想，刘昼即使有，也远逊于刘勰。可知《刘子》不存在“重道轻儒”的问题，该书并非刘昼所撰。

可见以第二个条件对照，刘勰符合而刘昼则否。

---

① 程天祜：《〈刘子〉作者辨》，中国《文心雕龙》学会编：《文心雕龙学刊》第5辑，济南：齐鲁书社，1988年，第370页。

三、第三个条件：从人生态度、思想和经历看，刘勰与《刘子》的思想内容一致，而刘昼则相去甚远

当我们把刘昼和刘勰的人生态度、思想和经历与《刘子》一书的思想主张结合考察时便会发现：刘昼虽然也博览群书，对魏晋六朝等级森严的门阀制度也是不满的，并有机会入仕，但妄自尊大，自绝仕途，终老一生并无建树，与《刘子》的思想主张相去甚远；而刘勰尽管不满当时的门阀制度，仍积极进取，努力创造机会投身仕途，施展才干，以实现自己的人生理想和价值，并得到朝廷的赏识，曾经前景一片光明。这与《刘子》的《因显》《托附》《通塞》《遇不遇》诸篇的思想主张一致；而晚年遭遇突变，仕途失落，心境悲凉，则与《刘子·惜时》篇的境况相符，然已成一代子家。

先看刘昼。史载四十八岁仍"求秀才不得"。尝"发愤著《高才不遇传》"，可见对魏晋六朝门阀制度是不满的。上述他梦见自己被任交州兴俊县令，说明并非不想出仕。其实他也是有机会的。史载河南王孝瑜召见辄与促席对饮，此人乃北齐世宗长子，初封河南郡公，齐受禅，进为王。历任中书令、司州牧。世祖即位，礼遇特隆，可谓权倾朝野。只要抓住这个机会，入仕应该不成问题。但他毫不珍惜，竟因王有密使来见须稍候便"须臾径去，追写谢要（邀）之，终不复屈"[①]。这不是自绝仕途吗？他显然把自己的架子看得远比入仕重要。《刘子》有《戒盈》篇称："君子高而能卑，富而能俭，贵而能贱，智而能愚"，刘昼大摆架子，说明连"君子"也不配。《韬光》篇更强调"物之寓世"应学会"韬形灭影、隐质遐外"，以全性命；而"含奇佩美、衒异露才者，未有不以此伤性毁命者也"。刘昼妄自尊大，露才扬己。可见刘昼并不符合第三个条件。

---

① ［梁］刘勰著，林其锬集校：《刘子集校合编》，第1195页。

再看刘勰。他对魏晋六朝的门阀制度是不满的。《文心·程器》篇云："将相以位隆特达，文士以职卑多诮，此江河所以腾涌，涓流所以寸折也。"但不满归不满，还得面对现实，积极努力创造机会进入仕途，以实现自己的远大志向。《刘子·因显》篇说：良马、美材、宝珠，若"无所以因"，其价值也就不被认识；反之，则"良马一顾千金，梨木光于紫殿，珠璧擎之玉匣"。所谓"因"，即机会因缘，就是有人赏识、介绍与引荐。因此，"今人之居当代，虽抱才智，幽郁穷闺"，如果"未有为之声誉，先之以吹莹，欲望身之光，名之显，犹扪虚缚风，煎汤觅雪，岂可得乎？"可见，如果没有人介绍、推荐，便老死一生，功名成空。反过来，通过"因"即有人介绍、推荐，也就可以为自己创造机会和条件，施展才干，成就扬名。《托附》篇也说：鸟兽鱼虫花卉"犹知因风假雾，托峻附高，以成其事，奚况于人，而无托附以就其名乎！""托附"，就是通过依附有地位名望的人介绍、引荐。当然，"托附"得当，"则重石可浮，短翅能远"；否则"轻羽沦溺，迅足成蹇"。但总比毫无作为白白等死要强。而且，一时的穷困潦倒还可以起激励的作用。《激通》篇更说：贤人志士"因窘而发志，缘阨而显名"，"古之烈士，厄而能通，屈而能申，彼皆有才智，又遇其时，得为世用也"。《文心·才略》篇云："敬通雅好辞说，而坎壈盛世，《显志》《自序》，亦蚌病成珠矣。"说的是冯衍（字敬通）处于东汉的盛世却很不得志，而由此写出的《显志赋》反而像蚌得病郁结为珍珠。刘勰的仕途经历，可以视为上述"因显托附"思想主张的实践。《序志》篇称"君子藏器，待时而动，发挥事业"，说明他是积极投身仕途、随时报效国家社会的。二十三岁母丧期毕，次年朝廷下诏公卿以下举荐贤才，刘勰看到了进入仕途的希望，便到建康（南京）入定林寺依僧祐整理佛经。这样既可以避役，也可以博览群书，而且该寺住持僧祐乃当朝高僧，与萧氏最高统治集团常有来往，入寺意味着有机会（通过僧祐）接触上层统治集团进入仕途。刘勰由此与僧祐“居处积十余年”。这对他后来进入仕途关系十分重大。曾为该寺高僧超辩撰写碑文，显露才华。入寺的第七年该寺经藏大致整理就绪（刘勰撰有《定林寺藏经录》）。大约32岁前后开始撰写《文心雕龙》，至36岁完成[①]。本传称，书成“未为时流所称”，时沈约“贵盛”（任尚书左仆射，且为文坛领袖），勰伺机负书干之于车前，“状若鬻者”献书，约“大重之”，认为“深得文理”，并举刘勰“起家奉朝请”。虽是无职无权的空位官，但由此取得入仕为官的资格。天监三年（504），机会终于来了。梁武帝以弟萧宏为扬州刺史、封临川王，进号中军将军开府置佐，刘勰任其记室。《高僧传·僧祐传》载临川王宏、南平王伟“并崇其（僧祐）戒范，尽师资之敬”。可知萧氏王室成员常到定林寺礼佛并拜僧祐为师，刘勰应是通过僧祐的引荐而被任用的。不久迁车骑将军夏侯祥的仓曹参军。41岁出任太末令，传称“政有清绩”。三年后调任南康王萧绩记室[②]。值得注意的是，时间也是萧绩迁使持节、都督南徐州诸军事，任南徐州刺史、进号仁威将军之时。考虑到萧绩官职驻地地位十分重要，但年纪尚幼，可见萧氏王室对他的信任。再者，刘勰担任萧绩的记室担子已经不轻，不久还要他兼职担子更重的东宫通事舍人。笔者认为，这是太子萧统的生母丁贵嫔与僧祐商议争取而来的。根据《高僧传·僧祐传》记载：丁贵嫔是僧祐的弟子，太子萧统年不过十来岁，其母丁贵嫔想必为其物色辅佐之人而与僧祐商议，故有此举。刘勰52岁左右还迁升位列六品、职掌东宫警卫的步兵校尉（东宫通事舍人仅为九品）。杨明照先生指出，梁武之世拜步兵校尉者多士林名

---

① 牟世金：《刘勰年谱汇考》，第50、64页。

② 牟世金：《刘勰年谱汇考》，第79、71页。

流，故于刘勰“固当时殊遇也”。这也是刘勰仕途的顶峰。本传继称：“昭明太子好文学，深爱接之”“兼东宫通事舍人”。杨笺云：“是舍人兼任此职匪轻，昭明太子之爱接，当亦由此始也。”[①]此次迁升，显然与上表建议二郊农舍宜与七庙同改祭祀不用牺牲有关。传称上表后“诏付商议，依勰所陈，迁步兵校尉，兼舍人如故”。牟世金先生指出：“此事与僧祐等之上启如出一辙”，且“僧祐卒于本年五月，其启必在五月之前，与刘勰上表，应为同时之事。刘勰迁步兵校尉，即在上表之后不久”。[②]可见二人同奏此事应是揣摩到梁武帝的心意，互相呼应。还有一点也很重要，就是刘勰奉命撰写宣扬佛教、反击道教徒的《灭惑论》。撇开内容的是非不论，显示了很高的佛学修养和文笔水平，为梁武帝摘除了一块心病，故得到升迁。李庆甲先生认为二者“不无关系”[③]。前途曾经一片光明。这固然靠他的才干和努力，但也是与他善于抓住机会因缘“托附”分不开。《刘子》的上述因显托附的思想主张，应是刘勰这方面实践的总结。而刘昼，既没有入世为仕的强烈愿望，更没有仕途经历，也就不会有这方面的思想言论。故《刘子》的作者应是刘勰而非刘昼。

主刘昼撰论者认为，《刘子·惜时》篇“透出的信息体现了刘昼的身世和生活”[④]，可作为该书乃刘昼撰的新证。笔者查证后认为正好相反。该篇首揭“唯立德贻爱为不朽”之旨，列举大禹、孔子、墨翟等“皆行其德义，拯世危溺”，立德建功，延芳百世。这正与《文心·序志》篇所说人生应立德建功、扬名后世一致。又叹今人“枉

---

① 杨明照：《梁书刘勰传笺注》，《文心雕龙校注拾遗》，上海：上海古籍出版社，1982年，第401—402页。

② 牟世金：《刘勰年谱汇考》，第97页。

③ 李庆甲：《文心识隅集》，上海：上海古籍出版社，1989年，第85页。

④ 程天祜：《〈刘子〉作者新证——从〈昔时〉篇看〈刘子〉的作者》，《吉林大学社会科学学报》1990年第6期。

没岁华”，“生为无闻之人”，与草木自生自死无异；最后描写“岁之秋也”的悲凉情境：寒蝉长叫，吟烈悲酸，“哀其时命，迫于严霜，而寄悲于菀柳。今日向西峰，道业未就，郁声于穷岫之阴，无闻于休命之世”。“菀柳”典出《诗经·小雅·菀柳》，“菀”通“苑”，用商议国政，后被撤职流放。这与刘勰曾经得到朝廷信任后来突遭变故被抛弃的遭遇相符。而刘昼一生没有入仕、更谈不上受朝廷任用，也就不可能有这方面的怨气和悲哀。至于论者认为“穷岫之阴”是刘昼生活在农村的证据，而刘勰则生活在京师建康。朱文民先生指出，唐人许嵩著《建康实录》称下定林寺“东去县城十五里”。梁时定林寺至京师不会少于这个距离，何况刘勰住的是上定林寺，更在钟山之上。昭明太子死后刘勰被派往定林寺整理佛经。其时人口稀少，“穷岫之阴”应是当时上定林寺的生活写照[①]。诗中悲叹自己“道业未就”，迫于严霜、寄悲菀柳，正与此境况相合。“就”，意为凑近、靠近，句意为功败垂成。正因为曾经数十年的努力争取却功亏一篑，才有“道业未就”的感叹，这是何等的沉痛！反观刘昼，他自绝于仕途，不曾努力过，谈不上快要成功，也就没有什么“道业”可言。可知《惜时》篇只有刘勰有那样的人生挫折和深刻体验才能够写出来。

还有一点也值得一说。刘勰乃兵家出身，其父为越骑校尉，又长期在地位显赫、雄镇一方的王茂、萧宏、萧绩等将军王侯府上任职（王茂乃梁武帝器重的著名将领，曾任江州刺史、都督江州诸军事；萧宏乃扬州刺史、都督北讨诸军事；萧绩乃南徐州刺史、都督南徐州诸军事）。上述三地乃梁朝的军事重镇，刘勰后来还任东宫通事舍人兼步兵校尉，《文心·程器》篇以能文能武而自负，故其熟悉

① 朱文民：《刘勰传》附录三《把〈刘子〉的著作权还给刘勰》，西安：三秦出版社，2006年，第390页。

军事应是无疑的。《诸子》篇称，汉东平王刘宇向汉成帝请求诸子和《史记》，而成帝不肯给。“盖以《史记》多兵谋，而诸子杂诡术也。然洽闻之士，宜撮纲要，览华而食实，弃邪而采正，极睇参差，亦学家之壮观也”。刘勰自然认为自己属于善于吸收《史记》兵谋思想的“学家之壮观”之列。《刘子》有《文武》《兵术》《阅武》等篇专论军事谋略，正遥相呼应。明孙鑛评本王道焜序赞“其讲武事也，非犹夫观兵振旅之略也，直凛凶器危事之慎”[①]。除朱文民先生，林中明先生和涂光社先生也有探讨[②]，盖非虚言。他的军事理论无疑也是珍贵的文化遗产，而刘昼未见有一言论及军事，亦未见有一事与军事相关，也可佐证《刘子》非刘昼而是刘勰所撰。

四、从文笔功夫和文风考察，应为刘勰撰

《北齐书》本传载，刘昼“考策不第。乃恨不学属文，方复缉缀辞藻，言甚古拙。制一首赋，以‘六合’为名，自谓绝伦，吟讽不辍”。昼以此赋呈魏收，收谓人曰：“赋名六合，其愚已甚；及见其赋，又愚于名。”又《北史》本传载：“昼不忿，又以示邢才子。子才曰：‘君此赋，正似疥骆驼，伏而无妩媚。’”“言甚古拙”，说明异于《刘子》的文风。再就是水平之低，令人惊讶。一篇“自谓绝伦”的《六合赋》，竟被名士魏收贬为“愚甚”。刘昼不服再拿来给人看，评价更糟，被讥笑为好像一匹长满疥疮的丑骆驼。水平如此，怎能写出《刘子》?

反观刘勰，其文笔水平要比刘昼高得多。有人认为《文心雕龙》与《刘子》文字风格不同。《刘子》的文风或誉为“缛丽轻蒨”，

---

① ［梁］刘勰著，林其锬集校：《刘子集校合编》，第 1134 页。

② 分别见［美］林中明：《刘勰、〈文心〉与兵略、智术》，《史学理论研究》1996 年第 1 期；朱文民：《“重伐谋”“轻交刃”的兵学思想》，《刘勰传》第六章；涂光社：《〈刘子〉的说“武”论“兵”——传统军事思想战争理念一次意义非凡的总结》，《文心雕龙研究》第 11 辑，第 6—26 页。

或贬为“词颇俗薄”，而通俗流畅则是一致的，显然异于刘昼的“言甚古拙”。该书虽有骈体化的文句，但行文趋向自然流畅，显得成熟。周紫芝《竹坡诗话》载苏轼尝有书与其侄云：“大凡为文，当使气象峥嵘，五色绚烂，渐老渐熟，乃造平淡。”[①]可见由早期《文心》的骈俪，走向晚年的自然，这是自然的。明胡应麟称《刘子新论》（明代的《刘子新论》即两《唐志》的《刘子》）“辞颇清旨，意非昼所能也”[②]。可见《刘子》应是刘勰晚年所撰。

以上对照分析的结论是：《刘子》应是刘勰而非刘昼所撰。笔者水平有限，匆匆草此，错误难免，敬请专家、读者指教。

本文原载《文心雕龙研究》第11辑，北京：学苑出版社，2015年。

---

① ［清］何文焕辑：《历代诗话》，北京：中华书局，1981年，第348页。

② ［明］胡应麟：《少室山房笔丛》，北京：中华书局，1964年，第407页。

读游志诚教授三证《刘子》为刘勰撰

笔者收到游志诚先生惠赠的近百万字巨著《〈文心雕龙〉与〈刘子〉的跨界论述》，首页自序便称自己“一直坚信《刘子》的作者一定是刘勰”，此乃“‘自古以来’早已有的定见，只是没有被当代学者认真理解而已”。[①] 并举三证，十分有力，兹列于下。

其一，引二十世纪研究魏晋南北朝文学的著名学者曹道衡先生的结论：《刘子》的作者不可能是刘昼，因为当时他只有二十几岁；其二，欧阳修《易童子问》力驳《周易》传文《十翼》为孔子作，揭开宋人“疑经”之风气，但是他所撰《新唐书》著录《刘子》仍然谓《刘子》刘勰作，不加怀疑；其三，敦煌写卷《随身宝》载“流子刘协注”，这项出土文献“验明正身”，可证《刘子》为刘勰撰。

关于一，力主《刘子》刘昼撰的“龙学”名家杨明照先生尽管同意撰写《刘子》的人当时只有二十几岁，却认为即使如此刘昼亦会写出该书。但证之《刘子》一书，难以说通。该书《惜时》篇有云：“岁之秋也，凉风鸣条，清露变叶，则寒蝉抱树而长叫，吟烈悲酸；[萧]瑟于落日之际，何也？哀其时命，迫于严霜，而寄悲于苑柳。今日向西峰，道业未就，郁声于穷岫之阴，无闻于休明之世。”游先生指出：其“叙述语气与文意内容，完全不像二十几岁作者该有的口吻”。[②] 可见刘昼撰不能成立。关于二，游先生指出：“《刘子》

---

① 游志诚：《〈文心雕龙〉与〈刘子〉的跨界论述》，台北：华正书局，2013年，第1页。

② 游志诚：《〈文心雕龙〉与〈刘子〉的跨界论述》，第1066页。

作者问题乱于宋代，当时宋人‘疑古’学风多少有影响，或因坐此而有袁孝政之流伪撰作注，导致《刘子》作者无端盛行另一作者说法之蔓延，学界探讨《刘子》作者刘勰的话题，应该重新认真思考学术史上宋代出现的这一怪现象与此话题的前因后果。”[①]如此说来，原来袁孝政造假作伪（作序及注称该书为刘昼撰）是有其背景的，不能不辨。关于三，敦煌写卷《随身宝》“流子刘协注”，是用通假字的“刘子刘勰著”的另一种写法，不要说敦煌学家，就是一般稍懂古文的读者也能作出上述理解（除非有充分理据提出别的解释）。但杨明照先生对此虽未作否定，却说“不宜高估太过”[②]，又没有提出理据，令人费解。

关于《刘子》作者，二十世纪八十年代林其锬、陈凤金伉俪整理《刘子》撰《刘子集校》，直接署名“梁刘勰撰”。该书中收入《刘子作者考辨》，力证《刘子》乃是刘勰撰，指出：“综观历代有关《刘子》的著录，关于《刘子》的作者，虽有七种说法，而比较集中而且见署于版本者，唯刘勰与刘昼两种。”[③]通过对历代著录的考察，指出一种奇怪的现象：“距离《刘子》成书的时间越近，对于刘勰的著作权越是信多疑少；距离其成书年代越远，则对刘勰持怀疑和否定态度的人反而多了起来。”[④]本来唐人关于《刘子》的归属问题，“肯定刘勰者居多，主张刘昼者只有个别人”[⑤]。直至南宋初出现袁孝政注及其序称刘昼撰，争议才发生。当时主要目录学家均对其表示怀疑，但影响不大。只是到了明代，目录学家陈振孙和晁公武的存

---

① 游志诚：《〈文心雕龙〉与〈刘子〉的跨界论述》，第2页。

② 游志诚：《〈文心雕龙〉与〈刘子〉的跨界论述》，第2页。

③ ［梁］刘勰撰，林其锬、陈凤金集校：《刘子集校》，上海：上海古籍出版社，1985年，第354—355页。

④ ［梁］刘勰撰，林其锬、陈凤金集校：《刘子集校》，第355页。

⑤ ［梁］刘勰撰，林其锬、陈凤金集校：《刘子集校》，第343页。

疑意见却被断章取义曲解作为刘昼撰的依据，再经“转相征引，由是变疑，由疑而非，似成定论”[①]。其实，不少引证是同事实和原意相违背的，是经不起检验的。例如，《隋志》子部各家的论述与《刘子·九流》略同，而清代《四库全书总目提要》怀疑《刘子》剽窃《隋志》，从而推断《刘子》乃“贞观以后人作”。林、陈伉俪指出：敦煌鸣山第二八八石窟有一种《刘子》写本残卷（伯三五六二），不避唐太宗李世民“民”字讳，当是隋时写本。说明《刘子》在前，《隋志》在后，从而认为《刘子》剽窃《隋志》是不可能的[②]。林、陈还举了一条有力的证据，清人姚振宗在《隋书经籍志考证》“梁《刘子》十卷”称：“此《刘子》似非刘昼。昼在北齐孝昭时著书，名《帝道》，又名《金箱璧言》，非此之类。且其时当南朝陈文帝之世，已在梁普通后四十余年，阮氏《七录》作于普通四年，而是书载《七录》，其非昼所撰更可知。”[③]根据郑振铎编的《中国文学年表》，刘昼约生于公元五一三年（新编《辞海》作五一四年），即北魏延昌二年，梁天监十二年。而阮孝绪的《七录》成书于梁普通四年，即公元五二三年。这时刘昼年方十岁，怎么可能写出《刘子》这样的书，而且被《七录》收入呢？明曹学佺在《文心雕龙序》中也有类似看法[④]。显然，这是刘昼说难以解释的。

自二十世纪八十年代林其锬、陈凤金伉俪之说提出，朱文民先生撰文力挺其说[⑤]，杜黎筠先生等支持；但赞同刘昼撰者阵容鼎盛，

① ［梁］刘勰撰，林其锬、陈凤金集校：《刘子集校》，第355页。

② ［梁］刘勰撰，林其锬、陈凤金集校：《刘子集校》，第338页。

③ 《二十五史补编》第四册，北京：中华书局，1955年，第5513页。

④ ［梁］刘勰撰，林其锬、陈凤金集校：《刘子集校》，第355页。

⑤ 朱文民：《把〈刘子〉的著作权还给刘勰——〈刘子〉作者考辨补证》，王志民主编：《齐鲁文化研究》第4辑，济南：山东文艺出版社，2005年。后收入朱文民：《刘勰传》，西安：三秦出版社，2006年。

有《文心雕龙》学会老会长杨明照先生、学会常务副会长张少康先生以及一些学者。直至2012年华东师范大学出版社出版了林、陈伉俪整理撰述的《刘子集校合编》，不但囊括了《刘子》今藏所有版本，而且对版本的真伪、内容、作者等问题作了深入、系统、细致的考辨，可谓《刘子》研究的集大成之作，得到学界的赞扬和肯定。先后有朱文民先生[①]、陈志平先生[②]、涂光社先生[③]及笔者[④]，撰文回顾评述这场论争，充分肯定林、陈伉俪锲而不舍的勤奋研究所取得的巨大成果，力挺其说。陈志平先生还在“题外的话”中指出：《刘子》的作者为刘昼“是被‘假定’和考证出来的”[⑤]。由此，“龙学”界支持和肯定刘勰撰的学者渐渐多起来了。

《刘子》为刘勰撰，除上述游先生所举三证，还有不少证据，这里再举两例：一是在日本并不存在《刘子》作者的争论问题。流传日本的《刘子》五卷本为刘勰撰提供了新的有力证据。日本藏宝历八年（相当于我国清乾隆二十三年）刊《刘子》为全编五卷本。该本有“盛京图书馆”印记，可见曾藏辽宁沈阳（后传入台湾）。该书题为《新雕刘子》，五卷，日本宝历八年皇都书肆西邨平八、山甲三郎兵卫刻本。正文五十五篇，目录篇次与我国现藏《刘子》

---

① 朱文民：《〈刘子〉作者问题研究述论》，安徽师范大学中国诗学研究中心编：《中国诗学研究》第8辑（《文心雕龙》研究专号），合肥：安徽大学出版社，2011年。

② 陈志平：《〈刘子〉研究三十年》，戚良德主编：《中国文论》第1辑，上海：上海古籍出版社，2014年。

③ 涂光社：《〈刘子〉与〈文心雕龙〉》，戚良德主编：《中国文论》第6辑，济南：山东人民出版社，2019年。

④ 韩湖初：《〈刘子〉应为刘勰撰——〈刘子〉作者争论评述》，戚良德主编：《中国文论》第2辑，上海：上海古籍出版社，2015年；韩湖初：《刘勰与刘昼，谁更具备〈刘子〉作者之条件——论〈刘子〉乃刘勰撰》，中国《文心雕龙》学会编：《文心雕龙研究》第11辑，北京：学苑出版社，2015年。

⑤ 陈志平：《〈刘子〉研究三十年》，戚良德主编：《中国文论》第1辑，第236页。

相同，分为五卷，每卷十一篇。卷前有序言两篇，卷后有跋文一篇。其平安咸序和南滕璋“书后”都称该书曾用“应永写本”校刊，“应永”为日本室町时代的年号（相当于我国明洪武年间）。其播磨清绚序云：“《刘子》，刘勰所作，取镕《淮南》，自铸其奇，即辞胜掩理，推诸其时，无怪耳。”[①] 该本著录今存文献最早见于《日本国见在书目》。宋赵希弁《郡斋读书志·附志》、陈振孙《直斋书录解题》、元马端临《文献通考·经籍考》并有“《刘子》五卷”的记载。日本宝历八年的五卷本《新雕刘子》并非孤本，在日本、我国大陆及台湾省均有公私藏本，已由华东师范大学出版社影印出版。这为刘勰撰说提供了有力的证据；二是游志诚先生指出：从《刘子》与佛学的关系考察，《刘子》为刘勰撰“证据也更多了”：游先生的巨著《〈文心雕龙〉与〈刘子〉跨界论述》设有专章详细阐述《文心雕龙》与《刘子》是如何借参佛典的[②]。如“《刘子》有直接引用佛教词汇诸如量、识、心、妄、瑕、施舍等用语，《刘子》有内化佛教教义，融入子学义理的做法，特别在借参佛教僧肇‘四句诀’作为论述证‘方法论’的应用尤为明显。像《刘子·去情章》有句：‘有心之于平，不若无心之于不平。有欲之于廉，不若无欲之于不廉。’这种句法，粗看不得要领，语意模糊，句法似有不通。然而仔细分析，方大悟这是《刘子》挪用佛教唯识学‘四层次辩证法’所造出来的句子，它用‘此彼’为对立的概念，再歧出非此、非彼、亦此、亦彼，以及似此、似彼等多元层次的辨证，在子学史事上绝对是罕见的论证方法。《刘子》受到佛教影响的程度比《文心雕龙》

---

① ［梁］刘勰著，林其锬集校：《刘子集校合编》，上海：华东师范大学出版社，2012年，第491页。

② 游志诚：《〈文心雕龙〉与〈刘子〉的跨界论述》，第833页。

更深更透矣”。[1]本来《刘子》为刘勰所撰的证据已经够多了，也完全足以说明问题了。现在游先生又指出，《刘子》一书直接大量引用佛教词汇，内化佛教教义融入子学义理的作法，特别是借参佛教僧肇“四句诀”作为论述证方法论。[2]曹道衡先生指出，《刘子》一书问世时刘昼不过二十来岁。史载刘昼诋佛甚力，但没有说他对佛学有什么研究，怎么可能写出《刘子》？反之，只有刘勰达到那样的佛学修养，才可能写出《刘子》。

证据已经够多了。不过，笔者另外还从人生态度、仕途经历与《刘子》的思想主张是否一致作了一番考察，虽是狗尾续貂，毕竟也是判断的一个重要标尺。因上文已经论及，兹不赘述。总之，游先生的跨界论述，其研究之深，论证确凿，令人佩服。

① 游志诚：《〈文心雕龙〉与〈刘子〉的跨界论述》，第1068页。

② 游志诚：《〈文心雕龙〉与〈刘子〉的跨界论述》，第833页。

附 录

“生命之喻”探源

——对一个中西共同的美学命题的认识与思考

最近，吴承学先生的《生命之喻——论中国古代关于文学艺术人化的批评》（以下简称“吴文”）一文揭示了一个中国古代具有丰富意蕴的美学命题；用人体及其生命运动比喻文艺作品（吴先生称之为“生命之喻”），而且还指出这是中、西方共同的[①]。笔者认为深入探讨这一命题是有重要意义的。现试对其成因和源起谈谈一些不成熟的意见，以就教于方家与读者。

一、“生命之喻”的要义

从中、西方大量的材料来看，所谓“生命之喻”，即以人体比喻文艺作品，主要有两方面含义：一是二者均有美的具体感性形式，并表现出内在整体的统一性；二是在其形体之内均蕴含生命力。纵观我国古代许多诗文、绘画、书法等的理论以人体生命为喻时，往往离不开三方面意义：外在的形体（皮肉肌肤）、内在的身体结构（骨骼）、内在的精神及其灌注（灵气、血脉）。如吴文所举宋代吴沆《环

① 吴承学：《生命之喻——论中国古代关于文学艺术人化的批评》，《文学评论》1994 年第 1 期。

溪诗话》说："诗有肌肤，有血脉，有骨格，有精神。无肌肤则不全，无血脉则不通，无骨格则不健，无精神则不美，四者备，然后成诗。"荆浩《笔法论》认为绘画应有"筋、肉、骨、气"；苏轼《东坡题跋》上卷《论书》论书法必须有"神、气、骨、肉、血，五者阙一，不成其书也"。这当然不是偶然的，因为只有它们结合为一个整体才能构成生命的有机体。而其中精神无疑是关键性的，因此特别强调精神的灌注，并由此使各部分构成一个统一的整体，呈现出动态的美。这一点在南朝已很明确。如刘宋的王微在《叙画》中说山水画是"本乎形者融灵，而动变者心也"，意谓其中所画的山川之形是融入了神灵的，而人的心灵也是能够与之感应的，因此它不同于一般要求准确反映山川位置、形势的地图。换言之，山水画与人一样也是有灵气灌注其中的。因此，如果画不出其中的灵气，就不能动人。如《文心雕龙·附会》篇云："夫才童学文，宜正体制：必以情志为神明，事义为骨髓，辞采为肌肤，宫商为声气。"这里的"肌肤""声气"比喻作品的美的感性形式，"神明"比喻内在的生命力，它是统摄整体并使之构成一个统一体的[①]。故继云："若统绪失宗，辞味必乱；义脉不流，则偏枯文体。"即如果没有"神明"的统摄，就构不成一个统一的整体，就像人体没有血液流灌全身一样而变得毫无生气。

在西方，近代美学大师黑格尔的"生命之喻"有两点很突出：一是"生气的灌注"，二是有机体的统一。我们知道，黑格尔是把美看成是"理念"的感性显现的，在自然美阶段，由于理念被自然的客观形式所淹没，缺乏内在的统一性和生命意识，因此它还不是真正的美。只有到了生命有机体，理念才得到美的显现。那么，在

① 参阅拙著:《文心雕龙美学思想体系初探》，广州：暨南大学出版社，1993年。

具体的生命有机体那里在何种意义上体现了理念呢？他回答说："第一，生命必须作为一种身体构造的整体，才是实在的；其次，这种整体不能显现为一种固定静止的东西，而是要显现为观念化的继续不断的过程，在这过程中要见出活的灵魂；第三，这种整体不是受外因决定和改变的，而是从它本身形成和发展的，在这过程中它永远作为主体的统一和作为自己的目的而与自己发生关系。"① 概言之，因为有生气灌注其整体，由此使其各部分构成一个有机统一的整体，而且它并非一成不变，而是显现为一个持续的动态的过程。而且艺术作品也是这样的。他说："在艺术里，感性的东西是经过心灵化了，而心灵的东西也借感性化而显现出来了。"② 又说："通过渗透到作品全体而且灌注生气于作品全体的情感，艺术家才能使他的材料及其形状的构成体现他的自我，体现他作为主体的内在的特性。……只有情感才能使这种图形与内在自我处于主体的统一。"③

现代西方美学家苏珊·朗格对艺术的认识也有两点很突出：一是认为艺术是表现人类情感的符号。朗格认为，在人类的生活中存在着极为复杂的生命感受，它们"就像森林中的灯火那样变化不定，互相交叉和重叠；当它们没有相互抵消和掩盖时，便又聚集成一定的形状，但这种形状在时时地分解着，或是在激烈的冲突中爆发为激情，或在这种冲突中变得面目全非。所有这些交融为一体不可分割的主观现实就成了我们称之为'内在生命'的东西。"④ 这个"内在生命"的东西就是情感，艺术正是表现它的符号。二是经过研究

---

① ［德］黑格尔：《美学》（第1卷），朱光潜译，北京：商务印书馆，1979年，第158页。

② ［德］黑格尔：《美学》（第1卷），朱光潜译，第46页。

③ ［德］黑格尔：《美学》（第1卷），朱光潜译，第359页。

④ ［美］苏珊·朗格：《艺术问题》，滕守尧、朱疆源译，北京：中国社会科学出版社，1983年，第21页。

深信艺术结构与生命结构是相似的，这里“包括从低级生物的生命结构到人类情感和人类本性这样一些高级复杂的生命结构，而后者正是那些最高级的艺术所要传达的意义”[①]。因此，艺术的结构也就与情感的结构精神相通。

的确，“生命之喻”无论是在中国，还是在西方，在艺术理论领域实在是太多了。那么，为什么中、西方不约而同地出现这种现象呢？应该如何解释这种“生命之喻”呢？对此，我们不妨从黑格尔说起。就拿关于艺术作品必须具有像有机体的内在统一性来说吧，王元化先生指出：

> 黑格尔为了体系的需要，把美的理念放在自然美的前面来论述，他认为美的理念是先于自然美的独立存在。但是只要我们把这两部分加以仔细的对照和比较，就立即可以发现，黑格尔对美的理念所作的种种规定，恰恰是从作为生命的自然美中概括出来的。所谓美的理念正是他在《自然生命作为美》的部分中对生命有机体作了周密的研究之后所获得的成果。这些成果主要是把关于生命有机体的一些带有规律性的东西提炼出来，加以规范化，作为美的理念的内容。因此，从体系来看似乎是黑格尔美学中最唯心的这一部分，就其内容来说，却是现实的。[②]

从黑格尔来说，他这样做无疑是唯物的。但从艺术人类学的角度看，即从人类艺术的诞生，从人类的审美历史发展来看，是否是人类先对有机体生命进行审美，然后才从中总结出上述的规律呢？这就值得研究了。

---

① ［美］苏珊·朗格：《艺术问题》，滕守尧、朱疆源译，第 55 页。

② 王元化：《文心雕龙创作论》，上海：上海古籍出版社，1979 年，第 212 页。

另一说是吴先生在文章中所说的："文学批评中的'生命之喻'，从哲学上看，是受了中国古代'近取诸身，远取诸物'（《周易·系辞上》）的象征性思维方式影响而产生的，以人拟文正是'近取诸身'的自然而然的结果；从文化背景上看，生命之喻所接受的影响是多方面的。如古代的中医理论、汉代以后的相术和人物品评等等。"[①]这样说自然是言之成理的，因为单从人类的某一时期的人文历史发展来看，有许多事例的确可以说明这一点。但是，是否还有更为长远和更为根本的原因呢？这就需要作进一步的探讨了。

笔者认为，如果从艺术人类学，从艺术与审美的起源和发展看，事情很简单，它起源于人对自身人体生命的认识，审美首先也是从对人体生命运动的观照开始。明乎此，"生命之喻"也就有着更早的源头了。也许弄清这一点对我们更清楚地理解艺术的本质及其起源，乃至有关的许多问题都是有好处的。

二、审美溯源：最早的审美是对人体生命自身的观照

最早的艺术是怎样产生的？或者说，审美是怎样产生的？对此虽不能说已经弄得很清楚了，但经过人文科学家的长期探索，可以说已经有了一个眉目。

科学人类学已经揭示：人类是由一种距今约三千万年至一千万年的古猿进化而来。这种古猿原来生活在热带和亚热带的森林之中，后来由于地球上的森林面积减少而被迫走向平原地带。这样，他们的主要活动也就由四肢攀登改为直立行走，于是出现了手和脚的分工，即后肢（脚）用于支撑身体，原来仅用于攀援采摘的前肢（手）用于使用工具（后来还制造工具）。这是"从猿过渡到人的具有决

---

① 吴承学：《生命之喻——论中国古代关于文学艺术人化的批评》，《文学评论》1994年第1期。

定意义的一步”[①]。在为生存而斗争的实践活动中，开始使用的是天然的工具，后来发展为人工制造。这一方面使自然界打上了人的加工的印记，另一方面使手变得灵巧了，并促进大脑思维的发达。正如马克思指出的：“劳动过程结束时得到的结果，在这个过程开始时就已经在劳动者的表象中存在着，即已经观念地存在着。他不仅使自然物发生形式变化，同时他还在自然物中实现自己的目的，这个目的是他所知道的，是作为规律决定着他的活动的方式和方法的。”[②]综言之，劳动既改造了客观世界，使人开始可以支配自然，同时也改造了人自身：不但身体直立，手脚灵巧，形体变得美了（如覆盖全身的毛发褪去，皮肤变得白净），而且产生了自我意识——在对象中认识到自己的存在。这正是审美观照产生的基础与前提。

具有自我意识，这是人类与动物的一个重要区别。动物的身体受到外界刺激时也会有反应，但它不能通过别的事物来感觉到自己的存在。即使是猴子，当它面对镜中的自己时便会感到十分困惑。由于没有自我意识，动物对外界事物虽有感觉，但并不是把它当作自己的对象来感觉。而人则不同了，即使在原始的劳动中，也会朦胧地意识到自己的存在：一方是作为制造者的自我，另一方是作为被制造者的对象，并逐渐产生了这样的意识：对象是“我”制造的，在对象中存在着“我”，一旦对象被制造出来，便会对自己的灵巧、聪明感到惊讶、兴奋与满足，于是对象也就成了“我”的存在的确证。显然，这与动物的感觉是不同的（后者只是一种本能的反应）。概言之，在劳动实践中同时产生的自我意识与对象意识使人与动物

---

① 马克思、恩格斯著，中共中央马克思恩格斯列宁斯大林著作编译局编译：《马克思恩格斯选集》第3卷，北京：人民出版社，2012年，第989页。

② 马克思、恩格斯著，中共中央马克思恩格斯列宁斯大林著作编译局译：《马克思恩格斯全集》第23卷，北京：人民出版社，1972年，第202页。

区别开来，由此产生了包括审美活动在内的一系列的精神活动。

人类告别了自然界而成为人以后，产生了自我意识，即它虽然来自自然，但又不同于自然。那么，它首先是从何处认识、观照到自己与自然的区别的呢？回答是：首先是从人的身体本身开始的。《周易·系辞上》云："古者包羲氏之王天下也，仰则观象于天，俯则观法于地，观鸟兽之文，与地之宜，近取诸身，远取诸物，于是始作八卦，以通神明之德，以类万物之情。"这可以看作是远古时代人类对包括自己在内的整个世界进行观照的描述。这里有几点值得注意，一是"王天下"，"王"即主宰之意，说明自我意识相当强烈；二是自觉地把整个自然界与自身作为观照、认识的对象；三是"近取诸身，远取诸物"，说明人类的认识总是从近到远的，自然也就是首先从自己的身体开始。当然，单凭这一描述还不能作结论，而须从艺术人类学进行考察。事实上人类首先进行观照的、把人类与自然界区别开来的，正是人类的身体本身。

我们知道，经历了从猿到人的漫长进化，人的身体也发生了巨大的变化：除了体质，在外形上便有两个明显的特点：直立，裸体。乍看之下，猩猩和长臂猿（甚至还有袋鼠、企鹅等其它动物）也是直立的，但它们只是需要时才这样，直立并不是它们的本性，而人类的直立则是经过了数以万计的岁月的进化才形成的生活习惯。当然，直立行走还未成其为真正的人，但毕竟是具有决定意义的一步。再者，裸体也是人类才有的。这不但使人类区别于鱼虫鸟兽，而且也是人类与其近亲灵长目动物在体质上的最后一个区别（地球上现存灵长目动物共有 193 种，唯有人类裸体，其余 192 种均以毛发覆盖身体）。既然如此，人类自然不会不注意到这一点。根据考古发现，最早的人类艺术活动，不是别的，乃是对人体的装饰。如我国的山顶洞人人体装饰物就有："钻孔的石珠，穿孔的狐或獾或鹿的犬齿，刻沟的骨管，穿孔的海蚶壳和钻孔的青鱼眼上的骨等，所有的装饰品都相当精致。小砾石的装饰品是用微绿色的火成岩从两面对钻成的，选择的砾石很周正，颇像现代妇女胸前的鸡心。小石珠是用白色的小石灰岩块磨成的，中间钻有小孔。穿孔的牙齿是由齿根的两侧对挖穿通齿腔而成的。所有的装饰品的穿孔，几乎都是红色，好像是它们的穿戴都用赤铁矿染过。”[①] 西方的艺术人类学家格罗塞也列举了大量的实证材料证明：大多数的原始部落“依然过着绝对的裸体生活”，相当注意人体的装饰。如不懂衣着的明科彼人至少有十二种用来装饰身体的带子和绳子：裸体的菩托库多人会“把他们编成的美丽链条绕在头上和颈上”；火地人和布须曼人衣着简单（只不过在特别寒冷时把兽皮披在肩上或绕腰间），而用身体的装饰品却丰富多彩。[②] 英国美学家李斯托威尔也认为，旧石器时代人类基本的艺术活动是装饰艺术，“那就是用劙痕、画身和刺纹，或者用一些笨重的装饰物品穿戴在身上，来装饰他们自己的身体”[③]。

而对人体的装饰，最典型的莫过于文身了。尽管文身是一个复杂的过程，需忍受巨大的痛苦，且有一定的危险性，但它却几乎遍及地球的每一个角落的原始部落。在我国先秦两汉古籍中就有不少关于东夷、吴越、匈奴和羌人流行文身的记载。如《礼记·王制》：“东方曰夷，披发文身。”又《穀梁传·哀公十三年》：“吴，夷狄之国也，祝发文身。”甲骨文的“文”字就是正面站立的文身的人像，其胸前的图形即刻画之纹饰。西方人类学学者这方面的记载就更多了。正如普列汉诺夫指出的：在许多原始部落，青年人一到

① 贾兰坡：《“北京人”的故居》，北京：北京出版社，1958 年，第 41 页。

② ［德］格罗塞（Ernst Grosse）：《艺术的起源》，蔡慕晖译，北京：商务印书馆，1984 年，第 42 页。

③ ［英］李斯托威尔（Listowel）：《近代美学史评述》，蒋孔阳译，上海：上海译文出版社，1980 年，第 195 页。

性成熟期就尽力设法文身，而不顾它所带来的痛苦[①]。那么，为什么要文身呢？对此有种种的解释[②]。值得注意的是，这是人类才有的文化行为和现象。易中天先生认为："在这里，文身是一种认同、认可的符号。它既是部落对个体的认同，也是心灵对肉体的认可……实质上也就是对自己的肯定。"如果注意到文身开始是用涂料涂画在身上，后来发展到刺割肉体留下永久性的纹饰；注意到许多部落只把文身的成年人而不把儿童与外来人看成部落的成员，它是部落中每一个人"成年礼"上进行的仪式，那么，应该说，这是相当有说服力的[③]。易先生还认为：原始人需要得到自我确证，一旦得到这一确证，必然获得一种满足感、自豪感，这不但是原始人体装饰的最深刻和最根本的原因，而且也是"人体，人体装饰和人体艺术真正成为审美对象的根本原因"[④]。

从人体自身来看，它是人类的杰作，也的确应该引以为自豪。因为它是自然界最和谐、最完美的物质形态和生命结构，是人类经过漫长的改造自然和创造自身的进化的结晶，是成功地实现了外在尺度与内在尺度、合规律性与合目的性的统一的典范。经过从猿到人的漫长历史进化，人体也发生了巨大的变化：双脚直立，人体笔直，双臂修长，两手灵巧，面部五官端正、匀称，全身体毛大部分褪尽（只留下头发和眉毛，可供打扮修饰），露出了健壮的肌肉、光洁的皮肤和柔韧的肢体（女性还有隆起的乳房）。看来我们的祖先是意识到这一点的。比如，猿猴与人类具有近亲的关系，在动物中最

① ［俄］普列汉诺夫：《论艺术（没有地址的信）》，曹葆华译，北京：生活·读书·新知三联书店，1964年，第115页。

② 易中天：《艺术人类学》，上海：上海文艺出版社，1992年，第52—58页。

③ 易中天：《艺术人类学》，第65—66页。

④ 易中天：《艺术人类学》，第66页。

为灵巧，但人类对它们的外形是反感的，视为丑陋的：我国民间一向有耍猴的习俗，形容某人长相难看，就说“长得像猴子”。这很可能是在长期的进化中所形成的心理习惯：“我已经变美了，不再像过去了。”而古希腊的哲人则早就自豪地宣布：“最美的猴子与人类比起来也是丑的！”[①] 这里很可能包含了对自己的进化而令身体变美的自豪感。也难怪在古希腊的“美神和爱美的顶礼者”看来，“世界上没有比人更美的形式了”[②]。明白了这一点，对他们公然把神像塑造成健美的男裸或女裸，再也不是古埃及自然宗教中的半人半兽，也就没有什么值得大惊小怪了。有一点可以肯定，人类在其成为人以后，在相当长的一段时期过的是裸体的生活，他们并不以自己的全身裸露而感到羞耻。《圣经·创世纪》所说的人类对自己的全身裸露的第一个感觉是羞愧与惶恐，不过是以其作者之心去度原始人之腹。其实，当时人人都裸体，既然如此，又有什么理由感到羞耻呢？事实正相反，原始人不但不感到羞耻，还感到自豪，并精心给裸露的身体打扮呢。如：当达尔文把一块红布送给尚处于原始部落生活的火地人时，他们并不用来作为衣着，而是撕成红条作为肢体的装饰。格罗塞还指出：达尔文所遇到的并不是个别偶然的，如果在卡拉哈利沙漠里或在澳洲森林里，也会遇到同样的情形。“除了那些没有周备的穿着不能生存的北极部落外，一切狩猎民族的装饰总比穿着更受注意，更丰富些”[③]。装饰的目的是要引起注意，其中正包含引以为自豪之意。有一点也颇能说明问题，原始部落的人们跳舞有两个特点：一是事前对自己的身体精心打扮（或是涂上

① 北京大学哲学系外国哲学史教研室编译：《古希腊罗马哲学》，北京：生活·读书·新知三联书店，1957 年，第 27 页。

② ［法］丹纳：《艺术哲学》，傅雷译，北京：人民文学出版社，1963 年，第 73 页。

③ 汝信：《美的找寻》，北京：中国社会科学出版社，1992 年，第 9 页。

变幻万状的色彩和线条，或挂上绚丽多彩的装饰）；二是全身裸露，说明他们并不以自己的身体的裸露而羞耻，相反是以为美，以为自豪的[①]。从考古学和人类学提供的材料来看，人类对人体自身的观照已有很长的历史。在原始绘画与雕塑中的人像就几乎无一例外都是裸体的。如出土于我国辽西红山文化遗址的女神像，出土于法国洛塞尔的“持角杯的少女”和欧洲许多地方都有出土的处于旧石器晚期的女裸圆雕，乃至史前洞穴壁画和非洲原始岩画，莫不裸体。一般来说，画像多为男裸，突出的是宽阔的肩和粗壮的腿；而雕像多为女裸，突出的是肥大的臀部与丰隆的乳房。这说明男性强调其战斗力，女性强调其生殖力。这大概与当时的社会分工有关。当然，我们在这里不能简单地把这些画像、雕像与今天的艺术审美混为一谈。因为，主宰其行为的意识，主要是出于人的自我确证感。而由于自我意识的确立，因而产生了要在身上刻下自己的印记的冲动，这很可能是原始人体装饰的最早起因。在他们看来，这样做了以后，被涂画、刻刺的身体，也就成了他们本质力量的确证，从而对他们产生了审美价值和审美意义。

三、从人体观照到“生命之喻”

人类一旦形成了自我观照的意识，它就向两个方面发展：一是对人体内在生命力的观照，由此形成生命意识；另一是对人体的外形的观照，由此形成诸如对称、均衡乃至“黄金分割”之类（其中最重要的是强调形成一个统一有机体）的相应的习惯、趣味等审美意识。而“生命之喻”的两个主要意义，即强调精神的灌注与整体的统一，正是来源于此。

为什么要强调精神的灌注呢？原来，在原始人那里，对人体

---

① ［德］格罗塞（Ernst Grosse）：《艺术的起源》，蔡慕晖译，第157、163页。

和自然界的生命运动（在他们看来自然界的无机物也是有生命的）是充分肯定、赞颂的，但对其变化尚没有科学的解释，便以为其背后普遍存在着一种神秘的力量——精灵（对人来说就是灵魂，对于生命运动来说它就是生命力）。自然界何以会有风火雷电、变化无穷？人类和动物何以有生有死？人类男女的交媾何以会产生新的生命（但又不是每次都会成功）？种子播下何以会生长发芽而其后也会死亡？在他们看来正是这个神秘的力量——它就是生命力的源泉——在起作用：它可以依附于躯体，也可以游离。当它依附于躯体时，躯体也就显得活灵活现，显出生命的活力；而一旦离去，躯体也就“死亡”，失去生命力。这就是为什么原始部落普遍存在“万物有灵”的观念的缘故。（“万物有灵”是原始宗教产生的根源。这一观点是由文化人类学的开山祖师泰勒于1871年在其《原始文化》一书中提出，已为许多人类文化学的材料证实。）如古代埃及人对太阳的崇拜，古代波斯人对火的崇拜，就是起因于把太阳和火看成是生命力的源泉。如埃及有一首流传至今的宗教诗歌，它颂扬太阳用其美酒“洒满每一块土地”，发出的光辉“使整个世界都充满欢乐”，用其至爱“把人们所需要的带给他们”，一句话，太阳是“生命的本原”[①]！而古波斯人之所以崇拜火，有所谓“拜火教”，以及普遍存在于各大洲原始部落的生殖崇拜，也都是由于他们视后者为生命的源泉之故。《易传》所说的“天地之大德曰生”，“生生之谓易”，意思说宇宙间存在一种强大的生命力，正是它使天地万物得以生长变化。正如有的论者所指出的，中国古代早已形成把美与生命相联系的美学思想，笔者认为它正是源于远古的生命崇拜。正由于这样，对于人类自身，原始人类产生了灵魂与肉体分离的观

① 汝信：《美的找寻》，第9页。

念，而且在他们那里实际上已成为一种实践的思维。正如马克思指出："在实践上，人的普遍性正表现在把整个自然界……变成人的无机的身体。"[①] 也就是说，自然界成了人的身体，自然变成了人，成了"人的无机的身体"，自然万物都变成有生命、有意识、有感情的。为什么巫术得以产生？它的主要功能不正是召唤灵魂、控制生命吗？（这一点在《楚辞》的《招魂》中看得很清楚）在原始人看来，正是由于有了生命力（灵魂）的灌注，万物才显得生机勃勃，充满生气；相反，一旦灵魂游离而去，也就死气沉沉，丧失了生命力。我国古代文论中所强调的"灵"（灵气）、"生气"、"气韵生动"、"义脉流注"，不正是源于此吗？黑格尔所强调的"情感的灌注"，不也是由此而来的吗？

我们知道，人体不过是人的生命运动的载体。正如马克思说的，人类的实践，正是"产生生命的生活"[②]。因此，生命很可能就是原始人对自身世界的第一个认识。无论是自然界，还是人体生命本身，都是一个持续不断的变化运动过程。如果运动停止，也就意味着死亡——生命停止。而这一运动是按一定的规律进行的——这就是节奏。而作为人体生命运动的体现的人类生活、劳动都是有节奏的，因此可以说，节奏是生命的基本表现。普列汉诺夫研究了大量的原始人文材料后指出："对于一切原始民族，节奏具有真正巨大的意义。"[③] 如：南部非洲的黑人劳动时往往伴以节奏强烈的歌唱；巴苏陀人劳动时特别喜欢节奏强烈的调子，跳舞时除了手脚兼用来打拍子，还在身上挂上铃铛以加强效果。在印第安人那里也大体如

① 马克思、恩格斯著，中共中央马克思恩格斯列宁斯大林著作编译局译：《马克思恩格斯全集》第42卷，北京：人民出版社，1972年，第95页。

② 马克思、恩格斯著，中共中央马克思恩格斯列宁斯大林著作编译局译：《马克思恩格斯全集》第42卷，第96页。

③ ［俄］普列汉诺夫：《论艺术（没有地址的信）》，曹葆华译，第35页。

此：旋律与和声方面的效果相当差，但节奏感却很强烈。为什么呢？普列汉诺夫说得好："人的本性（人的神经系统的生理本性）给了他以觉察节奏的音乐性和欣赏它的能力，而他的生产技术决定了这种能力后来的命运。"[①] 在原始艺术中，又以舞蹈表现生命力，崇尚生命力量为突出。闻一多先生说得好："舞是生命情调最直接、最实质、最强烈、最尖锐、最单纯而又最充足的表现。"[②] 这也就是为什么原始人的舞蹈节奏何以那么强烈的缘故。在我国古文中"舞"与"武"二字相通，"武"的字义为勇猛、刚健（《诗经·郑风·羔裘》就有"羔裘豹饰，孔武有力"的诗句）。这说明我国远古舞蹈所要表现的也是生命的运动。今天的"的士科""霹雳舞"亦以节奏强烈著称，这可说是舞蹈的原始回归。又如，在各种颜色中红色在原始艺术中最为重要了：我国山顶洞人的许多"装饰品"是染过红色的，匈牙利塔塔出土的莫斯特期长毛象牙断片（距今约42000年）是涂了红赭色的，西班牙北部的宾达尔洞穴的长毛象画其轮廓是红色的，等等，这显然是由于红色具有生命的象征意义：被视为生命之源的太阳是红色的；在人类的进化过程中起了巨大作用的火是红色的；人体的血——人的生命力的体现——也是红色的，等等。可见，红色在原始人那里所具有的审美意义根源于其生命的象征意义。还有一点也是颇能说明问题的：原始人很少以植物作为其绘画题材。普列汉诺夫就注意到，布什门人决不描绘植物，唯一的例外是描绘一个狩猎者躲藏在灌木丛的后面，而其画法相当笨拙，说明作者当时很少描绘植物。在史前洞穴和岩壁上所画的都是动物，而且是充满生命力的动物：你看，那些野牛、野猪、野狼、野鹿，它们在奔突，在迅跑，无不凶猛、剽悍，哪怕是受了创伤、陷入困境，也要

① ［俄］普列汉诺夫：《论艺术（没有地址的信）》，曹葆华译，第34—37页。

② 闻一多：《闻一多诗文选集·说舞》，北京：人民文学出版社，1955年，第141页。

作最后的拼扑厮斗，绝不俯首就擒，表现出顽强的生命力。在这里，原始人所要表现的不正是生命的力量吗？正因为如此，我们在原始艺术中处处看到的不是别的，而是他们对生命活力的无比崇尚和热烈追求，即使今天我们看来也会受到心灵的震撼。

为什么要强调艺术作品是一个有机的统一体呢？其实，人体本身就是一个有机的统一体。为什么人类把有机的统一体看成是美的呢？人类之所以形成这样的观念与意识，首先是源于人类长期对自身人体的观照。我们知道，人类的观念、审美意识、能力并不是从天而降的，而是从人类的实践中来的，比如对称、均衡、和谐、一定的比例，等等，为什么人类视之为美的因素呢？普列汉诺夫早已注意到，对称的规律的根源，"大概是人自己的身体结构以及动物身体的结构；只有残废者和畸形的身体是不对称的，他们总是一定使体格正常的人产生一种不愉快的印象"。[①] 古罗马的建筑师维特鲁威早就指出，建筑中所采用的对称和比例正是来自人体的对称和比例。文艺复兴时期的艺术家更发现，连数学上的"黄金分割"（它是令人产生美感的最佳比例）也是来自人体的比例。问题很简单，人人天天看惯的是既不太胖（正方形），也不太瘦（长条形），而是按"黄金分割"的比例构成的矩形的人体，于是便把它视为正常的、健康的人的审美标准。这样也就可以解释为什么许多既不懂数学，也不知道发现"黄金分割"的古希腊毕达哥拉斯学派为何物的人，也会不自觉地以符合"黄金分割"的人体为美。甚至连"美"字本身也来自人体：在西方，"美"一词源于拉丁文 curpus. 其原义

① ［苏］克留科夫斯基（Крюковский, Н.И.）：《人是美的》，刘献洲等译，北京：国际文化出版公司，1989 年，第 125 页。

为身体；古印度文 krp，其义为体形[①]。在我国，对“美”字的解释有两说：一谓指人体的头上戴上羊角（或羊头），二是以羊大为美。前者来自对甲骨文字形的分析，后者来自东汉许慎的《说文》的解说。显然，后者的主观猜想成分多，前者更接近原始意义，而前者更接近原始实际。而我国另一具有美字意蕴的“文”字通纹，指由线条和色彩交错形成的事物的感性形态，《易传·系辞下》：“物相杂，故曰文。”刘师培《广阮氏文言说》称：“三代之时，凡可观可象、秩然有章者，咸谓之文。”[②]在甲骨文就是文身的人体，古希腊和印度相同。由此可见，最早的审美首先就是从人体开始的。

由上可见，“生命之喻”最早源于人类对自身人体和生命运动的观照。弄清这一点对我们研究艺术的本质、审美的起源，清理古代文艺理论遗产，建设具有民族特色的文学理论体系，都是有其意义和价值的。譬如，就有论者认为“在中国古代，人们早在西方大脑神经论创立前，就从经络气化方面发展了人体科学”，并在气化经络论的基础上“建立起中国古代重内重合的思维体系，形成了不同于西方的中国特有的哲学、心理学、美学认识，发展起物、心、天、人、有、无、实、虚、形、神、道、气、意、象、韵、味、逸、妙等重要的哲学与美学范畴，形成了中国哲学美学上特有的天人之合的最早认识，进而升华为‘万物一气’的宇宙观、素朴、道、无的本体认识”；而“刘勰的贡献，《文心雕龙》的划时代意义，不仅在于它的体大思精，不仅在于它风骨、神思、隐秀等的提出，而主要在于它将古代养生、哲学上有关的气化论谐合论的基本内容，

① ［苏］克留科夫斯基（Крюковский，Н.И.）：《人是美的》，刘献洲等译，第 125 页。

② 刘师培：《广阮氏文言说》，陈引驰编校：《刘师培中古文学论集》，北京：中国社会科学出版社，1997 年，第 183 页。

依据文艺创作本身的特点，移植、加工、改造和创新，使之成为系统完整的艺术创作规律的认识。在古代审美重点从人到艺术、从艺术功能到艺术创作的转变之时，从理论上完成了一个伟大的转变。在它的一些篇章里如养气、才性、风骨、神思等，突出地显示了这种气化认识的延伸与发展”。而且，“其实不止刘勰，当时的谢赫、锺嵘又何尝例外”[①]。由此看来，有很多问题可能还要从头开始研究。

本文原载《文学评论》1995年第3期。

① 于民：《中国审美认识与神秘的人体科学》，《中国审美意识的探讨》，北京：中国戏剧出版社，1989年，第19—21页、25页。

见识高远，剖析入微，镕古铸今，贯通中西

——读邱世友师《文心雕龙探原》

中山大学邱世友教授的《文心雕龙探原》（以下简称《探原》）已于2007年6月由湖南岳麓书社出版。该书共十一章：前四章《道论》和《“温柔敦厚”的诗教》《文学的般若绝境论》《文学的主体情致论》，总论《文心》之道、“般若绝境”及文学（诗歌）的性质特点；第五至十章分别为《文心》创作论“神思”“应感”“隐秀”“比兴”“通变”和“声律”的专题研究；第十一章《文体音训论》从音训阐释文体名称的由来、意义。附录《刘知几〈史通〉的文学思想》和《柳永词的声律美》，前者阐述《史通》对《文心》的继承和运用；后者阐释柳词声律之美并合于刘勰声律论思想。我既是邱先生的学生，又是同行，有幸先睹为快。读后眼界大开，受益匪浅。该书博通儒、道、释，镕古铸今，学贯中西，识见高远，不少见解精辟独到，剖析深入细微。“龙学”名家王运熙先生在《序》中把邱师的另一部著作《词论史论稿》（人民文学出版社，2002年）与之誉为“堪称双璧”，并非虚言。本文仅谈几点粗浅体会。

一、见识高远，精辟独到，深入细微

综观《文心》一书，仅“般若之绝境”一处为佛教术语。于是主张刘勰为“以佛统儒”者振振有词，而反对者则称是个别例外，但都没有具体阐述其深刻的意蕴。唯邱师慧眼识真，对此作了极有价值的诠释，指出：这一术语是《论说》篇总结魏晋时“贵无”与“崇有”两大派时提出来的。前者“专守于寂寥（虚无）”，后者

停留在现象和应用，均陷于片面；唯有佛学的“般若”中观才达到真理的最高境界。这一结论包含了对文艺理论中道与文、一与万、偶然性与必然性、感性现象与理性抽象等重大问题的辩证认识，意义重大。

我们知道，魏晋时期思想界在哲学本体论与认识论领域展开了的激烈论争。其中具有根本性的是“有无之辩”：以何晏、王弼为代表的“贵无”派以“无”为本，以“有”为末，称“天下之物皆由有而生，有之所始以无为本”。该派把万物归结为“无”，其弊在于“专守于寂寥”，脱离实际，流入空谈。但它指出认识应深入本质和根源，不能停留在表面现象。这是有积极意义的。裴頠则针锋相对，著《崇有论》，认为“始生者自生也”，“‘无’不能生有”。他不忘世务，重视事功，但把“无”（本体）视为一无所有的空虚，否定事物变化的因果关系，忽视总结规律的意义，最终陷于功利主义和实用主义。刘勰充分肯定了两派的贡献，认为“宋岱、郭象，锐思于几神之区；夷甫、裴頠，交辩于有无之域，并独步当时，流声后代”；同时指出各有局限，唯有佛学的“般若”中观才能够“诣正理”。邱师指出，这是通过总结魏晋有无之辩，运用佛学般若中观对文学理论和创作意境问题的概括和总结。

邱师指出：“般若”意为智慧。晋僧肇著《不真空论》反复阐述“有”“无”即空有真假的关系。他认为：圣人把万事万物看成本来就是虚无（空）的，“乘真心而理顺，则无滞而不通”，即能透过复杂的现象达到纯一的真理，并批评了如下三派对般若性空的片面理解：一是“心无派”主张“无心于万物”，其失“在于物虚”，否定事物的存在（假、有）；二是“即色”派主张“色”（物象）“不自色，虽色非色”，其失在于没有认识到“色之非色”即物质世界本来就是非物质性的；三是“本无”派主张“无在万物之前，空为众形之始，故谓本无”，其失在重“无”“空”而轻“有”，对开物成务有所忽视。在有无真假的关系上，僧肇有如康德的二律背反：万物“虽有而非有”，“虽无而非无”；“有者非真有（假有）”，“无者不绝虚（并非绝对的空虚）”，“然则有无称异，其致一也”。这正取自佛学的般若中观。中观即论中谛之理，佛教各派皆以中观为观道之极至。僧肇上述所论有无，正本龙树《中论》所阐述的“离有无两端”（破二执之偏）的“中道”观。钱仲联《文心雕龙识小录》指出刘勰“欲以般若正理，破‘有’‘无’二种执偏”，《论说》篇“标般若之旨以破裴（頠）王（衍）有无之执”。可见刘勰正是吸取了魏晋玄学探究宇宙本体、有与无、本与末、道与象等关系的理论精华，并以“自然之道”作为《文心》理论体系的基石，把道视为宇宙本体，它的变化运动是自然而然的，“圣人”不但能体验认识自然之道，而且运用于人事并写出体道之文，道之体、之用由是而彰明。故以《原道》《征圣》《宗经》等前五篇视为“枢纽”，把道→圣→文的关系概括为以道之鼓动天下，彝训万民，以遂军国之功。他以“般若”中观审视魏晋玄学的有无之辩和总结文艺理论和创作实践，提出了破二执的文艺中观论。如道与文：道乃文之本体，文为道之具象（感性显现），二者不可偏废。以文德即文的内容与性质来说，它并非自有（文不自性），而由道自然而成性，故《原道》篇首称文乃“道之文也”。这里融汇了儒家的事功（社会作用）思想、道家的宇宙自然观和佛家的般若中观论，而终以儒家为主导。黄侃指出：刘勰“以为文章本由自然而生”，与其后的“文以载道”说截然不同，后者强调功利却抹杀自然，所谓道者不过是教条。[①]汤用彤先生也指出：“刘勰对文之本质的论述已不复是‘文以载道’

---

① 黄侃：《文心雕龙札记》，上海：华东师范大学出版社，1996年，第3页。

的文学理论，而是主道因文显。”它的实质是“美学的”，而不是“实用的”。[1]也就是说，道为文之体，文为道之用，二者不可二执。这一思想贯穿《文心》。如《夸饰》篇云：“神道难摹，精言不能追其极；形器易写，壮辞可以喻其真。”前者属无，后者属有。又《通变》篇云：“夫设文之体有常，变文之数无方。”“有常”即有规律性，属无；而每个作家的身世、个性不同，故作品呈现千姿百态，属有，不可执于一面，等等。正如张少康先生等指出：“（刘勰所论）从魏晋有无之辨、佛家般若中观到文艺理论和创作的意境，以期说明滞有贵无之弊，而总述文艺理论上的般若之绝境。”[2]关于刘勰熔儒道释于一炉而建构其文学理论体系，学者大多论其然而未论其所以然。笔者读此豁然开朗。

笔者认为，对邱师的上述见解的意义应从世界美学史范围考察。我们知道，西方自古希腊至近代美学研究主要为两大流派：一派以柏拉图为代表，偏重理性研究，认为美的本质是理念，只有这种美的理念才是永恒的美；另一派以亚里士多德为代表，偏重经验的概括和感性的研究，如认为美在于具体事物的本身（如对称、比例）。两派的美学观点可以说雄霸了欧洲近两千年。到了近代，法国的理性派继承了前者，基本上采用了理性的方法；而英国的经验派则继承了后者，主要运用经验的方法。两派均取得重大成果，又各有片面和局限。直到黑格尔倡“美是理念的感性显现”说，既把理念看成是美的本质，这是对理念派的继承；又认为美离不开感性形象，这是吸取了经验派的成果。显然，他把艺术美、典型视为本质与现象、

① 汤用彤：《魏晋玄学论稿》，上海：上海古籍出版社，2005 年，“导读”，第 36—37 页。

② 张少康、汪春泓等：《文心雕龙研究史》，北京：北京大学出版社，2001 年，第 452 页。

理性与感性的辩证统一，这与刘勰把文学视为道与文（象）、虚与实、质与文的契合，不可片面执一，可谓殊途同归。但刘勰比之黑格尔要早了一千五百多年，他的这一理论贡献因邱师阐述而明示，故意义重大。

又如：学术界肯定刘勰的声律论对永明声律的原则“确有深切的体会，并作了精当的概括”①，且深入探讨了声律说的美学原理本质是“求得和谐之美”②。而邱师的论释则进了一步，更为深入、具体和全面。这可从三方面说明：

（一）指出刘勰的声律说以自然本体论为依据，主张在人为追求的基础上达到“自然”。《声律》篇称声律“本于人声”，宫商“肇自血气”，而血气的强弱、质量的高低决定了人声的自然气质和性格。又称“器写人声，非声效器”，即乐器的音响是根据人的唇吻发音所形成的律吕而来。但强调在掌握声律的基础上追求诗歌的声调和谐，与“不知调和之有术”的锺嵘不同。他还指出作为其核心的“和”包含了深刻的辩证法思想，并从先秦哲学美学找到其根基。（二）作为其声律说的核心思想之“和”，乃是“飞沉抑扬与清浊洪细总归于协和”，而不是简单的四声平仄的和谐。由于汉语语音是“以声调见义”的特点，不同于“轻重寄义”的印欧语系，故语音之谐和除四声的平上去入，还有声韵的变化差异的和谐与统一。《声律》篇的“声有飞沉”和“异音相从谓之和”，历来论者多认为仅指声调的平仄，其实此外还求四声之差异而和谐相配，故“和”涵盖了声、韵、调整个语音的和谐。如果“忽视从声（辅音）的清浊、送与不

① 王运熙、顾易生主编:《中国文学批评史新编》，上海: 复旦大学出版社，2001年，第97页。

② 张少康:《文心雕龙新探——刘勰文学理论体系及其渊源》，济南: 齐鲁书社，1987年，第218页。

送气求和谐，忽视韵类的开合侈弇洪细求和谐”，就不是刘勰之“和”的整体涵义。以韩愈的《听颖师弹琴》“昵昵儿女语，恩爱相尔汝。划然变轩昂，勇士赴敌场”来说：一、二句的“昵”“儿”和“汝”“女”“语”均属声音较细的三等韵（且多属阴声韵），适宜于表现切切私语的儿女之情。至三句突然用声洪而阔的入声锡韵二等的“划”字作转折，表现出征者之勇猛。又如李清照的《声声慢》词的寻、觅、冷、清、凄、戚，大多是齿音并配以唇音和三四等韵字，其音细而低，又多为齿音的塞擦音，平与上入相配，其中又以“惨惨”一等呼字调节，这就更显出郁抑的心情。“乍暖还寒”句的“乍”属二等的浊音，去声。前后为之振起，大有寂莫而无可奈何之感，故“最难将息”。例证贴切，令人信服。（三）指出刘勰之“和”是“超越历史”的，对后世影响深远。（详下）如关于“温柔敦厚”，物感说和“入兴贵闲”说，等等，都提出了精辟的见解。

二、博通儒、道、释，镕古铸今，学贯中西

《探原》一书，博通儒、道、释，从辨析“般若绝境”已见一斑。现再举一例。

关于《文心》之道，学术界有认为属儒家之道，道家之道，佛家之道，还有称道为客观规律、客观理念、精神本体，等等，众说纷纭，莫衷一是。其中“以佛统儒”的佛家之道说，赞成者不多，但要把问题说清楚实在不易，因为它涉及魏晋六朝儒、道、释相互论辩和交融的复杂背景，加上刘勰本人既有儒家思想，又长期寄居佛寺（晚年正式出家），问题复杂。对此，邱师以《文心·原道》篇称天地万物其美的形态“此盖道之文也”，又论人有人文乃自然之事，故刘勰之“道”为“自然之道”，视万物“自然而然，天然生成”，并无“主宰者”，并非神祇或精神实体的作用。然后针对“以佛统儒”

说逐层辨析。

（一）《文心》之道并非僧慧远所说的“体寂无为而无弗为”的“体”“佛性”，因为后者是佛家宗教唯心主义的实体。（二）“以佛统儒”者混淆了它与魏晋玄学、晋宋佛学的区别：前者是说自然万物及其美皆是自然如此，而并非佛家作为彼岸的真如、涅槃，亦非孙绰所说的“虚寂自然”之道即类似绝对理念之类的东西。刘勰以此解释文学现象，而非佛在“自然”的背后起作用。又指出稍后僧慧远所说“佛有自然神妙之法”，乃是晋宋以玄释佛的惯例，与此无涉。（三）不应把刘勰的《灭惑论》与《文心》混同：前者是适应梁武帝的政治思想统治而作，旨在护佛，故阐释道、神理时自然与佛性相联系，或作佛理；而后者之道是指自然真实，惟有如此才能通解《文心》全书。且该书的写作在刘勰欲仕而未仕之际，儒家入世思想明显，两者不应混为一谈。（四）有论者把晋名僧竺道生反复说明佛性是“本性”“理”“自然”，与《文心》的“理”混为一谈，其实这些概念都是佛家空无的“真如”，是精神实体。而《文心》多处谈“理”，不少指作品内容，更多是指客观规律性。如《通变》篇的“文理之数”、《神思》篇的“思理为妙”、《物色》篇的“心以理应”，均与佛性、佛理没有关系。以上所论，显示了对魏晋六朝儒、道、释的思想演变了如指掌，非博通三家思想不能为。故论文刊于《哲学研究》。

更为可贵难得的是，邱师旁征博引，善于镕古今中外于一炉。如对我国古代物感说和刘勰的“入兴贵闲”说，邱师指出，以前诸家只就哲学认识论阐述，而刘勰却重在审美的兴感和兴象。《物色》篇“四时纷回，而入兴贵闲；物色虽繁，而析辞尚简，使味飘飘而轻举，情晔晔而更新”数句，说明了“完整的审美、艺术创作过程”的三个范畴和阶段和范畴：物感、表现和价值，以及三个阶段之间的因果关系。先引黄侃的解释："夫既以闲旷之兴领略自然之美，则观察真矣。复以简至之辞，摄取物象之神，则技术巧矣。写景如此，而文之情味有不引人入胜者哉？"[①]由此说明"闲旷之兴"实属审美兴感和审美兴象，并引文本"情往以赠，兴来如答"、"由兴致情，因变取会"的"兴""均属动词性名词，为审美兴感，进而阐释"入兴贵闲"的"闲"具有三方面审美涵义：一是以闲静、闲旷为创作的最佳心态。如刘永济先生释云："惟虚则能纳，惟静则能照。能纳之喻，如太虚之涵万象；能照之喻，若明鉴之显众形。"[②]可见此乃最佳的创作心境：主观情思涵纳万象，二者交相融合而生发意象。二是指自然闲适的艺术心态，即《养气》篇的"从容率情，优柔会适"和《隐秀》篇的"思合而自缝"。在审美兴感中，自然闲适引导情思，优柔自得会通物境，二者"自然会妙"，它与"刻意研虑"、人为追求是不相容的。三是通娴，为娴雅之义，引《荀子·荣辱》"君子安雅"和《汉书·司马相如传》"雍容娴雅甚都"，可证雅者正也。指物象情事进入兴感便凝构为审美兴象，它具有典型性。此外还有二义："闲，犹法也"（《广雅·释诂》）和"闲，习也"（《荀子·修身》"多见曰闲"）。审美兴感乃是"从无序到有序"的过程，既然有序，自有法度；审美兴感又有一个过程，《物色》篇称"诗人感物"时"流连万象""沈吟视听"。可见只有闲习物象才能进入审美兴感。故闲又有闲习之义。接着指出由此三义相应而具有三种作用：只有心态闲静或虚静（第一义），审美兴感和兴象才能贯彻"以少总多"的原则并形成自己的特征；只有心态自然闲适（第二义），兴感和兴象其意蕴的内在深层和外在衍引才能达到"自然会妙"的境界；只有娴雅、闲习（第三义）兴感始能对万象鉴别筛选，

---

① 黄侃：《文心雕龙札记》，第304页。

② 刘永济：《文心雕龙校释》，北京：中华书局，2010年，第95页。

使之具有典型性和“事外远致”的境界。上述三种作用齐具，而后显示出娴雅在审美兴象中的意义：凡雅必有普遍性和典型性，而娴雅重乎自然。故又有第四义即娴雅。因此，欲完成审美兴象的品（风格），入兴非贵闲不可。最后论审美及创作的第三阶段和范畴，即“使味飘飘而轻举，情晔晔而更新”的审美内容和价值判断。指出“情与味是互为补足的”。该篇“物色尽而情有余”和《宗经》篇“余味日新”，均突出一个“余”字，意为丰饶久远，而非多余。而情味之丰饶久远乃兴象的审美特性。《文心》一书具有审美意义的“味”字共 18 处，或作动词，或作名词。作动词为玩味，作名词共 11 例，多指内在意蕴所引发的外在意蕴具有的情味。如《宗经》篇“余味日新”、《隐秀》篇“余味曲包”。而作为审美的“味”，尤其是“余味”，往往与韵、趣同等使用，均为审美范畴。如《哀吊》篇的“义直而文婉，体旧而趣新”。还指出《定势》篇“机发矢直，涧曲湍洄，自然之趣也”：趣生于流动，与韵同，但成于体势，与韵异，所以韵取姿媚，而趣在体势。势成趣生，就体势言之为趣，就情致言之为神韵。诗画皆如此。所谓趣生象外，韵见言表。

以上诠释，综合运用了当代哲学、美学、文艺学和心理学，为我国古代文论注入了新的血液和生命。邱师阐释还时引西方文论，贯通中西，或批评，或互证，而且引用贴切。如批评某些西方学者把《物色》篇的物感说说成是纯粹的共同自然属性，指出此说一是忽视了人的感情的社会性，二是没有认识到物感时的自然物已经进入审美范畴。该篇的“诗人感物，联类不穷”盖有二义：一是诗人以郁积的情思去感触各种事物，使其类有归，以表现情思；二是诗人偶尔感触某一事物，其情思随之深化浓烈，由此进入艺术典型化的创造过程：一方面以一贯众，“乘一总万”；另一方面情思与物象结合而以情思为主导，即《神思》篇所说“志气统其关键”。《物色》

篇云：物感之初“山沓水匝，树杂云合。”此时物象只是作为自然物而不是审美对象而存在，只有当作家的主观情思与客观物象联系、结合，双方才摆脱各自片面性，创造出情景交融的艺术形象。因此，经过“目既往还，心亦吐纳”，心与物象，往还无已，一次又一次地增强其可感性、生动性和典型性；而情思即心也一次又一次地“吐纳”其哀乐之情、高远之志、深微之思，二者相互作用而心物同一。所谓“情往以赠，兴来如答”，即通过情兴往来“赠答”，主观的情思寄托到客观的物象，而物象引起主观情思所产生的兴感，也枨触无端。《神思》篇云：“物以貌求，心以理应。”意思是说为求物象逼真的形貌而心以理应之，“理应”则物象的神理现，而非单纯的形貌，由此物象成为生动的艺术形象。可见它是抽象的情思和具体的物象的统一，体现了一般性和普遍性，达到了《物色》篇所说的“一言穷理，两字穷形”“以少总多，情貌无遗”的艺术典型化高度。审美领域是历史的范畴，自然物只有进入审美领域才能被诗人感知。屈原洞鉴《风》《骚》之情而得山水之助者，是由于山水已是进入审美领域的山水。刘勰虽然不会这样去认识他的理论，而从这一美学高度去阐明其理论，更能认识其实质。上述批评和阐述无疑是中肯的。

有些引用则为佐证，互相说明。如指出刘勰论“镕裁”在形象思维中作用有二：“乘一总万”和“沿始要终”，即分别从空间联系和时间序列上进行综合镕裁，二者殊途同归而达到心物同一。具言之，当作家感情外化托物兴情时原来的客观物象也必须内化，使其原先自在的、偶然片面的物象成为自为的完整的生命机体，即具体生动的艺术形象。就其本质来说，是经过镕裁而完成典型概括，达到一般和个别、具体和普遍的同一。邱师引黑格尔《小逻辑》的话印证：“自然所表现给我们的是个别形态和个别现象的无限量的杂多体，我们有在此杂多中寻求统一的要求”[①]，只有通过心对物的作用，才能化有限为无限，化个别为一般，而有限和个别又作为艺术的具体性而存在。只有这样，艺术创作才具有较高的认识审美价值。又如阐述“贵在虚静”时，最后引现代西方理论家如英国瑞恰兹称：“我们常常看到艺术总有一种奇特的局部的冷漠态度”，认为所谓“冷漠”正与刘勰的虚静说相通，都是要求作家在想象过程中让过分炽热的感情加以适当的冷却，心平气和地对杂多的物象加以甄综，找到其内在联系，综合成同一的艺术形象。在阐述“博”与“一”关系时指出：“由博览而成浓缩的贯一形象，只能是如黑格尔说的在有限形式中体现无限内容的‘这一个’。”[②]这些作为佐证或互证，显然是贴切的。再如《刘勰论比兴的现代美学审视》指出：刘勰已经认识到“必须求意求义于言象之外”和“兴”的艺术手法和任务是：“诗人兴感，创造出深微要眇的意象，且由意象衍引出意象之外的第二重、第三重意象乃至无尽。”[③]而所衍引的多重乃至无穷的意象，自然容许和需要通过读者各自根据意象去联想并进行再创造，故兴隐。同时指出：“兴为我民族所独有”，前苏联学者伊·李谢维奇亦云：“‘至于兴，在欧洲诗歌中是找不到任何类似概念的’”。[④]这就不但沟通了中外文论，还显示出我国古代文论的民族特色。

三、振叶寻根，观澜索源，深入揭示《文心》对后世的深广影响

关于《文心》在历史上的重要地位，今人多引章学诚“体大虑周”

---

① ［德］黑格尔：《小逻辑》，贺麟译，北京：商务印书馆，2009年，第75页。

② 邱世友：《文心雕龙探原》，长沙：岳麓书社，2007年，第98页。

③ 邱世友：《文心雕龙探原》，第140页。

④ 邱世友：《文心雕龙探原》，第140页。

的称誉，此乃共识。但是，由于刘勰并非儒家圣贤，以致后人少引《文心》，且明明受了它的影响也不明说。于是至今有论者以为它对后世影响不大。其实，影响是巨大而深远的。对此笔者尝从三方面探讨：

（一）《梁书》称它曾被鼎鼎大名的沈约誉为"深得文理"，在其后一千多年自然为文人重视。而且正如日本学者指出，早在隋唐，甚至在边远地区，已经成为普及教材，这一影响是潜在的和巨大的，难以估量[①]。（二）它的理论与范畴具有前瞻性，甚至"远远地走在文学发展的前面"[②]。如后世唐宋代诗文革新运动，《文心雕龙》早就提出来了[③]。（三）它"体大思深"，在我国古代可谓"空前绝后"。其后我国的文学美学理论体系的演变和发展基本上离不开其框架和范围，同时不断丰富和革新，从而形成为具有民族特色文学美学理论体系[④]。读了《探原》，可说更加深了上述认识。这里拟再从三方面阐述。

首先，邱师全面深入揭示《史通》对《文心》的自觉继承，撰《刘知几〈史通〉的文学思想》详细阐述其精神和理论对后世巨大而深远的影响。自宋至明清学者多视二者为文苑双璧。早有学者指出：《史

---

① 日本学者冈村繁引六朝末期至唐初学者引述《文心》的言论共 11 例，说明当时喜读并重视该书者均为"一流的学者文人"；还指出，至少在初唐该书不仅为当时文人学者所喜爱，"而且在乡间村民中也有一定程度的普及"。并详引敦煌出土的唐初钞本《文选某氏注》残篇一卷解释"檄"的语义及其历史起源，经比较对照，"显然本于《文心雕龙·檄移篇》"。见[日]冈村繁著，林少华译：《〈文心雕龙〉在唐初钞本〈文选某氏注〉残篇中的投影》（节选），饶芃子主编：《文心雕龙研究荟萃》，上海：上海书店，1992 年，第 100—104 页。

② 罗宗强：《隋唐五代文学思想史》，上海：上海古籍出版社，1986 年，第 166 页。

③ 罗宗强：《隋唐五代文学思想史》，第 269—270 页。

④ 参见拙文：《略论〈文心雕龙〉对我国后世的影响》，中国《文心雕龙》学会编：《文心雕龙研究》第 6 辑，北京：学苑出版社，2005 年，第 304—322 页。

通》乃《文心·史传》篇的扩大，行文也俨然《文心》。二者一论一史，论多相通。如《史通·自序》篇回顾了自扬雄的《法言》、王充的《论衡》至刘勰的《文心》等伟大著作的产生均是为针砭时弊，自觉地担负起社会批评家的责任，可见二者精神相通。不仅如此，其史学观点不少也与《文心》一脉相承。如认为史家须才、识、学，以识为核心，以才为辅；又力斥浮华虚饰、文繁意浅的文风；主张向古人学习不应“貌同而心异”，而应“貌异而心同”（前者不过是袭取古人的形貌，而遗其神理；后者则吸取其神理而弃其形貌），力求做到“道术相合，义理玄妙同”（《模拟》）；他批评不少史家对历史人物“兰艾相杂，朱紫不分”，提出应“中藻镜，别流品”，从而达到“惩恶劝善，永肃将来”的社会教育作用；强调“珍裘以众腋成温，广厦以群材合构”，即须对史料、生活素材广取博收；但叙事则力求“骈枝尽去，尘垢都捐”，“华逝而实存”（《叙事》）；主张历史叙事重晦（隐晦），等等。以上有的直接出自《文心》，如主张重晦显然出自《隐秀》篇论“隐”；大多虽未点出，但读者稍作比较，便不难理解。还列举不少史籍和《史通》的例子，详加分析，足为明证。

其次，不但深入阐述其理论意蕴和价值，而且理出脉络，揭示它对后世的深远影响。如关于刘勰主“和”的声律论，不但指出它与永明体诗的发展“二者是互补的”：它是后者创作实践的阶段性与成果的体现，如果没有后者的具体实践，它便成了空洞的说教；但它没有像永明体那样停留在具体的声病规范，而是上升为“超越历史”的普遍原则。如果没有它的理论原则指导，后者是不可能普及于诗歌发展的各个阶段的。并引证纪昀、刘师培已经认识到：诗歌从永明体走向近体，四六骈文的完成，近体五、七言律绝乃至词体的发展成熟中，声律愈来愈深细精妙，它可谓无所不在，影响深远。以从永明体（五言诗）到近体诗的演变来说：永明体要求有二：一是第二、第五字不得同声（同四声），否则犯八病的蜂腰；二是第二、四字异声回换，为的是在四声差异对立中致和谐。由此规定第一、二字不得与第六、七字同声，否则犯平头。因此，它向近体诗过渡便要解决两个问题：一是从四声论走向确立平仄二元论；二是每句的二、四字必须异声回换，使声调在差异中致和谐。在演变过程中，先是（梁）刘滔不但认为第二、四字同声其病“甚于蜂腰”，而且二、四字回换不得相犯；又突出平声字数多和使用频率多的特点，使平声与上、去、入三声对立而形成平仄二元化的趋势，还总结平声的一套用法。后至初唐元兢提出第五与第二字同是平声非病，唯上去入其中之一者同声为病。由于汉语诗歌以字的单音合二字构成一个音节，由此形成五言诗第一、二字和第三、四字分别构成两个音节（其中又以第二、四字字音为准），第五字可长吟而自成音节，故第二、四字如果同声便构不成抑扬顿挫的两个音节了。永明体没有考虑第四字的声调，是其时代局限，刘、元弥补了这一缺陷。这是声律论和诗体的重要先变。元兢还提出换头粘对，即第一联对句第一、二字和第二联起句第一、二字相粘（平仄相同），第三联起句第一、二字与第二联对句第一、二字相粘，如此蝉联终篇。这样，二、四回换，平仄二元，加上换头粘对，近体诗便确立了。其演变离不开一个“和”字，即差异中求和谐统一，令音声畅顺流美。又以律诗的拗救来说，乃是盛晚唐才有，却与这一原则相符。诗词、骈文、戏曲，均是如此。以柳永词的声律来说，“其中阴阳平、上去、去上声调的运用都在于‘和’字，与刘勰之说暗合”[1]。具体来说，词调除平仄之外还讲四声。平声有阴平阳平，仄声犹有上、去、入

① 邱世友：《文心雕龙探原》，“后记”，第 252 页。

三声。若再细分，平声固分阴阳，上、去、入亦分阴阳（粤语入声还分阴入、阳入和中入三声）。声调所谓阳者即声带振动的为浊音，声音带不振动的为清音。故阳声低、阴声高。可知抑扬低昂为声调的主要调质，而其它清浊、轻重、洪细等，精于词律者还得留意。清浊、阴阳、高下、抑扬，二者相偶相配而成节律，由此而达到和谐浑化的声调境界。故词多拗句不但不破坏声调的谐婉，及反复吟诵愈觉其较律化句还谐美。清万树《词律》就说："上声舒徐和软其腔低，去声激励劲远其腔高。相配用之，方能抑扬有致。大抵两上两去在所当避。"[①] 邱师撰《柳永词的声律美》，称柳永词《浪淘沙令》："促拍尽随红袖（去）举（上），风柳腰身"；《凤归云》结拍云："却是恨（去）雨（上）愁云，地遥远。"[②] 均能避免去去或上上的单调重复，增强语音变化统一而和谐之美。这是柳永词音律谐婉的重要质素。又如，两句或两句以上的仄声地方，则尽量使用去上即抑扬格，如《留客住》："遥山万叠云散，涨（去）海（上）千里，潮平（去）波浩渺（上），等等。此外还列举不少宋、清词例详细说明，足见它是"超越历史的"。显示了深厚的词学修养和功力，真是令人眼界大开：原来刘勰之"和"，竟有如此深刻的内容和超越历史的意义！

又如关于"温柔敦厚"，邱师首先指出它既是伦理原则，又是艺术表现原则。作为前者即儒家的诗教和封建教化统治的手段，随着社会的发展，成为束缚人的思想的枷锁和阻碍历史前进的障碍，不足为训；但后者作为艺术表现原则不应否定。如王夫之、沈德潜，一方面把它作为伦理原则评论诗歌，不少意见极为落后、保守；另一方面又作为艺术表现原则，揭示含蓄蕴藉的诗歌思想艺术的深度

---

① ［清］万树：《词律》，上海：上海古籍出版社，1986 年，第 15 页。

② 邱世友：《柳永词的声律美》，《文学遗产》2002 年第 4 期。

和高度，不少见解极为精辟；指出在文论史上刘勰首先把它作为艺术表现原则，主张“文外重旨”“言外曲致”。诗歌如此，词更是如此。就算是豪放词也要讲究含蓄蕴藉，切忌直率浅露。清代词论浙派讲清空；常(州)派讲寄托，二者均不离含蓄蕴藉。常派张惠言论词以比兴寄托归诸蕴藉含蓄，是对这一艺术原则的继承和发展。周济又把张氏之论系统化和完善化，指出词史上那些豪言感激如苏、辛词“犹皆委曲以致其情”，壮怀浩气又不离乎蕴藉含蓄。到了咸、同、光绪年间，谭献倡柔厚说，也是由此而来，且理论内容也丰富了。如周济把豪放词视为词史上的“变”，谭献则视为“正”，二者“折衷柔厚则同”。与谭同时的陈廷焯倡沉郁说，自云其论词“乃本诸风骚，正其情性，温柔以为体，沉郁以为用”①，显然也视“温柔”为词的正体。词家把空灵蕴藉视为词的高境，近代刘熙载称苏、辛“其词潇洒卓荦，悉出于温柔敦厚”②，与谭、陈如出一辙。由此揭示出清代词论对《文心》的继承和发展，脉络清晰。

纵观《探原》一书，皆有为而作。它总是从《文心》中寻绎归纳出具有重大意义的论题，先是搜集材料，把握背景，反复酝酿，上下求索，镕古铸今，贯通中西；然后从范畴、命题入手，小题大做。如：“和”，“应感”（感兴），“般若绝境”，“入兴贵闲”，归结其要义，理清其脉络；再由此如掘井地逐层深入，进行细致入微的剖析，列举贴切生动的例证，直至充分说明问题为止。阅读该书，看似论题不大，但随着论述的逐层展开，你会从中领悟到丰富博大

① [清]陈廷焯著，彭玉平导读：《白雨斋词话》，上海：上海古籍出版社，2009年，“自序”，第4页。

② [清]刘熙载著，王气中笺注：《艺概笺注》卷四《词曲概》，贵阳：贵州人民出版社，1986年，第322页。

的内容和意蕴，令你如饮甘泉，令你惊叹。这于我们后辈的研究，堪称范例；于纠正今天浮躁不实的学风，不无裨益。

原载《〈文心雕龙〉与21世纪文论研究国际学术研讨会论文集》，北京：学苑出版社，2009年

师谊温馨浑难忘

——悼念邱世友师

邱世友师在昏睡两年之后，终于2014年6月7日驾鹤西去，给他的家人、亲友和弟子留下无限的哀思和记忆，我就是其中一个。

邱师是中山大学中文系我最为敬爱和与之关系最为密切的老师。我毕业后分配到华南师大数十年，与师虽不同校，却同在广州从事中国古代文论的教学与研究，且主攻《文心雕龙》，受教良多，师谊难忘。追悼会我献上的挽联是：

千载弦歌谁继？岭海吾师道德学问皆烜赫；
百年文囿斯承，连州学子词章文论俱生辉。

挽联用的是文学语言，但并非虚构。如澳门大学邓国光教授称早在香港中文大学读书时就为邱师的治学方法"所慑服"，并誉为"岭南大儒"[①]，"极其佩服"邱师治学方法和精神，"不论人品、器度与学养，都足以表率一代，为学者的典范。英杰不世而出，邱公其人其德，堪足以称"[②]。邱师与多位著名学者交谊深厚。如前《文学评论》主编、中国社科院侯敏泽研究员。两人于1980年武汉中国古代文学理论学会年会相见甚欢，别后三月，师去信称读侯先生论《沧浪诗话》的文章"获益实多"，赞其"中其肯綮"，同时

---

① 邱世友：《水明楼续集》，广州：中山大学出版社，2007年，第325页。

② 邱世友：《水明楼续集》，第323页。

也提出“未能揭举”严羽“以禅喻诗”的“自相矛盾之处”。如既称汉魏“不假悟”，又何能说为“第一义”？[①]可见二人真诚相见。1995年邱师赴京参加由北京大学主办的《文心雕龙》国际学术研讨会后即前往拜访侯先生。侯先生仙逝，师填《瑞鹤仙》，回首两人先后于武汉和广州古代文论会相会，盛赞侯先生于学术“众径荒凉”年代“孤灯凝倦”，奋笔著述，最后以“睹遗文，点点秋痕，为伊悼唁”作结[②]。深情雅致，哀思无限。

邱师与词学名家、《词学》主编马兴荣先生也是交谊非浅。1984年去信称马先生为“老兄”，“遥天拜谢”来书，“欣慰奚似”！马先生邀邱师为他主编的《全宋词》的编委，且时有电话联系，相谈甚欢。2002年1月邱师致信详述参加镇江《文心雕龙》学会年会后与师母游扬州、上海一带；寻又下杭州游西湖，到福建游武夷、福州，途中师母病发，自此不敢远游。又详谈李清照论词调分平仄，又分四声，师在此基础上以词之三字句“以上去声定为抑扬格，去上为扬抑格”，并详引万树、红友之论和举周邦彦词运用去上声尤为精美详细说明[③]。信中详述引证近千字，足见交谊之深。由此而写成的论文《柳永词的声律美》[④]，其弟子孙立先生誉为邱师平生最为得意之作，师然其说。笔者一位从事古典文学研究的朋友赞叹，《文学遗产》的不少文章也能写出，唯邱先生的这篇文章写不出来。中国《文心雕龙》学会前会长、复旦大学著名学者王运熙教授年高体弱，邱师请为其著《文心雕龙探原》作序，王先生欣然命笔，称

---

① 邱世友：《水明楼续集》，第216页。

② 邱世友：《水明楼续集》，第318页。

③ 邱世友：《水明楼续集》，第230页。

④ 邱世友：《柳永词的声律美》，《文学遗产》2002年第4期。

师为“老友”，赞其《探原》与《词论史论稿》“堪称双璧”[①]。

邱师与美国耶鲁大学东亚语文系主任孙康宜教授的交谊也值得一书。1997年4月美国伊里诺州立大学主办有哈佛、耶鲁、普林斯顿等名校参加的《文心雕龙》国际学术研讨会，时任中国《文心雕龙》学会常务副会长、北京大学张少康教授与邱师应邀赴会，分别提交论文，邱师提交论文《刘勰论文学的般若绝境》。耶鲁大学孙康宜教授应邀参加，并认为是她所参加的学术活动中“中国大陆学者最投入的一次会议”，其中包含了对邱师的赞誉。第一天晚宴孙教授即主动到邱师一桌交谈，显然是早闻师名。邱师说，从此两人认识了，“（有）好多话可谈了”。会后孙教授为香港《明报》撰文报道该次会议并寄赠邱师，师填《蝶恋花》回赠。1999年师又填《解连环》寄赠[②]，称赞孙教授于域外弘扬华夏文化，潜心著述《陈子龙、柳如是诗词情缘》，返沪必请教于词学家施蛰存教授；又回忆一起参加美国《文心》研讨会及游览情景，最后惊喜收到孙教授的阖家彩照，惊喜万分。2001年邱师弟子吴承学赴耶鲁大学访学，返国时孙教授托带其阖家彩照暨耶鲁水笔以赠，师再填《三犯渡江云》答谢[③]。我的硕士研究生闫月珍读完博士和博士后供职暨南大学，获校方资助，急于联系美国名校为访问学者而不得门径。我携她拜访邱师，师欣然挥毫与孙教授联系，终于如愿。由此两位教授的深厚情谊已延泽两代弟子。由上可知邱师与名家学者的交往情谊是深厚的，又是超越物质利害的，令人钦敬的。由于邱师在学界素有声誉，故被邀参加中国古代文学理论学会和中国《文心雕龙》学会的筹备工作，一直是这两个学会的常务理事，可谓骨干和中坚。1983年邱

① 邱世友：《文心雕龙探原》，长沙：岳麓书社，2007年，“序”，第2页。

② 邱世友：《水明楼续集》，第199页。

③ 邱世友：《水明楼续集》，第201页。

师出任大会筹委会负责人和大会秘书长，在广州珠岛宾馆主持筹备和召开中国古代文学理论学会第三届年会。侯敏泽研究员、王运熙教授等多位著名学者应邀参加，盛况空前，被誉为“学者来得最齐，学术水平最高和空前团结的会议”。在该学会的一次换届选举中，邱师是唯一全票当选的理事（当时笔者被推举为计票人）。1992年广东中国古代文论研究会成立，邱师被一致推举为会长（卸任后任名誉会长）。惊闻邱师仙逝，中国古代文学理论学会、中国《文心雕龙》学会、广东古代文论研究会以及北京、上海、辽宁等地多位著名学者发来唁电，中国《文心雕龙》学会前副会长林其锬先生在给笔者的信中盛赞邱师“乃德学兼馨之谦谦君子”；“待人真诚而素朴，与他交如饮醇醪；文才、诗才兼备，藏而少露，虚怀若谷，所以在同辈中他是我最景仰者之一”。可见笔者称誉邱师“道德学问皆烜赫”并非虚言。

邱师弟子孙立称师是一个真正的“读书人”，除了读书之外，心无旁骛。每天除了吃饭、睡觉，就是读书、写作，没有其他爱好，生活上也极为简单[①]。我有幸不下十次陪师到全国各地参加学术活动，所到之处邱师能吃能睡，随遇而安，从不生病，从不抱怨路途辛劳，从不抱怨接待不周，也从不逛街跑商店，到达目的地后便抓紧阅读会议的论文。有次在返穗的火车上侧卧着身子看一本友人刚送的有关古典文学的杂志，于火车的振动全然不觉。我听医生说，乘车看书特别费神，故不宜。眼见邱师聚精会神，我既惊讶，又佩服。

邱师饱读诗书，学问渊博，但没有架子，讲课时常绽现学生称为“佛祖般憨厚的笑容”，故深受爱戴。邱师有《洞仙歌》为与三位学生毕业留影题照，又盛赞学生所办杂志“天上碧桃和露种，繁

---

① 邱世友：《水明楼续集》，第327页。

枝又发岭南红”[①]；先后热情为赵福坛、韩湖初、张惠民、彭玉平、张海鸥等弟子或晚辈著作题序[②]。有位学生误传邱师“仙逝”而修书请罪，邱师没有责怪，反而回信称赞“精诚可感”[③]。有学生因遭遇挫折而“锐气渐消”，师为之忧，致信抚今追昔，并引龚自珍诗句“唯恐刘郎英气尽，隔帘梳洗望黄河”勉励[④]。中山大学生命学科潘晓玲博士毕业后支援边疆十年，学科创意颇多，且喜爱诗词，惜乎英年早逝。时已 82 岁高龄的邱师步其原韵填《江城子》赞誉惋惜[⑤]。我与邱师既是师生，又是同行，但他对我从不以师长自居。我晋升教授后他给我的书信均尊称教授。我陪师参加学术活动，费用自然由我打理。有次返穗后师问，某时某地吃饭费用何出？令我吃了一惊，邱师竟然对我所列有关费用账目一一核算。这当然不是对我不信任，而是邱师遇事认真、细致，不愿别人吃亏。我和赵福坛先生（前《广州师院学报》主编、教授）是邱师 20 世纪 60 年代的本科学生；吴承学和孙立是邱师的硕士生；彭玉平和张海鸥是复旦大学博士生，毕业后到中大任教即执弟子礼。邱师弟子、已被教育部授予“长江学者”的中山大学吴承学教授说得好，邱师“道德学问素为学生所尊仰”，我等“入师之门虽有先后，然尊师之情并无厚薄”，“师生之情，亦如老酒，历久弥醇”[⑥]。邱师另一弟子孙立家在外地，读研时师常邀至家同过节日。孙立回忆说，客厅虽然简陋，“却度过了我学生时代最值得留恋的时光”[⑦]。彭玉平博

① 邱世友：《水明楼续集》，第 183、168 页。

② 邱世友：《水明楼续集》，第 115、116、123、130、135 页。

③ 邱世友：《水明楼续集》，第 333 页。

④ 邱世友：《水明楼续集》，第 222 页。

⑤ 邱世友：《水明楼续集》，第 211 页。

⑥ 邱世友：《水明楼续集》，第 367 页。

⑦ 邱世友：《水明楼续集》，第 327 页。

士攻词学，到中大后常向师请教且以“旁门弟子”自称，师笑着勾掉“旁门”二字[①]。我与赵福坛教授均毕业于中山大学中文系，同为邱师学生。赵尝推荐并协助出版师著《水明楼小集》，每逢年节与我常往拜候。师七九寿期，中文系设宴相贺，远在日本的张海鸥博士遥寄《洞仙歌》致贺，我与赵步韵以庆，师次韵答谢。师八十华诞，赵约我等弟子共六人于广州白云山麓设宴祝寿，师徒尽欢。师八二华诞，福坛称有来自荷兰的郁金香竞放，师老怀馥郁，遂前往观赏，众弟子相拥，宛然古风。游毕于“天仙阁”小宴，并商议自筹经费为师出版《水明楼续集》[②]。诸弟子填《满庭芳》以纪其事，师和之。广州《信息时报》为师出整版专题报道，记者潘小娴预约采访拍照。我等弟子六人相约同往，邱师的家一时热闹起来。潘云，尝多次到高校作类似专题采访，但从未见过这样热闹的场面，令人感动。

邱师是一位单纯的“读书人”，同时又是一位感情生活十分丰富的人，对先人和家国山川风物怀有深厚的人文情怀。邱师是连州人，在为旅港旅穗乡人集资所建连州“燕归堂”图书馆《序》盛赞连州“山水奇秀”，“古连州之人文洋洋乎充盈哉！”记叙该馆有流杯、燕喜二亭“洒然侧出，巾峰、湟水双清，渊然呈列。其境幽，其韵远。诚读书之良所”，令人“奋发自励以成器”，将有“雄杰轶才”出其间焉[③]。所叙山水之美令人神往，且怀厚望焉。在致友人信中称游福州鼓山、乌石、西禅诸胜，观唐宋名家石刻暨近代楹联“为之流连低首感叹”！[④]两番游西湖先是“水光潋滟，日丽风和”，

① 彭玉平：《布衣学者邱世友》，《羊城晚报》2014年7月3日。

② 邱世友：《水明楼续集》，第342页。

③ 邱世友：《水明楼续集》，第237页。

④ 邱世友：《水明楼续集》，第229页。

清景媚人；后是“烟雨空蒙，风物凄迷”，别有一种丽景，还说游西湖孤山“甚得幽邃娴丽之趣”[①]；又称游武夷山、厦门及普济妈祖庙“消人烦恼”，“飘飘若仙”，其陶醉之情可见。邱师游览祖国山川名胜亦有佳作，如“登泰山观日出”云：“云海金盘出，快哉沐春风”，可谓“意气风发”[②]。张海鸥教授指出，邱师诗词很少山水之作，这是因为“他的兴发感动多缘于人情世态而不是山水风光，他创作的思绪多是流连于历史与现实、社会与人生的扭结处，他的诗性关怀不在草木而在人文”[③]。如游览厦门胡里山炮台既以“妩媚日光岩影乱，澹荡轻帆明丽”赞河山之美，更赞邓廷桢督师福建“重炮连营”，令“狂夷都作鱼肆”！[④]我细读“水明楼”诗词共五十九首，发现内容十分丰富。邱师并非中共党员，但对我党领导所取得的伟大成就由衷赞美。建党55周年时，邱师填《水龙吟》：“神州万里东风，莺歌燕舞春无际。”可谓雄浑壮丽，盛赞在党领导下“尽风流、物情难计”，历半个世纪成就无数，值得人民信赖。自己亦深受“沾濡”，永不忘记，并相信明天会更美好：“波平澹宕，碧山凝翠”。又满怀爱国热忱赞美香港回归“盛日团团锦，好江山、耀照眼荆花”；赞美澳门回归“蔼蔼莲峰呈国泰”，爱国情怀，跃然纸上。又有诗词多首记叙和歌颂广东东莞名镇石龙、珠海的机场和海港以及潮州、封开、丹霞、漱珠岗（广州）等等各地风光名胜和改革开放面貌。邱师又有悼亡恩师詹安泰、黄海章、黄庆云和挚友卢叔度、学生麦佩娟等词作，“唯伤悼之意自肺腑自然涌

① 邱世友：《水明楼续集》，第227页。
② 邱世友：《水明楼续集》，第167页。
③ 邱世友：《水明楼续集》，第320页。
④ 邱世友：《水明楼续集》，第187页。

出，淋漓凄楚，自成境界”[①]。张海鸥教授等亲睹邱师于悼念詹安泰会上“情动于中，老泪纵横”，可谓“清空骚雅和密丽秾挚融洽无间”[②]，堪称上乘之作。此外还有怀念与美国耶鲁大学孙康宜教授、美国伊利诺伊大学蔡宗齐教授、香港浸会大学罗思美教授及澳门大学施议对教授与邓国光教授的交往情谊；记叙偕张少康教授、美国蔡宗齐教授夫妇游林肯墓，与美籍华裔友人林中明夫妇同游张家界；庆祝中大和母校连州中学校庆、祝寿丈人李辉、送别和怀念长女及孙女移居国外；与同在北京大学进修班同学张文勋教授、郝御风教授、蔡厚示教授，与中学同学陈占标、与香港学者刘卫林、词家陈正以及韩湖初等诸弟子唱和吟咏；还有观赏随州曾侯编钟，赞扬王昭君“和亲”为民族团结作出贡献和称赞盘古节瑶族姑娘能歌善舞[③]，唱和日本国驻广州总领事词作吟咏中日邦交[④]，贺蔡厚示教授与刘庆云教授喜结连理，题复旦大学蒋凡教授奉慈航空返沪赞美中华传统道德……请看，邱师的感情世界是多么的丰富啊！正如友人所赞云：“胸怀阔，海涵百脉。”[⑤]

令人敬佩的是，在邱师身上有一种今天尤为难能可贵的“神存富贵，始轻黄金”精神。福坛兄称师“两袖清风”；玉平兄称师为当今“布衣学者”的代表，并引其客厅所挂自题《水仙》诗云：“不忧宠辱不飘香，水佩风裳久寂寥。凌波未许尘涴袜，数点幽黄韵最骄。”[⑥]“韵最骄”者，即不媚世俗，清香自守。据一位校友回忆，在一次中文系毕业生用人单位招聘会上，同学们焦急地等待传唤，

---

① 邱世友：《水明楼续集》，第 323 页。

② 邱世友：《水明楼续集》，第 322、321 页。

③ 邱世友：《水明楼续集》，第 185 页。

④ 邱世友：《水明楼续集》，第 199 页。

⑤ 邱世友：《水明楼续集》，第 205 页。

⑥ 彭玉平：《布衣学者邱世友》，《羊城晚报》2014 年 7 月 3 日。

其间传出某些同学为“推销”自己而贬损他人的“黑莓消息”，场面喧闹。忽见邱师不悦，排众而出，全没了讲坛上的憨厚笑容，边走边愤愤地说：“商业交易应与我们绝缘，念中文的就要像梅花一样高洁！”走下到楼梯转角处意犹未尽，抬起头再补充了一句：“起码也要像菊花！”[①] 真是掷地有声啊！改革开放不久，商潮汹涌，物价上涨，社会上流传“搞原子弹的不如卖茶叶蛋的”之类笑话，教师队伍难免“杂乱离心”。邱师撰文《神存富贵，始轻黄金——教师须为求心理平衡而努力》，提出司空图论诗品的“神存富贵，始轻黄金”亦可用于人品，教师应以此自勉；并举苏东坡为榜样，几番流放，历尽艰辛，但所到之处随遇而安，“把自己的胸襟和海天看成是一样的渊旷高远”，以“神存富贵”“轻视那世俗的物质欲和权势欲”，“使他创造更多更美的精神财富”。[②] 再读邱师在《想起王力的两句诗》中说，中国历史上凡是学术上有成就的学者，绝大多数都是经历过“艰难黄卷业，寂寞白头人”的人生经历。如东汉著名经学家郑玄，三国时代卒成《周易虞氏学》的虞翻，隋末编纂《切韵》的陆法言，清朝番禺的大学问家陈澧。邱师指出，中华民族的学术文化历劫不隳并能巍然屹立于世界民族之林，“很大程度有赖于这些可敬可慕的学者”，“他们以毕生的精力从事于艰难黄卷的学术研究，书斋凄清，门庭冷落，甚至受到过不公正的待遇，但他们有感伤而无气馁”。[③] 读到这里，我不禁肃然起敬，邱师不就是上述众多学者中的一位吗！邱师是遗腹子，幼年失怙，读中学时家境困难，20 岁毕业便为还清先母丧葬费而白日教小学、夜晚则为求升学而补习，并考入中山大学师范学院。时日寇临近失败，为

① 邱世友：《水明楼续集》，第 330 页。

② 邱世友：《水明楼续集》，第 241—242 页。

③ 邱世友：《水明楼续集》，第 239—240 页。

打通粤汉线而猖狂进犯粤北，黑云压城，生活困窘，师犹自刻砺，每读书至残夜（后师取其1983年出版的文集名《水明楼小集》，盖取自杜甫诗《月》“四更山吐月，残夜水明楼”）。邱师大学的前期生活就是在粤北坪石、粤东北梅县（今梅州）和连州等地中大分校颠沛流离中度过的[①]。毕业后任高中文史教员，不久调回中大，30岁任讲师。1957年师友詹安泰、叶启芳、卢叔度等被打成“右派”，师险遭厄运[②]。由于不务虚名和不善交际，56岁仍以讲师之身参加武汉中国古代文论年会，而同辈、后辈大多已升副教授甚至教授。邱师虽受不公正待遇，但“有感伤而无气馁”，大器晚成，在高水平刊物连续发表高质量论文多篇，出版的《词论史论稿》和《文心雕龙探原》“堪称双璧”，与叶嘉莹教授被誉为继朱孝臧与王国维（第一、二代）、夏承焘与施蛰存（第三代）之后的第四代词学宗师[③]，为弘扬中华民族文化作出自己的贡献。

而最令我敬佩和感愧的是邱师对先人、对家国深厚的人文情怀。记得在京参加《文心雕龙》国际学术研讨会时，大会组织参观北京远郊的藏经洞：其时烈日当空，我们乘车约两小时到一座尚未开放的大型佛寺，看见许多刻有佛经的石头（每块刻一页），再步行大约两小时到一座山岭观看一排排灰暗的山洞（每个洞中藏有数十块刻着佛经的石头）。然后再走半小时瞻仰一座约2米高的墓塔，据说其中安放的是这项历时数十年浩大石刻佛经工程的主持人，唐代飞仙公主的骸骨。但时过千年，破旧的墓塔并没有留下任何信物，我内心便有“公主安在”的感叹，但见邱师一副心满意足的样子也就不说什么。另有一次在新会五邑大学召开的广东古代文论研讨会

---

① 邱世友：《水明楼续集》，第113页。

② 邱世友：《水明楼续集》，第350页。

③ 邱世友：《水明楼续集》，第297页。

组织到附近崖门游览。该地是珠江主要出海口之一，南宋朝廷临安（杭州）失陷后曾溃逃到此地大约一年。后元军追至，在附近元洲湖大战，宋军大败，陆秀夫携少帝投海自尽。该地有祀杨太后的慈元庙（乡人称国母庙）。清廷为防御外寇于此地建有崖门炮台，规模颇大，石壁书有“海不扬波”四个大字，现为爱国主义教育基地。瞻仰了慈元庙及庙后的太后陵，邱师还带我们寻找太后的真正葬身之地。但无人知晓，适逢一位村干部带我们到附近一个地方，指着菜地旁一块大约数平方米的水泥地说：“就在这里。”邱师高兴地说：“上次我来没有找到，这次终于找到了。”高兴之情，溢于言表。想不到在我看来不过一块简单的水泥地，却令邱师如此高兴。再读邱师所填《水龙吟：游崖山慈元庙》，注云太后陵“东有白鹇，北有奇石”，宋少帝昺于此投海（太后闻知亦投海）。词中“冥宫妆镜，白鹇为伴”便是指此而言[①]。崖门前此我也去过，对有关于事迹也略知一二，但对白鹇、奇石已没有印象，想来真是惭愧。邱师过境香港游宋王台公园填《过秦楼》阕有“箪瓢送饮”云云[②]，称赞乡民的忠勇行为，正与游崖门词呼应。在致友人信中邱师说游西湖“寻访曼殊之墓往返数度，疲于筋力，而兴之所至，未尝馁乎寻访情禅”，并“终于林深茂密处得之，而禅体蚤蜕，无复情缘矣”[③]。在我看来，西湖风景名胜多矣，苏曼殊虽也有名，但不算大，而邱师寻其墓往返多次且疲于筋力仍不放弃，令我惊讶，也令我自愧。邱师在吟咏丹霞诗中称颂六祖慧能与葬于丹霞的澹归即金堡同是粤北高僧，但前者闻名而后者知者少，故师于《赠旅游人》中叙其反清甚烈，“大

① 邱世友：《水明楼续集》，第 186 页。

② 邱世友：《水明楼续集》，第 196 页。

③ 邱世友：《水明楼续集》，第 228 页。

有江左岭南志士慷慨之气”[1]。清廷毁其著作，鞭其骸骨。1987年政府修其墓塔，为丹霞人文景观之一。在题黎敏子诗中记叙明崇祯举人黎遂球于扬州赋诗夺冠被呼为牡丹状元，盛赞其提督粤师驰援唐王，与弟遂珙死节[2]。在《游东莞石龙》中赞明季东莞人张家玉“孤忠文烈动乡国”，注释记述“家玉抗清捍增城，城陷死国难”；另一东莞人张穆与家玉守惠、潮，后穆遁迹，以绘事寄其悲愤，善画马[3]。邱师于宋、明两朝灭亡之际贤臣志士抗击异族、保家卫国的悲壮事迹相当熟悉，多有征引，可见邱师的爱国情怀。还有溧阳地属常州，是我国词史上队伍最为庞大、影响最为深远的常州词派大本营。北宋大词人周邦彦曾任该地县令，境内无想山因其一阕《满庭芳·夏日溧水无想山作》而闻名。彭玉平教授乃江苏溧阳县人，返家乡经溧水，师嘱经其地时寻访该山，并自题《减字木兰花》寄怀[4]；邱师得知《大鹤山人手书词稿》真迹为吴祖刚先生珍藏即题诗以赠[5]；在治糖尿病气功班上偶遇宁波天仙阁范氏后人感赋《水龙吟》[6]。请看：邱师对中华民族文化是多么的热爱，胸怀多少祖国山川风物和华夏先人志士的事迹啊！我想，邱师之所以能为中华民族文化作出贡献，是与此分不开的。

回想起来，据我所知，我是中山大学中文系唯一在高校与邱师同属中国古代文学理论学科且主攻《文心雕龙》（师兼治词学）的学生。2007年尝填《满庭芳》阕有句云“卅载同雕龙凤，浑难忘、师谊温馨”，指自1958年读大一师授《文艺学引论》已历三十载，

---

① 邱世友：《水明楼续集》，第176页。

② 邱世友：《水明楼续集》，第166页。

③ 邱世友：《水明楼续集》，第171页。

④ 邱世友：《水明楼续集》，第202页。

⑤ 邱世友：《水明楼续集》，第179页。

⑥ 邱世友：《水明楼续集》，第184页。

是为幸焉，是为乐焉。故有幸十多次陪师到全国各地参加学术活动。邱师与会的论文一般由我打印带往或通过电子邮箱发送大会，故我往往是第一个读者。师以黄侃“五十岁前不著书”和“一年写一篇，数年成一集”教导弟子[①]，自己正是这样做的。邱师根基扎实，学问广博，且心系学坛，故不乏灵感；而灵感一旦涌现，便抓住不放，搜集中外材料，从高处、大处着眼，故见高识广，见解独到；继而从小处一词一句入手，旁征博引，镕古铸今，贯通中西，逐层深入开掘；最后寻根溯源，理出历史发展脉络，引领读者进入一个广阔深邃的境界。《探原》与《论稿》就是这样一篇一篇汇多年之作而成集的。由于邱师的单篇论文往往花一年左右的心血写成，故很少错漏，无须再作大的修改。打印、阅读和校对于我来说是很好的学习，并有较深的体会。《探原》出版后我正是从上述三方面撰文评介[②]。一位同行称此“到位”，邱师亦来电首肯。在多次的陪同交往中，我切身体会到邱师为人谦和，人品学问同行赞不绝口。如祖保泉先生曾对我盛赞邱师的《文心雕龙》研究深入，自叹不如。特别是我陪师游祖国名山大川和古迹，再读邱师的诗文，深深感受到邱师对先人、对家国的深厚情怀。我回想邱师“神存富贵，始轻黄金”、虽受挫折“有感伤而无气馁”的精神，真正认识到邱师为人既平凡，又伟大。我与邱师的情谊是深厚的，也是无声的，心照不宣的。如我被某次学会选举推为监票人和被选为《文心雕龙》学会理事，相信是邱师的提名，但事前并没有与我提及。《探原》的编辑、打印、修改等整个过程邱师皆委托我“统理”[③]，可见对我的信任。

---

① 邱世友：《水明楼续集》，第 327 页。

② 参见拙文：《评邱世友教授〈文心雕龙〉探原》，载中国《文心雕龙》学会编：《〈文心雕龙〉与 21 世纪文论研究国际学术研讨会论文集》，北京：学苑出版社，2009 年，第 545—556 页。

③ 邱世友：《水明楼续集》，第 352 页。

我陪邱师游五台山后师作《五台游》[1]，并让学生制作成有我与邱师合照和题诗的图片相赠。邱师还送我一本由他亲自校正的《水明楼续集》，看到书上那些歪歪斜斜的字体，可以想象是很费力气的，我又一次深感邱师对我的挚爱和关怀。

邱师逝矣，愿师长眠安息！

① 邱世友：《水明楼续集》，第180页。